VALKIRIAS

I. BIGGI

VALKIRIAS

Las hijas del Norte

Consulte nuestra página web: https://www.edhasa.es
En ella encontrará el catálogo completo de Edhasa comentado.

Diseño de la sobrecubierta: Estudio Calderón

© del mapa: Manolo Casado, 2018

Primera edición: abril de 2018

© I. Biggi, 2018
© de la presente edición: Edhasa, 2018
Diputación 262, 2.º1.ª
08007 Barcelona
Tel. 93 494 97 20
España
E-mail: info@edhasa.es

ISBN: 978-84-350-6325-8

Impreso en Liberdúplex

Depósito legal: B. 7772-2018

Impreso en España

Para Rebeca y Luca (y Sombra)

«¡Cabalguemos a lo lejos, a los lomos desnudos de nuestras monturas, empuñando las espadas!».

Grito de guerra de las valkirias, en el poema escáldico *Darradarlyód*.

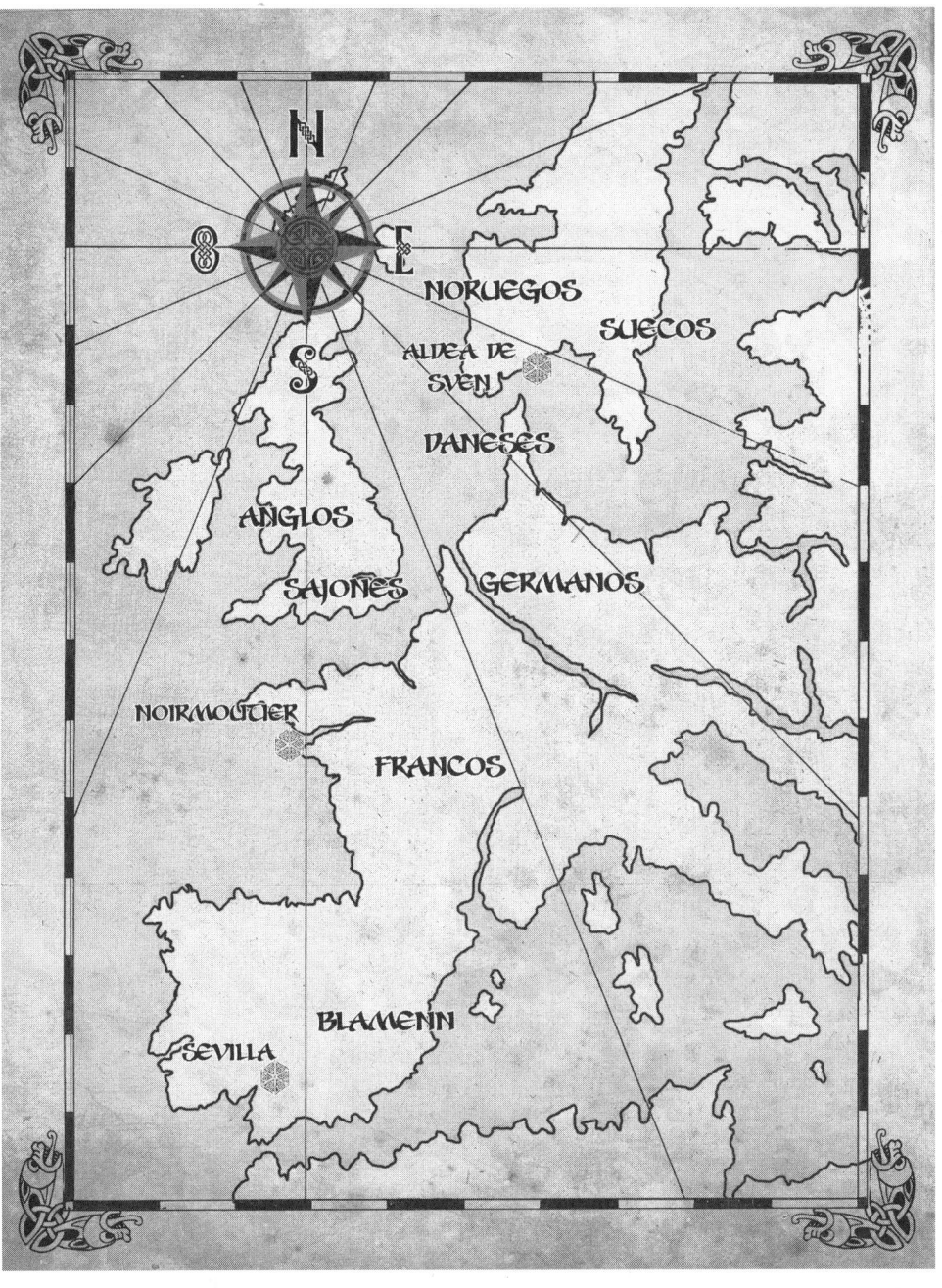

PRÓLOGO

Año sexto del reinado de Harald el de la Hermosa Cabellera, *primer rey de Noruega, año 878 desde el nacimiento del dios cristiano, en la aldea de Svenn* la Marmota, *cercana a Sciringesheal.*

Fuera la tormenta arrecia. Cada invitado que entra en la casa lo hace junto a la nieve que, en torbellinos, se cuela empujada por el furioso viento. Somos más de doscientos los que nos reunimos en mi hogar, y no solo gente del pueblo, pues la ocasión lo merece.

Mis hijas no dejan de servir grandes cuernos y copones repletos de cerveza e hidromiel. Normalmente sería un trabajo destinado a las esclavas, pero mi mujer nunca quiso que en nuestra casa hubiera sirvientes.

Estoy sentado en el escabel más alto, como corresponde al amo y señor. A mi lado el rey Ragnar *el Oso,* ya borracho, bebe largos tragos del cuerno que compartimos, entre risotadas. La bebida le cae por la barba y mancha su ropa. En otros tiempos hubiese cuidado más su comportamiento, pero no se lo tengo en cuenta. Yo no soy Marta *Ojos de Fuego.*

—Thorvald *el del Corazón Blando* —grita Ragnar, alzando el cuerno—. Brinda conmigo.

No me tomo a mal que me llame así. Antiguamente más de uno hubiese lamentado semejante insulto, pero ahora no me importa, soy un vikingo de honor. Los años atemperan el espíritu.

Tomo el cuerno que me ofrece el rey y bebo un trago. He de confesar que yo también tengo los sentidos algo embotados. Y no somos los únicos. Llevamos bebiendo todo el día y se acerca el crepúsculo. Hombres y mujeres notan los efectos de la bebida a pesar de su resistencia.

–Ölvir *el Tuerto*, quita tus manos de la muchacha si no quieres que te saque el ojo que te queda.

Ölvir, a pesar de estar ebrio, se da cuenta de que no es buena idea llevarme la contraria. Puede dar gracias a Odín. Otro día el asunto hubiese terminado en pelea y entonces le habría arrancado su piojosa cabeza. Mi hija, libre de las manos del tuerto, me mira y me sonríe.

Sólveig *la Negra* es igual que su madre. La misma indomable melena oscura llena de rizos, algo desacostumbrado entre nuestras gentes. Piel morena y ojos enormes de color castaño, como los de ella. Sin embargo, la mirada no es la misma. No posee el fuego de mi esposa.

Trato de sonreírle también, pero no es más que un rictus sin expresión. Mi hija lo entiende y se le enternece el rostro. Su hermana, que pasa al lado con una bandeja llena de salmón ahumado, grandes trozos de carne de jabalí y del caballo sacrificado para la ceremonia, percibe la emoción y le guiña un ojo, reconfortándola.

Salbjörg *la Bella* no tiene ningún parecido con su hermana. A pesar de ser más joven, le saca una cabeza de altura. El pelo es rubio, aunque no tanto como es habitual entre nosotros, los ojos azul oscuro como el mar encrespado, y la piel también algo más morena de lo normal. Salbjörg se muestra fría y distante, pero eso es una coraza, porque dentro late un corazón tierno que muy pocas veces asoma.

Ambas eran hermanas de Björn *el Rojo*, Thorgeir, *el de la Espesa Cabellera*, y Hadd *el Negro*, de gran parecido a Sólveig.

Ahora solo me quedan las dos hijas. Los tres muchachos murieron hace ya diez años al hundirse su *drakkar*, de nombre Gammr. *El Grifo*, capitaneado por Kvel *el Severo*, un *langskips* de cuarenta pares de remos, se partió durante una tormenta en las heladas aguas donde habita el *Kraken*, ese monstruo marino de inmensos tentáculos con el que ya tuve que vérmelas tiempo atrás.

Cuantas veces lo he lamentado. Marta siempre se opuso a que sus hijos salieran «a vikingo». Sin embargo, yo los alenté. Para los normandos, «ir a vikingo» supone un orgullo. Llegué incluso a costear parte de la embarcación, siempre a escondidas. De haberlo sabido ella me hubiera reprendido con aquella mirada que me hacía temblar.

Absurdo orgullo. Ningún padre debería sobrevivir a sus hijos. Marta jamás me lo reprochó, pero su mirada dejó de arder como lo había hecho desde el primer día en que la conocí.

–Por Thorvald *Brazo de Hierro.*

Es Sigurd *el de la Voz de Trueno* quien así se expresa. Levanto el cuerno hacia él, que me saluda con un guiño, como en los viejos tiempos. Sigurd era casi un niño cuando hicimos el Gran Viaje; yo por aquel entonces era un simple mercenario. Recuerdo que no se separó de mí en toda la odisea. Le enseñé a usar la espada, la maza y el cuchillo, fui para él más padre que Sturla, y siempre he pensado que así lo entendió Sigurd.

Todos han levantado su cuerno. El rey ha alzado su espada por encima de la cabeza. Miro alrededor. Cuernos, copas y espadas se elevan. Reconozco a varios compañeros de travesía, y a algunos de sus hijos, que se embarcaron conmigo para liberar a quienes cayeron en las garras de los *blamenn,* los hombres de piel oscura que rezan a su dios Alá, trabajo para el que fui contratado hace ahora tantos años.

Allí estaban Groa, Svava y Freyja, valientes guerreras las tres, Thorstein *el Pálido,* Einarr, el hijo de Abu, y Zubayda, Sif...

Varios de los presentes ya no viven en la comarca y se han presentado para la ocasión, a pesar del crudo invierno, que hiela las aguas e imposibilita los viajes.

No puedo dejar de darme cuenta del inmenso honor que me rinden con su presencia, así que me levanto y alzo de nuevo mi cuerno para decir las palabras de cortesía. Doy un trago y se lo alcanzo a Ragnar para que lo apure.

Debería sentirme orgulloso, pero no es así. Me siento viejo y vacío. Habré contemplado ya cincuenta inviernos, una edad más que respetable, y aún conservo casi toda mi fuerza, que no es poca, aunque mi cabellera, tomada por la nieve, ya ralea. El rostro surcado por mil arrugas, cruzado por una cicatriz que lo afea, da testimonio de mis correrías y del paso del tiempo. Mis huesos me doblegan a ratos, pero aún puedo erguirme y mostrarme fiero. En verdad aún soy respetado y mi brazo temido.

Sin embargo, cada invierno me resulta más duro, y este especialmente. Temo que no llegue a ver otro. Me da igual. Ya nada me ata a Midgardr, la tierra media donde habitamos los hombres.

–Padre, coma algo.

Es Salbjörg *la Bella*, que me tiende una bandeja con tortas de pan humeantes y algunos trozos de salmón, arenques y otros pescados. Al fondo de la sala, su hermana Sólveig me mira implorante.

He de hacer un esfuerzo por comer. Llevo dos días sin probar bocado y casi sin dormir. El escaso alcohol que ingiero hace estragos en mí. Por mis queridas hijas me obligo a tomar unas tajadas y metérmelas en la boca. Ellas me sonríen con cariño.

Están preocupadas, aunque no deberían. Vivo un tiempo prestado que se agota rápidamente.

–Thorvald, es la hora.

Sin darme cuenta, Sigurd se ha acercado hasta mi escabel. Le acompañan Krum *Cabeza de Jabalí*, mi compañero de armas, el que, precisamente, me metió en la mayor de las aventuras que me ha tocado vivir, y Thorstein, con su serio rostro tatuado.

Miro a mi lado, el rey Ragnar me observa y me anima con un gesto. Ahora no parece tan borracho como antes, sin duda aparentaba la ebriedad para que no me resultara tan doloroso.

La tormenta se ha tomado un respiro. Hay que aprovecharlo, y para ello mis visitantes ya salen a La Negra noche, abrigándose con sus capas y mantos. Ayudado por Ragnar bajo del escabel. Para respetar la tradición, Sólveig me ayuda a despojarme de la ropa antes de salir de la casa.

Desnudo tal y como nací, salgo a la noche y me detengo un instante observado por todos. Aquellos que aguardaban en sus casas se acercan ahora a la orilla.

El fuerte viento agita mi melena y la revuelve mientras un frío lacerante me envuelve. Echo para atrás el pelo y tomo aire, los síntomas de debilidad no estarían bien vistos. Acostarse y dejarse morir sería otra cosa, mi pueblo admitiría eso, pero no el llanto o las muestras de pesar.

En la orilla, alrededor del gran *drakkar*, nos reunimos cuantos estamos presentes en el pueblo, en respetuoso silencio, como espíritus errantes. Parientes y amigos amontonan sobre el viejo *langskips* ramas de avellano y roble, los árboles sagrados. Otros portan antorchas que ayudan a la pálida luna a iluminar la escena.

La muchedumbre se separa para dejarnos pasar, no menos de medio millar de hombres y mujeres, tal es la categoría de quien vamos a despedir. Flanqueado por mis hijas, mis más preciados compañeros y el rey Ragnar, me acerco hasta el barco. El agua lo balancea suavemente. Ya no se distingue la cubierta, llena como está de ramas.

El *drakkar* nos trae recuerdos de tiempos pasados. Sí, es el mismo en el que nos embarcamos para llegar hasta las costas de al-Ándalus. Desde nuestro regreso no se había vuelto a hacer a la mar y esta, de nuevo con su capitana, será la última vez que navegue.

Detrás de nosotros aparecen Groa, Freyja, Svava y el rey Ragnar *el Oso,* con unas angarillas en las que descansa un cuerpo cubierto por una piel de caballo, quizás del mismo semental que ha servido para el sacrificio mortuorio. Las parihuelas son colocadas encima de las ramas, con el cuerpo al que se le retira el pellejo del animal.

Mi ánimo flaquea. Sigurd me entrega una antorcha. Él empuña otra, al igual que Krum, Thorstein, Einarr, y otros a los que no miro, pendiente del cuerpo que yace sobre la nave.

La han vestido con su mejor camisa de lino, que le cubre hasta los pies, y una capa larga atada, al contrario de lo que suele ser habitual, sobre el hombro izquierdo, para dejar libre la mano de ese lado, la que utilizaba para blandir la espada.

Luce bien peinado su cabello largo y rizado, ahora más blanco que negro. Los párpados cerrados no permiten ver los ojos castaños, desde hace tiempo hundidos en el rostro consumido, con la piel, otrora morena, del color de la ceniza.

Le han colocado las manos cruzadas sobre el pecho. A sus pies, la espada y el cuchillo que tan diestramente usara, ahora oxidadas. Desde que regresamos del Gran Viaje, nunca volvió a preocuparse de ellas.

Avanzo un paso. Por fortuna, la escasa luz no permite ver cómo me tiembla la mandíbula. Sin abrir la boca me despido de ella. Entre nosotros nunca hicieron falta demasiadas palabras. Solo le deseo un buen viaje y que me espere en las playas a las que llegue, pues yo no tardaré en seguirle.

Acerco la tea a las ramas. Uno a uno, los presentes tienden sus antorchas para ayudar a que prenda. Las llamas tardan poco en adueñarse del barco y ocultar el cuerpo. A pesar del intenso calor que desprende la fogata no me muevo. Entre unos pocos empujan el *langskips* liberándolo de las cadenas que lo ataban a la tierra.

Envuelto en llamas, el *drakkar* se aleja de la playa llevado por la marea. Aún permanecemos un rato viendo como cada vez se hace más pequeño, pero el frío es intenso y quienes me rodean van volviendo en silencio al abrigo de sus casas.

Mis hijas intentan convencerme para que regrese yo también, pero no les hago caso. El rey Ragnar las toma del brazo con dulzura y se las lleva, acompañado por Krum y Sigurd.

Me quedo solo frente al mar que tantas veces he surcado, viendo desaparecer a la única mujer que he amado en mi vida. La mujer que se apoderó de mi corazón y del de los habitantes de este pueblo.

Si en el Valhalla pudiera entrar una mujer, sé que sería Marta *Ojos de Fuego*.

¡Ah! Amor mío. Acabas de partir y cuánto te echo de menos ya. Ojalá nuestra separación no se prolongue mucho y vuelva a contemplar pronto tu brillante mirada. La mirada de quien, siendo esclava en mi tierra, llegó a convertirse en una admirada guerrera, venerada sanadora y respetada mujer enterrada con los honores de un rey.

Ya se pierde en el horizonte el último resplandor del fuego que la consume y noto una suave mano sobre mi brazo helado. Sin mirar sé que pertenece a Sólveig. Tiene el mismo tacto que ella.

–Padre, hace frío. Entremos en casa –me dice mientras cubre mis hombros con una piel de oso.

Los invitados aguardan para seguir celebrando los funerales. Preferiría que se marcharan, aunque tampoco me importa demasiado, pues en cualquier caso esta noche no dormiré. La dedicaré entera a releer la saga de aquella gesta y terminar de escribir lo que sucedió, para que todos los hombres y mujeres que han de nacer sepan quién fue Marta *Ojos de Fuego*.

CAPÍTULO 1

*Último año de gobierno de Halfdan el Negro, señor de Vestfold,
padre del rey Harald el de la Hermosa Cabellera.
859 desde el nacimiento del dios cristiano.*

Al sur de la tierra de los normandos, Sol lucía en el cielo pese a que todavía era de noche, como ocurre en estas frías tierras durante el breve verano. La diosa en su carro cruzaba el cielo calentando con sus rayos los huesos de las criaturas y derritiendo la nieve, para que la tierra la admirase y creciera la hierba.

Rodeada por altas montañas donde la nieve es perpetua, se abría una entrada del mar. El fiordo tenía a su salida dos recodos, lo que permitía que sus aguas fuesen tranquilas. A los pies de esos gigantes nevados, el fiordo se ensanchaba, lamiendo ambas orillas. Por una de ellas caía desde lo más alto una estruendosa cascada de agua helada. Frente a esta, al otro lado de las aguas, había una planicie con un bosque de robles, tilos, pinos, abetos, fresnos, avellanos....

En terreno ganado al bosque, a orillas de una playa de piedras, unas casas dispersas rodeaban una construcción más grande. Aquella era la granja del *jarl*, el jefe de la aldea. Sus moradores, a la espera de que comenzara una nueva jornada de trabajo, dormían placenteramente.

En lo alto del acantilado que protegía la entrada al fiordo, se levantaba la herrería donde Runolf daba forma a las herramientas con las que cultivar, a las herraduras para los caballos y, cuando llegaba la época, a las armas, escudos, cascos y alguna cota de hierro. De vez en cuando, si le quedaba algo de tiempo, el herrero disfrutaba dando forma a metales más ricos con los que hacer adornos muy apreciados por hombres y mujeres: cinturones, broches, colgantes, llaves, pulseras.

* * *

De alguna de las casas surgía de vez en cuando el aullido de un perro que contestaba a sus parientes salvajes. Caballos, vacas, cerdos y ovejas dormitaban o comían recogidos en las mismas cabañas que ocupaban sus dueños aguardando a que estos despertaran, los libraran del peso acumulado en las ubres y los sacaran a pastar por los prados.

Las viviendas, alargadas y con una puerta baja y ancha en cada extremo, estaban formadas por una estructura de madera que se cubría con una masa compacta mezcla de barro, excrementos de animal y paja. Los tejados eran un entramado de maderos forrado con tepes de hierba.

Un hogar cuidadosamente alimentado ofrecía algo de luz y calor, y sus ascuas estaban preparadas para cocinar en las grandes marmitas que colgaban de unas cadenas de hierro sujetas a la viga maestra del techo. El interior, mal ventilado, mezclaba olores a leña quemada, ganado, restos de comida y sebo de las lámparas de aceite.

Fuera, parcelas cultivadas con tesón se disputaban la tierra con los guijarros y algunos cobertizos donde almacenar herramientas, trineos y carros. No eran tierras ricas y los granjeros debían pelear mucho para arrancar algo de ellas.

Secaderos de pescado donde ahumar lo obtenido en el mar de cara al largo invierno, tenderetes con pieles preciosas de zorro, oso, morsa, foca, pilas de leña y de heno, toneles y fardos…

En la orilla, sobre la playa de piedras, barcas de diferentes tamaños atadas a un atracadero se balanceaban suavemente, con sus redes, arpones, velas y remos aparejados para salir a faenar.

Aquel terreno había sido el elegido por Svenn *la Marmota* para levantar su granja junto a su familia, amigos y esclavos. La Marmota había tenido en ella cinco hijos y cuatro hijas, de los que habían sobrevivido solo cuatro, tres hombres y una mujer. Esta había sido bien casada con un *jarl* que poseía una granja a tres días a caballo. De los tres hijos, solo el mediano, Rorik *Pie de Piedra,* había mostrado interés por mantener la granja, mientras sus hermanos *iban a vikingo* a las costas de Frisia, donde finalmente se asentaron.

Desde entonces la aldea había ido creciendo. En tiempos de Rorik ya había un centenar de habitantes y la mitad de esclavos. El jefe de la aldea amplió la granja, se casó con Salbjörg, la hija de un *jarl* amigo de su padre, y tuvieron seis hijos, de los cuales solo un niño, para desgracia de Rorik. Sus cinco hijas fueron convenientemente casadas, después del esfuerzo de Rorik por buscarles unos maridos acordes a su posición social y reunir sus correspondientes dotes.

El varón fue criado para heredar algún día la granja, y así ocurrió cuando Rorik *Pie de Piedra* se fue a reunir con sus ancestros. Ikig Roriksson *el Triturador*, llamado como el martillo del dios Thor por ser esta su arma preferida, con la que acostumbraba a destrozar las cabezas de sus enemigos, ocupó el cargo de su padre.

El Triturador se había casado con la hija de un hombre libre ante el disgusto de su madre. Sigrid, que era como se llamaba la muchacha de la que Ikig se había enamorado perdidamente, era una bellísima joven. Alta, espigada, con una hermosa cabellera dorada y unos ojos del color del mar despejado, se había hecho con el corazón del *jarl*. No le había costado a la muchacha darse cuenta del hechizo que ejercía sobre el jefe local.

Se celebraron los esponsales por todo lo alto en el mes que los cristianos llaman octubre, y durante una semana los invitados se hartaron con un festín en el que la cerveza y el hidromiel no dejaron de correr.

La noche de bodas, cuando los recién casados se dispusieron a acostarse, dispusieron de la única habitación de la granja, la que hasta el momento había ocupado Salbjörg. La viuda de Rorik durmió desde entonces en uno de los escabeles adosados a las paredes, al igual que el resto de los familiares lejanos, amigos o asalariados que trabajaban y vivían con sus familias en la misma granja que sus señores.

La granja de Svennsson también tenía dos entradas, una a cada extremo. Medía unos cincuenta pasos de largo por siete de ancho. Además de la habitación del dueño de la casa, había una sala principal donde dormía el resto, una estancia para los animales, lo que proporcionaba calor en invierno, y otra más pequeña donde *arrojar los duendes* tras una buena comida.

Así era la aldea que aquella mañana fue despertándose lentamente. Los primeros en hacerlo, tras las bestias ya inquietas, fueron los esclavos, que iniciaron las primeras tareas: ordeñar, separar algún animal que estuviese enfermo, vigilar a las reses preñadas, darles de comer y beber. En la granja estas labores eran supervisadas cuidadosamente por Salbjörg ante la indolencia de su nuera Sigrid.

Entre los normandos, la diferencia entre un hombre libre y un esclavo es que el primero puede elegir a quien servir, si es que desea hacerlo. Por lo demás, las tareas que han de realizar son las mismas, así que pronto el resto se había levantado y la aldea hervía con la actividad.

Cuando las primeras labores estaban concluidas, se preparaba el desayuno: *grautr*, una sémola a base de cereales, y leche. Después todos volvían a sus quehaceres.

Era entonces cuando se levantaba Sigrid *la Bella*. La mujer del *jarl* acostumbraba a desayunar sola en su habitación, para no tener que ver a su suegra, Salbjörg. Acostumbraba llamar a un esclavo para que le llevara algo de pan, queso y un tazón de leche que le gustaba muy caliente. Medio incorporada en la enorme cama de roble y abrigada con una piel de oso blanco, aguardaba a que su suegra se fuera para levantarse y peinarse su larguísima cabellera, que era cuidadosamente alisada con peines de hueso por dos esclavas que Ikig le había regalado.

Aquella mañana, como de costumbre, Salbjörg había salido pronto de la casa por no ver a su nuera, con la que cada día estaba más disgustada. La enorme granja era tanto un motivo de orgullo como de responsabilidad. La prosperidad de la familia, y su posición en la exigente sociedad normanda, residía tanto en las riquezas y honor que pudiera conseguir el cabecilla como en el esplendor que luciera su casa.

Salbjörg *la Vieja*, como era conocida a sus espaldas, era una mujer formidable cuya sola presencia infundía un respetuoso temor. Hasta su hijo Ikig solía darse por vencido cuando sus opiniones no coincidían, algo frecuente. En realidad, Sigrid, para lamentación eterna de su suegra, había sido lo único en lo que Ikig había ganado el pulso a su madre.

Ya habían pasado los tiempos en que madre e hijo mantuvieran agrias discusiones sobre este tema. Salbjörg quería que Ikig se casara con la hija de un *jarl* cercano con el que las relaciones eran bastante malas por un asunto de tierras y ganado. Ambas familias habían acordado ya los términos del contrato cuando apareció Sigrid. El *jarl* vecino se había ofendido por el desplante y las relaciones entre ellos se habían enturbiado más aún.

En la dársena, ancianos y niños soltaban las barcas y preparaban los aparejos, dispuestos para pescar. De lo alto del acantilado que guarecía la aldea bajaba el ruido de la forja, que se mezclaba con el de ocas, gallinas, cabras, ovejas, vacas, cerdos y caballos que pastaban libremente, evitando los espinosos cercados levantados para proteger las plantaciones.

El verano estaba por acabarse y antes de que llegaran las primeras nieves las despensas debían encontrarse a rebosar; las casas, con paredes y tejados en buenas condiciones; y el heno para las bestias, recogido. De no ser así, hombres y ganado pasarían hambre y frío durante el largo invierno, en el que apenas podrían salir de casa.

Las manos para tanto trabajo eran insuficientes. En la aldea solo quedaban mujeres, ancianos, inválidos, niños y esclavos. Los hombres habían partido en la primavera a bordo de sus largos *drakkar* hacia las costas de los francos con la idea de unirse a una flota que tenía previsto alcanzar las costas de los *blamenn* en las tierras del al-Ándalus, donde inmensas e infinitas riquezas aguardaban la llegada de los hombres del norte.

Cuando regresaran, con las naves llenas de plata y oro, se celebrarían y ensalzarían las hazañas de Ikig *el Triturador* y sus hombres. La aldea disfrutaría de una fiesta en la que la cerveza y el hidromiel correrían a espuertas, donde se sacrificarían bestias para saciar a todos y se repartiría el botín.

Luego llegaría el invierno y serían necesarias cantidades colosales de alimentos para dar de comer a aquellos toscos normandos, algo que los que aguardaban el regreso tenían que conseguir arrancar a aquella dura e inclemente tierra.

Era necesario almacenar una buena provisión de leña con la que alimentar el fuego del hogar y no morir congelados, engordar todo lo posible el ganado, esquilar las ovejas, hacer la matanza y guardar las piezas bien envueltas en hojas, enterradas en el helado suelo para que se conservaran, salar el pescado y más carne, cosechar las hortalizas, recoger los frutos secos y las bayas silvestres…

Durante el implacable invierno, tiempo habría para tomarse las tareas con más calma, cuando el frío no permitiera trabajar afuera. Entonces aprovecharían para hilar la lana, tejer ropa y posiblemente una nueva lona para la vela del barco. Se tallarían herramientas en madera y pequeños juguetes para los más pequeños: barcos de madera, espadas y lanzas. Al calor del fuego, los hombres contarían sus aventuras y las batallas en las que se vieron inmersos. Los escaldos relatarían las crueles historias de los violentos dioses que habitan en el mundo de Asgardr y de otras criaturas que se mueven por el Gran Fresno, Yggdrasil, donde se encuentran los nueve mundos.

Todos estos relatos habrían sido escuchados docenas de veces, pero se volverían a repetir y serían escuchados como si fuese la primera vez. Si incluyeran algún nuevo recuerdo que los embelleciera, aunque no fuese demasiado fiel, nadie diría nada.

Pero aún quedaba un mes o algo más para que los caminos se volvieran impracticables. Entonces nadie querría adentrarse en los helados senderos, oscuros y traicioneros, donde lobos, bandoleros y *sceadungengan,* los caminantes de las sombras, esperaban el paso de los incautos para despojarles de sus pertenencias y, quizá, de sus vidas.

−*Negra* –dijo Sigrid dirigiéndose a una de las esclavas, que acababa de entrar en la casa con un haz de leña entre los brazos–. ¿Has visto a la Vieja?

Sigrid solo se atrevía a llamar así a su suegra cuando esta no se encontraba cerca. Bien era verdad que Salbjörg tenía ya cuarenta y cinco años, casi el doble que la Bella, pero nadie en la aldea hubiera osado llamarla de semejante forma estando ella presente, salvo, quizás, Lorelei, su mejor amiga.

La esclava guardó silencio. Le llamaban la Negra por tener la piel oscura, aunque no tanto como su compañera Zubayda, que era negra como el carbón. Marta, nombre por el que solo la conocían los esclavos, había sido capturada en al-Ándalus por Rorik *Pie de Piedra* en una expedición tres lustros atrás, cuando los vikingos tomaron Ishbiliya.

La Negra, a pesar de haber sido raptada en la tierra de los *blamenn,* los demonios oscuros, no era adoradora de Alá, si no de Yahvé. Hija de un juez judío que imponía orden en la comunidad hebrea, a la que los *blamenn* respetaban por ser, al igual que ellos, «gentes del Libro», el misterioso libro sagrado que compartían con los cristianos, había nacido en la devastada Ishbiliya.

Como una plaga, ochenta *drakkars* vikingos habían asolado la ciudad. Durante siete días de vino y sangre habían quemado, violado, asesinado y saqueado, sin respetar sus lugares de culto ni a sus hombres sagrados. Cierto que el emir Abd-al-Rahman había tomado cumplida venganza, pero cuantos pudieron regresar lo hicieron con cuantiosas riquezas y esclavos.

Marta, apenas una niña cuando fue capturada, estaba destinada a ser vendida como esclava junto a los demás en algún puerto comercial, pero Ikig, un muchacho al que aún no se le conocía como *El Triturador* y que había participado por primera vez en una expedición vikinga, se sintió intrigado con aquella cría que no temía a los vikingos y que se había enfrentado a Rorik armada con el pesado alfanje de su padre decapitado, sin poder siquiera levantar el arma del suelo. Ikig había exigido como parte de su botín que le fuese entregada la niña, a lo que su padre había accedido con una enorme carcajada.

La noche en que se celebraba el regreso de los hombres de Rorik a la aldea, Ikig bebió como los demás y, borracho, trató de demostrar su hombría con Marta mientras esta recorría los escabeles donde los vikingos bebían, comían o fornicaban con las cautivas, llevando platos repletos de comida.

Rorik espiaba los movimientos de su hijo con oculta satisfacción. Había dado orden de que la pequeña esclava fuese respetada, reservada para el muchacho, y nadie ofendía la voluntad del señor de la casa. Aún podía recordar la primera vez que había poseído por la fuerza a una mujer mientras asolaban un poblado en la costa franca. Aquella maldita zorra se había defendido con furia y casi le había arrancado un ojo con las uñas. Rorik le había cortado el cuello después de yacer con ella.

Pero a Ikig las cosas no le habían ido igual. Aferrando la cintura de la esclava había tratado de levantarle el vestido tal y como viera hacer a otros comensales, pero la muchacha, girándose veloz como una liebre, con los ojos convertidos en brasas, había hundido media pulgada del cuchillo que llevaba escondido en la ingle del inexperto amante.

No hizo falta que dijera nada. A partir de aquel día, Marta vivió en casa del viejo *jarl*, convencido este de que su hijo había quebrado a la muchacha, y trabajó como el resto de los esclavos. Pero jamás nadie volvió a osar ofenderla.

Ahora Marta, igual que Sigrid, debía de tener unos veinticuatro años. Aparte de eso era lo más diferente de esta que se pudiera ser. De pequeña constitución, su tez morena contrastaba con la blanca de la Bella. Tenía el pelo negro y rizado en vez de liso y rubio, y si los ojos de una parecían un mar azul en calma, los de Marta eran castaños y despedían unas chispas como las que saltaban de la forja del herrero. Sigrid era altanera y pagada de sí misma. Marta, amable y cariñosa, a pesar de lo cual podía tener un genio vivo y luchador frente al enfurruñamiento despótico de su ama.

Sigrid no se atrevía con la esclava cuando Ikig estaba presente, pero no perdía la ocasión de mortificarla cuando él se ausentaba. Aunque si algo odiaba de la esclava era que no parecía temer a su suegra y que osaba incluso desobedecerla, algo que no parecía molestar a la vieja bruja, todo lo contrario.

–Negra, ¿me has oído? –volvió a preguntar Sigrid cuando se hizo evidente que la esclava no se iba a tomar la molestia de contestarle–. Te he preguntado si has visto a Salbjörg.

Marta colocó el último de los troncos sobre la pila y tras abrir la puerta de la granja, sin siquiera una mirada a su encarnizada enemiga, contestó con un simple *sí* antes de cerrar tras ella.

–Deberías disimular un poco –dijo una voz extremadamente grave detrás de ella, en un idioma muy distinto al de los normandos–. Al fin y al cabo es tu ama.

La esclava no contestó y se dirigió hacia los secaderos de pescado. El que había hablado, un enorme esclavo negro, meneó la cabeza y sonrió. A pesar de que casi duplicaba su tamaño y que su aspecto no era en absoluto tranquilizador, Abu jamás había provocado el menor temor en la esclava, a la que conocía desde que ambos habían sido hechos prisioneros en al-Ándalus.

Las palabras que Abu había dirigido a Marta en la lengua de los *blamenn* al salir de la granja no pasaron desapercibidas para Zubayda. La esclava, enamorada de Abu, no pudo contener un aguijonazo de celos. Sabía que entre Marta y Abu no había nada, pero era demasiado joven para calmar su temperamento ardiente.

Zubayda solo llevaba en la aldea cinco años. Rorik la había comprado en un mercado de los francos, pensando que podía ser una buena compañera para Abu, siendo ambos de la misma raza. El *jarl*, conocedor de las debilidades humanas, sabía que no era buena idea dejar solo al enorme negro.

Abu había nacido esclavo en la tierra de los *blamenn*, por lo que no supuso mucho cambio ser capturado por los adoradores del fuego. Incluso debía reconocer que el trato dispensado por estos últimos era bastante mejor que el de sus antiguos amos.

Rorik, impresionado por su fuerza, se lo había quedado para sí, y en el viaje de vuelta el esclavo había conocido a Marta. Mientras aquellos que estaban encadenados se afligían por su suerte, la pequeña *blamenn* se había acercado al negro de cabeza rapada y pecho como el de un toro, pues pocas veces había visto un hombre tan oscuro.

Abu, indiferente, disfrutaba con la desesperación de aquellos importantes hombres que ahora iban a ser vendidos y no se apiadaba de sus lamentos. Aunque su propia suerte no hubiese variado, al menos ver a aquellos perros arrastrados por la cubierta le hacía sentirse mejor.

Había uno en especial, un comerciante de la cercana Elvira cuya mala suerte lo había hecho encontrarse en Ishbiliya a la llegada de los vikingos, que no paraba de mostrar su pesar a viva voz.

Rorik no soportaba los continuos lloros y lamentaciones del comerciante vestido con ricas ropas que delataban su condición. El *jarl* pretendía pedir un buen rescate por él y luego venderlo. Por dos veces le había ordenado que se callara, amenazándolo con colgarlo del mástil, pero el desolado hombre no conocía el idioma de los normandos y no comprendía lo que aquel loco con la ropa, el pelo y la barba llenos de sangre seca le gritaba.

El *jarl*, que trataba de calcular el precio de los rescates, perdió definitivamente la paciencia. Con grandes zancadas, llegó desde la proa al centro de la nave propinando empujones a aquellos de sus hombres demasiado lentos como para apartarse a tiempo. Mientras avanzaba con el rostro descompuesto, cogió un bichero que un tripulante estaba utilizando para subir al *drakkar* un escudo mal atado a la borda que había caído al agua y, de un solo movimiento, lo clavó en las entrañas del quejoso comerciante.

Ensartado, el *jarl* lo sacó por la borda manteniéndolo a un palmo por encima del agua entre las risas de sus compañeros, inmunes a la agonía del musulmán, que veía entre espasmos cómo su sangre caía al mar.

La mesnada vikinga acogió con risotadas la llegada de los tiburones. Cuando una de aquellas bestias atacó, los tripulantes aullaron mientras a los prisioneros se les salían los ojos de las cuencas. El animal se llevó entre sus fauces una pierna y el mar pareció entrar en ebullición mientras los otros se disputaban la comida. Sangrando a chorros, el desafortunado comerciante aún estaba vivo cuando el segundo tiburón arrasó con su pecho y ya no volvió a quejarse.

Ni él ni ningún otro prisionero, claro está. El resto del viaje los aterrorizados cautivos no se atrevieron ni a suspirar y durante la travesía restante hasta la isla situada a la entrada del río Loira, en tierra de los francos, permanecieron sumidos en un pertinaz silencio.

–Sois peor que las bestias –había gritado la niña cuando los restos sanguinolentos desaparecían entre las olas–. Ojalá un rayo caiga en este maldito barco y os muráis todos.

Los normandos, pese a no haber entendido las palabras de la osada pequeña, habían vuelto a prorrumpir en nuevas y más sonoras carcajadas. Uno de los tripulantes había cogido por la melena rizada a la niña para alzarla en el aire mientras la valiente propinaba inútiles patadas.

–Déjala, Eyjolf –rugió Rorik, desternillándose de risa ante la furia de la niña–. Esta pertenece a mi hijo y me la llevaré a casa.

Hacía quince años de aquello, y desde entonces Marta y Abu habían compartido techo en la casa del *jarl*, llegando a ser buenos amigos y conservando su antigua lengua para hablar entre ellos.

La mañana transcurría idéntica a tantas otras. Esclavos y hombres libres mano a mano cortaban leña, a ser posible de árboles caídos, pues entre los normandos los árboles son seres sagrados a los que no hay que dañar, salvo gran necesidad y después de pedir perdón por la ofensa; también remendaban redes de pesca, cocinaban, labraban el campo, recolectaban huevos de pájaros, pescaban y cuidaban el ganado.

En la fragua, el martilleo rítmico marcaba el paso del tiempo. Unos niños alimentaban un pequeño fuego a los pies del secadero de pescado para que al calor de las llamas acelerara el proceso. En los lindes del bosque, más niños y niñas se afanaban buscando bayas salvajes, frutos secos, hierbas aromáticas, raíces y alguna seta silvestre.

Lo único que distinguía aquella mañana era la llegada por el camino embarrado de dos jinetes a caballo.

El primero que los vio fue Abu. Sobre un tocón, partía leña con un hacha pensando en la Negra y su tozudez. Él no se enojaba. Para alguien que había sido esclavo toda su vida, que el trabajo no fuera agotador y no sufrir malos tratos ya era bastante. Incluso tenía la esperanza de ser manumitido algún día, algo nada extraño. Mientras, uno nunca sabía cuándo podían aparecer jinetes desconocidos para quemar y saquear, llevarse a las mujeres y pasar a cuchillo a los hombres.

Jinetes como aquellos.

Salbjörg, que había visto la mirada alerta de Abu, igual que Marta, se incorporó del campo que estaba labrando y, haciendo pantalla para que el sol no la deslumbrara, examinó a los hombres que se acercaban, tratando de adivinar sus intenciones.

Poco a poco el resto de los trabajadores fue levantando la mirada. En el huerto del caserío más cercano, Lorelei, amiga íntima de Salbjörg, y Helga, amiga de esta, también miraron con aprensión a los recién llegados.

Las figuras fueron definiéndose según los caballos se acercaban. La primera de ellas correspondía a un hombre corpulento con la cabeza rapada, algo muy extraño entre los normandos, poblada barba y el rostro de piel muy clara surcado por oscuros tatuajes de extraños símbolos. Vestido con pantalón y chaleco de cuero y un manto de piel cerrado sobre el hombro derecho, su porte resultaba imponente.

En la mano llevaba la brida del segundo caballo, sobre el que cabalgaba un extraño jinete encorvado con la cabeza gacha y el cabello apelmazado. Iba ataviado con un mantón de lana que le cubría todo el cuerpo y se mantenía sobre su montura a duras penas.

–Bienvenido, Thorstein *el Pálido* –saludó Salbjörg al reconocer al jinete tatuado–. Hacía mucho que no te veíamos. ¿Qué viento te trae por aquí?

–Hola, Salbjörg –contestó parcamente el jinete–. Me alegro de verte.

La mujer agarró las bridas y acarició la cabeza del caballo mientras examinaba al segundo jinete, que aún no había dicho nada.

–¿Conoces a este hombre? –preguntó Thorstein.

–No, creo que no –respondió la mujer–. ¿Debería?

–Él dice que vive aquí, en la cabaña de una tal Halldis.

–¿Ah, sí? –contestó cada vez más intrigada Salbjörg–. Dime, ¿quién eres?

El jinete levantó la cabeza dejando ver un rostro marcado por el fuego y las cicatrices al que le faltaba el ojo derecho. Salbjörg, a pesar de estar acostumbrada a ver las peores heridas, dio un paso atrás. Recuperada, se aproximó para ver más de cerca aquel despojo.

–También lo han castrado –apuntó Thorstein con el ceño fruncido.

–¿Leif Bardarsson? ¿Eres tú? –preguntó Salbjörg entre sorprendida y horrorizada.

Al oír su nombre, el hombre trató de enfocar su único ojo hacia la mujer. Un gemido salió de su reseca boca y antes de que nadie pudiera impedirlo cayó del caballo.

Entre Thorstein y Abu lo incorporaron. Estaba irreconocible. Leif había sido un pacífico granjero de gran corpulencia y buen sentido del humor, al que le gustaba cantar, beber y declamar poesía. Vivía con su mujer, que solo le había dado tres hijas, casadas ya, y nunca antes había pensado salir *a vikingo*.

Pero Ikig le había hablado, como al resto, de incontables riquezas fáciles de obtener en la tierra de los *blamenn* que paliarían los gastos de las tres dotes entregadas. En vez de esto, Leif había vuelto con la cara marcada, un ojo menos y mucho peso.

–Id a buscar a Halldis enseguida –ordenó Salbjörg sin dirigirse a nadie en concreto–. Abu, llévalo dentro de la granja. Traed agua fresca y cerveza. –Y dirigiéndose a Thorstein preguntó–: ¿Qué le ha pasado?

–No lo sé. Llegó ayer a Sciringesheal con unos comerciantes que fueron abordados por un barco *blamenn*. Dijeron que estos les pagaron para que lo trajeran hasta aquí. Es lo único que hemos logrado entender. Repite todo el rato que le llevemos a la granja del *jarl* Svennsson. Entonces, ¿le conocéis?

–Sí, es un granjero –respondió Salbjörg–. Partió con mi hijo y los demás a comienzos del verano.

–¿Es de la partida de Ikig?

–Sí. Él no parecía muy dispuesto a marcharse. Siempre ha estado muy apegado a la tierra y a su mujer, pero mi hijo necesitaba enrolar más hombres para el barco y lo convenció. ¿Qué ha pasado con los demás? –preguntó la mujer dirigiéndose al mutilado–. ¿Dónde está mi hijo?

–Halldis, Halldis –balbuceaba aquella piltrafa con la mirada perdida.

–Aquí estoy, Leif –contestó una mujer rechoncha que acababa de entrar en la sala, con el horror reflejado en sus ojos–. ¿Qué te han hecho? ¿Qué te ha pasado?

Lorelei abrazó con delicadeza a la espantada mujer, que no podía creer que aquel desecho humano fuese la misma persona con la que compartía el lecho desde hacía más de dos décadas. El poco color que la mujer solía tener en el rostro se le fue.

–Toma un poco de cerveza, Leif –dijo Salbjörg acercándole un cuerno lleno de bebida a los labios mientras Abu lo incorporaba del escabel donde lo habían tumbado.

Tras un buen rato en el que el hombre se pudo recomponer un poco, le dieron un trago más de cerveza y Salbjörg le volvió a preguntar:

–¿Dónde están los demás, Leif? ¿Están bien?

Los presentes guardaban un silencio expectante. En torno al hombre se habían reunido todos los habitantes de la aldea, incluso Runolf, el herrero, que había dejado su fragua al ver pasar por delante de ella a los dos jinetes.

–Están todos muertos o prisioneros –logró articular con enorme esfuerzo el mutilado–. Todos muertos o prisioneros –volvió a repetir ante el mudo pasmo de los reunidos–. Todos, todos…

–¿Quién? ¿Quién ha hecho esto? –preguntó Thorstein agachándose–. ¿Quién los tiene presos?

–Los *blamenn* –repuso Leif tras una pausa–. Los diablos *blamenn* –repitió antes de perder de nuevo el sentido.

CAPÍTULO 2

Nadie se movía. Aquellos rostros asustados no podían dejar de mirar al mutilado. Algunas mujeres se tapaban la cara con las manos y otras habían comenzado a llorar.

Entre los normandos, la muerte era algo corriente, que se asumía sin grandes demostraciones de pena. Un barco lleno de vikingos siempre estaba expuesto a desaparecer en una tormenta, ser atacado o cualquier otra desgracia. La muerte de todos los hombres de la aldea suponía su desaparición y un montón de viudas y huérfanos. Sin embargo, esta idea aún no había pasado por las cabezas de aquellas mujeres sobrecogidas por la noticia. Eran los rostros de sus maridos, hijos, padres, novios y hermanos los que desfilaban por sus mentes. Rostros marcados, sin ojos, carentes de vida.

La madre del *jarl* fue la primera en reaccionar y con un paño húmedo consiguió que el herido recobrara el sentido. Un cucharón de agua le fue puesto delante de sus labios y consiguió beber un poco de líquido, que se le escurría por las comisuras.

–Dime, Leif Bardarsson –dijo Salbjörg *la Vieja* inclinándose aún más sobre el escabel donde descansaba el mutilado–, ¿qué quieres decir? ¿Los hombres oscuros mantienen cautivos a nuestros maridos e hijos? ¿Son ellos los que te han marcado la cara y te han vaciado un ojo?

El resto de las presentes permanecía en un doloroso mutismo aguardando a que el moribundo les diese noticias sobre sus seres queridos. Halldis, la mujer de Leif, apenas podía contener las lágrimas que el estado de su marido le provocaba. Sosteniéndola por los hombros, Lorelei trataba de consolarla y hacer guardar silencio a las mujeres que, alertadas por Zubayda, iban llegando obedeciendo a la llamada de Salbjörg.

Prácticamente todos los habitantes del pueblo que no se habían marchado con la expedición vikinga se encontraban en ese momento en la alargada sala de la granja Svennsson. Acababan de entrar la pelirroja Kara, de fuerte carácter, cuyo marido y dos de sus hijos participaban en la expedición, junto a su inseparable amiga Embla, prometida de otro de los expedicionarios, Njâl *el Quemado,* llamado así por las cicatrices causadas por una flecha incendiaria que le había quemado el rostro, además del torso, deforme desde entonces.

Njâl era hermano de la musculosa y temperamental Groa, que junto a la pequeña Ran, hermana de ambos, habían acudido a todo correr desde la cabaña en la que ambas vivían con sus padres cerca de la granja de Salbjörg. La madre de los tres hermanos se encontraba en el mercado de Sciringesheal, pero no tardaría en conocer la suerte corrida por su hijo y los compañeros de este.

Al lado de las hermanas estaba Inga, alocada esposa de Ari *el Rojo,* con la que este se había casado pocos días antes de emprender el viaje en busca de gloria y riquezas.

Apoyada en la entrada, lejos de las demás, escuchaba en silencio una imponente mujer, que no respondía a los temerosos saludos de las que iban llegando.

Hild *la Hija del Cuervo* no tenía marido ni hijos y ningún componente de la expedición tenía relación con ella. Nadie conocía ni su edad ni de dónde provenía. Parecía llevar una máscara, pues su rostro resultaba inexpresivo y, además, lo tenía tatuado por entero de negro y rojo. Vivía sola en una cabaña frente a la aldea, al otro lado del fiordo, y recibía pocas visitas; los habitantes del pueblo únicamente se acercaban a la choza de la curandera cuando alguien caía enfermo.

Zubayda, que le tenía pánico, no se había atrevido a darle la noticia, pero la Hija del Cuervo de alguna forma se había enterado.

Cerca de Hild se encontraba la tímida Svava Runolfdottir, una hermosísima noruega que traía de cabeza a todos los habitantes de los alrededores y a la que no se le conocía amado a pesar de tener todas las proposiciones que quepa imaginar. Svava vivía en lo alto del acantilado, en la cabaña del herrero Runolf, al que consideraba como un padre desde que este la encontrara en el bosque cuando la niña no tenía más de tres años. El herrero, que amaba a Svava como si fuese su propia hija, tenía que desanimar regularmente a los pretendientes que se acercaban a su cabaña con cualquier excusa con el fin de rondar a la muchacha.

De las últimas en llegar había sido Arnora, esposa de Ragnfastr *Colmillo de Jabalí*, el carpintero de la aldea, embarazada de tres meses de su primer hijo, a la que había ido a buscar Sif, huérfana acogida por Salbjörg, que solo contaba trece años.

Próximos a la niña se encontraban Ivar, sobrino de Salbjörg, que había sido enviado por sus padres a casa de su tía para su educación, y Sigurd. Ivar estaba a punto de convertirse en un hombre, y su carácter retraído, y en ocasiones violento, hacía presagiar una tormentosa madurez. Por su parte, Sigurd era un niño díscolo y tozudo que vivía en casa de Lorelei con Helga, su madre viuda.

–Los *blamenn* nos capturaron después de una terrible batalla –dijo Leif con un hilo de voz–. Llegamos a la ciudad de Ishbiliya y tratamos de tomarla en vano, pues aquellos demonios oscuros nos rodearon con su flota y masacraron a quienes habíamos logrado desembarcar. El resto consiguió huir. Los que quedamos luchamos, pero aquellos malditos eran incontables. Hasta donde alcanzaba la vista no se veía sino barcos *blamenn* que no conocían la piedad.

Agotado, Leif no pudo seguir con el relato y cayó inconsciente sin lograr aclarar cuántos habían muerto y cuántos permanecían en manos de los *blamenn*.

–Dejémosle dormir, que se recupere– dijo Salbjörg, y llamando a la bruja, que permanecía inmóvil en la entrada de la granja, añadió–: Acércate y comprueba el estado de este hombre.

Todas las mujeres abrieron paso para que la Hija del Cuervo se acercara hasta el escabel y reconociera al mutilado. Tras estudiarlo un momento, sacó de una bolsa de piel que siempre llevaba con ella un pequeño pellejo que acercó a los labios del herido. Con paciencia, dejó que unas gotas cayeran en su boca y luego reclinó la cabeza de Leif sobre el escabel. Instantes después la expresión torturada del pobre hombre se dulcificó un tanto.

En los tiempos en que el *jarl* de la granja era Rorik *Pie de Piedra*, Hild había aparecido por allí y se había instalado en una de las cuevas de los alrededores. Durante un tiempo permaneció totalmente aislada, alimentando los chismorreos de la aldea.

Sucedió que por entonces un cuñado de Rorik de visita en la granja cayó enfermo sin que nadie pudiera conocer la dolencia que le aquejaba. Hild apareció por sorpresa un día, examinó al enfermo y se marchó sin decir nada. A la mañana siguiente regresó portando consigo unas hierbas. Sin hablar más de lo necesario, repartió un emplasto de las hierbas maceradas y cocinadas en el fuego en un trapo que colocó en un costado del enfermo. Horas más tarde el cuñado de Rorik experimentó una súbita mejoría y al día siguiente estaba lo bastante restablecido como para iniciar el regreso a su casa.

Desde entonces Hild había tratado a los aldeanos que le consultaban sobre dolores y enfermedades. Pronto comenzaron también a pedirle consejo sobre las cosechas, sobre el mejor momento para lanzar las redes, sobre cuándo era aconsejable salir a comerciar e incluso en los casamientos.

Agradecido por el trato que la mujer había dispensado a su cuñado, Rorik *Pie de Piedra* insistió en gratificárselo levantándole una pequeña pero cómoda cabaña. La extraña mujer escogió el lugar donde instalarla: frente a la aldea, en la otra orilla del fiordo, al lado de una inmensa, magnífica y estruendosa cascada que traía el agua de las nieves que cubrían las cumbres.

—Dormirá hasta mañana —se limitó a decir Hild tras examinar a Leif.

—En ese caso creo que no podemos hacer nada más por ahora —señaló Salbjörg dirigiéndose al resto de los presentes—. Propongo que le dejemos descansar hasta mañana. Ahora volvamos cada una a nuestro trabajo. Se quedarán con él su mujer y mi esclava.

Ninguna se atrevió a disentir de la Vieja y fueron saliendo de la granja. Todas se marcharon muy preocupadas, en especial Arnora, que se acariciaba el vientre donde crecía su primogénito. Pero Salbjörg tenía razón: nada podían hacer hasta que Leif Bardarsson se recuperase un poco y pudiera relatarles lo ocurrido.

Salbjörg, tras dejar instrucciones a Marta sobre cómo cuidar al yaciente, se limitó a apartar con firmeza a su nuera Sigrid, que, al igual que las demás, había permanecido en silencio, y salió de la granja en dirección al campo que estaban cultivando, consciente de que las tareas no podían esperar y que, de permanecer ociosos, los habitantes de la aldea podían tener dificultades durante el invierno.

Por su parte, Sigrid fingió no haberse dado cuenta del empujón propinado por su suegra delante del resto de las mujeres. Sabía que no contaba con las simpatías de ninguna de ellas y lo achacaba a la envidia que sentían por su belleza y por su condición de esposa del *jarl* al que todas las muchachas habían pretendido.

–Salbjörg, necesito a mis esclavas –dijo Sigrid dirigiéndose con aire regio a su suegra, que había ordenado salir a sus dos criadas para que ayudaran en el campo–. Me tienen que peinar.

–Hazlo tú misma –contestó irritada Salbjörg sin levantar la mirada del pedregoso suelo, donde luchaba, como otras mujeres, contra unas malas hierbas que amenazaban con ahogar las plantas de alubias, coles, ajos, avena y cebada.

Furiosa, Sigrid volvió a entrar en la granja, encerrándose en su alcoba ante la mirada asesina de Marta, que en esos momentos colocaba unos paños empapados en agua fría sobre la frente ardiente de Leif. El herido, sumido en un sueño inducido por la medicina administrada por la Hija del Cuervo, mostraba un rostro más aliviado.

* * *

A la mañana siguiente, el tiempo había cambiado. La lluvia empapaba la tierra y la cosecha. A los animales de las cuadras no se les permitió salir y tuvieron que conformarse con rumiar la comida que les servían en sus pesebres.

Lo primero que hizo Marta nada más incorporarse de su camastro fue mirar el estado en el que se encontraba el hombre de cuyo cuidado se encargaba. Leif dormía tranquilo con una respiración rítmica y pausada. Sin duda el brebaje servido por Hild y la noche de sueño habían tenido un efecto reparador en el vikingo. Junto a él, su mujer, Halldis, dormía con la cabeza sobre el regazo de su marido, vencida por el cansancio después de velar el sueño de su esposo durante toda la noche.

Marta alimentó el fuego próximo al herido y colocó en los ganchos las cadenas con la marmita colgando. Después se acercó al establo adosado a la sala donde solía dormir en compañía de Abu, el resto de los esclavos y el ganado. Hizo levantar a una de las vacas y la ordeñó. Antes de continuar con las restantes, vertió la leche en la marmita que se calentaba al fuego.

–¿Qué tal está el hombre?– preguntó Salbjörg desde su escabel, al ver las evoluciones de la esclava.

–Parece que la noche de sueño le ha venido bien –respondió Marta sin perder de vista la maniobra que llevaba a cabo con el pesado cubo de leche.

–Quiero que cojas una barca, te acerques a la cabaña de la curandera y le pidas que venga –dijo Salbjörg–. ¿Te atreverás?

–¿Por qué no habría de atreverme?– preguntó extrañada la Negra, que terminó de volcar el cubo dentro de la marmita.

–Dile que venga pronto y traiga algo para despertar a este hombre –contestó Salbjörg sin atender a la pregunta de la esclava.

Mientras la granja comenzaba los preparativos para una nueva jornada de trabajo, Salbjörg atendió a Leif, que continuaba dormido. Su mujer ya estaba despierta y limpiaba el rostro sudado de su marido con un trapo. Con cuidado, le retiraron los vendajes puestos el día anterior y lavaron las heridas, que presentaban un aspecto menos tumefacto y al tacto no estaban tan calientes como la víspera.

Abu y el resto de los que dormían se levantaron para atender a los animales, que fueron ordeñados, alimentados y examinados por si estuvieran enfermos, y salieron para preparar las tareas de la jornada. Todos esperaban impacientes a que el herido se despertara y les contara qué había sucedido y la suerte corrida por sus seres queridos en las tierras de al-Ándalus.

Al rato se abrió la puerta y entró Hild acompañada por Marta. Sin saludar a nadie, se acercó al herido y lo examinó. Marta observaba el rostro de la bruja por si de sus gestos pudiera deducir algo sobre el estado de Leif, pero fue en vano, pues la Hija del Cuervo mostraba, como de costumbre, una colorida máscara.

Mientras Hild despertaba a Leif con una suavidad insospechada en ella, las demás mujeres iban entrando en la sala para asistir a las explicaciones que, esperaban, ofrecería el herido. Junto a estas, y acompañado por su hijastra, Runolf, el herrero sordo, se colocó en una buena posición para poder escuchar lo que dijera Leif Bardarsson.

En una esquina, Thorstein bebía un cuerno de cerveza que había llenado del tonel situado cerca del telar, donde en invierno se fabricaban los paños con los que confeccionar ropas, velas, mantas… Se encontraba tan alarmado como los demás y aguardaba impaciente que Bardarsson le diera cuenta de lo sucedido con su *hermano jurado* Ikig *el Triturador,* con el que había establecido una relación de lealtad inquebrantable, cruzando su sangre según el ritual normando.

Thorstein e Ikig habían sido amigos desde la infancia, una amistad que se consolidó cuando Rorik mandó a su hijo a la granja de los padres de Thorstein para que estos terminaran la educación del futuro *jarl,* algo habitual en la preparación de los futuros hombres del norte.

–¿Qué tal te encuentras, Leif? –preguntó Salbjörg cuando este despertó obedeciendo a las palabras de la bruja.

–Algo mejor –contestó el herido pasándose la mano por la cara–. Tengo hambre.

Al instante, Marta le sirvió pan con mantequilla, miel y un tazón de leche caliente. Mientras aguardaban a que terminara de desayunar, las mujeres pasaron el tiempo tranquilizándose inútilmente unas a otras sobre el alcance de las noticias que, por ahora, se reservaba el hombre.

La única persona ausente de toda la aldea, aparte del borracho Einarr, que estaría durmiendo su resaca en cualquier lugar, era la esposa del *jarl,* Sigrid, aún acostada.

–Creo que podemos empezar –dijo Salbjörg cuando Leif hubo terminado de comer.

–¿Aviso a la señora? –preguntó una de las criadas de Sigrid.

–¿Para qué? –dijo con indiferencia la Vieja–. Déjala dormir. Seguro que lo necesita. Bueno, Leif, ¿estás dispuesto a contarnos qué os sucedió?

–¿Está bien mi marido, Ragnfastr? –preguntó Arnora, incapaz de contenerse.

Las demás la miraron con cara de pena. Casi todas tenían algún pariente en el *drakkar,* pero el embarazo primerizo de Arnora empeoraba su situación.

–Es uno de los que está preso –contestó Leif.

El hombre no pudo añadir nada más, pues las preocupadas mujeres se pusieron a gritar a la vez los nombres de aquellos que añoraban y el pobre Leif se vio acorralado.

–Tranquilas, tranquilas. –Salbjörg trataba de hacerse oír por encima de los gritos–. Dejad que hable.

Con gran esfuerzo, las mujeres guardaron silencio permitiendo que Leif fuese enumerando a los que habían perdido la vida y a los que estaban presos. Cuando nombraba a alguien y anunciaba su muerte, sus parientes lloraban y se lamentaban consolándose unos a otros. Si la noticia que daba Leif era que el mencionado se encontraba preso, sus deudos lo asediaban preguntando por su estado de salud, algo que el pobre hombre contestaba como podía.

Por fin Salbjörg, que había guardado silencio hasta que los demás callaron, preguntó:

–¿Cómo está mi hijo Ikig?

–Vivo –contestó Leif–. Por lo menos lo estaba cuando lo vi por última vez. Pero no se encontraba demasiado bien. Durante la batalla lo hirieron con varias flechas. Cuando lo hicieron preso se resistió, a pesar de estar muy débil, y recibió un trato muy duro. No puedo asegurar que no haya muerto. Lo siento.

–Gracias –repuso Salbjörg sin dejar que las emociones afloraran a su rostro–. ¿Ahora puedes decirnos qué es lo que sucedió?

Reuniendo fuerzas, Leif inició el relato de su andadura:

–Llegamos dos semanas después de salir de aquí a la isla de Noirmoutier, en la desembocadura del río que los francos llaman Loira, donde se encontraba el resto de la flota que Bjorn *Costilla de Hierro* y Hástein estaban formando. Durante cuatro días más esperamos que fueran llegando los últimos refuerzos. El mar estaba cubierto por nuestras naves, mirases donde mirases no se veían las aguas. Era un espectáculo pavoroso y no dudábamos que nuestros enemigos huirían nada más vernos aparecer por el horizonte.

»Por fin dio comienzo la expedición. Las naves desplegaron las velas y nos hicimos a la mar, rumbo al sur. Los planes de Björn *Costilla de Hierro* y Hástein eran rodear la Hispania cristiana, atacar las ciudades del sur de al-Ándalus, donde las riquezas son legendarias, cruzar el *Njörvasund* que separa la tierra de los *blamenn* de la de los hombres negros como Abu, y llegar hasta la Roma de la que tanto hablan los cristianos. La noche anterior a la partida, los *jarls* de cada nave se reunieron con los dos jefes de la expedición y acordaron el orden en el que navegaríamos. A nuestro barco le correspondió, como no podía ser de otra manera, un lugar de honor y ocupamos la vanguardia, a la derecha del *drakkar* de Björn.

»Recorrimos la costa cristiana de Hispania, asolando varios pueblos y ciudades hasta llegar a la torre de Hércules, en el que llaman reino de Galicia. Nuestra intención era tomar Jakobsland. Entramos por el río y saqueamos el puerto de Iria Flavia, que sus ocupantes habían dejado desierto para refugiarse en el Campo de la Estrella. Llegamos hasta las puertas de la ciudad y Hástein les exigió un tributo a cambio de no saquear la ciudad. Los cristianos accedieron, pero aun así tratamos de tomarla. Nos enfrentamos al ejército cristiano. La batalla fue dura y sufrimos una fuerte derrota, por lo que tuvimos que huir. Continuamos viaje hacia el sur. Del centenar de naves que salimos de Noirmoutier, perdimos una veintena, pero otras que encontramos por el camino se sumaron a nuestra flota.

»Atacamos Al-Išbunah, pero también fuimos rechazados y perdimos otras naves. El ánimo era muy malo. Algunos *jarls* afirmaban que Björn y Hástein habían perdido la *haminja*, la suerte, y se negaban a seguirlos. Björn estaba decidido a continuar con la expedición hasta Roma y trató de convencerlos hablándoles de las riquezas que esperaba encontrar, pero los *jarls* se daban por satisfechos con lo que ya habían conseguido reunir y con los esclavos capturados, y no querían arriesgarse.

»Al final unas sesenta naves continuamos viajando hacia el sur y doblamos la punta de al-Ándalus, adentrándonos en el mar Mediterráneo. Antes de llegar a las Columnas de Hércules, al paso de Njörvasund, entramos por el que los *blamenn* llaman el Gran Río. Allí hay una isla llamada Qabtîl, donde sabíamos, por la expedición de hace tres lustros, que había gran cantidad de magníficos caballos, de los que embarcamos medio centenar, pensando que nos vendrían bien para inspeccionar los alrededores del río.

Leif hizo un descanso para coger aire. Marta le tendió un cuerno con cerveza que el hombre agradeció tomando un buen sorbo. Las mujeres, expectantes, aguardaban a que el herido continuara con la explicación.

–A golpe de remo –siguió Leif–, durante dos días de duro esfuerzo remontamos la corriente hasta llegar a un lugar donde el río se separaba en dos ramas, sin encontrarnos, extrañamente, ningún otro barco, salvo algunas pequeñas barcas de pescadores que nos apresuramos a hundir para que no pudieran dar el aviso de que llegábamos. Sabíamos que la ciudad de Ishbiliya, la que Björn se había empeñado en tomar, estaba a escasas leguas de donde nos encontrábamos. Se hacía de noche y decidimos ocultarnos lo mejor posible. Tarea difícil de conseguir el esconder medio centenar largo de naves, pero no queríamos dar pie a que los *blamenn* conocieran antes de tiempo nuestra llegada.

»Metimos las naves en las entradas de los riachuelos y con el mástil abatido las cubrimos con ramaje. No encendimos fuego y por suerte para nosotros la luna no salió. Los hombres que Björn había mandado para reconocer los alrededores de la ciudad regresaron. Las noticias no eran todo lo buenas que esperábamos. Ishbiliya había sido amurallada desde la anterior vez que la atacamos. Luego nos enteramos de que precisamente aquella visita había motivado que el emir *blamenn* decidiera amurallarla. Tras escuchar a sus hombres, los *jarls* decidieron el plan que íbamos a llevar a cabo.

»Como en otras ocasiones, pensaron mandar unos pocos hombres vestidos como simples comerciantes, sin más armas que sus cuchillos, con unas pieles y algunos tesoros que habíamos logrado en los saqueos para vender. Estos hombres deberían estudiar las defensas de la ciudad, calcular cuántas tropas poseían, barcos, caballos, armamento… Cuando llegara la noche, dos de ellos tendrían que quedarse escondidos dentro de las murallas para abrirnos las puertas de la ciudad una vez que comenzara el ataque.

»Todo fue según lo planeado. Por la noche los hombres de Björn regresaron con los informes que se les habían encargado. Según decían los *blamenn* no nos esperaban, la defensa era relajada y las tropas escasas. Los hombres que se habían quedado abrirían la puerta norte cuando se les diera la señal, tres toques de cuerno, y a su vez contestarían con otros tres toques de cuerno cuando las tuvieran abiertas. Entretanto los demás atraeríamos la atención de los *blamenn* atacando la puerta sur, la más cercana a la zona por donde llegaríamos con nuestros barcos.

Leif hizo una nueva pausa, como tratando de recordar exactamente cómo se había desarrollado el ataque a la ciudad musulmana. Las mujeres seguían atentas el relato, imaginándose a sus maridos e hijos a la espera de que llegara la mañana para iniciar el asalto. Hombres libres y esclavos se arremolinaban en torno al herido. Incluso el borracho Einarr había llegado, sentándose en un rincón lejos del resto, con una jarra vacía en la mano. Era el único que podía saber qué se sentía cuando a uno le faltaba un miembro, pues desde la expedición en que fueron hechos cautivos Abu y Marta le faltaba su pierna izquierda, amputada tras sufrir una terrible quemadura con pez ardiente.

–La mañana llegó. A una orden de Björn *Costilla de Hierro* comenzamos a remar para alcanzar la base de las murallas. En cuanto nos descubrieron comenzaron a gritar para dar la alarma, pero no parecían demasiado organizados y logramos llegar hasta una zona donde pudimos desembarcar rápidamente. Nuestro barco, con Ikig al frente, tenía el encargo de esperar, escondidos entre la arboleda, a que el enemigo estuviera lo suficientemente ocupado con el ataque frontal como para que no se diera cuenta de nuestra estratagema. Entonces Ikig daría la señal, los de dentro contestarían y, a caballo, rodearíamos la ciudad y entraríamos en ella por su desguarnecida retaguardia.

»Desde nuestro escondite observamos cómo los demás *jarls* organizaban a sus hombres según desembarcaban. Con una enorme palmera que teníamos preparada a modo de ariete, comenzaron a golpear los portones. Los *blamenn* arrojaban desde lo alto de sus murallas pez hirviendo a la que prendían fuego con flechas incendiarias en cuanto nos empapaban. Nuestros hombres caían más rápido de lo que lograban desembarcar. Ardiendo como antorchas, trataban de apagarse a sí mismos inútilmente, extendiendo el fuego entre sus compañeros en medio de una espantosa agonía. Pero, aun así, continuábamos tratando de derribar las puertas. El hedor a carne quemada y pez era sofocante.

»De pronto escuchamos unos gritos de alegría provenientes del interior de la ciudad. Asombrados, vimos bajando por el río hacia nuestra flota unas galeras de los diablos *blamenn* que tenían en la parte delantera unas extrañas bocas de bronce.

–¿Unas bocas de bronce dices? –preguntó Thorstein hurgando en su memoria–. Creo haber oído hablar de ellas a Ottar *la Morsa*. Arrojan un líquido oscuro ardiendo que quema todo lo que toca. Parece que ni el agua es capaz de apagar ese fuego.

–No te engañó tu hermano, Thorstein –dijo Leif, asintiendo con la cabeza–. Yo también había oído hablar de ese prodigio, aunque no lo había visto. Lo llaman *el fuego griego*. Ciertamente todo lo que toca se consume sin que sirva de nada tratar de apagarlo. Enseguida comprobamos su eficacia. Cuando sus barcos aún estaban a un tiro de piedra de los nuestros, un rugido salió de esas bocas y enseguida lenguas de fuego lamieron nuestras naves y a nuestros hombres.

»Yo me encontraba paralizado ante lo que mis ojos veían. Como hogueras flotantes, los barcos estaban envueltos en fuego y sus tripulantes se arrojaban entre espantosos gritos al agua, donde continuaban quemándose. Las naves más rezagadas, viendo la desigual batalla y el peligro de ser engullidas por el fuego, se alejaron río abajo, perseguidas por las galeras de los *blamenn*.

»En tierra nos quedamos los cincuenta hombres a caballo, entre los que estábamos todos los hombres de Ikig *el Triturador* y los que aún trataban desesperadamente de derribar las puertas con el ariete, muchos de ellos ignorantes del giro que había tomado la batalla. En ese momento escuché los tres toques de cuerno que Ikig lanzó al aire. Enseguida fue contestado por otros tres que provenían de muy lejos, y azuzamos a los caballos recorriendo al galope el bosque hasta llegar a las puertas del norte, donde nos esperaban los hombres de Björn.

—¿Lo habían conseguido? —preguntó Thorstein, rabioso por la suerte de los hombres muertos de manera tan innoble.

—Las puertas estaban abiertas y en las murallas no había nadie. Con Ikig a la cabeza, entramos en la ciudad como lo podría haber hecho el mismo Odín al frente de su Compañía Salvaje. Pero nos aguardaba una desagradable sorpresa. Los *blamenn* habían cerrado las callejuelas dentro de la ciudad levantando grandes barricadas, de modo que solo podíamos avanzar hacia el frente. En cuanto el último hombre traspasó los portones, estos se cerraron a nuestra espalda. De las terrazas de las casas y por encima de las barricadas asomaron decenas de arqueros apuntándonos. Ikig dio la orden de atacar, pero resultaba imposible. Los caballos, asustados por las bolas de fuego que nos arrojaban desde las ventanas, se encabritaban y nos arrojaban al suelo.

Gestos de sufrimiento se reflejaron en los rostros de las mujeres. Podían imaginar perfectamente la desesperación de sus hombres rodeados por un enemigo más numeroso al que no podían llegar.

—Nos rendimos, ¿qué otra cosa podíamos hacer? —dijo Leif con dolor—. Ni siquiera podíamos presentar batalla. Era rendirse o ser ensartado por cientos de flechas. Nos encadenaron unos a otros y nos llevaron a una plaza entre los insultos de la gente, que, envalentonada por el triunfo de sus tropas, aprovechaba para vejarnos arrojándonos todo tipo de inmundicias.

—Pero ¿los hombres de Björn no habían dicho que los *blamenn* apenas tenían tropas y que no os esperaban? —preguntó confundida Salbjörg.

—Eso creíamos. Pero los malditos habían sido más listos que nosotros. Nos enteramos más tarde de que el anterior emir, al que llamaban Abd al-Rahman, además de fortificar la ciudad había levantado varias torres de vigilancia a lo largo de toda la costa del Gran Río y formado una flota de barcos de guerra que permanentemente les protegía de nuestras incursiones.

—¿Así que sabían que llegabais? —preguntó Thorstein.

—Sí. Mientras saqueábamos el reino de los cristianos, los espías *blamenn* habían dado la voz de alarma, por lo que se encontraban preparados. Nos vieron entrar por la desembocadura del Gran Río y afrontar la corriente. Habían escondido sus propios barcos para que nos confiáramos y podernos rodear cuando comenzáramos el ataque y fuéramos más vulnerables. Cuando los falsos comerciantes entraron en la ciudad fueron seguidos por sus soldados, que no les perdieron de vista ni un instante. A la hora de cerrar las puertas de la ciudad, cuando todos los que no pasaban la noche en su interior se tenían que marchar, se dieron cuenta de que dos de los nuestros se escondían. Los prendieron y torturaron para conseguir la información que necesitaban. Después los mataron.

—Os permitieron desembarcar unas cuantas naves y cuando os tuvieron divididos atacaron los barcos —resumió Salbjörg con tristeza—. Los que estabais en tierra no erais suficientes como para presentar batalla.

—Así fue —repuso Leif—. Quemaron varias naves que aún no habían desembarcado, pero también quemaron todas las que estaban ya embarrancadas y con los tripulantes en tierra. Nos cortaron la retirada. La maniobra de distracción con el ariete fue un suicidio, pues la puerta sur estaba fortificada y nuestros hombres, esperando a que aparecieran los refuerzos que no llegarían nunca, aguardaban también nuestro ataque por la retaguardia de los musulmanes, un ataque que jamás se inició. Fueron masacrados; nosotros, capturados; y del resto de la flota desconozco su suerte.

–¿Qué pasó después? –preguntó impaciente Arnora, a la que solo le importaba la parte del relato que tuviera que ver con su marido, Ragnfastr.

–Nos encadenaron a unos postes clavados en la plaza de la ciudad y allí nos expusieron para que los habitantes pudieran burlarse de nosotros y torturarnos. Al principio no se acercaban por miedo y se limitaban a insultarnos y a tirarnos excrementos. Poco a poco se fueron envalentonando y, armados con palos, nos golpearon. A un hombre que estaba a mi derecha, al que no conocía, le sacaron un ojo entre las carcajadas de los *blamenn*. Uno de estos, sucio y desdentado, se acercó con un cuchillo y cortó las partes viriles de Aslak *el Danés*.

La mujer de Aslak profirió una maldición y ahogó un sollozo. Sabía por Leif que su marido se contaba entre los muertos y temblaba al imaginar los crueles tormentos que le habrían hecho padecer aquellos demonios azules.

–Yo pensé que sería cuestión de tiempo que comenzaran un linchamiento del que no veía cómo podíamos librarnos. Una muerte lenta e innoble que nos impediría alcanzar el Valhalla, pero en ese momento apareció un hombre gordo y blando con la cabeza rapada y rodeado de soldados. Llevaba un vestido blanco que le caía hasta los pies. Cadenas de oro lucían en su pecho, y sortijas y brazaletes del mismo metal, en sus dedos y muñecas. Las tropas que nos habían atrapado y que se divertían a nuestra costa enmudecieron ante su sola presencia y se retiraron.

»El medio hombre, pues de eso se trataba, de un recortado, un eunuco, se acercó hasta nosotros y con sus repugnantes ojillos nos fue examinando uno por uno. De vez en cuando señalaba a alguno con la mano y un soldado se acercaba y de un solo mandoble de su alfanje le cortaba la cabeza, que caía rodando entre las aclamaciones de los asistentes. Intuí que daban muerte a los que se encontraban en peor estado. El hombre al que le habían sacado un ojo a mi derecha fue señalado y el verdugo lo decapitó. Cuando se acercaba el recortado a mí, escupí en el suelo y lo llamé *medio hombre*. El eunuco giró la cabeza hacia un asistente que tenía al lado, un viejo arrugado, y hablaron en su idioma. Un gesto de rabia cruzó el rostro del recortado, que ladró una orden al verdugo. Este se acercó y, cuando estaba ya convencido de que a mi cabeza le quedaba poco sobre mis hombros, cortó las cuerdas que sujetaban mis brazos por encima de la cabeza al tronco de palmera y me liberó.

»El eunuco terminó su ronda y se dirigió a un palacio hacia el que me arrastraron. Pensé que el medio hombre me tendría preparado un tormento especial. Él se sentó en un escabel y a mí me hicieron arrodillarme a sus pies a base de golpes. A un costado de la sala había una enorme jaula llena de perros que no dejaban de ladrar y aullar, previendo la llegada de comida. Era atronador.

»A través del anciano arrugado me preguntó mi nombre, de dónde procedía y quiénes eran nuestros jefes. Le contesté que los normandos no tenemos jefes, que somos hombres libres, cosa que pareció divertirle. «¿Quieres vivir?», me preguntó el eunuco a través de su intérprete, levantando la voz sobre los ladridos. Yo le contesté que no me importaba morir, sino cómo hacerlo. Él pareció muy sorprendido con esta respuesta y se me quedó mirando un buen rato, mientras parecía reflexionar. En ningún momento bajé la mirada fija en aquellos ojos porcinos. «¿Cuánto crees que valéis tus compañeros y tú?», tradujo el anciano.

»Imaginé que se refería a cuánto oro podría conseguir por nuestro rescate y mantuve silencio. No hubiese sabido qué decir a aquel recortado. Como no respondía y continuaba mirándole de manera desafiante, el eunuco pareció aburrirse e hizo un gesto. Al instante entraron en el rico salón donde nos encontrábamos dos negros colosales parecidos a Abu. Uno de ellos transportaba un brasero con ascuas blancas que despedía un intenso calor; el otro, un arsenal de hierros de distintas formas que no parecían nada tranquilizadores. «Dime, *madjus* –que es como los *blamenn* nos llaman, los adoradores del fuego–, y procura hacerlo bien, ¿qué rescate puedo pedir por vuestras sucias existencias? Contesta o te sacaré un ojo».

»Me reí en su cara, que se puso roja de ira. Uno de los negros me sujetó mientras el otro me metía un hierro en la cuenca del ojo y me lo vaciaba. Apreté las mandíbulas para que aquel demonio no tuviera la satisfacción de verme gritar. El negro arrojó mi ojo a la jaula donde la jauría de perros hambrientos ladraba desesperadamente y se arrojaba contra los barrotes una y otra vez. Los perros pelearon por el despojo y salió ganador un enorme mastín negro. «¿Lo has pensado mejor?», volvió a preguntar el eunuco, pero yo mantuve silencio. «Muy bien, entonces seré yo el que establezca el importe». Tras estas palabras, los dos negros me arrastraron hasta la jaula, sobre la que me subieron. Debajo de los barrotes, los animales saltaban y de sus mandíbulas abiertas caían regueros de saliva.

Los ojos de las mujeres reflejaban el horror que sentían. Halldis, la mujer de Leif, lloraba en silencio, apretados los parpados, mordiendo el delantal que llevaba sobre su vestido largo de lana.

–El recortado lloraba de risa, secundado por los soldados. Los únicos que no reían eran los dos negros, que tenían que hacer grandes esfuerzos para sujetarme, y el anciano traductor. «¿Qué me has llamado, *madjus*? ¿Medio hombre?», dijo en su idioma el eunuco masticando las palabras, abiertos los ojos en un gesto demencial. «Ahora sabrás qué es carecer de los atributos de un hombre».

»Los negros me acostaron sobre el pecho encima de los barrotes. Las bestias aullaban esperando su comida. Uno de los negros me arrancó los calzones y tiró de mi miembro haciéndolo asomar dentro de la jaula. Mi cabeza estaba aprisionada contra el techo de la jaula y no me quedaba más remedio que ver con mi único ojo como los perros saltaban cada vez más alto buscando el premio. Un perro delgado y huesudo de color marrón consiguió imponerse sobre los demás y sus mandíbulas se cerraron certeramente desgarrándome mis partes.

»Cuando desperté, el anciano traductor estaba frente al camastro donde había sido acostado. El cirujano examinaba cómo cicatrizaban mis heridas y añadió sobre la masa renegrida de mis muñones un poco más de hirviente y apestoso pez que me quemaba. No sabía cuánto tiempo había pasado y nada me dijeron. Me obligaron a levantarme, vistiéndome con estos harapos, y me llevaron ante el eunuco, que estaba en el mismo salón comiendo plácidamente todo tipo de desconocidos manjares. La jaula de los perros había sido retirada y en su lugar unas bellas esclavas bailaban para el recortado.

»«¿Estás pensando que de nada me sirven estas huríes?», tradujo el anciano, que no se separaba de mí. «A partir de hoy tampoco te servirán a ti. También eres un castrado. Un medio hombre, como dijiste».

»Los soldados me mantenían de pie aguardando a que el eunuco terminara de decir lo que quería, pero este continuaba comiendo y no parecía tener prisa. A un gesto del recortado, acercaron de nuevo el brasero que me habían mostrado antes. Tenía un par de hierros dentro de las ascuas al rojo y supe que me iban a marcar.

»Uno de los guardias me sujetó para que no me pudiera mover y el otro aplicó el hierro a mi rostro como si fuese una res. Me volví a desmayar, pero solo unos instantes, pues me echaron un cubo de agua para que despertara. A pesar del dolor pude escuchar lo que el eunuco tenía que decirme: «Te voy a permitir vivir para que traslades a tu gente un mensaje».

En la sala los presentes, incluido el borracho Einnar, guardaron un expectante silencio, únicamente roto por el relincho lejano de un caballo.

–¿Cuál fue el mensaje que te dio el recortado?– preguntó Salbjörg ante el silencio de Leif Bardarsson.

–El próximo año –dijo el mutilado– deberemos entregarles diez mil monedas de oro si queremos que nos devuelvan a nuestros hombres.

CAPÍTULO 3

–¿De dónde vamos a sacar diez mil monedas de oro?

Era Kara la que preguntaba, imponiendo su voz por encima de las restantes mujeres, que no dejaban de cuchichear, sin atreverse a ser las primeras en abordar tan espinoso tema.

Destacaba entre el resto por su figura esbelta pero musculosa y el largo cabello del color del fuego, que armonizaba con su carácter ardiente y autoritario. Había sabido por Leif de la muerte del más pequeño de sus hijos, Ovaegir, y de que su marido Aslak *el Caballo* y su otro hijo, Vagn, habían sido hechos presos por los *blamenn*. Ahora, inquieta, se desesperaba como las demás mujeres, pensando cómo lograr hacerlos volver a casa.

Se encontraban en la explanada, detrás de la granja, en el *thing*, lugar sagrado al aire libre donde dos veces al año, o siempre que era necesario, se reunían todos los habitantes de la aldea para celebrar una asamblea en la que se discutían los temas que pudieran afectar a la comunidad: casamientos, compra de ganado, de semillas o de herramientas, castigos, expediciones a *vikingo* o comerciales.

Para ello tenían marcado un cuadrado con avellanos en cada esquina que lo delimitaban. El terreno, cuidadosamente segado por las voraces ovejas, estaba rodeado por troncos de roble, pino y fresno en forma de círculo para poder sentarse.

Antes de reunirse habían dejado a Leif en su casa, después de que con las pocas fuerzas que le quedaban les relatase cómo tras marcarlo lo habían llevado al puerto y embarcado en una nave árabe que se dirigía hacia aguas del norte a comerciar.

El capitán de la embarcación no se había mostrado muy contento con su presencia y al acercarse a las aguas normandas había pagado a otra nave de comerciantes frisios para que lo dejaran en la costa, temiendo que alguien tomara venganza contra ellos por lo que le había ocurrido a su pasajero.

Una vez que Leif estuvo con su mujer, el resto se dirigió al *thing* para celebrar una asamblea. Según la costumbre, cualquiera podía hablar sin ser censurado, aunque lo que dijese resultara ofensivo para otros. Rompiendo las normas, en aquel *thing* serían las mujeres quienes tomaran la decisión sobre qué hacer con el ultimátum del *blamenn*.

Los esclavos habían sido autorizados a presenciar la reunión aunque sin derecho a hablar. Al lado de Abu, Marta se mostraba muy nerviosa, hasta el punto de que el enorme negro tuvo que colocar una de sus manazas sobre el hombro de la pequeña esclava para que se estuviese quieta.

Como todos conocían la situación resultaba inútil volver a repetirlo todo, así que Salbjörg, tras las palabras previas del recitador de leyes recordando cuantas reglas debían observarse, preguntó directamente y sin más ceremonia:

—¿Qué hacemos?

Kara, sentada en la base de un roble al lado de su inseparable amiga Embla, había hecho la pregunta que todas se hacían pero ninguna osaba plantear:

—¿De dónde vamos a sacar diez mil monedas de oro?

—Aunque reuniéramos todo el oro que tenemos no llegaríamos a esa cantidad —apuntó la impredecible Inga, más joven que la anterior y menos corpulenta.

Varias mujeres asintieron con la cabeza en señal de conformidad con las palabras de la joven, que se sentó de nuevo, orgullosa del efecto que había tenido su intervención entre unas mujeres que solían tratarla como a una cría.

—Inga tiene razón —dijo Salbjörg, a la que casi todas las demás consideraban la voz más autorizada—. No poseemos suficiente dinero como para pagar tal cantidad. Pienso que si vendiéramos el pueblo entero con los esclavos incluidos no llegaríamos a obtener ni la mitad de esa suma.

—Podríamos negociar con los *blamenn* y que rebajen el rescate —apuntó Signe. Esposa de Hader *Barba Gris,* uno de los que estaban presos en manos de los *blamenn,* vivía en casa de la Vieja.

—Claro —repuso con cinismo Kara—. Viajamos hasta allí y le decimos a ese medio hombre que no podemos pagarles tanto, pero que les damos la mitad. Seguro que él lo entiende y los pone en libertad. Es posible incluso que le demos lástima y nos devuelva el oro. ¿Qué crees que harán a nuestros hombres si nos presentamos allí con menos oro del que nos piden?

–¿Y quién dice que no harán lo mismo aunque les demos las diez mil monedas? –preguntó con calma Lorelei, situada al lado de Salbjörg–. Yo creo que los *blamenn* saben de sobra que la cantidad que nos han pedido es imposible de reunir. Espero equivocarme, pero pienso que nuestros hombres están condenados. El eunuco no los dejará marcharse vivos. Sabe que, si lo hace, nuestros hombres, para salvar su honor, se verán en la obligación de regresar y tomar venganza. Nos pide algo imposible sabiendo que haremos lo que sea para reunirlo y llevárselo. Cuando le demos lo que hayamos podido recaudar, los matará y se quedará con el oro.

Ante estas palabras, las mujeres aumentaron sus cuchicheos y se oyeron algunos sollozos contenidos. Si alguien había pensado lo mismo que Lorelei, nadie se había atrevido a tenerlo en cuenta. Y mucho menos a decirlo.

–Hablas así porque los tuyos han muerto –la acusó Signe.

–Es verdad. Tú ya no tienes nada que perder y por eso no quieres pagar, pero mi hijo está allí –apuntó Dalla, madre de Asvald, también preso.

Lorelei se mantuvo en silencio a duras penas. La mano que Salbjörg había colocado sobre su hombro detenía la embestida. La herida por la pérdida de sus seres amados ni siquiera había comenzado a cicatrizar y esas palabras la habían golpeado en lo más hondo.

No muy alta pero con una constitución fuerte, Lorelei era en condiciones normales una persona serena y reflexiva, pero cuando se alteraba era capaz de ponerse muy violenta.

–¿Y qué propones, Lorelei? –preguntó la embarazada Arnora cuando se hubieron calmado los ánimos.

–Mi marido y mis hijos están muertos, es verdad. Nada de lo que podamos hacer, ni siquiera pagar el rescate, les devolverá la vida que les han arrebatado esos *blamenn*. Tal vez si estuviera en vuestro lugar hablaría como vosotras. Pero el dolor os ciega y os impide pensar con claridad. Los *blamenn* piensan que somos unos bárbaros. Matamos, violamos y saqueamos. No respetamos ni sus lugares de culto. Creen que comemos la carne de nuestros enemigos. ¿Por qué respetar el acuerdo pactado con unas bestias que, de seguir vivas, lo único que harían sería regresar para terminar lo empezado? ¿Nosotras lo haríamos? No. La palabra dada a un salvaje no tiene validez. Los mataríamos, nos quedaríamos su oro y haríamos prisioneros a los que lo trajesen.

La asamblea guardó un temeroso silencio, estudiando estas palabras que aumentaban su desazón. A pesar de que todas querían creer que con el pago de la desorbitada cantidad recuperarían a sus hombres, tenían que admitir que la visión apocalíptica de Lorelei era bastante certera. ¿Qué harían sus maridos e hijos en cuanto se hubieran recuperado y armado? ¿Para qué se iban a arriesgar los *blamenn* a un ataque vengativo cuando podían matarlos?

—No nos has dicho cuál es tu propuesta —señaló Kara.

—Deberíamos pedir ayuda al *thing* regional —contestó Lorelei—. Mandemos una representación al *thing* para que explique la situación y consiga su colaboración.

—¿Colaboración para qué?

—Para ir allí y liberar a nuestros hombres —contestó con calma Lorelei.

—¡Eso es una locura! —gritó Kara imponiéndose por encima de las voces de la asamblea—. ¿No has oído lo que nos ha contado Leif? Björn *Costilla de Hierro* y Hástein no han sido capaces con medio centenar de barcos de tomar la ciudad y pretendes que el *thing* regional reúna otra flota que lo consiga. Antes de que nuestras naves se acerquen, las habrán hundido.

Todas las mujeres se habían levantado y se gritaban las unas a las otras, discutiendo salvajemente. El recitador de las leyes trataba inútilmente de restablecer la cordura. En un rincón, Marta, que no paraba de retorcerse un bucle de su cabello, Abu, Zubayda y otros esclavos aguardaban acontecimientos. Sabían que pasara lo que pasase, algo iba a cambiar en su situación.

Acompañada por sus sirvientas, Sigrid, sentada en una silla que había traído de la granja una de sus esclavas, parecía ausente, como si ella no se viera afectada por los acontecimientos.

—Kara tiene razón —dijo Ingeborg puesta en pie. Su marido, Frode *Cara Rota*, había sido hermano de Rorik, el padre de Ikig, en cuya casa vivían, y quería a su sobrino como si de un hijo se tratara.

Su cuñada Salbjörg no la apreciaba mucho, pues le parecía un tanto corta de ideas–. Yo ya he perdido a mi marido, no quiero que muera nadie más. Hay que pedir al *thing* que nos preste el dinero. Nada de expediciones de rescate.

–Es una fortuna –dijo Salbjörg con paciencia para evitar indisponerse con ella–. No veo la forma de que nos presten semejante cantidad, por no decir que no la podríamos devolver nunca.

–¿Y tú qué opinas, Salbjörg? –preguntó Geirhildr con voz irritada. Su marido y su hijo se contaban entre los muertos y Geirhildr culpaba del desastre al Triturador–. Tu hijo nos ha conducido a esta situación por su codicia. Skat, mi marido, no quería participar en ese viaje y ahora los he perdido a los dos.

–Yo también lo siento –dijo la Vieja controlando la ira–. Nadie obligó a Skat a ir, y menos a llevarse a tu hijo. Si lo hizo fue por su propia ambición, no lo olvides.

–Tu hijo presionó a todos los hombres de la aldea para que fueran –dijo Kara sumándose al bando de Geirhildr–. Buscaba quedar bien ante Björn y Hástein, no lo niegues, y sus sueños de gloria nos han arrastrado a la perdición. ¿Cuándo se ha visto que una aldea se quede sin hombres para defenderla? ¿No pudo unirse a otros *jarls* como hizo su padre, tu marido, para compartir los gastos y completar la tripulación con gente de otras aldeas?

–Es cierto –apuntó Embla, apoyando como siempre a Kara–. Los barcos siempre se han armado entre varios *jarls*. ¿Por qué esta vez no? Tu hijo quería la gloria solo para él. Tuvimos que costear toda la expedición entre nosotros, sin ayuda, y mira para qué.

–Nada dijisteis antes de que partieran, por lo tanto nada podéis decir ahora –repuso Salbjörg, enfadada con las mujeres y también con su nuera, que no había abierto la boca para defender a su marido–. Cuando supisteis que se estaba formando una poderosa flota para atacar la tierra de los *blamenn* solo pensasteis en la plata y el oro que obtendríais. ¿Pensabais que esos perros os iban a regalar sus riquezas? No, solo imaginasteis que nadie sería capaz de hacer frente a nuestros hombres. Ahora los *blamenn* han demostrado que estabais equivocadas y le echáis la culpa a mi hijo, a quien su propia esposa es incapaz de defender.

Algunas mujeres que gritaban indignadas bajaron la cabeza, pues sabían que Salbjörg decía la verdad. Cierto era que Ikig había presionado para que todos los hombres válidos se embarcaran, pero ante las expectativas de una formidable flota de vikingos la mera idea de que los adoradores de Alá fueran capaces de derrotarlos resultaba impensable.

Quince años antes, después de tomar Ishbiliya, habían sido vencidos por aquellos demonios azules tras varios días sumidos en una orgía de sangre y destrucción en la ciudad. No volverían a cometer el error de menospreciar al enemigo. Utilizarían el *stranhögg*: ataques rápidos por sorpresa, pillaje, y al cabo de un día, a lo sumo dos, los barcos estarían ya lejos para no dar tiempo a sus enemigos a organizar una contraofensiva como sucediera anteriormente.

Kara, rabiosa, sabía que la Vieja tenía razón. Había permitido a su marido llevarse en la expedición a sus únicos hijos, a los que amaba más que a su propia vida. Ahora el más pequeño, apenas salido de la niñez, yacía muerto en un país lejano que ella nunca hubiera pensado ver y el otro estaba preso junto con su padre en manos de los demonios musulmanes.

–Deberíamos pedir ayuda al *thing* regional. Es obligación suya ampararnos. Algunos de los cautivos no pertenecen a esta aldea. Deben ayudarnos.

La que así había hablado era Lorelei, aprovechándose del silencio vergonzoso, mientras cada una se reprochaba su propia codicia al empujar a sus maridos y a sus hijos en busca de riquezas.

–¿Por qué crees que van a querer ayudarnos? –preguntó Kara volviendo al ataque–. Nuestro *jarl* no tiene demasiados buenos amigos allí. Más de uno se alegrará de su situación y mucho me temo que no hagan nada por socorrernos.

–Hasta ahora te has mostrado contraria a todo –señaló Salbjörg tratando de contener el genio–. ¿Por qué no nos dices qué plan tienes para sacar a nuestros hombres de allí?

–Yo no he conducido a la aldea a esta situación –contestó la mujer, echándose el pelo rojo hacia atrás con determinación–, ¿y me pides que sea yo la que repare el error de tu hijo?

–Nadie te pide nada –contestó Helga, sentada al lado de su hijo Sigurd, un pequeño revoltoso, que estaba muy afectado al saber que uno de sus mejores amigos, Habvar, estaba preso. Helga era muy amiga de Lorelei, no así de Salbjörg, a la que respetaba, pero a la que prefería mantener a distancia–. Estamos todos metidos en esta situación y se trata de aportar soluciones. No creo que consigamos nada reprochándonos las cosas.

—Para ti es muy fácil decir eso —repuso Herdis, que había perdido también a su marido y a su hijo—. No tenías a nadie en ese barco a quien llorar.

—¿Debo apenarme por ello? —contestó Helga sin alterarse—. Te recuerdo que mi marido también murió en una de estas expediciones hace años. Es cierto que mi pena ahora no puede ser la misma que la tuya, por eso disculpo tus palabras. Pero no digas que no tenía a nadie a quien llorar en ese barco porque no es cierto. Y en mi ánimo está el buscar una solución para que vuelvan los que están cautivos.

La interminable discusión continuó por los mismos derroteros. Kara, apoyada por Embla, Herdis, Geirhildr y algunas otras mujeres, insistía en culpar de todo lo ocurrido a Ikig *el Triturador,* y por ende a Salbjörg. Esta última se defendía prácticamente sola, salvo por las intervenciones de Lorelei y, más esporádicas, de Helga.

—Si se me permite hablar —dijo Thorstein incorporándose del tronco donde había estado escuchando la discusión—, querría decir unas palabras. Sé que como no pertenezco a esta comunidad no tengo el derecho, pero Ikig *el Triturador,* sobre el que se han vertido graves acusaciones de las que no puede defenderse, es mi *hermano jurado,* por lo que me siento tan implicado como vosotras.

Thorstein guardó silencio, esperando la reacción que pudiera tener su intervención. Las mujeres, si así lo decidían, podían expulsarlo del *thing.*

—Habla, Thorstein *el Pálido* —dijo el recitador de leyes—. No veo que nadie se muestre en contra. Nos vendrá bien la opinión de un hombre sabio como tú. Habla, te escuchamos.

—Gracias, recitador —dijo Thorstein haciendo un gesto con la cabeza en dirección al anciano—. Creo que Lorelei tiene razón cuando dice que desconocemos las intenciones de ese maldito eunuco. La cantidad que pide es desorbitada, y él debe de saberlo, así que, ¿por qué la pide? Pienso que la decisión de matar a los nuestros la tiene tomada. Puede incluso que ya lo haya hecho.

Ante estas últimas palabras, las mujeres reaccionaron con exclamaciones y gestos de espanto, como si a nadie se le hubiese ocurrido esta posibilidad.

—Si lográramos reunir semejante suma de oro, nada nos garantizaría que el eunuco se la quedara y luego incumpliese su parte del trato —concluyó el tatuado.

—¿Cuál es tu propuesta, Thorstein? —preguntó Kara.

—Tu marido, Aslak *el Caballo*, es amigo mío, Kara. Lamento profundamente la muerte de tu hijo Ovaegir, un buen muchacho al que tenía en mucha estima y al que yo no hubiese permitido embarcar, pues aún era demasiado joven. Tu otro hijo, Vagn, también está preso y sé que estás pasando un gran dolor.

—Gracias, Thorstein, sé que tus palabras son sinceras —contestó Kara.

—Por eso debes escucharme. Tenéis que ir a Sciringesheal, presentaros en el *thing* regional y pedir su ayuda. No creo que os vayan a prestar, y mucho menos regalar, las diez mil monedas de oro. Tampoco creo que sea la solución. Hay que armar una flota capaz de atacar la ciudad de los *blamenn* y liberar a los presos.

—Mi propuesta es la tuya —dijo Salbjörg mirando al tatuado.

—Y la mía —apoyó Lorelei, colocando una mano sobre el hombro de la Vieja.

—¿No entendéis que así los condenamos? —volvió a preguntar Kara, desesperada—. Los matarán antes de que los rescatadores tengan las murallas a la vista.

—Hay que evitar que los vean llegar —contestó Salbjörg—. No podemos hacer esto solas. Tenemos que presentarnos ante el *thing* regional. Quién sabe —añadió, tratando de animar a las cabizbajas mujeres—, quizá nos puedan dar una solución en la que no hayamos pensado.

Ya no había mucho más que decir. Las mujeres estaban dolidas y continuaban culpando al hijo del Salbjörg de la desgracia, aunque sabían que para recuperar a los supervivientes deberían tomar una decisión. Quedaba claro que el pago de la suma exigida no garantizaba nada.

Así fue como se decidió mandar una representación al *thing* regional para solicitar su ayuda, compuesta por Salbjörg, Lorelei, Kara y Sigrid, ya que esta última, a pesar de no haber manifestado hasta el momento ninguna opinión, provenía de una familia de *jarls* poderosa e influyente. Thorstein prometió su asistencia y apoyo, y también la de su hermano Ottar *la Morsa*, un hombre muy respetado en los *thing*.

Thorstein sería el encargado de solicitar la convocatoria de la asamblea regional y, cuando lo hubiese hecho, mandaría a un siervo para avisar a la aldea.

* * *

Cuatro días más tarde, un criado del Pálido apareció por el camino del bosque montado sobre un caballo. Las mujeres, dispersas, se acercaron a la granja hacia donde se encaminaba el jinete. Tras dejar el mensaje que llevaba, este volvió la grupa de su montura y regresó por donde había llegado.

–Thorstein ha reunido al *thing* regional para dentro de dos días –informó Salbjörg a las rezagadas que no habían llegado a tiempo de escuchar la noticia de boca del mensajero.

Ante el anuncio no hubo reacciones. Las mujeres volvieron en silencio a sus quehaceres, sin hacer comentarios. Desde la llegada de Leif Bardarsson a la aldea, el clima que se respiraba era nefasto. Cada mujer trataba de digerir su propio dolor, sin buscar el consuelo en sus amigas o vecinas, como era habitual en estas ocasiones. Las actividades se habían reducido. Las barcas de pesca permanecían abandonadas en la orilla, los cultivos se trabajaban lo indispensable. Los niños no reían ni jugaban, sus madres se encerraban en sus casas y dentro apenas se hablaba nada entre los habitantes.

Al día siguiente al aviso de Thorstein, las cuatro mujeres delegadas por la asamblea local, en compañía de Abu, se pusieron en camino hacia Sciringesheal, donde las aguardaba el tatuado comerciante. Durante la travesía apenas si cruzaron palabra. Salbjörg no quería ni ver a su nuera, cuya presencia había tolerado para calmar a las demás mujeres, convencidas de que la familia de la Bella ofrecería un apoyo decisivo a sus intereses. Tampoco quería la Vieja decir nada inapropiado que pudiera utilizar después la intrigante Kara en su contra. Lorelei, conocedora de los pensamientos de su amiga, y de carácter más sosegado, la vigilaba para evitar que hubiera algún incidente serio. Kara, que se sentía un poco perdida al no tener alrededor nadie dispuesta a darle la razón siempre, como Embla, también callaba pensando en su marido y sobre todo en su hijo Vagn.

Llegaron a Sciringesheal y, controlando sus cabalgaduras, poco habituadas al bullicio, se adentraron entre las apretadas y desordenadas callejuelas.

Aquel era el campamento comercial más importante de la zona, y de todos los pueblos y aldeas de los alrededores venían comerciantes, hombres ricos, agricultores y artesanos para comprar o vender sus mercancías.

En Sciringesheal no había casas, solo endebles cobertizos que se utilizaban durante el verano para comerciar, aprovechando una zona plana muy amplia a la orilla de aguas protegidas del oleaje. Quienes pasaban la estación entera allí levantaban unas chozas que serían abandonadas con la llegada del invierno. Tan solo el astillero, donde se reparaban las embarcaciones dañadas o se calafateaban las que estaban por salir, un par de tabernas y algunos talleres para herreros y carpinteros disponían de una construcción más sólida.

Allí se podía encontrar todo lo que uno quisiera, desde alfarería a sedas, llegado de lejanas tierras. Se podía vender ganado, comprar un barco, reclutar mercenarios para proteger un cargamento, negociar con pieles, adquirir quincallería o armas…

En los muelles de Sciringesheal se amontonaban los *knorr*, barcos de carga normandos, y otros más extraños llegados de todos los confines del mundo, repletos de rico género con el que engordar los bolsillos de sus propietarios. Cualquiera que necesitara algo se acercaba hasta allí si no estaba a más de diez días a caballo.

—Sed bienvenidas —saludó Thorstein sujetando las bridas del caballo de Salbjörg. A su lado, un hombre un poco más mayor, con el escaso pelo casi blanco y un bigote de extremos largos, los saludó ceremoniosamente. Se trataba del formidable Ottar *la Morsa*, un granjero corpulento y de sereno carácter muy apreciado en la ciudad.

—¿Cómo crees que reaccionará el *thing*? —preguntó Salbjörg cuando hubieron entrado en la casa que compartían ambos hermanos, mientras la mujer de Thorstein les ofrecía cerveza.

—No lo sé —contestó con sinceridad El Pálido frunciendo la frente, lo que alteraba los dibujos tatuados en su rostro—. Ottar y yo hemos hablado en privado con algunas personas importantes. Han mostrado su pesar, pero no han querido ofrecer ninguna garantía.

–Creo que será importante la exposición que hagáis ante el *thing* –intervino la Morsa, mesándose los bigotes.

–Cuatro hombres de esta ciudad se cuentan entre los cautivos –argumentó Lorelei.

–Yo no contaría con ello –repuso Ottar, algo más hablador que su hermano–. El más querido de todos era Fridtjof *Seis Dedos*, pero está entre los muertos. De los cuatro que mencionas, Helge lleva muchos años sin aparecer por la ciudad y más de uno tiene asuntos pendientes con él. Eyvind marchó en la expedición porque se encontraba desterrado a causa de un duelo. Ingolfur y Olaf son vikingos que se enrolan en todas las expediciones. No creo que ninguno de los cuatro atraiga demasiadas simpatías.

–¿Sería mejor pedir que nos ayuden a reunir las diez mil monedas de oro? –preguntó Kara, empeñada en pagar el rescate.

–Sé lo que hablasteis por Thorstein. Entiendo que estés preocupada por tu marido y tu hijo, pero estoy de acuerdo con mi hermano. Si me pongo en el lugar de ese eunuco, yo trataría de conseguir la mayor cantidad de oro posible y después los mataría. Para los *blamenn* resulta muy peligroso ponerlos en libertad.

Kara guardó silencio. Había mantenido la esperanza de que Ottar, amigo de su marido, se pusiera de parte de ella, pero el hombretón parecía ser de la opinión de su hermano.

En ese momento apareció en la entrada un siervo que habló brevemente con Thorstein, tras lo cual se marchó.

–El *thing* sabe que ya habéis llegado y cree que lo mejor es comenzar cuanto antes –dijo Thorstein–. Vayamos.

* * *

–Este *thing* regional se reúne a petición del *jarl* Háfslaek –explicó a los reunidos el recitador de leyes, tras repetirlas en voz alta–. Que sea él quien abra la asamblea.

Se desarrollaba la asamblea en una explanada muy parecida a la que se encontraba tras la granja de Salbjörg, solo que más amplia para que cupieran todos los asistentes. Podía acudir cualquier hombre libre y a veces se juntaban, según los asuntos que hubiera que tratar, más de doscientos. En aquella ocasión, sin embargo, dada la premura con la que eran convocados, la explanada no estaba llena.

Aun así, medio centenar de hombres, algunos en su propia representación y otros en la de sus pueblos, se sentaban en los troncos de los árboles sagrados colocados a los lados. Habían guardado un respetuoso silencio al entrar las mujeres, aunque aquello no significaba que fuesen a mostrarse comprensivos.

El recitador tomó asiento a la vez que invitaba al aludido a que se pusiera en pie y expusiese los motivos que le habían llevado a convocar la reunión.

Háfslaek era un *jarl* amigo de Ottar que vivía en una granja con medio centenar de personas en una zona más al norte que la aldea de Svennsson. Había conocido a Rorik *Pie de Piedra* y oído hablar de su hijo Ikig, al que nunca había llegado a ver. Estaba enterado de las antipatías que el actual *jarl* Svennsson causaba entre algunos de los principales personajes influyentes por su altanería y había aceptado la petición de su amigo Ottar de ser él el que convocase y respaldara la asamblea regional.

–He solicitado la celebración de esta asamblea –comenzó Háfslaek– para tratar un grave problema que afecta a los habitantes de la granja Svennsson y a algunos de los vecinos de Sciringesheal. Pero permitid que sea la madre del *jarl* Ikig *el Triturador* el que explique los hechos.

Háfslaek tomó del brazo galantemente a Salbjörg para ayudarla a incorporarse de su asiento, cosa que no era en absoluto necesaria, aunque el *jarl* lo había hecho para dar mayor solemnidad al acto. la Vieja, en su papel de delicada y noble madre de un jefe normando, se alisó el vestido antes de comenzar a hablar.

–Como sabéis, mi hijo Ikig *el Triturador* embarcó con nuestros hombres para reunirse con Bjorn *Costilla de Hierro* y Hástein en las costas de los francos. Atacaron las tierras de los cristianos y de los *blamenn*. Pero estos, más numerosos, lograron hacer huir a ambos jefes, matando a muchos hombres y capturando a otros, entre los que se encuentran mi hijo y sus compañeros, a los que conocéis bien.

La asamblea guardaba un respetuoso silencio. Estaban al corriente de la situación en la que se encontraban los hombres de la aldea de Svennsson. Conocían también las condiciones que exigían los *blamenn* para liberaros y qué era lo que la Vieja les iba a pedir. Algunos ya habían hablado entre ellos antes de la asamblea y tenían tomada su postura.

–Los *blamenn* piden diez mil monedas de oro para liberar a nuestros hombres, que deberán ser pagadas durante el próximo año. De lo contrario los matarán.

Los reunidos, a pesar de conocer bien cuál era el precio del rescate, adoptaron rostros de espanto al ser pronunciada la cantidad exigida, algo que no escapó a la atención de Salbjörg y que no presagiaba nada bueno.

–¿Qué es lo que pedís? –preguntó con rostro adusto Gunnsteinn, un normando de avanzada edad y uno de los más ricos habitantes de la provincia. Vestía con elegantes pieles y sedas traídas de muy lejanas tierras. Anillos y gruesas pulseras de plata y oro cargaban sus manos.

–Pedimos que nos ayudéis –repuso Salbjörg mirando directamente al hombre a los ojos.

–¿Y en qué forma? –preguntó de nuevo el rico normando–. Esa cantidad de oro no la podríamos reunir de ninguna manera. ¿Cómo esperáis que os ayudemos?

Salbjörg sabía que lo que decía el hombre era mentira. La suma podía obtenerse, aunque a costa de mucha voluntad.

–En primer lugar –apuntó Ottar *la Morsa,* interviniendo en la discusión–. Deberíamos saber cuáles son las alternativas que tenemos para liberar a nuestros hermanos.

El rubicundo granjero trataba de implicar con sus palabras a los presentes, de modo que ninguno pudiera desentenderse del problema.

–Si pagamos, puede que liberen a los hombres o puede que no. Que cojan el oro y los maten de cualquier forma. También se podría formar una escuadra de rescate que vaya allí y los libere.

Algunos de los presentes, viendo una alternativa a abrir sus bolsas de dinero, acogieron con evidentes muestras de alivio la propuesta de la Morsa.

–¿Una escuadra de rescate? –preguntó Harald *Orejas Largas,* un comerciante habituado a tratar con los *blamenn,* a los que les vendía esclavos y con los que no se quería enemistar–. ¿Y de dónde piensas sacar los hombres, Ottar? Todos los que eran válidos para guerrear están con Bjorn y Hástein y aún no han regresado. ¿A quién mandaríamos? Creo que lo mejor sería negociar con los *blamenn* una rebaja en el rescate.

–¿De dónde sacaríamos nosotros el dinero para pagarlo? –preguntó Ottar haciendo hincapié en el *nosotros* para tratar de implicarlos a todos.

–El problema no es nuestro –atajó enseguida Gunnsteinn–. Estamos al lado de los hombres de la aldea Svennsson, colaboraremos según podamos, pero el dinero tiene que salir de la propia granja.

–No podríamos disponer ni de la mitad de esa suma –repuso Salbjörg tratando de mantener la calma.

A su lado, Lorelei le cogía de una mano para transmitirle su apoyo. Kara, sentada sobre el tocón de un roble, se mordía nerviosa las uñas. No había contado con que la asamblea no prestara su ayuda para reunir las diez mil monedas. Mientras, Sigrid, la esposa del cautivo Ikig, estudiaba con atención al normando que se negaba a soltar la bolsa. Cuando este la miraba, al igual que hacían todos los presentes, admirados ante la belleza de la mujer, Sigrid le sonreía mostrando todo su encanto.

–No podemos reunir esa cantidad –contestó Gunnsteinn tras volver a sentir un tórrido calor en la entrepierna ante la sonrisa de Sigrid, a la que ya deseaba–. Tendréis que vender vuestras casas y tierras. Además, ¿quién nos asegura que aún están vivos? Yo estoy con Ottar en que los *blamenn* los matarán de cualquier modo, aun pagando.

–¿Nos daríais hombres para rescatar a los nuestros? –preguntó Salbjörg, irritada por la falta de voluntad que ofrecían aquellos avaros.

–¿Qué hombres? –se escandalizó Orejas Largas–. No quedan aquí siquiera los necesarios para defender la ciudad. Yo me ofrezco a negociar con los *blamenn* una reducción en el rescate que piden. Pero estoy con Gunnsteinn, el dinero lo tenéis que poner vosotras.

–¿Cuánto te llevarías de ese rescate que estás dispuesto a negociar? –gritó enfadada Salbjörg, soltándose bruscamente del apoyo de Lorelei, que trataba inútilmente de calmar a su amiga.

–No te permito que me hables así –contestó el esclavista poniéndose en pie–. Veía en los ojos del resto de los presentes que todos habían pensado en el beneficio personal que iba a sacar con las negociaciones–. No acostumbro a aprovecharme de la desgracia de mis hermanos.

–Ikig *el Triturador* es hermano jurado de mi propio hermano, y algunos de sus hombres amigos míos, como lo son de muchos de los que aquí estáis –intervino Ottar tratando de reconducir la conversación–. Si no los ayudamos, los *blamenn* los mataran y su aldea no sobrevivirá. No podemos dejarlos abandonados.

–Hablas muy bien, Ottar *la Morsa* –dijo Harald–. Pero ¿qué pretendes que hagamos? Ya sabían dónde iban. ¿Acaso hubiesen repartido con nosotros el botín de haber vuelto victoriosos? ¿O como siempre hacía el hijo de Rorik *Pie de Piedra* nos restregaría por las narices lo obtenido?

Quedaba claro que el resto de la asamblea había delegado en esos dos hombres la palabra. Los demás se limitaban a corear su asentimiento cada vez que uno de ellos hablaba o a murmurar con quien tuviesen a su lado.

–Ikig *el Triturador* es un buen hombre –habló por primera vez Thorstein, puesto en pie.

–¿Lo es? –preguntó con ironía Gunnsteinn mientras se mesaba la barba como si estuviera meditando–. El Pálido siempre fue un buen amigo suyo, pero eso no lo convertía en un buen hombre. Por avaricia dejó sin protección su granja y a sus gentes. Es egoísta, fanfarrón y pendenciero. ¿Y ahora tenemos que correr para ayudarle?

La discusión, cada vez más elevada de tono, continuó largo rato, hasta que el recitador de las leyes se levantó y tomó la palabra.

–Resulta inútil que continuemos con esta discusión. Hasta nosotros han venido estas cuatro mujeres pidiendo nuestra ayuda. Hemos estudiado las alternativas que tenemos. Si nadie dice lo contrario, son dos: pagar o rescatarlos. Como bien habéis señalado, nadie nos garantiza que una vez que tengan en su poder el rescate, los *blamenn* no maten a los prisioneros. Además la aldea no posee tanto dinero y, según he entendido, los hombres que están reunidos aquí no están dispuestos a ayudarlos.

»La alternativa es montar una expedición de rescate, pero, como decís, no tenemos hombres para poder embarcar. Siendo así, Salbjörg y sus compañeras no pueden contar con nuestra ayuda.

Los hombres bajaron las cabezas, avergonzados por las palabras del recitador, sin atreverse a mirarse los unos a los otros. Ante este silencio, Thorstein *el Pálido* se volvió a levantar y dijo:

–Yo estoy dispuesto a embarcar para ir a por mi *hermano*, si la decisión es rescatarlos. En caso de que la decisión sea pagar, estoy dispuesto a vender todas mis propiedades para ayudar a reunir la suma de diez mil monedas de oro. Pero si mi palabra tiene peso, creo que entregar a los *blamenn* esa cantidad no servirá de nada.

Thorstein, tras estas palabras, que proviniendo de él podían pasar por un largo discurso, tomó asiento sin querer mirar a los reunidos, de los que se avergonzaba.

–Si hay una expedición de rescate –dijo Ottar tomando la palabra–, no dejaré que mi hermano viaje solo. Yo también iré.

–Yo puedo dejaros un par de siervos –ofreció Harald *Orejas Largas*, tratando de empañar un poco la imagen que estaba ofreciendo.

Algunos otros de los presentes ofrecieron, sin demasiada alegría, a sus propios siervos, incluso a algún hijo propio.

–Veo que ha sido un error venir hasta aquí –repuso Salbjörg con ira contenida–. Deseo que vuestras casas se vengan abajo y vuestros rebaños mueran. No cogeremos las limosnas que nos dais. Sabed que si algún día mi hijo regresa habréis de pagar muy cara vuestra deslealtad.

–¿Qué vais a hacer? –preguntó Gunnsteinn con el rostro demudado por la maldición de la mujer.

–Lo que hagamos será cosa nuestra. Nosotras conseguiremos que nuestros hombres vuelvan. Vosotros rezad para que esto no ocurra, pues si llegan a regresar cobrarán cumplida venganza de vuestra mezquindad.

Seguida por Lorelei y una nerviosa Kara, Salbjörg abandonó la explanada del *thing* y se dirigió hacia donde se encontraban sus caballos, seguida de cerca por los hermanos Thorstein y Ottar, que las alcanzaron cuando estaban a punto de montar.

–¿Qué vais a hacer? –preguntó, preocupado, El Pálido.

–No lo sé –contestó la Vieja mientras se aupaba en la silla–. Tendremos que discutirlo. Estad tranquilos que os informaremos de cuanto acordemos.

–Esperad –dijo Ottar viendo que las mujeres giraban los caballos para salir de la ciudad–. Falta Sigrid. Se ha debido de perder.

–Esa zorra se perdió el día que nació –repuso con odio la Vieja–. No os preocupéis por ella. Ahora estará engatusando a ese Gunnsteinn, al que no ha perdido de vista durante toda la asamblea. Le está bien empleado a ese miserable. Ojalá lo sangre. –Y tirando con fuerza de las riendas de su caballo añadió–: ¡Vámonos!

El regreso hasta la aldea fue apresurado y silencioso. Lorelei dirigía la marcha ante la ausencia de ánimo de Salbjörg y el mutismo de Kara. Cuando llegaron a la aldea se encontraron con el recibimiento de las angustiadas mujeres, deseosas de conocer el desarrollo de los acontecimientos. Salbjörg, sin contestar a ninguna de las anhelantes preguntas que le dirigían, condujo su caballo directamente a la explanada detrás de su casa y tomó asiento sobre un tronco de roble. Cuando el resto hizo otro tanto, les explicó brevemente lo ocurrido.

–¿Así que no piensan ayudarnos? –preguntó una poniendo palabras a los pensamientos de todas.

–No van a darnos dinero –contestó Lorelei ante el silencio de su amiga–. Tampoco van a armar ninguna expedición de rescate. Lo que hagamos lo tendremos que hacer solas.

–¿Y qué podemos hacer nosotras solas? –preguntó otra mujer tironeando con desesperación de su delantal; no encontraba la contestación de nadie.

–Creo que lo mejor es que cada una reflexione esta noche –terminó por decir Lorelei– y que mañana nos volvamos a reunir para tomar una determinación.

Entonces Lorelei se levantó y las demás mujeres siguieron su ejemplo. Poco a poco todas se marcharon cabizbajas hacia sus casas, quedando solo en la explanada Lorelei, que trataba en vano de convencer a Salbjörg para regresar a la granja. Marta, la Esclava, y el enorme y silencioso Abu temían lo que pudiera hacer la Negra.

–Podríamos ir nosotras –dijo Marta, sentándose al lado de la Vieja cuando todos se hubieron marchado, incluida Lorelei.

–¿Ah, sí? ¿Y cómo? –preguntó con ironía Salbjörg, sin apartar la mirada desesperada del tupido bosque que los cercaba.

Durante un buen rato, Marta habló sin que sus palabras llegaran a Abu, que desde la distancia se temía lo peor. Poco a poco, Salbjörg fue levantando la cabeza mirando de hito en hito a la pequeña esclava, que le exponía su plan con descaro. Cuando la Negra hubo terminado de hablar, la Vieja sonrió y dijo:

–Le debes de querer mucho.

–¿A quién te refieres? –preguntó ruborizándose Marta.

–A mi hijo Ikig –contestó Salbjörg–. ¿De verdad crees que no me he dado cuenta de cómo lo miras? En poco me valoras. ¿Por qué crees que mi nuera Sigrid te desprecia? Ella tenía a Ikig y sabía que tú lo querías para ti. Mi hijo no habría podido tomarte por esposa siendo como eres una esclava, pero yo lo hubiese preferido.

Levantándose del tronco donde estaba sentada, Salbjörg dijo:

–Ven. Vamos a dormir, estoy cansada. Mañana veremos las cosas con más tranquilidad. Y tú, Abu, ven también y no te preocupes por esta pequeña, que no te necesita para defenderse. Ojalá todas las mujeres de esta aldea tuvieran el mismo valor que ella.

Seguidas por el esclavo, las dos mujeres entraron en la granja. Sobre el fuego del hogar, una marmita desprendía un sabroso olor a verduras y carne. Los tres se sirvieron en unas escudillas de madera. Mientras comía, la Vieja se dio cuenta de que ninguna de las mujeres había preguntado por Sigrid. Incluso Marta, una vez dentro de la casa y cenando el guiso, no parecía sorprenderse de la ausencia de su bella enemiga.

Aquella noche, ninguno de los numerosos habitantes de la granja pareció caer en la cuenta de que Salbjörg volvía a ocupar la alcoba que compartiera años atrás con su marido el *jarl* Rorik, y que desde la boda de su desaparecido hijo venía siendo ocupada por la bella Sigrid.

Marta, como de costumbre, se acostó cerca del ganado y se tapó con la manta de lana rellena con plumas de oca. No hacía demasiado frío, pero la esclava no terminaba de acostumbrarse al frío de aquellas tierras en las que vivía desde hacía ya quince años

Mientras reflexionaba sobre lo que había hablado con su ama, el silencio se fue haciendo en la granja, solo roto por los ruidos de los animales y el profundo ronquido de Abu. Aquella noche, Zubayda sería la encargada de que el fuego no se extinguiera, por lo que estaba acostada, hecha un ovillo con su propia manta, cerca del hogar.

Con las manos detrás de la cabeza, mirando al techo, la Negra no lograba conciliar el sueño y se recreaba recordando. Por un momento volvió a ponerse roja al rememorar las palabras que le dijera Salbjörg. La esclava había estado convencida de que sus sentimientos hacia el dueño de la granja no eran conocidos por nadie y aquella noche se había percatado de su error. Salbjörg, Sigrid, incluso el enorme negro, si interpretaba bien la mirada que le había lanzado Abu, eran conscientes de aquel amor por el joven Ikig *el Triturador* que creía secreto.

Trajo a su mente la cara de su amado y recordó las pocas veces que había hablado con él. Marta nunca había visto al joven tan serio como cuando se dirigía a ella. En esas raras ocasiones, Ikig adoptaba un tono más profundo y pausado y la miraba con un destello en los ojos.

Pero, a pesar de todo, Marta sabía que el corazón del Triturador pertenecía por entero a la bella Sigrid, aquella arpía que, por algún motivo desconocido que no tenía el menor interés en saber, no había regresado con las demás mujeres de Sciringesheal.

Tuvo un último pensamiento mientras se hundía en el placentero descanso: las consecuencias que sus palabras podían tener si su ama las atendía.

CAPÍTULO 4

–Abu, espera. Quiero decirte algo.

Con el vestido recogido, Marta corría tras el inmenso negro, que llevaba las riendas de un caballo en una mano y una gran hacha en la otra, dirigiéndose hacia el bosque en busca de algún árbol caído para llevarlo hasta la granja y hacer leña con él.

El Halcón detuvo el paso, pero no se giró. Sabía desde el amanecer, tras una conversación mantenida entre Salbjörg *la Vieja* y Marta, que esta quería hablar con él a solas. No hacía falta mucha imaginación para adivinar qué era lo que se traía entre manos la indómita esclava.

–Abu, quiero proponerte algo.

–Imagino lo que es y la respuesta es no –contestó él sin mirarla, manteniendo la vista en el horizonte por encima de su cabeza.

–Piénsatelo –repuso Marta pasando la mano por el cuello del caballo, que aprovechaba la parada para mordisquear la hierba–. Si los ayudamos, nos darán la libertad.

–¿Eso te ha prometido la Vieja? –respondió, burlón, Abu–. ¿Y qué te hace pensar que está diciendo la verdad?

–Me ha dado su palabra y yo la creo.

–Marta, no seas ingenua. No deberías meterte en sus problemas. Solo conseguirás buscártelos tú. Además, ¿quién nos impediría ahora escaparnos?

–¿Y a dónde iríamos? –repuso Marta–. ¿Cuánto tardaríamos en ser apresados de nuevo? Estamos lejos de nuestra casa, ¿recuerdas?

–Yo nunca he tenido casa –replicó Abu con cara de cansancio, sin dejar de mirar el mar–. Siempre he sido esclavo. Antes de los musulmanes, después de los vikingos.

–¿Y no te gustaría ser libre? Ser dueño de tu destino. Volver a tu tierra y levantar tu hogar.

Por un momento, el negro bajó la mirada hasta donde mantenía firme la suya la pequeña esclava. Por su mente pasaron algunos retazos de unas tierras muy distintas a las que habitaba desde hacía tres lustros, en las que nunca caía nieve ni hacía frío y los hombres y mujeres tenían el mismo color de piel que el suyo y el de Zubayda.

—¿Te han prometido devolvernos al lugar donde nos apresaron?

—Una vez que hayamos liberado a sus hombres seremos libres de quedarnos allí, en algún otro lugar que nos coja de paso durante el regreso, o volver aquí libres, donde nos serán entregadas suficientes tierras como para poder vivir.

—Una vez que hayamos liberado… ¿Por qué piensas que podríamos liberarlos? —cuestionó el Halcón—. ¿También has pensado en ello? ¿Cuál es tu idea? ¿Embarcarnos los esclavos y las mujeres, llegar a al-Ándalus, liberar a los hombres y reclamar nuestra recompensa?

Por toda respuesta, Marta asintió con la cabeza sin dejar de mirar a los ojos del negro.

—Estás loca —dijo Abu con los ojos muy abiertos, cuando quedó claro que, en verdad, aquel plan era el que tenía en la mente Marta—. ¿Qué pueden hacer un grupo de mujeres y un puñado de esclavos contra el ejército musulmán? Toda una flota normanda fue derrotada por ellos, ¿y crees que ahora unos pocos podríamos vencerlos?

Marta volvió a asentir, segura de sí misma.

—Eso es una muerte segura —contestó el Halcón, que, entornando los ojos, añadió—: ¿y qué nos impediría, una vez que estuviéramos en alta mar, hacernos con el barco y matarlas a todas o violarlas y venderlas como esclavas, como sus hombres hicieron con nuestras mujeres?

—Nada —se limitó a contestar Marta.

Durante unos instantes, el gigantesco negro y la mujer mantuvieron un pulso con las miradas. Se conocían bien. El Halcón sentía un gran cariño por la Negra. Pero lo que esta le pedía ahora iba demasiado lejos.

—Tengo que pensarlo —dijo por fin Abu tirando de las bridas del caballo y colocándose el hacha sobre su musculoso hombro, a la vez que se alejaba hacia el bosque.

–No tardes mucho. Necesito la respuesta para antes de que empiece a bajar el sol.

Marta pasó el resto de la mañana cuidando la escasa cosecha que se conseguía obtener de las heladas y pedregosas tierras. En el campo de al lado, Salbjörg hacía otro tanto sin levantar la mirada del suelo. Más alejada, colgando la pesca en el tenderete donde se ponía a secar, Zubayda no cesaba de mirar, bien a una, bien a otra.

La esclava había presenciado desde la lejanía la conversación entre Marta y su amado Abu. No se le escapaba que lo que hablaban estaría relacionado con la situación por la que pasaba la aldea. Zubayda, joven y enamorada, aún no se había dado cuenta de hasta dónde sus vidas podían verse alteradas por el terrible suceso, y en su inflamada imaginación solo había llegado a pensar en la posibilidad de huir de la aldea junto con el Halcón.

Pero la conversación presenciada, no escuchada, no auguraba una solución tan sencilla y la joven se moría de ganas por conocer qué era de lo que habían discutido. Se preguntaba si debería acercarse a Marta y preguntárselo, aunque conocía de sobra a la Negra: esta solo contaría lo que quisiera y cuando lo creyese conveniente.

–Tranquila, Zubayda –dijo una voz detrás de ella–. No tardaremos en enterarnos de qué han estado hablando.

El que decía esto era Habib, uno de los esclavos de la casa de Lorelei, que venía cargado con una gran cesta llena de pescado para que ella lo colocara en el secadero.

–¿Qué crees tú que estarán tramando? –preguntó muy nerviosa la chica.

–No lo sé –contestó Habib dejando la cesta en el suelo con alivio, incorporándose y estirando la espalda con los ojos cerrados por el esfuerzo–. Pero, o mucho me equivoco, o a nuestra querida amiga se le ha ocurrido alguna idea, que no sé si nos va a gustar.

* * *

–Os he pedido que nos reunamos aquí –dijo Abu señalando con la mano el cobertizo que se usaba para reparar las embarcaciones– para tratar un asunto que nos afecta a todos.

Era la hora de la pequeña comida, entre el desayuno y la comida fuerte del día, por la noche. Las mujeres estaban cada una en su casa descansando un rato y, a petición de Salbjörg, habían accedido al ruego de Marta para que todos los esclavos se ausentaran de sus labores.

Abu había escogido el cobertizo por estar más apartado de las casas, así lo que allí se dijera quedaría en secreto entre ellos. Sentados en cajas de herramientas y pilas de tablas, alrededor de cuarenta esclavos atendían las palabras del Halcón.

—Los hombres de esta aldea han sido hecho prisioneros en al-Ándalus, en tierras que han visto nacer a muchos de vosotros y de donde fuimos apresados –comenzó a decir con su voz profunda. Hablaba en la lengua de los normandos, pues no todos conocían el idioma de los *blamenn*–. Como sabéis, los musulmanes han pedido una gran cantidad de oro para liberarlos, pero en esta aldea no hay suficiente riqueza como para comprar esa libertad. Han pedido ayuda fuera y les ha sido negada. También han solicitado que se arme una flota que parta para rescatarlos y se la han negado. A las mujeres no les queda más solución que hacer frente al problema ellas solas y nos van a pedir ayuda.

—¿Ayuda para qué? –preguntó Zubayda alterada–. Somos sus esclavos. Ellos nos hicieron prisioneros, no les debemos nada.

—Tu mujer tiene razón –apoyó Hrutr, un esclavo malcarado que vivía en casa de Bera–. No es nuestro problema. Aprovechemos y huyamos.

—¿Y adónde irías, Hrutr? –preguntó Marta, que hasta ese momento no había abierto la boca.

—Podríamos salir de aquí y llegar a algún puerto donde embarcarnos y salir de estas malditas tierras.

—¿Ah, sí? –repuso Marta–. Vaya, no se me había ocurrido. Y dinos, ¿cuánto tiempo tardaríamos en ser capturados de nuevo y hechos prisioneros? Si lográramos embarcar sin ser capturados por los normandos, lo cual ya sería mucha suerte, ¿cómo pagaríamos el pasaje? ¿Y quién te asegura que los del barco no nos venderían en otro puerto?

—Quizá no –dijo una de las esclavas de Sigrid, que, ante la ausencia de su señora, veía peligrar su posición en la granja. De hecho, la Vieja ya las había puesto, a ella y a su compañera, a realizar trabajos más duros, como los que tenían que hacer los demás–. Todos juntos podríamos defendernos.

—Todos juntos podríamos defendernos... –repitió burlona Zubayda–. Querrás decir que Abu nos defenderá a todos, ¿no? ¿O te ves con fuerzas para luchar?

La esclava guardó silencio y bajó la mirada avergonzada.

—¿Y qué sugieres tú, Abu? –preguntó Hrutr alzando la voz.

—Salbjörg va a proponer a la asamblea organizar una expedición de rescate –intervino Marta–. Necesitarán toda la ayuda posible. Propongo que los ayudemos y a cambio nos concedan la libertad.

Hrutr prorrumpió en grandes carcajadas ante la mirada indiferente de Marta, mientras los demás esclavos se miraban con expresiones de extrañeza. Zubayda se mordía las uñas nerviosa, a la espera de que Abu diera su opinión. Habib, más reflexivo, deseaba que Marta concretara sus palabras.

—Tú siempre has estado enamorada del Triturador –dijo Hrutr cuando se recuperó–. No lo niegues. Por eso ahora quieres conseguir que lo liberen y tratas de embaucarnos a los demás. Por mí se pueden pudrir todos en aquellos calabozos y sus mujeres quedarse desconsoladas como les sucedió a las nuestras cuando nos apresaron.

—No voy a negar nada –repuso Marta–. Tienes razón en cuanto dices. Pero respóndeme a esto: ¿cuánto tiempo crees que aguantaremos en este pueblo solo habitado por mujeres, viejos y niños, antes de que algún *jarl* de los alrededores decida que puede hacerse con estas tierras, sus esclavos y mujeres? ¿Y aún crees que conseguiríamos huir sin ayuda?

Sin saber que contestar, Hrutr guardó silencio mirando con resentimiento a la Negra. El resto hablaba en susurros. Abu, apoyado sobre una viga del cobertizo, aguardaba mientras estudiaba los rostros de sus compañeros. Después miró de nuevo a Marta y entendió que la voluntad de esta seguía inmutable.

—He sido esclavo desde que recuerdo –comenzó a decir Abu. Los demás esclavos, atraídos por la voz intensa del Halcón, guardaron silencio–. Primero lo fui de los musulmanes, en cuya religión crecí. Pasé por varios dueños y todos, sin excepción, me trataron mal, como al resto de mis desafortunados compañeros. Cuando me atraparon los normandos temí lo peor de esos hombres crueles y salvajes que todo lo asolaban. Hace quince años llegué a esta aldea y el trato que me han dispensado mis amos ha sido correcto. Jamás me han golpeado. Cuando he pasado hambre, también la han pasado ellos. He sido tratado igual que cualquier hombre libre, a pesar de no serlo.

—Eres un esclavo, como todos nosotros —repuso Hrutr—. ¿Acaso debiéramos estarles agradecidos por ello?

—Seguro que no —contestó con voz aún más grave el enorme negro.

En el cobertizo, en medio de un silencio sepulcral, los esclavos escuchaban con atención, intimidados por aquella poderosa garganta.

—No he conocido lo que es ser libre. Incluso en al-Ándalus algunos de vosotros lo érais, pero yo allí también pertenecía a otros. A pesar de ello, siempre he deseado regresar, aunque como hombre libre, por primera vez en mi vida. Ahora tengo la posibilidad. Nadie puede retenerme. ¿Qué voy a hacer? ¿Escaparme y probar fortuna? No sé dónde estoy ni con quién me voy a encontrar. ¿Ayudar a estas mujeres cuyos hombres asolaron nuestros pueblos y aldeas, violaron y mataron a nuestras propias mujeres? ¿No hacen esto mismo los musulmanes? ¿No hacen esto mismo mis propios hermanos con las aldeas más débiles?

Abu guardó silencio. No hubo quien se atreviera a hablar tras las reflexiones del enorme esclavo. Meditaban sobre las palabras dichas sin llegar a adivinar las conclusiones que el Halcón había sacado.

—Yo no nací esclava —intervino Marta—. Los normandos atacaron mi aldea, mataron a mi familia y me cogieron prisionera. Y por todo ello les guardo rencor. También son ciertos mis sentimientos por el *jarl*. No trato de convencer a nadie. Deseo ayudar a las mujeres de la aldea a liberar a sus hombres, aunque con ello no consiga ganarme el afecto de su jefe. Si nadie más está dispuesto, lo haré sola.

—¿Quién nos asegura que nos darán la libertad? —preguntó con voz suave Habib.

—Me lo ha prometido la Vieja y yo la creo —contestó Marta.

—¿Y si saliera todo mal, como es de esperar? —dijo Hrutr.

—En cualquier caso nuestra libertad será por adelantado. Desde el momento que aceptemos ayudarlos, seremos hombres libres.

—No entiendo. Si nos dan la libertad, ¿cómo saben que no nos marcharemos?

—Porque lo mismo podríamos hacer ahora mismo.

—¿Qué pasaría si unos deciden ayudarlos y otros no? ¿Qué ocurriría con estos?

—La libertad será concedida a todos —repuso Abu tomando la palabra—. A los que ayuden y a los que no.

—Pero en el barco solo irían los que quisieran ayudar, y los demás se quedarían aquí. ¿Hasta cuándo? Serían libres de marcharse pero se encontrarían con los mismos problemas de adónde ir.

—Los que se quieran quedar lo harán como hombres y mujeres libres. Aquellos que prefieran marcharse, pero no combatir, viajarán en el mismo barco y serán desembarcados donde elijan antes de llegar a la costa del Gran Río. Los que se queden lucharán. Cuando los normandos queden libres, podrán escoger dónde quedarse o si quieren volver aquí podrán hacerlo y recibirán tierras donde instalarse.

—¿Salbjörg ha prometido todo eso? —preguntó Hrutr incrédulo.

—Me ha dado su palabra —contestó Marta con voz tajante.

—Este año no da tiempo a preparar un barco y viajar hasta al-Ándalus —apuntó Habib—. ¿Qué se supone que haríamos entretanto hasta la próxima primavera?

—Si decidimos ayudar —explicó el Halcón—, aquellos que viajen hasta Ishbiliya se dedicarán a preparar la expedición y a aprender a luchar. Los demás se encargarán de las labores domésticas, haciendo su parte y la que corresponda a los que han de adiestrarse.

—Una vez en el barco —dijo pensativo Hrutr—, podríamos capturar a las mujeres y venderlas. Conseguiríamos un buen…

—Aquel que decida embarcar lo hará en las condiciones que he dicho —bramó el Halcón—. Al que no lo haga así lo mataré con mis propias manos.

Todos se sintieron cohibidos por la vehemencia de sus palabras, que habían hecho temblar las paredes.

—Nos esperan —dijo al cabo de un rato Marta—. ¿Cuál va a ser vuestra respuesta? La mía está clara. Yo iré.

—Yo también —afirmó Habib sin cambiar su tono de voz.

Otro esclavo que vivía en la casa de Lorelei, del que nadie conocía su nombre y al que llamaban—el *Mudo* porque le había sido arrancada la lengua en la batalla en la que fue hecho esclavo, se levantó e hizo un gesto de afirmación con la cabeza. El Mudo era un hombre mayor al que las fuerzas ya no acompañaban y al que los habitantes de la aldea, y no solo los esclavos, habían llegado a tomar gran afecto.

En una esquina, Zubayda aguardaba la decisión de Abu, que condicionaría la suya propia. Imaginaba qué era lo que había decidido el enorme negro y por eso maldecía a Marta.

–Yo viajaré, pero no lucharé –dijo Hrutr desafiando con la mirada a los demás como si se avergonzara de su decisión.

Nadie más tomó la palabra. Los más indecisos miraban a los demás tratando de encontrar algo que los ayudara a adoptar una postura. Otros se miraban a los pies intentando pasar desapercibidos.

–Yo iré –se limitó a decir Abu mirando a Zubayda.

–Si tú vas –respondió ella–, yo también.

Los demás dijeron que no irían, pero estaban dispuestos a postergar hasta la siguiente primavera su marcha, trabajando tal y como había dicho Abu.

* * *

La asamblea de mujeres estaba reunida una vez más en la explanada tras la granja. Se encontraban allí todos los habitantes de la aldea: mujeres, niños, viejos y esclavos.

–Hemos tenido tiempo para pensar –dijo Salbjörg tomando la palabra que dejara el recitador de leyes–. ¿Hay alguien que quiera hablar?

–Sigo pensando que deberíamos pagar –repuso tozuda Kara, aunque sin la altanería de antes, mostrando que era consciente de la imposibilidad de obtener el oro que les pedían.

–¿Alguien más está de acuerdo o tiene otras ideas?

Todas guardaban silencio. la Vieja miró a su alrededor. Apartados del resto estaban Hild *la Hija del Cuervo*, de pie, y el borracho Einnar tirado en el suelo con su única pierna extendida. Sentados en el tronco más cercano, el herrero Runolf y el mutilado Leif Bardarsson, que por primera vez abandonaba su cabaña. Desde entonces se había negado a probar ningún alimento y solo bebía cerveza. A su lado, su mujer, Halldis, lamentaba el penoso estado de su marido.

–Voy a proponer algo –dijo Salbjörg–. No ha sido idea mía, así que, si el recitador de leyes está de acuerdo pediré que se permita hablar a los esclavos en esta asamblea.

Las mujeres se miraron escandalizadas mientras el anciano recitador de leyes, que ya había sido prevenido por Salbjörg, asentía con la cabeza dando su conformidad.

–Lo que quiero proponer es que seamos nosotras mismas quienes vayamos a la tierra de los *blamenn* y rescatemos a nuestros maridos e hijos.

La primera reacción fue un contenido silencio, hasta que las palabras dichas por la Vieja fueron calando en sus mentes. Poco a poco se fue levantando un murmullo, que se convirtió en un coro de preguntas, protestas y exclamaciones.

–Calma, calma –pedía el recitador–. Dejad que Salbjörg nos cuente su idea.

Las voces discordantes fueron remitiendo hasta que la Vieja pudo hacerse oír.

–Podemos fletar un *langskips*, contratar mercenarios y, junto con aquellas de nosotras que estemos en condiciones de luchar y la ayuda de nuestros esclavos, viajar hasta donde los *blamenn* los tienen retenidos y liberarlos.

–¿Quieres decirnos a quién se le ha ocurrido semejante disparate? ¿Un *drakkar?* –preguntó irritada Kara, echándose el pelo hacia atrás con violencia–. ¿Cómo podría un solo barco de guerra con mercenarios, mujeres y esclavos atacar una ciudad que una poderosa flota con nuestros mejores hombres no pudo tomar?

–Siempre combatís con ataques inesperados y rápidos –señaló Marta ante el gesto de ánimo de Salbjörg–, arrasáis con todo y os marcháis, dejando la ciudad en llamas para que sus habitantes tengan que emplear sus fuerzas en apagar el fuego en vez de en perseguiros. Pero vuestros hombres se confiaron por el gran número de *drakkars* que llevaban, y los *blamenn* aguardaban con más hombres y armas.

El resto de las mujeres se miraba entre sí, asombradas porque la insignificante esclava tuviera el descaro de hablar en la asamblea como si fuese una de las suyas, y además aleccionándolas sobre sus propias costumbres.

–Ahora tienen presos a vuestros hombres y saben que la cantidad de oro que han pedido por su vida es desproporcionada. Imaginarán que trataréis de armar una flota aún más fuerte que la anterior para ir a rescatarlos. No será fácil cogerlos desprevenidos.

–¿Qué esperas hacer con un barco, cuando estás diciendo que ni siquiera una flota podría liberarlos? –preguntó con desprecio Kara.

–Sorprenderlos –contestó tranquilamente Marta–. No pueden imaginar que tratemos de atacar con solo un barco. Ellos creerán que venimos con una gran flota de al menos cincuenta barcos. Uno solo no llamará su atención. Además, un único barco es mucho más fácil de ocultar que medio centenar. Podríamos llegar por sorpresa a sus murallas.

–¿Y luego qué haríamos? –quiso saber Kara, tratando de ocultar el asombro que el arrojo de la esclava le producía–. Eso sí, como dices, llegamos a las puertas de la ciudad sin que nos hayan visto.

–Podríamos cruzar las murallas como comerciantes, tal y como habéis hecho otras veces. Algunos incluso podríamos entrar sin justificar nada, pues hemos nacido allí. No sería difícil averiguar dónde los mantienen presos. Esperaríamos el momento oportuno, los liberaríamos y nos marcharíamos antes de que se dieran cuenta.

–¿Y quién nos asegura que una vez que estéis dentro de la ciudad no alertaréis a la guardia? –preguntó Dalla, cuyo hijo, Asvald, se contaba entre los presos–. Tú misma lo has dicho: nacisteis allí y fuisteis capturados. No entiendo qué interés puedes tener en ayudarnos como no sea alcanzar tu tierra y traicionarnos. Quizá ni siquiera lleguemos tan lejos y nos vendáis como esclavas o nos matéis una vez que tengáis el barco en vuestro poder.

–Tienes razón, Dalla –intervino Salbjörg–. Todo lo que has dicho puede ser verdad. Nosotras les ofrecemos la libertad a nuestros esclavos a cambio de su ayuda. Es cierto que pueden traicionarnos. También es cierto que los podemos traicionar nosotras y, una vez que logremos liberar a nuestros hombres, volverlos a hacer esclavos. Nosotras necesitamos su ayuda para llegar allí y rescatar a los nuestros, y los esclavos nos necesitan para armar un barco que los lleve a aquellas distantes costas. No nos queda más remedio que confiar los unos en los otros.

–¿Y tú te fías de ellos?

–No más de lo que ellos se fían de nosotras –contestó Salbjörg con determinación.

–¿A quiénes les daríamos la libertad? –preguntó Kara con curiosidad–. ¿A todos? ¿A los que embarquen con nosotras?

–A todos –contestó con voz cavernosa Abu, para a continuación explicar lo acordado en la reunión de esclavos.

–Tres hombres y dos mujeres no suponen una gran ayuda como para dar la libertad al resto –repuso Kara.

–¿No has escuchado? –la increpó, disgustada, Salbjörg–. El resto trabajará todo el año para preparar el viaje.

–También lo hacen ahora.

–¿Sí? ¿Y si se niegan? ¿Quién les va a obligar? ¿Tú?

Kara miró por el rabillo del ojo el enorme pecho del negro, flanqueado por dos poderosos brazos, y optó por guardar silencio.

–Pero estamos hablando de insensateces –intervino, muy nerviosa, Ragna, mujer de Svenn, muerto por los *blamenn,* que hasta el momento no había hablado–. ¿Cómo vamos a ir nosotras a rescatarlos? ¿Dónde conseguiríamos un *langskips*? ¿Y cómo lo armaríamos? ¿Alguna sabría dirigir el barco hasta allí? ¡No sabemos luchar!

–No es la primera vez que las mujeres luchan –dijo Salbjörg.

–Pero ¿quién ha oído hablar alguna vez de un barco tripulado solo por mujeres?

–Por ese motivo contrataríamos a mercenarios –respondió Marta–. Para que nos enseñen a luchar, lleven el barco y nos ayuden a liberarlos.

–¿Y por qué no pagamos a los mercenarios para que vayan ellos y los saquen de allí?

–¿Te imaginas cuánto dinero supondría armar un barco de mercenarios? –dijo Lorelei, sentada como siempre al lado de su amiga–. ¿Y quién nos asegura que una vez que hubiesen cobrado no desaparecerían con nuestro dinero?

–¿Y quién nos asegura que no sean ellos los que nos arrojen del barco o nos vendan como esclavas después de violarnos? –preguntó de nuevo Kara.

–Por eso no serán muy numerosos –contestó Marta–. No menos de cinco y no más de diez.

Las mujeres se quedaron mudas tratando de asimilar la posibilidad de convertirse en mujeres guerreras a bordo de una frágil embarcación que las llevara a lejanas y desconocidas tierras.

–¿Qué decís? –preguntó Salbjörg–. Yo estoy dispuesta a ir.

—También yo —apoyó la belicosa Groa, hermana de Njâl *el Quemado*.

Runolf *el herrero* se puso en pie con cierta dificultad por su castigada espalda y su avanzada edad y dijo:

—Yo viajaré con Salbjörg y con la pequeña esclava.

Svava Runolfdottir se levantó enseguida y ofreció su apoyo, al igual que Hild *la Hija del Cuervo*. Lorelei y la frágil Ran, hermana de Groa, también se levantaron, a la vez que Ivar, el sobrino de la Vieja, Sigurd, el hijo de Helga, aún demasiado pequeño, y Sif, que acababa de alcanzar la edad necesaria para ser considerada una mujer.

Tampoco dudó en ponerse en pie Arnora, sujetándose la barriga: aún le quedaban un par de meses para dar a luz.

—Tres esclavos, dos esclavas, un viejo, dos niños y seis mujeres. Eso por no contar un crío y una preñada —resumió Kara cuando estuvo claro que nadie más se iba a sumar—. No me parece una fuerza demasiado imponente.

—Quizá contigo lo sería —repuso Salbjörg lanzándole una penetrante mirada.

—¿Crees que tengo miedo? —respondió furiosa Kara—. Lo que sucede es que me parece una locura. Es imposible que lo consigamos.

—¿Se te ocurre algo mejor?

Kara miró el suelo un momento reflexionando y después observó a su amiga, que asintió con la cabeza.

—Está bien. Podéis contar con Embla y conmigo.

—Yo también viajaré, aunque todo esto me parece una locura —dijo Helga poniéndose en pie—. Pero mi hijo se quedará aquí —concluyó tajante señalando a Sigurd, que se había levantado de los primeros y cuya edad aún no permitía considerarlo un hombre.

—Podéis contar conmigo —dijo la impredecible Inga, que un minuto antes movía la cabeza como si no pudiera creer lo que estaba escuchando.

—Vale —dijo Kara—. ¿Y ahora qué? ¿Quién se encargará de contratar a los mercenarios? ¿De dónde sacaremos el barco? ¿Quién lo dirigirá? ¿Y quién mandará la expedición?

—Yo mandaré la expedición —repuso con voz segura Salbjörg—. ¿Alguna objeción?

Lorelei, Hild, Abu y Marta mostraron su apoyo y poco a poco las demás mujeres hicieron otro tanto.

—Respecto al barco —siguió Salbjörg—, lo compraremos, y si no se pudiera lo fabricaríamos. En esta aldea se han fabricado varios *langskips*. Podemos contratar a un constructor para que lo haga. Los mercenarios los contrataré yo. Abu me acompañará y también Marta, que es quien ha tenido la idea y de cuyo ojo para valorar a las personas me fío. Si alguna tiene mucho interés, puede acompañarme también.

Kara dijo que quería participar en la elección de los mercenarios. Aún permanecieron largo rato hablando, tratando de aclarar los detalles. Para algunas mujeres, el hecho de tener un plan en marcha las llenaba de esperanza y reían y se animaban mutuamente unas a otras por primera vez desde que el tullido Leif apareciese por el camino hacía ya días, como si la libertad de sus maridos e hijos estuviese más cerca.

Marta, aún consciente de las dificultades que les aguardaban, no podía sino mostrarse contenta por la decisión alcanzada. El brillo que veía en los ojos de Salbjörg mostraba que la madre del *jarl* se había contagiado del viento de esperanza.

Sin embargo, la pensativa mirada que le devolvía Abu, sentado sobre un tronco de fresno al lado de Zubayda, reflejaba una honda preocupación.

CAPÍTULO 5

Y aquí aparezco yo por primera vez en esta historia.

Yo, Thorvald *Brazo de Hierro*, hijo del *jarl* Stymir *el Viajero*, mercenario danés al servicio de quien disponga de plata para que defienda sus intereses. El guerrero que lucha con una enorme maza. El desterrado de su tierra por matar al hijo del rey. El marcado con una gran cicatriz que le deforma el costado derecho del rostro, desde la frente hasta la barbilla, por un espadazo, premio al servicio que presté a mi señor y rey, el traidor rey Svenn *el Cruel*.

Nací en un pequeño pueblo a la orilla del mar, donde el viejo Stymir era por todos respetado, incluso por el rey. Mi padre acostumbraba pasar buena parte del año en lejanas costas, de ahí que fuese conocido como *el Viajero*. Las malas lenguas aseguraban que algunos de sus hijos tenían diferentes padres, pero Stymir jamás mostró preocupación por ello.

Yo era el tercero de los muchachos y, si bien mis dos hermanos mayores tenían algún parecido remoto con el Viajero, no se puede decir que esto ocurriera conmigo, pues así como el viejo era alto, de cabello rubio oscuro y ojos claros, yo era casi una cabeza más bajo que él, más ancho de espalda y mi cabello y ojos eran casi negros.

Si no soy hijo de Stymir, nunca he tenido motivo de queja, pues, en las escasas ocasiones en que se encontraba en el pueblo, me trataba como a los demás. Y eso es cuanto tengo que decir sobre el Viajero.

Como suele ocurrir, mi hermano mayor estaba destinado a ser el *jarl* de la aldea cuando muriera nuestro padre, y el segundo pronto adoptó los gustos del Viajero y emprendió largos viajes, de algunos de los cuales tardaba hasta dos o tres años en regresar.

Así, siendo aún un niño, abandoné el pueblo y entré al servicio del rey, de quien el viejo Stymir era buen amigo. Aprendí a manejar las armas que cualquier normando debe saber utilizar y llegué a ser diestro en el uso de la maza, aunque no tanto de la espada, ya que, al ser demasiado impulsivo, no conseguía dominar el arte que requiere esta arma.

En el castillo del rey, los infantes estábamos al servicio de los guerreros. Aprendíamos de ellos, los proveíamos de comida, atendíamos sus cabalgaduras y limpiábamos sus armas. En el abundante tiempo libre con el que contábamos, teníamos por costumbre pelearnos continuamente exagerando los méritos cosechados por nuestros instructores en el campo de batalla.

También convivíamos con un extraño hombre al que se le llamaba Sabio –nunca escuchamos su nombre verdadero–, que nos enseñaba el arte de la escritura y la lectura, pues por alguna razón que no lográbamos entender el rey se mostraba muy interesado en tales quehaceres.

No puedo decir que fuese mi caso. Siempre conseguí escapar de estos tormentos en los que, con una afilada pluma de ave untada en un pote lleno de un agua negra, debíamos dibujar extraños signos uno al lado del otro, hasta rellenar unas pieles curadas, que debíamos raspar cuidadosamente tras abarrotarlas, para poder utilizarlas de nuevo.

Así llegué a la edad en que un normando es considerado un hombre y se le permite zarpar en un barco y participar en un *thing*, sin haber aprendido a leer o escribir.

Me convertí en un guerrero del rey. Maté a mis primeros enemigos y me acosté con las primeras mujeres. Luché al lado de mis compañeros, entre los que se encontraba Vestein, el hijo del rey, a quien llamábamos *Calzaspeludas*.

En aquellos tiempos, como les sucedía a todos mis compañeros, mi única inquietud era conseguir toda la fama y la plata posibles, acostarme con cuantas mujeres fuese capaz y regar la tierra con la sangre de mis enemigos.

Tiempo después conocí a la mujer que habría de convertirse en mi esposa. Era la mujer más hermosa que hubiera visto jamás y no pocos envidiaron mi suerte cuando ella me concedió su atención. Nos casamos un otoño, como marcan nuestras costumbres, cuando ya los *langskips* habían regresado de sus correrías por costas lejanas, y la dote que presentó su padre, un rico comerciante orgulloso de emparejar a su hija con un gran guerrero, fue digna de un *jarl*.

Los esponsales duraron varios días en los que se comió y bebió hasta el hartazgo, a la salud de los nuevos esposos. A mi lado se sentó Stymir y brindé muchas veces con él, alzando nuestras copas hasta caer rendidos.

Fueron tiempos de una enorme felicidad. La fama de Thorvald *Brazo de Hierro* creció tanto como su fortuna y pronto el rey Svenn tuvo que admitir que era uno de sus más fieros y leales guerreros.

Era respetado entre mis compañeros y temido por mis enemigos. Mi propio hermano me mandaba ricos presentes con cada fiesta de Jule. El viejo Stymir nos visitaba con frecuencia y siempre preguntaba cuándo traeríamos un nuevo miembro a la familia.

Los dos siguientes años continué zarpando durante el verano para cosechar tierras, esclavos y riquezas que extendieran la gloria de Svenn *el Cruel* y la mía propia. En tales épocas, en que pasábamos tres o cuatro meses lejos de nuestras casas, no renunciaba al placer de las mujeres, pero cuando regresaba me bastaba la mía.

En ocasiones, menos de las que el rey hubiese deseado, Calzaspeludas se hacía a la mar con nosotros, aunque cada vez con menor frecuencia. No era un mal guerrero, pero sí un pésimo navegante. Los barcos le producían el mismo efecto que el hidromiel y, a pesar de ser quien era, en el *langskips* nos reíamos de su debilidad.

Nunca pude imaginar que el muy miserable habría de vengarse de nuestras chanzas y que sería precisamente yo quien tuviera que pagar sus consecuencias. No quiero recordar aquí cuanto aconteció, mas baste decir que la ofensa fue suficientemente grave como para justificar que, con mis propias manos, le arrancara más tarde su asquerosa vida.

Fui encerrado por los mismos hombres que habían combatido a mi lado para gloria del mismo rey que ahora quería arrebatarme de manera injusta la vida. Pasé varios días en un lóbrego calabozo a la espera de que dictaran mi sentencia. Pero Svenn no pudo vengarse, pues hubiese perdido el respeto de sus hombres y demasiadas personas sabían qué había ocurrido, así que me condenó al destierro.

Para que no olvidara que si un día se me ocurría volver a pisar aquella tierra me mataría, hizo que un verdugo me cruzara el rostro con la espada y luego me la cosieron burdamente con bramante, dejándome como recordatorio esta cicatriz que me marca y afea.

Aunque en muchas ocasiones el destierro supone una pena de muerte, pues con dificultad puede un hombre solo sobrevivir a la inclemencia de nuestras heladas tierras, no iba a ser ese mi destino.

Despojado de cuanto me era querido, portando tan solo las ropas que me vestían y mi maza, partí de aquellas costas en una barca rumbo al país de los suecos y, una vez que arribé a estas tierras, como era un veterano guerrero no tuve que esforzarme para ser contratado en una embarcación que transportaba una valiosa carga para protegerla de los piratas.

Pasé una larga temporada haciendo lo que por entonces me parecían indignos trabajos, alquilando mi poderoso brazo a quien quisiera pagarlo mientras me devoraban la rabia y la pesadumbre. Pensaba en mi mujer, en mi padre, Stymir *el Viajero*, en mis compañeros, en la traición del rey al que había admirado… No pasaba día sin que me emborrachara y, a pesar de ello, cuando tenía que luchar me desbordaba la rabia y, cual *berserker*, los enemigos caían a mis pies con la cabeza destrozada, aumentando mi reputación, que en aquel tiempo ya carecía de importancia para mí.

Descuidé mi aspecto, lo que, junto con la desagradable cicatriz que lucía, me daba un aspecto aún más aterrador. Visitaba cuantas tabernas se cruzaban en mi camino, y a la mañana siguiente, en algunas ocasiones, despertaba en camas que me eran extrañas con mujeres a las que no había visto en mi vida, y en otras, la mayoría, entre la inmundicia, a las puertas de una aldea o donde quisiera que me hubiesen arrojado la noche anterior.

Hice muchos viajes como mercenario, pues se ganaba bien y siempre cabía la oportunidad de descargar la maza contra la cabeza de algún desdichado que pretendiera asaltar nuestra embarcación. Conocí a gentes de razas diferentes a las nuestras, en ocasiones de piel mucho más oscura, y distantes costas. En algunas de estas comerciábamos, en otras saqueábamos y hacíamos esclavos que había que llevar a los puertos donde se mercadeaba.

En cierta ocasión, cansado de cruzar mares y enfrentarme a tormentas y a los caprichos de Thor, entré al servicio de un poderoso *jarl* que tenía problemas para defender sus murallas de la codicia de otro *jarl* enemigo.

Fue en la defensa de estas murallas cuando conocí a Krum.

Pertenecía al pueblo de los lapones. En nuestro idioma, *lapón* significa *ropa de mendigo*, algo que se toman como un insulto, por lo que es mejor evitar llamarlos así si no se quiere despertar su furia. Ellos a sí mismos se llaman *sámis*. Son de poca estatura, pero muy robustos. Sus rostros feos de ojos rasgados asustan a nuestras mujeres, porque se dice que poseen poderes mágicos y maléficos, gracias a los cuales pueden convertirse en monstruos muy peligrosos.

He de decir que nunca pude ver semejante transformación en Krum a lo largo de los años que estuvimos juntos, aunque es cierto que, cuando entrábamos en batalla, el pequeño lapón parecía tener ocho brazos y el doble de tamaño. Quizá se refirieran a eso, no lo sé.

Un millar de guerreros se presentó ante nuestras murallas conminándonos a rendirnos. La lucha fue terrible y ambos bandos perdimos muchos hombres. Antes de que abandonaran el sitio al que nos habían sometido, dándose por vencidos, me llamó la atención un arquero del tamaño de un niño que conducía su caballo al galope con los pies, mientras una tras otra lanzaba sus flechas con una precisión letal.

Yo acababa de aplastar con mi maza el pecho de un guerrero ataviado con una rica cota de malla, que poco servicio le había hecho, cuando me percaté de que el pequeño jinete me elegía como próximo blanco. Instintivamente alcé en el aire a un enemigo que se me abalanzaba encima con la espada por encima de su cabeza, dispuesto a abrirme la mía, y la flecha que me estaba destinada se hundió en su espalda y la punta le asomó por el pecho.

Tiré mi escudo humano y me abrí paso a mazazos tratando de llegar hasta el desconocido jinete sin conseguirlo. Justo en ese momento sonó un cuerno llamando a los sitiadores para retirarse. Los defensores salimos tras ellos y matamos a cuantos pudimos. El arquero, que ya emprendía la huida, cayó de su montura al serle cortados a esta los corvejones, lo que me permitió acercarme, pero el jinete, repuesto de la caída, se levantó como un rayo, apuntó con su arco y derribó a otro jinete de su propio ejército, que corría hacia él.

Antes de que el caballo caído se hubiese levantado, el arquero ya se encontraba sobre la silla, azuzándolo con las riendas en las manos. Tras dominar la encabritada montura, la espoleó y entonces se giró para contemplar como llegaba yo, demasiado tarde. Me sonrió. Y allí me quedé, furioso, contemplando cómo se alejaba.

Fue la primera vez que me fue dado contemplar su espantoso rostro, que rivalizaba en fealdad con el mío, su nada frecuente sonrisa y los rasgos de uno de aquellos diablos de ojos rasgados.

La segunda vez que nos cruzamos fue cuando acepté trabajo para hacer de vikingo en la tierra de los anglos, contratado por un barón normando. Si tenía alguna clase de duda sobre la identidad del feo hombrecito que embarcó conmigo, él la diluyó al lanzarme una flecha imaginaria con un arco invisible.

En aquella expedición me salvó dos veces la vida. Desde entonces, nos fuimos turnando en hacerlo y actualmente me ganaba por tres. Nunca más nos separamos y batallamos en muchas guerras.

* * *

El día en que conocí a las mujeres de Ikig *el Triturador,* un *jarl* menor del que no había oído hablar jamás, estábamos disfrutando de la paga de nuestro último trabajo, consistente en ofrecer protección a dos barcos daneses hasta el país de los *rus,* donde pretendían cambiar su mercancía por otros productos.

El viaje había sido tranquilo y las únicas veces que habíamos necesitado sacar nuestras armas fueron en las tabernas de los *rus,* borrachos como cubas. Pero aquel trabajo nos había supuesto una buena y fácil colección de monedas de oro, y habíamos decidido gastarlas en Sciringesheal, más que nada porque el resto de los mercenarios contratados prefirieron regresar a las costas danesas.

En Sciringesheal siempre había posibilidad de encontrar buenos trabajos si se sabía esperar la ocasión, y con el oro que teníamos podíamos permitirnos el lujo de aguardar un encargo.

Había quedado aquella mañana con Krum en la taberna de Olaf *el Peludo,* un gordo noruego que parecía un oso por la cantidad de pelo que le cubría todo el cuerpo. Yo había estado durmiendo en la cabaña de una desasistida hembra a la que había conocido aquella noche, cuyo marido se encontraba comerciando lejos. No tenía la menor idea de dónde habría pasado la noche mi amigo, pero seguro que no habría estado solo. El diablo *sámi*, a pesar de su rematada fealdad, tenía algo que atraía a las mujeres, y seguro que no era su facilidad de palabra.

Tras abandonar la casa del comerciante me había ido abriendo paso entre los atestados callejones donde comerciantes, guerreros, artesanos y mujeres con sus cestas y canastos se movían de un lado a otro llevando toda clase de mercancías, verduras, ganado y armas. Como siempre, las calles rezumaban tufos de excrementos, tinturas, encurtidos, verduras podridas y las propias de los animales y sus dueños.

Ajeno a todo esto, y con un fuerte dolor de cabeza producto de la cerveza y el trajín nocturno, llegué hasta la taberna del Peludo, en cuya fachada algunos de los clientes vaciaban aliviados sus vejigas para hacer sitio y poder seguir trasegando.

Entré en aquel antro ruidoso, cargado y oscuro donde solía reunirse lo peor de Sciringesheal y de otros pueblos y aldeas cercanos para emborracharse, fanfarronear, pelearse y, en ocasiones, incluso sellar alianzas. Necesité unos instantes para que mis ojos se acostumbraran a la escasa luz que entraba por los ventanucos, antes de descubrir en una de las mesas del fondo a mi amigo sentado frente a una jarra mediada de cerveza. Avancé hacia él y tomé asiento a su lado de forma que pudiera ver la única puerta de entrada en el local, algo a lo que cualquier guerrero que pretenda seguir vivo jamás daría la espalda.

Nada más sentarme, la vieja comadre de Olaf me puso sin pedírselo una gran jarra de espumosa cerveza ante mí, de la que bebí un trago antes de saludar a mi compañero.

–¿Dónde te has metido esta noche? –pregunté tras eructar sonoramente.

Krum se encogió de hombros y me señaló una mesa situada en la otra esquina de la cantina. En ella se encontraban dos mujeres, un muchacho de espaldas a nosotros y un enorme negro de cabeza rapada, todos en silencio mirando con disimulo cuanto les rodeaba. En pocas palabras, Krum me explicó que las mujeres estaban buscando mercenarios para partir hacia las tierras de los hijos de Alá y liberar a sus hombres, que se encontraban prisioneros.

Miré de nuevo hacia la mesa, más por curiosidad que por interés. Aquel trabajo sin duda resultaría muy peligroso y, seguramente, estaría mal pagado. Para nosotros era mejor esperar un par de semanas más hasta que un grupo de comerciantes o de tratantes de esclavos quisiera contratarnos para escoltarlos.

La pelirroja, a la que veíamos de perfil, más joven que su compañera sentada frente a nosotros, escondía un cuerpo deseable bajo sus ropas. El negro también llamó mi atención. No era la primera vez que veía uno. En ocasiones había transportado esclavos hacia los mercados, algunos de piel tan oscura como aquel. Pero este era un gigante.

Mientras bebíamos nuestra cerveza estuvimos observando al grupo. Parecían aguardar algo, como así resultó ser, ya que mientras comenzaba con mi segunda jarra se abrió la puerta del local y por ella asomó un individuo al que conocíamos por habernos conseguido algunos trabajos.

El tipejo, conocido como *el Hurón*, nos vio, pero por alguna razón prefirió ignorarnos y se dirigió a la mesa de las mujeres, donde se sentó y aguardó a que le sirvieran una jarra de cerveza. La voz cantante parecía llevarla la más vieja de las dos. Cuando la mujer hubo terminado de hablar, el individuo tomo la palabra. Entre semejante griterío, con canciones obscenas, golpes de jarras en las mesas y carcajadas, resultaba imposible oír de qué hablaban, pero no se me escapó que a la mujer no parecía gustarle lo que estaba escuchando.

Una vez que hubo terminado de hablar el Hurón, la mujer volvió a dar su opinión y en esta ocasión quedó muy claro que el tipejo no estaba de acuerdo, pues no paraba de mover la cabeza de un lado a otro ni de lanzar maldiciones. De pronto, el Hurón se levantó, dejó la jarra sobre la mesa, arrojó encima una moneda y se marchó tal y como había llegado.

Me picaba la curiosidad sobre lo que estaba ocurriendo y, tras hacerle un gesto a Krum para que me siguiera, nos acercamos a la mesa de las mujeres con ánimo de entablar conversación. De más estaría decir que también quería ver más de cerca a la apetecible pelirroja que fruncía el ceño ante las palabras de la otra.

–Buenas tardes –saludé antes de tomar asiento. El negro levantó hacia mí una mirada indiferente que en un primer momento no supe si era de idiotez o si de verdad no le afectaba mi habitualmente inquietante presencia–. ¿Os importa si mi amigo y yo nos sentamos en esta mesa?

Por lo general rehúyo el trato con la gente. Tan solo tolero bien la presencia de Krum y la esporádica de alguna mujer de la que no suelo llegar a conocer ni el nombre. Pero aquel grupo tan extraño me llamaba la atención, y sobre todo qué era lo que le habían dicho al Hurón para que se hubiese marchado del tugurio. Mi osadía fue mi perdición, pues allí mismo caí bajo el influjo de un hechizo que habría de perdurar por el resto de mis días.

Aún sin tomar asiento, la respiración se me agitó mientras contemplaba el rostro de quien por su escasa envergadura había tomado por un muchacho. Seducido, no pude retirar la mirada de aquellos ojos del color de las avellanas, en los que brillaban unas brasas que ya incendiaban mi corazón.

La muchacha, rodeada por la Vieja, el negro y la mujer del pelo rojizo, me examinaba sin mostrar temor alguno. Sin duda era extranjera, de la tierra de los *blamenn*, enormes ojos castaños enmarcados por un rostro ovalado de piel mas oscura que la nuestra, adornado con una cascada de ondulado cabello, negro como el plumaje de un cuervo.

En aquella mirada sentí una calidez como nunca antes había apreciado en otras mujeres, la voluntad férrea de un carácter indómito y una contagiosa alegría. Ella sostuvo mi mirada y sentí que, de alguna forma, sondeaba en mi interior. Lo que encontró debió de gustarle, pues me dedicó una sonrisa.

–Estamos buscando mercenarios para organizar una expedición –dijo la más vieja, mirándonos alternativamente a Krum y a mí–. Mi nombre es Salbjörg. ¿Conocéis quién pudiera estar interesado?

–Nosotros somos mercenarios –logré decir apartando con dificultad la mirada de la mujer morena–. ¿Qué es lo que necesitáis?

La Vieja nos puso al corriente de la situación en la que se encontraban sus hombres, el rechazo del *thing* para ayudarlos y la necesidad de organizar por su cuenta una expedición capaz de alcanzar la ciudad que los *blamenn* llamaban Ishbiliya y rescatar a sus hombres.

No hice demasiado caso a la Vieja, absorbido por la bella esclava, a la que miraba con disimulo. Por un momento pensé qué era lo que tendrían que ver la esclava y aquel gigante negro con tal historia. Estaba claro que, siendo los dos siervos, no tendrían familiares entre los prisioneros. Pero dejé estos pensamientos a un lado y miré fugazmente los ojos escondidos bajo los abultados párpados de mi compañero. Como siempre, su mirada resultaba inescrutable y me sentí animado a continuar la conversación.

–No tenéis barco ni mercenarios. Imagino que eso era lo que le estabais pidiendo al Hurón. ¿Por qué no ha aceptado el encargo?

–No tenemos suficiente oro como para contratar un gran número de mercenarios y un barco armado –repuso la Vieja.

Yo me eché hacia atrás en mi banco y volví a mirar a Krum, que no se había inmutado.

Habitualmente los contratos para combatir como mercenarios, escoltar barcos de mercancías o trasladar esclavos nos solían ser ofrecidos por intermediarios como el tipejo que se había marchado. Raras veces nos habían encargado trabajos directamente; y, en esas pocas ocasiones, los trabajos eran menores.

Armar un barco, completar la tripulación con mercenarios y plantear un viaje tan largo requería una planificación muy compleja. Y que el posible cliente reconociera no tener dinero para pagarlo resultaba extremadamente inusual.

–Si no disponéis de suficiente oro para armar un barco –dije con curiosidad–, ¿cómo pensáis contratar mercenarios?

–No podemos pagar un barco con su tripulación –contestó la mujer–. Queremos unos pocos mercenarios que nos ayuden, que nos enseñen a pelear y vengan con nosotras hasta al-Ándalus.

De nuevo miré a Krum, esta vez con el ceño fruncido, cosa que pareció alterar a la pelirroja y a la Vieja. No así al negro ni a la esclava, que no dejaba de turbarme con su atenta mirada. Mi rostro de por sí feo produce temor cuando arrugo el entrecejo y se me hinchan las venas del cuello, como estaba sucediendo en ese momento.

–¿Queréis contratar a un grupo de mercenarios que enseñe a pelear a unas cuantas mujeres y las acompañe a luchar contra los *blamenn*? –pregunté alzando un poco la voz y ocasionando que los parroquianos sentados más cerca se giraran en sus asientos–. Por Thor que quiero alcanzar el Valhalla, pero por ahora no tengo prisa.

Las mujeres guardaron silencio esperando que nos pusiéramos en pie y nos marcháramos. A punto estaba de hacerlo cuando mis ojos se volvieron a cruzar con los de la esclava. Al cabo de unos instantes, y sin atreverme a mirar a Krum, pregunté:

–¿Cómo pensáis conseguir un barco armado? ¿O ya poseéis uno?

–No, no lo tenemos. Necesitaremos contratar a un constructor que nos ayude a fabricar uno, ya que no es posible comprarlo. Lo haremos nosotras.

Yo no salía de mi asombro. Aquello era lo más disparatado que había escuchado nunca.

–¿Cuántos mercenarios teníais pensado contratar? –pregunté sin poder evitarlo.

–No más de diez –respondió la Vieja con tranquilidad.

–¿De cuánta gente disponéis?

–Calculo que unos seis o siete hombres, quizá alguno más, y el doble de mujeres.

–¿Esos hombres saben pelear?

–Algunos sí.

Bajé la mirada a mi jarra, que mantenía agarrada con tal fuerza que podía romperse en cualquier momento. Traté de encontrar ayuda en Krum, pero este se mostraba impertérrito, como si quisiera rivalizar con el negro sentado en la otra punta de la mesa.

Aquello era una locura y lo que yo tenía que haber hecho hacía rato era levantarme, sentarme de nuevo en mi mesa, embriagarme con mi compañero y no hacer caso de aquel grupo de enajenados. Sin embargo, no conseguía dejar de mirar aquellos ojos como brasas dispuestas a atizar un fuego oculto…, y allí permanecía yo, sentado, atendiendo unas peticiones absurdas que podían costarme la cabeza.

Sintiendo sobre mí la mirada inquisitiva de la esclava y evitando encontrarme con la de mi compañero, pregunté:

–¿De cuánto tiempo dispondríamos para entrenaros?

–Hasta la llegada de la próxima primavera –respondió la Vieja.

No quise mirar a Krum, que sin duda debía de estar más que sorprendido por mi repentina decisión, y en cambió repuse:

–Necesitaremos alimentarnos y alojamiento.

–No te preocupes, tendréis todo lo que necesitéis.

–Aunque construyáis vosotras el barco y os ocupéis de las armas y el avituallamiento, necesitaréis una gran cantidad de oro –les expliqué, temiendo el momento en que las mujeres se marcharan y me quedara a solas con el lapón por el que ya había decidido. Si Cabeza de Jabalí no quería aceptar el trabajo, sería la primera vez en varios años que nos separáramos, pues yo ya había decidido participar en aquella locura, aunque solo fuese para sentir sobre mí la cálida mirada de aquella esclava.

–Lo tenemos en cuenta.

–Si participamos, seremos nosotros quienes escojamos el resto de la tripulación. ¿Estáis de acuerdo? –planteé mirando con fijeza a la Vieja.

Salbjörg consultó con la mirada a los demás. Para mi sorpresa, puso más interés en conocer la opinión de los dos esclavos que la de la pelirroja, una mujer libre como ella a todas luces. Yo, por primera vez desde que desvelara mi intención de ayudarlas, crucé la mirada con Krum. El rostro del pequeño *sámi* permanecía impasible. Su postura me tranquilizó un tanto, pues quise entender que tomaría parte en esta aventura conmigo, aunque tendría que darle una buena explicación para haber aceptado.

La pelirroja me estudiaba con el ceño fruncido. Ella sabía como yo que no tenían más alternativa, pero quería hacerme creer que su opinión tenía algún valor. Por su parte, el negro y la esclava se limitaron a hacer un gesto con la cabeza dando su conformidad a mis exigencias.

–Mi compañero y yo escogeremos a los mercenarios. Habéis dicho que poseéis suficiente oro como para pagar el salario habitual de diez mercenarios. Ninguno aceptaría el salario habitual en semejante empresa, así que deberán ser menos. Tendréis que buscar más ayuda, cuantos más hombres diestros en armas mejor. Completaremos la tripulación con las mujeres que deseen venir. Si hay suficientes para elegir, nosotros haremos la elección, ¿de acuerdo?

»Necesitaremos también un constructor de barcos. De eso nos ocuparemos nosotros. También hará falta un timonel. Esto va a resultar más difícil. No tenemos dinero suficiente para contratar a uno que conozca aquellas costas bien, y prefiero dedicar todo el oro del que podamos disponer a llevar más mercenarios.

–Deja eso de nuestra cuenta.

La que había hablado era la esclava. Por un instante me perdí con aquella voz melodiosa que a la vez reflejaba una gran determinación. Ninguna otra hubiese podido salir de aquella boca.

–Bien –continué, tratando de ocultar la turbación que sentía–. ¿Ese negro nos acompañará?

–Mi nombre es Abu y me llaman Falki, *el Halcón* –respondió él con una voz como salida de una gruta.

Las demás aprovecharon para darnos sus nombres. Así supe que la bella esclava se llamaba Marta. La pelirroja era Kara.

–¿Sabes luchar? –le pregunté al negro

–Con estas manos puedo romperte la espalda.

–¿Y sabes cómo usar una espada o cualquier otra arma? –le dije sin sentirme atemorizado por sus palabras, aunque sí sorprendido por su osadía al hablarle así a un hombre libre.

–No soy un guerrero. Siempre he sido esclavo.

–Es diestro y muy fuerte –dijo Salbjörg–. Nos será de mucha ayuda.

–¿Tenéis más como él?

–Tenemos más esclavos y algunos participarán. Pero no hay ninguno como Abu –respondió Marta sin apartar sus ojos de los míos.

Miré a mi compañero Krum, que, como la pelirroja, hasta el momento no había hablado, y le pregunté:

–¿Con quién podríamos contar?

Cabeza de Jabalí lo pensó un momento y se limitó a responder:

–*Hacha Sangrienta.*

Este era el sobrenombre de Yngvard, un mercenario noruego de los fiordos del norte con el que ya habíamos combatido en otras ocasiones, y no siempre en el mismo bando. Se trataba de un buen elemento, aún joven, algo más alto que yo, de melena y barba muy rubias y ojos azules. Su sobrenombre le venía dado por su afición a pelear con una impresionante hacha de dobles medias lunas que manejaba con extraordinaria potencia. También era un buen y alegre compañero que además sabía utilizar la lanza.

–Nos vendría bien –respondí asintiendo con la cabeza–. ¿Quién más?

–¿Glamr *Lobo Gris?* –propuso Krum.

–No. Traería problemas –contesté. Mi respuesta no sorprendió al lapón, pues conocía la animadversión que sentía por el Lobo.

Era un mercenario de gran envergadura y fuerza que manejaba muy bien la espada, pero no era de fiar. Le gustaba montar jaleo y su fijación por el dinero podía ocasionarnos disgustos.

—Olaf *la Serpiente*.

A pesar de lo que pudiera dar a entender su sobrenombre, di mi aprobación. Pequeño para ser normando, era muy astuto y sigiloso. En su mirada había algo de huidizo y burlón que encantaba a las mujeres que lo amadrinaban e intranquilizaba a enemigos mucho más fuertes que él. En apariencia era inofensivo, pero bajo su capa de lana llevaba varios afilados cuchillos escondidos en diversas partes de su menudo cuerpo, que lanzaba y utilizaba con una rapidez y certeza increíbles. Además, Olaf poseía un don muy valioso: era capaz de proveerse de cualquier cosa que fuese necesaria, incluso en mitad de una llanura helada y desierta.

No sabíamos si estaba disponible, aunque pronto lo averiguaríamos, pues cuando no estaba contratado era fiel visitante de la taberna de su tío, Olaf *el Peludo*, donde nos encontrábamos.

Mientras pensábamos en otros mercenarios que pudieran venir con nosotros escuchamos la voz estruendosa de un individuo cuya figura ocupaba la entrada.

—Ya ha llegado Hakan *el Trueno* —rugió aquel tipo riéndose con grandes carcajadas—. Olaf, ponme una de esas jarras inmundas que sirves a tus clientes, pero que no la toque esa bruja que tienes por mujer. Di a una de tus hijas que me la traiga a la mesa.

Salbjörg, la pelirroja y los dos esclavos se giraron para ver quién hablaba de esa manera. Tanto Krum como yo aprovechamos para beber. No necesitábamos mirar a la puerta para saber que por ella entraba un imbécil.

Al igual que con otros muchos, habíamos trabajado anteriormente con Hakan *el Sueco*, que se hacía llamar también *el Trueno,* un hombre medio palmo más alto que yo, rubio, bebedor y tan dado a la juerga como poco de fiar. Si bien era un buen luchador, su desmedido afán de protagonismo le hacía tomar iniciativas que terminaban por resultar peligrosas. Para Krum y para mí, a los que nos gustaba la guerra pero teníamos aprecio a la vida, Hakan no resultaba un buen compañero.

—Hola, hola —dijo el Sueco acercándose a nuestra mesa—. ¿Qué tenemos aquí? Una bella señorita acompañada por una distinguida dama y mis queridos amigos Krum *Cabeza de Jabalí* y Thorvald *Brazo de Hierro*.

Kara, la pelirroja, aceptó el cumplido con una sonrisa seductora. Salbjörg se limitó a un saludo con la cabeza. Los dos esclavos, ignorados por el Sueco, se abstuvieron de intervenir.

–Thorvald, amigo mío, ¿no me vas a presentar a estas damas? ¿O las quieres solo para ti? ¿Qué tal, Krum? ¿Tan hablador como siempre? Señoras, están en manos de dos rufianes, tengan cuidado de lo que hablan con ellos. –Hakan soltó otra de sus contagiosas y explosivas risotadas, coreada por la pelirroja–. Pero tal vez esté molestando, ¿sí?

–No, no molesta –repuso Kara sonriéndole–. Estábamos hablando de negocios.

–Sí, algo he oído –dijo él aparentando ponerse serio–. Me han hablado de unas desvalidas damas cuyos maridos e hijos han sido hechos prisioneros por los *blamenn* y que están buscando mercenarios para organizar una expedición de rescate. ¿Me equivoco?

–No, no te equivocas –repuso Salbjörg–. Necesitamos hombres que sepan luchar. ¿Quizás eres uno de ellos?

–Y de los mejores, ¿verdad compañeros? –dijo buscando nuestra aprobación. Krum y yo miramos en silencio nuestras jarras–. ¿Cuál es el trabajo y cuál la paga?

–Me temo que la paga sea impropia de hombres como tú –contestó Salbjörg.

Kara, animada por la atención que le dispensaba el Sueco, se encargó de ponerle al corriente de lo que se esperaba de aquellos mercenarios que aceptaran el trabajo. Cuando hubo terminado, Hakan dijo:

–¿Están de broma? –Y mirándonos a Krum y a mí frunció el ceño y añadió–: ¿Es broma, compañeros? No creo que vosotros estéis aquí por tan poca paga.

–No, es cierto lo que te han dicho –contesté sin mirarle.

–¿Me queréis engañar? –gritó, pensando que le tomábamos por tonto y echando mano a la empuñadura de su espada–. Thorvald y Krum no son de los que se enrolan por tan poco oro.

–Nadie te está engañando –me limité a responder sin alterarme. Sabía que Hakan no se atrevería a atacarnos y que su bravuconería estaba más destinada a la pelirroja que a amedrentarnos–. Es de cuanto disponen.

—¿Y aceptaréis? –preguntó receloso.

—Es posible.

—Si Thorvald *Brazo de Hierro* y Krum *Cabeza de Jabalí* están dispuestos a comprometerse con esta empresa, Hakan *el Trueno* no será menos –aseguró dando una palmada en la mesa–. Soy el más veterano y, si las damas quieren contar conmigo, exijo estar al mando.

—Yo estoy de acuerdo –dijo Kara mirando a Salbjörg.

La Vieja miró primero al negro y luego a la esclava, que no movieron un músculo. Krum y yo hicimos otro tanto.

—Te quedo agradecida por tu generoso ofrecimiento, Hakan *el Trueno*, pero ya tenemos un jefe y ese es Thorvald. Quizá si accedieras a estar bajo su mando…, aunque imagino que un hombre como tú no gusta de estar a las órdenes de nadie.

—Por supuesto que no, señora –contestó el Sueco, que despedía llamas por los ojos–. Hakan *el Trueno* no se enrola a las órdenes de un danés como Thorvald. Espero que sepáis lo que hacéis, señoras, y no tengáis que arrepentiros.

Sin despedirse, el Sueco abandonó iracundo la taberna dando un tremendo portazo.

—¿Por qué le has dicho que no? –preguntó indignada Kara a la Vieja cuando nos quedamos solos de nuevo–. A mí me parecía un buen guerrero. ¿Por qué has ignorado mi opinión?

—No solo es mi palabra –repuso con calma Salbjörg–. También es la de Abu y Marta.

—¡Ellos son esclavos!

—Ya no, ¿recuerdas? –contestó sin levantar la voz–. Desde que se comprometieron a ayudarnos son libres.

—No estoy de acuerdo. Las únicas opiniones que tienen validez aquí son la tuya y la mía.

—Como quieras. Tú estabas a favor del Sueco, y yo, de Thorvald. Eso nos da igualdad. Como yo soy la que está al mando, mi opinión es la que vale.

Kara, furiosa, no supo qué más decir y guardó un airado silencio. Salbjörg se despreocupó de la pelirroja y me preguntó como si nada hubiese pasado:

—¿Para cuándo podríais tener todo preparado?

CAPÍTULO 6

Sentados alrededor de la mesa, con las jarras de cerveza mediadas, trataba de buscar una respuesta a la cuestión que me habían planteado. Necesitaba encontrar a los que debían acompañarnos y no sería tarea fácil, pues el trabajo era peligroso y la paga escasa. Así se lo hice saber a la Vieja.

–La semana que viene tendréis los nombres de aquellos mercenarios que nos proponemos contratar. También os diremos qué materiales serán necesarios, armas, escudos, víveres y demás, el nombre del constructor del barco y todo cuanto sea preciso. Nos veremos en vuestra aldea dentro de una semana.

–¿Cuánto dinero pedís por adelantado? –preguntó Salbjörg.

–Nada. Solo que esperéis una semana. Si no aparecemos, seréis libres de contratar a quien deseéis.

En ese momento, la luz que entraba por la puerta se bloqueó completamente cuando esta se abrió dando paso a un gigante de impresionante aspecto. Medía un palmo más que el enorme negro y era aún más corpulento que yo. Llevaba el oscuro pelo sucio, apelmazado y revuelto cayéndole por la cara, y unas ojeras moradas bajo sus ojos negros. No se veía su boca, enterrada tras una enmarañada barba que no había sido cortada desde hacía mucho tiempo. Se cubría con un chaleco de cuero negro hasta medio muslo y unos pantalones de piel también negra. En los antebrazos portaba unas muñequeras de cuero y sobre los peludos hombros lucía un pellejo del que debió de ser el lobo más grande que haya habitado nuestros bosques.

Se trataba de un *berserker,* uno de esos guerreros de Odín que al entrar en combate, por medio de algún prodigio, eran capaces ellos solos de destruir un ejército sin más armas que sus propias manos, sin sentir dolor o fatiga, invulnerables. Estos guerreros atemorizaban a todo el mundo, pues cuando caían en trance no distinguían a sus propios compañeros de los enemigos.

Este *berserker,* llamado Gunnar *el Oso,* era especialmente fuerte, y si no le hubiese visto combatir habría pensado que era imposible llevar a cabo las proezas que se le atribuían. A veces se contrataba como mercenario, sin que nadie supiera cuáles eran las motivaciones que le llevaban a escoger un trabajo o desdeñar otro.

Mientras entraba en el antro donde nos encontrábamos con la cabeza baja para no golpear en el techo, el gigante fue haciéndose hueco, sin necesitar más que su presencia para que le dejaran pasar, hasta una mesa donde solía sentarse cuando acudía a la taberna de Olaf *el Peludo.*

La mesa en cuestión estaba ocupada por tres individuos fuertes y de mala catadura. Cuando vieron que el guerrero de Odín se aproximaba, cogieron sus cervezas y se levantaron sin decir nada. Yo no le había perdido de vista en el trayecto entre la puerta y la mesa, donde se sentó de cara a la pared y de espaldas a la entrada sin temer nada de nadie. Pensé en la magnífica ayuda que nos podría proporcionar si participara en la expedición.

–¿Es un mercenario? –quiso saber Marta, a la que no se le había escapado mi mirada.

–A veces –contesté pensativo–. No le gusta relacionarse con nadie. Pero nos sería de enorme ayuda contar con él. Esperad un momento que voy a tratar de hablar con él.

Me acerqué a la mesa donde estaba sentado el gigante bebiendo de una gran jarra. A su lado, la mesa, la silla y la jarra parecían juguetes de los que se tallan en madera para los niños. Por si acaso, me aproximé de costado para que pudiera verme llegar, aunque con el pelo aceitado cayéndole por la cara difícilmente podría ver nada. Los demás parroquianos me miraban con curiosidad ante mi osadía de molestar al guerrero de Odín.

–Gunnar, soy Thorvald *Brazo de Hierro,* ¿me recuerdas? –dije cuando aún estaba a una prudente distancia–. ¿Te importa que hable contigo? Tengo algo que proponerte.

El *berserker* no dio muestras de haberme oído e interpreté su silencio como una invitación a hablar. Me acerqué un poco más y, con cautela, le conté los planes que estábamos haciendo y el motivo de la expedición, asegurándole que sería de mucha ayuda contar con su apoyo, si estuviera interesado.

Gunnar se limitó a hacer un gesto negativo, tras lo cual apuró su jarra, y con ella vacía golpeó dos veces la mesa, una señal para que el tabernero la rellenara otra vez. Prudentemente, le agradecí su atención y me volví a nuestra mesa.

—¿Qué te ha dicho? —preguntó Salbjörg en cuanto me hube sentado.

—No ha dicho nada, pero no está interesado.

—¿Crees de verdad que ese hombre sería necesario? —dijo Marta.

—Tiene la fuerza de tres hombres robustos y cuando entra en trance es capaz de batirse con el doble.

Sin decir nada más, la esclava se levantó de su taburete y se encaminó hacia el *berserker* antes de que la pudiéramos detener. Gunnar no se caracterizaba por su paciencia. Si había dicho que no le interesaba participar, era mejor olvidarlo y no resultaba conveniente insistir.

Rodeando las mesas, la esclava se fue acercando hacia donde estaba el gigante sin tomar las precauciones que yo había contemplado. Según se hacía evidente el destino de la muchacha, las conversaciones de las mesas cercanas iban decreciendo y los parroquianos observaban con ojos incrédulos a la pequeña mujer que se atrevía a romper la soledad del gigantesco guerrero.

Agucé el oído tratando de escuchar la conversación que iba a empezar Marta y me acerqué mi fiel maza, por si resultara necesaria.

Marta le dijo algo al gigante, que se volvió hacia ella entre sorprendido e irritado. Tras unos instantes de incertidumbre, asintió con la cabeza y, ante nuestro pasmo, Marta se sentó a su mesa. Durante un buen rato, esta habló sin que pudiéramos llegar a saber si el *berserker* le hacía caso, pues ya no la volvió a mirar. Cuando la esclava hubo terminado de hablar, se levantó y volvió con nosotros sin aguardar una respuesta que no se dio.

—Eres una mujer valiente —dije sin salir aún de mi asombro. Incluso Krum asentía con la cabeza dando validez a mis palabras—. No he conocido a nadie que se haya sentado a la mesa de Gunnar si no lo ha indicado él. Pero has corrido un gran peligro. Espero que a partir de ahora tengas más cuidado. Los riesgos innecesarios son malos para una expedición de este tipo.

Me di cuenta de que Marta no parecía lamentar lo que había hecho y no pensaba decir nada, así que pregunté, picado por la curiosidad:

–¿Qué le has dicho?

–Que si quería participar en una expedición de rescate en las costas de los *blamenn*. Le he explicado cuál es la situación y el dinero que le podemos pagar. También que la mitad de la tripulación estará compuesta por mujeres que nunca han luchado, por lo que nos vendría muy bien su presencia. Como no respondía, le he indicado dónde está nuestra aldea, por si se lo piensa mejor y quiere venir.

Yo fruncí el ceño ante tal temeridad, la pelirroja optó por mirar hacia otro lado, celosa de la esclava, Krum abrió imperceptiblemente los párpados, señal de su asombro, y el negro y Salbjörg esbozaron unas mal contenidas sonrisas.

Olaf *el Peludo* se acercó a nuestra mesa con una jarra de cerveza negra llena hasta el borde, con la espuma desbordando, y la puso delante de Marta mientras señalaba que corría a cargo de la casa. Desde las otras mesas, las miradas de los parroquianos traslucían un notable respeto hacia la esclava.

Continuamos la charla, aclarando los diversos aspectos que requieren ser tratados en una empresa de semejante envergadura. Mientras, el *berserker* se levantó y se dirigió a la entrada. No pudimos apenas distinguir su rostro, cubierto por aquella larga cabellera, y aún menos los ojos, prácticamente ocultos bajo sus espesas cejas, pero cuando pasó por nuestro lado se detuvo un instante, frunció aún más el ceño, como si volver a ver a la antigua esclava no le dejara salir de su asombro, y la saludó con una leve inclinación de su enorme cabeza, antes de volverla a inclinar para poder pasar por debajo del dintel de la puerta.

Las conversaciones, que se habían acallado un tanto al incorporarse el gigante, se reanudaron y pronto nos olvidamos de Gunnar. No nos quedaban muchos asuntos por tratar y finalmente Salbjörg, la pelirroja, Marta y Abu se levantaron dispuestos a regresar a su aldea, con la promesa de que me ocuparía de encontrar a los mercenarios necesarios y un constructor de barcos.

Cuando me quedé solo con Krum pedimos otras dos cervezas y nos las bebimos en silencio. Yo repasaba para mis adentros lo ocurrido y escrutaba con disimulo el rostro de mi compañero, tratando de adivinar su postura ante mi sorprendente decisión de comprometerme con aquella peligrosa y mal pagada empresa. El pequeño lapón me conocía demasiado como para ignorar que había sido la esclava el motivo de que aceptara. Sin embargo, yo estaba convencido de que Cabeza de Jabalí sabía perdonar estas debilidades.

–¿Vendrás? –pregunté con la jarra en alto, no muy seguro de su respuesta.

El *sámi* se limitó a levantar su jarra y entrechocarla con la mía, regalándome una fugaz sonrisa.

* * *

Aquella noche visitamos todas las tabernas. Preguntamos a Olaf *el Peludo* si sabía algo de su sobrino y nos aseguró que le diría que lo estábamos buscando. Invitamos a cuantos mercenarios encontramos, pero ninguno se mostró interesado en acompañarnos, pues algunos ya estaban contratados y otros no querían enfrentarse con el Hurón; después de todo, él les conseguía buenos y bien remunerados trabajos. Algunos declinaron por considerarlo peligroso en exceso y hubo quien no aceptaba embarcar con mujeres. A todos la paga les pareció insuficiente.

Según pasaban las horas y se acercaba el amanecer, mi convicción de encontrar tripulación se esfumaba. Había tanteado a los mejores mercenarios y a unos cuantos de aquellos que, en situación más favorable, no hubiese querido tener a mi lado, pero ya la diosa Sol ocupaba su lugar en el cielo y aún no éramos más que dos.

Llegó a nuestros oídos que Ygrr *el Cuervo,* otro *berserker* como Gunnar, aunque no tan corpulento, estaba buscando trabajo. Ygrr era un mercenario noruego desarrapado y extraño. Como guerrero de Odín se le suponía protegido por este dios, pero, además, se decía de él que era hijo predilecto del dios tuerto, ya que poseía una increíble suerte que le preservaba de todo daño.

Pedimos que le avisaran de que lo estábamos buscando y nos encaminamos sin mucha esperanza al muelle. Todavía era verano y los comerciantes y aquellos que salían *a vikingo* debían aprovechar los días en que el mar es más clemente, hay más luz y el frío no resulta insoportable.

Aquella tarde había atracado un *knorr*, un barco mercante normando que traía esclavos. Estos barcos, más anchos y lentos que los *langskips* que utilizábamos para la guerra, solían contar con expertos mercenarios capaces de acabar con un motín si los esclavos lograban liberarse y trataban de tirar por la borda a sus dueños. Los tripulantes estaban restregando las cubiertas para prepararlas para una nueva travesía y nos dijeron que los mercenarios que los habían acompañado se habían vuelto a embarcar con un mercante de pieles de foca, morsa y oso; todos menos uno que había preferido quedarse en tierra, un taciturno individuo de ojos rasgados como los de Krum pero más alto y delgado, de la tierra de los mogoles.

Preguntamos dónde podía estar aquel guerrero del que nos dijeron que iba armado con una extraña espada de hoja delgada, larga y curva, de un solo filo, que manejaba sujetándola con las dos manos, y nos encaminamos a otro antro, donde las esclavas satisfacían todas las necesidades de los parroquianos.

El mesonero, tras examinarnos con mirada recelosa, terminó por señalarnos la planta de arriba con un movimiento de cabeza. Pedimos dos jarras de cerveza mientras esperábamos que el mogol terminara con la mujer y nos sentamos ante una mesa rehusando a las mujerzuelas que se nos acercaban ofreciéndonos sus encantos.

Tuvimos que esperar y, entretanto, se originaron dos peleas entre clientes borrachos. El mesonero, ayudado por un par de individuos que de vez en cuando manoseaban con descaro a las chicas que se acercaban a ellos, obraron en ambas ocasiones con rapidez y los contendientes fueron expulsados de malas maneras del local, sin más explicaciones.

Por fin nuestra paciencia tuvo recompensa y vimos a un peculiar individuo descender las escaleras. Era un poco más alto que Krum y algo más bajo que yo. Delgado, con los ojos rasgados, la cabeza rapada salvo una larga y prieta coleta que le salía de la coronilla y una perilla, vestía unos pantalones muy anchos en la zona de los muslos, una camisa hasta la mitad de estos y, por encima, otra prenda de cuero trabajado, con mangas, que le llegaba hasta el suelo y que, sin duda, era su defensa contra el frío como lo son nuestras capas de piel. En la mano llevaba envainada la espada de la que nos habían hablado.

—¿Aceptarías compartir una cerveza con nosotros? —pregunté con delicadeza, invitándole a tomar asiento.

El mogol, del que advertí que tenía los párpados algo más abiertos que los de Krum, nos miró y, tras pensárselo un momento, se sentó a nuestra mesa, donde el mesonero no tardó en dejarle una jarra de cerveza.

—Sabemos que has llegado hoy con un cargamento de esclavos —dije—. Estamos buscando mercenarios para un trabajo. Yo me llamo Thorvald y me llaman *el del Brazo de Hierro*. Él es Krum *Cabeza de Jabalí*. Somos mercenarios, como tú.

No abrió la boca, pero hizo un gesto animándome a continuar. La expliqué las condiciones en las que podría ser contratado. Su rostro se mantuvo imperturbable en todo momento y cuando hube terminado fui incapaz de adivinar qué pensaba aquel hombre de lo que le estaba diciendo, aunque me dio la impresión de que mostraba cierta simpatía por la suerte de esas mujeres.

El mogol terminó su jarra, la dejó con cuidado sobre la mesa y se puso en pie. A través de las ranuras de sus ojillos nos pidió tiempo para pensar la oferta y, cuando accedimos, se despidió con una inclinación de cabeza muy ceremoniosa. Quedamos de nuevo dos días más tarde en la taberna de Olaf *el Peludo* al anochecer, o mejor dicho, cuando la diosa Sol empezara a esconderse, ya que en aquella época del año permanecía casi todo el día iluminando el cielo.

El que nadie lo conociera e ignoráramos cómo luchaba ni si podía sernos útil, en el caso de que aceptara, me tenía un tanto preocupado, aunque seguramente no podríamos rechazarlo si se avenía a zarpar con nosotros. En cualquier caso estaba decidido a probar sus habilidades como guerrero antes de contar con él.

Más nos costó de localizar Yngvard *Hacha Sangrienta*. Desde el día en que lo viéramos pasar con la moza escandalizada en brazos, nadie había vuelto a ver al alegre noruego. Confiaba en poder ganar a aquel fanfarrón para nuestra aventura apelando a su honor, algo común entre normandos y que Yngvard exageraba. Para él aquella empresa debía de ser un reto irrechazable. O eso al menos pensaba yo.

Fue él quien nos encontró a nosotros cuando, a media mañana del día que habíamos quedado con Ygrr y el mogol, vagaba junto con mi inseparable Krum por el puerto a la espera de que atracase algún nuevo barco en el que pudiéramos encontrar un mercenario dispuesto a participar en aquella locura.

–¡Eh, Thorvald! ¿Me buscabas? –nos gritó alguien desde uno de los muelles, donde trajinaba un gentío portando todo tipo de mercancías de un lado para otro, en su mayoría para abastecer el mercado de Sciringesheal.

No nos costó distinguir al guerrero entre bultos, toneles y fardos acarreados por los estibadores. Una sonrisa le cruzaba la cara mientras agitaba sobre la cabeza su famosa hacha de combate de doble filo para que lo viéramos.

–¿Qué tal, compañeros? –nos saludó jovialmente con las dos manos apoyadas sobre el mango de su arma favorita hincada en el suelo, cuando terminamos de abrirnos paso y llegamos hasta él–. Me han dicho que me buscabais. ¿Es eso cierto?

–Así es Yngvard –repuse, tomando el antebrazo que me tendía en señal de paz y saludo–. Estamos reuniendo un grupo de mercenarios y pensábamos que quizá pudieras estar interesado.

–¡Vaya! Thorvald *Brazo de Hierro* y su inseparable Krum *Cabeza de Jabalí* se acuerdan de Hacha Sangrienta. Me siento halagado.

–No creo que sigas estándolo cuando escuches lo que te voy a proponer –repuse, y le expliqué en qué consistía el trabajo.

–¿Un año? –preguntó, borrada la sonrisa de su rostro–. Es mucho tiempo. Podemos sacar el doble en trabajos más cortos y menos peligrosos.

–Así es Yngvard –concedí–, pero puede ser una buena oportunidad para alimentar la gloria de tu sangrienta hacha, ¿no crees?

–¿Con quién más cuentas?

–Espero convencer a Ygrr *el Cuervo* y a Olaf *la Serpiente*. Hay otro más al que no he visto pelear nunca, pero que tiene buena facha. Se llama Temujín *el Bárbaro*.

–He oído hablar de él –contestó Yngvard mientras reflexionaba sobre nuestra propuesta–. Un tipo de ojos rasgados como nuestro amigo Krum, que lleva siempre con él una extraña espada. Créeme, le he visto usarla. Es mejor no estar delante cuando la desenvaina. Casi no habla. No tiene sentido del humor, ni piedad. Le gusta mandar guerreros al Valhalla. ¿Y un *berserker*? ¿Confías en que uno de los guerreros de Odín permanezca a tu lado un año entero? No sé si me gusta demasiado la idea. Se puede volver contra nosotros.

–¿Entonces vendrás? –pregunté esperanzado.

–¡Claro! –respondió alegremente, cambiando de mano su hacha–. ¿Quién iba a cuidar de esas damas? ¿Acaso un poco refinado y mal parecido danés como tú? ¡Cortaremos las cabezas a esos *blamenn* y los mandaremos al infierno!

–Nos reuniremos esta noche en la taberna de Olaf *el Peludo* –le dije sonriendo, contagiado por la pegadiza alegría del noruego.

–Allí estaré –prometió el mercenario poniendo sus ojos en el trasero de una moza que pasaba con una cesta de pescado–. Gracias por acordaros de mí. Y ahora, si me permitís, debo atender a esta pobre muchacha.

Nos despedimos de Yngvard y abandonamos los muelles, abriéndonos paso entre los carros y animales de carga agolpados frente al atracadero, en dirección al mercado, donde comer algo.

Había un vendedor de carne asada al que saludé y me ofreció un par de humeantes trozos de carne de los que goteaba la grasa recién fundida, que nos apresuramos a comer. Mientras dábamos cuenta de nuestra comida permanecimos en silencio, pero, a pesar de que mi compañero no era muy dado a hablar, noté que algo le preocupaba.

–Solo tenemos a Yngvard –dijo cuando le pregunté qué le ocurría.

–Confío en convencer a Olaf para que se nos una –repuse tratando de parecer animado.

Ciertamente la situación no pintaba bien. Con Olaf no habíamos hablado aún, tampoco el mogol nos había asegurado su participación y saber qué decidiría el *berserker* resultaba un misterio.

No habíamos dado demasiada importancia a la reacción del Hurón, que negociaba los servicios de los mercenarios en aquel puerto y al que no le gustaba que se cerrara ningún trato en la ciudad sin sacar su correspondiente tajada. Esa misma tarde llegaríamos a comprobar lo enfadado estaba.

Acabábamos de comer un potaje de pescado en otro de los puestos del mercado y nos dirigimos a una de las tabernas a pasar el tiempo mientras trasegábamos unas cervezas. El antro estaba, como todos, bastante vacío en ese momento y, como siempre hasta que encendieran las lámparas de sebo, en penumbra.

Nos sentamos y pedimos dos jarras. Antes de que nos las sirvieran se abrió la puerta de la calle y vimos entrar al Hurón. Detrás le seguían cinco rufianes de la peor estofa, a alguno de los cuales habíamos tanteado sin éxito para que engrosara nuestras filas. Llegaban esgrimiendo sus armas y nos rodearon.

Sin pedir permiso, el contratista se sentó a nuestra mesa.

–He oído que vais a aceptar el trabajo de esas mujeres –dijo.

–¿Eso en qué te incumbe? –pregunté, a pesar de conocer la respuesta, mientras calculaba sí me darían tiempo a empuñar mi maza, que había dejado al lado de la mesa.

–En esta ciudad, las contrataciones de mercenarios pasan por mis manos –me aclaró como si yo no lo supiera–. Así nos aseguramos de que los precios son justos.

–Tú habías desechado hacer el trabajo –dije fijando mi mirada en sus ojos acuosos. A pesar de que el hombre sabía que con una sola mano podía arrancarle la cabeza, no demostraba temor.

–La paga era muy poca, y el peligro, mucho –repuso encogiéndose de hombros.

–Si es así, ¿qué te importa que yo la acepte?

–No lo puedo permitir, ¿no te parece? –replicó fingiendo mostrarse razonable–. Si lo dejara pasar, volvería a suceder y los precios caerían. Habría peleas para conseguir los trabajos, y eso al gobernador no le gusta.

–¿Y qué pretendes? ¿Que renuncie al trabajo?

–Veo que lo entiendes –contestó el tipejo, esbozando una amplia sonrisa–. Os sabré compensar. Mañana llega un barco que necesita mercenarios para transportar esclavos. Vosotros lo habéis hecho muchas veces, y muy bien, por cierto.

–Lo siento, pero no nos interesa –respondí, tras consultar con la mirada a mi compañero, tan silencioso como siempre–. Hemos dado nuestra palabra a esas mujeres.

–En fin, pensé que entenderíais la situación –dijo el Hurón, contrariado, golpeando con ambas manos sobre la mesa y poniéndose de pie–. Debo irme. Espero que mis muchachos puedan haceros comprender cómo funcionan aquí las cosas.

Dicho esto, se dio la vuelta y salió del antro seguido por los pocos parroquianos desperdigados por las mesas que no querían verse inmersos en la pelea. Sin embargo, los cinco matones armados que se había traído, y dos más que aguardaban fuera, se nos aproximaron aún más.

Sin darle tiempo a pensar, arrojé a uno de ellos mi jarra casi llena y le rompí la nariz. Krum ya había sacado el cuchillo y tirado en el suelo lo clavaba en el tobillo del que tenía más cerca, a la vez que daba una patada en los testículos a otro.

No pude siquiera ver cómo le iba a mi compañero, pues me vi acorralado contra la pared. Aquellos perros lanzaban estocada tras estocada, que yo a duras penas conseguía esquivar con una bandeja de hierro, inservible tras los primeros envites, que me mantenía intacto por el momento. Pero no me engañaba, mucho tenía que cambiar nuestra suerte para poder salir con vida de allí.

Entonces se abrió la puerta e hizo su aparición un nuevo personaje. Rápido como el rayo, el recién llegado movió los brazos con precisión y mutiló con su espada a los siete desprevenidos atacantes, que dejaron de ser una amenaza.

Aprovechando sus movimientos, una especie de extraña danza, aquel diablo cortó las cabezas de tres de los agresores, el brazo con el que empuñaba la espada a un cuarto, a dos de ellos les sacó las tripas y al séptimo lo abrió desde la entrepierna hasta la nariz. Todo en un abrir y cerrar de ojos.

El tipo del brazo cercenado se apretaba el muñón con la otra mano tratando de alcanzar la puerta. Yo se lo impedí pasando mi brazo izquierdo por su cuello y cogiéndome con esa mano mi hombro derecho a la vez que con la derecha apretaba su nuca contra mi antebrazo, quebrándole el cuello con un chasquido.

–Gracias –le dije al mogol dejando caer al pelele que aún sostenía. El extraño limpiaba la hoja ensangrentada de su espada en la camisa de uno de los decapitados antes de envainarla de nuevo en su funda. Krum hacía lo propio con su cuchillo y realizó una inclinación de cabeza hacia nuestro salvador a modo de agradecimiento.

Temujín aceptó con un gesto nuestro agradecimiento y de un solo movimiento, sin duda mil veces practicado, envainó su larguísima arma.

–¿Por qué estabas aquí? –pregunté una vez colocada la mesa volcada sobre sus patas y tras sentarnos a la espera de que el mesonero restaurara el orden y tuviera tiempo para servirnos.

–Os he seguido. Quería saber quiénes sois.

111

–Ya lo has comprobado –repuse, ya del todo convencido. Su habilidad como guerrero quedaba más que demostrada–. ¿Has pensado en nuestra propuesta?

–Sí.

–¿Y bien?

Como el Bárbaro no contestaba, añadí, señalando los cuerpos que aún permanecían en el suelo de la taberna en medio de un charco de sangre:

–Esos que has matado son hombres del Hurón. No se sentirá demasiado satisfecho cuando se entere de lo que ha pasado. Aunque ha sido por nuestra culpa y te lo agradecemos, me temo que te costará encontrar otro trabajo en este puerto. Eso si el Hurón no intenta matarte a ti también.

El guerrero de oscura coleta mantuvo el silencio, reflexionando sobre mis palabras. No tenía muchas alternativas. Él mismo se había condenado al defendernos de nuestros atacantes.

–¿Quiénes irán? –preguntó por fin.

–Hasta ahora solo hemos conseguido uno más –confesé–. Un noruego, buen guerrero. Esperamos convencer esta noche a un *berserker* y a otro mercenario más, con los que hablaremos en la taberna de Olaf *el Peludo*. Seremos cinco si acceden. ¿Podemos contar contigo? En tal caso seríamos seis.

–Nos veremos esta noche –concluyó enigmáticamente el mogol sin comprometerse, tras lo cual se levantó y se fue.

* * *

No fuimos los primeros en llegar a la taberna de Olaf *el Peludo*. Ocupando la mesa más apartada se hallaba el sobrino del propietario, Olaf *la Serpiente*, tan alegre como lo recordaba. Sobre sus rodillas tenía a una muchacha con la que brindaba mientras nos esperaba. Nada más vernos entrar, dio un azote en el trasero a la chica y la despidió sin atender a sus protestas.

–Hola, Thorvald. Hola, Krum –nos saludó sin perder la sonrisa–. Me ha dicho el Peludo que me estabais buscando.

–¿Qué tal te va, Olaf? –le saludé tomando asiento a su lado–. Es cierto que te andábamos buscando. Tenemos un trabajo para el que nos han contratado y habíamos pensado en ti.

—¿Tiene algo que ver con lo sucedido esta tarde en la taberna del ciego? Dicen por ahí que siete hombres han perdido la cabeza.

—El Hurón no parecía estar muy de acuerdo con que contratáramos gente por nuestra cuenta y trató de hacernos desistir.

—Con poco éxito, según tengo entendido. Mal enemigo es el Hurón. Deberías haberle ofrecido una parte para que te dejara en paz, en vez de matar a siete de los suyos.

—¿Le tienes miedo? –pregunté retándole–. Si es así, quizá no te interese lo que tenemos que ofrecerte.

—Tranquilo –contestó sin perder la sonrisa–. No será a por mí a por el que vaya a ir. Pero, bueno, ¿qué es lo que tenéis?

En ese momento se abrió la puerta y por ella entró Temujín, nuestro salvador de la tarde. Le presenté a Olaf, que preguntó:

—¿Es este el diablo que cortó la séptima cabeza antes de que la primera tocara el suelo?

La puerta se volvió a abrir y entraron cuatro ruidosos hombres que no nos permitieron hablar hasta que se calmaron un poco, algo que hicieron cuando vieron cómo entraba en la taberna un individuo muy fornido vestido con andrajos, las piernas envueltas en pieles atadas por correas de cuero, la barba y la melena con restos de hojas y ramas. Su mirada parecía enfocar lejos, como si estuviera observando alguna espantosa visión. Nosotros ya conocíamos a Ygrr el *berserker* al que llamaban *el Cuervo*, el animal favorito de Odín, tanto por la suerte de que gozaba como por la apariencia de alucinado que tenía.

El *berserker* tomó asiento en nuestra mesa y le presentamos a Temujín, sin que ninguno de los dos pareciera muy impresionado de conocer al otro.

Al cabo de un buen rato, cuando estábamos a punto de comenzar a explicar cuáles eran nuestras intenciones, se volvió a abrir la puerta y por ella entró Yngvard.

Cuando encontramos los seis alrededor de la mesa, les expliqué de nuevo la situación y cuáles eran las condiciones que el *berserker* y Olaf aún no conocían. Este último se quedó muy sorprendido.

—Si no te conociera, Thorvald –dijo con voz seria, rascándose la cabeza–, diría que nos estás tratando de engañar. Un año de peligroso trabajo a cambio de una escasa paga no parece un gran trato.

–No todo el año correrás peligro –repuse–. Tendremos alojamiento y comida buena parte del tiempo sin riesgo alguno: nos limitaremos a enseñar a un grupo de mujeres a combatir.

–Sí, pero después deberemos embarcarnos, llegar hasta las costas de los perros *blamenn*, liberar a los prisioneros y regresar. ¿Cómo piensas hacerlo con un puñado de mujeres y esclavos y seis mercenarios?

Miré a mí alrededor. Poco a poco las mesas se iban llenando de gente sedienta, desde orondos comerciantes a licenciosos guerreros, tullidos indigentes, rameras y damas tan orgullosas como cualquier normando. Olaf *el Peludo,* con la camisa llena de sudor y de manchas de cerveza, se pasaba a menudo el brazo por la frente para limpiarse las gotas que le brotaban en el nacimiento del pelo, mientras acarreaba, ayudado por su mujer y una sirvienta, jarras de negra cerveza a todas las mesas.

–Sin llamar la atención. Trataremos de no ser vistos, rescatarlos y huir lo más rápido que podamos antes de que se den cuenta.

–¿Y por qué no lo hacemos solos? –preguntó Olaf.

–¿Los seis? No tienen más dinero para contratar mercenarios. ¿Cómo llegaríamos hasta allí? Necesitamos una tripulación y un barco.

–¿Qué clase de ayuda vamos a tener?

–Creo que alguno de los esclavos que venga será válido, pero no me haría demasiadas ilusiones. Bien, ¿qué decís?

* * *

El Cuervo hizo un gesto de asentimiento sin llegar a abrir la boca. Uno más. También el bárbaro mogol, que había permanecido un tanto separado del grupo, asintió en silencio. Ya éramos cinco. Solo faltaba la Serpiente.

–¿Puedo hablar contigo a solas? –me preguntó este.

Nos levantamos de la mesa y salimos a la calle, donde soplaba un fuerte viento. Sujetándose la capa, Olaf me preguntó en voz baja:

–¿Qué hay detrás de todo esto? Sé que no puedes hablar delante de los demás, pero dime: ¿por qué has aceptado este trabajo? ¿Vas en busca de algo? ¿Los secuestrados son gente importante? ¿Habrá una buena recompensa si los traemos? ¿Plata? Los *blammen* tienen mucho oro. ¿Es eso lo que buscas?

–No, Olaf. No hay nada de eso. Todo es como te he dicho.

–Vamos, Thorvald, ¿me tomas por tonto? No te embarcarías en una empresa tan ridícula si no hubiese algo más.

–No te engaño. No saquearemos aquellas tierras. Tampoco habrá recompensa. Entre los rehenes hay un *jarl,* pero solo tiene una aldea de granjeros.

–¿Por qué vas entonces? ¿Por qué lo hace Krum?

–Tenemos nuestras razones, aunque no son las que imaginas.

El mercenario se me quedó mirando con los ojos entrecerrados sin llegar a creer cuanto le había dicho. Era un tipo listo, astuto y muy hábil. Nos sería de gran ayuda. Si aceptaba, claro.

Yo estaba al tanto de algo que él ignoraba que yo sabía. Aquella tarde alguien me había hablado de ciertos problemas que acuciaban a Olaf. Al parecer, había tenido un desliz con la esposa de un importante señor y este lo buscaba para vengar su honor. Por eso nos había costado encontrarlo. Una larga temporada alejado del mundo podía calmar las aguas.

–¿Nada de oro ni de plata? –preguntó de nuevo, aunque su decisión ya estaba tomada.

–No.

–Te acompañaré. Sé que hay algo detrás de todo esto. Vale, vale, no me lo puedes decir. Pero espero que al final me dejes participar.

Ignorando mis protestas, entró en la taberna gritando:

–¡Eh, tío Olaf, cerveza para todos! Brindemos por esos malditos *blamenn.*

Ya éramos seis.

CAPÍTULO 7

Entretanto, en la aldea de la granja Svennsson, las mujeres discutían sobre quiénes iban a embarcar en busca de sus maridos e hijos y quiénes se quedarían.

Salbjörg, al igual que Marta, tenía muy claro que ella sería de las que viajaran. Una tarde se reunió con su amiga Hild *la Hija del Cuervo* para consultarle. Fue en la choza de esta, en la otra orilla. Tras dejar el bote amarrado a un tronco, subió por un serpenteante y empinado camino junto a la catarata hasta llegar a la cabaña. El fragor del agua al caer apenas era mitigado por las paredes y ambas mujeres tuvieron que hablar en tono alto para poder escucharse. Por qué la Hija del Cuervo había escogido un lugar tan ruidoso para vivir era un misterio.

Tras una charla amigable sobre la situación, la Vieja le pidió que hiciera uso de sus artes para saber qué suerte le aguardaba a la expedición. Hild arrojó las tablillas con runas y leyó en ellas. No trató de engañarla: Salbjörg no debía embarcar.

La Vieja regresó a su granja y no dijo nada a nadie sobre los oscuros presagios, que no consiguieron hacer tambalear su decisión. Con la fatalidad con que los normandos aceptan la muerte y otras desgracias, así enterró en lo más profundo de su ser los augurios de la curandera.

Durante la semana de plazo que nos habían dado a Krum y a mí, la vida continuó en la aldea. Kara era una de las que también habían decidido viajar con la expedición y, como no podía ser de otra manera, arrastró tras ella a su inseparable Embla. Saber que dentro de una semana llegarían mercenarios curtidos dispuestos a participar animó a las mujeres a presentarse voluntarias para viajar.

Solo tuvieron que lamentar un desagradable incidente durante aquella semana de febril ajetreo. Leif Bardarsson, el tullido al que los *blamenn* habían mutilado con crueldad, amargado y desesperado por no haber muerto en el campo de batalla para poder entrar en el Valhalla, donde juntarse con los guerreros elegidos por las valkirias, decidió acabar con su vida, como de vez en cuando algún normando hacía al dejar de ser útil y convertirse en un estorbo, en un intento de morir con dignidad.

Una mañana, Leif escogió una espada en la herrería de Runolf, con la intención, según dijo al herrero, de practicar. El herrero era un viejo normando que había visto morir a muchos hombres, algunos de ellos traspasados por las armas que él, con tanta dedicación, forjaba en su taller, y sabía que lo peor que le podía pasar a un normando era morir de una manera ignominiosa, olvidado por todos, así que no se dejó engañar y le prestó sin hacer preguntas el arma recién templada.

Leif se alejó un poco de la herrería y, sin más testigos que los pájaros y con el acompañamiento del martillo sobre el yunque como única música fúnebre, se dejó caer sobre la espada cuya empuñadura había enterrado en el suelo de tierra para que no resbalase; quedó ensartado en el acero hasta que una mujer de la aldea lo vio y dio aviso de la triste noticia.

Al día siguiente, Leif Bardarsson fue enterrado con algunas de sus pertenencias y la espada que había acabado con su vida. El entierro no ocupó más que una breve parte de una jornada que destacó por el silencio. Los habitantes, niños y mayores, esclavos y hombres libres, fueron conscientes con esta muerte de lo poco que les podía quedar de vida a ellos y a sus más queridos seres, una vez que terminara aquella aventura que estaba por empezar.

Después de aquello, los ánimos empeoraron. Uno de los más afectados era el borracho Einarr. El tullido se avergonzaba por su miseria y no osaba mirar a la cara a las mujeres, y aún menos tras lo ocurrido con Leif.

Entre los normandos, mantener a los menesterosos es una costumbre, así que en ninguna casa se le negaba la manutención, pero los habitantes del pueblo lo rehuían, de modo que el borracho mendigaba la cerveza necesaria para continuar ebrio, arrastrándose con su muleta de puerta en puerta, y desaparecía. Cuanto más avergonzado estaba, más bebía, y cuanto más bebía, más avergonzado estaba, sin que nadie supiera el motivo ni le importase lo más mínimo.

En la semana de la muerte de Leif, sucedió que una de las noches en que la Negra iba a entrar a cenar, tras las labores de la jornada, se encontró un bulto tirado en un terreno de la granja. No le costó descubrir por los andrajos y el hedor que despedía que se trataba del borracho. Sintiendo lástima, llenó en el tonel de la casa una jarra de cerveza y se la llevó.

El tullido parecía más sereno que de costumbre cuando Marta se agachó para tenderle la jarra. Posiblemente aquel día hubiese tenido problemas para mendigar el alcohol, pues todos los habitantes del pueblo habían estado fuera de sus casas ocupados en sus labores. Einarr, sucio de pies a cabeza, apenas alzó la mirada para agradecer el gesto de la antigua esclava.

–Sécase el pino que está en un claro, ni corteza ni agujas lo guardan –recitó con la voz rota por la bebida–, igual sucede con el hombre al que nadie ama, ¿para qué sigue él viviendo?

»Crees que no soy un hombre. Debería hacer lo mismo que Leif Bardarsson, ¿verdad? Eso es lo que piensas. Todas pensáis lo mismo, lo sé.

–No, no lo pienso –repuso Marta–. De donde yo vengo, el quitarse uno mismo la vida está visto como algo horrible. Lo peor que se puede hacer.

–¿Ah, sí? ¿Y qué hace un tullido en tu tierra? –preguntó Einarr provocativo–. ¿Beber como yo?

–Algunos sí. Otros intentan ser útiles y buscarse la vida.

–¡Ja! –rio forzadamente–. Útiles. ¿Qué puede hacer un guerrero viejo al que le falta una pierna? Escucha, niña: yo tenía que haber muerto donde te parieron a ti, ¿entiendes? Yo era un guerrero y las valkirias me habían elegido para morir, por eso me hirieron. –Las palabras del borracho destilaban amargura y reprobación–. ¿Sabes por qué sigo con vida?

Marta lo sabía. Ya conocía su historia, pero comprendía que el viejo necesitaba hablar con alguien para desahogarse y que no tenía a nadie más con quien hacerlo, de modo que la escuchó una vez más. Mientras la relataba, y sin ser consciente de ello, a través de los huecos que dejaban los dientes perdidos llenaba el rostro moreno de la esclava de babas cuando acercaba su rostro al de ella.

–Debería haber muerto, y ahora estaría en el Valhalla con Odín y mis antiguos compañeros, luchando durante el día y bebiendo y disfrutando de la compañía de las mujeres por la noche en el Asgardr. Y en vez de eso, ¿qué hago? Dar lástima y beber en este maldito mundo, sin osar dejarme caer sobre una espada como Leif y terminar como un hombre. Todo porque mis compañeros no sabían cómo regresar a casa y no se atrevían a dejarme morir.

Einarr guardó silencio inmerso en sus recuerdos. Aún no había probado la jarra que le llevara Marta. Sus ojos enrojecidos tenían la mirada perdida.

—Ya no volví a viajar, ¿sabes? Era viejo y me faltaba una pierna, así que en la siguiente expedición no consintieron que los acompañara. Les traje a casa y no quisieron volver a embarcarme. Tampoco repartieron nunca más el botín conmigo, y a cambio solo me dan caridad. Lo que cae de sus mesas.

—Eras un buen timonel —dijo Marta con voz cálida.

—Sí, lo era. Y lo hubiese seguido siendo si tuviera las dos piernas. Pero me faltaba una y me dejaron en tierra para siempre.

—El cojo monta a caballo, el manco guía al pastor, el sordo en la lucha sirve; mejor estar ciego que estar quemado. A nadie sirve un cadáver.

—¿Conoces el *Havamal*, el libro de Odín? —preguntó, sorprendido, el borracho.

—No —confesó Marta. En realidad se lo había dicho el recitador de leyes cuando le consultó sobre lo que pretendía hacer—. Quizás ahora podrías volver a embarcar.

Einarr se quedó mirándola, tratando de salir del sopor, mientras descifraba el sentido de las palabras de la esclava.

—¿Quieres decir que podría viajar en vuestro barco? —dijo al cabo de un instante—. ¿Embarcar con un puñado de mercenarios, esclavos y mujeres?

Al borracho le dio un ataque de risa seguido por otro de tos. Marta, sentada a su lado, esperaba con tranquilidad a que el viejo se calmara.

—¿Adónde pensáis que vais a ir? ¿De verdad crees que podréis llegar hasta al-Ándalus y volver con los hombres del *jarl*? No me hagas reír. Nadie de los que se embarquen en semejante disparate de aventura regresará vivo.

—En tal caso, ¿por qué no vienes? Morirías como un vikingo, luchando. Llegarías a vuestro paraíso.

–¡Ja, ja! –rio con desgana el borracho–. ¿Tratas de convencerme? No moriría como un hombre porque no llegaríamos hasta donde viven esos *blamenn*. Aegir o su mujer Ran nos arrastrarían al fondo del mar antes de que lográramos ver siquiera aquellas tierras.

–¿Contigo al timón? –dijo Marta, tendiéndole una trampa–. Creía que me habías dicho que eras un buen timonel.

–Y lo soy, no te quepa duda –repuso enfadado el borracho oliéndose la treta–. ¿Pretendes que sea el que dirija vuestro barco?

–Necesitamos alguien que lo haga. Tú eres bueno y no tienes nada que perder. Si conseguimos rescatarlos, habrás demostrado que se equivocaron contigo al abandonarte. Si morimos, llegarás rápido al Valhalla. En los dos casos saldrías ganando.

–¿Qué dirían las mujeres al enterarse de que Einarr *el borracho* pudiera ser su timonel?

La pregunta había sido hecha casi con desprecio, pero la muchacha había intuido el ansia de aquel desdichado por ser redimido.

–Si Einarr fuese nuestro piloto, dejaría de ser un borracho.

–¿Así de fácil?

–No, no creo que sea tan fácil. Pero Abu cree que de verdad eras bueno, y yo pienso que puedes volver a serlo. En todo caso seguimos necesitando un timonel.

Einarr se quedó otra vez en silencio. Como la esclava dijera, las dos alternativas le resultaban tentadoras. Además, tenía que reconocer que la posibilidad de echar en cara su actitud a Ikig *el Triturador* y al resto su traición le atraía. Por otra parte, aquello suponía no volver a beber y tener que enfrentarse sobrio a las mujeres que lo miraban mal y a cuya costa había vivido durante años. Mujeres que lo habían visto desprovisto de dignidad.

–*Espera el cretino vivir por siempre si evita entrar en pendencias, mas poca tregua le da la vejez* –dijo Einarr levantándose con dificultad, y añadió antes de alejarse–: Lo tengo que pensar.

Marta vio cómo se alejaba hacia el bosque y también se incorporó, para entrar pensativa en la granja. Los demás ocupantes ya se encontraban en sus escabeles comiendo el potaje de pescado y verduras. Abu, sentado en una esquina, levantó la cabeza al entrar la muchacha y sus miradas se cruzaron, pero enseguida volvió a dedicarse por completo a la sopa.

Salbjörg no pareció darse cuenta de la presencia de la esclava. Comía en silencio, pensando tal vez en las dificultades que les quedaban por resolver antes de poder iniciar el viaje. Junto a ella, la pequeña Sif apartaba a escondidas algunas verduras del potaje que no eran de su gusto, tratando de que la Vieja no la viera. Ivar, que ya había visto la maniobra de su amiga, le guardaba el secreto sonriendo.

Marta cogió una escudilla y se acercó a la marmita puesta sobre el fuego de donde Grimhild se estaba sirviendo en ese momento. Hizo otro tanto y tomó asiento cerca del hogar, para aprovechar el calor a la vez que miraba las danzarinas llamas.

Aunque normalmente tras la cena hombres y mujeres se reunían alrededor del fuego para conversar un rato, los ánimos no eran los apropiados y, poco a poco, se fueron acostando en sus escabeles para pasar la *blanca noche,* en la que no habría oscuridad, a la espera de que la mañana trajera una nueva jornada de duro trabajo.

La Negra, echada sobre un escabel y tapada con una manta de lana rellena de plumas, miraba el techo de ramas entrelazadas sobre el que se colocaba el tepe. Desde que aceptaran ayudar a las mujeres en el rescate de sus hombres, habían pasado de ser esclavos a libertos, por lo que ya no dormían con el ganado, sino con el resto de los habitantes de la granja.

Pensaba en Ikig *el Triturador.* En las penalidades que el orgulloso *jarl* estaría pasando, prisionero de unos hombres a los que tenía por débiles y que lo habían vencido y capturado. Por su mente pasaban distintas situaciones vividas en las que Ikig había reído, gritado, enfadado. Y la había mirado a ella, con una mezcla de desconcierto y altanería. Recordaba momentos en que Ikig, pensando que ella no lo veía o escuchaba, desechaba las malas lenguas de su amada mujer, que trataba de indisponerlo contra la esclava.

Recordó asimismo el día en que su calzado se deshizo, tras años de trabajo en la granja. Trató de volver a recoser las botas, pero estas, inservibles, ya no tenían arreglo y apenas servían para cubrirse un poco los pies.

Marta, nacida en tierras más cálidas, sufría con aquel calzado, pero no decía nada. Dos días más tarde, el *jarl* Ikig se había presentado en la granja con unos recios y calientes botines de piel de cabra, rellenos con el vellón del animal. Se trataba de un regalo para su adorada mujer. Pero como esta no tardó en comprobar, su tamaño era demasiado pequeño y no le servían. Enfadada con su marido, se los había tirado a la cara.

Aquellos preciosos botines, casualmente, se adaptaban a la perfección a los pies de la Negra. La maniobra no le pasó desapercibida a Sigrid, que desde entonces le había cogido más ojeriza, si eso era posible.

Estos y otros recuerdos la acompañaron, como tantas otras noches, mientras se sumía en el sueño y fantaseaba con una vida al lado del alegre vikingo.

* * *

Pocos días después, mis compañeros y yo llegamos a la aldea del *jarl* Ikig. Cuando la diosa Sol estaba en lo más alto, cruzamos las montañas por el camino que rodea las nieves eternas y llegamos hasta el fiordo donde el abuelo del Triturador se había asentado décadas atrás.

La primera vez que vimos la granja fue desde lo alto de aquel paso. La vista allí era despejada y se podían distinguir el mar revuelto y la entrada del fiordo, que primero giraba hacia un lado y después se retorcía hacia el otro, de tal forma que las iracundas olas que arrojaba el dios *Aegir* quedaban amansadas por las cumbres. Tras el segundo recodo, el fiordo se abría quedando ambas orillas a unos buenos quinientos pasos la una de la otra.

Bajo los cascos de nuestras monturas y entre el denso bosque y la playa de piedras donde asomaba una pequeña dársena con tres o cuatro barcas se amontonaba sin orden un grupo de cabañas alrededor de una granja con tierras labradas, aprovechando la suavidad de la pendiente.

De algunas de estas cabañas salía humo entre los tepes, señal de que el hogar estaba atendido, y alrededor de ellas la actividad era incesante. Hombres y bestias parecían, desde tal altura, hormigas aprovisionándose para la época de carestía.

En la orilla de enfrente desaguaba una enorme catarata que caía desde lo más alto de la montaña. Quedé sorprendido al ver a cierta altura y arrimada a la cascada una pequeña choza. Iniciamos el escarpado descenso por un camino hecho por el paso de hombres y animales a lo largo de años y llegamos hasta la cabaña.

Detrás de mí cabalgaban Krum, con un caballo de repuesto donde iban nuestras armas, cascos y escudos, y tras este Temujín, recto en su cabalgadura, sobre la que montaba como si hubiese nacido encima, con un tipo de silla desconocido entre nosotros. En último lugar venía el *berserker* Ygrr. Su cabalgadura estaba tan descuidada como él y ambos llegaban con la cabeza baja como si hubiesen sido derrotados en una batalla o estuvieran dormitando.

La cabaña era una herrería y allí laboraba un viejo noruego haciendo remaches, clavos, herrajes y piezas para los arados. Lo saludamos al pasar, mientras golpeaba contra el yunque una pieza sin forma al rojo, y continuamos bajando, dejándolo allí con su fragua.

A medida que nos acercábamos hacia la explanada tras cruzar el bosquecillo, en medio de aquella tranquilidad solo rota por el repicar del martillo, me sorprendí a mí mismo especulando cómo sería la vida en una aldea parecida a esa, acompañado por la esclava que había conocido.

Rápidamente deseché esas peligrosas ideas y dirigí mi montura hacia la casa más grande, que, sin duda, era la del *jarl*. A nuestro paso las mujeres se incorporaban, inclinadas como estaban sobre la poco generosa tierra que trabajaban, y observaban inquietas nuestro paso.

Faltaban por llegar Yngvard y Olaf. La Serpiente lo haría en cuanto encontrara un maestro constructor de barcos, tarea que le había confiado y que esperaba pudiera llevar a cabo en unos cuantos días. Hacha Sangrienta debía solucionar algunos asuntos antes de poder reunirse con nosotros, así que, en conjunto, nuestra aparición no era todo lo heroica que parecían esperar aquellas mujeres en cuyos rostros se podía adivinar la decepción.

Un danés, un lapón, un mogol, los dos últimos pequeños para el concepto que tenían aquellas mujeres de lo que era un guerrero, y un desgreñado y alucinado guerrero de Odín eran todos los refuerzos que llegaban para liberar a sus hombres. Imaginaba qué pasaba por la cabeza de aquellas mujeres. Si una treintena de fieros normandos como eran sus maridos e hijos habían sido hechos presos por los *blamenn*, ¿qué podían hacer aquellos despojos para liberarlos?

Mientras nos acercábamos, examinaba los desilusionados rostros buscando el de la pequeña esclava cuyo recuerdo mantenía vivo. Vi a Salbjörg, cargada con una cesta. También ella parecía decepcionada, aunque trataba de ocultarlo con una digna mirada de bienvenida. En los únicos ojos que no vi reflejada la desilusión fue en los de Marta *la Negra*, cuya sola presencia, lo reconozco, tuvo el efecto de alterarme más de lo que me hubiese gustado admitir.

–Sed bienvenidos –saludó Salbjörg cuando nos detuvimos ante la puerta de la granja–. Querréis tomar algo tras tan largo camino. Entrad conmigo y os serviremos.

Sin más saludos, entramos en la sala y nos sentamos, mientras de un gran tonel llenaban cuatro jarras que nos apresuramos a vaciar y que prontamente fueron rellenadas. La estancia, vacía antes de llegar nosotros, se iba abarrotando de gente que ocupaba los escabeles deseosa de conocer las noticias.

–Bien, Thorvald –dijo por fin la Vieja–. Ha pasado una semana, como convinimos desde que estuvimos en la ciudad. ¿Qué noticias traes?

–Hemos reunido a seis mercenarios –contesté. Preferí no mencionar cuántos hombres habían rehusado participar–. Eso es todo lo que nos podemos permitir con el oro de que disponéis. Uno de mis hombres está buscando un maestro constructor que nos ayude con el barco y el otro llegará mañana o pasado a más tardar.

»Todos son veteranos mercenarios que han luchado en infinidad de batallas –dije para tranquilizarlas un poco–. A mí y a Krum *Cabeza de Jabalí* ya nos conocéis. Él es Temujín *el Bárbaro*, un experto en el uso de la espada, como tendréis oportunidad de comprobar. Es rápido como un águila.

»Ygrr –señalé con la mano al *berserker* apartado de los demás– es un guerrero de Odín.

Las mujeres se apartaron inconscientemente de él. Todas sabían historias de aquellos hombres, de los que se decía que podían convertirse a su voluntad en feroces osos o sangrientos lobos y que vestían habitualmente con pieles sin curtir. En el caso de Ygrr, resultaba imposible adivinar el origen de los harapos que vestía.

El resto de la jornada estuvimos examinando los cobertizos, las armas disponibles, la herrería… También hablamos con el herrero, que se mostró muy deseoso de examinar la espada de Temujín.

Cuando llegó la hora, cenamos en la granja. Lo que habíamos comprobado coincidía con bastante fidelidad con la idea que traíamos. Aquella era una aldea de pescadores y granjeros que se habían visto envueltos en una aventura de excesiva envergadura para sus posibilidades, y no un pueblo de guerreros habituados a combatir.

Mientras comía de mi escudilla pensando en todo esto, no podía dejar de lanzar furtivas miradas a la Negra, que en esos momentos ayudaba a una de las madres a alimentar a su pequeño. ¿Sería aquella mujer la que me traería la perdición, al embarcarme en una expedición que lo tenía todo para resultar un completo desastre?

* * *

Al día siguiente llegó a la aldea el vocinglero Yngvard, al que debí reprender cuando comenzó a galantear con varias mujeres, incluida Marta, y dos días después lo hizo el escurridizo Olaf, acompañado por un viejo y consumido barbudo de pelo blanco y mirada extraviada.

También arribaron dos hombres a los que no conocía y que me fueron presentados por Salbjörg como hermanos, amigos de su hijo, y dispuestos a viajar con nosotros. Ambos me produjeron una buena sensación. El más joven de ellos, con la cara llena de tatuajes, la cabeza pelada y una frondosa barba, desde luego no era un guerrero experimentado, pero su decidida expresión me convencía. El otro, llamado Ottar *la Morsa*, tan corpulento como su hermano, a pesar de ser granjero, decía no ignorar el uso de las armas, lo que era una buena noticia.

Una de las mañanas, tras tomar el desayuno, *skyr,* la leche cuajada, con *grautr,* esa sémola a base de cereales que rellena y aburre el estómago, nos dispusimos a estudiar las fuerzas con las que contábamos.

—Tenemos seis mercenarios —dije yo mientras Marta, que sabía leer y escribir, además de sumar y restar, tomaba nota—. Están los hermanos Thorstein y Ottar. Tres esclavos liberados: Abu *el Mudo* y Habib, más otro que viajará pero no peleará. Un muchacho, Ivar, y un viejo, Runolf. ¿Cuántos hacen?

—Trece —contestó Marta sin necesidad de utilizar los dedos.

Yo trataba de no mirarla para poder concentrarme en lo mío, bajo la atenta mirada de Salbjörg, los hermanos, Abu y todos mis compañeros mercenarios menos Ygrr, que nunca se encontraba presente y deambulaba a veces por el bosque y otras por la orilla donde solía dormir.

—No son muchos —dije. Era inútil lamentarse, pues las mujeres no habían conseguido más apoyo y no tenían más oro—. ¿Cuántas mujeres están dispuestas a aprender a combatir y a bogar en el barco?

—Aproximadamente una veintena —contestó Salbjörg—. Pero no todas podrán ir. Algunas son demasiado mayores.

Examinamos una por una a todas las que se habían presentado voluntarias y las fuimos descartando por diversas razones, hasta quedarnos con doce.

—Necesitamos más ayuda —dije mirando fijamente a Salbjörg—. Al menos cinco personas más. Y un timonel. Seguimos sin tener uno.

* * *

Esa tarde, mientras observaba a las mujeres trabajando los campos y los hombres se afanaban con los barcos de pesca ayudados por Olaf, Marta se acercó a hablarme.

—No me gusta Yngvard —se limitó a decir sosteniendo entre sus manos un cesto con verduras.

—¿Por qué? —repuse admirando sus ojos castaños.

—Traerá problemas.

—Es un buen guerrero y lo necesitamos. No estamos sobrados de ellos.

Marta asintió comprendiéndolo y añadió:

—Hay dos niños. A uno le faltan aún dos años para ser considerado un hombre, pero es decidido y buen muchacho. La otra acaba de ser reconocida como mujer. Los dos son trabajadores y no defraudarán.

—Demasiado débil es la tripulación como para llevar a dos niños.

—No te fallarán. Solo te pido que los pongas a prueba.

—Está bien, lo haré. Pero Yngvard viene con nosotros.

Marta tardó más de lo que me hubiese gustado en volver a asentir con la cabeza. En esos momentos llegó una mujer acalorada; sin preámbulos se me encaró y dijo:

—Quiero viajar con vosotros, mi marido está preso y quiero ir.

—Se la ha rechazado por estar encinta —me informó Marta.

—¿Tú eres Arnora? —pregunté

—Sí.

—No puedes venir con nosotros. Estás preñada.

—He pedido a Hild *la Hija del Cuervo* unas hierbas para dejar de estarlo. Iré en ese barco.

Me quedé sorprendido de la voluntad de aquella mujer dispuesta a desprenderse de su hijo, aún por nacer, para acudir en ayuda de su marido preso. De ser todas así, llegué a pensar en aquel momento, podíamos tener alguna posibilidad.

No llegué a contestar, pues ya la mujer se había dado la vuelta para marcharse por donde había venido. Sus pasos decididos hacían ondear la larga melena rubia y un tanto rizada que delataba, junto con los rasgos de su rostro, algún ascendiente de otras tierras. Me deleité un rato viendo alejarse a la fiel esposa, quizá pensando la suerte que tenía su marido, antes de volver a retomar la conversación con la Negra.

—¿Sabes algo del timonel? —le pregunté—. Aún tenemos mucho tiempo, pero los buenos navegantes no abundan.

—Tendrás tu timonel —contestó Marta, recolocándose la carga—. ¿Hay algo más que necesites?

—Habrá que comenzar a levantar un cobertizo donde construir el barco. Se acerca el invierno y no tendremos luz para entrenar con las armas. Hará falta levantar otro cobertizo para poder hacerlo. Madera, hierro para las armas, víveres para todos y para el viaje, velas, escudos, barriles para transportarlo todo…

—Haremos una lista. Salbjörg se encargará de distribuir las tareas.

—¿Puedo hacerte una pregunta?

La Negra dudó un instante antes de dar su consentimiento.

—¿Por qué tienes tanto interés en esta expedición? Eras una esclava y te han dado la libertad a condición de que colabores. Pero nadie parece tan decidida como tú. Ningún esclavo está prisionero de los *blamenn*. ¿Quién viajaba en ese barco que es tan importante para ti?

—Piensa en todo lo que precises —dijo a modo de respuesta—. Yo me encargaré de que lo tengas preparado.

* * *

Una semana después teníamos ya plantados los pilares del cobertizo donde construiríamos el barco, bajo la dirección del viejo de la mirada extraviada, que tenía por nombre Hrolf.

Hrolf era de origen sueco y había construido barcos toda su vida, al igual que su padre, del que aprendió, y antes su abuelo. No era ni mejor ni peor que otros constructores, pero era trabajador.

No todos ayudábamos en las obras. El *berserker* se ausentaba durante toda la jornada y a veces, no siempre, regresaba a la noche lleno de barro y hojas a buscar su comida. Apenas hablaba con nadie y nadie buscaba su compañía. Yo había conocido a otros guerreros de Odín y en general siempre eran individuos extraños y solitarios.

Temujín se pasaba la mitad del día sentado sobre sus talones con los ojos cerrados cara al mar sin mover un solo músculo. El resto de las horas practicaba con su espada unos movimientos lentos y parsimoniosos que atraían las miradas de las mujeres.

Mi compañero, Krum, trabajaba cortando árboles y sacando tablas, pero siempre apartado de los demás; a Cabeza de Jabalí nunca le había gustado estar rodeado de gente. Cuando el sol ya estaba alto, alguna de las mujeres le llevaba un plato con comida, se lo dejaba sobre uno de los troncos y se volvía. Al principio solía ser una mujer llamada Herdis, viuda de uno de los que habían muerto en tierra de los *blamenn*. Krum parecía gustarle, aunque pronto quedó desencantada ante la indiferencia de mi compañero y desde entonces dejaba que fuesen otras a llevárselo.

El voluble Yngvard alternaba su ayuda con frecuentes ausencias. Unas veces acompañaba al bosque a Krum para talar árboles, otras se dedicaba a levantar el cobertizo o echaba una mano al herrero en la fabricación de armas, de las que se consideraba un experto. Cuando no se le oía es que había desaparecido. Yo no trataba de averiguar donde se hallaba, algo de lo que más de una mujer me hubiese podido dar cuenta. No se lo censuraba. Las mujeres llevaban tiempo sin ver a sus maridos y algunas no los volverían a ver. De paso calmaban los ardores del belicoso guerrero.

Quien más tiempo dedicaba a las tareas necesarias era Olaf. El inquieto mercenario se había hecho amigo de todas las mujeres de la aldea y en especial de los niños. Él también había visitado al-

129

guna vez las cabañas repartidas por la aldea, aunque parecía que prestaba especial atención a Ran, hermana de la beligerante Groa y de Njâl *el Quemado,* uno de los prisioneros en al-Ándalus.

Ran tenía un novio en Sciringesheal con el que esperaba casarse al llegar el otoño como es habitual, cuando la cosecha y el heno están almacenados, el ganado recogido, hecha la matanza de las bestias y elaborada la cerveza.

Sin embargo, el novio de la muchacha, hijo de un rico comerciante, no se había querido implicar en el asunto cuando Ran fue a pedirle ayuda. Esto trajo consigo la ruptura del compromiso y por poco termina con unos cuantos huesos rotos, cuando este tuvo la desfachatez de presentarse en el poblado para pedir explicaciones a su anterior prometida.

El muchacho había tenido la mala fortuna de encontrarse en ese momento con Groa, a la que siempre había temido, y con razón. La fogosa mujer le había cogido de la cuidadosamente trenzada cabellera, arrastrándolo hasta la salida de la aldea, donde, tras propinarle unos cuantos puñetazos y patadas, le obligó a salir corriendo, azuzando su caballo para que el muchacho se tuviera que marchar andando, entre las risas del resto de la mujeres, que no quisieron perderse el espectáculo.

Ran, viendo la humillación sufrida por su antiguo enamorado, había tratado de impedir que su hermana lo golpeara, pero sin éxito. Desde ese momento, Ran había encontrado un bálsamo para su roto corazón en el intrépido mercenario, siempre bajo la atenta mirada de su hermana, que, como una osa con sus crías, no terminaba de fiarse de las intenciones de Olaf.

No me hacía demasiada gracia lo que estaba sucediendo entre el mercenario y la muchacha, necesitaba que Olaf se concentrara en su tarea. Su escasa corpulencia la compensaba con su ingenio, virtud que, desde que había empezado a tontear con la muchacha, parecía habérsele embotado. Además, siempre se encontraba cerca la irascible hermana y no podíamos permitirnos que estallaran disputas.

Así se lo comenté a Marta en una ocasión en la que paramos para hacer un descanso.

–Espero que estos dos no den problemas. Groa tiene muy mal genio. Si cree que Olaf se quiere aprovechar de su hermana, habrá jaleo.

—Miedo me da Groa, pero no por los motivos que dices —contestó Marta, tomando asiento a mi lado.

—¿A qué te refieres? —pregunté extrañado.

—¿No te has dado cuenta de que hace unos días que después de mediodía no aparece por el cobertizo?

—No. No me he dado cuenta —reconocí con curiosidad—. ¿Hay algún problema?

—Aún no, pero puede llegar a haberlo. Groa y tu amigo Yngvard también han intimado. Los dos tienen caracteres fogosos. No sé qué pasará cuando tengan alguna discusión, algo que no puede tardar. Quién sabe por cuánto tiempo tolerará Groa que Hacha Sangrienta alivie en sus ratos libres la soledad de Kara. Esta última es una mujer intrigante. No es de fiar. Salbjörg ha intentado quitársela de encima para que no participe en la expedición, aunque sin resultado. Puede que termine por querer a tu hombre solo para ella, y entonces sí que tendremos problemas.

Me quedé en silencio. ¿Cómo podía saber todo aquello? Yo me consideraba observador y tenía libertad para recorrer el poblado, mientras que Marta trabajaba sin parar todo el tiempo y, en sus escasos ratos libres, solía permanecer sola, sentada frente al mar, como hacía Temujín. A veces me preguntaba si la menuda mujer soñaba despierta con su tierra.

—¿Podemos hacer algo? —pregunté al cabo de unos instantes.

—Aguardar. No conviene adelantar acontecimientos.

* * *

Como vaticinara Marta, los problemas no tardaron. Tanto Groa como Kara no estaban conformes con la atención que Yngvard prestaba a la otra. La tormenta no descargó por sorpresa. Como sucede con las tempestades, hubo indicios que denotaban su cercanía. Las dos mujeres empezaron a evitarse y se negaban a hacer tareas en las que tuvieran que coincidir. De esta forma, si una trabajaba en el cobertizo, la otra debía estar en el bosque.

Poco a poco se fueron evidenciando los celos y se enturbió el buen ambiente que reinaba en el poblado. Cuando Yngvard se encontraba con una de ellas, la otra parecía un lobo enjaulado: iba y venía, maldiciendo como un *berserker*. En los trabajos se mostraban cada vez más distraídas y crispadas. Abandonaban sus tareas a medio hacer o las terminaban mal, obligando a sus compañeras a repetirlas.

Una tarde, pasadas ya varias semanas desde nuestra llegada, Kara se encontraba encaramada en el esbozo de tejado del cobertizo. Desde abajo, Hrolf, el constructor, dirigía la colocación de unas vigas que servirían para armar el tinglado sobre el que colocaríamos los tepes. Dadas las fechas, con el invierno ya acercándose, las horas de luz se habían acortado mucho. En aquel momento yo me encontraba en la herrería, en lo alto de la loma, con Runolf, el herrero, y Temujín, examinando la espada de este.

Como era de imaginar, nuestras espadas resultaban muy pesadas para algunas de las mujeres, y al herrero se le ocurrió que quizá podría fabricar unas espadas más livianas, siguiendo las características que mostraba el arma del mogol.

Mientras estudiábamos la hoja de la espada que Temujín llamaba *katana*, escuchamos un alboroto que subía desde la playa. Asomándonos por el acantilado, observamos a varias mujeres corriendo que se juntaban en un tumulto al costado del edificio. Temujín y yo bajamos rápidamente, dejando atrás al viejo herrero, que no podía seguir nuestro paso.

El espectáculo era caótico. Varias mujeres se pegaban con saña. Algunas estaban sangrando, pero aun así no dejaban de lanzar puñetazos y patadas, entre salvajes alaridos. Estaban rodeadas por el resto, que lanzaba gritos de ánimo a las contrincantes. En un rincón, mirando desapasionadamente, estaba Krum. Mordisqueaba el tallo de una hierba y, aunque su rostro era inmutable como de costumbre, yo estaba convencido de que el pequeño *sámi* se divertía de lo lindo.

A su lado y en silencio se hallaba Marta, acompañada por Abu y Zubayda. Parecían aguardar sin querer intervenir. Marta me miraba expectante. De pronto me di cuenta de que pretendía que fuera yo quien acabara con aquella batalla campal. Pero a mí me pagaban por combatir a los *blamenn,* y no por tomar parte en las rencillas de la aldea.

—¿Qué sucede aquí? —preguntó una voz que se impuso a los gritos.

Salbjörg llegaba corriendo, sosteniéndose los faldones del vestido para que no le estorbaran. La pelea fue remitiendo. Abu, obedeciendo las órdenes de la Vieja, comenzó a separarlas. Con cada mano cogía a una de las contendientes levantándola en vilo y las alejaba del tumulto. Yo empecé a hacer lo mismo, ayudado por Olaf, aunque no estaba seguro de que hubiese permanecido al margen de la contienda. Hice un gesto con la cabeza a Krum para que dejara de morder el hierbajo y colaborara. Otros esclavos liberados y algunas mujeres que curioseaban contribuyeron a restablecer la paz.

Como era de esperar, en el meollo de la pelea se encontraban enzarzadas Kara y Groa. De Yngvard, sin embargo, no había ni el menor rastro.

–¿Qué ha sucedido? –volvió a preguntar Salbjörg una vez que los ánimos se encontraron algo más calmados.

Nadie quiso responder. Las dos principales contrincantes, tras intercambiar miradas llenas de odio, se marcharon sin decir ni una sola palabra. Ran, sangrando de una ceja abierta, corría tras su hermana. Svava, también herida, no dejaba que la ayudaran y tomó el camino hacia la herrería. Viendo que no iba a obtener una respuesta, Salbjörg mandó a las mujeres que se volvieran cada una a su casa, dando por terminada la jornada de aquel día.

No creí que la Vieja se marchase tan tranquila por el incidente, y no me equivoqué.

–Thorvald, ¿qué ha sucedido?

–No lo sé, Salbjörg –contesté sin faltar a la verdad–. Me encontraba en la herrería con Runolf, hablando de las armas, cuando escuchamos el jaleo.

–¿Y tú, Negra? –preguntó dirigiéndose a Marta–. ¿Sabes qué ha pasado?

–Estábamos colocando una de las viguetas del tejado cuando a Kara se le ha escapado. Justo en ese momento ha llegado Groa con la madera del bosque y la estaban descargando. La vigueta le ha pasado cerca.

Según me enteré por Krum más tarde, Groa había cogido la escalera sobre la que se sostenía Kara y, hecha una furia, la había sacudido hasta lograr que se cayera sobre una pila de tepes que esperaban para ser colocados. Fue entonces cuando las dos se enzarzaron en la pelea.

Si en un primer momento las demás mujeres parecían mantenerse al margen, pronto comenzaron a tomar partido. La primera, como no podía ser de otra forma, fue Embla, que llegó corriendo para ayudar a su amiga Kara. Ran, hermana de Groa, se enfrentó a Embla. La impredecible Inga había tomado también partido por Kara, siendo tres contra dos. Aunque Groa era una mujer temible, su hermana no se le parecía, así que se encontraban en desventaja.

Justo cuando empezaba a desnivelarse el resultado, había llegado la dulce Svava, hijastra del herrero, que se encontraba cerca de la herrería cuidando una pira de carbón y que, al igual que nos había ocurrido a nosotros, había oído la trifulca. Krum me aseguró que las mujeres de la aldea se habían visto muy sorprendidas por la furia con la que la tímida Svava había cargado contra Kara y sus amigas, dando la vuelta al resultado muy pronto. El motivo de esta furia y por qué Svava, una mujer pacífica hasta entonces, había tomado partido por las hermanas resultaba un misterio.

–¿Eso es todo? –preguntó Salbjörg cuando resultó evidente que la menuda mujer había terminado de explicarse–. No me tomes por tonta. ¿Te crees que no sé lo que pasa? Tendremos que hacer algo. Thorvald, tu hombre nos está causando problemas. No ayuda mucho y tan solo siembra la discordia, ya no únicamente entre estas dos. Otras han sido las que lo han disfrutado en la cama y no se resignan a perderlo.

–Necesitamos a Hacha Sangrienta –repuse obstinado. Marta me miraba con una expresión que decía a las claras *ya te lo había advertido*–. No estamos sobrados de hombres y es un buen guerrero. Hablaré con él para que se mantenga lejos de las mujeres.

–¿Por qué no le pides que se marche hasta la primavera?

–No, Salbjörg. No estoy seguro de que regresase. Además, cuando comencemos en serio los entrenamientos con las armas, nos será de gran ayuda. No te preocupes. Hablaré con él.

Las dos mujeres se limitaron a mirarme con la misma expresión de escepticismo; después se dieron la vuelta y se encaminaron a la granja acompañadas por Abu. Yo me quedé solo en el cobertizo con Hrolf, que parecía ajeno al revuelo organizado y examinaba el estado de la construcción.

Sentados sobre la encina que habría de servir de quilla, Krum, Temujín y Olaf aguardaban. El primero seguía rumiando su hierbajo y me observaba. El mogol miraba el mar, con la luna iluminando la ensenada. Olaf, con aire culpable, evitaba cruzar su mirada con la mía y disimulaba afilando una rama con uno de sus cuchillos.

Estaba furioso y preferí alejarme por el camino hacia la herrería. La noche se presentaba despejada y fresca. Las luces del cielo se habían encendido y me detuve sobre una roca, lejos de todos. Por encima de la montaña, los cortinajes de colores se arqueaban lentamente cambiando de tonalidad: rojo, verde, blanco…

Dicen que las luces del norte son los reflejos de los rayos de la diosa Sol sobre las armaduras de las valkirias. El pueblo de mi fiel Krum cree en cambio que son nubes de nieve y fuego, levantadas por las colas de zorros blancos al golpear el suelo mientras corren. Yo siempre he pensado que son las velas de los *drakkar* que usan los dioses para viajar por el cielo.

Mientras pensaba en esto, algo dentro de mí se rebelaba. Hacha Sangrienta era un buen guerrero y no teníamos dónde elegir. Yo era el jefe. Hablaría con él, pero se quedaría.

Ojalá les hubiese hecho caso.

CAPÍTULO 8

Entramos en el duro invierno nórdico. La luz escaseaba y echábamos de menos a la diosa Sol, que prácticamente no se dejaba ver. Si nuestra llegada y la actividad habían dado ánimos a las mujeres, convencidas de estar haciendo algo para que sus maridos, hermanos e hijos regresaran a casa, pronto se esfumó esta euforia. Las largas, frías y húmedas noches abatían los ímpetus.

Terminamos de levantar el cobertizo donde construir el barco y comenzamos a construir otro, algo más pequeño, donde poder entrenar las armas a la luz de mechas de sebo y antorchas. Como yo había previsto, la ayuda en estos menesteres de Yngvard resultó providencial. Hacha Sangrienta era un buen maestro en el uso de todo tipo de armas: espadas, hachas, lanzas. Las mujeres, por su parte, estaban alegres por aprender al lado de tan apuesto y fiero guerrero, lo que me quitaba un trabajo a mí.

También se almacenaron enormes cantidades de comida y bebida, de leña y de heno para los animales. Se recogió el ganado de las montañas y se sacrificaron las bestias que precisaríamos para pasar el invierno. Cazamos alces, renos, osos, jabalíes y ciervos. El arco de mi compañero Krum llamó la atención por las presas que conseguía. Se fermentó mucha cerveza e hidromiel.

Comenzamos a construir el barco. Hrolf se rodeó de varios ayudantes y entre sus aprendices tomó a Sigurd, inquieto y espabilado muchacho que aún no tenía la edad mínima para ser considerado un hombre y que Marta me había impuesto para que nos acompañara en el viaje. Lo cierto es que el chico me agradó desde el primer instante. Era trabajador, leal, testarudo y fiero, aunque poco obediente.

Olaf y su inseparable Ran también colaboraban con Hrolf. La hermana de esta, sin embargo, dedicaba la jornada a trabajar en la herrería. Desde el día de la pelea con Kara, la muchacha prefería no tener a la vista a su rival, y más aún desde que Yngvard parecía haber caído definitivamente en las redes de Kara. A la vez, la sorpresiva ayuda recibida por la hijastra del herrero las había vuelto amigas. Cuando no estaban juntas con el herrero, ayudándole a forjar espadas, hojas de hachas, clavos, remaches y cinchas, entrenaban sus armas con ejemplar dedicación.

Svava aprendía el uso de la espada de manos de Temujín. Este empleaba palos de fresno para entrenar a las mujeres que preferían la espada curva a la tradicional normanda y dedicaba más tiempo a practicar con la bella Runolfdottir, lo que despertaba mi curiosidad. Por su parte, Groa prefería utilizar un hacha, pero se negaba a aprender de Yngvard, lo que era una complicación, ya que el mercenario era quien mejor dominaba dicha arma.

Los ancianos de la aldea, las mujeres, niños y esclavos liberados que no iban a participar en el viaje trabajaban el doble de lo habitual, para compensar la dedicación que las guerreras debían prestar a su instrucción. A ellos les ordené confeccionar pantalones para todas las guerreras, porque los vestidos largos habituales entre las mujeres resultaban un engorro a la hora de pelear y provocaban enredos y caídas. Era necesaria una ropa ligera y que no molestara, como la que visten los guerreros. Más adelante la completaríamos con chalecos de cuero y otras vestimentas defensivas.

Los telares comenzaron a trabajar. Además de ropa adecuada, precisábamos una vela para el barco, tarea para la que eran necesarias cinco mujeres durante un invierno entero, y eso tan solo para hilar el material necesario, que sería preciso tejer en largos retales, después cosidos entre sí y reforzados con bandas de piel de foca.

Andábamos escasos de escudos y espadas de madera con los que poder entrenar hasta que el herrero consiguiera proporcionarnos otras de hierro. Para ello, Runolf requería grandes cantidades de este metal y carbón para la forja. Era necesario cortar árboles para los cobertizos, el barco, las espadas, y el carbón, además de la leña para calentar los hogares.

El hierro fue más difícil de conseguir. Se utilizó todo el que había en el poblado pero no fue suficiente, y apremiaba obtener más para que la construcción del barco pudiera seguir adelante.

Una noche, durante la cena, transmití la inquietud del herrero a Salbjörg y a Marta. Ambas multiplicaban su presencia en todas las labores y a la vez entrenaban como las demás.

–Dice Runolf que se le está acabando el hierro –comenté mientras comía el habitual potaje de pescado, sin dejar entrever mi inquietud por la noticia–. Hrolf necesita más remaches, clavos y cinchas, o no podrá continuar con su trabajo. Aparte están las armas, que el herrero ha dejado de fabricar, pues no le alcanza el tiempo.

–Todo el hierro que teníamos en el pueblo ha sido fundido y convertido en herramientas y armas – dijo preocupada la Vieja–. No tenemos más y carecemos de dinero para comprarlo.

–Podríamos pedírselo a los hermanos –contesté.

–No. Thorstein y Ottar ya han dado cuanto tienen –repuso Salbjörg dejando de lado el plato del que comía. Hablaba en voz baja para que el resto no se enterara. Sabía que la cantidad de trabajo, el cansancio, el frío y la ausencia de luz estaban mellando la voluntad de las mujeres–. Habrá que pensar en otra cosa.

–¿Y el *thing* regional? Quizá nos prestaran el dinero.

–Ya dejaron claro la otra vez que no iban a colaborar. Creo que, como buitres, están a la espera de que desesperemos para hacerse con todo el pueblo.

–Podríamos pedírselo a Sigrid, tu nuera –propuso Marta hablando por primera vez.

–¿Estás loca? –replicó alterada Salbjörg, levantando la voz–. No sabemos nada de ella desde que se quedó con aquel comerciante en Sciringesheal cuando acudimos a la asamblea. Hemos utilizado todas sus joyas y sus vestidos, pero no creo que esté deseando ayudarnos. La siguiente vez que la vea no será para pedirle oro, sino para sacarle sus bonitos ojos.

–Iré yo –dijo Marta tranquilamente, sin levantar la vista de su cuenco.

–¿Tú? –preguntó Salbjörg incrédula. Y con una carcajada añadió–: Me gustaría verlo. ¿Y qué le dirás? «Sigrid, ama mía, préstame dinero con el que poder terminar el barco que necesitamos para rescatar a nuestros hombres. Así cuando tu marido, Ikig, regrese podrá arrancarte la cabeza...».

Yo me mantuve en silencio observando a la testaruda liberta. O mucho me equivocaba o la idea de ir a Sciringesheal no se le acababa de ocurrir. Muy al contrario, la debía de tener largamente meditada.

–Mañana hablaré con ella y conseguiré el dinero –dijo Marta sin hacer caso de la ironía de la Vieja–. Sería necesario que me acompañara alguien para poder traer el hierro. Iremos en una carreta.

Ahora fue Salbjörg la que se quedó callada. Yo me volví a preguntar qué era lo que motivaba ese empeño por llevar a cabo esa peligrosa empresa en la que, aparentemente, nada ganaba salvo su libertad, algo que ya tenía. Fuera lo que fuese, estaba claro que la Vieja lo sabía.

–Yo te acompañaré –dije de pronto.

–No creo que sea buena idea, Thorvald –objetó Salbjörg–. Te necesitamos para coordinarlo todo. Sería mejor que fuese Abu.

–Yo conozco aquello y sé dónde podemos conseguir mejores precios. Abu no sabría a quién dirigirse. Además, los trabajos están ya repartidos y no me necesitáis. No será más que un día, dos a lo sumo. Llevaremos con nosotros a Olaf, sabe dónde buscar y conseguirá la mercancía a buen precio.

Salbjörg, viendo que las decisiones estaban tomadas, se limitó a encogerse de hombros y continuar con su cena. Yo busqué la mirada de Marta para ver cómo acogía la idea de compartir el camino conmigo, pero parecía estar más pendiente de otra cosa.

Seguí su mirada hacia una esquina de la sala. Apartado de los que se encontraban cenando en los escabeles, entre el alboroto de los niños y las conversaciones animadas de los adultos, se encontraba el borracho Einarr. Hacía bastantes días que no me cruzaba con él y lo encontré muy cambiado. Había ganado peso, sus ojos parecían tener más vida y, por una vez, lo veía comiendo de su escudilla sin tener a su lado ningún cuerno de cerveza.

Pensé que el motivo por el que Marta lo observaba era la misma curiosidad que sentía yo. En el tiempo que llevábamos en el poblado, Einarr se había mantenido al margen durante las primeras semanas, después se había dedicado a observar las trabajosas tareas en las que nos encontrábamos sumergidos, para finalmente desaparecer de la aldea. Si alguien lo había echado de menos, yo al menos no lo sabía. Su presencia de nuevo en la granja Svennsson me resultaba curiosa.

Pero, una vez más, Marta me sorprendió al preferir compartir su cena con el borracho que conmigo. No puedo decir que esta decisión me alegrara. En vez de su presencia, me tuve que conformar con la de Sigurd. El niño tenía cara de cansancio. Había pedido a su madre, como solía hacer otras veces, que le dejara dormir en la granja, poniendo como excusa la compañía de sus dos amigos del alma, Ivar y Sif. A pesar del cansancio, el niño estaba inquieto como de costumbre y me sometió a todo tipo de preguntas, de muchas de las cuales yo ignoraba la respuesta.

Por fin se quedó dormido, rendido sobre mi hombro. Lo acosté sobre el escabel cubriéndolo con una manta de lana. Cuando levanté la vista, mi mirada se cruzó con la de Marta, que yacía arropada y me observaba con una sonrisa en los labios. Parecía encontrar graciosas mis dificultades con el revoltoso muchacho.

* * *

A la mañana siguiente, con las primeras luces, salimos hacia Sciringesheal. Marta conducía una carreta vacía que esperábamos traer a rebosar cuando regresáramos. Olaf y yo montábamos sendos caballos. A la salida del poblado encontramos a Ran, en cuyo rostro aún infantil se veía la pena por la marcha de su amado, como si este se fuese para no volver.

Hicimos el camino en silencio y sin encontrar a nadie. Las primeras nieves ya habían tapizado el camino y el frío lo había helado convirtiéndolo en un peligro para nuestras monturas. Una pertinaz aguanieve que no nos abandonó ni un instante empapó nuestros mantos y, desde luego, no invitaba a entablar conversación. Una de las veces que me acerqué a la carreta para ver qué tal iba la liberta vi como temblaba a pesar de sus ropajes, pero ni un solo lamento escapaba de su boca, y con la misma determinación con la que llevaba a cabo todos los trabajos se encogía debajo de su capa y continuaba apretando las riendas del tiro.

Por fin llegamos a Sciringesheal. Le dije a Olaf *la Serpiente* que consiguiera todo el hierro que pudiese y Marta y yo nos encaminamos hacia la casa del rico comerciante donde vivía desde aquella asamblea Sigrid *la Bella*, esposa de Ikig.

Gunnsteinn no se encontraba en casa y sus esclavos no nos permitieron la entrada. No me hubiese costado demasiado esfuerzo abrirme camino, pero el hogar de un hombre es sagrado y forzarlo no hubiese dispuesto a su propietario en nuestro favor.

Y de nuevo Marta me sorprendió. En el idioma de los *blamenn*, para mí desconocido, le dijo unas palabras a uno de los esclavos y después cruzó el umbral decidida, sin encontrar oposición.

Los demás esclavos se sorprendieron de nuestra presencia, pero Marta los tranquilizó en su lengua y se apartaron. Por mi parte les lancé torvas miradas por si la intervención de la Negra no era suficiente.

—¿Qué hacéis aquí?

Quien preguntaba era una bellísima mujer que salía de una de las estancias. Enseguida imaginé que se trataba de la nuera de Salbjörg. Ciertamente superaba en belleza cuanto había escuchado. Sin embargo, el frío de sus ojos azules me resultó desapacible.

—Hola, Sigrid – saludó la liberta–. Hemos venido a pedirte algo.

—¿A pedirme algo? ¿Y por qué crees que debería escucharos?

Frente a frente, las dos mujeres mantenían un duelo con sus miradas, dejándonos a los demás al margen. Eran la noche y el día, tan diferentes la una de la otra. Sigrid, alta, espigada, delicada, de miembros delgados y largos, piel blanca y lisa sin imperfecciones, ojos azules como el cielo al mediodía y una larga cabellera rubia bien peinada. Su gesto mostraba arrogancia. Marta, por el contrario, era más pequeña y recia, sus manos fuertes acostumbradas a los duros trabajos, de piel morena y curtida por la intemperie, de grandes ojos castaños ardientes como dos carbones y su melena negra con ondulaciones, espesa y compacta. Tenía la expresión decidida de quien está acostumbrada a luchar para conseguir lo que busca.

—Se me ocurren varias razones para que lo hagas –respondió Marta sin arredrarse–. Pero la más importante es que, si lo haces, no nos volverás a ver y podrás quedarte tranquila sin temor a represalia alguna.

—¿Por qué habría de temer represalias? –preguntó Sigrid tratando de aparentar indiferencia. Se notaba que la liberta había tocado una fibra sensible–. Soy una mujer libre y siempre lo he sido, no como tú. Puedo hacer lo que quiera y eso incluye renunciar a mi matrimonio, según nuestras leyes.

—No has renunciado a nada y tú lo sabes. Te has limitado a abandonar el hogar de tu marido, sin repudiarlo. Eso no te da ningún derecho y el Triturador podría pedirte cuentas, a ti y a ese comerciante al que estás sangrando.

—Vaya, ¿desde cuándo sabes tanto de nuestras leyes? —contestó la Bella con una sonrisa forzada. Se la veía insegura—. ¿Y qué piensas que podría hacerme Ikig? ¿No te parece que está un poco lejos como para pensar en vengarse de mí?

—En primavera partirá una expedición de rescate para liberar a los hombres —le informó la Negra—. De ti depende que, cuando regrese, el Triturador se limite a olvidarse de ti y te deje en paz.

—Y entonces te hará caso, ¿verdad? —se rio Sigrid—. Al fin y al cabo siempre lo has querido para ti, ¿no es cierto? ¿O te crees que no me daba cuenta de lo que sentías cada vez que me montaba? El imaginarme lo que estarías pensando tumbada al lado del ganado me hacía gritar más fuerte.

Con estas palabras me quedé paralizado. Sabía que algún interés debía de tener la liberta en todo aquello. Era lógico pensar que alguno de los prisioneros ocupaba un lugar en el corazón de la Negra, pero ¡el *jarl*! Me resultaba impensable que el dueño de la granja entregara su corazón a una esclava, por mucho que esta hubiese sido manumitida. Como mucho, Marta podría aspirar a ser una de sus concubinas, papel que sería impensable que esta admitiera. Con razón, Salbjörg conocía las motivaciones de la Negra. ¿Qué pensaría de todo aquello?

—Te estoy dando la oportunidad de acabar con todo esto —respondió Marta sin atender a las ironías de la Bella—. Consíguenos el dinero y no tendrás que volver a preocuparte por si un día aparece el Triturador en esta casa con su maza al hombro.

—Si no te lo doy, tampoco habré de preocuparme —tanteó la mujer—. No podríais liberarlo.

—Si no nos lo das, no será necesario liberarlo. Yo misma te sacaré esa piedra a la que llamas corazón.

Las palabras fueron dichas en el mismo tono que el resto de la conversación, pero incluso a mí mismo me produjeron un escalofrío. Sigrid se echó para atrás, como si hubiese recibido un golpe, a pesar de que Marta no se había movido.

–¿Cuánto necesitas? –preguntó Sigrid al cabo de unos instantes.

–Lo que cuesta un cargamento de hierro.

–¿Y me dejaréis en paz?

–No nos volverás a ver, ni a mí, ni a Salbjörg, ni a tu marido. Tienes mi palabra.

–La palabra de una esclava no sirve de nada –replicó altanera Sigrid tratando de mantener su dignidad, pese a ser evidente que había perdido la contienda.

–Habrá de servirte –se limitó a responder la liberta.

* * *

Nos reunimos con Olaf en el mercado de Sciringesheal, después de que uno de los criados de Sigrid nos hubiese entregado una bolsa con una veintena de monedas de oro. La Bella no había necesitado engatusar demasiado a su hombre para obtener el dinero. La sola promesa de que Ikig *el Triturador* aceptaría aquella compensación en pago de la ofensa le tranquilizó y se apresuró a entregárnoslo de buena gana. A pesar de suponer una notable cifra, no lo era tanto al lado de lo que podría llegarle a hacer el *jarl* en caso de regresar de su cautiverio.

La Serpiente nos miró con ojos de asombro. Aquella bolsa llena de oro era mucho más de lo imaginado y el doble de lo que había negociado con un comerciante para comprar el hierro. Cogió el dinero acordado, me devolvió el resto y se acercó al vendedor para pagarle. Una vez de acuerdo, los criados comenzaron a llenar el carro que habíamos traído. Olaf no perdía ojo de la maniobra. En un momento en que el comerciante estaba distraído, deslizó una moneda de oro entre las manos de uno de los criados asegurándose de que pusieran todo el empeño en cargar bien el carro y con el mejor hierro posible.

Cuando ya no entraba ni una esquirla más y el eje parecía que se iba a quebrar por el peso, nos marchamos antes de que el comerciante se diera cuenta del mal negocio que había hecho. Olaf nos dijo que le esperásemos a la salida del pueblo y me pidió la bolsa de oro aún llena hasta la mitad. Sin discutir, se la entregué y salimos de Sciringesheal, deteniéndonos a las afueras tal y como nos había indicado La Serpiente.

Traté de entablar conversación con Marta, pero ella no parecía deseosa de hablar y se limitaba a responder a mis preguntas con palabras sueltas, de modo que nos quedamos en silencio, ella sobre el carro y yo sentado en una piedra haciendo dibujos con una ramita en el suelo nevado. A pesar de no ser mucho más de mediodía, el sol se había puesto ya y la poca luz que nos llegaba era la proveniente de la luna y las estrellas. Hacía mucho frío y la muchacha tiritaba, pese a que iba bien arropada. Pensé en proponerle que se sentará a mi lado, pero algo me dijo que la propuesta no sería bien acogida.

Al cabo de bastante rato regresó Olaf, y no lo hizo solo. Tras él guiaba a una pareja de vacas con sus terneros y tres caballos bien alimentados. Estos llevaban atadas a sus lomos unas jaulas con ocas y gallinas, unos hatos abultados y unos barriles. Muy sonriente, pasó a mi lado y me entregó con fingida altanería una única moneda de oro, sin duda lo único que había sobrado de la bolsa que le había dado.

Conocía la reputación y las maneras de la Serpiente, pero aquello superaba lo previsible. ¿Cómo había conseguido todo aquello con el oro que le había dado?

* * *

El recibimiento que tuvimos en la aldea cuando llegamos no pudo ser mejor. Las mujeres admiraban las bestias que traíamos y brindamos con el contenido de los barriles, un fuerte hidromiel que hacía toser a más de una. Al herrero se le abrieron los ojos como platos cuando vio la inmensa cantidad de hierro de primera calidad que le traíamos. Con aquello y lo que ya tenía daría para el material del barco, las armas, los refuerzos de los escudos y cascos, e incluso para algún plaquín o cota.

De los hatos sacamos varias armas bien templadas: espadas, cuchillos y hojas de hachas que Yngvard, Krum y Temujín se apresuraron a calibrar.

Salbjörg sonreía bobamente ante aquel aluvión inesperado de víveres. En ningún momento había pensado que la esclava pudiera conseguir ningún dinero de su odiada nuera y dio por bueno el trato al que habían llegado. Se veía en sus ojos que la estima que tenía por la Negra se había duplicado. No era la única. En un rincón, Abu compartía a las claras su devoción.

Todas las mujeres lo celebraban reunidas en la gran sala de la granja. Sin duda lo necesitaban. Llevaban muchas semanas de duro trabajo en crueles condiciones y con la congoja de pensar en lo que estarían pasando sus seres queridos. Una fiesta improvisada como la que estábamos disfrutando no le vendría mal a nadie.

Ninguna se molestó lo más mínimo cuando Olaf sacó de su propia bolsa un precioso vestido comprado con el oro que le había entregado y se lo regaló a Ran, que lo recibió ruborosa y alborozada. Se lo puso rápidamente y todas las mujeres se quedaron admiradas de lo hermosa que estaba la muchacha. Incluso su hermana Groa sonrió y le dio un abrazo al mercenario.

* * *

Días después de nuestra llegada al poblado con el cargamento de hierro tuvimos otra sorpresa. Nos encontrábamos entrenando con las armas en el cobertizo que usábamos para tal fin cuando de pronto entró el *berserker* Ygrr *el Cuervo*, al que no habíamos visto desde hacía una semana, hasta el punto de que temíamos no volver a verlo.

No venía solo. Le acompañaba una mujer desconocida. Era alta para ser mujer, casi como yo, fuerte, morena y de mediana edad. Vestía, como él, unos andrajos, hechos con pieles de distintos animales y una capa de cuero. Pero lo más característico eran sus ojos, uno de ellos verde y el otro castaño. Entendimos al Cuervo que la mujer se llamaba Skathi. Era muda, pues su padre, otro guerrero de Odín, le había arrancado la lengua en uno de sus ataques cuando era niña. Pocos años después de aquello, Skathi lo había matado con sus propias manos y desde entonces vivía sola en el bosque, a dos días de distancia.

El rostro de Skathi provocaba inquietud. No reflejaba ninguna emoción y sus extraños ojos parecían mirar más allá de ti. Según Ygrr era una *berserker*, algo no muy corriente, y por algún motivo que nadie supo entender estaba dispuesta a participar en la expedición.

Le dije que no disponíamos de dinero para pagar a más mercenarios, pero si la extraordinaria mujer me entendió no lo pude saber. El Cuervo tampoco pareció captar mis palabras e hizo unos gestos con las manos como desechando lo que le estaba explicando.

Vacilando, miré hacia donde estaba Marta entrenando con una burda espada de madera a la que había atado un par de piedras en cada extremo para que pesara más.

–¿Qué te parece? –le pregunté en voz baja acercándome.

–Inquietante –respondió la Negra.

–También me lo parece a mí –repuse–. Pero si sabe pelear nos podría ser de gran ayuda.

–Ponla a prueba y ya se verá.

De esta manera, Skathi se sumó a la expedición de rescate. Por lo pronto tuvo como consecuencia que Ygrr se dejara ver a menudo y participara en las tareas de la aldea. Yo no le dejaba entrenar al lado de las mujeres, ya que su uso de la espada y los cuchillos era bestial y carecía de cualquier técnica. Por las noches, ambos se adentraban en el bosque y no volvíamos a saber nada de ellos hasta la mañana siguiente.

* * *

El adiestramiento con las armas se hacía a la tarde, cuando Sol se había marchado y el frío no dejaba fuera. Las mañanas las dedicaban a las tareas de la granja, al cuidado de las bestias y, sobre todo, a la construcción del barco. En el cobertizo donde practicábamos la lucha se encendían fuegos con grasa de foca y morsa al lado de las paredes, recubiertas de piedras para que no ardiera todo el edificio.

Al principio las mujeres aprendieron rudimentariamente a utilizar todas las armas y después fueron ellas mismas las que eligieron sus favoritas. El uso del hacha requería una considerable fortaleza física y solo fue elegida por Groa, por la recién llegada, Skathi, por Freyja, una prima de Inga llegada de otra aldea y que, yo sospechaba, paliaba su soledad con la compañía esporádica de Krum, y por la propia Inga, que a pesar de no ser muy robusta escogió por orgullo un hacha de una sola hoja. .

Por la espada se decantaron Marta, Salbjörg, Svava, que continuaba su preparación particular con Temujín *el Bárbaro*, Arnora, Lorelei, amiga de la Vieja, así como Ottar *la Morsa*, que cada vez pasaba más tiempo en la aldea, especialmente en casa de Lorelei, y Habib, el liberto amigo de Marta.

Helga, Hild *la Hija del Cuervo*, Kara y Thorstein *el Pálido* escogieron la lanza. Ran, Embla, Arnora y Hrutr *el Carnero* aprendieron de Krum el uso del arco.

Ivar, el sobrino de Salbjörg, al que se veía en compañía del *berserker* cuando este no se encontraba con su compañera, eligió la maza. Ivar tenía algo extraño que se había acentuado desde la llegada del *berserker* a la aldea. Su tía, ocupada en mil y una tareas, no se había fijado, pero a Marta no se le había escapado el cambio vivido por el muchacho. De temperamento habitualmente tranquilo y solitario, sufría repentinos cambios de humor y se volvía agresivo. Que ya casi no estuviera con sus amigos Sigurd y Sif y pasase todo el rato acompañando al Cuervo preocupaba a su tía.

Olaf enseñó a manejar los cuchillos a los miembros menos fornidos de la expedición, como la niña Sif, Sigurd, la liberta Zubayda y a su novia Ran.

Para ganar fuerza en los brazos, todas las mujeres debían cortar leña. Transportábamos los leños en brazadas, sin utilizar bestias de carga; cuando derribábamos un árbol, lo arrastrábamos hasta la aldea tirando entre todos con sogas. Les hicimos usar las barcas de pesca para fortalecerse y aprender a utilizar los remos todas a la vez. Solíamos hacer carreras, con tres o cuatro barcas, de un lado al otro del fiordo hasta la cascada bajo la casa de la curandera. Aquellas competiciones alegraban el espíritu y la cena resultaba más agradable, sobre todo para los vencedores.

Una de las primeras armas que salió de la fragua de Runolf fue una imitación de la ligera espada curva utilizada por Temujín. Tras varios ensayos, el herrero consiguió dar con el equilibrio necesario entre ligereza y solidez. Con los flejes de hierro, conformó el alma de la espada en varias y finas capas dobladas sobre sí mismas, forjándola repetidas veces hasta conseguir el resultado esperado. Finalmente soldó un único filo acerado al sable curvo y un disco labrado al final de la hoja para proteger las manos de quien la utilizara. Con tiras de piel de foca, fue el propio bárbaro quien forró la empuñadura del arma antes de ofrecérsela a la muchacha.

La amistad surgida entre Svava Runolfdottir y el mogol Temujín era comentario diario entre las mujeres en los escasos ratos que tenían para descansar un poco. No es que fuera algo extraño, eran varias las parejas surgidas, pero la que formaba la envidiada y deseada muchacha con el sigiloso extranjero espoleaba la imaginación de las mujeres. Así se lo comenté un día a Marta.

Nos encontrábamos sentados uno frente al otro sobre sendas pilas de troncos recién cortados que teníamos que convertir en leña.

—Curiosa pareja la que forman la hijastra del herrero y el mogol, ¿no te parece? —comenté.

Marta levantó la mirada sorprendida y esbozó una sonrisa que rápidamente disimuló. No dijo nada y su reacción me sorprendió, porque no era posible que ella no se hubiese dado cuenta. Pero en el fondo de sus ojos había detectado un inequívoco brillo de burla. ¿Sabía algo que yo ignoraba?

—¿De qué te ríes? —pregunté algo molesto por el silencio y la sonrisa solapada.

—De ti —respondió sincera, con otra sonrisa esta vez no reprimida.

—¿Sí? ¿Y qué es lo que te hace tanta gracia? —Estaba empezando a sentirme molesto.

—Que no te hayas dado cuenta —se limitó a responder Marta sin importarle mi enfado.

—Me había dado cuenta hace tiempo. Solo estaba comentando que me parecía curioso.

—No lo es, porque no están juntos —dijo divertida la Negra—. A tu guerrero, por extraño que parezca, no le atrae la belleza de Svava, y a ella no le gustan los hombres.

Una vez más me quedé sin respuesta y con la boca abierta por el estupor. ¿Qué estaba diciendo aquella mujer?

—Si pasan tanto rato juntos —me aclaró con un brillo pícaro en los ojos—, es porque Svava desea convertirse en una guerrera y ser útil. Desde que la conozco es reservada y tímida, aunque ha atraído a los hombres como la miel a las moscas. Ha tenido todos los pretendientes que ha querido, pero el herrero jamás ha consentido que nadie la desposara y ha rechazado buenas dotes. Durante años eso alimentó los cotilleos de que en realidad el herrero disfrutaba de los amores de Svava y este jamás se molestó en desmentirlos. Ella siempre se ha sentido al margen de la aldea y esta es su ocasión para demostrar que puede ser útil. Creo que solo desea que se reconozca su valía y que su enamorada se fije en ella.

–¿Su enamorada? –pregunté balbuceando–. ¿Y se puede saber quién es?

La respuesta de Marta se limitó a un brillo juguetón en sus enormes ojos. Confuso, me preguntaba de quién podía estar hablando.

–¿Groa? –El nombre brotó de mi boca por sí solo, sin que yo pudiera dar crédito a mis propias palabras.

Así que Svava Runolfdottir estaba enamorada de Groa y se esforzaba en aprender el uso de la espada para impresionarla... ¿Sería este amor correspondido? Mucho me hubiera extrañado, ya que Groa tenía fama de acostarse con todos los hombres que se le ponían por delante, aunque nadie le había conocido novio o pretendiente serio. Además, ¿no había sido la amante de Yngvard, por el que se había peleado con Kara? Y precisamente, ¿no había sido Svava la que corrió hasta la playa hecha una furia para defender a Groa, algo que sorprendió a todos? Ahora encontraba el sentido de aquella furia.

Svava no era la única que se esforzaba en impresionar a alguien para que se fijara en ella. ¿Me atreveré a decirlo? Yo hacía lo mismo con Marta *la Negra*, aún a sabiendas de que esta solo tenía ojos para el *jarl* preso de los *blamenn*.

La liberta era la única de toda la aldea que manejaba los misterios de la escritura. Entre nosotros es raro aquel que conoce las runas. Tan solo los *vitkis*, maestros de las runas, y los magos las utilizan para sus sortilegios o para grabar el nombre y los méritos de un fallecido en su lápida mortuoria.

Entre ciertos príncipes y reyes se había extendido la costumbre de hacerse acompañar en su corte de algún sabio llegado desde lejos, conocedor de la escritura que usan los cristianos. Uno de ellos había intentado enseñarme, sin demasiada suerte, los rudimentos de este misterioso arte, cuando siendo niño vivía bajo el mismo techo que Svenn *el Cruel*.

Sin embargo, Marta dominaba el arte de la escritura tal y como la conocen los pueblos donde adoran a su único dios, Alá, y como lo hacen los hombres de religión cristianos, pues había aprendido de niña, al lado de su padre, antes de que Rorik *Pie de Piedra* asomara por aquellas tierras a fuego y espada.

Era capaz de interpretar los extraños símbolos que a mí me recordaban las filas de hormigas cuando abandonan su hormiguero en busca de comida y reproducirlos rasgando el pergamino con la punta de una pluma mojada en tinta. La muchacha parecía encontrar placer en esta fatigosa tarea, y dado que era una forma de acercarme a ella y ganarme su atención no tardé en mostrar interés.

En las tardes oscuras en las que el tiempo parecía no transcurrir y nos encontrábamos demasiado cansados como para continuar con los entrenamientos o la construcción del barco, mientras los demás se dedicaban a contar o escuchar cuentos y sagas de antiguos personajes, o tallaban madera para hacer juguetes, o se medían en largas partidas de ajedrez y otros juegos, yo me esforzaba en descifrar aquellas líneas bajo la paciente supervisión de Marta, que, con buenas palabras, me corregía los errores que a menudo cometía.

Los demás nos miraban con una expresión mezcla de diversión, respeto y temor. Para algunos se trataba de asuntos de magia que podían atraernos la ira de los dioses y nos miraban con mala cara, pero no se atrevían a decirnos nada. Hubo quien trató de aprovechar y hacer otro tanto, aunque por poco tiempo, tan costoso era el esfuerzo requerido. La que más disfrutaba con la situación era Salbjörg. la Vieja parecía intuir el motivo real por el que me mostraba tan tenaz en mi estudio, y me miraba con unos ojos traviesos que yo trataba de ignorar.

Cuando supe identificar cada letra y leer con cierta fluidez, lo que me llevó bastante tiempo y grandes esfuerzos, comencé a reproducir aquellos símbolos en una tablilla de pizarra que rallaba con el canto de una piedra. Una y otra vez emborronaba la tablilla copiando trabajosamente de alguno de los pergaminos y la limpiaba para comenzar de nuevo. He de decir que prefería pasarme el día luchando con mi pesada maza hasta caer rendido o talar árboles en el bosque antes que dedicar mi tiempo a aquella extenuante tarea que me había impuesto a mí mismo.

Lo que comenzó como un juego para ella, una forma de acercamiento para mí y una diversión a mi costa para Krum y Olaf se prolongó durante todo el invierno, la primavera siguiente e incluso durante la travesía. Jamás llegué a dominar aquel arte tal y como ella lo hacía, pero puedo decir orgulloso que logré adentrarme en su secreto, leer con facilidad y hasta escribir de manera bastante legible. Así comencé el relato sobre aquella saga, que pasará a ser una de las más conocidas y admiradas aun cuando desaparezcan sus protagonistas.

* * *

Otro hecho singular sucedió durante aquellos meses antes de que llegase la fiesta de *Jule*, que los cristianos llamaban *Navidad*, cuando la diosa Sol renace. La intrépida Arnora, que con tanta vehemencia había hablado conmigo y con Marta sobre su presencia en la expedición, cumplió su palabra. Visitó a Hild *la Hija del Cuervo* en su cabaña y le pidió que se deshiciera del hijo que crecía en su seno. Pero la curandera no quiso escucharla. El embarazo cumplía ya tres meses y el riesgo para su vida era alto.

Sin embargo, la postura de Arnora era inamovible y amenazaba, en caso de que finalmente la curandera no se prestara a sus deseos, con ir a Sciringesheal para abortar. Salbjörg tuvo que mediar antes de que la muchacha cumpliera con la amenaza y logró convencerla, pues podía resultar un peligro para ella ponerse en manos de cualquiera. Arnora deseaba partir con la expedición para rescatar a su marido preso y se negaba a escuchar a nadie, así que sería mejor que Hild fuese la que se hiciera cargo.

Una mañana, la Hija del Cuervo se presentó en la granja. En la habitación de Salbjörg, Arnora aguardaba con total tranquilidad. la Vieja había llevado a cabo un último intento para convencer a la muchacha del peligro que suponía, pero esta la ignoró abiertamente.

En la habitación solo se permitió la presencia de Salbjörg, Marta y Lorelei, quienes ayudarían a Hild *la Hija del Cuervo*. Calentaron agua, rasgaron telas y nos desalojaron a todos de la granja. Trabajo no nos faltaba pero apenas avanzamos.

Había llegado a conocer un poco a la tozuda Arnora y su fuerte carácter. El hijo que llevaba dentro era el primero del matrimonio y muy deseado. Que una mujer no demasiado joven, pues Arnora había cumplido ya los veinte años, se arriesgara a no poder tener más hijos, y quién sabe si a no salir con vida, hablaba del amor que profesaba a su marido. Me preguntaba si este sería merecedor de tales sentimientos.

Las mujeres se dedicaban a sus labores. Tanto en el cobertizo donde se construía el barco como en el que destinábamos a las armas se veía actividad, lo mismo que en las cabañas y en las barcas, que habían salido para pescar aprovechando que el mar estaba en calma. A media mañana, la ansiedad se palpaba. Mujeres y hombres abandonaron lo que estaban haciendo y fueron concentrándose en silencio en torno a la granja, a la espera de noticias.

Para ser una tierra donde la muerte se acepta con la fatalidad que se puede esperar, dadas las extremas condiciones con las que los dioses prueban a los normandos, resultaba evidente que los lazos entre los pobladores de la aldea se habían estrechado ante la adversidad, y cada uno veía en el destino de la valiente Arnora una señal de lo que nos deparaban las *nornas*.

Por fin la puerta de la granja se abrió. Krum *Cabeza de Jabalí* me tocó en el brazo y seguí su mirada. Lorelei acababa de salir y con el delantal se secaba las manos. Un apretado grupo de impacientes se cerró en torno a ella, escuchando con atención sus palabras. Desde nuestra posición en el lindero del bosque aguantamos la respiración, a la espera de los acontecimientos.

Skadi, la diosa de las montañas nevadas a la que se encomendaban las mujeres guerreras, parecía haber aceptado de buen grado el sacrificio de una de sus hijas. Los habitantes del poblado se abrazaban unos a otros y, como si fuese un suspiro contenido, nos envolvió una brisa trayéndonos de la aldea sus gritos de júbilo. Miré con alivio a mis dos compañeros. El pequeño Sigurd reía alborozadamente y se palmeaba los muslos mientras saltaba.

Krum me miraba con una gran sonrisa.

CAPÍTULO 9

La recuperación de la muchacha fue prodigiosa, pese a que sufrió unas fiebres. Hild la trató como si fuera su propia hija y se ocupó personalmente de su convalecencia, con hierbas, emplastos y otros secretos de su saber. A pesar de su impenetrable rostro tatuado, que amedrentaba a las mujeres, estas, que apenas la conocían salvo cuando la enfermedad visitaba su hogar y no les quedaba más remedio que acudir a la cabaña del bosque en la que vivía, se quedaron sorprendidas de la delicadeza y dedicación que ponía en la tarea.

Yo mismo, que la miraba con desconfianza, pude comprobar su oculta bondad cuando logró sanarme las terribles heridas que un tronco causó en mi mano después de aplastarla. Apenas la sentía y no podía moverla. No quedaba más remedio que ponerse en manos de la Hija del Cuervo.

Nunca he sido amigo de curanderos y brujos, pero la mano estaba mal y corría el riesgo de perderla. Marta, que acudió enseguida a ver qué me había sucedido, se empeñó en acompañarme a la cabaña de la sanadora. Con la mano envuelta en una tela ensangrentada, embarcamos en un bote de pesca que, entre la Negra y Krum, impulsaron remando hasta el pie de la cascada.

Ya cerca, se percibía un penetrante olor imposible de describir, pues se mezclaba el aroma de las plantas medicinales con el acre de la brea caliente, el sebo de las mechas, la resina de los árboles y el hedor del azufre. Sin pensárselo, Marta tocó con los nudillos en la puerta y aguardamos. Dentro no se escuchaba nada.

Instantes después el rostro de la bruja apareció en el dintel y nos miró sin decir una palabra. De cerca y en la puerta de su casa resultaba aún más impresionante. De estatura normal entre las mujeres, era muy fornida. El pelo castaño, muy sucio y apelmazado, enmarcaba su rostro inquietante, donde lo que más destacaba eran sus ojos oscuros y penetrantes realzados por los párpados rojos y una línea negra que los perfilaba. La frente y los pómulos estaban tatuados de negro y en mitad de la frente resaltaba una runa, la de su padre Odín. Entre las cejas lucía una lágrima de ámbar puro. La parte de la boca estaba tatuada de rojo, como los párpados. Vestía los mismos harapos de siempre y se cubría con un manto de pieles.

El tufo dentro era mucho más fuerte que el que habíamos percibido al principio. La única fuente de calor y luz era la proveniente de un pequeño hogar situado en el centro de la cabaña, que disponía de una única pieza. Sobre el hogar colgaba de unas cadenas un caldero en el que se cocía algo que preferí no saber qué era. De las viguetas del tejado colgaban manojos de hierbas, trozos de animales y peces, cueros, pieles y extrañas herramientas de hierro. Las paredes, mezcla de barro, excremento de animal y paja, estaban cubiertas de manojos de hierbas secas y extraños objetos.

Me hicieron sentar y, con una delicadeza impropia de su aspecto, la bruja me tomó la mano y la examinó con ojo crítico. Suavemente, me la movió de un lado para otro. Yo no proferí queja alguna, pero aun así ella sabía dónde se agudizaba el dolor. La herida era fea y no paraba de sangrar.

Hild me levantó la mano por encima de la cabeza e hizo que Marta me la cogiera y apretase suavemente una tela sobre la brecha para que no siguiera sangrando, mientras ella retiraba el caldero del fuego y colocaba otro algo más pequeño que llenó de nieve recogida del exterior.

Mientras se derretía la nieve y hervía, escogió de los ramilletes varias plantas; las puso en un mortero y las machacó. De vez en cuando introducía algún nuevo ingrediente y continuaba moliendo todo. Marta y yo observábamos la operación respetando el silencio de la mujer, que, desde nuestra llegada, no había pronunciado ni una sola palabra.

El agua estaba ya borboteando y la bruja la sacó del fuego y en su lugar puso una especie de plancha de hierro, sobre la que vertió un chorrito de un líquido ambarino y encima la mezcla de hierbas, que, al contacto con el líquido caliente, comenzaron a chisporrotear. Luego sacó la plancha del fuego, vertió la pestilente masa en una tela que había desgarrado y la dejó enfriar. De las cadenas que colgaban sobre el hogar suspendió un recipiente renegrido lleno de una masa viscosa y maloliente. Mientras esperaba que la brea se calentara lo suficiente para poder manejarla, me limpió con cuidado la herida, que no había parado de sangrar. Después, con un cucharón de madera, me untó la brea líquida y ardiente.

El dolor resultaba insoportable. La bruja me observaba, pero me mantuve quieto en mi sitio, a pesar de que se me había contraído salvajemente la espalda y había comenzado a sudar a chorros, a causa del dolor y también del asfixiante calor que hacía allí dentro.

Una vez que la brea se hubo enfriado, creando una costra que sellaba la herida, me envolvió la mano con el emplasto de hierbas y me obligó a tomar una tisana hecha con agua de nieve y unas raíces maceradas.

En cuanto inhalé el aroma de la tisana ya se me redujo el dolor y al cabo de un rato de tomarla este era soportable. Después, la Hija del Cuervo puso en manos de Marta un manojo de las plantas y flores secas con las que había hecho la tisana y abandonó la cabaña dejando la puerta abierta, señal de que había terminado su trabajo.

Bajamos hacia la barca. Yo tenía la mano colgada de un cabestrillo y trataba de concentrarme en las tareas que nos aguardaban, evitando pensar en cómo quedaría la mano. Abriendo el camino marchaba Krum, que no había abierto la boca ni una sola vez. Seguramente estaría pensando en si yo podría volver a manejar mi maza, algo que también se me había pasado por la cabeza.

A mi lado, Marta caminaba echándome una ojeada de vez en cuando. En su mirada sentí que la liberta sufría con mi dolor. Su sensibilidad por los males ajenos me conmovía y me hizo amarla con más intensidad aún.

* * *

La curación de Arnora y la de mi mano, que gracias a los cuidados de la liberta y la bruja recuperé perfectamente, trajo como consecuencia que la Hija del Cuervo mantuviera una conversación con Salbjörg de la cual esta nos dio cuenta una noche.

–¿Qué te parece, Thorvald? –me preguntó la Vieja, sentada a mi lado, observando cómo me peleaba con la lectura de un pergamino que Marta había escrito para mis lecciones de lectura–. ¿Va todo como debiera? ¿Estaremos preparadas cuando llegue el día de zarpar?

–Aún nos falta el timonel –repuse, agradecido por la interrupción–. Me dijisteis que no me preocupara, que lo conseguiríais, pero han pasado meses y no lo veo.

–Si te dijimos que no te preocuparas por él, no lo hagas –contestó la mujer, lanzando una rápida mirada a la Negra que no me pasó desapercibida–. ¿Cómo están las mujeres? ¿Han progresado lo suficiente? ¿Y el barco?

–Eso no me preocupa –repuse, molesto por las evasivas–. Aún queda tiempo. El barco va bien, Hrolf sabe lo que hace. Terminará a tiempo. Bueno, eso si aquel borracho le deja trabajar.

Con la cabeza señalé a Einarr, que cenaba apartado de los demás, sentado en una esquina de la gran sala. Las últimas semanas no se había separado del loco Hrolf, importunándolo con su cháchara y yendo de un lado para otro del astillero apoyado en su muleta. Pero el maestro constructor no parecía tomarse a mal sus continuos comentarios.

Cierto era que últimamente parecía no estar ya tan bebido como de costumbre y que a nadie más molestaba, aunque me temía que el constructor no fuera capaz de quitárselo de encima y que por ello nos retrasase con el trabajo.

–No te preocupes por Einarr; si molesta, ya me encargaré de él –contestó Salbjörg eludiendo el tema–. Me gustaría saber si podrías prescindir de Marta en los trabajos.

La Negra y yo nos miramos, y después observamos a la Vieja, que continuaba su tarea de coser unas ropas.

–¿Por qué? –pregunté. Me había acostumbrado a tener cerca a la liberta y prefería que la cosa siguiera así.

–He hablado con Hild *la Hija del Cuervo* –contestó Salbjörg sin levantar la vista de su labor. Entornaba los ojos con dificultad tratando de atinar bien con la aguja–. Cree que Marta podría ser una buena aprendiz de su arte y estaría dispuesta a enseñarle sus secretos. A mí parece buena idea. Hild vendrá con nosotras en el viaje, pero nunca está de más tener dos sanadoras, ¿no os parece?

* * *

A partir de aquella noche, Marta quedó dispensada de los trabajos que debían realizar las demás mujeres y se dedicó en cuerpo y alma a convertirse en una *Hija del Cuervo*. Como era de esperar, esto trajo descontento y envidias en algunas mujeres, lideradas, por supuesto, por la cada vez más aborrecible Kara. Al fin y al cabo, argumentaban, cuando terminara el viaje, la Negra se quedaría en las costas de al-Ándalus, ¿por qué entonces perder el tiempo enseñándole la ciencia de las sanadoras normandas?

Las quejas fueron ignoradas y Marta desapareció de mi vista, aunque no por ello dejó de atormentarme con las lecciones de lectura ni de examinar discretamente mis torpes progresos.

Un día se presentó en el cobertizo donde trabajábamos en el barco bajo las precisas instrucciones de Hrolf, el maestro constructor. Fuera, el viento azotaba sin piedad envolviéndolo todo en un torbellino de nieve que no permitía ver nada a más de cinco pasos, así que todos los trabajos se llevaban a cabo a cubierto. Parte de la tripulación se encontraba practicando con espadas y hachas, mientras otros estábamos en el embarcadero. Groa y la hijastra del herrero, a las que cada vez se veía más unidas, ayudaban al herrero.

–Thorvald –me llamó Marta, levantando la voz por encima de los ruidos que inundaban el cobertizo.

Yo estaba agachado remachando las cabezas metálicas de unos clavos en el interior del costillaje de la embarcación y me levanté, sorprendido por la inesperada presencia. No estaba sola. Discretamente, detrás, expectante y un tanto azorado, aguardaba apoyado en su muleta el borracho Einarr.

No estaba preparado para lo que me iba a decir la muchacha. En un primer momento pensé que venía a comunicarme que había hablado con el borracho para que no volviera a molestar al constructor, pero, como de costumbre, la Negra volvió a desconcertarme.

–Thorvald, aquí tienes a tu timonel –me dijo cuando salí de la embarcación y me reuní con ellos.

–¿Estás de broma? –fue lo único que logré contestar con el ceño fruncido.

El viejo agachó la cabeza y se puso rojo, pero no se atrevió a hablar.

–No estoy de broma –replicó serenamente la Negra–. Einarr ha gobernado en muchas ocasiones estos barcos. Conoce a la perfección todas las costas desde aquí hasta Ishbiliya, donde perdió la pierna y donde Abu y yo fuimos apresados. Sus propios compañeros obligaron a un médico moro a amputarle la pierna y cauterizarla, para que pudiera gobernar la embarcación de regreso hasta aquí.

–Eso fue hace muchos años –respondí, pues ya conocía la historia del tullido.

Este seguía manteniéndose al margen de la conversación. Como ya había visto últimamente, el cabello y la barba blancos que solía llevar enredados y desaliñados lucían recogidos, como es habitual entre nuestros hombres. Su mirada había recuperado parte del brillo que un día sin duda tuvo, había cogido peso y se mostraba sobrio.

–Necesitamos un buen timonel. Einarr lleva mucho tiempo en tierra y le falta una pierna. –Evité añadir que se trataba de un borracho para no ofenderle.

–Einarr fue un gran navegante y lo volverá a ser. El mejor que podríamos tener. Y tiene ganas de ayudar y demostrar que puede hacerlo. Me pediste a alguien que conociera las costas, las mareas y los vientos y que hubiese estado en la tierra donde yo nací. Aquí lo tienes. Yo creo en él.

De nuevo, Marta hablaba con calma y convicción, pero con la mirada me desafiaba. Estaba claro que tenía tomada su decisión y que no quería que mis palabras afectaran al tullido.

–No me importa si tú crees en él. Yo no. Ya puedes buscar a otro.

Me di la vuelta y volví a subir al barco para continuar con el trabajo. Estaba furioso. Se me había contratado para encabezar aquel viaje, y yo era el que decidía quién embarcaba y quién no. Además, Thorvald *Brazo de Hierro*, hijo del *jarl* Stymir *el Viajero*, no acostumbra recibir órdenes, y menos de una mujer.

Vi como Marta abandonaba el cobertizo sin inmutarse, seguida por el cojo. Cuando desaparecieron me di cuenta del silencio que reinaba en el cobertizo. Mujeres y hombres habían asistido con expectación al desacuerdo. Solo Olaf me hizo un gesto de asentimiento mostrando su conformidad con mi postura, aunque creo que los demás estaban de acuerdo conmigo.

«Un hombre capaz de agachar la cabeza y de permitir insulto tal, sin intentar matarme, carece de honor y está muerto», me dije a mí mismo recordando cómo el tullido se había marchado cabizbajo, mientras yo, alterado, continuaba mi labor.

Aquella noche, Marta se quedó a dormir en la cabaña de Hild *la Hija del Cuervo*. Salbjörg no supo, o no quiso, decirme el porqué. Así pues, tras la cena no hubo lectura, la primera vez que sucedía desde que comenzáramos. No supuso ninguna alegría para mí.

En toda la semana no volví a verla. Sí en cambio a Einarr. El excéntrico maestro constructor se empeñó en reclamar su presencia, a pesar de que le aseguré en varias ocasiones que el borracho no sería nuestro timonel. Pero Hrolf parecía no escucharme e insistía. Mantenía que los saberes del tullido resultaban provechosos para plantear mejoras en la embarcación.

Tuve que admitir la presencia de Einarr en el embarcadero. Pero siendo irrevocable mi decisión de no permitir que el tullido fuese nuestro timonel, ¿por qué no dar satisfacción al constructor?

A pesar de lo mucho navegado, jamás había participado en la construcción de uno de estos barcos con los que aterrorizamos a las gentes en tierras de francos y anglos. Lo primero era escoger el tronco de encina que serviría para hacer la quilla. Hrolf recorrió, durante días, el bosque entero, en busca de un ejemplar que le conviniera. Hallada esta, la desbrozamos allí mismo y, con cierto esfuerzo, trasladamos el enorme árbol hasta el cobertizo. Con azuelas y hachas fue desbastado siguiendo las indicaciones del viejo loco, hasta obtener un sólido bloque.

A la quilla le unimos otras dos grandes piezas, obtenidas de otra encina, mediante remaches de metal y clavijas de madera, que servirían para la proa y la popa, altas y orgullosas, donde el viejo tallaría los mascarones. Encajadas en la quilla fijamos las varengas, sobre las que dispondríamos las costillas de la embarcación.

Hrolf elegía personalmente cada árbol según su forma y tamaño. El costillaje, que debía ser curvo para dar la forma a la embarcación, lo seleccionó de gruesas ramas, troncos torcidos o raíces que tenían la forma natural deseada. No entendía yo bien por qué tantas molestias. Me parecía más simple tallar los troncos hasta darles la hechura necesaria.

—Observa, Thorvald —me dijo Hrolf cuando se lo pregunté, mostrándome un trozo de madera al que, con una hachuela, le dio una forma redondeada del grosor de un brazo—. Trata de partirlo.

Sin hacer demasiada fuerza lo partí en dos.

El viejo se mostró complacido y me puso entre las manos una rama que tenía más o menos el tamaño y la curvatura del trozo que había partido pero que no había sido tallada.

–Parte esta.

Tuve que desistir, pues no conseguí romperla. Con una sonrisa de satisfacción, el maestro constructor me la quitó de las manos. Así comprendí por qué no serrábamos la madera, sino que seguíamos sus vetas para tallarla. De esta manera, las piezas de nuestra embarcación resistían mucho más.

Según ajustábamos las costillas a la quilla, aquello se asemejaba cada vez más a la osamenta de una ballena.

–Ahora colocaremos el pie del mástil –dijo Hrolf después de repasar el armazón y dar su aprobación–. He tallado este bloque de roble. Lo fijaremos bien a la quilla, pues deberá soportar el empuje del viento.

–Necesito que se pueda retirar –le dije pensando en otras ocasiones en que había necesitado desmontar el mástil para esconder la embarcación o simplemente para poder sustituirlo por uno nuevo.

–No te preocupes. No tendréis problema.

Mientras Olaf, Krum y yo nos esforzamos en seguir las indicaciones del viejo al asegurar el bloque de roble en el centro de la quilla, los demás se dedicaron a desgajar de troncos las tablas que serían utilizadas para el casco de nuestro corcel de los mares.

–Bien, bien –decía Hrolf–. Se adaptará perfectamente a las olas, ya lo veréis. Cuando vuestros enemigos os vean aparecer, creerán que se trata de una enorme serpiente.

Olaf y Abu fueron remachando las tablas a las cuadernas con los clavos de hierro que había forjado el herrero, montando ligeramente la de arriba sobre la de abajo, para que tuviera una mayor solidez.

Ante nuestros ojos, poco a poco, fue cobrando vida un esbelto *langskips*. Estrecho y alargado, acabado en una proa y una popa de gran altura. Ligero y de no demasiado calado, para que pudiéramos entrar en ríos y ensenadas de escasa profundidad.

–Haremos las bordas un poco más altas –decía Hrolf– para que no entre agua si Aegir agita el mar.

Y daba orden de levantar un par de tablones más, no fuese que el dios que vive en las profundidades se mostrara inclemente.

–Será rápido y ligero, para que las mujeres puedan impulsarlo con los remos. Pero también robusto para que no se desarbole con el viento y las olas. Tendré que consultar con Einarr.

Y, para mi asombro y enojo, se iba a hablar con el viejo borracho, con el que consultaba asuntos de los que yo nada entendía.

Cuando terminamos de ajustar la tablazón del casco, calentamos brea en grandes marmitas puestas al fuego. Con largos y afilados hierros, forzábamos las juntas del maderamen y por ellas embutíamos la masa negra, para sellar las juntas y que el agua no pudiera penetrar.

Entretanto, algunas mujeres cosieron la vela cuadrada que habría de hacernos volar sobre el mar. Tendría esta diez pasos por cada lado. Aún les quedaba coser los paños entre sí y cruzarlos con tiras de cuero de foca para darles mayor resistencia frente al viento. Habíamos decidido teñirla con grandes franjas rojas y negras de arriba abajo.

Yo miraba orgulloso aquella nave que iba tomando forma ante mí, pues, como he dicho, nunca antes había ayudado a construir una y, además, sería la primera que capitanearía. Había decidido no cargarla en exceso, para que fuese más maniobrable, aunque así, sin demasiados víveres a bordo, tendríamos que hacer tierra cada noche.

Tras largos meses, conseguimos acabar nuestro flamante corcel de los mares, un *langskips* de setenta y cinco pies de largo y quince de ancho, con una quilla y una base recias, capaz de soportar el mástil de cincuenta y cinco pies, con las bordas más altas de lo habitual.

Solo faltaba tallar los mascarones, de lo que se ocupó Hrolf con todo su arte. Empleando las herramientas propias de su oficio, el viejo loco esculpió dos aterradoras cabezas de dragón en proa y popa, con las cuales, no tenía yo la menor duda, ningún *landvaettir*, los espíritus protectores de la tierra, sería capaz de rechazarnos en aquellas tierras en las que quisiéramos desembarcar.

Terminadas las máscaras, sumergimos en el fiordo nuestro *drakkar* con pesadas piedras durante varios días para acabar con todos los bichos que se alimentan de la madera. Así después, con la tablazón hinchada, la pez penetraría mejor en ella.

Mientras esto ocurría, fabricamos sesenta y cuatro escudos de madera que serían fijados en las amuras, alternando sus colores, rojo y negro. Hrolf por su parte, y siguiendo las instrucciones del viejo borracho del que se había hecho buen amigo, talló un gran remo que, puesto a estribor en la popa, serviría para orientar nuestro barco, si es que algún día Marta conseguía el timonel prometido.

Pero me estoy adelantando, porque todo esto sucedió mediado el año siguiente, a tiempo para poder partir. Entretanto, ocurrieron no pocas cosas en la aldea.

* * *

Dos semanas antes de la festividad de Jule, cuando al comienzo del invierno la diosa Sol comienza a renacer, tuvimos dos sorpresas. La primera ocurrió una tarde negra en la que parecía que hubiesen llegado los tres inviernos consecutivos que han de anteceder al *Ragnarök*, el fin del mundo anunciado, cuando los dioses, junto con los héroes caídos en los campos de batalla, pelearían hasta el desastre final con los gigantes y los moradores del *Niflheim*, el infierno de la diosa Hell.

Habíamos abandonado el trabajo en el embarcadero y el adiestramiento con armas, ya que resultaba imposible salir a la intemperie. La nieve en remolinos cubría la puerta de la granja hasta media altura y el vendaval hacía temblar las paredes, amenazando con llevarse volando el tejado de tepe. Algunas mujeres se afanaban en el hogar con distintas cocciones. Otras, junto con los hombres, cardaban, hilaban y retorcían fibras vegetales para hacer cuerdas. En el telar se trabajaba tela con la que terminar de confeccionar la vela, ropas y otras prendas.

Allí aprendí a separar la lana exterior de las ovejas, más larga y áspera, que las protege de la nieve y el frío. No era lana con la que se pudieran hacer ropas, pero resultaba excelente para confeccionar la vela que habría de impulsarnos, ya que no se moja y, por ello, no es necesario impregnarla de grasa. Según el loco Hrolf, esta lana era mejor que el lino o el cáñamo que usan en otros lugares para hacer sus velas, pues, al poder deformarse, sería capaz de atrapar mejor el viento y hacer volar sobre las olas a nuestro corcel de los mares, veloz como un halcón.

La granja hervía de actividad, nadie se quejaba ni abandonaba el trabajo. Si la moral no era demasiado alta y el cansancio pesaba sobre los hombros, allí estaban Salbjörg, Lorelei y Helga para animarnos. La valiente Arnora, totalmente recuperada del vaciado que le habían hecho, daba ejemplo, seguida por todos los demás. Abu, Ottar, Krum, Olaf y Temujín trabajaban sin descanso. El pequeño Sigurd y su inseparable amiga Sif animaban las tareas con sus ocurrencias y canciones.

Bajo el techo del *jarl* estábamos prácticamente todos los que íbamos a participar en la travesía. Solo faltaban Thorstein, que se había vuelto unos días antes a Sciringesheal; Runolf, el herrero; su hijastra Svava y Groa, que se resguardaban en la herrería elaborando hojas de hacha y espadas. Tampoco estaban los *berserker* Skathi, Ygrr y el sobrino de la Vieja, Ivar, ni Embla, Yngvard o Kara, que se encontraban en casa de esta última.

Incluso Hild y su reciente aprendiz Marta se encontraban con nosotros, ausentes las dos removiendo unos cacillos de los que salía una tufarada. La Negra se había dejado ver por fin el día anterior. Me había preguntado cómo iban los trabajos, aunque no me dejó ni contestar. Parecía más interesada en lo que le tuvieran que contar Hrolf y el maldito borracho. Su actitud me enfureció. Además, no había buscado ningún timonel. Si pensaba que yo cambiaría de opinión, es que no conocía a Thorvald *Brazo de Hierro*.

En ese momento se abrió la puerta de golpe y una nube de nieve se esparció por la sala. Sorprendidos, miramos hacia la entrada. En el dintel se recortaba la figura de un ser inmenso, como salido de un mal sueño. Entre la blanca cortina entrevimos a un gigante cuya larga melena suelta y alborotada se cruzaba delante de un semblante pálido, con oscuras bolsas bajo los ojos.

Algunas mujeres comenzaron a gritar. Otras se hicieron con cualquier cosa que tuvieran a mano que pudiera servir de arma, dispuestas a defenderse. Ottar, Thorstein y los mercenarios también estaban preparados para luchar contra el *sceadungengan*.

Marta, de espaldas a la entrada cuando hizo su aparición aquel diablo, se había incorporado con calma, acercándose a la entrada sin mostrar miedo ante el caminante de las sombras.

–Bienvenido, Gunnar –dijo la pequeña liberta con una sonrisa–. Pasa por favor, ¿quieres? Al lado del fuego podrás calentarte.

Se trataba de Gunnar *el Oso*, aquel imponente *berserker* con el que había hablado semanas atrás en la ciudad. Ya me había olvidado de él, pero la Negra lo trataba como si hubiese estado esperando tranquilamente a que llegara.

El inmenso guerrero de Odín tiró el pútrido pellejo de lobo que llevaba sobre los hombros y se dejó guiar por ella hasta el hogar, donde tomó asiento en un escabel, rápidamente despejado por las mujeres que se hallaban sentadas en él. Aceptó en silencio un cuenco de potaje de pescado y lo comenzó a devorar.

Por tres veces le llenó la muchacha el cuenco y el cuerno donde escanciaba cerveza. Tras la copiosa comida, Gunnar soltó un atronador eructo y se levantó. La Negra lo acompañó hasta la puerta y le dijo unas palabras antes de cerrar a su espalda. Después se acercó hasta donde nos encontrábamos Salbjörg y yo y se limitó a decirme:

–Ya tienes otro mercenario. Mañana estará aquí para ayudar.

Dicho esto, regresó al fuego y continuó trabajando con la bruja como si nada hubiese ocurrido.

Yo miré a la Vieja, que se mostraba tan asombrada como yo. No teníamos más dinero, ¿cómo pensaba Marta pagar al *berserker*? Este ni siquiera había preguntado por la paga. Salbjörg se encogió de hombros y también volvió a lo que estaba haciendo.

Yo no me quedé tan tranquilo. No me cabía duda de que el gigante se nos había unido atraído por Marta y, a pesar de que su llegada era una buena noticia, no pude sino sentirme celoso.

Aún desconfiado, hice mis cálculos ayudándome de los dedos. Éramos siete mercenarios, los dos hermanos, tres esclavos, un muchacho, Ivar, quince mujeres, dos niños y el viejo herrero Runolf. En total treinta y una personas, y aún faltaba el timonel.

Al día siguiente, tal y como anunciara Marta, apareció en el embarcadero Gunnar *el Oso* acompañado de Ygrr *el Cuervo* y Skathi. Los *berserker* parecían bien avenidos. No dijeron dónde se habían refugiado durante la espantosa tormenta ni cómo se habían encontrado. Tampoco nadie se lo preguntó.

Aunque su presencia cuando llegara el momento de pelear podría resultar decisiva, la verdad es que en esos momentos solo acarrearía problemas. Pocas eran las tareas que se les podían confiar a los guerreros de Odín y su presencia causaba temor entre los demás.

La única que parecía estar a gusto era Marta, que aquella mañana se había presentado en el embarcadero a primera hora. Les ofreció comida y cerveza, que aceptaron sin decir nada, y después los mandó de vuelta al bosque para que cazaran lo que encontrasen.

Viendo que la liberta no tenía ninguna intención de conversar conmigo, me dirigí a lo alto del acantilado donde se encontraba la herrería. Esta era similar al resto de las casas, con la diferencia de que tenía un porche cubierto donde estaba la forja. Dos fuelles insuflaban el aire manejados por unos muchachos, y un yunque sobre un gran tocón de madera servía para dar forma a los flejes al rojo que salían de la forja. Martillos, tenazas y toda clase de herramientas colgaban de ganchos. La forja estaba orientada al sur para proteger el fuego de los gélidos vientos del norte. Además, un enrejado de helechos secos y ramas hacía las veces de un muro ligero que el herrero colocaba a su gusto según la dirección del viento.

Ahora que los esclavos habían sido manumitidos, los dos que ayudaban al herrero, cansados ya del ruido que les destrozaba los oídos y el constante martilleo que les aflojaba los huesos de sus brazos, se habían marchado de la herrería y trabajaban en el barco. Ninguno de ellos iba a participar en el viaje y tenían pensado quedarse en la aldea, como hombres libres.

Sin sus criados, el herrero había echado mano de su hijastra y de Groa. Allí estaban las dos aventando con los fuelles, mientras Runolf preparaba el material. Sobre un banco de madera descansaban varias espadas, unas más acabadas que otras. Casi todas eran del modelo clásico, aunque algo más pequeñas y ligeras para que pudieran ser manejadas con más facilidad por las mujeres.

–Saludos a todos –dije al llegar.

Las dos mujeres me saludaron sin dejar el trabajo, no así el herrero, que, tras una vida golpeando el hierro, estaba bastante sordo. Caí en la cuenta de que el hombre se encontraba consumido. A mi llegada al poblado, Runolf tenía un aspecto saludable, algo encorvado por la edad y por la postura ante el yunque donde descargaba los martillazos con sus poderosos brazos. Una mata de pelo espesa y desordenada envolvía un rostro rollizo. Ahora había perdido peso, su cabello raleaba y era blanco. Parecía haber envejecido varios años en esos meses, bajo el peso de tanto trabajo sin descanso.

–¡Ah, Thorvald! No te había oído llegar.

–¿Cómo estás, herrero? He venido a ver qué tal van las cosas.

–Bien, bien. Prácticamente he terminado con todo el material que me pidió ese viejo loco de Hrolf. También están preparadas algunas hojas de hacha y puntas para las lanzas. Falta aún, pero no te preocupes. El dichoso barco me ha tenido muy ocupado, ahora solo quedan las armas. Terminaré a tiempo.

–Son buenas noticias –contesté–. ¿Necesitas más ayudantes?

–No, no. Por ahora no. Me bastan estas dos –repuso señalando con la cabeza a las dos mujeres. Groa sacaba en ese momento del fuego unos flejes enrojecidos y con las tenazas los colocó sobre el yunque. Cogió un martillo y comenzó a golpearlo. Svava hacía el acompasamiento con otro martillo algo más pequeño golpeando el hierro tras su compañera.

Observé admirado a las dos mujeres. Se compenetraban a la perfección. Groa, a la que ya había conocido musculosa, había ensanchado sus brazos. Svava también se había fortalecido, sin perder nada de su fría y apabullante belleza. Con rostro concentrado, golpeaban el hierro aplanándolo, sin hacer caso de las esquirlas candentes que salían despedidas. Cuando el hierro perdió su color rojizo, lo volvieron a meter en la fragua y a manejar los fuelles.

Runolf sacó del fuego otro hierro y lo colocó sobre el yunque.

–Esta va a ser mi espada –dijo con orgullo–. ¿Qué te parece?

Yo solo veía unos hierros entrelazados, toscos, sin ninguna forma. Como arma no parecía demasiado temible.

–Calentamos los flejes con el carbón para que el hierro lo absorba y se transforme en buen acero –me explicó, orgulloso de su arte–. Luego se cortan las barras, se entrecruzan y se vuelven a reforjar varias veces más. Así se forma una masa de acero. Cuando esté terminada el arma se podrán ver unos dibujos serpenteantes en la hoja. Con tres de estas bien planas, como las que están haciendo ellas, entrecruzadas y fundidas entre sí, tendremos el alma de la espada. Después soldaré a esta una barra de acero a cada lado para el filo y entonces llegará el momento de calentar toda la espada y golpearla con el martillo. Luego la meteré en agua para enfriarla y la cubriré con arena. Serán necesarios varios días, más calentamientos y enfriamientos y muchos más golpes antes de que esté lista, para ponerle la empuñadura de madera.

El herrero dejó sobre el banco la espada y cogió otra más acabada y más corta. Era un *sax*, las espadas que usábamos cuando la pelea era cuerpo a cuerpo y la espada larga con la que cortábamos al enemigo no se podía usar por falta de espacio.

–En los *sax* he reforzado la punta con acero, para que puedan atravesar las armaduras enemigas. No tendré tiempo para preparar *sax* para todos –dijo volviendo a depositar el arma en su sitio–. Por eso, y ya que las mujeres no tienen tanta fuerza, he preferido hacer las espadas algo más cortas y ligeras, con la punta afilada. Si el enemigo lleva plaquines o cotas, no podrán traspasarlas, así que deberán tenerlo presente.

–Se lo diré. Lo tendremos en cuenta cuando practiquemos.

–También estoy preparando cuchillos. Me temo que no serán muy bonitos, pero cumplirán con su labor. Los hay de diferentes tamaños, como puedes ver. Algunos de tus hombres tienen sus manías y no te creas que las mujeres se quedan atrás. Mira estos dos.

El herrero me mostró dos cuchillos curvos, alargados y muy afilados en su borde exterior.

–Son para la mujer de Abu, Zubayda. Me explicó cómo los quería. Espero poder dárselos dentro de un par de días –dijo el herrero, y los volvió a dejar, girándose para coger algo de otro banco–. Y aquí tengo lo que me pediste.

De un estante bajó un fardo atado con una cinta de cuero que soltó. Dentro había una preciosa espada normanda reducida a escala. Era el arma que le había encargado al herrero para Marta. La cogí calibrándola. En mis manos casi parecía de juguete, pero no por ello era menos mortal. Estaba muy bien equilibrada.

–Has hecho un gran trabajo –dije admirado.

–Me alegro de que te guste –respondió orgulloso el herrero–. ¿Quieres llevártela?

–No, aún no. Guárdala, ya te la pediré.

* * *

Se acercaba la festividad de Jule. Los trabajos, gracias a la dedicación de todos los habitantes del poblado, se encontraban adelantados y Salbjörg pensó que quizá convendría hacer una buena celebración para levantar los ánimos. Desde que llegara la noticia del secuestro a la aldea pocos motivos de alegría habían tenido.

Yo no tenía nada que objetar. Nos lo teníamos merecido. También a los mercenarios les sentarían bien unos días de borrachera, alejados del trabajo. La tensión reinante había hecho surgir algunas disputas y aún quedaba demasiado tiempo hasta que zarpáramos. Era un buen momento para hacer un alto y disfrutar de un descanso.

Pero antes de que llegara tuvimos una nueva tarea que atender.

—¡Thorvald, Thorvald!

El pequeño Sigurd llegaba gritando. Me encontraba con Olaf y Krum cuidando una de las fumarolas que salían de la pira de carbón. Sentados en medio del bosque, teníamos un barril de cerveza y arenques ahumados, pan y queso y contábamos anécdotas de otros viajes, sin perder de vista el humo ni la dirección del viento.

—¡Ballenas, hay ballenas cerca de la costa! —dijo con voz entrecortada el niño—. Las he visto desde la herrería.

No podía ser desde otro lugar, pues la forja se levantaba sobre el precipicio que cerraba el paso del mar, dando seguridad a las aguas del fiordo, y era el único sitio de todo el pueblo desde el cual se podía ver algo así. La casa del herrero también era un buen lugar para ver llegar a los barcos, fuesen o no amigos.

Nos pusimos rápidamente en pie. Andábamos escasos de aceite para las lámparas y nos era imprescindible para poder iluminar el embarcadero y el cobertizo donde entrenábamos. Además, capturar uno de estos inmensos animales significaría cubrir definitivamente las provisiones hasta la primavera. Además, su dura piel serviría para forrar los escudos, hacer petos y gorros.

—Corre al poblado y tráete ayuda. Te quedarás aquí cuidando la pira. Vete.

—¡Pero yo quiero ir a cazar la ballena!

—¡Haz lo que te digo! —le grité—. Y date prisa.

Por un momento, el niño, atemorizado por mi tono, se planteó si valía la pena seguir discutiendo, pero llegó a la conclusión de que sería mejor no hacerme enfadar. Refunfuñando, se alejó a la carrera en dirección al poblado. Los tres nos reímos con ganas. Se trataba de un gran chaval y llegaría a ser un temible hombre, pero por ahora se quedaría a cuidar las piras de carbón.

Corrimos a la playa para preparar las barcas. Poco a poco fue llegando la gente y embarcamos sin perder el tiempo. Hasta la barra exterior tendríamos que bogar un trecho y pudiera ser que para cuando llegáramos a la altura de las inmensas bestias estas ya se hubiesen marchado.

–Trataremos de separar de la manada un ejemplar joven que podamos traernos –grité, para que me pudieran escuchar desde la otra barca–. Tened cuidado. No nos sobran tripulantes, así que no os arriesguéis. Si la cosa se pusiera muy mal, regresaremos.

En una de las barcas me acompañaban Krum, Ottar, Yngvard, Kara, Freyja e Ivar. En la otra se embarcaron Abu, Gunnar, Groa, Svava, Olaf y Marta.

–¿Qué haces? ¿Estás loca? –bramé cuando vi a la liberta ayudando a embarcar al tullido Einarr.

Marta, ignorándome, se sentó en unos de los travesaños y, como los demás, cogió uno de los remos. A una voz suya comenzaron a bogar patroneados por el cojo. Olaf me miraba con una sonrisa en la cara. El muy bellaco se estaba divirtiendo a mi costa con la tozudez de la pequeña muchacha.

–Vamos –ordené–. Todos a una. Vamos a atraparlos.

La embarcación de Marta nos llevaba una pequeña ventaja que yo estaba seguro de que reduciríamos enseguida. Sin embargo, la distancia entre las dos embarcaciones aumentó entre las risas de Olaf y mi creciente ira.

Salimos de la ensenada. El oleaje era alto y el agua saltaba dentro, lo que nos obligaba a achicarla y ralentizaba nuestra marcha, algo que no parecía suceder en la embarcación que tripulaba Einarr.

Por fin llegamos hasta el grupo de ballenas que, ajenas a nuestra presencia, nadaban plácidamente. La barca de Einarr ya había encontrado un ejemplar no muy grande y estaba tratando de aislarlo del resto. Remamos hacia allí y abatimos el mástil para que no molestara. Golpeando con los remos en el agua, conseguimos que el estrépito alejara al animal. Se trataba de un ejemplar joven, tal y como yo quería. Sería más fácil de cazar y de transportar que otro más viejo, y comportaría menos riesgo. Una ballena adulta era capaz de hundir las dos barcas de un solo golpetazo con su aleta.

No por ello iba a resultar fácil. El ejemplar que teníamos acorralado carecía de la experiencia y de la fuerza de sus mayores, pero seguía siendo temible. Si decidía embestirnos, nos mandaría a pique de un solo golpe.

Di instrucciones para que los remeros acercaran la barca al animal mientras sostenía en la mano un arpón al que mediante una cuerda habíamos atado una vejiga de cerdo hinchada de aire con el fin de que hiciera de flotador y supiéramos dónde estaba la bestia si se hundía en aguas más profundas. Einarr ya había conseguido colocarse en el flanco del ballenato en posición ventajosa, desde la que Abu y Gunnar aguardaban a que su timonel diera la orden para lanzar sus arpones. Yngvard, a mi lado con el otro arpón, gritaba como un condenado viendo que la otra barca se nos iba a adelantar y cuando escuchó la señal del tullido lanzó su arpón precipitadamente y falló el tiro.

No les ocurrió lo mismo a Gunnar y a Abu, que clavaron los suyos hasta enterrar las puntas metálicas en el lomo de la bestia que, sangrando, trató de sumergirse. Las cuerdas de los arpones se desenrollaron con rapidez y las vejigas cayeron por el costado de la embarcación comenzando una alocada carrera. Einarr mandó colocar el mástil e izar la vela, cogiendo el viento en pos de las veloces vejigas.

Mientras tratábamos de hacer lo mismo, la bestia, herida de muerte, nos arrolló e hizo cabecear peligrosamente la embarcación. La sacudida por poco vuelca la barca, pero pudimos equilibrarla, no sin que Krum saliera despedido por encima de la borda. El pequeño *sámi* odiaba el agua y no sabía nadar. Aterrorizado, veíamos cómo sus ropajes lo hundían con rapidez. Braceando con desesperación, el lapón se esforzaba por mantenerse a flote.

Viendo que el guerrero se ahogaba, Olaf saltó al agua y nadó hacia él. Yo daba órdenes para acercarnos y poder rescatarlos, pero era del todo imposible. La barca, mal gobernada, daba bandazos. En la otra, el tullido movía la vela y el timón, y en el tiempo que Olaf necesitó para sacar a flote a mi compañero ya se encontraba a su lado protegiéndolos de la marea. Con un solo brazo, Abu pescó al lapón y lo metió dentro de la barca mientras el *berserker* hacía lo mismo con Olaf.

Sin hacer caso de los gritos de alegría y abrazos que se daban en su embarcación, Einarr atrapó el viento y continuó la carrera que con nuestra torpeza habíamos cortado. Al igual que antes, nos quedamos atrás, para desesperación de Hacha Sangrienta, que maldecía a voz en grito. Yo guardaba silencio, pero me chirriaban los dientes de la furia.

Ante nuestro pasmo, vimos como Gunnar *el Oso*, poseído por el furor de los *berserker*, se arrojaba por la borda sobre el lomo del ballenato armado con una enorme hacha de una sola hoja. Con todas sus fuerzas, el gigante golpeó la cabeza del animal con su arma, partiendo el mango de esta y dejando clavada la hoja con un estremecedor ruido en el cráneo de la bestia. Después se puso a aullar y a tirarse de los pelos, poniendo los ojos en blanco y sacando horrorosamente la lengua, mientras cabalgaba sobre el ballenato herido de muerte.

Tras atar a nuestra presa la condujimos a la ensenada, donde aguardaban entre gritos, aplausos y risas los habitantes de la aldea, que no habían querido perderse ni un detalle de la dramática cacería. Todos colaboraron para embarrancar al ballenato, asegurándose de que la marea no se lo podría llevar. En cuanto llegamos a tierra corrí hacía la otra barca. Krum aún boqueaba, pues había tragado mucha agua. Tratando de ayudar, el gigantesco guerrero de Odín lo levantó por los pies y lo colgó a dos palmos del suelo. El efecto fue terrible. El pobre lapón se moría asfixiado. Marta tuvo que intervenir para hacer desistir a Gunnar de su idea y conseguir que lo dejara en el suelo.

Mientras los demás se felicitaban, atendí a mi compañero. No lo había visto tan cerca de la muerte jamás y, aún no siendo normando, sé que él hubiese preferido mil veces antes la muerte a manos de un enemigo que ahogado en el mar. De pronto una voz gritó:

—¡Fuego!, ¡fuego! En el bosque, ¡mirad!

Miramos hacia allí. Una enorme humareda surgía de la entrada al bosque, cerca de donde teníamos la pira de carbón que había quedado a cargo de Sigurd. Demasiado cerca.

Se confirmaron mis temores cuando llegamos al lugar. El carbón ardía con una fuerza espantosa y resultaba imposible acercarse. Con la cara y la ropa negras por el hollín, el pequeño se esforzaba inútilmente en dispersar el carbón ayudado por una larga rama.

No había solución. La pira estaba irremediablemente perdida y lo único que podíamos hacer era tratar de que el fuego no se propagara al bosque. Por suerte no soplaba viento en ese momento.

–¿Qué ha pasado? –le pregunté colérico al niño.

–Ha cogido fuego –repuso este encogiéndose de hombros tratando de demostrar su inocencia.

–¿Estabas vigilándolo tal y como te dije? –Conocía la respuesta, pero prefería darle la oportunidad de confesar su falta.

–Ha sido solo un momento. Hemos escuchado los gritos cuando Krum ha caído al agua y nos hemos asomado a la herrería para ver qué pasaba.

–Y por vuestra culpa hemos perdido esta pira, eso si tenemos suerte y no se extiende el fuego –le reprendí.

Sabía que estaba siendo demasiado severo con el muchacho. Trabajaba como un esclavo sin una sola queja y no se le podía pedir más. Que no hubiese podido contener su curiosidad al escuchar los gritos era algo que no se le habría podido reprochar a nadie. Sin embargo, después de lo ocurrido en el agua con la embarcación de Marta y Einarr, donde nos habían dejado en evidencia, necesitaba descargar mi ira con alguien.

–¿Quiénes te han ayudado? –pregunté.

El niño frunció el ceño y no contestó.

–Te he preguntado quién estaba contigo –repetí levantando más la voz–. Te había dicho que trajeras a alguien. Dime quiénes eran; si no, te llevarás tú todo el castigo.

Tozudo como siempre, Sigurd se negó a delatar a los demás culpables. Admiré mucho este rasgo de compañerismo. Pero era un grave descuido y requería un castigo.

Hablaría con Salbjörg acerca de ello. Sería mejor dejar al margen la opinión de Marta. A saber qué hubiese aducido ella en defensa del niño.

CAPÍTULO 10

El escarmiento impuesto a Sigurd no ayudó a mejorar mis relaciones con Marta. Se levantó una nueva pira de leña, helechos y turba, y cuando estuvo terminada se le dio la oportunidad al niño para que revelara el nombre de sus ayudantes. Pero este guardó silencio.

Durante los tres días que necesitó la pira para convertirse en carbón, el pequeño se quedó cuidándola, sin poder moverse de allí. Se le proporcionó comida y una manta y se prohibió a la gente acercarse al lugar. Muchas mujeres opinaban que el castigo era desmedido. Era invierno, hacía mucho frío y nevaba sin parar. No era momento para estar a la intemperie. Además, los lobos se acercaban a los poblados por las noches atraídos por el olor del ganado. Un niño indefenso podía ser una buena alternativa a las ovejas.

En particular Helga, la madre de Sigurd, y Marta eran las más contrarias al trato que recibía el niño. Helga, una mujer tranquila con la que no tenía excesivo trato, se enfureció como una osa y se atrevió a gritarme a la cara. No mostró el menor temor a mi reacción cuando se me plantó delante e, insultándome, me aseguró que su hijo no cumpliría el castigo. Ataviada con unas pieles, el cabello largo y oscuro con mechones rojizos teñidos por la henna que contrastaba con sus ojos azules claros, resultaba una hermosa mujer. Vivía con Lorelei y, aunque respetaba a la Vieja, no era su amiga. Para ella su mundo era su querido hijo, por el que estaba dispuesta a embarcarse a cambio de que él se quedara en tierra.

Sin embargo, Sigurd no quiso escuchar a su madre. Se enfureció ante el castigo, que no le parecía justo, pero no se rebeló. Decidido a demostrarme que podía llegar a ser un buen guerrero, no estaba dispuesto a esconderse tras las faldas de su madre. Apretando los dientes escuchó el castigo, guardó obstinado silencio sin delatar a los demás culpables, cogió la manta y las vituallas y salió de la granja en dirección al bosque, apartando a su madre, que trataba de impedírselo.

Debo decir que a mí también me parecía excesivo el correctivo. Bien es cierto que su descuido nos costaba caro y podía haber desencadenado una tragedia. Pero él mismo quería que no se le tratara como a un niño y deseaba participar en la expedición. Salbjörg y yo convinimos en que aquella prueba revelaría el temple y la madurez del muchacho, y creo que así lo aceptó él, quizá sin ser consciente de ello.

Marta entretanto no quiso intervenir. Imaginó cuál era el verdadero motivo del desproporcionado castigo. Era ella la que me había impuesto la presencia del niño a cambio de ceder con Yngvard y no podía mostrar su enfado. Me evitaba y yo no podía aproximarme. Sabía que Salbjörg a su vez me estaba evaluando. La Vieja quería estar segura de que el hombre que las iba a dirigir contra el enemigo estaba capacitado y no se dejaba influenciar por su corazón o por sentimientos de lástima.

Aquellos tres días resultaron interminables. Las mujeres me trataban con mucha frialdad, Marta no me hablaba, Olaf, que sentía gran aprecio por el muchacho, se mostraba distante y yo mismo estaba inquieto. ¿Se encontraría bien el niño? Había cogido un gran cariño por el revoltoso Sigurd, que me acompañaba a todos lados y que siempre trataba de agradarme con su trabajo y esfuerzo.

Sabía que tanto Marta como Helga lo habían visitado. No me molestó. Al revés, preferí hacer como que lo ignoraba. Para mí era un consuelo en las largas noches, cuando, acostado en mi escabel y a través de los ronquidos y ventosidades de bestias y personas, escuchaba las ráfagas de viento y nieve golpear contra las paredes de la granja mientras era incapaz de conciliar el sueño.

Me imaginaba al pequeño aterido bajo la nieve, con los labios azulados, perdido en la oscuridad, tratando de no perder el calor con la manta de lana empapada y la única compañía de las alimañas del bosque, escuchando los aullidos de los lobos.

Salbjörg sabía que yo estaba al corriente de las visitas que las dos mujeres hacían al niño y fingía, como yo, desconocerlo. De esta forma, simulando, llegó el tercer día y subimos al bosque.

Con un alivio mal contenido descubrimos que el niño estaba perfectamente, aunque, como no podía ser de otra manera, se mostraba indignado. Se había hecho una especie de cobertizo al abrigo de la pira, con ramas y helechos, aprovechando el calor que la montaña de madera despedía. Cuando llegué hasta él fingí una seriedad e indiferencia que estaba lejos de sentir. Me miró con aire desafiante. Yo tenía ganas de revolverle el pelo y hasta de darle un abrazo, pero aquello le hubiese ofendido. Había pasado la prueba. Era todo un hombre.

* * *

Por fin llegó la festividad de Jule, la celebración donde la esperanza renacía. En las frías y oscuras tierras del norte, a la espera de que llegase lo más duro del invierno, la certeza de que a partir de entonces, una vez más, el sol día a día aumentaría su presencia era nuestro único consuelo.

Durante una semana entera abandonamos los entrenamientos, la fabricación del barco y cualquier tipo de obligación o trabajo. Fueron siete días que dedicamos a comer y beber. Hubo risas, peleas, abrazos, discusiones y juramentos de eterna amistad, siempre bajo los efectos de la oscura cerveza sin rebajar y del hidromiel. Comíamos y bebíamos hasta perder el sentido, vomitando sobre la nieve para volver a comer y beber más. La ocasión lo requería. Nadie que no haya tratado de sobrevivir en el invierno de los normandos puede reprocharnos aquel comportamiento de animales. Yacíamos unos con otros en cualquier sitio y momento, sin ser conscientes de lo que estábamos haciendo, algo que, en tiempos menos extraños, difícilmente habría ocurrido.

Hicimos competiciones de lucha. Por supuesto a los *berserker* no se les dejó participar, hasta ahí llegaba al menos nuestro control sobre la realidad. No se trataba de que nadie muriera y los guerreros de Odín podían acabar con la vida de varios hombres sin ser siquiera conscientes de sus actos. No parecía importarles. Aparecían y se marchaban sin avisar. Dormían en el bosque. Algunas veces, aunque no siempre, llegaban los cuatro juntos: Gunnar *el Oso*, que desde la cacería de la ballena se había convertido en un ídolo para los niños del poblado; Ygrr *el Cuervo*; Ivar, al que empezaban a llamar *Dientes de Lobo* por su costumbre de mostrar agresivamente la dentadura cuando peleaba, y la extraña mujer de quien solo sabíamos que se llamaba Skathi. Me daba la impresión, y no era el único al que le sucedía, de que la mujer disfrutaba de los favores de ambos guerreros sin que aparentemente estallasen disputas entre ellos.

Las mujeres también pelearon. Solo se permitía usar las manos; algunas como Marta, Zubayda, Ran, Sif, Embla y Lorelei fueron prontamente eliminadas. Arnora, Freyja, Svava e Inga aguantaron más. Al final solamente quedaron la guerrera Groa y Kara. La pelea resultó apasionante. Las dos mujeres habían llegado a odiarse. En un primer momento pareció que la mayor envergadura y fuerza de Groa terminaría con su oponente, pero esta resultaba más diestra, su odio por Groa era intenso y utilizaba todo tipo de tretas para zafarse de su rival. Quedaba claro que estaban zanjando un asunto personal.

El resto de los hombres y de las mujeres jaleaban a sus favoritas, animándolas cuando caían. Yo, no demasiado borracho, trataba de mantenerme al margen. No hubiese sido muy inteligente mostrar mis preferencias, aunque deseaba fervientemente que Groa machacase a la retorcida Kara. A mi lado, Yngvard gritaba como loco espoleando a su amante, aparentemente sin recordar que Groa también se había estado acostando con él.

Ambas, cubiertas de nieve y barro, se revolcaban por el suelo. El lodo hacía escurridizas la presa, lo que convenía a Kara, menos corpulenta y más rápida. Groa, con grandes esfuerzos, consiguió darle la vuelta y ponerla boca abajo, sentándose en su espalda y manteniendo la cabeza de Kara enterrada en la nieve. Lejos de rendirse, y pese a que no podía respirar, la mujer trató de zafarse y tanteaba el suelo hasta que dio con una piedra.

Sin pensárselo, golpeó con ella varias veces y consiguió alcanzar en la frente a Groa, que de inmediato se desplomó y comenzó a sangrar. Escupiendo nieve y barro, Kara se levantó y alzó de nuevo la piedra con el propósito de rematar a su rival. Justo a tiempo, antes de que culminara sus intenciones, apareció Abu y con una sola mano enganchó a Kara de la melena y la arrojó al suelo.

Yngvard saltó como una flecha arrojándose sobre el inmenso negro y comenzó una violenta pelea. Mientras Hild y Marta atendían a la herida, que no se recuperaba, los demás jaleaban de nuevo a los contrincantes. Se repetía la historia. Abu era más corpulento que Yngvard, pero Hacha Sangrienta estaba más acostumbrado a pelear.

En esta ocasión la lucha duró menos. Lo justo hasta que Abu, castigado a base de puñetazos y patadas, consiguió hacer presa en el cuello de Yngvard. El mercenario comenzó a ponerse rojo. El Halcón lo levantó sobre su cabeza sin aflojar la presa, cogiéndolo con la otra mano de la entrepierna, y con un rugido lo tiró sobre la gente que animaba al mercenario.

No he contado quién había ganado antes en la lucha de hombres. Los participantes no éramos muchos. Yo había eliminado a Ottar *la Morsa* y a su hermano Thorstein. Abu había hecho lo mismo con Olaf sin grandes esfuerzos, a pesar de la astucia de la Serpiente, y también a Ivar y a Krum.

Sigurd también se enfrentó decidido al liberto. Era gracioso ver al gigantesco negro enfrentarse con el niño. Este se movía alrededor tratando de encontrar la espalda o los costados y evitando aquellos brazos negros que parecían troncos de roble. Al fin creyó ver un hueco y se lanzó decidido. El Halcón no quiso insultar la valentía del muchacho y no trató de fingir. Con seguridad y a la vez disimulada delicadeza, arrojó al muchacho sobre un montón de paja. Una honrosa derrota.

Por fin nos vimos las caras Abu y yo. Desde nuestra llegada al poblado me había mirado con desconfianza y en todas las discusiones se había puesto de parte de Marta. Con el paso del tiempo, la relación se había estrechado, y si no podía decirse aún que fuésemos grandes amigos, él respetaba mi autoridad y mi experiencia y yo sus agudas reflexiones e ideas. No me cabía duda de que Abu supondría una gran ayuda para todos nosotros, y no solo por su descomunal fuerza. Conocía sus intenciones de quedarse en al-Ándalus cuando todo hubiese terminado y él sabía que lamentaría perderlo de vista.

La lucha fue larga. Abu me sacaba un palmo, pero yo era tan ancho como él. Evitamos golpearnos, buscando los dos una pelea limpia. En un momento dado, Abu impuso su mayor estatura para atraparme y tratar de inmovilizarme.

No por nada me llaman Thorvald *Brazo de Hierro*. A pesar de que aquellos imponentes brazos negros me apresaban como un torno, conseguí, reuniendo todas mis fuerzas, ir abriendo sus manos. Notaba como las venas del cuello estaban a punto de estallar. Apretando los dientes, ponía toda mi fuerza en zafarme de su abrazo, hasta que logré romper la presa. Exhausto, me giré y pasé la cabeza bajo su hombro izquierdo. Con el derecho lo estrangulé, apoyándome en mi otro antebrazo, que agarraba su nuca. Con la pierna doblé su rodilla y tiré hacía abajo obligándole a sentarse en el suelo.

Viendo que estaba perdido, el enorme negro aflojó, dando a entender que aceptaba la derrota. Le ayudé a levantarse. El Halcón, con lágrimas en los ojos por la presión sufrida y frotándose el cuello, me dio la mano y alzó mi brazo dando a entender que yo era el vencedor. Luego nos fundimos en un abrazo y nos fuimos a beber más. Abu tuvo dificultad durante un rato en seguir mi ritmo, ya que le costaba tragar.

Además de emborracharnos y pelear, también celebramos carreras de caballos. Aquí solo hubo un claro ganador: Temujín, a pesar de que Krum defendió su honor de excelente jinete. Pero nadie era rival para el mogol. Cabalgaba sobre su montura sin apenas rozarla como si no fuese más que una pluma.

Aplaudido por todos, aún se permitió hacer una exhibición al galope. Puesto en pie sobre la silla, desenvainó su curiosa arma, a la que ya nos habíamos acostumbrado, y realizó unos ejercicios con ella. Después la envainó y se tiró del caballo cuando este corría desmelenado, apenas tocó suelo con las puntas de los pies y ya estaba otra vez montado. Repitió este y otros ejercicios parecidos varias veces entre los aplausos y vítores de los encantados y sorprendidos presentes.

Hubo competición de lanzamiento de jabalinas, hachas, piedras y tiro con arco. Se hicieron pequeños grupos que se pusieron a los extremos de una larga cuerda a la orilla de la entrada de un pequeño riachuelo por donde bajaba agua helada. Los equipos tenían que tirar de su extremo tratando de hacer caer al riachuelo a sus oponentes. Cada vez que uno caía al agua, todo el mundo reía a carcajadas.

Se sacrificaron un caballo, un ternero y cuatro corderos, que se ofrendaron a los dioses para que nos fuesen propicios durante el invierno que aguardaba. Los asamos en grandes espetones protegidos del viento y de la nieve, y nos los comimos. Además de arenques, salmones, pan recién horneado, queso y más cerveza y aguamiel.

Intercambiamos presentes como era costumbre en aquellas fechas. Yo le regalé a Marta la espada que había encargado al herrero para ella, y Salbjörg le entregó un jubón de cuero endurecido para que la protegiera contra las armas enemigas.

Runolf le regaló a su hijastra Svava la espada copia de la *katana* del mercenario mogol, que fue la envidia y el comentario de todos. Incluso Temujín tuvo que admirar el arte desplegado por el herrero. La muchacha agasajó a Groa con un brazalete de plata y esta le correspondió con un broche del mismo metal para sujetar la capa sobre el hombro. El único mercenario, aparte de mí, que tuvo la gentileza de hacer una ofrenda fue Olaf, que regaló a su ya novia Ran una preciosa capa de armiño que acaparó también los comentarios.

Yo también recibí un inesperado regalo. Sigurd me hizo entrega de un magnífico cinturón labrado. Cuando me lo dio, observé como su madre, Helga, la de los mechones rojizos, me miraba desconfiada. No era demasiado difícil suponer que el cinturón habría pertenecido a su difunto marido, padre del niño, que me lo dio con evidente y mal contenida emoción.

Jule no es solo una fiesta para el desenfreno: es, sobre todo, una celebración que sirve de consuelo ante lo que está por venir. Tiempo de comer, beber y divertirse, sí, porque llegan los días más difíciles en esta ya de por sí dura tierra. La comida comenzará a escasear. El hielo, la nieve, el frío y la oscuridad aislarán las aldeas, las casas y a sus habitantes.

Durante aquella semana hubo tiempo para todo. Junto con las borracheras, las peleas y competiciones también se relataron historias, con las sagas de antiguos e intrépidos *jarl*, andanzas de los dioses, poemas…

El tullido Einarr se descubrió como un gran conocedor de estas historias. Los dos primeros días no se había dejado ver, aunque mentiría si dijera que me había dado cuenta. Cuando la tercera noche se aproximó a la gran hoguera alrededor de la cual estábamos sentados, se sentó al lado de la Negra y prestó atención a lo que se hablaba. Tardé un rato en ser consciente de que el cojo parecía estar sereno. Era el único, ya que el resto nos encontrábamos en distintos estados de embriaguez. También caí en la cuenta de que no bebía nada y que dejaba pasar los numerosos cuernos llenos de cerveza e hidromiel que corrían de mano en mano.

Una mujer recitaba una gesta que habría escuchado contar a su padre, y este al suyo. Estaba bastante ebria y no conseguía articular demasiado bien, daba saltos en el relato haciéndolo confuso. Cuando terminó, todos aplaudimos entre grandes carcajadas y vítores a pesar de que nadie había entendido nada.

En parte para llenar el silencio y en parte para no ser tentado por el alcohol, creo yo, Einarr comenzó a relatar una historia de los dioses que yo ya había escuchado antes. Al principio se mostró inseguro, pero según avanzaba la historia fue afianzando el tono de voz.

—Esta es la historia del dios Balder —empezó a recitar—, llamado *el Bueno*. Balder era hijo de Odín y de Frigg, y era el dios de la luz y de todo lo hermoso que existe. Todos lo amaban, incluso los gigantes. Un día Balder despertó sobresaltado. Había tenido una pesadilla. En ella veía su propia muerte. Odín y los demás dioses pensaron que podría tratarse de una premonición y pensaron qué hacer para evitar tal desgracia. Se les ocurrió hacer jurar a todos los elementos de la creación que no serían los causantes de esa muerte. Plantas, rocas, agua, fuego, enfermedades, todos juraron lealtad.

Poco a poco, atraídos por la suave voz del viejo tullido, el silencio se hizo entre los congregados alrededor del fuego. Sombras oscuras se acercaban, algunas de pie y otras sentadas para escuchar lo que el cojo decía.

—Contentos por haber conjurado el peligro, los dioses, y en especial su madre, Frigg, se felicitaban entre ellos. Decidieron poner a prueba la inmunidad de Balder y le arrojaron todo tipo de objetos, palos, piedras, lanzas, hachas… Nada conseguía dañarlo.

»Todo esto disgustó mucho a Loki, el mago de las mentiras. Loki, que estaba emparentado con los desalmados enanos, tenía un pacto de sangre con Odín, por lo que se le consideraba un dios. Este malvado sentía envidia de Balder ante tanta fortuna, pues deseaba la inmunidad para sí mismo, así que se disfrazó de vieja y visitó a la diosa Frigg, madre de Balder, y le preguntó por qué su hijo era inmune a todos los elementos. La esposa de Odín, sin sospechar nada, le explicó el motivo y la Vieja preguntó si todos los elementos habían prestado dicho juramento.

Niños y mayores seguían con la boca abierta el cuento. Yo mismo me encontraba cautivado por la forma en que el tullido contaba una historia mil veces relatada en torno a las hogueras durante generaciones. A la luz del fuego, observé sin disimulo el rostro de Marta. Miraba con ternura al viejo y la chispa de sus ojos brillaba con intensidad. Ajeno a la expectación que despertaba, el cojo continuaba su relato:

–Frigg le contestó que todos salvo uno, el joven y tierno muérdago, que le había parecido indefenso, habían jurado su lealtad. Loki se despidió de la diosa y corrió en busca de la planta, con la que hizo una flecha. Cuando volvió donde se divertían los demás dioses arrojando cosas contra Balder, se dirigió a Hödr, el hermano ciego de este, y le propuso participar en la diversión, guiándole él para que pudiera apuntar. Hödr empuñó el arco y arrojó el dardo de muérdago contra su amado hermano, que se desplomó en el acto.

Algunos de los niños más pequeños, absortos en la narración, gritaron horrorizados.

–Aquel fue uno de los días más tristes en Asgardr, el mundo de los dioses. Todos lloraron y se lamentaron desconsolados, incluso los gigantes. La mujer de Balder, Nanna, murió de pena y ambos fueron incinerados juntos en los funerales más hermosos y tristes que nadie haya visto jamás, hasta tal punto que los dioses decidieron pedir a Hell, la diosa de los infiernos, que se apiadara y les permitiese regresar al Asgardr. Hermodr, hermano de Balder y de Hödr, bajó hasta lo más profundo del reino de Hell, el Niflheim, para solicitar a esta, hija del traidor Loki, que se apiadara y liberase a Balder.

»Hell, tan infame como su padre, se avino a dejar marchar a Balder de sus dominios a condición de que todas las criaturas derramaran sus lágrimas por él. Así lo hicieron todos menos uno. Loki se negó a llorar por la suerte del hermoso dios y por su causa deberá permanecer en el Nilfheim hasta el fin de los tiempos.

–¿Y qué le pasó a Loki?

–¿Se quedó Balder para siempre en el infierno?

–¿Castigó Odín a Loki? Odín era más fuerte que Loki, ¿no?

Los niños preguntaban todo lo que se les ocurría, aunque sin duda habrían escuchado más de una vez aquella historia. El viejo tullido, asombrado por la atención despertada, hacía cuanto podía por satisfacer la curiosidad de su audiencia.

Ya había pasado la primera parte de la noche y los pequeños se caían de sueño, pese a lo cual se negaban a abandonar la compañía de los mayores en torno al fuego y pedían al viejo que contase otra historia más.

—¿Oís ese ruido? —preguntó Einarr, deseoso de complacerlos.

Todos callaron y escucharon. Del bosque llegaba el susurro de las copas de los árboles movidas por el viento.

—¿Sabéis qué es? —dijo con voz misteriosa. Y viendo a los niños negar con la cabeza, los ojos abiertos como platos, añadió en tono más bajo—: Es el paso de la Compañía Salvaje.

—¿Qué es eso? —quiso saber una niña desde el refugio que le daba el regazo de su madre.

—La Compañía Salvaje —explicó Einarr sin abandonar el tono conspiratorio— es una horda de espíritus humanos, perros y caballos que sale las noches de invierno, sobre todo durante la fiesta de Jule, y cabalga hasta el amanecer buscando las almas de los que han muerto recientemente.

Los niños retrocedieron sin perder de vista al viejo narrador, que parecía estar disfrutando enormemente.

—Odín monta en su caballo *Sleipner,* que tiene ocho patas y es hijo del dios Loki, y encabeza la fantasmal comitiva. Para los que aún estamos vivos es muy peligroso, ¿sabéis por qué? Porque si los viéramos nos volveríamos locos y tendríamos que sumarnos a la compañía durante toda la eternidad. Y vosotros no queréis que pase eso, ¿verdad? Claro que no. Entonces debéis iros a dormir y, aunque oigáis ruidos durante la noche, no abráis los ojos y el dios tuerto pasará de largo por delante de vuestra puerta.

Los niños corrieron a hacer caso de estas palabras ante la alegría de sus madres, mientras los demás celebrábamos la narración. Marta, encantada, sonreía abiertamente.

* * *

Pasó aquella alegre semana y al poco llegó una desgracia demasiado familiar para los normandos. Runolf, el herrero, al que cada día se le veía más consumido y que había envejecido terriblemente en los últimos tiempos, cayó fulminado sobre su yunque mientras golpeaba el hierro candente que habría de convertirse en un arma.

Para las mujeres de la aldea fue un golpe muy duro y algunas lo interpretaron como un mal presagio. Para los mercenarios, acostumbrados a contemplar el rostro de la Muerte a menudo, suponía una pérdida, pues habían intimado con el hombre, que se esforzaba en satisfacer todos sus deseos. Lamenté su muerte y me sentí algo culpable, pues ya me había dado cuenta de que el excesivo trabajo y el poco descanso estaban consumiendo al herrero, y no había hecho nada para evitarlo.

La que más lo sintió fue Svava. La guapa y silenciosa muchacha no exteriorizó su pesar, pero resultaba evidente que había amado a Runolf como a un padre. Buscó consuelo en la guerrera Groa, que, con una delicadeza y cariño impropio de un carácter tan agresivo como el suyo, la cuidó en su luto. A partir de aquel día, se quedó a vivir en la herrería y las dos se ocuparon de terminar, como pudieron y supieron, el trabajo pendiente. Vivieron como lo hacen marido y mujer y, por extraño que parezca, nadie tuvo nada que decir.

Los funerales duraron dos días enteros en los que la actividad en el poblado se detuvo. El cuerpo del herrero fue expuesto en la herrería con ropas nuevas, el cabello y la barba peinados. A su lado tenía su maza, unas tenazas, algunos flejes sin trabajar y unas monedas de oro, todo lo que necesitaría en su futura vida.

Al no morir en batalla no ocuparía un lugar en el Valhalla, el inmenso palacio de Odín, donde los elegidos por las valkirias para morir con las armas en las manos son llevados para entrenarse en la guerra y descansar, hasta la llegada del *Ragnarök*, el final de los tiempos.

El herrero visitaría en cambio el palacio de Thor, el dios más querido entre los campesinos y los hombres sencillos, pues era quien controlaba las lluvias y las tormentas. Era él quien fertilizaba los campos haciendo crecer buenas cosechas con sus rayos. Runolf, como otros muchos normandos, llevaba al cuello un amuleto para que le trajera suerte, una talla en plata de *Mjöllnir*, el terrible martillo con el que Thor partía las cabezas de los gigantes.

Llegar al palacio de este dios pelirrojo, fuerte y temperamental, cuyos ojos verdes se volvían rojos al enfadarse, algo demasiado habitual, no suponía ninguna deshonra para los hombres que, como el herrero, no habían sido guerreros.

Al cabo de dos días, el cuerpo fue depositado en un hoyo cerca de la entrada del bosque y enterrado junto con sus enseres. Svava Runolfdottir plantó sobre su tumba un esqueje de avellano para que siempre se supiera dónde descansaba aquel trabajador y magnífico hombre que la había tratado como si fuese su hija. Después, acompañada por Groa, se alejó en silencio hasta la que había sido su casa desde niña mientras los demás nos retirábamos.

Antes de alcanzar la playa, de la herrería nos llegó el inconfundible ritmo de los golpes dados sobre el yunque. La Muerte se había llevado a un gran hombre pero la vida continuaba.

* * *

Los nervios fueron haciendo presa entre las mujeres. Los días se alargaban y cada vez se encontraba más cerca la primavera. El barco estaba casi terminado y solo faltaba darle una última capa de brea al casco para conseguir que no entrase nada de agua a través de las juntas del tingladillo. La vela, cordajes y demás aparejos también estaban listos. Cada guerrera había terminado de confeccionar su impedimenta y habían practicado con las armas nuevas. Los duros trabajos, los entrenamientos y las partidas en barca para pescar habían endurecido sus músculos.

Salbjörg *la Vieja* y su amiga Lorelei habían hecho arreglar las cotas de malla utilizadas por sus maridos muertos. Svava también vestía una de estas cotas anilladas hecha por el herrero. Las demás tuvieron que conformarse con jubones de cuero endurecido que, si bien no podían parar un espadazo, y aún menos el tajo de un hacha, eran la protección más frecuente y pesaban menos que las cotas.

Las blusas sustituyeron a las largas sayas que vestían habitualmente las mujeres y cubrían hasta la cadera. Verse con pantalones fue lo que más risas provocó. Algunas no ponían muy buena cara ante el cambio, pero era evidente que resultaban ropas mucho más apropiadas para navegar y luchar.

Para portar sus armas habían tejido recios cinturones, algunas con una sola tira de piel y otras entrelazando cuerdas de cuero. En cualquier caso, todos estaban bellamente fabricados. Para abrigarse, fabricaron capotes de cuero y pieles que, además de protegerlas contra el frío, servirían contra las armas enemigas. La mayoría prefería atarse las capas a la antigua usanza, es decir, sujetas por un broche de hierro o bronce encima del brazo derecho para dejar este libre y poder manejar la espada; todas menos Marta, que utilizaba el brazo izquierdo. Algunas prefirieron sujetarse la capa debajo del cuello para tener ambos brazos libres.

Los escudos de madera de tilo, con los tachonados forjados de hierro, ribeteados del mismo metal para darles solidez y pintados unos de rojo y otros de negro, fueron colocados en las bordas del barco alternativamente. Servirían de protección ante posibles ataques con flechas y lanzas, y como distintivo de nuestras intenciones. Normalmente los escudos se guardaban en el interior del barco durante la travesía, pero mientras no tuviésemos tormenta los llevaríamos colocados en los costados, lo que animaría a las mujeres.

Quedaban pocas semanas para partir y no habíamos vuelto a mencionar el problema del timonel. No me quedó más remedio que reunir una noche a la Vieja y a Marta y tratarlo.

–Seguimos sin timonel –me limité a decir.

–Creía que ese problema ya estaba resuelto –repuso tranquilamente Salbjörg. A su lado, Marta comía inmutable.

–Las mujeres no se fían de Einarr –argumenté, omitiendo llamarlo borracho, pues desde antes de que Marta me lo propusiera nadie le había visto probar una sola gota de cerveza o hidromiel.

–Eres tú quien no se fía –dijo la Vieja–. Tú diriges esta expedición y te harán caso en lo que decidas, pero la mayoría admite a Einarr.

–Reconozco que lo hizo bien el día que cazamos la ballena. Sin embargo, ahora se trata de una larga travesía por mar abierto, con peligro de ser atacados y con tormentas.

–¿Y se te ocurre a alguien mejor que Einarr? –preguntó Salbjörg–. ¿Qué temes? ¿Qué vuelva a emborracharse? ¿Cuánto durará la travesía? ¿Seis o siete semanas? Einarr lleva el doble de ese tiempo sin beber.

–¡Le falta una pierna!

–No va a luchar. Solo dirigirá la embarcación.

Miré a las dos mujeres. Estaban muy unidas desde que todo aquello comenzara. La dedicación de la Negra a aprender de Hild *la Hija del Cuervo* las había acercado aún más. Las dos parecían estar muy seguras de haber ganado la disputa. Me di cuenta de que por detrás de ellas, sentado en un escabel y comiendo de su escudilla, Krum me observaba. En sus ojos pude ver la burla.

De mal genio y con el ceño fruncido, cambié de tema, concediendo con mi silencio la conformidad con la elección del viejo tullido como timonel de nuestra nave.

—La niña, Sif, no está preparada para la expedición –dije conteniendo mi enfado. En realidad no era del todo cierto. Sí que era demasiado pequeña y le faltaba fuerza, pero no era la peor. Solo lo decía como un último intento de demostrar mi autoridad.

—Ya no es una niña y quiere venir –repuso sin alterarse la Vieja–. ¿Cómo ves a Sigurd?

Aquella era una pregunta estúpida y Salbjörg lo sabía. Solo la había formulado para molestarme. Durante todo el invierno el niño no se había separado de mí y, muy a mi pesar, me había encariñado con él. Había trabajado como el que más, asumido su culpabilidad como un hombre y cumplido el cruel castigo impuesto. Si alguien se había ganado su presencia en ese barco, era aquel tozudo y travieso muchacho.

—Me sigue preocupando Yngvard –dijo Marta hablando por primera vez, al ver que yo no contestaba la pregunta de la Vieja–. Nos va a traer problemas. Es inestable y provocativo. Ha tenido discusiones con casi todas las mujeres y solo obedece a Kara.

—¡Yngvard viene! –mascullé. Sabía que la liberta tenía razón, lo había comprobado durante el invierno, pero no me encontraba en condiciones de reconocer que tenía mejor intuición que yo para valorar a las personas. Además, el mercenario había hecho un buen trabajo enseñando a las mujeres a luchar–. Lo necesitamos.

—Ya no. Ahora contamos con Gunnar *el Oso*. Tú mismo dijiste que el *berserker* resultaría importante.

—Yngvard viene –dije levantándome y saliendo de la granja.

Necesitaba estar un rato a solas para tranquilizarme. Me habían impuesto la presencia del tullido Einarr y de los dos niños, Sigurd y Sif. Aunque se merecieran venir con nosotros, no estaba dispuesto a tolerar más imposiciones.

Nunca he sido demasiado inteligente.

* * *

Con la primavera comenzó el deshielo, el sol calentaba más y más tiempo, los caminos se despejaron y los viajes a la ciudad o a otras aldeas volvieron a ser frecuentes. Era el tiempo de arar y sembrar la cebada, la avena y el trigo. Se abonaban los campos y se sacaba el ganado a pastar después de haber permanecido todo el invierno encerrado alimentándose del heno seco que aún quedaba.

Normalmente los habitantes de la aldea hubiesen aprovechado este momento de bonanza para reparar los daños sufridos en las casas, graneros y establos durante el invierno, pero no sobraba tiempo. Se trasquilaron las ovejas y se las mandó a las montañas. Se cazó y pescó, ahumando parte de las presas que servirían para alimentar a la tripulación.

No teníamos pensado llevar demasiadas vituallas, dado que, si no se presentaban problemas, acamparíamos en tierra y ello nos permitiría aprovisionarnos. Nuestras embarcaciones no resultaban cómodas para dormir, pero si fuese necesario, con un timonel que conociera bien su oficio, no tendríamos dificultad en continuar la marcha durante la noche.

Además, en caso de que hiciéramos tierra cerca de algún poblado, tendríamos la oportunidad de entrenarnos con rápidos *stranhögg*, que servirían para que las mujeres se acostumbraran al sabor de la sangre. Nos sería de ayuda cuando llegáramos a las tierras de los *blamenn*. De cualquier forma no podíamos arriesgarnos, por lo que si el pueblo donde arribáramos estuviese bien protegido lo evitaríamos.

Antes de dar la última capa de brea al barco, sumergimos este en la dársena, lastrándolo con piedras y después llenándolo de agua para que se hundiera. Lo dejamos así un día entero para asegurarnos de que todos los parásitos murieran y la madera estuviera sana. Al día siguiente nos turnamos para bucear hasta la nave, que se encontraba un par de pies bajo el agua, y quitar las piedras. Esperamos a que bajara la marea y atamos sogas a la embarcación. Con animales de tiro y nuestra propia fuerza conseguimos arrastrarla fuera de la dársena, achicando el agua del interior a medida que asomaba para librarla del peso y de la presión que pudiera hacer reventar las juntas.

189

Dejamos que se secara bien y después la embadurnamos con unas escobas hechas de trapos y estopa. Cuando por fin la botamos, regándola con cerveza, todo el pueblo se encontraba presente, gritaba y se daba abrazos, orgulloso de su proeza. Hrolf, el constructor de aquella preciosa nave, sonreía y acaparaba todas las felicitaciones. También Einarr era saludado con respeto y alegría.

Encajamos el mástil y colgamos la vela. El aspecto de la nave resultaba impresionante, y ondulaba sobre las olas como lo haría la serpiente marina magníficamente tallada en el mascarón de proa.

Mandé a la ciudad a Olaf y a Abu, junto con Thorstein. Llevaban un carro lleno de lana y un montón de pieles cazadas durante el invierno con la idea de venderlas y adquirir algunos artículos que necesitábamos. Entretanto el barco fue provisto de todo lo necesario: toneles con agua y cerveza amarrados en torno al mástil para que no se movieran y pusieran en peligro la estabilidad; fardos cargados de abadejo, carne de vaca, caballo y cordero; lanzas, escudos y hachas arrojadizas, además de flechas, que servirían para atacar desde el barco a otras embarcaciones si nos topábamos con alguna.

Einarr embarcó unas jaulas con cuervos que había atrapado y a los que daba de comer de su propia mano. No eran los únicos animales que iban a viajar. Sif, la niña amiga de Sigurd y enamorada de Ivar, con el corazón roto porque este prestaba más atención a los *berserker* que a ella, se consolaba con una ardilla a la que llamó *Ratatok*, como aquella que sube y baja por el tronco de *Yggdrasil*, el árbol que sustenta los nueve mundos, creando la discordia entre el águila que vive en lo alto del fresno sagrado y el dragón *Nidhöggr*, que se pasa el tiempo royendo las raíces del árbol.

También cargamos cuerdas, mantas, telas alquitranadas debajo de las cuales dormiríamos levantando unas tiendas con palos, remos, herramientas y toda clase de objetos que pudiéramos llegar a necesitar.

El barco ya estaba en condiciones de partir. Mientras aguardábamos que volviesen Thorstein, Olaf y Abu, y aparecieran los *berserker*, los habitantes del poblado celebraron el *thing* de primavera, al que se nos permitió asistir. En realidad no había mucho que tratar. La cercanía mantenida día a día durante todo el invierno hacía innecesaria la asamblea, pero Salbjörg quería mantener la tradición y se reunieron en el claro detrás de la granja.

Aquello fue más una triste reunión de viejos amigos que una asamblea para discutir las necesidades de la aldea y dirimir disputas. Triste porque todos eran conscientes de que llegaba el momento de partir y algunos no regresarían jamás. Las mujeres hablaron sosegadamente, y los que se quedaban, antiguos esclavos incluidos, aceptaron la tarea nada sencilla de preparar el próximo invierno para cuando los expedicionarios regresasen.

Como era de esperar, Olaf regresó con más artículos de los que le había solicitado y de muy buen humor. Inmutable, el enorme negro le acompañaba, al igual que Thorstein, que ya se había despedido de su mujer e hijos y de sus negocios, y había dispuesto sus bienes en caso de que no regresara.

Hicimos ofrendas a los dioses para que nos fuesen propicios en la aventura que estábamos a punto de iniciar. A Odín, como padre de todos los dioses y bajo el que se encontraban sus protegidos, los *berserker*, para la victoria; a Tyr, dios de la guerra; a Thor, que controlaba las tempestades y al que pedimos buen tiempo durante la travesía; a Njord, el dios del viento, para que aplacara la furia de Aegir en alta mar; a Skadi, la diosa más querida por las mujeres guerreras; a Freyr, dios de la fertilidad, para que se acordara de nosotros.

Todos los tripulantes metieron en sus amuletos unas monedas de oro para que, en caso de que el malvado dios Aegir y su mujer Ran los arrastrasen al fondo de los mares, no fuesen demasiado crueles con ellos.

* * *

Había llegado el gran día, el que parecía que nunca llegaría y para el que nos habíamos preparado a conciencia. Todo estaba listo y solo faltaba embarcar. Fuera el cielo estaba cubierto por densas nubes que arrojaban una fina llovizna.

Recogí mi fardo, en el que llevaba alguna ropa y mis amuletos, y la maza. Junto al mogol, el lapón, Abu, Olaf y Sigurd, me encaminé al embarcadero. No llegamos los primeros. Sobre el barco se encontraban ya Hrolf y el tullido Einarr revisando los últimos detalles. El viejo loco había hecho un gran trabajo que ahora culminaba, recogería su paga y se marcharía. Sentía perderlo de vista porque era un buen hombre, pero el constructor no participaría en el viaje.

–¿Todo bien, Einarr? –pregunté al timonel antes de embarcar.

–Los guerreros y los bravos son quienes mejor viven, rara vez tienen angustias, mas el hombre cobarde de todo se asusta –respondió el tullido con uno de los dichos de Odín que tanto le gustaban–. Estamos listos.

A pesar de conocer mi oposición a su presencia en la nave, el viejo parecía no guardarme ningún rencor y siempre se mostraba amigable. Apoyado en su muleta, inspeccionaba el movimiento de la vela y, con cuidado, ocupó su puesto en el timón.

En la proa, el mascarón con el terrible dragón tallado mostraba abiertas sus fauces. Si cumplía su cometido de asustar a los espíritus defensores de las tierras a las que íbamos nosotros haríamos el resto.

Poco a poco, la dársena se convirtió en un hervidero de gente. Todos los habitantes del poblado se reunieron allí, tanto los que iban a embarcar como los que se quedaban. De la herrería vimos bajar a Svava y a Groa, cada una con su fardo y sus armas. Los hermanos Thorstein *el Pálido* y Ottar *la Morsa* junto a Lorelei, Helga, Salbjörg, Marta y Sif hablaban en grupo. Kara, Embla e Yngvard lo hacían en otro con Arnora, Bera, Dalla, Inga y algunos viejos que se quedaban.

Jinetes a caballo, familiares o amigos de los tripulantes llegaban por el camino para desear suerte a los suyos. Viejos, mujeres y niños vinieron para vernos partir y darnos sus bendiciones.

De todas las partidas que me ha sido dado presenciar, en ninguna he podido sentir tantas emociones. La gente se saludaba con sonrisas y abrazos, y más de una lágrima, y no solamente entre las mujeres, rodó aquella mañana por las mejillas curtidas de los fieros normandos. Aquella no iba a ser una expedición para conseguir plata, ni descubrir nuevas tierras, como las que relataban las sagas antiguas, sino para tratar de rescatar a padres, hermanos, hijos, sobrinos y amigos. El mayor botín que aquel viaje podía depararnos era conseguir traer de regreso a todos los que quedaban con vida.

Se sucedieron las despedidas. la Vieja daba las últimas instrucciones a Ingeborg y Signe para que cuidaran de la granja Svennsson durante nuestra ausencia. Ran y su hermana Groa se despedían de su madre y la tranquilizaban asegurándole regresar sanas y salvas junto a su hermano Njâl *el Quemado*.

Llegaron los *berserker* flanqueando a Skathi. Si alguno de ellos estaba inquieto, lo disimulaba bien.

Freyja, la belicosa prima de Inga, se despedía de sus padres, que no estaban muy satisfechos de su partida. Vivían en otra aldea a unos días a caballo y hasta el último momento no se habían dado cuenta de lo que se proponía hacer su hija.

Ver aquellas demostraciones de afecto y ternura, que en otro tiempo me hubiesen parecido una peligrosa debilidad, me hacía plantearme una vez más mi destino. Quitando los *berserker* y a mis compañeros mercenarios, todos los demás tripulantes tenían alguna persona que les daba un abrazo y les deseaba fortuna y un rápido regreso. Desechando tales pensamientos, traté de centrarme en lo que faltaba por hacer. Había que darse prisa. Debíamos aprovechar la marea y aún no sabía si habían llegado todos.

Hild *la Hija del Cuervo* apareció con un fardo que olía a una mezcla de hierbas secas. No tenía a quién decir adiós y se dispuso a esperar que le dijeran donde debía colocarse.

Terminadas las despedidas, y fiel a nuestras costumbres, dispuse a la tripulación en la *langskips* según su valía en el combate. A proa, el *stafnbúi*, el guerrero más fiero, codiciado puesto de honor que me reservé para mí.

—Gunnar, a proa, detrás de mí.

El inmenso *berserker*, sin ningún equipaje, se limitó a subir a la embarcación. Debido a su peso, esta comenzó a cabecear mientras tomaba asiento sobre uno de los travesaños. Al otro lado, Krum, y detrás de él, Ygrr, Temujín, Ottar, Abu.

Dispuse al resto, señalando el lugar que habría de ocupar cada uno, y según los nombraba iban embarcando. Entre los orgullosos guerreros no hubo discrepancias por el puesto que les había marcado, algo que, a veces, suele generar discusiones y futuros rencores.

Tampoco quería dejar desguarnecida la popa, así que allí coloqué a Svava, Arnora, Helga y Lorelei, mujeres de mi entera confianza, inteligentes y obedientes, que sabrían comportarse ante cualquier aprieto. Además, tras Lorelei estaría Einarr.

Salvo Kara, que protestó por el lugar intermedio que le asigné, y Sigurd, al que se le notaba ofendido por la misma razón, el resto se limitó a acomodarse y colocar sus fardos para que no molestaran.

Así fue como, en el primer año del reinado de Harald *el de la Hermosa Cabellera*, nos hicimos a la mar en pos de la lejana al-Ándalus.

A una orden mía sacamos los remos y los encajamos en las bordas dispuestos a partir. Miré hacia atrás. Einarr me sonrió y recitó a voz en grito:

—*Levántese pronto quien piense tomar vida o fortuna ajenas. Ni lobo acostado consigue tajada ni hombre que duerme victoria.*

CAPÍTULO 11

Partimos a golpe de remo hasta salir de la barra. Una vez fuera, la vela recogió el viento y el barco apuntó su proa al sur, hacia la tierra que me vio nacer y de la que fui injustamente desterrado por haber matado al hijo del rey danés.

Siempre me ha maravillado el arte de los buenos timoneles, capaces de aprovechar un viento en contra para avanzar. Me parecía algo mágico y, cómo no tardamos en apreciar, Einarr era un maestro en dicho arte. Nos deslizábamos sobre las aguas en silencio. Una espesa niebla y la persistente llovizna que nos calaba hasta los huesos pesaban sobre el ánimo de las mujeres, muchas de las cuales no habían viajado en toda su vida. Sin moverse demasiado de sus sitios para que la nave no se escorase, hablaban intermitentemente con sus compañeras sobre lo que habrían de encontrarse.

Tratando de animarlas, me movía de un puesto a otro y hablaba un rato con cada una. Habíamos quitado los remos, dejándolos en el centro de la embarcación para que no molestaran, y cada una se arrebujaba en sus ropas esforzándose por mantener el calor lo mejor posible.

Quien ha surcado los mares sabe que la desorientación y el aburrimiento suponen graves peligros. El aburrimiento deja demasiado tiempo para pensar, y la niebla, la oscuridad y el no saber dónde se encuentra uno ni hacia dónde avanza hace el resto. Pero no podíamos hacer nada. El mar del Norte está cubierto casi siempre por el pesado manto de la bruma y la llovizna. Teniendo en cuenta las violentas tormentas que suelen llegar del noroeste, suerte tendríamos si el único enemigo era el aburrimiento de aquí a que alcanzáramos el paso de Kattegat.

–¿Qué tal vas, Marta? –le pregunté a la liberta. Sus labios amoratados delataban el frío que estaba padeciendo. Me había acercado a ella tras intercambiar unas palabras con algunas de sus compañeras, para que no se hiciese demasiado evidente mi interés.

—Estoy bien —mintió, sin darle mayor importancia—. ¿Cómo está el resto?

—Un tanto desanimadas —respondí aparentando no darme cuenta realmente de su estado. Le hubiese ofrecido mi propia manta, pero estaba seguro de que la rechazaría. No le gustaba que la tratara diferente que a las demás—. Hasta que no salgamos de aquí nos acompañarán la niebla y la lluvia. Esta noche y la que viene haremos tierra para acampar en esta costa. Pero el tercer día tendremos que navegar con rapidez para alcanzar las costas de mi niñez, si queremos dormir en tierra firme.

—Aún no me has contado por qué mataste al hijo del rey —dijo Marta mirándome a los ojos.

Nunca había hablado de ello con nadie. A mi cabeza regresaron fantasmas que ya creía olvidados. La vergüenza por la injusta condena y la ira por la traición encendieron mi rostro una vez más.

Los normandos siempre hemos sido hombres libres, dueños de nuestro destino y reyes en nuestras propias casas. Sin embargo, algunas cosas habían empezado a cambiar hacía ya algún tiempo. *Jarls* especialmente poderosos, con ganas de extender su dominio, habían comenzado a propasarse en sus atribuciones.

Svenn *el Cruel* había llegado a ser rey elevándose mediante el terror sobre el resto de los *jarls*. Contaba con un gran ejército con el que intimidar a los pueblos de alrededor y asaltar las costas de los francos en busca de grandes botines. Sus rivales habían tenido que elegir entre rendirse o ser masacrados.

Hace años, entre nosotros no existían guerreros. Todos éramos artesanos, agricultores o ganaderos, y solo tomábamos las armas para defender nuestras tierras o robárselas a nuestros vecinos. Con los grandes señores y reyes comenzó a haber hombres que se ganaban el pan con las armas al servicio de su señor, en ejércitos como el del rey danés.

Yo había pertenecido a este ejército. Había sido un guerrero respetado por el rey, igual que otros muchos compañeros míos. El Cruel nos proporcionaba oro y barcos para salir a vikingo, con los que saquear las costas extranjeras, matando, violando y haciendo esclavos entre sus moradores. A cambio, luchábamos para él cuando alguien osaba hacerle frente o cuando ponía sus codiciosos ojos en una tierra que le era ajena.

Había sido feliz con aquella vida, pero prefería no tener que volver a recordar el motivo por el que me obligaron a abandonarla, y con ella la tierra de mis antepasados, y así se lo hice saber a la Negra.

Ella se disculpó un tanto avergonzada y nos quedamos en silencio un largo rato antes de que me escuchara a mí mismo, como si de otra persona se tratase, comenzar el relato de cuanto sucediera tiempo atrás.

—En una ocasión, el rey nos mandó saquear uno de los escasos pueblos que aún se le resistían. Necesitamos dos días para llegar y tomarlos por sorpresa. Éramos ochenta guerreros en tres *langskips* y no nos vieron llegar. Siguiendo las órdenes del rey, matamos a todos los hombres de la aldea, dispersamos su ganado y violamos durante todo el día a las mujeres antes de matarlas. Después prendimos fuego al pueblo, tras quedarnos con la plata y el oro que poseían.

»Cuando nos alejábamos de la orilla en nuestras naves, el hedor a carne quemada nos llegaba sobre las olas, entre la espesa humareda que se levantaba hacia el cielo. No era la primera vez que hacíamos algo así y no sería la última. Estábamos satisfechos. El rey nos había prometido todo el botín, y este no iba a ser pequeño.

Marta me miraba en silencio sin intervenir. La historia parecía haberle hecho olvidar el frío, pues ya casi no tiritaba.

—Arribamos a nuestras costas y, tras dar cuenta al rey del resultado, cada uno se marchó a su casa. Por entonces yo estaba casado —dije mirando de reojo a la Negra—. Era una bella mujer de la que esperaba un hijo. Ya estaba avanzada la gestación cuando me fui a arrasar el pueblo enemigo, pero para cuando regresé había perdido a nuestro hijo. No me apenó demasiado, estas cosas suceden a menudo. Nuestro pueblo no se puede permitir tener niños débiles, así que, si este lo iba a ser, era bueno que no hubiese nacido. Teníamos tiempo para tener más hijos.

»Aquella noche, cuando quise yacer con mi mujer, esta me rehuyó. No conocía los motivos y traté de doblegarla contra su voluntad. Ella se resistió. Yo la amaba muchísimo y me sentí ofendido y abandoné la casa. Me emborraché como nunca antes lo había hecho. Uno de mis compañeros de borrachera se atrevió a sugerir que mi mujer gozaba de la atención del hijo del rey. Si hubiese estado un poco más sobrio, lo habría matado allí mismo, pero era incapaz de mantenerme en pie.

»Cuando se me pasó un poco la embriaguez, regresé a mi casa. Llevaba dos días fuera. Entonces llegó el golpe: cuando entré, me encontré al hijo del rey encima de mi mujer. Ella tenía la mirada perdida y se dejaba hacer mientras él la embestía.

»En esos momentos no fui consciente de lo que hacía. Agarré por el cuello al miserable y lo levanté en volandas. Mi mujer, desnuda a medias, ni siquiera se dio cuenta. Tenía el cuerpo con moratones, algunos antiguos y otros más recientes.

No me atrevía a mirar a la cara a la muchacha mientras seguía desgranando los amargos recuerdos. Sentía presión en los párpados a causa de la vergüenza, el dolor y la rabia.

–Aquel hijo de perra –continué– había atentado contra mi honor, acabado con la vida de mi hijo y violado a mi mujer. Una cortina roja me cegó. El hijo del rey, repuesto, trató de luchar. Era un buen guerrero, pero no tuvo nada que hacer. Lo levanté del suelo agarrándolo por los dos lados de la cabeza y lo zarandeé como un salvaje hasta que se escuchó un chasquido y lo tiré al suelo con el cuello roto. Pero mi rabia no estaba aún aplacada, así que lo volví a coger por un pie y lo volteé golpeándolo contra la pared. Ya estaba muerto, con la cabeza colgando en una posición grotesca, pero después del impacto su cuerpo parecía carecer de huesos, tal era la forma en la que quedó.

»El rey mandó apresarme. Los guerreros que vinieron a prenderme eran compañeros míos y hasta sus oídos había llegado todo lo ocurrido. Los testigos, llegados al escuchar los gritos mientras le arrancaba la vida al miserable, juraron que su hijo había tenido la posibilidad de defenderse, bastante más de lo que él había concedido a mi esposa. Svenn no pudo darme muerte sin enfrentarse con sus hombres, así que me mandó al destierro. Pero antes quiso regalarme un recuerdo. –Me señalé la profunda cicatriz que me cruzaba el rostro deformándomelo–. Desde entonces no he podido regresar. Si lo hiciera, cualquier hombre o mujer podría darme muerte.

Acabada la historia, me sumí en un silencio que Marta no quiso romper. Al cabo de un rato me preguntó:

–¿Tu mujer aún sigue viva?

–No. Murió al poco tiempo. No se pudo recuperar de tantas desgracias –y con toda la rabia que aún guardaba añadí–: no llegué a despedirme de ella ni a decirle todo lo que la quería. El rey mandó enterrar su cuerpo en el bosque sin ninguna marca en su tumba, para que nunca la pueda encontrar.

–Lo siento –me dijo Marta con voz sincera después de otro largo silencio, poniendo una mano sobre la mía.

Aquel contacto me hizo estremecer y siempre lo he guardado como un tesoro. Un velo húmedo hacía brillar sus ojos más que de costumbre. Aquella mirada era un bálsamo para mis heridas, que ya creía cicatrizadas.

–¿Piensas regresar algún día? –me preguntó al cabo de un rato, sin retirar su mano de la mía.

–Ya nada me ata a aquella tierra –respondí, tratando de buscar el sentido de su pregunta–. Me gustaría creer que tengo algún motivo para no hacerlo.

Ante estas palabras cargadas de significado, Marta me soltó y desvió la mirada hacia el mar. No servía de nada arrepentirse por lo dicho, pero estaba claro que la liberta se encontraba incómoda.

–¿Crees que conseguiremos rescatarlos?

De nuevo se me escapó el significado oculto tras la pregunta. Podía ser sencillamente una forma de cambiar de conversación, un interés por mi opinión como mercenario curtido en infinidad de batallas o una sutil forma de recordarme que su corazón se hallaba comprometido.

–No lo sé –respondí con sinceridad–. Quizá ya estén muertos. –No dije esto por maldad, sino porque resultaba probable que así fuese–. Puede que no lleguemos hasta aquellas costas siquiera, o que nos derroten los *blamenn*, o que nos descubran y acaben con ellos. Aún es pronto para decirlo.

–Pensarás que estoy loca por ir en su busca –dijo la Negra dando por sentado que yo sabría de quién hablaba.

–No, simplemente me gustaría estar en su lugar.

Marta me sonrió con tristeza.

–Él no sabe leer ni escribir.

–Tampoco yo.

–¿Seguro? Creí haberte visto hacerlo a escondidas.

Me quedé mirando aquellos ojos traviesos que se burlaban cariñosamente. Era cierto que los primeros días que Marta había abandonado las clases yo había dejado de pelearme con aquellos pergaminos, pero después, pensando que nadie me veía, continué por mi cuenta, no sé realmente con qué objetivo. Quizás era una forma de sentirme próximo a ella. Quedaba claro que no resultaba fácil engañar a aquella mujer.

–Thorvald –dijo detrás de mí Salbjörg–, ¿no sería conveniente decidir dónde vamos a hacer noche?

No sabía si la Vieja había sido testigo de nuestra conversación y quería darme pie a dejarla antes de que pudiera decir algo que resultara inconveniente. En cualquier caso me había sacado de un atolladero.

–Viejo –dije acercándome a Einarr, que sentado en un escabel dirigía la embarcación y de vez en cuando corría la posición de la vela manejando el cordamen–. ¿Dónde haremos tierra?

–Dentro de un rato pasaremos al lado de una playa de piedras con un saliente. Hay un remanso de poca profundidad que protegerá el barco de las corrientes y del viento. La orilla está deshabitada, o al menos lo estaba cuando embarranqué la última vez que vine por aquí. De eso hace muchos años.

–La niebla es espesa –dije tratando de encontrar la costa entre la bruma–. ¿Cómo puedes estar seguro de dónde nos encontramos?

–Imagino que como lo hacen otros timoneles con los que habrás viajado: calculando la distancia recorrida por las corrientes, el viento, el color del mar, el movimiento de los bancos de peces…

–He viajado mucho y con grandes navegantes, pero nadie me ha logrado calcular con semejante precisión dónde nos encontrábamos sin tener a la vista el perfil de la costa.

–¿No? –preguntó Einarr, entre sorprendido y satisfecho–. No te preocupes, pronto nos acercaremos a tierra y tendrás la ensenada que te he prometido.

Tal y como había dicho el tullido, enseguida aproamos hacia tierra. Hasta que nos encontramos prácticamente encima no pudimos observar el trazado. Pensé que el cojo se había equivocado al prometernos una playa de piedras, pues la sombra de altos acantilados se perfilaba en el horizonte. Pero Einarr no varió el rumbo de la nave.

Al poco, ya cerca de tierra, dimos con un entrante por el que metimos la embarcación. El tullido no me había engañado: una playa desierta se abría en la herida de los acantilados. En los rostros de las mujeres que habían sido testigos de nuestra conversación se podía ver el asombro por la precisión del timonel.

–¡Todos abajo! –dije cuando la quilla rozó el fondo–. ¡Krum! Llévate a alguien y ved que podéis cazar. Yngvard, asegura la embarcación. Salbjörg, montad las tiendas. Olaf, encárgate de repartir las guardias. Los demás buscad nidos de pájaros, bayas, setas o cualquier cosa que podamos comer y con la que hacer fuego.

Krum, acompañado de Temujín, Arnora y Ran, las mejores con el arco aparte de Embla, la incondicional amiga de Kara, se adentró por el bosque, siguiendo la orilla del riacho por cuya bocana habíamos entrado en aquel refugio.

Yngvard, Thorstein y Ottar, obedeciendo las precisas instrucciones del tullido, aseguraron la nave para que no fuese arrastrada y la dispusieron por si necesitábamos salir con presteza.

Los demás se repartieron el trabajo restante tal y como les había dicho, menos los *berserker*, Ivar y Skathi, que se adentraron en la espesura en cuanto tocamos tierra. No resultaba tranquilizador que se alejaran. Siempre existía el riesgo de que no volvieran y dependíamos mucho de ellos, sobre todo de los dos hombres. Pero resultaba imposible retenerlos y, por otro lado, las mujeres se sentían más tranquilas cuando los guerreros de Odín se encontraban lejos. Los meses compartidos con ellos habían logrado disminuir sus recelos, pero no se les podía recriminar que se mostrasen nerviosas ante esa aterradora presencia.

Los cazadores regresaron llevando al cinto varios pájaros, que fueron puestos rápidamente a asar en el fuego. Huevos y diversos frutos se sumaron a los víveres embarcados. De esta forma, en torno al fuego pronto se elevó un sabroso aroma. Armados de escudillas de madera y trozos de pan dimos cuenta de la cena. Las mujeres, poco acostumbradas a las aventuras en el mar, comentaban con muestras de ánimo su primer día a bordo. Entre ellas repetían su convicción de llegar hasta al-Ándalus y cómo celebrarían el reencuentro con sus seres queridos.

Aún quedaban lejanas las tierras de los *blamenn* y tendríamos que sufrir mucho antes incluso de poder acercarnos a Ishbiliya, pero en buena camaradería y en torno a un fuego bien alimentado, con comida caliente y cerveza, quedaba perdonado ese exceso de optimismo.

–Cuéntanos una historia –le dijo Salbjörg al tullido cuando terminamos de cenar.

Einarr, que había ido a revisar la nave antes de prepararse para pasar la noche, se sentó frente al fuego, puso a un lado la muleta sobre la que se apoyaba y miró un momento las llamas antes de comenzar:

–Mucho antes de que la Tierra fuera creada, existía *Yggdrasil*, el Fresno Sagrado –dijo con tono suave Einarr, logrando que todos se callaran para escucharle–. Bajo una de sus ramas había una región llamada Muspell, tan abrasadora que si alguien hubiese logrado entrar habría ardido en el acto. Muspell estaba guardada por Surtr, un gigante de fuego cuyo cabello ardía en llamas. Su cabeza era de fuego fundido y estaba armado con una espada flamígera.

»Bajo otra de las ramas del Fresno Sagrado se encontraba el Mundo de las Nieblas, donde estaba el caldero *Hvergelmir*, que alimentaba los doce ríos helados del Nilfheim. Cuando las ascuas de Muspell se mezclaron con las aguas heladas del Nilfheim crearon unas gigantescas nubes de vapor. Este vapor se fue convirtiendo en escarcha y llenó el Ginnungagap. De esta escarcha nació el primer gigante de hielo, el malvado Ymir.

Las mujeres, que conocían sobradamente la historia, al escuchar el nombre del gigante fingieron expresiones de horror para animar el relato.

–Del deshielo de la escarcha nació una vaca, *Audhumla*, de cuyas ubres manaban cuatro manantiales de leche de los que se amamantaba Ymir. Su panza pendía más alto que la más alta de las montañas que os sea dado ver. *Audhumla* se alimentaba del hielo salado y así, lamiéndolo, logró liberar a un ser, Buri, el antepasado de los dioses. El hijo de Buri se casó con una giganta llamada Bestla, con la que tuvo tres hijos, Odín, Vili y Ve. Estos ayudaron a su padre en la lucha que mantenía contra el gigante Ymir, al que consiguieron dar muerte.

»Odín y sus hermanos cortaron en pedazos el cuerpo del gigante muerto. Con la carne hicieron Midgardr, el mundo de los hombres. Con su sangre, los mares. Con los huesos, las montañas.

Su cráneo sirvió para hacer la bóveda celeste y para sostenerla escogieron a los cuatro enanos más fuertes surgidos de los gusanos del cuerpo: Austri, Nordri, Sudri y Westri. Con el resto, según fuese su carácter, crearon elfos y enanos. Convirtieron los sesos de Ymir en nubes y las esparcieron con el viento originado por las alas de un águila.

»Las chispas de Muspell sirvieron para crear la luz que ilumina el cielo, las estrellas, el sol y la luna. Los dioses crearon los nueve mundos sostenidos por el fresno sagrado: Asgardr, el reino de los dioses; por debajo de este y unido por el Bifrost, el arco de colores que algunas veces vemos en el cielo, se encontraba Midgardr, la tierra de los hombres. Jotunheim fue dado a los gigantes y rodeado por un impenetrable bosque de hierro y unos ríos que jamás se helaban, para que no pudieran abandonarlo. Utgardr, el inframundo, fue para los demonios y seres malvados. Niflheim, donde se juntan todos los que mueren sin merecer llegar a Asgardr, miserables que construyen el espantoso barco que usarán los gigantes cuando llegue el fin del mundo...

—Cuéntanos cómo crearon los dioses a los hombres —pidió Sif, que se aburría de escuchar tantos nombres mientras daba de comer a su ardilla, *Ratatok*, las sobras de su cena.

—Los tres dioses, Odín, Vili y Ve —explicó Einarr, accediendo a la petición de la niña—, caminaban un día por la orilla del mar. Se encontraron dos troncos de árboles y decidieron darles vida. Odín les otorgo la vida y el espíritu; Vili, la inteligencia; y Ve, los sentidos. Al hombre lo llamaron Askr, *fresno,* y a la mujer Embla, *olmo.*

—Creo que es hora de que durmamos —dije antes de que Sif volviera a preguntar algo.

De la primera guardia se ocuparon Olaf, su novia Ran y Habib el liberto. Los demás nos cobijamos en nuestras tiendas y nos dispusimos a dormir. Yo dormí solo. Krum, que me debería haber acompañado, estaría sin duda ocupado en otra. Algunos de los gemidos que llegaban a mis oídos podían ser de la mujer que estuviera gozando de su presencia.

Ottar y Lorelei ocupaban la tienda más cercana a mí y no parecían haber seguido mi recomendación de dormir. Lo mismo se podía decir de la tienda ocupada por el enorme Abu y la pequeña Zubayda, al igual que la de Yngvard y Kara.

Marta dormía con Hild *la Hija del Cuervo* y Salbjörg *la Vieja*. Hasta que conseguí conciliar el sueño estuve fantaseando sobre la posibilidad de que la Negra decidiera visitarme. Por suerte no tardé en quedarme dormido.

A la mañana siguiente, tal y como habíamos convenido, levantamos temprano el campamento. Sin embargo, para cuando abandoné la tienda, Einarr el tullido ya se encontraba a bordo revisando el barco. El cambio experimentado por el viejo borracho era difícil de creer. Parecía haber rejuvenecido y, a pesar de llevar la ropa y el cabello sin arreglar, su mirada pálida y una permanente sonrisa iluminaban su rostro.

No me cabía la menor duda de que la artífice de semejante cambio era la pequeña liberta, que con su fe en él le había hecho recuperar la ilusión y la confianza en sí mismo. Aún era pronto para confesarlo, al fin y al cabo acabábamos de comenzar la expedición y las pruebas duras no habían llegado, pero empezaba a pensar que tendría que darle la razón a la Negra.

–¿Todo bien, Einarr? –pregunté utilizando por primera vez su nombre para dirigirme a él.

–La marea no tardará en cambiar –respondió, mirando el oleaje que mecía la embarcación–, deberíamos zarpar pronto o la perderemos.

–Así lo haremos –dije mientras oteaba el bosque. Los *berserker* aún no habían aparecido y no podíamos dejarlos atrás, pero los guerreros de Odín siempre resultan imprevisibles y de nada valía desesperar.

Justo acababa de comenzar a desayunar cuando, silenciosos como siempre, asomaron Ygrr, Ivar, Skathi y el gigantesco Gunnar. Ninguno aceptó tomar nada de comer, posiblemente lo habrían hecho antes de venir. Resultaba mejor ignorar en qué había consistido su desayuno. Gunnar tenía el rostro manchado de sangre.

–¡Levantad el campamento! –ordené en cuanto vi llegar a los *berserker*–. Tenemos que aprovechar la marea.

Aquellos que aún no hubiesen tomado nada ya lo harían a bordo, en cuanto nos hubiésemos alejado de la costa. Algunas mujeres, doloridas por haber remado el día anterior, ejercicio al que aún no se habían acostumbrado del todo, pese a practicarlo con los botes en la aldea, se levantaron no muy contentas y desmontaron las tiendas.

No tardamos en separar el barco de la orilla. Como sucediera el día anterior, pronto nos envolvió una espesa niebla que reducía la visión. Las mujeres temían aquella bruma, húmeda, fría y de la que nunca se sabía qué peligros ocultaba. Las conversaciones ligeras y alegres de la noche pasada alrededor de la fogata dieron paso a un pesado silencio.

El único que no parecía estar afectado por la niebla era el tullido. Sentado al lado del timón y atado por la cintura a uno de los baos que separaban las costillas del barco, no dejaba de examinar cómo la vela, diestramente manejada, atrapaba el máximo viento posible, y con ligeros movimientos del timón corregía el rumbo.

Para mí resultaba todo un misterio, como me sucedía cada vez que me adentraba mar adentro, la manera en que el timonel conocía exactamente nuestra posición y la deriva que llevábamos. Sin embargo, Einarr, observando atentamente las aguas, parecía capaz de saber en todo momento nuestra posición.

El segundo día resultó tan aburrido como el primero. Aquellas mujeres que tenían delicado el estómago volvieron a pasarlo mal y se asomaron por la borda en varias ocasiones. Yo sabía por experiencia que pronto se acostumbrarían y dejarían de dar de comer a los peces.

Por la noche volvimos a tomar tierra para dormir. Sería la última vez en mucho tiempo que pisaríamos aquellas tierras. Al día siguiente lo haríamos en las del rey que había ordenado mi destierro.

–Einarr, cuéntanos una historia –pidió la joven Sif después de cenar.

La pobre muchacha encontraba un pequeño bálsamo para su atormentado corazón en las historias del tullido y en la compañía de su ardilla, *Ratatok*. Llevaba muy mal las largas ausencias de Ivar *Dientes de Lobo,* que, como sucediera la noche anterior, se había adentrado en el bosque con los demás *berserker* nada más llegamos a la orilla.

–¿Cuál quieres que cuente? –preguntó Einarr masticando el tallo de una hoja.

–¿Por qué a Odín le falta un ojo? –quiso saber Sigurd, sentado a mi lado como acostumbraba, mientras mordisqueaba una manzana. Había que tener cuidado con aquel niño. Si se le dejaba, era capaz él solo de terminar con nuestras escasas provisiones.

–El padre de todos los dioses –explicó Einarr– quería poseer toda la sabiduría de los nueve mundos y se la pidió a Mimar, un gigante que la tenía en su poder. El gigante le pidió a cambio uno de sus ojos, y el dios, sin pensárselo, se lo dio. A cambio de quedarse tuerto, el único ojo de Odín brilla como el sol.

–Me gustaría ser tan sabia como Odín –dijo con voz triste la pequeña.

–De sabio el hombre lo justo tenga, nunca sabio en exceso, pues el corazón del sabio rara vez está alegre si es sabio en demasía –repuso el viejo.

Alrededor del fuego escuchábamos las mil veces repetidas historias de nuestros terribles y caprichosos dioses. Olaf acariciaba el cabello de Ran con suavidad y esta se dejaba hacer con los ojos entornados. Un poco más allá, Ottar *la Morsa* y Lorelei mantenían sus manos entrelazadas y la mujer apoyaba su cabeza sobre el hombro de Ottar.

En el tiempo que habíamos pasado juntos desde nuestra llegada a la granja Svennsson había llegado a sentir estima por aquel hombre apacible y alegre, más que por su hermano, Thorstein *el Pálido*, que se mostraba taciturno y solitario. Fuera como fuese, los dos hermanos estaban resultando de gran ayuda. Trabajadores, eran obedientes y no daban problemas. Parecían buenos luchadores y leales, aunque aún no lo habían demostrado; en cualquier caso, no tardaría en presentarse la ocasión.

El tullido continuaba relatando la historia de cómo el más venerado de los dioses entre los normandos había perdido su ojo.

–No era la primera vez que Odín trataba de hacerse con todo el saber –decía Einarr arrojando al fuego briznas de paja que recogía del suelo–. Tras la guerra de los ases contra los vanes, los dioses sellaron la paz escupiendo todos en una jarra. De esta saliva nació un hombre, Kvasir, el más sabio de todos. Dos enanos, Fjalar y Galar, invitaron a cenar a Kvasir y tras la cena lo mataron. Recogieron su sangre en una marmita y la mezclaron con miel. Esta aguamiel dotaba de sabiduría a quien lo bebiera.

Sigurd, sin dejar de masticar, no perdía palabra de lo que contaba el tullido. Frente a mí, Helga observaba con cariño las reacciones de su hijo. A su lado estaba la impetuosa Arnora, la mujer que se había desprendido de su vástago para poder ir en busca de su marido. Mi admiración por ella no tenía límite. ¿Alguna vez una mujer me habría amado a mí de tal manera, hasta el punto de poner en peligro su vida?

–Poco después de que los enanos asesinaran al sabio Kvasir tuvieron la visita del gigante Gilling y de su esposa. Pero los traidores enanos no pudieron resistir sus malvados impulsos e invitaron a Gilling a dar un paseo en barca a sabiendas de que el gigante no sabía nadar. Este, para no ofender a sus anfitriones, accedió y, ya en alta mar, los enanos hundieron el bote y el gigante se ahogó. Cuando los infames enanos regresaron a la orilla, les aguardaba la giganta llorando, pues ya había visto lo sucedido. Fjalar y Galar también la mataron.

El niño, cautivado por la historia, había dejado de masticar la manzana, aún con un buen trozo en la boca abierta.

–Suttung, hijo del traicionado Gilling, no tardó en enterarse de lo sucedido y fue a vengarse. Los cobardes enanos le ofrecieron la cuba con el hidromiel para que el gigante no los matara y este accedió y se la llevó a la cueva donde vivía.

»Cuando Odín supo que el gigante tenía el hidromiel fue hasta la cueva de este y se ofreció a segar todos sus campos si Suttung le dejaba beber un trago de la cuba. El gigante se mostró de acuerdo, pero, cuando el trabajo estuvo acabado, no quiso cumplir su parte del trato y echó al dios de la cueva.

»Odín no se iba a conformar y, sin que el gigante se diera cuenta, hizo un agujero en la montaña hasta llegar a la cueva transformado en una serpiente. Allí, custodiando el hidromiel, se encontraba Gunlop, la hija de Suttung. La giganta, que era horrorosa y por eso jamás abandonaba la cueva, le ofreció a Odín un trago de la bebida por cada noche que pasara con ella. Eso hizo el dios tuerto y durante tres noches seguidas durmió con Gunlop. Al finalizar la tercera noche, Odín exigió el pago y en esta ocasión la hija de Suttung cumplió el trato y dejó al dios dar tres tragos.

»Solo con el primero ya vació la cuba, ante el horror de la giganta. Después se transformó en águila y escapó volando de la montaña hacia Asgardr, el mundo de los dioses. De su boca, sin embargo, cayó un poco de ese hidromiel sobre la tierra de los hombres y se convirtió en la inspiración para los poetas y los bardos.

Algunas mujeres ya se habían marchado a dormir cuando el tullido terminó de contar la historia, lo mismo que había hecho Temujín. Krum *Cabeza de Jabalí* tampoco se encontraba en torno al fuego. Aún no había logrado averiguar qué mujer era la que gozaba de la atención del pequeño lapón ni si siempre era la misma. Mientras pensaba en mi compañero de armas escuché cómo la huérfana y despechada Sif preguntaba a nuestro timonel:

–¿Por qué los *berserker* son los guerreros de Odín?

Miré a la muchacha. Casi era una niña aún, pero se habría ofendido mucho si alguien la hubiera tratado como tal. A pesar de su escasa constitución, había trabajado mucho y aprendido a usar el arco y el cuchillo. Pero el objeto de su esfuerzo prefería dormir en el bosque y repartirse las atenciones de Skathi con los otros dos *berserker*, en vez de acompañarla a ella.

Sif no había levantado los ojos de *Ratatok*, que mordía una avellana sobre su regazo. Incluso mi endurecido corazón percibió la lástima en su pregunta.

–Los *berserker* son hombres extraños –explicó Einarr con suavidad. Se hacía cargo del dolor de la niña–. Nadie sabe quién está destinado a convertirse en uno de ellos. Se dice que cuando Odín cabalga sobre *Sleipner*, su caballo de ocho patas, del hocico de este cae una espuma roja que es lo que los transforma en salvajes. Cuando uno de estos guerreros cae en trance, la locura se apodera de él y no existe persona capaz de dominarlo. Reparte la muerte entre los que le rodean sin distinguir amigos de enemigos, por eso deben vivir separados. No cuidan sus ropas ni su cuerpo y no se relacionan con los demás. Son incapaces de amar.

Einarr se esforzaba en consolar con sus palabras a la muchacha tratando de quitar de la cabeza de esta su obsesión por el joven Ivar.

–Cuando un *berserker* entra en trance antes de la batalla, su cuerpo tiembla como una hoja, su cara se hincha y se pone roja. Después comienzan a aullar como lobos rabiosos, se desgarran la ropa y muerden lo que encuentran a mano. Inmunes al dolor, son capaces de luchar sin descanso durante días. La única manera de detenerlos es matarlos, algo que resulta muy difícil. Cuando la batalla ha terminado, caen agotados: es el momento en que resulta más fácil vencerlos. En ocasiones son ellos mismos los que mueren de agotamiento o de las heridas sufridas.

»Si la batalla resulta muy corta, el *berserker* necesita aplacar su furia, que aún puede durar mucho rato, con los prisioneros, o si no con árboles o rocas, partiéndolas con sus propias manos hasta que el furor desaparece.

Tratando de que no se vieran sus lágrimas, Sif lloraba desconsolada. Esta muestra de debilidad no fue ignorada por el valiente Sigurd, que, sin decir nada, se acercó a su amiga y le dio un abrazo. Después Marta se los llevó a ambos a sus tiendas y solo quedamos unos pocos mirando las llamas, sumidos cada uno en sus pensamientos o recuerdos, quizá rememorando la primera ocasión en que nuestro corazón se había roto.

El fornido Ottar, abrazando a Lorelei, se puso en pie y se alejó entre las sombras. Yo también decidí acostarme, aunque, a diferencia de él, lo haría sin compañía. En aquellos momentos mi ánimo estaba más cerca de la niña que de la Morsa.

* * *

La jornada del tercer día tuvo como única novedad el abandono de las costas donde habitan noruegos y suecos, buscando la proximidad de mi tierra danesa. Algunas mujeres que parecían no haberse dado cuenta hasta entonces de en qué aventura se embarcaban comenzaron a tomar conciencia de la situación al comprobar que las aguas nos envolvían hasta más allá de donde alcanzaba la vista.

También suponía la primera prueba real para nuestro timonel. Hasta entonces habíamos realizado una navegación de cabotaje, sin perder la costa de vista, a pesar de la densa niebla. Sin embargo, esa travesía debería realizarse a mar abierto, lo que, sin ser una proeza, exigía un buen conocimiento de las artes de navegación.

Para entonces había aprendido a confiar en Einarr lo suficiente como para no preocuparme demasiado. El tullido manejó con destreza la vela y nos condujo hasta la tierra de los daneses, donde desembarcamos aquella noche.

Hasta entonces, habíamos aprestado una guardia en el campamento sin demasiada necesidad. Pero las relativamente seguras costas que habíamos dejado atrás daban paso a estas otras más peligrosas. Los daneses no son amigos de los noruegos y tendríamos la ocasión de comprobarlo si nos descubrían.

Dispuse que la guardia de aquella noche, bajo la redonda cara de Luna, la formaran cuatro personas. Yo haría la última junto a Ottar *la Morsa*, Lorelei e Inga. Sin embargo, el pequeño Sigurd consiguió cambiar la suya por la de esta última, de modo que no me fue posible escapar de la atención de aquel aprendiz de vikingo.

Mentiría si dijera que me molestaba la presencia del niño. Hasta aquella ocasión jamás había mostrado interés por los críos y me parecía de una cierta debilidad empezar a hacerlo a aquellas alturas. No me cabía duda de que, para entonces, yo mismo sería padre de varias criaturas a las que no conocía y no tenía el menor interés en llegar a conocer nunca.

En cambio, el testarudo muchacho, en ocasiones impertinente y en otras realmente molesto, había logrado traspasar mi coraza, aunque no por eso me mostraba condescendiente, como todos habían podido comprobar cuando lo castigara antes de partir por dejar arder la pira de carbón. Pero Sigurd no mostraba ningún resentimiento, al revés, continuaba siguiéndome a todas partes. En silencio, observaba cuanto yo hacía y después me atosigaba con sus preguntas. Lo quería saber todo: por qué hacía esto o dejaba de hacer aquello; la manera más rápida de terminar con un animal herido; cómo afilar la espada; el modo de colocarse contra el viento para que la presa no oliera nuestra presencia…

No solo aprendió de mí. Cuando yo estaba ocupado en algo que el muchacho ya sabía hacer por su cuenta, lo veía cuestionando todas las maniobras de Einarr en la nave. El viejo, al que el muchacho escuchaba encantado cuando contaba sus historias, lo apreciaba y atendía, orgulloso de que alguien se interesara por sus conocimientos. Lo instruyó en el uso de la vela, a guiarse por el color de las corrientes de agua y el movimiento de los bancos de peces, a calcular la distancia recorrida, la deriva y no sé cuántas otras cosas que el muchacho parecía absorber como una esponja.

Aquella noche, Sigurd no pudo permanecer mucho rato a mi lado, como era su intención. Yo no estaba demasiado tranquilo. La playa donde estábamos acampados solía ser visitada por piratas desterrados que abordaban cualquier embarcación comercial que no se mostrara lo suficientemente alerta. También nuestra presencia podía haber sido advertida por algún grupo belicoso de daneses que estuvieran esperando el momento oportuno para atacar. Había pedido a los *berserker* que no se alejaran demasiado y que estuvieran prestos para acudir en nuestra ayuda en caso de que surgieran problemas. Como era su costumbre, estos no contestaron nada y no me quedaba sino confiar en que atendieran a mi petición.

La última hora de la guardia era la más idónea para atacar. Los centinelas, sacados de un insuficiente sueño, tendían a estar poco despabilados y el enemigo solía aprovechar ese momento. Para evitar el peligro de quedarnos dormidos les hice mojarse la cabeza con el agua helada que bajaba por el riachuelo en cuya orilla habíamos levantado el campamento. Encomendé a Sigurd la tarea de recorrer el perímetro del campamento, mientras nosotros tres nos colocamos sobre una pequeña loma, dejando a nuestras espaldas una pared rocosa. Quería conocer la opinión de la Morsa y de su compañera. Ya he dicho antes que había llegado a apreciar a aquel granjero que, por el sentido del honor, había dejado una vida próspera atrás para embarcarse en una aventura que bien le podía costar la vida.

Y también había llegado a tener en consideración su palabra. Era un hombre sincero, sin doblez. Su visión de la vida era práctica y clara, en lo que coincidía con Lorelei, mujer de vivo genio, animosa y leal. No sé si he dicho ya que envidiaba su relación. Habían pasado las turbulencias de la juventud, ambos eran adultos que conocían las dificultades de la vida y habían aprendido a contentarse con lo poco que esta tuviera a bien darles. Los dos disfrutaban de su mutua compañía sin cuestionarse el tiempo que duraría esta, si alguno caería en el campo de batalla o sería arrastrado al fondo del mar por Aegir.

No tuve tiempo sin embargo de preguntarles su opinión sobre cómo marchaban las cosas. Apenas nos sentamos sobre unas rocas llegó corriendo Sigurd con la respiración agitada.

–¡Thorvald, Thorvald! He visto algo.

Por un instante se me ocurrió que el pequeño deseaba ganarse mi atención con alguna menudencia. Apenas había cubierto la primera vuelta al campamento y ya daba la alerta, cuando la mujer a la que había relevado no había notado nada durante su guardia. Era posible que Sigurd se sintiera agraviado al ser él quien tuviera que estar solo, andando alrededor del campamento, mientras nosotros tres nos reuníamos para hablar sentados.

Sin embargo, no he vivido tantos años, de batalla en batalla, por ser descuidado. Preferí asegurarme y, guiado por el muchacho, me aproximé a nuestro barco, que se mecía con el oleaje como si el dragón esculpido en su proa estuviera durmiendo.

–Allí –señaló Sigurd en la lejanía, mar adentro–. He visto la sombra de una serpiente gigantesca. Subía y bajaba, pero no parecía moverse. Mientras miraba ha brillado algo como si hubiese abierto uno de sus ojos.

Calmé al muchacho. No creía yo en aquellas enormes serpientes marinas presentes en nuestras sagas. Pero, de divulgarse la noticia de que una nos aguardaba dormida frente a la costa abriendo un ojo brillante de vez en cuando, algunos miembros de la expedición podrían negarse a zarpar a la mañana siguiente. Era mejor que nadie supiera lo que el niño decía haber observado. Por otra parte, podían no ser más que los restos de un sueño cortado en mitad de la noche, fruto de la ardiente imaginación de un muchacho. En todo caso, como jefe de la expedición era mi obligación asegurarme de que no corríamos ningún peligro.

–No veo nada –dije forzando la mirada. La espesa bruma no dejaba lucir demasiado al dios Luna sobre su flamante carro–. ¿Estás seguro de que has visto esa serpiente?

–Claro que sí –respondió ofendido el niño–. Estaba allí mismo. Ahora la niebla está más espesa, por eso no la vemos, pero seguro que está donde he dicho.

–Tranquilo, Sigurd –repuse poniendo una mano sobre el hombro del alterado muchacho–. Te creo. Despierta a Einarr sin hacer ruido y busca a Krum y a Olaf. Diles que vengan aquí.

El muchacho salió corriendo hacia las tiendas de campaña. No tenía ni idea de cómo lograría encontrar a mi desaparecido compañero, pero no dudaba de que lo lograría, algo que a mí se me resistía desde que comenzara el viaje.

No me equivoqué. Mientras continuaba examinando la neblina que amortajaba las tranquilas aguas sin lograr ver nada, se aproximaron Einarr y los dos mercenarios.

–¿Os ha dicho Sigurd lo que ha visto?

–Una serpiente gigantesca con fuego en la boca –contestó alegre Olaf, revolviendo el pelo del niño, algo que este odiaba.

—Lo he visto —refunfuñó Sigurd sacudiendo la mano como para quitarse una molesta mosca.

—¿Veis algo? —pregunté. Tanto Krum como Olaf y Einarr tenían una vista mucho más aguda que la mía.

—Hay mucha bruma —dijo el tullido tras examinar el horizonte con fijeza—. Luna hace extrañas formas con ella, fáciles de confundir. Pero yo diría que Sigurd tiene razón. Me parece adivinar una silueta que no debería estar ahí.

Yo seguía sin lograr ver nada. Esperé a que Krum y Olaf dieran su opinión, que se hizo esperar.

—Ahí hay algo —se limitó a decir el lapón.

—Estoy de acuerdo —confirmó Olaf.

—¿Veis? Os lo dije. Os dije que había visto algo.

—¿Qué puede ser? —pregunté forzando la vista inútilmente. El movimiento había despertado a Marta y Salbjörg, que se sumaron al grupo con rostro inquieto.

—Seguro que no se trata de una serpiente —dijo Olaf.

—Yo diría que es un *langskips*. Algo más pequeño que el nuestro. Una veintena de remeros posiblemente —dijo Einarr con calma—. El brillo que ha visto Sigurd habrá sido algún pequeño fuego que hayan encendido.

—¿Qué piensas, Krum? —pregunté ante el silencio de mi compañero.

Este se limitó a asentir con la cabeza, mostrando su conformidad con las palabras del viejo.

—¿Creéis que saben que estamos aquí? —dijo con preocupación Salbjörg.

—No me cabe la menor duda —contestó Einarr—. Tienen echada el ancla a doscientos pasos de la costa y no desembarcan para pasar la noche.

—Nos están esperando —apunté confirmando los temores de mis compañeros.

—¿Qué crees que debemos hacer? —intervino Marta por primera vez.

—Si no me equivoco, se trata de piratas —contesté sin mirarla—. Parece que prefieran presentar batalla en el mar en vez de atacarnos por sorpresa mientras dormimos.

—¿Por qué?

–No lo sé. Quizá tengan más confianza en lograr la victoria luchando en mar abierto.

–¿Cómo puede ser eso? –dijo Salbjörg.

–No lo sé –volví a decir–. Pero esos perros, de alguna forma, saben quiénes somos.

–Thorvald tiene razón –apoyó Olaf–. Cualquiera hubiese desembarcado, atacando sin dejarnos reaccionar, esperando cogernos desprevenidos. Pero saben que tenemos centinelas y que mar adentro somos una presa fácil.

–Eso es imposible –contestó Salbjörg–. ¿Quién puede estar al tanto de nuestra partida?

–No lo sé y no espero averiguarlo –dije zanjando la cuestión–. Levantad el campamento de inmediato. Zarparemos antes de que empiece a amanecer. Nada de ruido ni fuego. Trataremos de pasar sin que nos vean, aprovechando la niebla. No creo que sepan que los hemos descubierto.

–Será mejor que retiremos la vela y el mástil –dijo el tullido–. Habrá que remar en silencio. Tendremos que envolver con telas los remos. Aunque estarán dormidos pasaremos muy cerca. Si el centinela está atento o hacemos ruido, nos descubrirán.

–No habrá ruido –aseguré–. Salbjörg, avisa a las mujeres. Si alguna comete una torpeza, le arrancaré la cabeza con mis propias manos. Sigurd, corre al bosque y encuentra a los *berserker*. Diles que partimos. Si no quieren venir, nos iremos sin ellos.

–¡No podemos irnos sin ellos! –protestó Salbjörg–. Tú mismo dijiste que los necesitamos.

–De nada nos servirán si nos descubren y nos hunden. ¡Sigurd! Date prisa y vuelve rápido.

El pequeño, como si de un *sceadungengan* se tratara, se adentró a todo correr en el bosque. Al igual que los caminantes de las sombras, se movía en silencio. No podría como ellos transformarse en lobo, águila u oso. Afortunadamente, tampoco estaría a medias entre el mundo de los vivos y el de los muertos. Pero sin ser un espíritu errante, confiaba en que volvería con los *berserker*. Y rápido.

CAPÍTULO 12

Entre Ottar y yo retiramos el mástil de su base y lo sujetamos a los baos de la embarcación. Salbjörg, mientras, iba de un lado a otro exigiendo silencio sepulcral y presteza para recoger el campamento. Las mujeres, bruscamente despertadas, tuvieron una primera reacción de nerviosismo. Por fortuna, el genio vivo de la Vieja las hizo reaccionar y ponerse a la tarea. A su lado, Marta ayudaba a quien lo necesitase, desplegando una energía contagiosa.

Según iban terminando de recoger, subían a bordo y ayudaban en la tarea de envolver con telas los remos. Así amortiguaríamos el ruido al chocar las palas contra el agua. Nadie hablaba y cada uno ponía la máxima atención en lo que estaba haciendo. Fue una de las primeras veces en que me quedé sorprendido por el comportamiento sereno y determinado de aquellas mujeres. De haber sido hombres, habrían despertado a la mismísima Hell de su reino aunque les hubiese amenazado con rebanarles la garganta.

No teníamos aún todo preparado cuando apareció Sigurd seguido por los *berserker,* Ivar *Dientes de Lobo* y la mujer. Mi pequeño ayudante traía el rostro arañado, pero eso no parecía afectarle. Correr de noche por el bosque es una forma segura de terminar ensangrentado y con la ropa hecha jirones. Aquel niño me sorprendía, no tenía que haberle resultado fácil encontrar a los fieros guerreros de Odín en tan poco tiempo. Tampoco había dado muestras de temor ante la tarea de despertar a aquellos imprevisibles y perturbados salvajes.

—Tenemos que pasar a su lado sin que nos descubran —dije susurrando pero lo suficientemente alto como para que todos pudieran escucharme—. Remaremos con cuidado. Paladas largas, sin apresurarse. Seguimos todos el ritmo mirando a los de delante. Que nadie hable por ningún motivo. Si nos descubren, preparaos para luchar, pero aguardad mi orden. Tened las armas al alcance de la mano. Si doy la orden de atacar, hacerlo rápido y sin piedad. La mayoría de ellos estarán medio dormidos y hay que aprovecharlo. Que nadie se ponga nervioso ni se precipite. ¡Vamos!

Comenzamos a bogar. Tal y como les había dicho, seguían el ritmo que poníamos en la proa. Los remos envueltos y atados con tiras de cuero apenas producían ruido al ser introducidos en el agua. Poco a poco, la nave fue aproximándose todo lo posible a la pared derecha.

La tarde anterior habíamos aprovechado la pequeña ensenada que entraba en la costa para acampar en la orilla del río. De esta forma nuestra nave sería prácticamente invisible para cualquier barco que costeara por allí cerca. Además, el peligro de un ataque por tierra disminuiría debido al imposible acceso a nuestra posición, salvo a través del sinuoso río, que podíamos vigilar con facilidad.

Mas ahora el barco pirata había echado el ancla a la entrada del fiordo y nos cortaba la salida. De no haber sido por los acantilados que nos rodeaban hubiese optado por remolcar por tierra la nave hasta otro lugar donde pudiésemos zarpar sin peligro, pero quedaba totalmente descartado subir el barco por esos escarpados muros. Remontar el río hubiese sido una posibilidad, pero, por una parte, nos habría retrasado y, por otro, no sabíamos qué nos podíamos encontrar tierra adentro.

Ya que el barco enemigo se situaba en medio de la entrada, teníamos que ceñir lo máximo posible hacia uno de los lados, arriesgándonos a que una piedra oculta por la oscuridad nos desfondara, y tratar de alcanzar mar abierto sin ser detectados.

Continuamos nuestra silenciosa marcha. Ahora el barco era fácilmente distinguible. Los piratas no tenían ningún motivo para pensar que nos estábamos fugando, así que se encontrarían desprevenidos. Como mucho tendrían un solo vigía, por si alguna otra embarcación se aproximaba, y con suerte estaría dormitando en vez de hacer su aburrido trabajo.

Ya nos era posible distinguir el interior del barco, iluminado por el dios celeste. Su capitán había retirado el mástil al igual que habíamos hecho nosotros para tratar de pasar desapercibidos. Debíamos agradecer al pequeño Sigurd su buena vista y celo en su tarea. De otra forma quizá no lo hubiésemos podido contar.

216

Había algo que no podía quitarme de la cabeza. ¿Quiénes eran aquellos hombres que aguardaban escondidos a que zarpáramos? ¿Cómo podían saber que les resultaría más fácil vencernos una vez que estuviéramos lejos de tierra firme?

Ningún atacante deja pasar la oportunidad de asaltar a su presa mientras esta se encuentra indefensa durmiendo. La sorpresa supone una ventaja inestimable. Que el capitán de aquel barco prefiriera esperar solo podía suponer, como les había dicho antes a mis compañeros, que conocía nuestra precaria situación. Debía de estar al tanto de que nuestra tripulación no sería capaz de resistir su ataque cuando nos abordaran.

Pero ¿cómo habían logrado saber eso? ¿Habrían mandado espías al campamento sin que nos hubiésemos enterado? No era imposible, aunque sí poco probable. Había escogido personalmente el lugar de acampada y les hubiese resultado muy difícil acercarse lo suficiente sin ser vistos.

Si bien durante el año anterior la preparación de nuestra marcha había sido ampliamente comentada en los alrededores, y ya para nadie en Sciringesheal suponía un secreto, habíamos tratado por todos los medios de mantener oculta le fecha de nuestra partida y solo los más allegados, aquellos que vinieron a despedirse, lo supieron en el último momento.

Necesariamente alguien había estado vigilándonos cerca de la aldea. ¿O quizás a uno de nosotros se nos había ido la lengua? Todos éramos voluntarios. ¿Quién podía estar interesado y por qué en delatarnos? Los mercenarios, aparte de Temujín, al que no conocía hasta esta expedición, eran de mi entera confianza y el mismo mogol se la había ganado durante los meses que habíamos permanecido en la aldea. Además, no había abandonado para nada el poblado. Los antiguos esclavos caminaban hacia su libertad, ¿qué podían ganar? ¿Vengarse por alguna vieja ofensa? Tampoco era lógico que hubiese sido alguna de las mujeres, eran las que menos razones podían tener, al fin y al cabo era su expedición.

Solo restaban Ottar *la Morsa* y su hermano Thorstein *el Pálido*. Habían tenido la oportunidad de traicionarnos. A menudo, sobre todo el taciturno Thorstein, habían regresado a Sciringesheal. No tenían nada que ganar en aquella expedición en la que exponían su pellejo y en la que participaban por voluntad propia. Pero podían haber sido indiscretos y contar nuestros planes a alguien sin ser conscientes del peligro.

De todas formas esta posibilidad me parecía tan improbable como las demás. Ottar era una persona tranquila y honorable que, además, había encontrado a una mujer excelente con la que compartir los años que le quedaran. ¿Y qué decir del Pálido? No había llegado a intimar con él como podía haberlo hecho con su hermano, pero aun así su extremada taciturnidad le alejaba de toda sospecha. Además, era *hermano jurado* del *jarl* Ikig.

Mientras trataba de imaginar la identidad de la tripulación que aguardaba nuestro paso, llegamos a la altura de su barco e hice un gesto para que se detuvieran nuestros remos. Todos a una los sacaron del agua y esperaron mi siguiente orden. Mediante gestos, les indiqué lo que debíamos hacer hasta alejarnos lo suficiente.

Temujín y yo ocupamos los puestos de proa para remar. Ottar *la Morsa* y su hermano Thorstein lo hicieron en mitad de la embarcación y en la popa se situaron Yngvard y Abu. Descontando los *berserker*, éramos los más fuertes de toda la tripulación. Remando solo los seis haríamos menos ruido y no nos arriesgaríamos a que los remos chocasen entre sí alertando a los del otro barco.

Entretanto, los demás se prepararon para entrar en combate a mi señal, arrodillados tras los escudos que protegían las amuras, con las armas en las manos. Krum se situó a mi lado para informarme de lo que viera y Olaf lo hizo al lado de Einarr. El tullido se había atado con fuerza la soga que lo unía al barco y ocupaba toda su atención en costear sin exponer la embarcación a ningún roce delator.

—Solo tienen un vigía —susurró a mi oído Krum *Cabeza de Jabalí*, tras lo cual se giró y levantó un dedo en dirección a la popa, donde Olaf asintió con un movimiento de cabeza.

Miré a mí alrededor. Las mujeres tenían las espadas empuñadas y las manos blancas por la fuerza con que las sujetaban. Algunas sostenían piedras de las que utilizábamos como lastre, preparadas para lanzarlas. Krum, Arnora, Ran y Embla tenían en sus arcos una flecha.

De pronto, Krum sujetó con firmeza mi remo sin perder de vista la embarcación enemiga. El resto dejó de remar en el acto. Sobre la embarcación no se escuchaba ni un suspiro. Hombres y mujeres se mantenían quietos y en silencio, como si fuesen el dragón que llevábamos tallado a proa.

Miré a través de las aguas. La silueta del *langskips* se recortaba con precisión, lo mismo que la de un hombre que se apoyaba sobre el mascarón. Un momento antes había permanecido en cuclillas en el centro de la nave y ahora se desperezaba. No miraba en nuestra dirección, pero el menor ruido podía hacerle girar la cabeza y seríamos descubiertos. Examiné a mi tripulación. A pesar de la inquietud, nadie se había movido. La embarcación aún se deslizaba con el impulso que le habíamos estado dando. La corriente del río también ayudaba a sacarnos al mar.

Poco a poco dejamos cada vez más atrás a los piratas y alcanzamos la desembocadura. La niebla se cerraba a nuestro alrededor y pronto tan solo los de más aguda vista pudieron adivinar la borrosa silueta. Volvimos a tomar los remos y con todas las precauciones bogamos mar adentro a la espera de alejarnos lo suficiente para colocar en su base el mástil y desplegar la vela.

–¿Estás seguro de que no nos han visto? –me preguntó sin alzar la voz Marta *la Negra*. Se había levantado de su posición tras abandonar el remo.

–No lo sé –respondí en el mismo tono. Acababa de hacerle la misma pregunta a Krum. Nos habíamos deslizado demasiado cerca del navío enemigo. Muy adormilado debía de encontrarse el centinela para no darse cuenta de nuestra presencia–. ¿Por qué lo preguntas?

–Hemos pasado a un tiro de piedra de ellos –dijo, preocupada, la liberta–. Juraría que he podido distinguir hasta los rasgos del centinela. Si en algún momento ha mirado en nuestra dirección, debería estar ciego para no vernos.

¿Qué podía decirle? Era la misma inquietud que tenía yo. Pero el centinela no había hecho ningún gesto extraño ni había dado la alarma. Mientras nos alejábamos tampoco habíamos visto ni oído nada que indicara la disposición del barco enemigo para salir en nuestra persecución.

–Trataremos de alejarnos lo máximo posible –contesté–. Con esta niebla es casi imposible que nos encuentren en mar abierto, aunque zarpen enseguida. –Señalándole con la cabeza al resto de las mujeres, que susurraban inquietas mientras continuaban bogando, añadí–: Ve e intenta tranquilizarlas, dile a Einarr que colocaremos enseguida el mástil y desplegaremos la vela. En cuanto lo hayamos hecho, quiero que nos aleje de aquí lo más rápido que pueda, da igual en qué dirección.

La muchacha hizo un gesto de asentimiento y regresó a la parte de atrás. Por el camino intercambiaba algunas palabras con las mujeres, que parecían aceptar de buen grado lo que decía y se serenaban lo suficiente como para conservar la cadencia en la boga.

–Olaf, Ottar, Abu –ordené sin dejar de remar–. Arriba con el mástil.

Los tres hombres abandonaron sus bancos, cogieron la verga y la ajustaron en su base tensando los tirantes para fijarla. Después aparejaron la vela y fijaron las correas de cuero. Inmediatamente, para que la vela no gualdrapeara y produjese algún ruido que nos delatara, Einarr la situó de forma que esta se hinchó y pudimos notar el salto que la embarcación dio hacia adelante.

La noche era realmente calma y no conseguí entender de dónde sacaba Einarr el viento necesario para impulsarnos, pero era algo que no me importaba en absoluto siempre que pudiera alejarnos de aquellos piratas. Sí observé que la dirección en la que escapábamos no era la más conveniente, lo cual no era una buena noticia. No es que dudara de la pericia de nuestro timonel, pero navegar sin tener la costa a la vista y perdidos, como estimé que terminaríamos después de aquella apresurada huida, podía adentrarnos en aguas de las que nos resultara difícil regresar.

Las mujeres y los hombres, cansados tras el esfuerzo hecho para bogar y el poco descanso nocturno, metieron los remos dentro de la embarcación y se hicieron un ovillo en el suelo dispuestos a echar un sueño. Me levanté y recorrí la cubierta para intercambiar opiniones con Einarr. A mi paso escrutaba los rostros de la tripulación. Lógicamente, los que mejor se encontraban eran los mercenarios. Para ellos la tensión previa al combate era algo común, incluso ansiado. Los *berserker* eran, con mucho, los que en mejores condiciones se encontraban. No habían remado y los momentos previos a la lucha carecían de sentido para ellos. El gigantesco Gunnar dormía plácidamente, ajeno a la incomodidad de tener las costillas de la embarcación encajadas en las suyas propias.

En cambio, las mujeres parecían agotadas. Al poco descanso nocturno y al esfuerzo con los remos se unía la tensión sufrida ante la posibilidad de una desigual batalla. Ojos hinchados, respiraciones entrecortadas, algún movimiento convulso, rostros contraídos o abandonados fue lo que pude ver según cruzaba la nave.

–¿Sabes hacia dónde vamos? –pregunté al llegar hasta el tullido, sentándome a su lado.

–Nos estamos acercando a la tierra de los *rus* –respondió con seguridad–. No deberíamos seguir haciéndolo durante mucho tiempo.

–¿Crees seguro restablecer el rumbo?

–Es difícil de decir –contestó el viejo encogiéndose de hombros–. Esos perros nos han encontrado a pesar de la niebla, aunque maldita sea si sé cómo lo han logrado. No se ve nada.

–Pienso lo mismo –dije levantándome–. Mantendremos este rumbo hasta que veamos amanecer y corregiremos. No puede tardar demasiado ya.

–Thorvald, si conocen nuestro destino, forzarán la marcha para atraparnos pensando que habremos seguido navegando hacia el sur. Cuando se den cuenta de que no es así, sabrán que los hemos engañado y nos esperarán, preparándonos otra celada.

Medité sobre lo que me decía tratando de encontrar una solución.

–Hay otra posibilidad –añadió Einarr examinando atentamente la vela.

–¿Cuál?

–Llegar a la tierra de los francos alejados de la costa.

Reflexioné sobre esa propuesta. A pesar de que a él se le veía muy tranquilo y confiado, los riesgos eran numerosos. Podíamos encontrarnos con tormentas que jugaran con nuestro *drakkar* como hacen los niños con las figuritas de madera que les tallamos. También corríamos el riesgo de que las mareas nos alejaran aún más y nos perdiéramos. No era la primera vez que tal cosa me ocurría y puedo dar fe de que la experiencia resulta aterradora: días sin ver tierra y sin nada más que comer que lo que pudiéramos arrebatar al mar, bebiendo nuestra propia orina si es que Thor no se dignaba a refrescarnos con su lluvia y, lo que es peor, sin saber si saldríamos con vida. Todo esto suponía una espantosa prueba para cualquier ánimo, por indomable que fuera.

–No –respondí al cabo de un rato–. Sepárate cuanto quieras de la costa pero sin perderla de vista. Si es necesario no tomaremos tierra hasta que nos quedemos sin agua.

Esta medida no sería muy popular, pero resultaba más tranquilizadora que adentrarnos en el mar. Los hombres que me acompañaban eran reacios a esas aventuras. Tampoco las mujeres lo habían pasado muy bien cuando dejamos de ver tierra noruega y enfilábamos hacia la de los daneses.

Eso sin mencionar a los *berserker*. En tan solo un día desde que habíamos abandonado el cabotaje, los guerreros de Odín se habían mostrado muy nerviosos. Y eso no resultaba nada tranquilizador en un barco tan pequeño.

–Krum –llamé tras dejar al timonel.

El pequeño *sámi* se entretenía con una caña rudimentaria hecha con un palo al que había atado un cordel con un anzuelo y restos de pescado como cebo.

–Cuando empiece a asomar el sol daremos la vuelta y regresaremos a nuestro rumbo –le dije sin levantar la voz–. Einarr piensa que los piratas puedan estar esperándonos en algún lugar tras ir en nuestra persecución. Tendremos que estar atentos. Quiero que te turnes con los que mejor vista tienen y estéis atentos. Utiliza también a Sigurd. El niño ha demostrado tener buen ojo y saber cumplir con su tarea.

El lapón se limitó a asentir con la cabeza y se colocó junto a su improvisada caña. Despierto como estaba, preferiría hacer él mismo la primera guardia. Yo, por mi parte, me dispuse a descansar un rato. Llevaba muchas horas despierto y no sabía cuándo iba a poder dormir de nuevo. Si nos encontrábamos con problemas, mejor sería estar despabilado.

A mediodía del cuarto día desde que nos embarcáramos desapareció la niebla y encontramos un cielo limpio que nos permitía ver hasta el horizonte, aunque a su vez nos dejaba al descubierto. Sol daba con fuerza. Dado que no teníamos que remar, permití que se tendiera sobre la cubierta un toldo que llevábamos para protegernos de la lluvia o para, en caso de tener que pasar la noche en el barco, descansar a cubierto. Así, mientras el resto nos ocultábamos de la diosa bajo la lona, Olaf se hizo cargo de la guardia. La presencia cercana de Ran no me entusiasmaba, pues temía que la muchacha desviara la atención del guerrero.

Entrada la tarde, y mientras me planteaba si era conveniente tomar tierra, ya que nuestras reservas de agua eran menores de lo que creía, me llamó Olaf. Yo acababa de tomar la decisión de acercarnos a la costa; eso subiría la moral de las agotadas mujeres y de paso nos proveeríamos de víveres. Comenzaba a pensar que el tullido exageraba en sus temores y que los piratas habrían abandonado su idea de atacarnos.

–Mira allí, Thorvald –me dijo la Serpiente.

Señalaba frente a nosotros un pequeño islote.

–¿Qué ves? –pregunté sin descubrir nada extraño. Entretanto, silenciosamente, se nos habían acercado Krum y Sigurd; ambos miraban con atención hacia el islote.

–Delante del acantilado hay una masa de troncos y ramas –comentó Olaf tratando de no alarmar al resto.

Miré el montículo que ondulaba a la deriva. Cómo decía Olaf, parecía simplemente un ovillo de ramas y arbustos, amontonados por la marea. Pero Olaf no me hubiese molestado por esa nimiedad. ¿Qué era lo que veía y que a mí se me escapaba?

–Esas ramas no pertenecen al islote –dijo Krum sin alterar la voz.

Miré su semblante, serio como siempre. Escudriñaba el mar a través de la pequeña hendidura que formaban sus párpados.

–¿Qué quieres decir?

–El islote solo tiene arbustos y helechos –explicó Olaf–. Esas ramas son de árboles. Tienen que ser de la costa.

–Quizá las corrientes las hayan empujado hasta el islote.

–No –dijo Einarr, que se había acercado cojeando sobre su muleta–. Esta corriente lleva a la costa. Lo extraño resulta que ese montón de ramas siga ahí y no se acerque a la orilla. Yo creo que está anclado.

Eso solo podía suponer una cosa.

–¿Pensáis que ahí debajo se esconde un barco?

–Pudiera ser –contestó el timonel.

Olaf asintió con la cabeza, al igual que Krum. Sigurd continuaba escrutando el mar tratando de ver lo que los demás intuían.

Él era joven y nunca había navegado, así que nada sabía de las técnicas de engaño y guerra.

—Serán los mismos de anoche.

Nadie contestó, aunque no era necesario. Desde nuestra partida solo nos habíamos encontrado algunos *knorr* de comerciantes y pequeños barcos de pesca, que se habían alejado enseguida ante nuestra presencia. Si bajo aquel montículo se escondía un barco, no podía tener buenas intenciones. Resultaba improbable que otra nave distinta a la del día anterior estuviese por las cercanías esperándonos.

Seguramente, al no encontrarnos donde nos preparaban la celada, habrían zarpado rabiosos tras nuestra estela. Al no darnos alcance, habrían supuesto nuestra maniobra y solo les quedaba esconderse y aguardar nuestro paso, tal y como me había advertido Einarr.

—¿Qué podemos hacer? —pregunté—. Nuestro rumbo nos lleva a pasar muy cerca de ellos.

—Si cambiamos el rumbo para adentrarnos mar adentro, se darán cuenta enseguida —repuso Einarr. Se mostraba tranquilo. Su labor era dirigir la embarcación. Las decisiones difíciles eran asunto mío—. No creo que pudiéramos escapar.

—Opino lo mismo que el viejo —dijo Olaf—. Han tenido que vernos. Estarán preparados. Si nos ven maniobrar, sabrán que les hemos descubierto y saldrán a por nosotros. Seguramente podrán remar más rápido que nosotros y nos cogerán.

Krum no añadió nada, lo que significaba que estaba de acuerdo con ellos. Ahora me correspondía a mí dar las instrucciones sobre lo que tendríamos que hacer. Aún teníamos el toldo echado sobre la cubierta. Miré al sol. Quedaba rato para que se ocultara, de nada serviría aguardar a la noche. Se nos echarían encima antes.

—Einarr, dirige la embarcación hacia la costa como si estuviésemos buscando un sitio para pasar la noche. Los demás estad preparados. Tened a mano los remos. Si doy la orden, quitaremos el toldo y remaremos con todas nuestras fuerzas. Quizás haya suerte y los engañemos.

Esto último lo dije sin demasiadas esperanzas. Aunque los del barco creyeran que buscábamos un lugar para pasar la noche, no tardarían demasiado en percatarse de que en realidad tratábamos de escapar.

Einarr regresó a su sitio y manejó la vela enfilando a la costa con tranquilidad. Realmente parecía que nuestras intenciones eran esas. En la proa se quedó Krum con su caña y a popa se colocó Olaf al lado del tullido, como si fuese su ayudante. Tuve que agarrar por el cuello en dos ocasiones a Sigurd para que el pequeño no sacara la cabeza del toldo. Los demás no estaban demasiado tranquilos, en especial Ygrr *el Cuervo*, que había escogido precisamente ese momento para agobiarse por tener echado el toldo por encima.

Sin apresurarnos, nos fuimos acercando a la costa sin que se apreciara ningún movimiento en aquel montón de ramaje que subía y bajaba al compás del oleaje. ¿Estarían equivocados mis compañeros y simplemente era lo que aparentaba?

Con los sentidos alerta, continuamos aproximándonos a la orilla como si estuviésemos buscando un buen lugar para tomar tierra. Pegados a la costa, manteníamos rumbo al sur, alejándonos del islote. Levanté lo suficiente el toldo como para poder observar el misterioso montículo.

—Se está moviendo —susurró a mi oído el pequeño Sigurd, que había aprovechado para echar un vistazo.

Me giré hacia el niño, que escudriñaba con atención. No parecía asustado, sino únicamente atento ante lo que podía pasar. Un normando, acostumbrado a combatir no hubiese estado en mejor disposición.

—¿Estás seguro? —pregunté.

—Sí. El montón de ramas se ha separado del islote y viene en nuestra dirección. Se mueve bastante rápido. Tienen que estar remando.

—Olaf —llamé lo bastante alto como para que el mercenario me pudiera oír—. ¿Qué ves?

—El pequeño tiene razón —contestó la Serpiente. Debía de haber escuchado los susurros de Sigurd—. No puedo ver los remos, pero seguro que los están usando. Parecen convencidos de no haber sido descubiertos e intentan acercarse al máximo antes de dejarse ver.

—Einarr, ¿ves posible deshacernos de ellos?

Conocía de sobra la respuesta.

—Imposible —respondió el tullido sin inmutarse—. Podemos retrasarlo, pero terminarán por cogernos.

–¿Por qué no tomamos tierra? –propuso una mujer a mi espalda–. Anoche no se atrevieron a atacarnos.

–Ayer no sabían que los habíamos descubierto –repuse para evitar más comentarios en este sentido–. Si nos adentramos tierra adentro, se harán con el barco.

–Pero conservaremos la vida –cuchicheó la mujer. Aún no había distinguido de quién se trataba.

–No hemos venido hasta aquí para abandonar el barco en tierra extraña y escapar como conejos –dijo Salbjörg *la Vieja* dando por terminada la discusión–. Thorvald, ¿qué vamos a hacer?

–Tendremos que pelear –contesté tratando de buscar la situación más ventajosa para nuestra evidente inferioridad.

Durante un rato estuve pensando sin ser molestado. Hombres y mujeres aguardaban en silencio mis órdenes.

–Einarr –dije al fin–. Cuando te diga, llena la vela y aléjanos cuanto puedas. Habib, Hrutr, Sigurd, Ottar, Thorstein y todas las mujeres menos Skathi y Groa, a los remos, tan fuerte como podáis. El resto preparados para usar las armas. Krum y Olaf, mojad la vela y ved qué podéis hacer con los arcos.

Con estas órdenes, mi intención era ganar el máximo tiempo posible por si hubiera suerte y se nos echase encima la noche, lo que resultaba francamente difícil. Por eso prefería no agotar a los hombres remando y, a cambio, tenerlos dispuestos para cuando llegara el momento de enfrentarnos a ellos. Al mojar la vela, la protegía de las flechas incendiarias que sin duda nos arrojarían y de paso aprovecharíamos mejor el viento que nos debía impulsar.

–¿Habéis entendido todos lo que tenéis que hacer? –pregunté–. Entonces ¡adelante!

A la vez que decía las últimas palabras me desembaracé del toldo que nos cubría, cogí un cubo vacío que llené por la borda y lo vacié sobre la vela, que, como si obedeciera mis órdenes, se había hinchado repentinamente, empujando el barco hacia delante.

Las mujeres dispusieron los remos en sus puestos y a la voz de Einarr comenzaron a bogar siguiendo la cadencia. El resto preparaba sus armas. Krum y Olaf lanzaban cubos de agua sobre la vela y también sobre los aparejos y la cubierta.

Nuestros perseguidores no se quedaban atrás. En cuanto se dieron cuenta de que los habíamos descubierto se desembarazaron del ramaje que los mantenía ocultos y gritando como locos se dispusieron a perseguirnos. Tres de ellos colocaban el mástil que tenían abatido sobre su base y los demás bogaban con todas sus fuerzas sin dejar de dar alaridos.

Yo sabía que los gritos que proferían estaban destinados a amedrentarnos. Ninguno de los mercenarios les prestaría oídos, pero temía que las mujeres se dejaran llevar por aquellos aullidos, maldiciones y amenazas que, lejanos, nos llegaban por encima de las olas. Ordené mantener silencio. Realmente los gritos no herían a nadie y nos convenía guardar fuerzas. Si a ellos les sobraban como para permitirse el lujo de desaprovecharlas, mejor para ellos.

–No hagáis caso de esos perros –decía Salbjörg con el rostro rojo a causa del esfuerzo con el remo–. Anoche no se atrevieron con nosotras y necesitan esconderse para tendernos una emboscada. No son hombres. ¡Vamos, remad! Los cansaremos y cuando estén cerca los mandaremos a saludar a Aegir al fondo del mar.

Arengadas de esta forma, las mujeres cerraban sus oídos a los gritos del enemigo y se esforzaban en impulsar el barco, que se separaba de la orilla manteniendo el rumbo tan al sur como lo permitía el viento.

–Hemos aumentado la distancia que nos separa –dijo Einarr–, pero aún no han cogido el viento. Enseguida veremos qué tal navega ese *drakkar*.

–¿Podrías hacerle arder la vela? –pregunté a Krum, que seguía las evoluciones del barco enemigo a mi lado.

–Han empapado las velas –repuso Cabeza de Jabalí haciendo un gesto con la cabeza. Se mostraba expectante, curioso, como siempre que entrábamos en combate, por calibrar el poderío del contrario.

Miré a mi lado. Todas a una, las mujeres se deslomaban bogando tan rápido como podían. El temor que había apreciado en sus voces mientras nos escondíamos bajo el toldo se había esfumado. Aquellas mujeres no estaban huyendo, sino preparando el combate, tal y como les había pedido la Vieja, que ahora guardaba silencio para concentrarse en remar. En los rostros enrojecidos, donde se notaban las venas como gruesas cuerdas tensadas, la mirada de decisión y arrojo no desmerecía de la que hubiese mostrado una tripulación de hombres. Teníamos menos fuerza y experiencia, pero el mismo coraje.

—Han empezado a recortar la distancia –anunció Einarr.

–¿Cuánto crees que tardarán en darnos alcance?

–Antes de que anochezca seguro.

–¿Podemos ir más rápido?

–No. Nuestro barco navega mejor. Posiblemente los fondos del suyo estén sucios y eso los retiene, pero todos sus hombres están a los remos. Ya han dejado de gritar y no lo volverán a hacer hasta que estén encima. Si aguantamos este ritmo, cosa que dudo, aún tardarán un buen rato en poder abordarnos.

–¿Cuántos hombres tienen? –pregunté dirigiéndome a Krum.

–Unos cuarenta. Están preparando arqueros para lanzar flechas incendiarias, pero aún están lejos como para poder acertarnos.

–Por si acaso tened a punto cubos de agua –repuse–. Salbjörg, debemos continuar con fuerza. Hay que cansarles todo lo posible.

La carrera continuó durante largo rato. Nuestro barco era más veloz, como decía Einarr, pero ellos iban reduciendo la distancia poco a poco gracias a que tenían más gente a los remos y eran más fuertes. Cuando estuvimos a tiro de sus arqueros, comenzaron a arrojarnos flechas incendiarias, tratando de acertar en nuestra vela, cosa que hicieron en tres ocasiones. Pero estábamos atentos y conseguimos apagarlas antes de que causaran males mayores que un desgarro en el velamen.

Krum, entretanto, se entretenía haciendo puntería, algo muy difícil con el movimiento constante de las dos naves y a semejante distancia. Desaprovechó seis dardos antes de poder abatir a uno de los arqueros. Ante esta pequeña victoria y los gritos de furia de nuestros perseguidores, las mujeres reaccionaron sacando las escasas fuerzas que aún les quedaban y empleándolas en seguir impulsando nuestro *langskips*.

Ya podíamos ver con claridad los rostros de aquellos malditos piratas y entonces lo comprendí todo:

–Krum, ¿no es aquél Hakan *el Sueco*?

–Me preguntaba cuánto tardarías en darte cuenta –repuso el diablo *sámi* esbozando una de sus raras sonrisas.

–Debía habérmelo imaginado, tal y como han ido las cosas – contesté rabioso.

–¿No esperarías que ese perro se olvidara tan fácilmente de una ofensa como la que le hicisteis, verdad? –preguntó Yngvard, afilando con mimo su enorme hacha de guerra–. Le insultasteis delante de todos. No descansará hasta hacerse con el barco y clavar en una lanza las cabezas de Thorvald *Brazo de Hierro* y su compañero Krum *Cabeza de Jabalí*.

Hubiese jurado que el rubio mercenario disfrutaba con sus palabras. Parecía olvidar que, para que eso sucediera, él tendría que perder su propia y valiosa vida.

–Krum, hazme un favor –dije soltándome con los dientes una tira de cuero que, a modo de brazalete, llevaba de adorno en mi muñeca. Cogí una flecha y con su punta atravesé la tira–. Envía este brazalete a ese buitre.

El lapón sopesó la flecha y la colocó en el arco, tensándolo antes de tomar puntería. El dardo salió con un zumbido en dirección al otro barco, atravesando la vela antes de caer sobre la cubierta. Uno de los tripulantes se acercó hacia ella con un cubo de agua pensando que podíamos tratar de calar fuego a la embarcación. Cuando vio lo que era, desenganchó la tira de la flecha y se quedó mirándola.

Hakan *el Sueco* debió de reconocer enseguida qué era aquello, pues se lo quitó de la mano a su compañero.

–¡Sueco! –grité–. Cuídame el brazalete, enseguida iré a recuperarlo.

Como imaginaba, la provocación y el llamarle *Sueco,* algo que Hakan odiaba, tuvo efectos inmediatos. Como poseído por un diablo, el mercenario se subió a la borda y comenzó a proferir todo tipo de amenazas.

–No creo que esa fanfarronada nos ayude en nada –dijo la Negra a mi espalda sin dejar de remar.

Miré perplejo a la liberta. Tenía razón. Con las palabras difícilmente se acaba con el enemigo, pero es costumbre entre los hombres del norte retarse a duelo, insultarse y desafiarse antes de comenzar la batalla. De esta forma nos motivamos. ¿Por qué habría de cambiar ahora nuestras costumbres? Decidí ignorar el comentario.

–¿Cuánto calculas que tardarán en estar a nuestro costado? –pregunté dirigiéndome a Einarr.

El tullido se mantenía tranquilo, sentado en su posición, manejando con una mano el enorme remo con el que realizaba las pequeñas correcciones de rumbo sin dejar de controlar la vela. Sentado en la borda de estribor, se había cubierto la espalda con uno de los escudos que llevábamos en las bordas, tal y como solemos hacer cuando caminamos por tierra antes de la batalla. Una larga flecha, que hubiese podido atravesar al viejo, estaba clavada en la madera de tilo, sin que Einarr le diera la menor importancia.

—No mucho más —contestó con calma—. Cada vez se encuentran más cerca. Hemos bajado el ritmo de boga, las mujeres están exhaustas. Además, vamos contra el viento.

Era cierto. A duras penas aquellas voluntariosas mujeres lograban seguir impulsando el barco. Debíamos prepararnos para el abordaje.

—Thorvald —llamó Marta desde su posición.

Me acerqué hasta ella.

—Ganaríamos algo de tiempo si cambiamos el rumbo —propuso.

—¿Y cómo podríamos hacer eso?

—Si lográramos fijar la proa, con la velocidad que llevamos la nave giraría de golpe. Podríamos pasar a su costado y coger de nuevo el viento. Necesitarían algo de tiempo para preparar su maniobra y volver a acercarse.

—¿En qué estás pensando?

—Echar el ancla por la amura de estribor —intervino el tullido con una sonrisa—. Ya he visto antes esa maniobra. No nos libraría de ellos, pero podríamos retrasar su ataque. Además, al pasar por su flanco podríamos disparar flechas y tirarles lanzas y las piedras del lastre.

—¿Se puede hacer?

—Igual nos dejamos medio barco en el intento y desde luego tendremos que sacrificar el ancla, pero si aquel viejo loco de Hrolf el constructor hizo su trabajo, creo que saldremos bien de esta.

—¡Olaf! Saca el ancla por la amura de estribor y prepárate a tirarla en cuanto Einarr dé la orden. Temujín, atento a cortar la cuerda del ancla en cuanto se haya terminado la maniobra. Krum, prepara los arcos. Los demás con las lanzas. Los de los remos, en cuanto nos pongamos a su par, dejad de bogar y tiradles piedras. Afinad la puntería, solo tendremos una oportunidad.

Einarr dispuso el aparejo con el que manejaba la vela y esperó a que la nave pirata se acercara lo suficiente antes de permitir que la vela se deshinchara por un momento, a la vez que gritaba: *¡ahora!*

Nos tuvimos que sujetar con fuerza para no salir despedidos de cubierta. Olaf había arrojado por el costado delantero del lado del timón el ancla; en cuanto esta, con la cuerda corriendo por la borda atrás, hubo tocado fondo y se enganchó fijando la proa, como había previsto Marta, el barco dio un terrible tirón.

Pensé que volcábamos. Por la amura de babor entró gran cantidad de agua cuando la nave escoró al dar media vuelta de repente, y todo el maderamen crujió lastimosamente.

En cuanto nos pusimos mirando a la proa de nuestros sorprendidos perseguidores, Temujín, de un solo tajo de su espada curva, condenó al ancla a quedarse en el reino de Aegir mientras el tullido conseguía hinchar de nuevo la vela, ahora a favor del viento. Las mujeres, animadas por los gritos de Salbjörg, consiguieron sacar las últimas fuerzas que les quedaban e impulsaron el barco hacia los piratas.

Hakan y los suyos tardaron en darse cuenta de nuestros planes y para entonces ya estábamos a diez pasos de su amura, donde nos miraban quietos como estatuas sin entender qué estaba pasando. Nuestras flechas, lanzas y piedras hicieron un buen trabajo. Por lo menos calculé que las fuerzas se habían equilibrado un tanto, al menos en número de combatientes, gracias a aquella estratagema.

Gritando de rabia, los piratas no se molestaron en virar. Simplemente frenaron su marcha con los remos, cambiaron de orientación en sus asientos y comenzaron a bogar en sentido contrario. Su timonel levantó el remo que le servía de caña y, con él en brazos, corrió a situarse en la popa del barco. De esta forma tan simple la popa se había convertido en proa y al revés, algo para lo que nuestros barcos están muy bien preparados.

Enseguida comenzaron de nuevo la persecución, mientras arrojaban al mar a sus muertos para aligerar su nave. Diezmados y engañados, cansados de bogar con todas sus fuerzas, tardaron un buen rato en volver a situarse a nuestra popa.

—¡Freyja, Kara, Abu, Ottar! Cuando dé la señal coged los remos y preparaos para empujar su proa. Tratarán de abordarnos y dañar nuestra popa. Impedídselo o nos iremos todos a visitar a Ran. Los demás tened las armas a punto.

Cada uno hizo lo que se le había ordenado. Di la señal y los cuatro que había nombrado se dirigieron a la popa con los remos para empujar al enemigo y que no nos cortara. Los demás les protegíamos con los escudos de las flechas a la vez que, por encima, lanzábamos todo lo que teníamos.

Ygrr *el Cuervo* aullaba y se tiraba del pelo arrancándose mechones enteros. A su lado, Ivar y Skathi hacían otro tanto y saltaban sobre la cubierta moviendo la embarcación lo suficiente para hacernos perder la puntería. Las mujeres, guardando silencio y cerrando sus oídos a los gritos de nuestros enemigos, trataban de acertar con sus lanzamientos.

Sentado en el suelo como atacado por unas fiebres, el inmenso *berserker* Gunnar *el Oso* sudaba a chorros alejado del lugar que debía ocupar en la popa, a mi lado, con los ojos en blanco y agitándose como lo hace una hoja a punto de caer empujada por el viento.

Los piratas trataban de apartar nuestros remos para poder abordarnos y destrozar nuestra popa, pero logramos evitar sus golpes y conseguimos que su proa no se nos echara encima. En ese momento, mientras ambas tripulaciones nos preparábamos para abordar el barco adversario, se escuchó un grito inhumano que heló la sangre de los hombres más curtidos.

No era la primera vez que escuchaba semejante aullido, incomprensiblemente producido por una garganta humana. Aun así, debo reconocer que me causo un escalofrío.

El gigantesco guerrero de Odín, corriendo por la cubierta y haciéndola retumbar con sus pisadas, no había terminado de lanzar su abominable grito de guerra y ya cruzaba el aire por encima del enjambre de remos enfrentados para caer como lo podría haber hecho el mismísimo Thor en la cubierta enemiga.

Gunnar estaba completamente desnudo. Su rostro deformado mostraba una gran lengua roja y unos espantosos colmillos. La larga y desordenada melena le caía por todos lados, enredándose en sus propias manos.

Los piratas, ante la aparición del gigante, mostraron un instante de duda que el Oso aprovechó para hundir el cráneo de los dos que estaban más cerca con sus propias manos.

Pero aquellos no eran meros comerciantes y granjeros, sino piratas acostumbrados a las batallas e iban a morir peleando. Pronto se recuperaron y empuñaron hachas y espadas con las que se enfrentaron al poderoso guerrero.

Entretanto, Ygrr *el Cuervo*, Ivar y Skathi, los otros *berserker*, habían seguido el ejemplo del Oso, entre aullidos inhumanos y chirriar de dientes. La extraña mujer muda llevaba una piedra en cada mano y con ellas golpeaba cuanto se interponía en su camino

Aprovechando la matanza que estaba causando el *berserker* y que la atención de los piratas estaba en ese terrible ser destructor, conseguimos aproximarnos lo suficiente para saltar a su barco. Para entonces, Gunnar ya se había ocupado de seis de ellos y estaba asaeteado por todas partes sin que pareciera darse cuenta. La imagen que guardo del terrible guerrero de Odín en el momento en que llegué a bordo del *drakkar* adversario es la de Gunnar arrancando de un mordisco medio rostro de un hombre y cómo lo escupía.

Dejé volar mi maza golpeando a todo el que se me ponía por delante. A mi lado, Temujín hacía lo mismo con su espada. La manejaba como un diablo y sus enemigos apenas podían verla. Krum e Yngvard se batían en el otro extremo del barco.

Yo trataba de acercarme a Hakan. El traidor me había visto y también se abría paso a golpes hacia mí. Pero entonces se cruzó un nuevo adversario. Tuerto y con la cara deformada por una cicatriz, el enorme pirata manejaba con soltura su hacha de doble filo y a punto estuvo de tomarme por sorpresa. Nos enzarzamos en un duro combate cuerpo a cuerpo y pronto dejaron de servirnos a mí la maza y a él su hacha y peleamos con las manos.

Mi contrincante no me andaba a la zaga en fuerza y durante un buen rato estuvimos aferrados el uno al otro hasta que, por fin, y con un esfuerzo que me dejó momentáneamente exhausto, logré deshacer su presa y cogí su cabeza con las dos manos, metiéndole el dedo pulgar en su único ojo para ver cómo una sustancia pegajosa corría por su rostro.

Aquel perro no tuvo tiempo de sufrir demasiado, ya que le partí el cuello como lo hubiese hecho con el de una oca. Cuando me lo quité de encima y busqué con la mirada a Hakan, me quedé aterrado al ver al traidor luchando contra Marta, a la que tenía arrinconada en una esquina, sin dejar de reírse, como jugando con un ratón. Mientras me abría paso entre los que se mataban entre sí para ir en ayuda de la Negra, vi a esta indefensa y sin salida ante el Sueco. Cuando parecía que aquel perro le iba a arrancar la cabeza, la liberta se dejó caer repentinamente al suelo y con el cuchillo que empuñaba atravesó el pie del mercenario y lo clavó al suelo.

El arrebato de dolor de aquel perro permitió a la Negra zafarse momentáneamente, pero Hakan estaba demasiado curtido en la batalla: una herida, por dolorosa que fuese, no era suficiente como para detenerlo. Se arrancó entre maldiciones el cuchillo, que arrojó por la borda, y volvió a arrinconar a la muchacha.

Pero para entonces yo ya había llegado hasta ellos y, cuando el traidor se disponía a decapitar a la valiente liberta, mi maza le aplastó la cabeza y desparramó sus sesos por la cubierta.

La muchacha, sin agradecerme mi ayuda, se dispuso a buscar otro enemigo con el que enfrentarse. El instante perdido observando la reacción de la Negra casi me cuesta la vida. Detrás de mí, un pirata aprovechó para lanzarme una acometida con un alfanje, la espada que usan los *blamenn*. Por suerte para mí, Abu Falki se hallaba más atento y con su maza llenó mi ropa de sangre, astillas de huesos y trozos de carne de lo que había sido la cabeza de mi enemigo.

El cuerpo sin cabeza y con el alfanje aún bien cogido en la mano cayó como un saco a mis pies. Recuerdo que me extrañó ver tal arma en manos de un normando. Pero no había tiempo que perder y, tras un rápido gesto de agradecimiento al negro, me dispuse a seguir con la batalla, recriminándome por el error que a punto había estado de despojarme de mi cabeza.

Ya no quedaban demasiados enemigos. Nuestra ventaja resultaba aplastante. Tan solo cinco hombres se mantenían en pie, pero estaban heridos.

—¡Nos rendimos! —gritó uno de ellos, arrojando su espada y levantando las manos. Sus compañeros fueron haciendo lo mismo uno a uno, hasta quedar todos desarmados.

Aún no me lo podía creer. Y menos que yo las mujeres, que, con los rostros desfigurados por el esfuerzo y empuñando todavía las armas, se miraban las unas a las otras sin saber exactamente qué hacer.

Ordené atar a los cinco prisioneros y registrar el barco en busca de cualquier cosa que pudiera sernos de utilidad. Traspasamos a nuestro barco a los heridos y arrojamos por la borda a los suyos junto con sus muertos.

Ciertamente no nos podíamos quejar de cómo habíamos salido parados de la batalla, aunque teníamos bajas. Bajas valiosas que llegaban demasiado pronto.

Gunnar *el Oso*, el inmenso *berserker* que se había arrojado por la borda, matando con sus propias manos a más de diez enemigos, yacía en el suelo con los ojos abiertos, traspasado por varias flechas y por la punta de más de una lanza.

También perdimos a Ottar *la Morsa*. Le faltaba un brazo y se había desangrado, pero conociendo al leal granjero estaba seguro de que sus adversarios habrían pagado cara su muerte.

La imprudente Inga estaba tendida en la cubierta con un tajo enorme que dividía prácticamente su tronco en dos desde el hombro izquierdo hasta el costado derecho, de arriba abajo. La muchacha, que llevaba poco tiempo casada con su marido Ari *el Rojo*, preso en tierra de los *blamenn*, nunca podría volver a reunirse con él en esta vida. En la mano sujetaba todavía su hacha de una sola hoja, que no aparecía manchada de sangre.

No eran estas las únicas bajas sufridas. Arnora, la muchacha que valientemente se había deshecho de su embarazo poniendo en riesgo su propia vida para ir en busca de su marido preso, yacía con una terrible herida que le había sacado las entrañas. Si Odín quería que encontráramos algún día a Ragnfastr, yo personalmente le diría lo mucho que le había amado su esposa.

También Helga, la madre de mi inseparable Sigurd, había encontrado la muerte en aquellas aguas. Su cabellera negra se desparramaba sobre los brazos aún tiernos de su hijo, que sostenía la cabeza de su adorada madre entre ellos. Al menos la muerte no le había producido grandes estragos. Una flecha le entraba casi de frente por el cuello y la punta de hierro asomaba por la parte de atrás. Sigurd no derramaba ni una lágrima, se limitaba acariciar la melena de su madre.

Un gesto de conmiseración con el niño hubiese supuesto una afrenta para este, así que lo dejé en manos de Salbjörg. Con la ayuda de Hild y Marta se dispusieron a extraer la flecha de su cuerpo.

Ayudé a tirar los cuerpos al agua. Aquellos piratas que aún no estaban muertos imploraban por su vida, no para que se la perdonáramos, sino para que se la quitáramos con la espada antes de arrojarlos por la borda. Para nosotros esta es una muerte ignominiosa que no nos permite acceder al Valhalla, donde morar toda la eternidad entre interminables banquetes y batallas, rodeados por las bellas valkirias.

Olaf y Freyja estaban a punto de mandar al fondo del mar a uno de nuestros enemigos con la cabeza destrozada y cuando me di cuenta de que se trataba del mismo hombre del que Abu me había salvado.

–Esperad un momento –pedí a la vez que, de la cubierta, cogía una espada cubierta de sangre. Me acerqué a ellos. El muerto sostenía fuertemente aferrado en su mano el enorme alfanje, robado sin duda a algún *blamenn* muerto tiempo atrás.

De un solo golpe corté la mano que lo sostenía y, con mano y todo, se lo entregué al inmenso negro que me había socorrido.

–Cógelo, Abu –le dije–. Esta arma te servirá para matar a tus enemigos, que ahora son los míos. Te debo la vida y estoy en deuda contigo. Espero tener la oportunidad de saldarla algún día.

El liberto se limitó a coger el arma y arrancarle la mano, que arrojó al agua. Después se la colgó a la cintura, me miró con sus ojos oscuros e hizo un leve gesto con la cabeza. Sin decir nada, cogió el cadáver mutilado del hombre al que había aplastado la cabeza, lo alzó por el aire y lo arrojó tras la mano.

* * *

Se acercaba ya la noche. A mi alrededor tenía dos barcos llenos de sangre, una tripulación a la que le faltaban cinco miembros y otros tantos prisioneros.

Sin embargo, al contrario de lo que pudiera pensarse, la moral de las mujeres, en un primer momento dominada por la euforia al terminar la sangrienta lucha, había bajado mucho. Una tripulación de hombres hubiese valorado el triunfo y la consecución de un buen botín. Para ellas, en cambio, suponía la pérdida de unos compañeros que ya no volverían a estar a su lado, una merma irreparable en nuestras fuerzas y un triste presagio. Aún estábamos lejos de al-Ándalus y ya habíamos pagado un caro precio.

CAPÍTULO 13

Hundimos el barco de los piratas allí mismo, quedándonos con las armas, herramientas, cuerdas y algunas vituallas de las que andábamos escasos o que habíamos perdido durante la refriega, y dirigimos el nuestro a tierra firme, en busca de un lugar donde pasar la noche y gozar del descanso que nos habíamos ganado.

Quien más quien menos tenía alguna herida sufrida durante el combate. Zubayda, la novia de Abu Falki, era la que peor se encontraba. Una fea brecha en su cabeza, de la que manaba abundante sangre, le había hecho perder el conocimiento. Hild y Marta le habían colocado un emplasto de hierbas y vendado la herida con paños sacados de las ropas de los hombres muertos.

La propia Hija del Cuervo se dolía de un espadazo, por fortuna sin demasiada importancia, pero suficiente como para rasgarle el costado a través del grueso manto de pieles que vestía.

–Thorvald –dijo Olaf, apoyado en el mascarón de proa. Había sufrido una herida que se había llevado un trozo de una de sus orejas y se dejaba curar por su enternecida novia–. Podríamos atracar allí.

Miré en la dirección que señalaba la Serpiente, una cala rodeada por un impenetrable bosque. Al abrigo de la arboleda estaríamos seguros de no sufrir un ataque desde tierra. Camuflando el *langskips*, sería difícil que nos vieran desde el mar, si es que algún otro barco rondaba cerca.

–Einarr, hacia la playa. Los demás a los remos.

En medio de un silencio que no presagiaba nada bueno, los que nos encontrábamos en condiciones remamos acercando el *drakkar* hasta la orilla.

Todavía teníamos un rato de luz y Einarr sugirió sacar la nave del agua para comprobar los daños y camuflarla mejor. Todos a una, y con la ayuda de los prisioneros, seguimos el consejo del tullido. La nave no presentaba grandes daños, nada que no se pudiera reparar antes de partir al día siguiente. Encomendé la tarea a Olaf, Abu, Groa y Svava, bajo la supervisión de nuestro viejo timonel.

Entretanto los demás montamos el campamento, trasladamos a Zubayda, Embla y Lorelei, que no se podían valer por sí solas, y atendimos las heridas de los demás.

Para mí resultaba incomprensible que después de semejante victoria los ánimos estuvieran tan bajos. ¿Qué esperaban? ¿Imaginaban que una expedición como aquella se saldaría sin ningún herido? Habíamos derrotado a una tripulación de hombres cansados de dispensar la muerte, de ser heridos en combate y de ver morir con las armas en las manos. Yo nunca hubiese apostado por aquel resultado.

En aquella playa no era posible encontrar nada para comer. Además, preferí no encender fuego para no desvelar nuestra posición. Las mujeres no protestaron y se limitaron a comer en silencio una cena fría y a acostarse.

Incluso el valiente Sigurd estaba callado. Daba lástima. No me cabía la menor duda de que se sentía culpable por haber empujado a su madre a participar en aquella expedición en la que la mujer no confiaba y que le había costado la vida en el primer envite.

–Thorvald, el barco está ya en condiciones –dijo Olaf tomando un trozo de carne seca y metiéndoselo en la boca–. Lo hemos cubierto con ramas y hemos quitado el mástil para que no se pueda ver.

–Está bien.

–Se diría que hemos sido nosotros los derrotados –comentó La Serpiente señalando con la cabeza al resto del campamento.

No contesté. El mercenario respetó mi silencio y fue a sentarse junto a Ran. Ella también parecía desanimada y la conversación de Olaf no la sacó de su mutismo. La Serpiente, aburrido de hablar solo, dejó a Ran y se juntó con Temujín y Krum, que masticaban un tasajo de carne seca. No era una compañía mucho más animada que la de la joven.

Poco a poco, las mujeres fueron cayendo en un espeso sueño. Ninguna se había molestado en preguntar cuál era su turno de guardia. Quizá pensaban que el peligro había desaparecido ya o realmente estaban demasiado cansadas como para seguir alerta.

Monté la guardia entre los hombres. Yo haría la primera acompañado por Krum. Sigurd quería acompañarme, pero cayó rendido enseguida. Sin saber por qué, lo levanté y lo llevé hasta la tienda de Marta, para dejarlo con cuidado a su lado. La muchacha se despertó, me miró, vio al niño, asintió e hizo un hueco para que el muchacho se arrebujara bajo la manta.

–¿Qué haremos con los prisioneros? –preguntó inmutable Krum, masticando una brizna de hierba.

–No lo sé aún –repuse echándoles un vistazo. No les habíamos dado nada para comer, pero en su situación tenían cosas más importantes en que pensar. Por ejemplo, cómo continuar con vida–. Tal vez sería mejor matarlos.

–Podrían incorporarse a la expedición. Saben luchar. Hemos perdido a Gunnar, a Ottar *la Morsa* y a tres mujeres.

Tras ese inhabitual discurso, guardó silencio como recuperándose del desgaste. Sentado en una piedra, yo miraba de reojo hacia donde se encontraban los piratas, atados de pies y manos. Estos sabían que estábamos hablando de su suerte y nos observaban con aprensión.

–Creo que a las mujeres no les gustará la idea.

–Somos muy pocos –se limitó a señalar Cabeza de Jabalí.

No volvimos a intercambiar palabra hasta el cambio de guardia. Despertamos a Yngvard y a Temujín para que nos relevaran y pudiéramos dormir. Al belicoso noruego no le hizo mucha gracia compartir guardia con el mogol. El silencioso bárbaro resultaría una aburrida compañía.

Me acosté y de inmediato me dormí.

* * *

En la mañana del quinto día, cuando me desperté y abandoné mi tienda, en la que había dormido solo, como era ya mi costumbre, el campamento estaba prácticamente recogido. Habían encendido un fuego sobre el que calentaban una marmita con *grautr,* la sopa de sémola. A pesar de haber desobedecido mis órdenes de no encender hogueras que pudieran delatar nuestra presencia, preferí hacer ver que no me había dado cuenta. Al fin y al cabo íbamos a partir en breve, y si desayunar caliente servía para calentar los ánimos, quizá fuera mejor ignorarlo.

Me serví una escudilla y la acompañé de un buen trozo de pan, queso y mantequilla salada. Tenía hambre, así que me senté al margen de los demás, dispuesto a engullir mi comida. No estuve demasiado tiempo solo.

–¿Qué te propones hacer con los prisioneros? –preguntó Salbjörg, en pie delante de mí.

–Aún no lo he decidido –contesté sin levantar los ojos del plato–. ¿Qué sugieres?

–Abandonarlos en esta playa.

–¿Y darles la oportunidad de vengarse alguna vez? –repuse con la boca chorreando leche–. No me gusta la idea.

Mientras hablábamos se acercaron otras mujeres y alguno de los mercenarios.

–Mi hacha vota por cortarles la cabeza –dijo jactancioso Yngvard, buscando la admiración de las mujeres.

–Son hombres fuertes y acostumbrados a luchar –opinó Olaf sin hacer caso a las palabras de su compañero–. Nos hacen falta brazos en los remos y necesitaremos toda la ayuda posible cuando lleguemos a la tierra de los *blamenn*.

–Hemos perdido a cinco de los nuestros –apuntó Lorelei, a la que se veía con grandes ojeras. Privada del compañero que había calentado su lecho durante el último invierno, el infortunado Ottar, posiblemente no hubiese dormido demasiado aquella noche–. Nos vendría bien reforzarnos.

Las demás mujeres callaban, pero en sus rostros se podía leer la desconfianza hacia aquellos hombres que el día anterior las habían atacado y que habían matado a sus compañeras.

Los mercenarios vemos las cosas de otra forma. Sabemos que los piratas, al fin y al cabo, no llevan una vida tan diferente de la nuestra. Nosotros luchamos a sueldo del mejor postor. Los piratas lo hacen por el botín que pueden obtener. En ambos casos matamos a gente a la que no conocemos sin que nos importe lo más mínimo, por riquezas. ¿Dónde está la diferencia?

–Si les perdonamos la vida y les permitimos quedarse con lo que puedan arrebatar a los *blamenn*, lucharán con nosotros y después se marcharán.

La pérdida del enorme *berserker*, sin cuyo sacrificio el desenlace en la lucha contra los piratas seguramente hubiese sido distinto, suponía una notable baja. Los cinco prisioneros podrían suplirlo. Además, se emplearían también con los remos.

—No podemos estar seguras —dijo por detrás de las demás mujeres una voz que conocía bien—. Ignoran nuestros planes. Dudo de que, cuando los conozcan, quieran ayudarnos. Y podrían darnos problemas.

En eso la Negra tenía razón. Los piratas podrían negarse a luchar a nuestro lado, incluso sería posible que nos entregasen a los *blamenn* si se les presentaba la oportunidad.

—¿Qué propones que hagamos con ellos?

—Matarlos.

La respuesta salió de sus labios como si tal cosa, pero conocía lo suficiente a la decidida liberta como para saber que pronunciar la sentencia le habría costado un enorme esfuerzo.

El resto de las mujeres murmuraron, pero no dijeron nada en voz alta, como si con su silencio se mostraran conformes con la intención de la muchacha. Los hombres prefirieron no hacer ningún comentario. Solo Olaf movió la cabeza, disgustado, e Yngvard sonrió con delectación.

La Serpiente no era amigo de deshacerse de nada a lo que se le pudiera sacar provecho. Principalmente ese era el motivo por el que había contado con él para aquella expedición. Por tanto, matar a cinco robustos hombres no podía parecerle una buena idea.

Para Hacha Sangrienta los motivos de su reacción eran distintos. El mercenario ya estaba disfrutando solo de pensar cómo cortaría el cuello de aquellos desgraciados.

Hice un último intento para poder incorporar a los prisioneros a nuestra expedición.

—Podrían darnos su palabra. Son normandos, no la deshonrarían.

—También son piratas —repuso la muchacha—. No son de fiar. No me gustaría llegar a las murallas de la ciudad y tener que preocuparme por mi espalda.

El murmullo aprobador entre las mujeres dictaminó la suerte de los cautivos.

—Yo lo haré —se ofreció enseguida Hacha Sangrienta antes de que alguien se le pudiera adelantar.

Miré con indiferencia al poderoso noruego acercándose a los piratas con su hacha de doble filo al hombro. Estos enseguida comprendieron lo que les aguardaba. Estaban atados entre sí de piernas y brazos, y comenzaron a gritar espantados y a pedir clemencia, jurando lealtad por una numerosa colección de nuestros dioses, algunos desconocidos para mí.

Para aumentar la angustia de los condenados, el mercenario se puso ante ellos y les mostró su afilada arma. Con un movimiento repentino, la cabeza de uno de ellos cayó al suelo. Antes de que tocara el suelo, la que tenía sobre sus hombros el hombre de al lado también era cortada limpiamente, sin aparente esfuerzo.

Yngvard rio en voz alta viendo la angustia de los otros tres, que continuaban atados a los cuerpos decapitados. De los cuellos de estos brotaban chorros espasmódicos de sangre y sus cuerpos se retorcían, como si aún no supieran que estaban muertos.

–Thorvald –dijo Marta, asqueada–. Termina con esto. Debemos matarlos por nuestra seguridad, pero esta crueldad no es necesaria.

No dije nada. Por un lado estaba molesto con ella por haber impuesto su opinión sobre la mía, por otro no entendía su rechazo. De haber triunfado los piratas, nuestra suerte no hubiese sido mejor. La crueldad con el enemigo era necesaria si uno quería que se le respetara.

Ante mi silencio, Abu *el Halcón* se acercó hasta los cautivos, agarró la cabeza de dos de los espantados hombres, cada una con una de sus manazas, y las hizo chocar con fuerza. Un terrible chasquido resonó contra los acantilados al quebrarse los cráneos de aquellos miserables. Hacha Sangrienta, que había visto deslucida su exhibición, comenzó a protestar. De pronto, con un silbido, un hacha de dos hojas, más pequeña que la que usaba el noruego, fue lanzada desde el grupo de mujeres pasando entre los dos hombres, que parecían estar a punto de enzarzarse en una discusión, y se clavó en la frente del último cautivo. Los cuerpos desmadejados cayeron al suelo.

A Yngvard se le habían quitado todas las ganas de discutir con Abu. Los demás miramos hacia el lugar del que procedía el hacha. Todos convergimos en Skathi, la hija de *berserker*, compañera hasta ese momento de Ygrr y el malogrado Gunnar, muda desde pequeña al haberle arrancado su padre la lengua en uno de sus ataques. Vestida con los mismos andrajos que el día en que la conocimos, pues se había negado a aceptar otra ropa, masticaba un trozo de salazón con la mirada perdida.

Nadie dijo nada, pero me pareció que mi autoridad en el grupo había quedado cuestionada. Abu y la *berserker* se habían puesto de parte de la antigua esclava, cortando la diversión de Yngvard. Para tratar de restablecer mi jerarquía, me levanté y ordené apagar el fuego y terminar de levantar el campamento. No era necesario ser muy intuitivo para darse cuenta de que el ambiente se había enrarecido. Un jefe no puede dejarse cuestionar en ningún caso. El que lo intente deberá pagar con su vida en caso de no salir triunfador, así se evita que haya discusiones interminables y se formen distintos grupos con intereses opuestos a la greña entre ellos.

Preferí pues hacer como que no había sucedido nada y que a mí me resultaba indiferente la suerte que corrieran los prisioneros cuyos cuerpos decapitados se amontonaban en la orilla. Mi mirada se cruzó un instante con la de Kara: en su rostro se adivinaba una enigmática sonrisa que no me gustó. La mujer de Yngvard parecía estar disfrutando con la situación.

Durante el tiempo que habíamos permanecido construyendo el *langskips* y entrenando a las mujeres en la aldea, ella había tratado de cobrar protagonismo, el mismo del que gozaba Salbjörg, y por momentos había parecido que lo conseguiría. Algunas mujeres, descontentas de que la Vieja se dejara asesorar por una antigua e insignificante esclava, hacían caso a sus palabras engañosas.

Yo pensaba que al final se había rendido, astuta como era, esperando una mejor oportunidad, al ser consciente de que no tenía suficiente apoyo. Durante el resto del tiempo y los primeros días de navegación prácticamente no se había hecho notar.

La mujer de Aslak el *Caballo*, que en el último año fornicaba con Hacha Sangrienta, debía de estar considerando que quizá pronto cambiarían las tornas. Tenía que haberme dado cuenta de que pronto empezaría a crear problemas y haber acabado con sus intrigas en ese momento, si fuera necesario cortándole la cabeza. Pero el resto de las mujeres no se hubiesen mostrado de acuerdo, y además, torpe de mí, creí poder controlar la situación.

—Todos al barco —rugí cuando estuve preparado, encaminándome hacia nuestra nave.

Ignoré las miradas de Einarr y Krum, que se interponían en mi camino, y avancé decidido.

—Me parece que se avecina tormenta.

Miré al cielo. Estaba cubierto y el sol no lograba abrirse paso, pero nada más denotaba que el tiempo fuese a empeorar. No era necesario preguntar nada. El comentario en voz baja de Olaf a mi paso no se refería a problemas con la naturaleza, o, en todo caso, no con la naturaleza de los elementos, sino con la humana.

Lo ignoré y subí a bordo. El resto de la tripulación hizo lo mismo y Einarr dirigió la maniobra de desatraque. En cuanto dejamos descansar los remos, se me acercó Salbjörg.

—Ha sido una estupidez lo que ha hecho tu esclava —le dije entre dientes.

—No es mi esclava. Es libre, ¿recuerdas?

—Esos hombres nos hubiesen venido muy bien. Necesitamos remeros y guerreros. Podíamos haberlos utilizado, ya me hubiese encargado después de ellos.

—¿Cómo? ¿Matándolos? —respondió la Vieja—. No creo que hubiesen sido tan idiotas de permitírtelo. Estoy de acuerdo en que nos habrían podido ayudar, pero no teníamos forma de asegurarnos su lealtad. Eran peligrosos y tú lo sabes. No es buena idea llevar al enemigo entre nosotros.

—¿Y no lo tenemos ahora? Las mujeres nos miran sin saber muy bien qué pensar. Esa zorra aprovechará para predisponerlas contra nosotras.

—¿Y qué pretendes que hagamos? ¿Matarla también? Tiene a su marido Aslak y a su hijo Vagn presos de los *blamenn*. ¿Piensas que no podemos fiarnos de ella, pero sí de esos cinco que no tenían nada que hacer en esta expedición?

Sus palabras eran de una lógica aplastante, pero algo me decía que llegaríamos a arrepentirnos.

—Debería haber dejado al menos que Yngvard los hubiese matado a su manera —dije para cambiar de tema—. Mi autoridad ha quedado cuestionada, todos se han dado cuenta, y eso no puede traer nada bueno.

–Marta no ha hecho nada, solo te ha pedido que terminases con el suplicio de esos piratas.

–¿Qué más le daba a ella? No era su cabeza la que iba a rodar por la playa.

–Mucho esfuerzo le ha costado tomar la decisión de acabar con ellos. Para vosotros es más fácil. Las mujeres somos dadoras de vida, no de muerte. Aun así, la crueldad era innecesaria.

–No he visto a nadie derramar lágrimas por ellos.

–No, es cierto. Pero sí sientes cómo ha cambiado el aire.

Dicho esto, se volvió a su asiento y me dejó pensativo.

Miré a lo largo del *drakkar*. Ociosos, los tripulantes mataban el tiempo como podían. Hablaban, dormían, miraban el mar sumidos en sus pensamientos…

Krum se entretenía pescando con una caña, mientras Temujín *el Bárbaro,* envuelto en su largo manto de extraña lana, permanecía sentado, erguido como el mástil con los ojos cerrados. Kara cuidaba de su inseparable Embla y no me cabía duda de que estaría aprovechando la ocasión para continuar con sus intrigas.

El barco no permitía muchos desplazamientos, así que cada uno estaba en su lugar y solo de vez en cuando, con cuidado para no desnivelar la nave, se levantaba alguien y comentaba algo con un compañero, o se dirigía a la popa, para vaciar las tripas *echando los duendes al mar.*

Pensativo, me percaté de la expresión que tenía Einarr. El tullido, sin soltar el remo que le servía de timón, miraba frecuentemente por la borda con el ceño fruncido. Fijé mis ojos en la misma dirección tratando de adivinar qué era lo que le inquietaba, pero no era capaz de ver nada extraño. El mar se encontraba agitado, no más de lo habitual, y el cielo, encapotado. ¿Qué podía ser lo que miraba el viejo?

–¿Qué ves, Einarr? –pregunté cuando me senté a su lado en el banco que había ocupado la indómita Arnora.

–Viene una fuerte tormenta –contestó el tullido haciendo un gesto con la barbilla en dirección norte–. Parece fuerte. Quizá sería mejor que tomáramos tierra.

Eché un vistazo a la costa. Aquella tierra la conocía bien. Se terminaba el país de los daneses y quedaba aún para llegar al que habitaban los francos. El riesgo de tener un mal encuentro era considerable.

—¿Podríamos continuar? –pregunté al viejo. Yo seguía sin ver síntomas que delataran la llegada de la tormenta, pero la palabra del tullido me bastaba.

—Es posible –admitió encogiéndose de hombros–, pero no aconsejable.

—No quiero acercarme más a la costa, esta zona está ocupada por guerreros de Svenn *el Cruel*. Son peores que la tormenta, créeme. Continuaremos.

Volví a mi asiento y traté de dormir un rato. Cuando llegara la tormenta, lo agradecería.

* * *

—Thorvald, despierta.

Olaf me agitaba guardando el equilibrio. El mar estaba encrespado con olas altas y un fuerte viento sacudía el barco. Al fondo se veían nubes negras como el carbón que se nos echaban encima. Krum y Thorstein trataban de recoger la vela.

—Einarr dice que es necesario quitar la vela; si no, el viento la destrozará.

El vendaval, que arreciaba por momentos, me cegaba al batir mi melena, lo mismo que hacía con la vela, que empezaba a gualdrapear.

—¡Quitad el mástil en cuanto podáis! –grité.

El Pálido hizo un gesto de asentimiento y continuó con la tarea, a la que se sumó Abu.

—¡Es una locura! –dijo Kara sacándose de la boca el pelo que el vendaval le echaba sobre la cara–. Deberíamos haber tomado tierra y esperar a que la tormenta pasara.

Me di cuenta de que lo que pretendía aquella zorra era indisponer a las mujeres en mi contra. Cualquier explicación para no haber hecho lo que parecía más sensato sería vista como un gesto de debilidad por mi parte.

Gruesas piedras de hielo comenzaron a caer en cubierta. El ruido infernal que hacían sobre el agua vaticinaba que pronto arrasarían nuestro frágil *drakkar*, indefenso en mitad de un mar enfurecido

—¡Tapaos con los escudos! –grité por encima del estrépito.

Se repartieron con rapidez los escudos de madera y nos los atamos a la espalda metiendo la cabeza entre las rodillas para protegernos. Enseguida se nos echó encima la granizada. Algunas piedras de hielo eran grandes como puños y, a pesar de los escudos, sentíamos los impactos.

—¡Habib ha sido alcanzado!

Era Freyja la que pasaba la noticia a gritos. El delgaducho liberto se había desplomado entre la maraña de cuerpos y escudos. Una piedra de hielo le había golpeado en la parte posterior de la cabeza dejándolo sin sentido. Los compañeros que se encontraban a su lado lo cubrieron con el escudo que había dejado caer al desmadejarse.

—¡Si continúa esta lluvia de hielo, nos destrozará la nave!

Olaf, entre maldiciones, ponía palabras a nuestros temores. Además del viento y el granizo, los rayos, seguidos por truenos ensordecedores, iluminaban fantasmagóricamente los muros de agua que se cernían sobre nosotros.

El barco se movía como una cáscara de nuez remontando la cresta de las inmensas olas, para caer a continuación a lo más profundo de los valles que se habían formado entre las aguas.

—¡Esta noche Thor se lo está pasando en grande! —dijo Yngvard alegremente mientras con su mano libre se acercaba a los labios el amuleto dedicado al temible dios pelirrojo.

El iracundo Thor sobre su carro tirado por dos machos cabríos, al galope por los cielos, estaba causando una de las peores tormentas que yo recordara. Su lucha contra los gigantes debía de ser terrible en esos momentos, a juzgar por los truenos que causaba su martillo *Mjölnir*, con el que acostumbra matar a sus adversarios.

Las piedras de hielo que rebotaban sobre los escudos se iban depositando sobre el fondo de la nave, y era tal la cantidad que pronto nos llegó hasta los tobillos, suponiendo un lastre no deseado.

—¡Achicad como podáis! —grité por encima del estrépito mientras arrojaba las heladas piedras por la borda.

No sé cuánto duró la pedrisca, pero al fin remitió y se convirtió en una fuerte lluvia. El viento continuaba soplando con furia, llevándose las palabras que nos gritábamos. Las olas se seguían alzando y dejando caer la nave. A cada desplome, entraban en la embarcación enormes cantidades de agua, que debíamos achicar continuamente.

Yo pasaba las órdenes gritando al oído de aquel que se encontrara más cerca, y este al siguiente. De la misma forma recibía los mensajes que se me querían trasmitir.

—¡Einarr ha perdido el timón! —aulló en mi oído Abu—. ¡El *drakkar* está sin control!

Aquella era una pésima noticia. El *langskips*, a merced de la tormenta, podía cruzarse y ser volcado fácilmente por una de aquellas gigantescas olas que pasaban por encima de la nave.

—¡Dice Einarr que tenemos que conducir la nave a golpe de remo! ¡Recuerda que no hay timón de repuesto! —volvió a rugir el negro en mi oído.

—¡Todos a los remos! —ordené a pleno pulmón, recordando que, en efecto, no habíamos embarcado timón de repuesto para aligerar peso.

Los que me escucharon cogieron sin tardanza sus remos y los sacaron por encima de la borda. Los demás no tardaron en imitar el gesto sin saber muy bien qué debían hacer. Siguiendo las instrucciones del tullido, que se había hecho con uno de los remos sobrantes y trataba de utilizarlo como improvisada caña, remamos con fuerza.

No me preguntéis hacia dónde apuntamos la proa. Lo mismo pudo ser a favor que en contra del viento. Solo Einarr lo sabía. Los demás bastante teníamos con hacer caso a sus órdenes, confiando en que supiera lo que estaba haciendo.

Remamos mucho tiempo, hasta que incluso el infatigable Thorvald *Brazo de Hierro* sucumbió al esfuerzo. Sin tregua, el viento nos zarandeó como quiso y las olas encrespadas trataron una y otra vez de mandarnos al reino de Aegir y de la malvada Ran.

Cuando caímos rendidos Abu y yo, los dos últimos que aún sujetábamos nuestros remos, la nave, perdida en la inmensidad del mar, continuó subiendo y bajando entre el oleaje, atendiendo a duras penas la guía de Einarr, que se negaba a rendirse y trataba de navegar sin ofrecer el costado de la frágil embarcación a las olas, que jugaban con nosotros.

Empapados, muertos de frío, extenuados y embrutecidos por el constante estrépito que nos ensordecía, uno a uno fuimos cayendo presas del agotamiento. Desparramados sobre el suelo, entre el lastre, las armas y los toneles de agua y comida, los cuerpos desmadejados de hombres y mujeres se mecían como títeres al capricho de las sacudidas de nuestro *drakkar*.

Antes de perder el sentido, me pareció ver a lo lejos al dios tuerto Odín cabalgando sobre su corcel de ocho patas, *Sleipner*, seguido por su compañía de malditos y por las valkirias a lomos de diversas monturas.

* * *

—¡Thorvald!, ¡despierta! ¡Thorvald! La tormenta se ha ido.

Conseguí abrir los ojos. El que me hablaba era el pequeño Sigurd. Caí en la cuenta de que eran las primeras palabras que le oía desde que su madre había muerto.

El muchacho estaba arrodillado sobre mí y me agitaba con todas sus fuerzas tratando de que despertara. Me incorporé y miré la embarcación. Todos estaban tendidos unos encima de otros, no importaba si eran hombres o mujeres.

Miré por la borda. Tal y como dijera el muchacho, la tormenta había desaparecido. En cambio, unas nubes grises cubrían el cielo como si no hubiese sucedido nada, y el mar, con la marejada de costumbre, chocaba contra el barco sin gobierno.

—¿Cómo están los demás?

—No lo sé. Me he despertado hace un momento y he venido a despertarte a ti.

—Pues espabílalos a todos, date prisa.

Mientras Sigurd hacía lo que le había ordenado volví a mirar a nuestro alrededor. Las nubes que pasaban por encima estaban lo suficientemente altas como para no entorpecer la visión, lo que permitía mirar al horizonte…

Pero allí no había nada que ver. En derredor solo había agua. Agua por todas partes.

—¿Ves lo mismo que yo? —pregunté a Krum cuando se incorporó. Quizás la aguda vista del lapón podía ver la costa que a mí se me negaba.

—No hay tierra.

Lo dijo con el tono de siempre, como podía haber comunicado que tenía hambre.

–Esperemos que Einarr sepa dónde nos encontramos.

–Parece que la tormenta nos ha metido mar adentro, ¿verdad? –dijo Olaf pasándose la mano despreocupadamente por la frente, donde tenía una brecha con sangre seca.

–¡Thorvald, Thorvald!

Los gritos del pequeño desde la otra punta de la embarcación llamaron nuestra atención.

–¡Einarr no se despierta!

Nos acercamos hasta donde estaba el tullido, tirado sobre uno de los bancos en una postura extraña. A un lado de la cabeza, un reguero de sangre le había apelmazado los pocos cabellos que ya le quedaban.

–¡Einarr, despierta!

Lo sacudí con fuerza, pero fue en vano. El viejo se agitaba entre mis manos como una pluma. Hild, la curandera, que se había percatado de lo que ocurría, se acercó y se arrodilló a mi lado. Sin abrir la boca, tocó en el cuello al viejo buscando algo. Al otro lado se situó Marta con la bolsa donde llevaban las hierbas y amuletos para curar.

–¿Está muerto? –pregunté.

–No, pero no le falta mucho –contestó la liberta interpretando un gesto de la tatuada curandera–. Apartaos, ya os diremos algo más cuando lo sepamos.

Las dejamos a solas con el viejo y volvimos hacia la proa.

–¿Sabes dónde nos encontramos, Thorvald? –preguntó con voz calmada Salbjörg.

–Eso, Thorvald. ¿Sabes dónde estamos?

La segunda pregunta provenía de Kara. Se daba cuanta de que su momento no estaba lejano y tensaba la cuerda. Ahora trataría de aprovechar el miedo de las mujeres, que se veían en medio de la nada, en el inhóspito mundo de los monstruos marinos como el terrible *Kraken*.

Cruzada de brazos, me miraba desafiante. Por un instante pensé en levantarla por los aires y arrojarla por la borda, lo que hubiese sido una gran idea, pero el resto de la tripulación no habría entendido mis motivaciones.

–Aún no, aunque pronto lo sabremos.

–¿Ah, sí? ¿Y cómo? ¿Se lo preguntarás a ese viejo cuando se le pase la borrachera?

Era inútil explicar lo evidente: que Einarr no podía encontrarse borracho, pues ni siquiera nos quedaba cerveza, sino conmocionado por un golpe sufrido durante la tormenta mientras trataba de gobernar un barco desenfrenado. Las mujeres estaban alteradas y temían por la situación. Cualquier intento de razonar suponía una pérdida de tiempo.

–¿Se te ocurre algo mejor? –pregunté haciendo chirriar los dientes.

La mujer se echó involuntariamente hacia atrás al ver mi expresión, pero se recompuso enseguida y respondió.

–Tú eres el capitán, ¿no es así? Tú nos has metido en esto. El viejo te dijo que era mejor atracar en tierra y esperar a que pasara la tormenta, pero no le quisiste hacer caso. Eres tú el que nos tienes que sacar de aquí.

Si antes consideraba a Einarr como un borracho inútil, ahora Kara lo presentaba como un experto timonel cuyos consejos me había saltado alegremente. Volví a reconsiderar la idea de arrojarla por la borda, incluso quizá sin el peso de su bonita y retorcida cabeza. Yngvard, adivinando mis pensamientos, se puso tras su amante con la mano sobre la empuñadura de su espada.

–Si Thorvald no quiso acercarse a la costa, sus motivos tendría –dijo Salbjörg tratando de calmar a las mujeres.

–¡Claro que tenía sus motivos! –repitió Kara negándose a perder la ventaja adquirida–. El motivo se llama Svenn *el Cruel*, el rey danés al que Thorvald dejó sin hijo. Pero Svenn no tiene nada contra nosotras. Thorvald ha puesto nuestra vida en peligro para salvar la suya.

–Déjala hablar –dijo Yngvard dando un paso al frente al ver que me aproximaba a su amante–. Sus palabras son ciertas.

–Yngvard *Hacha Sangrienta* –murmuré conteniéndome a duras penas para no golpear con mi maza aquella cabeza hueca–, yo te conseguí este trabajo. No te atrevas a desafiarme.

–Por los dioses que no tengo que agradecer un trabajo tan mal pagado –repuso Yngvard haciendo chirriar sus dientes.

La tensión era insoportable. El noruego y yo, un danés, enfrentados cara a cara en un estrecho *langskips* perdido en la inmensidad del mar. Él era un poco más alto, pero yo, más corpulento.

—¡Alto! No es el momento para peleas —dijo Salbjörg tratando peligrosamente de interponerse entre nosotros—. Tenemos que salir de aquí.

—No estaríamos en esta situación si no hubieses confiado el mando a este hombre —repuso Kara, que estaba disfrutando con la situación.

Para ella, Yngvard era un muñeco manejado a su antojo. Aquella zorra quería quitarme de en medio y no dudaría en utilizar al voluble mercenario, sin importarle si el guerrero debía pagarlo con su vida.

—Kara, te recuerdo que todas decidimos confiar en Thorvald.

—Yo no.

—No, es verdad —respondió con ironía la Vieja—. Tú preferías dar el mando a ese maldito *sueco* que nos atacó.

—Pero no he sido yo quien ha respaldado todas las ideas que se le ocurrían a una vulgar esclava —contestó Kara, tratando de desviar la atención del desliz cometido con Hakan.

El cariz que estaba tomando aquello era cada vez más peligroso. No era buena señal que un hombre desafiara a su capitán, pero al menos todo podría arreglarse con la muerte de uno de los dos. Aquello era distinto. Se estaban formando dos bandos separados por una fisura que no tardaría en ensancharse hasta convertirse en un profundo foso. Debíamos evitar aquello. Si al menos hubiésemos podido encontrar la costa, el ánimo de las mujeres se habría calmado. Pero el único que era capaz de encontrar el camino perdido estaba como muerto, tirado en el suelo de la embarcación y tratado por dos mujeres que parecían ajenas a lo que estaba ocurriendo.

—¿Qué propones que hagamos? —preguntó la Vieja, intentando mostrarse conciliadora.

Pésimo error. Aquella muestra de vacilación por su parte terminó de establecer el abismo. Un jefe nunca puede dar muestras de debilidad. Su autoridad se sostiene, entre otras cosas, gracias a la confianza en sí mismo que trasmite a sus subordinados.

—Te repito que no soy yo la culpable de esta situación.

Kara no era estúpida. Sabía que las condiciones eran malas y no quería *quemarse* ante sus seguidoras. Carecía de propuestas y prefería que yo terminara de evidenciar mi fracaso, pero había logrado hablar de una forma que daba a entender que sí era capaz de sacarnos de allí.

—Pues si no tienes ninguna idea que aportar —dijo Salbjörg, conciliadora—, será mejor que hagamos caso de que lo diga Thorvald, ¿no pensáis lo mismo?

Kara se encogió de hombros con una disimulada sonrisa de satisfacción. Había conseguido su propósito de poner en duda mi autoridad, debería andarme con cuidado. Un rey destronado o un jefe desbancado solían morir pronto.

—¿Qué piensas hacer, Thorvald? —me preguntó aparte Salbjörg.

—No lo sé. El único navegante que tenemos es Einarr. Sin él no podemos saber dónde nos encontramos. Quizá ni él mismo lo sepa. Mientras las nubes tapen el sol no seremos capaces de tener una idea, aunque sea aproximada, de nuestra posición.

—¡Pero esas nubes pueden estar ahí días!

—Entonces dile a tu esclava y a esa bruja que se den prisa en recuperar al tullido —repliqué irritado.

Dejé a la Vieja y me acerqué a Krum, que seguía en su puesto con la caña. El lapón no había movido un solo músculo en toda la confrontación. No me cabía duda de que en caso de pelea se pondría de mi parte, pero algo de apoyo no me hubiese venido mal.

A su lado se encontraba Temujín. El Bárbaro también mantenía la postura en que lo dejara, sentado con la espalda recta, los ojos cerrados y arropado en su manto. Sin embargo, de este no podía conocer cuáles serían sus lealtades cuando las cosas se torcieran, algo que no podría tardar en suceder.

Sin timonel ni idea de dónde nos encontrábamos, cualquier rumbo que pusiéramos podía acercarnos a la costa o alejarnos aún más de ella. Y aunque nos aproximáramos a tierra, ¿quién sabía dónde podíamos aparecer? Tal vez cayéramos en manos de los daneses o de los francos. También podíamos dar con anglos, sajones o northumbrios. O, simplemente, más piratas.

Ninguna de estas alternativas era demasiado halagüeña. Así, ordené a Olaf, al que había visto tibio durante la discusión, que cogiera el timón y tratara de no alejarse demasiado hasta comprobar si era posible que se recuperase Einarr.

El resto de la jornada no trajo nuevas. El viejo no se despertó y la noche cayó sin que viésemos el sol. Por la misma razón no pudimos encontrar estrellas que nos indicaran qué rumbo tomar.

Tras terminar las últimas vituallas en una escasa cena y racionar la parca reserva de agua que quedaba, organicé las guardias y nos dormimos bajo la lona. No hubo conversaciones y el pesado silencio no ayudaba a mejorar los ánimos.

La mañana del séptimo día llegó igual a la anterior. Las mismas nubes grisáceas y nada en el horizonte. Acabados los alimentos, no hubo desayuno, aunque ese no era el mayor de los problemas. Podíamos pasar sin comer unos días, pero necesitábamos agua urgentemente. Con lo que quedaba no pasaríamos ni una jornada.

Tampoco había señales de mejoría en el herido. Hild, ayudada por Marta, se ocupó de él en cuanto se despertó, pero al margen de mojarle el rostro con agua de mar y alguna de sus apestosas pócimas, poco más podían hacer por él.

El mal humor era patente. Con una treintena de personas mal avenidas en un estrecho *langskips* sin nada que hacer ni lugar al que ir, perdidas a la deriva, era inevitable que al primer roce estallase una pelea, pero ¿cómo evitarlo?

No tardó en aparecer el motivo de conflicto.

−¡No tenemos agua!

Ante esta dura noticia levanté la mirada. Kara, sosteniendo la tapa del último tonel de agua que quedaba, buscaba inútilmente en el fondo. No explicó por qué había abierto el tonel, algo que yo había prohibido expresamente. La sedienta tripulación no tenía para beber más que media jarra por persona y prefería dejarlo para el mediodía.

Me abrí paso hasta el tonel. Kara no mentía, allí no quedaban más que unas gotas. ¿Qué había ocurrido?

−¿Quién ha terminado con el agua? −rugí desesperado por la sucesión de problemas.

Como era de esperar, no hubo respuesta. Nadie podía haberse acercado hasta el tonel desde que amaneciera sin ser visto, la única posibilidad era que durante la noche alguien lo hubiese hecho. Pero entonces estaba la guardia.

O bien uno de los centinelas, sediento como todos estábamos, había bebido, algo improbable ya que no hubiese sido tan necio de acabar con toda, o bien había conspirado con otros para hacerlo.

La primera guardia había sido del *sámi*. Yo apostaba una mano a que Krum no había tenido nada que ver con aquello. La segunda había sido para Lorelei, pero esta juraba que ella no había sido y que durante su relevo nada se había movido. Thorstein era capaz de retar a quien pusiera en duda que durante su guardia, la tercera de la noche, había ocurrido algo, y más a quien se atreviera a acusarlo de ladrón. Cualquiera que mirase a los ojos de aquel hombre con el rostro cruzado por enigmáticos símbolos tatuados se habría dado cuenta de que no mentía.

Solo restaba Habib. El liberto *blamenn*, anterior esclavo de Lorelei y amigo de Marta *la Negra*, había estado de centinela en la última guardia. Era un hombre muy callado que tenía el hábito de pasar desapercibido. Cualquier tripulante, a excepción de Marta, no dudaría en acusarlo. El hecho de que se mostrara dubitativo cuando se le interrogó no ayudó en su defensa.

—¡Este maldito *blamenn* ha sido el culpable! —exclamó Kara, que lideraba el tumulto.

Mientras, el hombrecillo negaba haber tenido nada que ver.

—Es un *blamenn*, ¿cómo vamos a creerle? —dijo Embla, animada por su compañera.

—Es cierto —continuó Kara—. Los suyos tienen prisioneros a nuestros maridos e hijos. No es de fiar, para él somos el enemigo.

Aquello no tenía ningún sentido. Habib se estaba jugando su libertad y, además, su vida como el resto de nosotros. ¿Qué tenía aquello que ver con la idea de que por ser *blamenn* pudiera traicionarnos?

—¿Tú has acabado con el agua? —pregunté al intimidado liberto, que se apresuró a negar con la cabeza.

Resultaba evidente que, aunque poca, era demasiada para una persona sola, por sedienta que estuviera. Habib no tenía más amigos que Marta y quizás Abu. ¿Qué podía haber hecho con el agua? ¿Tirarla por la borda? Era absurdo.

—Si no ha sido él, ¿porqué está tan nervioso? —preguntó Kara.

—¿Has sido tú? —volví a preguntarle—. ¿O sabes quién ha sido?

De nuevo Habib negó con fuerza, pero estaba claro que no decía toda la verdad y que escondía algo. Hasta Marta se había dado cuenta y había dejado en manos de su maestra a Einarr para incorporarse al grupo.

—Habib —le habló con voz seria pero tranquila—. ¿Sabes qué ha pasado con el agua?

En esta ocasión, el antiguo esclavo bajó la mirada sin atreverse a mirar a su amiga y tardó un poco más en volver a negar con la cabeza.

—¿Qué ha ocurrido? —quiso saber, poniendo su mano sobre el brazo del asustado hombre.

Habib, sin levantar la cabeza, susurró unas ininteligibles palabras en su idioma, una jerigonza incomprensible para todos, salvo para Marta y Abu.

—¿Qué ha dicho? —le pregunté a la muchacha.

—Dice que no recuerda. Que durante su relevo tenía mucho sueño y se quedó dormido.

Si Habib esperaba escapar de un castigo con la excusa de haberse quedado dormido, se equivocaba. Un centinela dormido ponía en peligro a todo el barco. Si no mentía, en vez de perder el agua podíamos haber perdido el cuello si una nave enemiga nos hubiese capturado indefensos.

—¿Es cierto lo que dice? —volví a preguntar—. ¿Sabe lo que le ocurre a quien se duerme estando de guardia?

No hizo falta que Marta se lo preguntara, pues el hombrecillo, levantando por primera vez la cabeza y mirándome a los ojos, asintió.

—Eso no explica quién acabó con el agua —dijo Marta en un intento de minimizar las consecuencias de la confesión.

—Pudo ser él mismo. ¿No acaba de demostrar que no podemos fiarnos de él? ¿Quién puede decir que no está mintiendo? Además, su culpa es aún peor. Quedarse dormido durante su relevo... ¿Qué nos habría pasado si nos hubieran atacado?

Kara tenía razón en lo que decía, aunque me irritaba que para ella aquello no fuese sino un pretexto. ¿Qué pretendía? A mí no me suponía mayor esfuerzo rebanarle el pescuezo a aquel *blamenn* en castigo por su grave falta, pero ¿qué ganaba ella con eso?

—No tiene sentido pensar que ha sido él quien acabó con el agua —dijo Marta saliendo de nuevo a favor de su amigo—. ¿Qué podía hacer con ella? ¿Bebérsela toda? Sabría que nos íbamos a dar cuenta.

—Lo dices porque eres su amiga y una esclava como él –respondió rápidamente Kara.

Ahora me resultaban evidentes las intenciones de aquella endemoniada mujer. Había logrado ponerme en entredicho y que el resto de la tripulación dudara de mí. Pero ella sabía que Salbjörg era la que mandaba, asesorada por la Negra. Ahora que la Vieja estaba afectada por lo ocurrido, Kara aprovecharía para atraerse el favor de las demás mujeres.

—Son libres, Kara. Se lo prometimos a cambio de su ayuda –intervino Salbjörg. La voz con la que hablaba no era la misma con la que solía arengar a las mujeres el último año. Sin duda se había dado cuenta también de las verdaderas intenciones de Kara y salía en defensa de Marta, pero su tono ya no era tan convincente.

—Contra mi voluntad –apuntó Kara–. ¿A esto llamas ayudar? Ha confesado haberse quedado dormido durante la guardia, ¿te parece una falta menor?

—Será castigado –dijo Salbjörg–. Pero aún tenemos que pensar cómo escapar de aquí.

—¿Todavía no se le ha ocurrido nada a tu capitán? Ha tenido un día entero para pensar algo. Ahora ya no tenemos comida ni agua.

Aquellas palabras, ciertas pero injustas, estaban consiguiendo su objetivo, sembrar cada vez más dudas en el resto de la tripulación. A partir de aquel momento, o me deshacía de ella, o tenía que ir pensando de parte de quién se posicionaría cada uno cuando llegase la batalla final.

Traté de contener mi primer impulso, es decir, enarbolar mi maza y convertir aquella cabeza intrigante y maliciosa en una masa sangrienta. Vi cómo Yngvard, sin quitar la mano del mango de su espada, me miraba con una sonrisa sardónica. Estaba claro de qué lado estaba el noruego. Por primera vez comprendí por qué Marta había insistido en que Hacha Sangrienta no viniera con nosotros. Pero ya era demasiado tarde.

Me di la vuelta y acompañé a Krum, que seguía sosteniendo pacientemente su caña. Los peces debían de haber presentido que los ánimos estaban caldeados por aquella zona, ya que el pequeño lapón no conseguía atrapar nada. Sin embargo, Cabeza de Jabalí no parecía desmoralizarse, justo lo contrario que yo.

Aquella jornada y las dos siguientes transcurrieron sin más novedad que la extremada y creciente sed que padecíamos. El mal humor se extendió entre la tripulación y coincidimos en no malgastar la escasa humedad que guardábamos en la boca en palabras innecesarias.

Entretanto, la salud de Einarr no parecía mejorar. El viejo continuaba desvelándose a ratos de su letargo, a pesar de las pócimas con que solícitamente era tratado por Marta y Hild *la Hija del Cuervo*.

La tripulación pasó el tiempo como pudo. Kara, orgullosa del peso que su voz había adquirido entre la tripulación, se entretuvo trenzando el cabello y las barbas de Yngvard, que parecía gozar con la atención de la mujer y la posibilidad de convertirse en el capitán de la nave.

En esos días traté de adivinar quiénes estaban de nuestra parte. De Krum no tenía dudas. Temujín *el Bárbaro*, sin embargo, resultaba una incógnita. Abu era fiel a Marta. Los otros dos libertos, Habib y Hrutr, no contaban, el primero por estar prácticamente sentenciado y el segundo porque, dada su intención de no luchar cuando llegásemos a tierra de los *blamenn* y su antipatía, nadie contaba con él.

Thorstein respetaba a Salbjörg, pero su lealtad era para el hijo de esta, Ikig, el *jarl* de la aldea, y en último término haría lo que considerase que fuera mejor para conseguir liberarlo. Olaf *la Serpiente* parecía considerar que las cosas se habían torcido demasiado y que mi *haminja* me había abandonado, algo muy peligroso para un líder. Respecto a Ygrr *el Cuervo*, posiblemente se mostrase imparcial. De todos modos, el *berserker*, en caso de tomar partido, podía cambiar de bando por cualquier motivo.

Calculé que, por el momento, gozaba de un apoyo algo superior al que tenía Kara, conclusión a la que seguramente también había llegado ella, ya que de otra forma hubiese tratado de hacerse de inmediato con la nave.

Los tres días pasaron muy lentamente. No había mucho que hacer salvo esperar a que las nubes que tapaban el cielo quisieran soltar el agua que llevaban en sus entrañas para nuestro alivio. También estábamos hambrientos, pero era tal la sed que nos resultaba imposible tragar los pocos peces que Krum conseguía atrapar.

* * *

La mañana del cuarto día tras la tormenta, décimo desde que nos embarcáramos si mis cuentas no estaban equivocadas, trajo una buena nueva: Einarr despertó. Se encontraba sumamente débil y no podía articular palabra. Nos quedaba tan solo un fondo de agua que darle, recogida de la poca lluvia caída. Al igual que los demás, tenía los labios agrietados y gemía de sed. Hild le dio de beber y el tullido se quedó dormido de nuevo.

Por la tarde, Einarr volvió a despertar y, aunque no habló, no fue necesario que la bruja nos dijera que se encontraba mejor. Era capaz de enfocar la mirada y durante un rato la mantuvo fija en mí, como si no supiera qué era lo que pasaba.

Al amanecer del quinto día, antes de que saliera el sol, Marta me despertó sacudiéndome. Me incorporé de un salto y busqué mi maza, de la que últimamente no me separaba. Cuando supe lo que estaba ocurriendo, me tranquilicé. A mi lado, Krum fingía dormir, pero pude adivinar en su mano un estilizado cuchillo con el que le había visto matar a más personas de las que conseguía recordar.

—Thorvald, ven —me llamó la Negra cuchicheando—. Einarr pregunta por ti.

Nos acercamos con cuidado a la parte trasera de la nave. Allí estaba Hild atendiendo al viejo. Por el camino se nos sumó Sigurd, que mantuvo el mismo silencio.

—Thorvald —dijo el tullido con la boca pastosa—. ¿Qué sucede?

—Nada bueno, viejo —repuse—. La tormenta nos alejó de la costa. Estamos perdidos en alta mar. No tenemos agua ni comida. El cielo está permanentemente cubierto y no sabemos qué rumbo tomar.

—Saca uno de los cuervos de la jaula —dijo Einarr tratando de incorporarse— y déjalo libre.

Hice como me pidió y saqué uno de los demacrados animales de su jaula, donde el tullido los había embarcado. Los pájaros estaban en peor estado que nosotros. Tampoco había agua ni comida para ellos y lo soportaban aún peor. Uno de ellos había muerto; si no hubiesen sido aves sagradas de Odín, sin duda nos las hubiésemos comido.

En cuanto solté el cuervo, este salió volando hasta la punta del mástil, donde se posó. Con el pico, ante nuestra impaciencia, se atusó las plumas sin prisa, como si el viaje que le aguardaba fuese largo. Finalmente abrió las alas y se alejó por el lado de estribor volando cada vez más alto y alejándose, hasta que lo perdimos de vista.

–Dirige la nave en la misma dirección –le dijo Einarr a Sigurd, que, como aprendiz suyo, tenía ya cierta práctica en el manejo de la embarcación–. Por favor, incorporadme.

Hicimos como pedía y lo sentamos en el banco que ocupara Arnora al comienzo de la travesía. En medio del silencio y con las primeras luces del alba, allí nos encontrábamos expectantes un tullido herido, dos mujeres, un niño y yo, mientras el resto de la tripulación, incluso Krum, que ya no fingía estar dormido, roncaba.

–Más a estribor –corregía de vez en cuando Einarr, lo que para mí resultaba un misterio, pues no había forma de saber si manteníamos el rumbo. Aún no había suficiente luz para distinguir la estela y ver si nos estábamos desviando.

Poco a poco, la tripulación fue despertando. Nadie dijo nada cuando vieron sentado a nuestro timonel dando instrucciones. Con la esperanza de poder salvarse, guardaban silencio como si no quisieran romper la concentración del viejo.

Fue de nuevo Sigurd quien primero habló.

–¡El cuervo regresa!

Todos elevamos la mirada al cielo y primero los que tenían mejor vista y después los demás observamos el batir de las alas del animal, que volvía al barco.

–No ha encontrado tierra –se limitó a decir Einarr.

–¿Y ahora qué hacemos? –pregunté.

–Continuar en la misma dirección –repuso seguro el viejo.

Hasta las primeras horas de la tarde continuamos la travesía sin variar el rumbo. De vez en cuando el viento variaba y soplaba de través o de frente, lo que nos obligaba a avanzar describiendo curvas. Pero el tullido no se dejaba engañar con tanta revuelta y mantenía el curso.

–Soltad otro cuervo –dijo Einarr.

Sacamos otro pájaro de la jaula y enseguida levantó el vuelo en la misma dirección que llevábamos, la misma que nos indicara su compañero, al que habíamos vuelto a meter en la jaula.

–¿Eres capaz de saber dónde nos encontramos?

–No es difícil. La tormenta nos llevó en dirección oeste. De haber mantenido el rumbo durante unos tres o cuatro días, hubiésemos llegado a la tierra de los sajones.

–¿Encontraremos pronto tierra?

–Tal vez –respondió Einarr permitiéndose una sonrisa.

A partir de ese momento, el viejo no quiso contestar a ninguna pregunta por más que insistimos, limitándose a indicar las correcciones precisas.

Por fin, cuando la noche amenazaba con caer, dejándonos a oscuras de nuevo en medio de la nada, Olaf *la Serpiente* gritó las palabras que tanto ansiábamos:

–¡Tierra! Allí al frente.

Todos irrumpimos en gritos de alivio y grandes risotadas. Un par de mujeres no pudieron aguantar y lloraron de alegría. Por un instante se olvidaron las diferencias y discusiones y nos abrazamos, contentos, dándonos sonoros golpes en la espalda para celebrarlo, porque, realmente, nos habíamos dado por muertos.

CAPÍTULO 14

Einarr esperó a que nos hubiésemos calmado un poco antes de llamar mi atención:

–Esas tierras están habitadas –me dijo con el mismo tono que utilizaba siempre. El tullido, en el que como ya he dicho había aprendido a confiar y al que apreciaba, nunca ordenaba o hacía gala de sus conocimientos. Cuando tenía que decir algo, se limitaba a comentarlo con todo detalle, dejando que fuera yo quien tomara la última palabra.

–¿Dónde estamos?

–En Jutlandia, creo. La costa que vemos es parte de las islas Frisias.

Frisones. Gentes resueltas capaces de defender sus posesiones de los ataques provenientes del mar. No era la primera vez que entraba espada en mano en aquellas tierras de arcilla roja y arena para arrasar los poblados y conseguir un mísero botín.

–¿Llegaremos antes de que anochezca? –pregunté mirando el cielo cubierto, mientras realizaba mis propios cálculos.

–No lo creo –respondió Einarr.

–No me gusta la idea de atacar de noche algún poblado –dije meditabundo. El resto de la tripulación atendía la conversación. De ella podía depender el que aquella noche cenáramos o tuviésemos que volver a pasar hambre y sed–. No conocemos la zona. Podríamos ser atacados.

–¿Para qué hemos entrenado todo un año y viajamos hasta donde viven los *blamenn* si no nos atrevemos a asaltar una aldea? –preguntó Kara.

Sospeché que aquella malnacida me azuzaba, pendiente de averiguar qué postura adoptaba yo para ponerse ella en contra.

—Los frisones son buenos combatientes –repuse sabiendo que dijera lo que dijese aquella maldita zorra lo retorcería–. De noche no veremos cuán grande es el poblado que atacamos ni las defensas de las que dispone.

—Pero sus habitantes no esperarán un asalto y estarán dormidos –repuso Yngvard apretando su enorme hacha–. Podemos tomarlos por sorpresa, rebanarles el cuello antes de que se enteren de lo que ocurre y largarnos con comida y agua. ¿No querrás pasar otra noche sin comer ni beber?

—Si tuviéramos un barco lleno de guerreros, quizá pudiéramos aventurarnos –repliqué, lamentando de nuevo no haber hecho caso a Marta cuando me pidió que no incluyera al voluble mercenario en aquella aventura–. Pero no es así.

—¿Así que no confías en nosotras? –preguntó con rapidez Kara.

Había encontrado una nueva forma de mermar mi credibilidad al ofrecer a los demás la imagen de un jefe que no confía en su tripulación.

—Te recuerdo que hemos pasado por una batalla hace bien poco con demasiadas bajas –dije, intentando que no se reflejara en mi voz la rabia contenida–. La mitad de nosotros no tiene experiencia en batallas. Es una locura aventurarse sin conocer la fuerza del adversario. Mejor esperar a que amanezca de nuevo y estudiar lo que nos aguarda.

—¡Yo tengo hambre! –gritó Hacha Sangrienta–. Y digo que tenemos que buscar un pueblo y atacarlo.

—¡Y yo digo que no! –grité a mi vez colérico, enfrentándome al noruego.

—¿De qué tienes miedo, Thorvald? –Kara volvía a la carga a una distancia prudente. El límite de mi paciencia ya casi estaba rebasado y pronto las consecuencias de un enfrentamiento me traerían sin cuidado.

—No será de ti –dije silbando las palabras con las mandíbulas cerradas–. He dicho que esperaremos, y esperaremos.

—Si Thorvald dice que es mejor aguardar a que amanezca –intervino Salbjörg con voz autoritaria–, así lo haremos. ¿Dónde pasaremos la noche?

Con esta última pregunta, la Vieja terminó con el desafío.

—Podríamos atracar en algún islote —dijo Einarr respondiendo a mi mirada.

Desechamos dos de ellos demasiado pequeños y nos acercamos al más grande. Atracamos en una cala de piedras y sacamos la embarcación del agua cubriéndola con ramaje para que no fuese visible desde el mar.

Enseguida encontramos unas pozas de agua dulce, de la que bebimos hasta hartarnos con inmensa satisfacción. Después, mientras unos iban en busca de algo que fuese comestible, el resto montamos el campamento.

Sigurd debía de encontrarse terriblemente hambriento porque, por primera vez, prefirió separarse de mí e ir con los expedicionarios. Yo por mi parte opté por no dar la espalda a la zorra de Kara y a su fiel perro. Quién podía saber lo que era capaz de maquinar aquella mujer.

Cuando terminamos de instalar las tiendas, sin nada que cocinar, cada uno buscó un sitio donde dejarse caer a la espera de que regresasen Krum, Olaf y compañía. Yo me senté en una piedra a unos cuantos pasos del resto. Las horas pasadas en el barco tan juntos los unos de los otros me habían cansado e irritado. Ahora necesitaba algo de espacio para tratar de pensar.

—¿Molesto? —dijo una voz a mi espalda.

Me giré y allí estaba Marta. Sin decir nada, se sentó a mi lado abrazándose las rodillas y reposando la barbilla sobre los brazos. Durante un largo rato permanecimos en silencio. La Negra parecía intuir mi alterado ánimo y callaba, ayudando con su mera presencia a que la calma regresara.

Poco a poco me relajé y pude disfrutar del susurro del viento y el batir de las olas en presencia de aquella mujer por la que, quisiera o no, yo había decidido participar en semejante odisea.

—Pensé que no volveríamos a ver tierra —dijo con voz dulce—. No me gusta el mar.

—Yo también lo llegué a pensar —repuse, sorprendido y halagado a la vez por la confidencia.

—La última vez que viajé en un barco fue cuando abandoné la tierra a la que ahora vamos para ir a vuestras heladas tierras. Entonces era una niña.

—A mí siempre me ha gustado el mar. De pequeño solía ir a pescar con mis amigos en un bote que nos había construido el padre de uno de ellos, un carpintero. Imaginábamos que éramos intrépidos vikingos a bordo de un veloz *langskips*. El carpintero nos había tallado la cabeza de una espantosa serpiente marina, que utilizábamos como mascarón de proa cuando atacábamos un diminuto islote, mucho más pequeño que este. Por eso llamábamos al bote *Ormr inn langi*, serpiente larga.

Resultaba curioso. Hacía más de quince años que no rememoraba mis primeras andanzas. Con espadas y escudos de madera, nos lanzábamos contra aquel pedazo de tierra rocoso, imitando los *strandhögg*, los golpes de mano de nuestros mayores, fingiendo ser terribles guerreros normandos como ellos, siempre amparados por el horrendo mascarón, que se encargaba de asustar a los *landvaettir*, los espíritus protectores de aquella roca.

Nunca había vuelto a ver a mis compañeros de juegos, ya que, junto con mi padre, amigo de uno de los principales del reino, había abandonado el pueblo recién llegado a la edad adulta. Jamás había sido consciente de cuán buenos habían sido aquellos tiempos en los que no tenía que huir de nadie y las batallas terminaban sin consecuencias, una vez concluido el juego.

–Yo cuando era niña jugaba con mis hermanas –dijo Marta sin cambiar de postura–. Para desencanto de mi padre, éramos cuatro chicas. Solo el quinto fue varón. Cuando llegaron los vikingos, nuestra madre estaba preparando la comida y mis hermanas y yo cuidábamos del recién nacido. De pronto se abrió la puerta y entró mi padre. No puedo olvidar la cara de espanto que traía. Sin saber cuáles eran los motivos de que se mostrara tan asustado, rompimos a llorar. Mi padre nos reunió, nos hizo bajar a un sótano donde guardábamos comida al resguardo del calor y nos escondió allí. Ellos se quedaron arriba, dentro de la casa, ya que no cabíamos todos en el sótano.

Yo miraba cómo la muchacha, con la vista perdida en el horizonte, me contaba sus recuerdos sin mostrar dolor, pero con una gran ternura. Tenía que hacer esfuerzos para no rodearla con mis brazos, viéndola indefensa allí a mi lado. Sus ojos despedían un brillo tranquilo, como el de la marea cuando llega la noche y se calma a la luz de luna.

–Abrazada a mis hermanas y protegiendo al niño, escuché como se abría la puerta violentamente y entraban varios hombres gritando como demonios. Mi padre intentó interponerse, pero era un pobre alfarero que no sabía luchar. Aquellos miserables se divirtieron con mi madre. Entonces no supe qué le hacían. Ella gritaba y suplicaba. Cuando se aburrieron, destrozaron la casa y encontraron la entrada al sótano, donde tratábamos de que el niño no llorara.

»Yo era la más pequeña de las cuatro. A la mayor la violaron allí mismo, sobre el charco de sangre que había dejado la cabeza decapitada de mi padre, arrancándole de los brazos a nuestro hermanito y partiéndolo en dos de un solo tajo. A las otras dos las sacaron de la casa, sin apiadarse de sus lloros. Nunca más he vuelto a verlas ni he sabido qué fue de ellas. Uno de los hombres trató de hacer lo mismo conmigo, pero le clavé en el muslo un punzón que encontré en el sótano y salí corriendo.

»Aquel hombre lanzó unos juramentos terribles y fue a por mí. Vi una espada abandonada en el suelo y la cogí. Era de uno de ellos, pues para entonces ya distinguía cómo eran las armas fabricadas por mi pueblo. Traté de levantarla con las dos manos y clavársela con toda la furia que me embargaba, pero apenas conseguí levantar el pomo del suelo. Justo cuando aquel miserable se disponía a partirme en dos, aparecieron Ikig y su padre Rorik.

Escuchaba la historia de Marta sin hacer ningún comentario. Yo mismo podría haber sido uno de esos hombres que en un instante habían destrozado la vida de una niña pequeña, de haberme encontrado en aquella expedición. Los normandos soportamos duras condiciones sin quejarnos. Aceptamos nuestro destino tal y como viene. No cedemos a lloros ni súplicas.

–Ikig acababa de acceder a la edad adulta de los normandos, pero aun así se enfrentó decidido a aquel hombre que le doblaba en tamaño. El guerrero estaba fuera de sí, pues la cuchillada había sido muy cercana al lugar donde tenía su miembro. De un sopapo se desembarazó del hijo de Rorik, pero este, enfurecido, se retorció en el suelo y saltó al cuello del guerrero entre las risas de su padre, que observaba complacido la escena.

»Por fin intervino el *jarl*, antes de que la furia de aquel hombre pudiera arrancarle la vida a su amado hijo. Mi perseguidor no aceptó que su jefe me defendiera y reclamó su derecho a considerarme parte de su botín. Sin mediar palabra, Rorik *Pie de Piedra* alzó su hacha y la clavó en la frente de aquel animal.

No pude dejar de considerar la grave acción del *jarl*. Un jefe normando lo es porque tiene el apoyo de los suyos. Aunque sea el dueño de la granja alrededor de la cual se agrupan las demás y quien posea la fortuna necesaria para invertir en aquellas costosas expediciones, no llega a ser reconocido como jefe si su única virtud es poseer más oro que los demás, o, en todo caso, no llegará a viejo como *jarl*.

Entre nosotros la venganza no es un sentimiento, sino una obligación con el ofendido. Sea rey o mendigo, quien atente contra un hombre del norte deberá tener presente que la ley autorizará a los familiares y amigos de este a vengarse, aun en el caso de que haya existido una ofensa previa. De esta forma, Rorik debería enfrentarse a las iras de los familiares del muerto, o bien aplacarla con la suficiente plata.

—¿Por qué te salvó la vida?

—Creo que al viejo le hizo gracia cómo trataba de defenderme con una espada que era más grande que yo. Supongo que no fue más que un capricho momentáneo. En otras circunstancias pienso que hubiese disfrutado lo mismo viéndome partida a lo largo.

—¿Y por qué te defendió Ikig? —pregunté sin ser capaz de evitar la pregunta que me quemaba por dentro.

—No lo sé —respondió la muchacha—. Sinceramente no lo sé. Nunca me lo ha dicho.

—¿Crees que te ama?

Vaya pregunta para un fiero e insensible mercenario vikingo. ¿Me estaría ablandando, como sugería de vez en cuando la mirada de Krum?

—No —respondió convencida Marta—. Solo tiene ojos para esa mujer. A mí siempre me ha respetado y defendido, me ha cuidado mejor que a una hermana. Ha poseído a otras mujeres, muchas de ellas en contra de su voluntad, lo sé, pero su corazón ha permanecido encerrado en poder de la bella Sigrid.

—¿Crees que sufre algún tipo de hechizo?

—Sí. Pero no causado por ninguna hierba, pócima o maldición. El único embrujo es el causado por esa mujer. Ella lo supo desde el primer momento en que lo vio. Supo que Ikig jamás podría deshacerlo.

—Ahora Sigrid se ha marchado con otro hombre. ¿Qué crees que sucederá?

—Es difícil saberlo —contestó la Negra. Parecía no darse cuenta del dolor que me causaba aquella conversación y la razón de mis preguntas—. Imagino que tratará de hacerla volver. Quizás asesine al comerciante o quizás ella vuelva con él. ¿Cuál es la diferencia?

—Que tú le amas y querrías que no sucediera así —respondí sin conseguir ocultar la amargura en mis palabras.

—Hace tiempo que acepté que nunca sería mío.

—Entonces, ¿por qué has organizado esta expedición? —pregunté confuso.

—Una vez Ikig arriesgó su vida para salvar la mía, enfrentándose a uno de los suyos que era mucho más fuerte que él.

—Salvó tu vida por un capricho y te convirtió en su esclava —dije con rencor—. No le debes nada. Mataron a tu familia y te secuestraron. Has vivido como esclava durante quince años en una tierra que no era la tuya.

—Es cierto, pero me siento en deuda con él.

—¿No es otro tipo de sentimiento lo que te empuja?

—Quizá sí —respondió mirándome a los ojos por primera vez. Las ascuas de sus ojos, hasta entonces amansadas, se inflamaron con rapidez hasta convertirse en un fuego que abrasaba mi helado corazón.

No pude aguantar la mirada y bajé la mía. No podía reprocharle nada. Yo me había embarcado en aquella aventura intuyendo lo que había detrás. No tenía motivos para hacerle aquel tipo de preguntas.

—¿Qué tienes pensado hacer con Habib? —preguntó al cabo de unos instantes dulcificando la voz.

—¿Qué quieres hacer tú? La situación es mala. Debería haberte hecho caso y dejar a Yngvard en tierra, pero ahora no es posible. Kara se está haciendo fuerte. Si comenzamos una lucha, nos destruiremos y será imposible continuar la expedición. Algunas mujeres están indecisas. Deberíamos recuperar el control.

—¿Y para eso es necesario castigar a Habib?

—Sí. Cometió una falta muy grave. Eso se castiga con la muerte en alta mar.

—Él no robó el agua —contestó con la misma voz Marta. Quizá me mentía a mí mismo, pero estaba convencido de que el tono usado no era para engatusarme, sino para congraciarse por la dureza de sus palabras.

–Puede ser. Pero reconoció que se había dormido durante su guardia, las consecuencias podían haber sido desastrosas. Si lo perdonáramos, perderíamos el apoyo del resto. Saben que es amigo tuyo. Él no sería excusado y nosotros tampoco.

–He hablado con él. Le he explicado lo mismo que acabas de decir. Lo ha entendido. No quiere morir y tiene miedo, es normal. Ha jurado no escapar. Creo que podríamos perdonarle la vida y expulsarlo en una tierra que no fuera hostil. Pero tú tienes la última palabra.

–¡Vaya, gracias! –respondí forzando una sonrisa irónica–. Si le perdono la vida, las nuestras no tendrán más valor que mi maza, y si lo condeno, tú dejarás de hablarme.

–Esa es la vida de un capitán –contestó encogiéndose de hombros–. Debe decidir el bien común sin dejarse guiar por motivos personales. Pero, para que estés tranquilo, te diré que hagas lo que hagas no me indispondré contra ti.

Dicho esto, se levantó, me sonrió dándome las buenas noches y se marchó, tras apoyarse brevemente en mi hombro.

Me quedé solo, mirando el mar ligeramente iluminado por la creciente luna. No permanecí demasiado tiempo pensativo, ya que al rato aparecieron Krum y los demás. Solo traían unos puñados de setas y otros de unas manzanas arrugadas, todo lo que habían encontrado en aquel islote.

Para colmo de males, cuando íbamos a saciar el hambre, Hild *la Hija del Cuervo* se acercó y examinó la comida. Sin abrir la boca, recogió las setas y las arrojó al fuego antes de darse la vuelta y volverse a su tienda.

De tal manera descubrimos que eran venenosas y que nos tendríamos que conformar con la media manzana por persona que nos correspondía. Como era de suponer, las malas noticias no contribuyeron a levantar el ánimo. Consternado, no quise acercarme hasta donde Salbjörg repartía los escasos trozos de fruta. la Vieja le entregó mi mitad a Sigurd para que me la trajera.

–Toma, Thorvald –dijo el niño colocándose delante de mí para examinar mi rostro tapado por el cabello y tendiéndome la mitad de la manzana.

–No. Quédatela. No tengo hambre.

–Cógela. Mira, he guardado esto para los dos. Nadie lo sabe – cuchicheó Sigurd mostrándome una manzana más grande que las demás escondida bajo la camisa–. Toma. Yo me como tu mitad y tú esta manzana.

La bondad del muchacho me dejó sin habla. Muerto de hambre, me ofrecía una fruta que debía de haberle costado mucho encontrar. Su mirada era limpia. Me la ofrecía de corazón, no para quedar bien. Me alegraba de haber accedido a que nos acompañara, tanto como me arrepentía de que lo hiciera Yngvard.

–Cómetela tú –le dije tratando de sonreírle, algo que no acostumbraba hacer–. Te lo has ganado.

–No. La he traído para ti –repuso testarudo el niño–. La dejaré aquí.

Dijo esto y se marchó comiendo su insuficiente ración, dejándome a solas con la fruta. Insistir o mostrarme tan testarudo como el muchacho supondría una ofensa para él, y, de todos modos, una manzana más no le quitaría el hambre. La mejor forma de agradecer su acción era comérmela y así lo hice.

Aquella noche, más que nunca, dormí con mi maza al alcance de la mano. Como le había dicho a Marta, mi vida en esos momentos no valía más que el miedo que mi maza inspirara en los demás. Me acostaba con estos pensamientos lúgubres cuando un movimiento en la entrada de la tienda me alertó.

Era Krum. O bien el pequeño *sámi* no tenía con quién pasar aquella noche, o, preocupado por la situación, venía a velar por mí. En cualquier caso, dormí mucho más tranquilo.

* * *

La mañana del decimosegundo día amaneció brumosa, con una humedad que calaba los huesos. Si Thor me hubiese permitido elegir las condiciones para el ataque, no podría haber pedido unas mejores.

–Arriba. Desmontad el campamento. ¡Nos vamos!

La tripulación remoloneó un poco. Ahora que se acercaba la hora de atacar, algunas mujeres no parecían mostrarse tan confiadas. Kara, por su parte, acompañada todo el rato por Yngvard y Embla, retrasó todo lo que pudo la marcha. Solo cuando se dio cuenta de que me iría con o sin ellos subieron al barco.

En el puesto del desaparecido Gunnar se situó Groa, y en el de Ottar, Freyja. Sin contar con la hija del *berserker*, Skathi, eran nuestras mejores guerreras y tan decididas como cualquiera de nosotros.

Einarr condujo la nave en dirección a tierra firme. Entre la bruma resultaba difícil ver algo. Krum hizo un gesto al frente. Aún me costó un rato ver la línea de tierra y un poco más las columnas de humo que se levantaban y que señalaban la presencia de un poblado.

—¿Dirías que es demasiado grande? —le pregunté al *sámi*.

No respondió inmediatamente. Me había oído, pero no malgastaría palabras hasta que supiera qué contestar.

—Un poblado de pescadores. Están armando un par de barcas. Tantas casas como los dedos de mis manos.

No eran muy buenas noticias. Un poblado de ese tamaño podía albergar fácilmente setenta u ochenta personas, y nosotros no llegábamos de lejos ni a la mitad.

—Poneos los cascos y sacad los escudos por la borda. Coged los remos y colocadlos en sus lugares. Preparados para remar. ¡Einarr, hacia las columnas de humo!

La tripulación obedeció mis órdenes y pronto nos encontramos remando hacia el poblado, que aún no había dado la alarma.

—Cuando lleguemos a tierra, coged vuestro escudo y seguidme. No tengáis piedad, ellos no la tendrán con vosotros. Matad a quien se ponga por delante. Gritad y golpead vuestras espadas contra los escudos para que crean que somos muchos más. No os demoréis. En cuanto hayamos cogido toda la comida y el agua que podamos llevar, al barco. Nos alejaremos antes de darles tiempo a reaccionar.

Continuamos acercándonos a la playa, donde los pescadores aparejaban sus barcas, ajenos a lo que se les venía encima. De pronto, en el silencio del mar, llegó hasta nuestro *drakkar* el grave lamento de un cuerno que avisaba de nuestra llegada.

—¡Ahora, remad!

Dirigidos por Einarr, nos esforzamos sobre los remos. Los pescadores habían abandonado las barcas y corrían hacia sus casas gritando de terror.

Cuando participé en mi primer ataque a un poblado, mi padre me dijo: «Son pobres y crédulos granjeros que no saben luchar. Cuando llegamos, lo primero que ven son nuestros barcos con su vela cuadrada de colores, el mascarón de proa y los escudos a los costados. Por la forma de navegar nos confunden con enormes monstruos marinos que salen de la niebla y ondulan sobre las olas dispuestos a tragárselos. Cuando descubren la verdad, es casi peor. Ya están aterrorizados, y saber que, en vez de serpientes marinas, lo que llegan son aborrecibles vikingos no les alegra. Cuando ataques no tengas piedad, haz que te teman y así se extenderá la voz de que los vikingos son hombres temibles. Los siguientes ataques serán mucho más fáciles».

Había comprobado por mí mismo la razón que encerraban estas palabras. Los ataques a pueblos y ciudades que ya habían padecido anteriores visitas de los hombres del norte siempre eran más sencillos. La población huía y escondía a sus mujeres e hijas. Los que aún no conocían nuestra furia trataban de defenderse, y en esas ocasiones nos costaba más doblegarlos.

Ahora, los habitantes de aquel pueblo acababan de ver salir del mar, dispuesto a asolar su pueblo, al dragón normando impulsado por sus alas negras y rojas.

Llegamos a la playa y embarrancamos mientras saltábamos por las bordas profiriendo alaridos. Como les había dicho, sujetaban sus escudos y golpeaban con hachas y espadas sobre ellos, todos menos Ygrr, que se había arrancado los andrajos que vestía y, tapado únicamente por el abundante pelo que lo cubría, sacaba espuma por la boca y golpeaba en los escudos de quien se pusiera a su lado. Skathi tampoco llevaba escudo, aunque sí su hacha de doble filo, y gritaba enloquecida. Ivar *Dientes de Lobo,* el muchacho amigo de Sigurd y sobrino de Salbjörg, inseparable de los *berserker* desde su llegada, tampoco llevaba escudo ni arma y parecía tan exaltado como Ygrr *el Cuervo.*

Con Krum a mi lado, yo corría en dirección a las casas. Fuimos recibidos por algunas flechas mal lanzadas. Los habitantes, aunque temerosos, iban a presentar batalla para no verse saqueados, algo que en invierno podrían lamentar.

Tal y como había dicho Krum, el poblado tendría unas diez casas bastante cerca unas de otras a los lados de una calle principal.

Eran construcciones alargadas con techos de paja y paredes de adobe reforzadas con troncos entrecruzados. Algunas tenían adosados almacenes o gallineros, de los que nos aprovisionaríamos generosamente.

Grité a la tripulación para que no perdieran el tiempo, arramblaran con la comida que viesen y consiguieran la preciosa agua que necesitábamos con urgencia. Tras este último recordatorio me sumergí en la actividad que, a lo largo de los años, había demostrado saber ejercer mejor.

Con mi maza, olvidando al resto, hundí el primer cráneo, el de un viejo que me amenazaba con una hoz. Después todo fue una sangrienta carnicería. Los aldeanos, frisios valientes, habían decidido defenderse. Pronto, sin embargo, se dieron cuenta de que no tenían ninguna oportunidad y trataron de huir. Demasiado tarde algunos.

Los normandos tenemos una decisiva ventaja frente a cualquier rival, y es que amamos la batalla. No solo no nos importa morir en ella, sino que lo deseamos, pues no hay mejor forma de hacerlo que morir rebanando la cabeza del enemigo. El caído durante la lucha será recogido por las valkirias y llevado al palacio de Odín, junto a aquellos que murieron antes de la misma forma. Sin embargo, el que lo hace en su cama jamás conocerá el Valhalla. Así, peleamos ebrios de alegría y no sentimos dolor. Respetamos a nuestros enemigos y los enviamos a sus dioses, antes de quedarnos con toda su plata.

No sé a cuántos matamos, pero fueron muchos. A mí, lo mismo que a Yngvard y a los *berserker*, se me había olvidado cuál era nuestro objetivo: estábamos inmersos en una orgía de sangre. Las cabezas de los aterrados granjeros rodaban entre nuestros pies, lo mismo que los brazos y piernas segados.

Cuando conseguí dominarme, el espectáculo ante mis ojos era terrible. Cuerpos sin vida yacían por todos lados empapando de sangre la tierra. Salbjörg, Marta, Abu, Zubayda y algunas otras mujeres cogían todos los alimentos posibles y corrían hacia el barco. En un rincón, Ygrr e Ivar, junto a Skathi, masticaban con sus bocas chorreantes unos trozos de carne cruda arrancados a mordiscos de algún animal moribundo.

–¡Krum! Pégale fuego al poblado y vámonos.

El lapón, obedeciendo mis órdenes, cogió una rama, la envolvió en unos trozos de tela de arpillera, la encendió en la fragua del herrero del pueblo y la lanzó a uno de los tejados de paja, mientras yo hacía lo propio con otras casas.

—¡Thorvald! —me gritó Marta—. Ya tenemos todo. ¡Marchémonos!

Prendí fuego a un par de tejados más antes de seguirla hacia el barco. El último fue el lapón, que se trajo una antorcha encendida con la que subió al *drakkar*. Mientras los demás remábamos y nos alejábamos de la costa, viendo las llamas que se alzaban al cielo, mi compañero de armas envolvió las puntas de dos flechas en unos trapos y les prendió fuego con la antorcha.

—¿Qué va a hacer? —preguntó Marta.

—Quemar las barcas —repuse sin dejar de remar.

—No es necesario —protestó la liberta—. Los hemos despojado de todo. Los que queden necesitarán las barcas para poder alimentarse.

—Quizá sí, o puede que traten de perseguirnos con ellas o dar la alarma de nuestra presencia —contesté—. Así estarán ocupados en apagar el fuego de sus casas y de sus barcas.

La Negra trató de protestar de nuevo, pero para entonces Krum ya tensaba su arco con una de las flechas incendiarias y acertaba de lleno en una de las embarcaciones de pesca.

* * *

Sin duda Tyr, el dios manco de la guerra, nos había cubierto con su manto. No habíamos perdido a nadie en el ataque, aunque teníamos cuatro heridos. Uno de ellos era Habib, el liberto amigo de Marta que aún estaba pendiente de su castigo. Tenía un feo corte cerca de la entrepierna, hecho sin duda por una hoz. El *blamenn*, sin embargo, no profería ni un lamento a pesar de que le tenía que doler, y mucho.

Groa también estaba herida. Tenía una ceja abierta por una pedrada y sangraba en abundancia, aunque no era nada importante. Se apretaba un paño contra la ceja, que ya había comenzado a hincharse.

Hrutr, el liberto que no tenía pensado luchar contra los *blamenn* y que desembarcaría antes de llegar a la entrada del que llamaban el

Gran Río, tenía un brazo roto. En su caso no había sido una herida de guerra. El cobarde había subido a un cobertizo buscando quién sabe qué cosas que hubiesen podido esconder los aldeanos y, al no mirar donde ponía los pies, se había caído desde lo alto sobre el brazo del que ahora asomaba un hueso. Hild trataba de recomponer el hueso para entablillarlo, pero aquel hijo de perra chillaba como lo haría una mujer *blamenn* a la que un vikingo estuviera forzando.

El otro herido era Sigurd. Durante el *strandhögg* me había seguido sin darse cuenta del peligro que corría. Un grupo de habitantes del poblado que se habían escondido tras las chiqueras de unos puercos, al ver que solo se trataba de un niño y que se había separado del resto de nosotros, trató de vengarse con él.

Por suerte, Sigurd demostró una vez más su astucia. Viéndose rodeado por los aldeanos, hizo una finta para evitar ser hecho prisionero y posteriormente atacó al que parecía más débil del grupo y le clavó su pequeña espada en el estómago antes de huir. La proeza le había costado un peligroso corte en el estómago, por suerte no muy profundo. Ahora, con el semblante más blanco de lo normal, se mordía los labios para que ni un solo gemido saliera de ellos mientras Marta le cosía.

Entretanto nos habíamos adentrado en la niebla y habíamos guardado los remos. Nuestros perseguidores, si es que los teníamos, no serían capaces de encontrarnos en mar abierto.

Pese a la victoria, nuestro corcel de los mares avanzaba sobre las olas en medio de un extraño silencio. Para un hombre, saquear y asolar una aldea puede ser apasionante y placentero. Sin embargo, para aquellas mujeres suponía el recuerdo de amargos sucesos vividos en propia carne tiempo atrás.

Algunas, cabizbajas e incluso avergonzadas, se miraban las manos aún ensangrentadas sin pensar que el golpe de mano dado nos había provisto de agua y comida para unos cuantos días.

–¿Qué tal estás, Sigurd, te encuentras bien? –le pregunté al muchacho agachándome frente a él. Unas gotas de sudor le salían desde el nacimiento del pelo. Se lo estaba dejando largo y alborotado, como lo llevaba yo.

–Estoy bien –logró decir.

Marta le estaba juntando los bordes de la herida para cosérsela con un bramante, empapado en una de las pociones que usaban las sanadoras. Aquella herida, que algún día el muchacho luciría orgulloso para despertar la envidia de sus compañeros y la admiración de las doncellas, quedaría convertida cuando se cerrara en una cicatriz tan fea como la que a mí me cruzaba el rostro.

Le puse la mano sobre el hombro como hubiese hecho con cualquier guerrero herido y el gesto le hizo contener las lágrimas que estaban a punto de desbordarse por el dolor.

Mientras el resto de los hombres se saciaban con el botín, me acerqué a hablar con Einarr, que manejaba el timón provisional a la vez que masticaba un trozo de carne seca.

–Quiero que nos detengamos en algún lugar tranquilo antes de que anochezca –le pedí ofreciéndole una jarra con agua–. Un lugar donde podamos hacer fuego sin que se nos vea.

–Será difícil –contestó el tullido aceptando el agua–. En estas tierras tan bajas una columna de humo será vista desde lejos, pero trataré de encontrar algún lugar donde no haya poblados cerca.

–¿Cómo va ese golpe?

–Bien –contestó el viejo llevándose una mano a la cabeza–. Pero por un momento pensé que las valkirias venían ya a por mí.

–Espero que sepan esperar, amigo mío. Aún has de llevarnos hasta Ishbiliya.

El timonel sonrió por mi comentario. Pude apreciar que le había llenado de orgullo que le llamara amigo. No había sido algo gratuito ni para ganarme su voluntad. Le dejé en su puesto examinando las tonalidades de las aguas, los vientos y la posición de la vela.

Por fin pude llenar mi estómago, beber agua en abundancia y comer. ¡Qué delicia! Tenía aún, como los demás, los labios resquebrajados y la piel arrugada. Traté de no abusar del agua, algo difícil tras la espantosa sed padecida durante los días perdidos en alta mar.

Algunos otros que no tuvieron el mismo cuidado lo pagaron después, cuando comenzaron los dolorosos retortijones que les obligaban a visitar a Einarr, al lado del cual asomaban sus traseros por la borda y vaciaban el vientre.

A media tarde nuestro timonel condujo el *langskips* hasta la costa. Era una tierra arenosa y arcillosa, y hasta donde alcanzaba la vista no se veían señales de presencia humana. Era un buen lugar para hacer lo que tenía que hacer.

—Montar el campamento cerca de la playa. Tenemos que estar preparados por si somos atacados, esperar a que se marche el sol antes de hacer fuego y cubrirlo lo mejor posible para que no se vea en la distancia.

A pesar de sus protestas, colocamos a Sigurd frente al fuego llevándolo en brazos. Hild le había ordenado que no se moviera para que la herida no se volviera a abrir. A su lado se puso Habib, caminando con dificultad. Groa no quería saber nada de sentarse al lado el fuego a pesar de tener el ojo cerrado por la hinchazón. En cuanto a Hrutr, que seguía quejándose como una plañidera, lo dejamos dentro del barco.

Las mujeres levantaron un pequeño hogar con piedras dentro del cual encendieron fuego y pusieron a calentar leche que habíamos traído en unos odres robados en el poblado pesquero. Allí vertieron la sémola y cocinaron el *grautr*. Repartimos también grandes rebanadas de pan de cebada con queso y mantequilla salada y lo regamos con agua, leche y un tonel de cerveza con el que se había hecho Olaf antes de abandonar el poblado en llamas.

—Quiero que me escuchéis todos —dije una vez que hubimos terminado la copiosa cena. Con los estómagos llenos todos nos mostramos más comprensivos y clementes—. Acércate, Habib.

El antiguo esclavo tuvo un escalofrío cuando pronuncié su nombre, pero no hizo gesto alguno de rehuir la orden. Era consciente de que su castigo había sido aplazado, no olvidado. Se acercó hasta donde me encontraba yo sentado, cerca del fuego. Los demás se situaron en círculo a nuestro alrededor, manteniendo un silencio expectante. Busqué la mirada de Kara, pero su rostro se mantenía en la penumbra.

—Habib —dije mirando fijamente al liberto—, se te acusa de haber robado el agua y haberte quedado dormido. ¿Tienes algo que decir?

—Yo no robé el agua —contestó sereno el hombrecillo. Con el reflejo de las llamas, su rostro parecía más oscuro que de costumbre. Las espesas cejas se juntaban en una sola línea. Instintivamente supe que aquel hombre no era un ladrón—. No sé quién lo hizo, puesto que me dormí, pero estoy dispuesto a aceptar el castigo que se me imponga por ello.

—Habib —dije, conmovido por la valentía del pequeño *bla-menn*—, no podemos tener la absoluta certeza de que robaras el agua, pero tú mismo admites que te quedaste dormido durante tu guardia, lo que nos puso en peligro. Si en ese momento hubiésemos sido atacados, nuestro enemigo nos habría masacrado. Las leyes de los normandos son categóricas al respecto: deberás marcharte. A partir de este momento no podrás volver a estar entre nosotros.

—¡Esa no es la pena que marcan nuestras costumbres! —dijo Kara dando un paso al frente antes de que Habib aceptara su condena—. En este caso, el castigo es la muerte.

—No. El castigo es el destierro —contesté sin dejarme amilanar.

—Lo sería si se hubiera producido en tierra, pero fue en alta mar. Tendríamos que haberlo arrojado por la borda y tú lo sabes.

—Ahora estamos en tierra —dije bordeando el filo del abismo—. Habib ha tenido varias oportunidades de escapar. Incluso ha sido herido en el ataque al poblado a sabiendas de que aún le aguardaba su juicio. El destierro será la pena impuesta.

—¡Lo haces porque es amigo de esa esclava de la que estás encelado! —exclamó aquella zorra escupiendo todo su veneno—. Si hubiese sido yo, no habrías dudado en arrojarme por la borda. Tienes diferentes varas de medir.

No puedo negar que algo de razón llevaba. Un buen jefe, yo lo sabía y ya lo he dejado dicho, no debe dejarse llevar por su propio beneficio o el de sus amigos. Pero jamás he dicho que yo fuese un buen jefe. Siempre he sido un mercenario más.

—Habib se marchará ahora y nada más se dirá —sentencié tratando de contener una vez más mi rabia.

Kara se mordió la lengua para no protestar. Sabía que en esta ocasión no gozaba de la simpatía de los demás. Habib había sido un buen compañero de viaje, trabajador y obediente. Además, había aceptado su pena como solo lo haría un guerrero normando, sin una sola protesta.

Me levanté y me metí en mi tienda, atento a lo que pudiera pasar. No sucedió nada. Algunas mujeres, avergonzadas incluso del castigo impuesto, prefirieron no ser testigos del comienzo del destierro y se metieron también en sus tiendas. Los demás se desperdigaron. Alrededor del fuego solo quedaron Einarr y la pequeña

Sif. No supe dónde se metió Sigurd. El muchacho estaba molesto conmigo por haber mandado al liberto al destierro, lo que consideraba una injusticia, pues creía en la palabra del antiguo esclavo. Que el castigo fuese por dormirse durante la guardia no le debía parecer suficiente razón para abandonarlo allí.

La silueta del tullido sentado delante del fuego se recortaba en la tela de la tienda. Todo era silencio y tan solo el crepitar del fuego alteraba la noche. ¿Se habría ido el *blamenn*? ¿Qué destino le aguardaría? Había hecho todo lo que estaba en mi mano para que no fuera ejecutado y para dejarlo solo en un lugar en el que no fuese prontamente apresado. A partir de ese momento, su astucia y tesón, que no eran pocos, serían sus únicas ayudas en un mundo donde todo es hostil.

Un rato después una figura pequeña se escurrió dentro de la tienda. Pensé que se trataba de Krum otra vez, dispuesto a velar mi sueño, pero me equivoqué.

–Habib quiere que sepas que te agradece lo que has hecho por él –dijo Marta en voz baja para no ser escuchada desde fuera. Con un tono más bajo aún añadió–: Y yo también.

–No opina lo mismo Kara –repuse bajando yo también la voz–. A cada momento está más cerca de declararse un motín y lo peor es que no sé con quiénes puedo contar. A veces pienso que lo mejor sería coger la maza y reventarle la cabeza, a duras penas me puedo contener.

–No nos llevaría a nada –repuso la Negra–. Nuestro número es demasiado reducido. Debemos tratar de mantener la calma en el grupo hasta que hayamos terminado lo que hemos venido a hacer. Después podrás tomarte cumplida venganza.

–¿Y crees que será posible llegar hasta las costas de al-Ándalus sin que esa zorra trate de ponerse al frente?

–Posiblemente no –contestó Marta con sinceridad–. Pero no seamos nosotros quienes forcemos la situación. Ahora la gente está más tranquila, ha comido y bebido.

–¿Cuánto piensas que les durará? Mañana tendremos otras tormentas. Atacaremos un pueblo que esté más preparado para defenderse o avistaremos otros piratas. Según avanzamos hacia el sur, las dificultades crecen, no disminuyen.

–Lo sé. Si te sirve, yo confío en ti.

–¿Ah, sí? –pregunté torciendo el gesto en una sonrisa irónica–. ¿Y por qué? ¿Porque siempre he hecho lo que tú has querido?

–Todo no. Te dije que dejaras a Yngvard en tierra.

–No me lo recuerdes. No he hecho más que lamentarlo.

–No tenía la intención de reprochártelo. Solo pretendía mostrarte que no siempre has cumplido mis deseos, y que a pesar de ello te respeto como jefe.

–¿Jefe? Soy incapaz de decir quién manda en esta expedición. No sé si es Salbjörg, tú, Kara, yo, Einarr…

–Bueno, según vuestras costumbres es lo normal, ¿no? Quiero decir, no tener un jefe y que todos los hombres sean iguales.

–Sí, pero en una expedición tiene que haber alguien que ordene lo que se ha de hacer. Esa incertidumbre nos puede costar cara.

–Por ahora no hay más remedio. Salbjörg y yo estamos contigo. También Abu y tu compañero Krum. Einarr te está profundamente agradecido por haberle dado la oportunidad y te guiaría al infierno si se lo pidieras. Y qué te voy a decir de Sigurd.

–Hoy no creo que esté muy contento conmigo por haber desterrado a Habib. Sé que se llevaba muy bien con él.

–Para algunas cosas es aún un niño. Ya se le pasará y comprenderá que has hecho lo único que podías hacer.

–¿Se ha marchado?

–¿Habib? Sí, lo ha hecho –dijo haciendo un esfuerzo para dominar su voz. La sensibilidad, que para los normandos es una muestra de debilidad, en aquella mujer suponía una virtud.

–Lo lamento.

–No tienes la culpa. Así lo ha entendido él. Le echaré de menos, era un buen amigo –dijo abrazándose las rodillas.

Nuestros rostros estaban muy cerca y sentía su aliento. Deseaba besarla y a duras penas conseguía controlarme. Aquellos ardientes ojos me abrasaban, descubriéndome sensaciones que nunca antes hubiese sospechado posibles.

–Es tarde –dijo levantándose–. Será mejor que durmamos. Buenas noches.

Salió, no sin antes dedicarme otra mirada. Había notado el deseo entre nosotros y huía. En aquella última mirada creí entender que no se hubiese resistido en caso de haberla besado.

281

Pensé que tal vez no se había quedado un rato más por Habib. Marta no me culpaba por lo que había hecho con su compañero de esclavitud, uno de los pocos amigos, junto con Abu, que había tenido en las, para ella, terribles y heladas tierras de sus amos. Ahora se marchaba de mi tienda e iría a la suya para dejar aflorar libremente las lágrimas. Mi falta de culpa no me libraba de aquella extraña opresión en el pecho que nunca antes había sentido.

Fuera de la tienda, las sombras de Einarr y Sif junto a su inseparable ardilla, *Ratatok,* a las que se había unido el convaleciente Sigurd, hablaban en torno al fuego. La niña le había pedido al tullido timonel que les contase una de esas historias que conocía de los dioses que pueblan Asgardr. El viejo, no sé si influenciado por los vientos de discordia que se cernían sobre nosotros, había elegido como relato la consumación de los tiempos, el *Ragnarök,* cuando los dioses, junto a aquellos guerreros que han muerto en combate, habrán de enfrentarse a las fuerzas del mal.

–El dios Heimdall –decía el viejo–, el que cuida el puente que une nuestra tierra con la de los dioses, ese que no duerme más de lo que dura la siesta de un pájaro y que es capaz de escuchar crecer la hierba, avisará tocando su imponente cuerno cuando vea llegar las hordas de gigantes dispuestos para la batalla final.

–¿Cuándo ocurrirá? –preguntó Sif abstraída en el relato.

–Nadie lo sabe. Se dice que Odín, en su trono *Hlidskialf,* desde el que todo lo puede ver, sabrá que se acerca al ver en el comportamiento de los humanos los presagios de la llegada del *Ragnarök.*

–¿Qué presagios? –quiso saber malhumorado Sigurd.

–La ira y el odio de los hombres teñirán la tierra de sangre y nos mataremos entre nosotros.

–Eso siempre ha ocurrido –bufó el chico incrédulo.

–Pero no como entonces.

–¿Y cómo podremos saber que viene? –interrumpió Sif.

–Antes del *Ragnarök,* la Tierra sufrirá tres años de duro invierno ininterrumpido, durante los cuales no dejará de nevar en todas partes, lo que terminará por volvernos locos.

–¿Qué harán los gigantes?

–Angrboda, la giganta esposa del malvado Loki, soltará a sus lobos para que se alimenten con los humanos que aún sobrevivan, hasta hacerse suficientemente fuertes como para atacar a Sol y Luna.

Loki, que hasta ese momento habrá estado encadenado por haber asesinado al dios Balder, quedará libre y liderará a los gigantes en la batalla, junto con sus hijos, el lobo Fenrir, la serpiente Jormundgand, que es tan grande que su cola rodea el mundo bajo el mar, y su hija, Hell, la diosa de los infiernos. Los mares se abrirán y de entre las aguas saldrá *Naglfari*, el barco fabricado en el infierno con las uñas de los muertos. Los gigantes de hielo y Surtr, el de la espada de fuego, que prenderá el Fresno Sagrado sobre el que se sustentan los nueve mundos, acudirán a la batalla contra los dioses.

Tumbado bajo la piel, escuchaba una historia que había oído infinidad de veces en tabernas, en herrerías o en cualquier otro lugar donde hubiese un buen fuego mientras afuera el viento azotaba y la nieve se agolpaba.

—Odín será devorado por Fenrir —continuaba Einarr—. Thor morirá por el veneno de la serpiente Jormundgand, aunque después de haberla matado a su vez. El manco Tyr, dios de la guerra, se enfrentará a *Garm*, el perro de Hell, y los dos morirán a la vez, al igual que les ocurrirá a Heimdall y Loki.

—¿Quién vencerá?

—Se aniquilarán unos a otros —repuso tranquilamente el viejo.

—¿Y no sobrevivirá nadie? —preguntó alarmada la muchacha.

—Una rama de Yggdrasil hundirá sus nuevas raíces para sustentar de nuevo el universo. Dos humanos, Lif y Lifhrasir, que se habrán escondido durante la batalla en el interior del enorme fresno, repoblarán la Tierra. Los dioses Vidar, vengador de la muerte de Odín, y Vali sobrevivirán. Y también Magni y Modi, hijos de Thor, y los gemelos Balder y Hodur, que resucitarán.

—¿Cómo sabes todo esto si aún no ha ocurrido? —preguntó el suspicaz Sigurd. Estaba claro que aquella noche el muchacho no estaba dispuesto a creer lo primero que se le dijera.

—Lo sé porque me lo contó mi padre cuando tenía tu edad, y a él el suyo.

—Pues yo no me lo creo —dijo Sigurd, que se puso de pie con dificultad—. Me voy a dormir.

Yo hice lo mismo.

* * *

Me desperté sobresaltado. Aún estaba oscuro, pero no podía quedar demasiado para el amanecer. Incorporándome sobre un codo vi que Krum dormía tapando la entrada, roncando ruidosamente. No le había oído llegar. Mi compañero se había tumbado de forma que si alguien pretendía acceder a nuestra tienda él sería el primero en enterarse.

Había dormido toda la noche seguida. Thor sabía que lo necesitaba. Pero los sueños habían sido raros y rápidamente se me esfumaban de la memoria antes de que pudiera darles forma de nuevo.

Presté atención. El campamento parecía estar tranquilo. No se oía nada, salvo los ruidos normales de la naturaleza nocturna y los ronquidos que llegaban de las demás tiendas y se acompasaban con los del lapón. Aves y otros animales aprovechaban la ausencia del sol para alimentarse.

El crujido de una ramita volvió a sacudir mi instinto. Fuera había alguien caminando con cuidado, tratando de no hacer ruido. ¿Sería el centinela? Si estaba en lo cierto y era la última guardia, Temujín *el Bárbaro* sería el encargado de hacerla.

Pero no podía tratarse de él. La persona que había hecho el leve ruido intentaba pasar desapercibida. Anteriormente había tenido ocasión de ver a Temujín moverse sin hacer ruido. El Bárbaro sería capaz de acercarse por un camino lleno de cristales hasta tu espalda, sacar su espada y cortarte el gaznate sin que ni siquiera Heimdall, el dios del que hablaba Einarr durante la noche, el mismo capaz de oír como la hierba crecía, pudiera enterarse.

Tomé mi maza y, procurando mostrarme tan sigiloso como el mogol, pasé por encima de Krum buscando la salida de la tienda.

–¿Qué sucede?

El oído de mi feo compañero era tan fino al menos como el del dios cuidador del *bifrost*.

–Alguien está andando fuera. Voy a mirar.

Al cabo de un instante, Cabeza de Jabalí se encontraba levantado, totalmente despejado y empuñando su espada corta.

Fuera de la tienda, las ascuas de la hoguera se difuminaban en la noche dentro de la hornacina que habíamos procurado para que el fuego no fuese visto desde lejos. Permanecimos agachados escuchando. Quien quiera que fuese se mantenía quieto también.

Krum me tocó en el hombro con la mano y me señaló a nuestra izquierda. Una vaga silueta negra recortada en el cielo señalaba la presencia inconfundible del Bárbaro, sentado sobre sus talones, como acostumbraba.

El que estuviera merodeando era alguien que no despertaba las sospechas del mogol, o bien este se había quedado dormido durante la guardia. Cerca de las ascuas adivinamos un movimiento fugitivo.

–Salbjörg –murmuró Krum cerca de mi oreja.

¿Qué podía estar haciendo la Vieja levantada andando por el campamento como si se tratara de un salteador?

–Salbjörg –dije en voz más alta para no alarmarla con nuestra repentina presencia–. ¿Ocurre algo?

–Thorvald, Krum. Lamento haberos despertado. No podía dormir y prefería estar aquí un rato. Me temo que vuestro compañero no es muy hablador.

Se refería al mogol, que seguía sin mover ni un músculo. Me senté al lado de la mujer, que miraba las brasas que se encendían cuando les llegaba un poco de aire, como si fuese el aliento de un animal que poco a poco se va extinguiendo. Krum hizo lo mismo, pero algo más atrás, donde su rostro era inescrutable.

–¿Qué sucede, Salbjörg? –pregunté de nuevo. Quedaba patente que algo le preocupaba.

–¿Conoces la leyenda del *döppelganger*? –preguntó a su vez la mujer sin apartar los ojos de las brasas.

La leyenda del aparecido. Era una de tantas que mi padre me había contado cuando era niño. Hablaba de premoniciones. Aquel que se encontraba con su propio doble podía estar topándose en realidad con la muerte. Si quien sufría la experiencia era muy supersticioso, no lo dudaría.

–¿Por qué me lo preguntas?

–Estaba dormida en mi tienda y me he despertado al oír como alguien andaba por dentro –contestó ella con la mirada perdida–. Solo estaba Marta conmigo y dormía profundamente. Nuestros cuerpos ocupaban todo el suelo de la tienda, así que ¿quién estaba merodeando? Me he sentado en el suelo y me he visto reflejada como en uno de esos espejos que me solía traer mi marido, Rorik, cuando volvía de uno de sus viajes.

—Quizá lo has soñado.

—No. Estaba despierta. Al principio no lo he relacionado con la leyenda, nunca he sido demasiado supersticiosa. Luego le he preguntado a mi doble qué estaba haciendo en mi tienda. Se ha limitado a mirarme y después ha salido de la tienda caminando en el aire. La he seguido fuera, pero había desaparecido.

—¿Qué crees que significa?

—Mi muerte está cerca. Muy cerca. Ya me lo había advertido Hild *la Hija del Cuervo*. No me importa demasiado. Estoy preparada desde hace tiempo. Solo lamento no poder ver de nuevo a mi hijo, Ikig. Ha sido un buen hijo y un buen hombre. Desgraciadamente, aquella bruja de Sigrid lo hechizó.

Me sentía inquieto ante aquellas palabras. No reconocía en aquella mujer que tenía ante mí a la vivaz y resuelta madre y esposa de *jarl* que nos había contratado.

—No creas que no me he dado cuenta —añadió, con una mirada triste que no había visto antes en aquellos ojos—. Lo sentí desde la primera vez que te vi. Aceptaste el trabajo porque te enamoraste de Marta. Es una gran mujer y ha sido para mí como una hija más. ¡Ojalá consiga abrir los ojos!

Todo aquello era demasiado confuso para mí. Preferí seguir sumido en el silencio y escuchar lo que parecían desvaríos.

—Quiero que me des tu palabra en dos cosas —dijo Salbjörg mirándome por primera vez—. Rescata a mi hijo y dile cuánto le he querido.

Pensé que esas eran las dos cosas que me pedía y le juré que así lo haría. Pero no había terminado.

—La segunda cosa que deseo es que tengas paciencia. Ella es inteligente. Su corazón sufre, pero algún día sanará. Cuídala hasta entonces y durante el resto de tus días.

Sin decir nada más, se levantó y se dirigió a su tienda, dejándome preocupado y pensativo. Krum nos había abandonado sin que me diera cuenta y ya las primeras luces del amanecer asomaban por el horizonte.

CAPÍTULO 15

La mañana del decimocuarto día amaneció cubierta de altas nubes grises. Cuando desperté, las mujeres ya habían terminado de desayunar y lo estaban haciendo los mercenarios, entre ellos Krum, sentado en el suelo con las piernas cruzadas como a veces hacía. Tomé asiento a su lado y acepté el cuenco que me tendía Sif. La niña, con su ardilla al hombro, parecía querer restar importancia al hecho de que aquella mañana su amigo Sigurd hubiera decidido ignorarme. El muchacho aún estaba dolido por el destierro de Habib, aunque fuese consciente de que no cabía otra opción.

Busqué con la mirada a Salbjörg, pero la Vieja no estaba por ningún lado. Me había dejado preocupado con la historia de la leyenda del aparecido. ¿Se cumpliría realmente la maldición o se trataría tan solo de una pesadilla? Aquella extraordinaria mujer tenía mucho peso sobre el resto.

–Thorvald, es hora de que nos vayamos.

El que así se dirigió a mí era Einarr. El tullido no dejaba de mirar el mar y el cielo.

–¿Esperas tormenta? –pregunté vaciando en el suelo los restos de mi desayuno.

–Creo que nos libraremos. Pero la marea nos conviene, sería bueno que la aprovecháramos.

No hizo falta más. El campamento se encontraba prácticamente desmontado y la mayoría había embarcado. Sacando los remos por la borda desatracamos hasta alejarnos suficientemente de la costa y los volvimos a guardar. Hacía un buen viento y nos deslizábamos velozmente por las aguas.

Sigurd merodeaba a nuestro timonel, que, a ratos, le dejaba manejar el remo y le indicaba cómo debía recoger todo el viento con la vela. Como no había otra cosa que hacer, me acerqué a ellos para escuchar su alegre conversación, algo de lo que el barco estaba muy necesitado.

Traté de entretenerme con las risas de los dos y las de Sif, pero no tardé en ofuscarme de nuevo porque las circunstancias no eran nada buenas. Una vez más recapitulé.

Habíamos emprendido una travesía que podía realizarse en unos treinta días. Sin embargo, llevábamos casi la mitad y aún no habíamos avanzado ni una cuarta parte. Además, habíamos partido treinta y una personas y seis de ellas ya se habían quedado por el camino. El ánimo era pésimo. El estallido de un motín era cuestión de tiempo. Sin duda, Kara aún no contaba con el suficiente apoyo para oponerse a mí y, entretanto, buscaba socavar mi autoridad poniendo trabas a mis órdenes.

Estaba furioso. No contaba con tales inconvenientes. Ciertamente, el año de duro entrenamiento pasado en la aldea había nublado mi mente hasta el punto de engañarme. Pero aquello no era un barco de guerreros, sino de mujeres cuya única preocupación durante toda su vida había sido sobrevivir en nuestras ásperas tierras y poder alimentar a su numerosa prole.

Eché un vistazo a mi alrededor. Krum y Temujín resultaban insondables, aunque del primero sabía qué podía esperar. Los *berserker* también eran una incógnita. Durante los días perdidos en alta mar, sin nada que comer ni beber, había tenido que vigilar de cerca al Cuervo, pues quién sabía si podía sufrir un ataque de locura. En tal caso hubiese tenido que matarlo.

Abu y Thorstein parecían abatidos, como si cada día confiaran menos en nuestras posibilidades. El primero, además, debía calmar a Zubayda, siempre celosa de Marta y que desde un tiempo a esta parte parecía atender a las palabras de Kara. El Pálido, por su parte, parecía añorar la presencia de Ottar *la Morsa*, su hermano muerto en el ataque de los piratas de Hakan.

El otro liberto, Hrutr, que no iba a participar en el rescate, también la escuchaba, sabedor de que los demás lo despreciábamos por su palpable cobardía.

Yngvard y Olaf eran casos perdidos. Hacha sangrienta tenía los sesos reblandecidos por la mujer con la que se acostaba, sin saber que no era más que un instrumento en manos de aquella manipuladora. La Serpiente también se mostraba embelesado por Ran.

Esta se había distanciado apreciablemente de su hermana, la fiel e impetuosa Groa, cuyo amor por la bella Svava la escandalizaba.

Con Embla participando en las intrigas de su amiga y sin poder asegurar qué pensaba el resto, solo podía contar con Marta, Salbjörg y los dos niños, además del renacido Einarr. Dos niños, un tullido, una vieja, una antigua esclava y un lapón de entre una tripulación compuesta por una treintena de personas. Contentos podíamos estar si llegábamos siquiera a ver las costas de los vascones, gente en verdad extraña que habitaba rugosas montañas entre las tierras de los francos y las de los *blamenn*.

–Thorvald –dijo Marta sentándose a mi lado–, hace tiempo que no practicas la escritura.

La muchacha se debía de haber dado cuenta de mi desesperación y trataba de desviar mi atención de asuntos tan espinosos.

–No creo que sea el mejor momento –repuse, hosco.

–¿Por qué no? ¿Acaso tienes algo mejor que hacer?

Miré a la Negra a los ojos. Estos se encontraban en reposo, sin la furia que a veces asomaba en ellos y por la cual ya había empezado a llamarla para mí mismo Marta *Ojos de Fuego*. Sin embargo, una chispa latía en el fondo de aquellos grandes ojos castaños, esperando el momento de volver a inflamarse, como las brasas de un hogar, dormidas pero no apagadas.

–Además, creo que no tenemos con qué –repuse.

–¿No? Vaya, pensé que te lo había dicho –contestó Marta sacando el material necesario de una bolsa donde llevaba plantas y tinturas medicinales.

Viendo su sonrisa pícara, me di cuenta de que lo tenía planeado. ¿Significaba aquello algo? A pesar de mi acostumbrada impaciencia, traté de aceptar las cosas tal y como venían.

Pronto, luchando con el cálamo, la tinta y el papel, no tuve tiempo para desesperarme por aquel desastre de viaje. Con calma, Marta me fue corrigiendo cuando se me iba la mano y a ratos cogía mi zarpa entre sus pequeños dedos para guiarme. Me dejé llevar como un niño alborozado. Escribimos, hablamos, reímos, nos miramos y yo la amé aún más. Y a ella le sucedió algo parecido. O al menos eso quise creer.

* * *

En las siguientes semanas no hubo demasiadas novedades que referir. Había decidido, aprovechando las enseñanzas de Marta, comenzar un diario, este que tengo entre manos, con los hechos acaecidos desde el día en que conocimos a Marta. Aprovechando esta efímera tranquilidad, rememoré lo sucedido a lo largo del año transcurrido, transcribiéndolo lo más fielmente que supe.

Una tensa calma se había acomodado en cada uno de nosotros. Por suerte no fue necesario atacar ningún poblado para abastecernos, pues con la caza, lo que pescamos y algunos frutos silvestres pudimos comer. Así, ocupado con los detalles de la travesía, llegué a olvidar el funesto sueño que me había contado la Vieja.

A la llegada de la noche descansamos en lugares apartados y protegidos, sin tener que sufrir ningún desgraciado encuentro. Con la rutina en la navegación el aburrimiento hizo mella. Aún acostumbrados a pasar largas temporadas aislados y encerrados durante el eterno invierno nórdico, la molicie nos tornó más irritables.

Todos ansiaban dar fin cuanto antes a aquella desafortunada expedición. Solo saber que sus hombres podían perder la vida si no alcanzábamos nuestro destino los empujaba a continuar.

Entre los hombres la situación era parecida. Estaban cansados e inquietos. Necesitaban luchar, comer bien, beber en abundancia y gozar de mujeres. Cada mañana me despertaba intranquilo temiendo que los *berserker* nos hubiesen abandonado, llevándose consigo a Ivar *Dientes de Lobo*, el sobrino de la Vieja, al que consideraban uno de los suyos.

A pesar de mis preocupaciones, seguimos avanzando con buen viento sin mayor peligro que el sufrido cuando cruzamos el estrecho paso que separa las tierras de anglos y sajones, y las de los francos. Aquellas aguas solían estar muy vigiladas, para evitar incursiones invasoras, y no tardamos demasiado en ser descubiertos.

Costeando la orilla franca, oímos a lo lejos la grave llamada de un cuerno a nuestro paso, que enseguida fue contestada por otros más lejanos. Estaban dando la alerta ante nuestra presencia. Por suerte para nosotros, el viento nos era favorable y conseguimos poner distancia por medio antes de que dos barcos armados lograran hacerse a la mar. A pesar de ser nuestro *langskips* un buen botín, el riesgo de encontrarse con una flotilla de anglos, sajones o más *drakkars* les disuadió de continuar la persecución.

Resolví pasar la noche navegando para alejarnos de aquellas tierras repletas de guerreros. El cielo estaba despejado y el brillo de las estrellas, con Luna ausente, se bastaba para iluminar la superficie del mar. Con los ojos puestos en lo alto, guiado por esas chispas que brotaron al chocar *Muspellheim y Niflheim*, los mundos antiguos de fuego y hielo, Einarr era capaz de continuar la marcha a pesar de no conseguir distinguir en ocasiones la línea de la costa.

La brisa, las mansas olas que mecían el corcel y los callados suspiros de su tablazón invitaban a cerrar los ojos. Luchando contra la tentación, el tullido contó algunas de sus historias a quien quiso escuchar arrebujado entre las costillas de nuestro dragón.

–Al año siguiente de que yo perdiera mi pierna y regresáramos de la tierra de los *blamenn*, diezmados pero con buen botín –decía el viejo–, los daneses remontaron el río que los francos llaman Sena, no demasiado lejos de aquí, y alcanzaron una de sus mayores ciudades.

La pequeña Sif escuchaba con los ojos entrecerrados por el sueño, envuelta en su piel. A su lado, Sigurd, que ya parecía haberme perdonado el destierro de Habib, bebía las palabras de Einarr. La bella Svava, con la cabeza de su amante Groa sobre las rodillas, y yo éramos el resto de la audiencia. En proa, vigilando que nadie ni nada se interpusiera en nuestro camino, montaba guardia Freyja.

–Los daneses no son tan fuertes como nosotros los noruegos –apuntó orgulloso Sigurd, lanzándome una mirada de reojo para asegurarse de que no me irritaba su bravata–. Yo no les tengo miedo –añadió una vez seguro de mi falta de reacción.

–Pues deberías –le dijo Einarr–. Un hombre que no tiene miedo es un loco. Un hombre que tiene miedo y se deja vencer por él es un cobarde. Un hombre que tiene miedo pero es capaz de controlarlo es un gran guerrero. ¿Eres tú un loco?

Sigurd se quedó un tanto confuso por las palabras del viejo y me buscó con la mirada. Aún le duró la confusión, pues días después me preguntó si yo sentía miedo en alguna ocasión. Mucho le sorprendió mi respuesta.

–Los daneses entraron con muchos barcos –siguió Einarr contando su historia– y arrasaron cuantas ciudades, aldeas y pueblos se pusieron en su camino, hasta que llegaron a las murallas de París. Para protegerse del aceite hirviendo y el plomo que arrojaban los francos, los daneses mataron toros y bueyes y con sus pellejos construyeron enormes escudos bajo los que se podían guarecer hasta cuatro *lobos de la batalla*. Con ellos sobre las cabezas avanzaron hacia las murallas, ocupando todo el terreno hasta donde alcanzaba la vista.

»Construyeron enormes torres de madera con los árboles que rodeaban la ciudad. En cada una entraban medio centenar de guerreros y un ariete construido con los troncos más gruesos, pero los francos consiguieron desmontar algunas de estas torres antes de que pudieran acercarse demasiado.

»La lucha fue atroz. Los daneses caían bajo las poderosas catapultas que protegían la ciudad y eran incapaces de romper sus defensas y cruzar los puentes. Se utilizaron torres, arietes y toda clase de máquinas de guerra. Las campanas de las iglesias no dejaban de tocar. –El tullido se rio–. Los cristianos siempre hacen lo mismo, deben de creer que su dios escuchará los tañidos y llegará en su ayuda. Lo cierto es que nunca les ha servido de nada.

–¿Consiguieron entrar? –preguntó el muchacho, fingiendo desinterés por las proezas de mis compatriotas.

–El rey de los francos, Carlos *el Calvo*, un remilgado incapaz, no los pudo detener demasiado tiempo y al final no le quedó más remedio que pagar para que los daneses no arrasaran la ciudad. En nada se parecía esta piltrafa a su abuelo Carlos *el Grande*. Con este, los daneses no hubiesen podido arrasar aquellas tierras ni tomar la ciudad.

Al contrario que los pequeños, yo sí había oído hablar de Carlos *el Grande*, el emperador de los cristianos de las tierras francas. Había combatido contra los lombardos, los frisios, los sajones, los germanos y había empujado a los *blamenn* hasta la Hispania. Con él en el trono, los normandos no habían intentado atacar las costas francas.

Muerto él, su imperio se había debilitado, repartido entre sus hijos. Así, los daneses no habíamos tenido escollos para saquear cada vez más al interior, aprovechando las luchas entre los reyes francos.

* * *

Como he dejado dicho, el estrecho y peligroso tramo por las aguas que separan el reino de Wessex, de tierras francas, transcurrió sin sobresaltos, pero no fue el único paso arriesgado que tuvimos que enfrentar. Aún nos quedaba rodear la Bretaña.

Aquella costa era el último tramo por donde navegaríamos hacia donde se pone el sol antes de llegar a la Hispania. Era un territorio duro en el que se asentaban los bretones expulsados de Britania por anglos y sajones. Unos años atrás había pertenecido al rey franco Carlos *el Grande*, hasta que un tal Nomenöe consiguió expulsar a su nieto Carlos *el Calvo* y a sus huestes. Desde entonces habían luchado con fiereza por conservar su independencia.

Los monasterios e iglesias bretonas eran víctimas frecuentes de los hombres del norte, por eso sus habitantes nos temían tanto como nos odiaban. Un barco solitario de normandos en sus costas podía alentarles a tomar venganza, así que teníamos que andarnos con cuidado de no ser descubiertos por aquellos belicosos guerreros.

Mantuvimos el curso hasta llegar al *final de la tierra*, como llaman los francos a la costa bretona de poniente, y viramos rumbo al sur hacia la isla de Noirmoutier, tomada por nuestros hermanos normandos para pasar el invierno y poder realizar viajes más largos sin tener que regresar antes del invierno a nuestros países.

Allí había sido donde el *drakkar* de Ikig *el Triturador* se había unido a la flota de Björn *Costilla de Hierro* y Hastein para recorrer toda la Hispania, el al-Ándalus y llegar hasta Roma, la ciudad del que los cristianos llaman sumo sacerdote. Mi idea era tomar tierra en la isla y aprovechar para proveernos del material que necesitábamos y hacer las reparaciones inevitables.

En el paso de la punta de la costa, donde se acaba la tierra, nos volvimos a encontrar con una fuerte tormenta. Einarr tuvo que poner en juego toda su pericia para evitar que el *langskips* volcara y todos tuvimos que trabajar sin descanso, unos achicando el agua que las olas introducían en la embarcación y otros remando bajo las instrucciones del tullido para evitar que la embarcación ofreciera la borda al oleaje y nos mandara a hacer compañía a Aegir y a su malvada esposa.

Durante la tormenta perdimos varios remos y el mástil sufrió daños importantes. En la isla de Noirmoutier podríamos sustituir el mástil, reponer los remos perdidos y fabricar algunos escudos que sustituyeran a los que habían caído por la borda.

A pesar de nuestra lamentable situación, el viejo timonel no parecía muy convencido con mi decisión de pedir ayuda al gobernador de la isla.

–El hombre que se halla ante umbral ajeno –dijo recitando el Havamal– debe ser cauto antes de cruzarlo, mirar atentamente su camino: ¿quién sabe de antemano qué enemigos pueden estar sentados aguardándole en el salón?

–Nada ha de preocuparte, viejo –contesté sin hacerle caso.

–Imprudente es el que ante portales desconocidos confía en su buena suerte.

Resulta chocante que fuese precisamente en aquella isla donde se cumplieran mis peores augurios.

Cuando conseguí divisar a lo lejos la silueta de la isla no pude reprimir un suspiro de alivio. Las costas de Frisia y Bretaña, que habíamos pasado entre anglos, sajones, bretones, francos y otras tribus, habían supuesto una dura prueba, tal vez la mayor que nos aguardaba antes de entrar en el *wadi al-Kabir*, que, según Marta, quiere decir Gran Río en el impronunciable galimatías de esos *blamenn*, y arribar a Ishbiliya.

A punto estaba de anochecer cuando tomamos tierra. Sacamos del agua el *drakkar* y dejamos que Einarr lo examinase detenidamente por si sufría algún daño en el que no hubiésemos reparado. Organicé una guardia doble. Que nos encontráramos en tierra de normandos no quería decir que no existiese ningún peligro.

Krum, Temujín, Groa y Freyja se quedaron con Einarr en el barco. Salbjörg, Marta, Sigurd, Abu y yo fuimos al castillo construido pocos años atrás por un abad cristiano, Hilbodus; según contó Einarr en una de las interminables noches a bordo, los monjes habían tenido que retirar de su monasterio el cuerpo de uno de sus *hombres justos,* un tal Filiberto, para que no fuera saqueado por los *terribles y sanguinarios hombres del norte,* como se referían a nosotros.

Nunca he entendido esta costumbre cristiana de guardar los cuerpos de sus mejores hombres en vez de enterrarlos pronto con sus más ricas galas para que vayan a su cielo. En ocasiones tratan estos cuerpos con ungüentos y otros mejunjes para evitar que la carne se corrompa, consiguiendo que el cuerpo se encoja y marchite como una flor y quede como un pellejo arrugado. No creo que les pueda servir de nada a estos hombres cuando llegue el final de los tiempos.

Entretanto, los demás, incluidos Kara e Yngvard, buscaron un lugar donde pasar la noche. Yo quería disponer las tiendas cerca del barco para protegerlo y poder escapar rápidamente en caso de problemas, pero los hombres querían visitar las tabernas y burdeles del poblado. Las mujeres, por su parte, deseaban alejarse de la orilla, descansar y poder ver a otras gentes. Habían pasado todo el invierno aisladas; llegada la primavera, cuando es costumbre ir a saludar a los parientes y recibir visitas, habían tenido que embarcarse.

Me vi, pues, forzado a ceder y limitarme a desear que nada malo sucediera mientras me entrevistaba con el gobernador de la isla, a fin de solicitar permiso para abastecernos. Entre nosotros la descortesía está mal vista. No saludar al señor de unas tierras sería considerado un insulto.

Así que, para evitar más complicaciones, nos encaminamos a la fortaleza. Se trataba de un hermoso castillo levantado por el rey de los francos, curiosamente, para defender la isla de nuestros ataques. Pero quien se dedica a la guerra sabe que un castillo sin soldados que lo resguarde no tardará en caer en manos de los invasores.

El normando que nos acompañó a través de enormes salas y larguísimos pasillos hasta el salón principal, donde se encontraba el gobernador, nos iba contando entre risotadas que los monjes del monasterio le habían pedido protección a su rey para evitar nuestros saqueos, y que a este y a sus principales hombres no se les había ocurrido mejor solución que abandonar la isla en manos de sus enemigos.

La fortuna nos fue esquiva desde el primer momento. Nos hicieron pasar a una estancia enorme adornada con tapices y candelabros. En una de las paredes había un hogar con troncos ardiendo. Era tan grande que un hombre con los brazos estirados y abiertos podía entrar sin llegar a tocar los costados. En el centro, una mesa capaz de acomodar a un centenar de comensales estaba ocupada en su extremo más alejado por un viejo conocido.

El gobernador era Kodran *Tres Dedos*. Le llamaban así porque había perdido los otros dos de la mano derecha, con la que anteriormente manejaba el hacha de guerra. Por esta pérdida había tenido que aprender a usar el otro brazo para blandirla, y puedo dar fe de que lo había hecho bien.

Kodran era danés, como yo. Su padre, Hrafnkell *el Rojo*, había sido el mejor amigo de mi padre, su compañero de armas y *hermano jurado*. Sin embargo, Kodran y yo siempre habíamos demostrado nuestra mutua antipatía con una feroz competencia alimentada por nuestros respectivos padres, mucho antes de que le mutilaran la mano.

Juntos entramos al servicio del rey Svenn *el Cruel* y en innumerables ocasiones nos habíamos enzarzado en peleas por cualquier nimiedad. He de decir que, a pesar de su inmensa fuerza, Tres Dedos nunca pudo con Thorvald *Brazo de Hierro* cuando la pelea era cuerpo a cuerpo. Sin embargo, en el uso de la espada debo reconocer que Kodran siempre fue más hábil que yo.

Ahora, después de largo tiempo, desde que yo fuera desterrado de mi tierra, nos volvíamos a ver las caras. Si la mía reflejó sorpresa no lo sé. Sí puedo decir que a Kodran se le abrieron mucho los ojos y no tardó mucho en sonreír con esa mueca torva que tan bien conocía. Quedaba claro que Tres Dedos no había olvidado nuestra enemistad.

–Vaya, vaya. ¡Qué sorpresa! Mira a quién tenemos aquí.

Estaba rodeado por cinco hombres que comían alguna pieza de caza con los dedos pringosos de grasa. Lucía, como acostumbraba, la barba y las trenzas del pelo limpias y bien peinadas, al contrario que yo, que siempre llevaba mi cabello sucio y desarreglado. Las ropas eran ricas, forradas de pieles. Tenía los brazos cubiertos de gruesas pulseras de plata, el mismo material que componía la cadena en torno al cuello con un medallón labrado sobre el pecho.

Creo haber resaltado ya la importancia que tiene entre nosotros la presencia de un hombre. Cuanto más poder tiene este, más se esmera en arreglarse, asearse y vestirse con ropas delicadas y bellamente tejidas y en adornarse con cuantos aros de plata y oro puede permitirse. Pero yo, a diferencia de Kodran, hacía tiempo que había dejado de otorgarle relevancia a esas nimiedades.

–Hola, Kodran –dije sin acercarme demasiado a la mesa donde se sentaba el grupo. Sorprendidos por el tono de su jefe, el resto había dejado de comer para observarnos con curiosidad.

—Thorvald —respondió Kodran sin hacer uso de mi sobrenombre. Siempre le había mortificado que me conocieran como *Brazo de Hierro*, y que a él, sin embargo, le llamaran *Tres Dedos*—. No has cambiado nada. Hasta juraría que llevas la misma ropa que la última vez que te vi. ¿A qué debo el honor de tu visita?

—Estoy de paso —contesté tratando de esbozar una sonrisa.

El maldito no le quitaba ojo a Marta, que aguardaba detrás de mí, junto a Salbjörg y a Abu. Ambas me habían acompañado en contra de mi voluntad. La sola presencia de una mujer en aquella sala ya sería suficientemente extraña como para que también la ocupara una esclava. Aquello no podía sino complicar las cosas, pero la Vieja no había querido escuchar mis objeciones.

—Nuestro *drakkar* ha pasado por una tormenta y tenemos algunos daños —expliqué haciendo un esfuerzo por ignorar aquellas miradas—. Necesitamos un mástil nuevo y hacer pequeñas reparaciones en el casco. Habíamos venido a presentar nuestros respetos al gobernador y solicitar su permiso para permanecer en la isla un par de días. Te felicito, Kodran. No podía imaginar que fueras tú el señor del castillo.

—Te creo, te creo —dijo volviendo a usar la misma sonrisa—. De otra forma no hubieras venido, ¿verdad? Dime, Thorvald, ¿es cierto que nuestro querido rey Svenn sigue ofreciendo una buena cantidad de plata a quien le lleve la cabeza de aquel que mató a su hijo?

Los demás comensales dejaron su comida sobre el plato y se irguieron en sus asientos. No me habían reconocido, pero tras las palabras de Kodran ahora sabían a quién tenían delante. En sus ojos brillaba la codicia.

Las cosas se estaban poniendo bastante feas. Tres Dedos disfrutaba abiertamente con la ventajosa posición que ocupaba.

—Mi hijo y antes que él su padre, mi marido —dijo Salbjörg tomando la palabra—, me aseguraron siempre que esta isla era hospitalaria con los huéspedes.

—¿Ah, sí? —contestó Kodran, muy sorprendido por la osadía de la mujer—. ¿Y quiénes eran ellos?

—No creo que hayas oído hablar de mi marido, pero puede que conozcas a mi hijo Ikig *el Triturador*. Vino aquí a reunirse con la flota de Björn *Costilla de Hierro* la primavera pasada.

—Vaya, lo lamento —dijo Kodran con tono irónico—, pero me temo que no pude codearme con tan altos señores. Nos encontrábamos en tierras de los francos recaudando el *danegelds*, ¿verdad, muchachos?

Sus hombres rieron ruidosamente tras las palabras de su jefe. El *danegelds*, el tributo que los *jarls* daneses reclaman en las ciudades que van a asaltar, como condición para que estas no sean saqueadas y quemadas. Así, los asaltantes no corren riesgos y los habitantes de las ciudades al menos conservan sus vidas y sus hogares.

Claro que el pago no es garantía de que los daneses no la asolen. En manos de la voluble merced de los *jarls* queda el tomarla igualmente tras recibir el oro y la plata exigidos.

—Disculpad mi descortesía, señora —continuaba diciendo Tres Dedos—, y permitidme que os ofrezca acomodo en mi mesa. Sin duda tendréis hambre tras tan largo viaje, ¿no es cierto?

—Gracias, pero no será necesario —contestó la Vieja haciendo caso omiso del gesto ampuloso hecho por Kodran, abarcando con el brazo la mesa entera—. No querríamos molestar más de lo necesario.

—Si esa es vuestra voluntad... Decidme, ¿qué deseáis?

—Necesitamos talar algunos árboles y conseguir clavos, brea, estopa y otras cosas para las reparaciones —repuso Salbjörg adelantándose a mi respuesta—. También provisiones para dos o tres días.

—Claro, claro —dijo Kodran con la boca llena y asintiendo con la cabeza—. No habrá problema. Aunque decidme, ¿cómo tenéis pensado pagarme?

—No llevamos oro ni plata, pero nos dirigimos a la tierra de los *blamenn,* donde estos abundan. Si nos provees de lo necesario, al regreso te compensaremos con generosidad.

Kodran puso cara de lamentar lo que iba a decir, aunque no me cabía la menor duda de que en realidad estaba disfrutando enormemente.

—Señora, el viaje hasta la tierra de los *blamenn* es largo y peligroso. No dudo de vuestra palabra, pero ¿quién me pagaría en caso de que vuestra embarcación fuese tomada por piratas o una tormenta la mandase al reino de Aegir? Entenderéis que debo velar por mis hombres.

—Estas tierras son libres —dije sin poder contenerme—. Cualquier *drakkar* puede proveerse de lo necesario. Por eso se las arrebatamos a los francos.

—La cosa ha cambiado, Thorvald. Nuestro querido rey Svenn me nombró gobernador y me autorizó a cobrar a cada embarcación que arribaba a esta costa. Estamos aquí para impedir que los francos vuelvan a tomarla. La defendemos para que nuestros hermanos tengan un lugar donde pasar el invierno o, como en vuestro caso, puedan hacer reparaciones en sus naves. Y nuestro sacrificado servicio tiene un precio.

Todo aquello era mentira y Kodran sabía que yo me había dado cuenta. Estuve a punto de preguntarle si también había exigido una compensación a la flota de Björn *Costilla de Hierro*, pero Tres Dedos se escudaría en que él no se encontraba en ese momento en la isla.

—Hemos venido por cortesía a presentar nuestros respetos al gobernador de la isla —dije conteniendo mi furia—. Pero necesitamos esos materiales para poder continuar nuestro viaje y nos haremos con ellos.

—Lamento que pienses así —repuso Kodran fingiendo sentirlo—. Pero no puedo permitirlo, ni siquiera a un viejo amigo como tú.

Antes de que pudiera contestarle que él y yo jamás habíamos sido amigos, Salbjörg me tiró del brazo para hacerme callar.

—Dime, Kodran, ¿cómo propones que te paguemos?

—Quizá tengáis algún esclavo que pudierais dejar a cambio —dijo Kodran mirando con avidez a Marta, que se mantenía en un silencio indiferente—. Un buen árbol bien cuesta dos esclavos fuertes, pero estoy seguro de que podremos llegar a un acuerdo.

—No llevamos esclavos —contestó Salbjörg ignorando la mirada de mi enemigo.

—¿Ah, no? ¿Y qué me dices de esta muchacha? ¿Y de ese enorme negro?

—Ambos son libres.

—Vaya, ¿estás segura? Te los cambiaría por todos los materiales que preciséis. Incluso os aprovisionaría con comida y cerveza. Así no podréis decir que el gobernador de Noirmoutier no es generoso.

–Te lo agradezco, pero, como te he dicho, son libres.

–Lástima. Es un contratiempo –murmuró Kodran tirándose de las trenzas de la barba. Me miraba especulativamente.

Algo se estaba abriendo paso en su cabeza y una sonrisa torva asomó en aquel odiado rostro.

–No se me ocurre otra manera –dijo Kodran al cabo de un rato, alzando las cejas como si hubiese estudiado atentamente un grave problema sin encontrar una solución.

–En ese caso no te molestaremos más –replicó Salbjörg, cansada de aquella conversación que no conducía a nada–. Nos marcharemos de la isla.

–Hay un problema –dijo Kodran arrellanándose en la silla en la que se encontraba sentado–. Habéis arribado a nuestra costa y eso tiene unas tasas que satisfacer.

Ya tenía los puños apretados hasta tal punto que los nudillos estaban blancos. Me rechinaban los dientes aguantando para no saltar sobre aquel hijo de perra. Abu, que se había dado cuenta de mi exaltación, puso una de sus enormes manos sobre mi hombro para que me relajase.

–No sabía que una isla sin puerto las tuviese –contestó Salbjörg manteniendo la calma.

–Son órdenes de nuestro rey Svenn, al que Thorvald conoce bien –dijo Kodran alzando los hombros como si la culpa no fuese suya.

–¿Y cuál es el precio de esas tasas?

–No quiero abusar de vosotros, así que me conformaré con esa muchacha.

–No.

La Vieja contestó; luego guardó silencio dejando que fuese Kodran quien continuara.

–En ese caso mucho me temo que no podréis abandonar la isla. Os quedaréis aquí hasta que podáis reunir la plata suficiente. Claro que podríamos llegar a un acuerdo…

Ahora Tres Dedos iba a exponer la idea que se le había cruzado por la cabeza.

–¿Qué clase de acuerdo?

–Hace mucho tiempo que no veo a mi buen amigo Thorvald. Aún recuerdo aquellos combates que manteníamos de jóvenes… Se me ocurre que podíamos disputar una pelea. Si Thorvald vence, os permitiré marchar y os daré el material que precisáis.

—¿Qué sucedería si Thorvald es derrotado? —preguntó Salbjörg.

—Me quedaría con la muchacha, con el negro y con Thorvald.

—No podemos tolerar…

—¿Cómo sería el combate? —interrumpió Marta a Salbjörg, hablando por primera vez.

Lo dijo como si no fuese su libertad de la que se estaba tratando, con tranquilidad pasmosa y mirándole a los ojos.

—Con espada y escudo —repuso Kodran, encantado y poniendo el peso sobre los codos en la mesa.

—Si ganases te contentarías conmigo y con Thorvald. Deja al margen a Abu.

—¡Trato hecho! —se apresuró a aceptar Kodran sonriendo abiertamente. Le brillaban los ojos de una forma que yo recordaba muy bien.

—Yo aún no he aceptado —señalé irritado.

—Ya lo ha hecho ella por ti —dijo Kodran sin mirarme siquiera. Convencido de su victoria, se relamía con el premio—. Y ahora, por favor, marchaos. Vuestro campeón tendrá que descansar. El combate será en el castillo mañana por la mañana. Mis hombres os acompañaran hasta vuestro campamento para asegurarse de que no os perdéis.

En realidad, lo que quería decir era que aquellos perros vigilarían para que no escapáramos durante la noche.

En el campamento aguardaban, expectantes, Krum, Einarr, Sigurd, Groa, Svava y Zubayda. Los demás se habían marchado, con mi resignado permiso, al poblado cercano al embarcadero. Con todos los problemas que teníamos, preferí no pensar en las consecuencias que tendría la presencia de mujeres nuevas entre sus moradores. Y tampoco en el comportamiento de Yngvard, Olaf y compañía cuando sus buches no pudieran con más cerveza.

El viejo nos preguntó si habíamos conseguido el material. Abreviadamente les pusimos al corriente de lo sucedido. La ranura de los ojos de Krum se estrechó un poco más de lo habitual en él. Cabeza de Jabalí no conocía en persona a Kodran, pero yo le había hablado en diversas ocasiones de él y pude apreciar que las noticias no le parecían buenas en absoluto. La presencia en los alrededores de los hombres de Tres Dedos no contribuía a tranquilizar a nadie.

Allí mismo, en torno al fuego, celebramos un *thing*. No era una asamblea muy numerosa, ciertamente, pero al menos las voces más discordantes se hallaban lejos.

–¿Qué vamos a hacer? –preguntó Groa tras un rato de reflexión.

–No lo sé –tuve que admitir–. No podemos escapar, pues nos tienen vigilados. Además, nos falta la mitad de la tripulación. Tampoco sabemos de cuántos hombres dispone Kodran, pero al menos será medio centenar. No podemos enfrentarnos a ellos.

–¿Crees que hay algún modo de negociar? –dijo la silenciosa y bella Svava. Sentada al lado de Groa, cogía amorosamente la mano de esta entre las suyas.

–No, no lo creo. Nuestra enemistad viene de muy lejos y Kodran ha visto la oportunidad para tratar de acabar conmigo.

–No podemos enfrentarnos a ellos, ni escapar, ni tampoco negociar –apuntó Zubayda evitando mirar a su amante–. Yo creo que no hay otra posibilidad que celebrar ese combate.

–No –contesté tajante–. Kodran es mucho más habilidoso con la espada que yo. Si no gano, esclavizará a Marta y quién sabe qué más hará.

–Yo creo que Zubayda tiene razón –dijo con calma Marta–. No nos queda ninguna alternativa. Debes luchar contra Kodran.

–¿Y qué pasará si pierdo?

–¿Es un hombre de palabra?

–Creo que sí –repuse.

–En ese caso liberaría a toda la tripulación menos a nosotros dos. Ya pensaríamos algo después. Quizá podríamos tratar de escapar. O los demás igual podrían rescatarnos.

En ese momento llegó el resto de la tripulación. Los hombres de Kodran los habían buscado en el poblado para tenernos a todos vigilados. La discusión comenzó enseguida, y en esta ocasión fue más airada. Como cabía esperar, Kara llevó la voz cantante y trató de convencer a los demás de que aceptar el reto era la mejor de las soluciones. No quise escuchar nada más y me alejé del fuego sin llegar al límite marcado por nuestros guardianes.

–Thorvald.

Sentado en una roca con la cabeza entre las manos, meditaba sobre las dificultades de dirigir una empresa como aquella. Tiempo atrás había sido capitán de algunas huestes, pero nunca había estado al mando de un ejército. Ahora dirigía una pequeña y mal avenida banda que ya había sufrido varias bajas antes de llegar siquiera a la mitad del trayecto. Al escuchar la voz a mis espaldas me giré.

–¿Crees que podrías vencer?

Marta tomó asiento a mi lado y puso una mano encima de mi rodilla. El contacto tibio de aquella piel a través del pantalón aceleró mi corazón.

–No lo sé –respondí mirando al fondo de aquellos ojos del color de la avellana–. Nunca le pude vencer con la espada.

–No tenemos más alternativa. Si vences y Kodran cumple su palabra, podremos seguir el viaje con el barco en buenas condiciones.

–¿Y si no lo consigo?

–En ese caso –dijo esbozando una deslumbrante sonrisa–, nos quedaremos aquí juntos.

No quise hacer conjeturas sobre el significado de aquellas palabras. Marta se volvió a levantar para marcharse y al pasar a mi lado se agachó lo justo para depositar un beso en mi cabeza.

–Sé que podrás con él, Thorvald *Brazo de Hierro*.

Dormí a la intemperie, con la cabeza apoyada en la misma piedra recubierta de musgo que me había servido de asiento durante mi conversación con la Negra. A la mañana siguiente, cuando salió el sol, me desperté con todos los músculos agarrotados.

–Hola, Thorvald –gritó Kodran alegremente cuando llegamos al castillo–. ¿Estás preparado?

Me acompañaba toda la tripulación, incluidos los *berserker*. No valía la pena dejar una guardia en el barco. No podrían hacer nada contra los isleños, aparte de que, por desgracia, no poseíamos cosa alguna que les pudiera apetecer.

Sobre una de las almenas, Kodran me miraba desafiante. Tenía el pelo y la barba recién trenzados, vestía una cota de malla que se ceñía a la cintura con un ancho cinturón del que colgaba la vaina de la espada. Cubriéndose la cabeza llevaba un casco de metal con anteojeras y protector nasal. Un vanidoso penacho de cola de caballo blanco en la cresta lo adornaba innecesariamente, pues en el momento del combate resultaría un estorbo.

En la plaza del castillo, donde nos encontrábamos, habían colocado cuatro retoños de roble delimitando un cuadrado de unos seis pasos por cada lado, unidos entre sí por una hilera de arena, sobre las losas de piedra que servían de piso.

Cuando Kodran se hubo asegurado de que habíamos examinado a conciencia el campo de batalla y admirado sus ricas vestimentas, bajó la escalinata acompañado por un esclavo que llevaba su escudo. No era como los utilizados en los *muros de escudos* durante las batallas campales, en los que los ejércitos montaban un escudo con el del compañero de al lado; de esta forma, la primera fila construía un parapeto tras el que se resguardaban de flechas y pasadores. En esos casos los escudos cubrían desde la cabeza hasta las rodillas, tan grandes eran, por lo que resultaban muy pesados y poco manejables.

El que portaba el esclavo era más pequeño, redondo también, de madera y forrado con pieles en las que habían dibujado unos dragones entrecruzados. El canto del escudo, al igual que el centro de este, era de metal remachado.

También la empuñadura de la espada estaba bellamente adornada. No se trataba de un *sax*, la espada corta y manejable usada en los *muros de escudos*, ni la más larga y pesada para dar mandobles, bien sujeta con ambas manos. Aquella era alargada, pero delgada y más ligera, para empuñar con una sola mano.

Yo había llevado uno de los escudos que portábamos en el *langskips*, demasiado grande para aquel tipo de lucha, algo en lo que Kodran no dejó de fijarse. No era mejor mi espada. El uso de mi maza no era pertinente en un duelo como aquel y las espadas que llevaban las mujeres eran demasiado pequeñas para mí.

La única espada en condiciones de haber sido blandida por mí habría sido la que perteneciera a Ottar *la Morsa*, pero esta descansaba junto a su propietario en el fondo de los mares. Así, no me quedó más remedio que aceptar la espada morisca que me tendió Abu, para regocijo de mi oponente.

Tras escuchar al recitador de leyes, un viejo borracho sacado de la taberna del poblado, Kodran y yo entramos en el cuadrado donde se iba a desarrollar la contienda. El resto, tanto de mi tripulación como de los hombres de Kodran y los habitantes del poblado, excitados, se situaron apretadamente en torno al campo de batalla.

Había calculado bastante bien al cifrar en medio centenar los hombres de Tres Dedos. Presentes solo se encontraban una treintena, pero había que sumar la guardia. Demasiados en caso de que las cosas se torcieran.

Enfrente uno del otro y jaleados por los curiosos, aguardamos el comienzo de la pelea. Mi pobre aspecto, con tan extraña arma, el pesado escudo, la cabeza cubierta por un casquete de piel reforzada con remaches de hierro y un chaleco de cuero para protegerme de sus estocadas, contrastaba con su porte. Kodran, consciente de la diferencia, se estaba tomando su tiempo para dar oportunidad a los presentes a hacer la comparación.

Sonó un cuerno y ambos nos dirigimos hacia el centro. Yo me cubría el cuerpo con el escudo. Al menos a Kodran le costaría entrar en mi guardia. El otro brazo lo llevaba ligeramente separado del cuerpo, enarbolando el alfanje pero sin exponerse.

Kodran llevaba su escudo en la mano derecha, la que solo tenía tres dedos, y protegía con él su torso. En la izquierda, con la que había tenido que aprender a luchar, enarbolaba la espada, caminando de costado para presentar solo el perfil. Sus ojos, tras las anteojeras metálicas del casco, lucían con el brillo de la ira que siempre le embargaba cuando nos enfrentábamos.

Sin embargo en aquella ocasión la contienda iba a ser diferente. No había querido decirle nada a Marta para no preocuparla, pero distaba mucho de creer que Kodran se conformara con hacerme preso en caso de que me venciese. Siempre que habíamos luchado, ganara el que ganase, habíamos tenido que ser separados para evitar que nos diéramos muerte.

Con precaución, comenzamos a girar en estrechos círculos, estudiándonos para tratar de adivinar las intenciones del adversario. Al contrario que Marta, yo no tenía confianza en ganar con la espada y trataba de aguantar el ataque de Kodran con la esperanza de conseguir detenerlo con el escudo y poder desarmarlo para continuar la pelea cuerpo a cuerpo. De llegar a disputar con las manos, la ventaja sería mía.

Kodran debía de estar pensando lo mismo, ya que, al revés de lo que solía hacer cuando era más joven, no se precipitaba en un ataque frontal dominado por la furia. Aguardaba a que mi guardia no fuera tan impenetrable o yo cometiese un error.

Al cabo de un rato de dar vueltas uno en torno al otro, sin hacer amago de atacar, los curiosos comenzaron a impacientarse y a imprecarnos para que dejáramos de *danzar*. Cayeron a nuestro alrededor hortalizas, ante los aspavientos del viejo recitador de leyes, que trataba de impedirlo. Alguna de estas, maloliente y podrida, me impacto en la cara y me cegó un instante. Kodran trató de aprovechar el momento, pero reculó rápidamente en cuanto vio que me recuperaba.

Poco después fue el propio Kodran el que recibió el impacto de una fruta madura que le golpeó en el hombro con el que sujetaba el escudo. Los hombres de Tres Dedos agarraron al desdichado que la había arrojado y lo molieron a palos. Desde ese momento amainó la lluvia de objetos.

Pero el suelo había quedado cubierto por una espesa y resbaladiza capa de deshechos. No solo teníamos que vigilar a nuestro adversario, sino tener cuidado con dónde pisábamos, pues un resbalón o una caída podían resultar fatales.

Por fin Kodran se decidió y, dando un paso adelante con el pie retrasado, me golpeó. No había trazado demasiado arco con el brazo para evitar que me diera cuenta demasiado pronto y tratara de contraatacar, así que me resultó fácil detenerlo. Tres Dedos me lanzó cuatro o cinco estocadas del mismo tipo. Ambos sabíamos que así le resultaría prácticamente imposible entrar en mi guardia.

Aproveché el instante en que me tiró otra estocada para adelantar mi escudo, tratando de impactar con su cuerpo y hacerle perder el equilibrio, pero esperaba mi reacción, me dejó pasar y lanzó un tajo de arriba abajo que por poco enrojeció su arma. Aquello era lo que había estado tratando de hacer.

Comencé a sudar. El error podía haberme costado caro. El tajo con la guardia abierta me hubiese rajado la espalda. Kodran se había percatado de que toda mi atención estaba puesta en defenderme de sus ataques y de que mi espada era más una molestia que un arma de la que se debiera proteger.

De pronto comenzó el ataque. Ya fuese como parte de su estrategia o porque se encontraba harto de tanta parsimonia, Kodran se lanzó con mandobles a ambos lados, que yo desviaba sin dificultad con mi escudo, pero a la vez retrocediendo, hasta tal punto que me salí del cuadrado. En cuanto pisé fuera de la raya marcada por la arena, los hombres de Tres Dedos me empujaron hacia el centro contra él. Tenía que haber imaginado que sucedería así, porque se apartó para dejarme pasar y me lanzó otra estocada.

Esta vez la hoja alcanzó su objetivo, aunque por fortuna tan solo la punta. Noté que se me agarrotaban todos los músculos de la espalda y los brazos cuando la espada abrió un surco rojo desde el cuello hasta la cintura. Del espasmo involuntario solté la espada y a punto estuve de hacer lo mismo con el escudo, pero por suerte conseguí retenerlo.

Ahora me encontraba desarmado y con la espalda como si me hubiesen marcado al rojo, como se hace con las bestias y, a veces, con los esclavos. La furia no me permitía ver nada más que lo que tenía enfrente, a Kodran. Era incapaz de mirar dónde pisaba ni dónde estaban los márgenes. Dos peligrosos resbalones casi terminan con la pelea.

Además de furioso me encontraba escarnecido. Hasta el momento no había tenido la más mínima oportunidad de acercarme a él. Necesitaba descargar mi furia. Necesitaba que me dejara acercarme. Entonces cogería su cabeza con mis manos y se la aplastaría como un melón maduro. En ese momento era incapaz de escuchar los gritos de aliento hacia uno y otro, los reniegos e insultos. Nada existía a mí alrededor salvo aquella forma borrosa que se desplazaba en torno a mi en círculos, provocándome, y a la que era incapaz de aproximarme.

Una finta con la espada en un arco abierto me hizo cometer otro error y abrir el costado derecho, el más expuesto. Olvidándose del mandoble, Kodran penetró mi guardia y me golpeó con el canto metálico de su escudo en un pómulo.

Por poco pierdo la consciencia. Un reguero de sangre me ahogaba, no podía abrir la boca. La vista se me nublaba. Debí de dar tumbos, puesto que arreciaron los aullidos y vítores que por un segundo conseguí escuchar, como llegados de muy lejos. Sacudí con fuerza la cabeza para despejarme. Alguien me arrojó un cubo de agua por encima. Afortunadamente también tenía mis partidarios.

Soporté una nueva andanada de golpes. Como yo estaba desarmado, Kodran no tenía que preocuparse más que de mantener la distancia y no cansar inútilmente su brazo. Mi escudo no resistiría eternamente. Las tablas que lo componían ya habían comenzado a ceder y el canto de hierro se había soltado al cortarlo Kodran con el filo de su espada. Pronto no sería más que un amasijo de maderas sueltas.

Los hombres de Tres Dedos se habían percatado de mis dificultades y arreciaron sus gritos para que su jefe acabara conmigo. Kodran se pavoneaba haciendo fintas innecesarias pero teniendo buen cuidado de mantenerse a suficiente distancia. Otro demoledor mandoble terminó de desbaratar mi escudo y, con él, casi mi cabeza. Apenas recuperado, Kodran atacó de nuevo sin darme tregua, antes de que tuviera yo la oportunidad de responder.

Defendiéndome con el único madero que me quedaba a modo de maza, logré desviar el tajo, con tal suerte que su espada quedó clavada en él. Rápidamente, antes de que Kodran consiguiera liberarla, retorcí la estaca. Él, sorprendido, trató de evitar soltar su arma. Sin dejar de hacer fuerza con ambas manos, levanté alto la pierna y le pateé de costado y con fuerza en la rodilla, que crujió lastimosamente.

Dando un grito de dolor, Kodran cayó al suelo sujetándose la pierna, doblada de forma extraña. Me abalancé sobre él, lo senté en el suelo y me puse de rodillas a su espalda. Coloqué en su garganta la tabla que quedaba del escudo, con la hoja de la espada rota aún clavada, y apreté con fuerza. Con el cuello atenazado entre mi pecho y la madera, el rostro de mi oponente se amorató por la falta de aire. Agitaba las manos tratando de soltar la presa, sin conseguirlo, hasta que rozó la hoja rota. La agarró desesperado y la liberó, pero se cortó la mano, por la que enseguida empezó a caer un reguero de sangre.

De nuevo armado con este improvisado puñal, se esforzó en clavármelo, aunque no me era difícil sortear estos exasperados intentos. Sus fuerzas mermaban rápidamente.

–¿Te rindes? –le pregunté con los dientes apretados.

Kodran tenía los ojos a punto de salírsele de las órbitas por los denodados esfuerzos que hacía para liberarse. Sin embargo, a pesar de estar cerca de la muerte, no dio su brazo a torcer. Apreté aún más. Su cuello tenía que estar a punto de partirse.

No sé qué ocurrió a continuación. Sentí un fuerte golpe en la cabeza y todo se volvió negro.

* * *

Desperté tendido sobre el suelo bajo una de las tiendas que utilizábamos en los campamentos. Apretadas en torno a mí estaban Salbjörg, Hild y Marta, además de Sigurd, que me miraba con ojos asustados. También vi preocupación en el rostro de la Negra, lo cual, no puedo negarlo, me reconfortó.

–¿Cómo te encuentras?

Era la Vieja la que me había preguntado. La mujer tenía más arrugas de las que recordaba y, ahora me daba cuenta por primera vez, su cabello, oscuro cuando la conocí, blanqueaba como la primera nieve invernal.

Hild me limpiaba las heridas manteniendo inexpresivo su rostro tatuado. A pesar de su aspecto atemorizante, poseía unas manos delicadas, fuertes a la hora de empuñar la espada y cuidadosas al aplicar sus ungüentos.

–¿Qué ha pasado? –pregunté tratando de incorporarme un poco. Como si se tratase de un flechazo, un agudo dolor en la cabeza me volvió a dejar postrado.

–Uno de los hombres de Kodran te rompió una lanza en la cabeza –contestó Sigurd atropelladamente–. Luego Abu y yo le cogimos y le abrimos la suya. Los demás llegaron para ayudarle, pero ya estaba muerto. A mí me agarró un hombre. Traté de pisarle como hiciste tú con Kodran, aunque no pude. Abu lo cogió por las trenzas y comenzó a darle vueltas hasta que lo estampó contra la pared…

–Estalló una pelea –intervino Marta–. Por suerte para nosotros, Kodran se recuperó rápido y ordenó a sus guerreros que se detuvieran. Eran más que nosotros. Además, no todos peleamos.

–Algunos prefirieron ocultarse –confirmó Salbjörg apretando los dientes de la rabia.

–¿Quiénes?

–No creo que te cueste mucho adivinarlo. El caso es que nos separamos. Kodran estaba furioso. Aseguraba que no tenía el combate perdido y que estaba a punto de soltarse. La emprendió a patadas con el tipo que te golpeó, gritando que por su culpa se había deshonrado.

–Luego nos dijo que te recogiéramos y abandonásemos el castillo –terminó Marta.

–¿Ha sucedido algo más? –pregunté volviéndome a incorporar.

–Hasta el momento, nada –respondió Salbjörg.

–¿Dónde están los hombres de Kodran? ¿Siguen rodeando el campamento?

–No. No hay nadie.

–Bien –dije apoyándome en el muchacho para levantarme del suelo–. Decidle a Einarr que zarpamos de inmediato esté el *drakkar* como esté. Levantad el campamento. Si hace falta, dejaremos lo que no podamos recoger, pero debemos zarpar ahora mismo.

–Así lo pensamos –repuso Marta–. Está todo preparado. Esta es la única tienda que queda por recoger. Einarr ha embutido trapos impregnados de brea en las brechas. El problema es que, si les da por perseguirnos, sin vela no podremos alejarnos demasiado.

–Entonces tendremos que remar.

–Hay un problema –apuntó la Vieja–, faltan Kara, Embla, Yngvard y los *berserker,* incluido mi sobrino Ivar.

–No es casualidad –contesté. Me temía lo peor–. De cualquier modo zarparemos. El que no esté, aquí se quedará.

Entretanto habíamos salido de la tienda y nos encaminábamos hacia el barco. Urgida por Salbjörg y Marta, la tripulación presente, cada vez más reducida y desalentada, subía al barco.

El ruido de cascos al galope nos hizo girar la cabeza. Nos rodeó medio centenar de jinetes armados con hachas, espadas y lanzas.

–Thorvald –dijo el capitán de la patrulla sujetando las bridas de su sudorosa montura–. Quedas arrestado por orden del rey Svenn *el Cruel.* Deponed las armas si no queréis ser masacrados.

A pesar de la orden dada, Sigurd trató valientemente de enfrentarse con aquellos hombres, pero Abu lo sujetó. Estaba todo perdido. Kodran no había podido soportar la humillación de verse derrotado una vez más, y en esta ocasión ante sus hombres. Podía haberme esperado una jugada de ese tipo.

Me ataron y me hicieron andar tras sus caballos como si fuese una bestia. No permitieron que nadie viniera conmigo y de esta guisa nos dirigimos al castillo. Espesas y negras nubes cruzaban mi cabeza. La desaparición de Kara y sus amigos, entre los que no imaginaba que se encontraran los *berserker,* aunque no lo hubiese descartado, no podía ser cosa del azar.

CAPÍTULO 16

Atado con las manos en la espalda y una cuerda en torno al cuello de la que el jinete encargado de mi vigilancia tiraba con innecesaria frecuencia, llegamos hasta el castillo. Me introdujeron en la sala principal, donde habíamos visto por primera vez a mi viejo enemigo de juego.

De nuevo nos vimos las caras. Kodran estaba sentado en un sillón de recia madera forrado con ricas telas que seguramente habría pertenecido al anterior dueño de aquella fortaleza. En el rostro se le adivinaba el sufrimiento. Un par de sanadores, en cuyas manos no me hubiese puesto en mi vida, trataban de recolocarle los huesos de la pierna rotos por el tremendo pisotón que le había propinado. A Tres Dedos le costaba un terrible esfuerzo no dejar entrever el calvario que estaba sufriendo.

Uno de aquellos matasanos tiraba con fuerza del pie del herido con ambas manos, estirando la pierna para que el otro acertara a recolocar los fragmentos. Todos sudaban. Kodran por el dolor y los otros dos temiendo la ira de su señor.

Como nadie se dirigió a mí, permanecí impasible mirando las maniobras de aquellos dos. Tal vez Kodran quería que fuese testigo de su resistencia al dolor, como si yo no la conociera. De jóvenes, nuestra testarudez por no mostrar debilidad nos había hecho jugar en varias ocasiones con la muerte. Por fortuna para ambos, siempre alguien nos había separado a tiempo antes de que nos alcanzase la tragedia.

—Un poco más —decía el individuo que estaba sujetando los costados de la rodilla para que el otro tipo estirase todavía con mayor fuerza del pie.

Otro de los hombres de Kodran, viendo el rostro blanco y sudoroso de su jefe y cómo este apretaba los brazos del trono con las manos, le acercó una botella de vino. Tres Dedos no se dignó mirar la botella y se mantuvo impávido.

Por fin, con un chasquido, recolocaron el hueso en su sitio. Dos tablas de madera, sujetas entre sí mediante un vendaje de tela bien apretado, sirvieron para entablillar e inmovilizar la pierna. Cuando terminaron la colocaron encima de un escabel y se retiraron. En su rostro se podía apreciar el alivio por haber acabado la cura.

—Mi hombre no debería haber intervenido —dijo Kodran algo más recuperado.

No podía dejar de admirarlo. Aquella pierna jamás se recuperaría, quedaría cojo de por vida y, en vez de lamentarse, maldecir o vengarse, me hablaba sin rencor pero con el orgullo herido porque alguien había evitado que muriera en mis manos.

—Pero no ha quedado claro quién podría haber vencido —añadió desafiante ante mi silencio.

Continué callado. Lo que decía no tenía sentido. Cierto era que sujetaba en su mano, ahora vendada con unos trapos manchados de sangre, la hoja de su espada, un arma sin duda terrible, pero no había tenido posibilidad alguna de alcanzarme con ella. Había quedado a mi merced. Lo estrangulaba para que diera por perdida la pelea, pero si hubiese querido, sin demasiado esfuerzo, le habría roto el cuello. Y él no podía dejar de reconocerlo.

—Dejaré en libertad a tu tripulación —continuó nervioso Kodran— y les proporcionaré lo necesario para continuar el viaje. Lamentablemente tú te tendrás que quedar. Svenn *el Cruel* no me perdonaría que te dejara escapar.

Lo miré a los ojos. Finalmente tuvo que bajar la mirada. Sabía que aquello era una traición. Escudarse en la venganza de Svenn para llevarme atado de cadenas le resultaba vergonzoso, casi tanto como admitir que, una vez más, Thorvald *Brazo de Hierro* lo había derrotado y solo mediante la infame ayuda de un malnacido había escapado de la muerte, aunque quedando marcado de por vida.

—¿No tienes nada que decir? —me preguntó furioso por mi silencio desafiante. Con el rostro rojo, dio un puñetazo en el brazo del trono y gritó—: ¡Sacadlo de mi vista!

Permanecí lo que quedaba de tarde y la noche entera en un infecto calabozo poblado de ratas. Mis carceleros me habían atado las manos a una argolla encastrada en el muro un palmo por encima de mi cabeza y, para disfrutar más, habían colocado un plato de comida y una jarra de agua un paso frente a mí.

De ninguna manera podía alcanzarlos, al contrario que las ratas, que pronto dieron cuenta del festín. Algunas llegaron tarde y estudiaron con interés mis pies. Una de ellas, más animosa que sus compañeras, se envalentonó y se me acercó. De una certera patada la catapulté contra la pared de enfrente, donde quedó desmadejada. El resto de la hambrienta banda prefirió no arriesgarse y contentarse con los restos aún calientes de la desdichada.

No pude conciliar el sueño en toda la noche. Con los brazos por encima de la cabeza, en cuanto comenzaba a cabecear todo el cuerpo me pendía en aquella incómoda posición y me despertaba una y otra vez.

La mañana, además de un poco de luz que entraba por un ventanuco en lo más alto del muro, trajo otras nuevas.

–¿Has dormido bien? –me preguntó uno de los carceleros con una risita desagradable mientras me descolgaba.

En cuanto bajé las manos, cargué contra él y le propiné un cabezazo en la boca. Varios dientes y un reguero de sangre salieron disparados antes de que se desplomara sin sentido. Las ratas corrieron a ver qué sucedía y solo la intervención del resto de los guerreros dando mandobles impidió que se aprovisionaran.

Uno de esos mandobles me acertó de plano tras la oreja y me produjo un desagradable pitido y un mareo tal que no conseguía guardar el equilibrio.

–Hijo de perra –ladró uno de aquellos indeseables–. Suerte tienes de que Kodran quiera verte, porque te arrancaría las pelotas aquí mismo y te las haría tragar.

Me inmovilizaron y, golpeándome a propósito contra todas las esquinas del castillo en los recodos en que teníamos que girar, me condujeron hasta el salón que ya tan bien conocía.

Para mi sorpresa, allí se encontraba toda mi tripulación, incluidos los *berserker*, rodeados por los hombres de Kodran, armados hasta los dientes. En la mirada de Marta encontré preocupación por mi estado. Para tranquilizarla, y de paso impresionarla, levanté orgulloso la cabeza, tratando de ignorar el molesto pitido y la sensación de que la sala se movía a mi alrededor.

—Vaya, Thorvald, parece que te has despertado con buen ánimo —dijo Kodran, sentado en su trono y con la pierna herida descansando sobre el escabel, tras escuchar las palabras que uno de mis carceleros le decía al oído—. Lamento decirte que no te estás ganando las simpatías de mis hombres.

—¡Suéltale!

Era Salbjörg la que se había atrevido a dirigirse a Tres Dedos.

—Lo lamento, señora, pero no puedo —contestó Kodran fingiendo afectación—. Thorvald es buscado por nuestro rey Svenn para que responda por la vida de su hijo, y no vería con buenos ojos que yo lo dejara escapar. Sin embargo, contra el resto no tengo nada y, como le prometí a vuestro querido capitán, os proporcionaré los materiales que necesitéis y os permitiré marchar. Conozco vuestras intenciones y no quisiera retrasaros aún más. Creo que no tendréis motivos de queja, ¿no os parece?

—Thorvald es nuestro capitán y ha de venir con nosotros.

—Os repito que es del todo imposible —replicó Tres Dedos con voz amenazante encarándose a Salbjörg—. Thorvald se quedará y lo llevaremos ante nuestro rey.

—Lo matará.

—Eso no puedo saberlo —mintió Kodran encogiéndose de hombros—. Solo cumplo con mi deber.

—Si lo soltáis, os traeremos oro a nuestro regreso. Necesitamos a Thorvald para llevar a cabo nuestra misión.

—Creo que sobrevaloráis a este hombre. No voy a negar que se trate de un buen guerrero, pero, según me han dicho, como capitán no vale gran cosa. Thorvald será mi prisionero. Ahora os toca decidir si queréis compartir su suerte o continuar vuestro camino.

—Donde él vaya iremos nosotras.

—¿De verdad? —preguntó mordazmente Kodran—. ¿Es eso lo que pensáis todos? Yo creo que no, ¿me equivoco?

La última pregunta la hizo mirando a Kara, situada entre Embla e Yngvard, a la derecha de Salbjörg. La muy canalla le devolvió la sonrisa. Ya no me cabía duda de dónde se encontraban la mañana anterior, cuando me desperté en la tienda y ordené embarcar.

—Escuchadme bien —continuó Kodran alzando el tono—. Vuestra intención es dirigiros a la tierra de los *blamenn* para liberar a vuestros hijos y maridos. Yo os facilitaré todo lo que necesitéis para que podáis haceros a la mar. La suerte de este hombre está echada. Yngvard *Hacha Sangrienta* será a partir de ahora vuestro capitán. Veréis que sabe lo que hace, y no como este al que habéis confiado vuestro *drakkar*. Sois pocos. Necesitaréis más brazos armados y acostumbrados a la lucha para poder asaltar a los adoradores de Alá. Permitiré que completéis vuestra tripulación con mis hombres, a los que pagaréis con la plata de los *blamenn* cuando todo haya acabado. ¿Qué me decís?

Todos se miraban entre sí nerviosos..., todos menos aquellos que ya tenían hecha su elección. Kara me lanzaba miradas rencorosas. Disfrutaba con mi situación y quería hacerme saber quién iba a ser realmente la capitana de la embarcación.

–¿Quién partirá con Yngvard? –preguntó Kodran al cabo de un instante.

–Yo lo haré –contestó inmediatamente Kara.

–Y yo –se apuntó, como no podía ser de otra forma, Embla.

–Yo me quedaré con Thorvald –anunció Marta.

–Yo también –señaló Salbjörg.

Krum se puso al lado de ellas dando por sentado que se quedaba.

–Quien nunca calla muchas estupideces dice y necias palabras. La lengua desatada, si no se refrena, suele hablar contra sí –dijo Einarr dirigiéndose a Tres Dedos. Ayudándose de Sigurd y Sif se situó al lado del lapón.

La dulce Ran, por despecho, eligió el bando de Kara cuando vio que su hermana Groa se colocaba junto a Marta, al igual que Freyja y Svava. Olaf *la Serpiente* fue con su amante sin atreverse a mirarme a la cara.

Quedaban por elegir Abu, Zubayda, los tres *berserker*, Hrutr, Thorstein, Temujín, Lorelei y Hild *la Hija del Cuervo*. Estas dos últimas se limitaron a situarse tras Salbjörg. Hrutr calculaba qué era lo que más le convenía: Kara no era una buena opción, pero quedarse preso en una pequeña isla y, posiblemente, ser esclavizado de nuevo, era aún peor, así que se decantó por mi rival.

Los tres *berserker*, Ygrr, Skathi e Ivar, el sobrino de la Vieja, siguieron los impulsos del primero y eligieron el bando de Kara. Esta respiró aliviada, pues veía que los apoyos con que contaba eran menores de los pensados. De nada sirvieron los ruegos de Salbjörg para que su sobrino se quedara.

Zubayda empujaba al enorme negro en dirección a Kara. Seguramente pensaba que por sí sola podía no serle de mucha utilidad a esta, pero que nadie se atrevería a meterse con ellos si la acompañaba Abu. En todo caso era mejor que quedarse en la isla.

Pero Abu no se movió de su sitio y abrió la boca para decir con su voz grave:

–Yo me quedo.

Zubayda, perpleja, se mostró indignada y, a punto de saltársele las lágrimas, se colocó tras Ran y Olaf en el bando contrario. Durante el resto de la conversación, la antigua esclava ocultó su cara tras las manos.

Con este equilibrio de fuerzas, faltaban por pronunciarse Thorstein y Temujín. Kara, muy nerviosa, ya que en ningún momento hubiese podido pensar que las cosas se fueran a desarrollar de aquel modo, dijo:

–¿Qué estáis pensando? ¿Queréis quedaros aquí presos y ser entregados a Svenn *el Cruel*? Thorstein, tú eres hermano de sangre de Ikig, no puedes traicionarlo.

–Sé muy bien lo que debo hacer –dijo el forzudo y silencioso normando. En su rostro tatuado se reflejaba su lucha interior–. Lo siento, Thorvald, pero debo mi lealtad a Ikig. Lo lamento, Salbjörg. Me gustaría que vinieras con nosotros. No sabré decirle a tu hijo que te dejé aquí.

–Vete en paz, Thorstein –repuso la Vieja–. Si tu juramento ha de valer más que lo que te dictan tu cabeza y tu corazón, hazlo. Espero que no tengas ocasión de lamentarlo más tarde. Si llegas a ver a mi querido hijo, dile que yo te he perdonado.

–¿Qué dices tú, mogol? –preguntó Kodran.

–Seguiré al barco –se limitó a responder Temujín, tieso como de costumbre y ligeramente apartado del resto. Aquel hombre, después de un largo año juntos, continuaba siendo un misterio para todos. Qué pasaba por su cabeza era un enigma, al igual que los motivos por los que se había decantado por el bando de Kara.

–Vaya –dijo finalmente Kodran–. Debo reconocer que no esperaba esto. Por lo que tenía entendido –y miró significativamente a Kara–, era de esperar que Thorvald no contara con tanto apoyo.

Mi mirada se cruzó con la de aquella zorra. En sus ojos, hasta el momento exultantes por la victoria conseguida, se leía un punto de desagrado por el comentario de Tres Dedos. Como yo imaginaba, Kara no había estado segura en ningún momento del respaldo que podía obtener y se había valido de Kodran para amotinarse. No es que hubiese cambiado en algo, pero a Tres Dedos sentirse engañado no le había gustado lo más mínimo.

–Aquellos que han decidido continuar con Yngvard pueden marcharse. Tendrán lo que necesiten y dos días para reparar la nave y abandonar la isla. Los demás…

–No tenemos timonel –interrumpió Kara, nerviosa por la pérdida de la confianza del gobernador.

–Entre nosotros tenemos varios hombres que han navegado por las costas de Hispania –repuso Kodran sin mirarla–. No tendrán problema en llevaros hasta al-Ándalus.

–¿Sabrá cómo entrar…?

–Los demás –atajó Kodran dirigiéndose a quienes se mantenían fieles a mí– aún estáis a tiempo de cambiar de opinión y marcharos.

Nadie dijo nada.

–En ese caso seréis mis prisioneros hasta que os llevemos ante Svenn –terminó, haciendo un gesto a sus hombres para que nos sacaran de allí.

Era obvio que Kodran no sentía la conciencia limpia. Sabía que había quedado deshonrado con su proceder. Hasta ese momento se había aferrado a la esperanza de que mi tripulación me diera la espalda y que su vergonzosa derrota permaneciese en el olvido.

* * *

Durante cinco días estuvimos recluidos en una celda sin ver la luz del sol. Al menos no nos habían encadenado y estábamos juntos. Cada día, o al menos eso parecía, nos traían un cubo de agua y una marmita con un guiso de pescado. Tengo que decir que los había probado peores.

Nada supimos de Kodran ni del resto de nuestra tripulación. Sin nada que hacer, me revolvía por la mazmorra como una bestia enjaulada. Nos veíamos en la obligación de defecar en una esquina de la celda y muy pronto el hedor resultó insoportable, lo que hizo que nuestros carceleros, sin duda habituados a tales tufos, lo utilizara como pretexto para sus burlas y maldiciones.

La noche del quinto día, como pude comprobar después, un sonido distinto al correteo de las ratas y al de los pasos de nuestros carceleros me despertó. En el otro lado de la puerta de la celda, alguien andaba tratando de desatrancar el pasador sin hacer ruido. Me puse en pie y avancé en silencio hasta donde recordaba que estaba la robusta puerta reforzada con flejes de hierro. Por si se trataba de una visita desagradable, me coloqué junto a la entrada y esperé aguantando la respiración.

Una ranura de penumbra se abrió paso en la oscuridad. Con cautela, una figura cruzó el umbral caminando con pasos sigilosos. Con una mano, agarré por el cabello al intruso colocándole la otra sobre la boca para que no pudiera gritar. El fantasma pataleaba y se retorcía. Me llevó un rato darme cuenta de que algo raro sucedía con aquel muñeco que se balanceaba entre mis brazos.

Por un lado tenía el pelo espeso y muy rizado, algo extraño entre nosotros. Además era pequeño y pesaba muy poco. Para acabar, por si todo eso no fuese poco, pude notar con el antebrazo con el que le tapaba la boca que su pecho era abultado.

–Maldito seas, me has hecho daño.

–¿Qué haces tú aquí? –pregunté sorprendido al reconocer la voz.

–No he venido por ti, si es que piensas eso. Lo he hecho por Abu.

Para entonces ya se habían ido despertando los demás, que se mostraban tan sorprendidos como yo por aquella inesperada visita.

–Zubayda –exclamó el enorme negro.

–¡Abu! –respondió la joven liberta arrojándose a sus brazos.

–¿Qué es lo que está pasando? –volví a preguntar controlando el tono de mi voz.

–Hemos venido a sacaros de aquí. Tenemos que darnos prisa, antes de que nos descubran.

–¿Hemos? ¿Quién te acompaña?

–Thorstein y ese diablo de mogol.

–¿Temujín? ¿Y dónde están?

–Arriba, vigilando que no venga nadie. Vamos.

Tratando de no hacer ruido, subimos las húmedas escaleras, con cuidado de no resbalar en el musgo que las cubría. En el cuarto de guardia encontramos algunas de las armas que nos habían quitado. Tirada en un rincón estaba mi maza, junto al alfanje de Abu, la espada curva al estilo de la del mogol que el herrero Runolf había forjado para su hijastra y algunas otras espadas y hachas. Nos armamos rápidamente y seguimos hacia la salida. Tuvimos que cruzar varios tramos de pasillo y más escaleras antes de llegar hasta donde se recortaban las figuras de nuestros compañeros.

—Thorstein, me alegro de volver a verte —murmuró Salbjörg poniendo su mano sobre el brazo del Pálido.

—No me lo agradezcas a mí —respondió con sinceridad el tatuado sin dejar de escudriñar la negrura—. Ha sido cosa del Bárbaro.

—¿Qué hacemos ahora? —pregunté a mi vez.

—Tenemos que alejarnos rápido. La guardia está descuidada, pero es posible que se releven. Entonces se darán cuenta de que faltan varios de ellos y no tardarán en buscar en los calabozos a ver si seguís allí —dijo el Pálido.

—¿Podremos salir del castillo? —dijo Lorelei asomando la cabeza por el portón.

—Sí. No tienen bajado el rastrillo ni subido el puente, en esta isla no les hace falta. El problema es que no tenemos cómo abandonarla. Tendremos que robar alguna barca de pesca.

—Cuanto antes entonces. Si dan la alarma, no lo conseguiremos. En marcha —ordené.

Acompañé mis palabras con la acción y, agachados, aprovechamos las sombras que provocaba la luna creciente para avanzar de esquina en esquina por los oscuros pasillos hasta la plaza del castillo donde habíamos peleado Kodran y yo, con lo que pronto nos encontramos fuera de aquella fortaleza.

Habíamos hecho la parte más fácil. Impedir que nos volvieran a atrapar sería más complicado. Aún no sabíamos por qué habían regresado, dónde se encontraban los demás y cómo habían llegado hasta allí, pero estaba claro que no era el momento más indicado para averiguarlo.

—Tenemos que llegar hasta el puerto sin pasar por el poblado —dijo Zubayda cuchicheando—. Venid, es por aquí.

Seguimos a la muchacha, que parecía tener los ojos de un gato, pues se movía con soltura entre la arboleda y parecía encontrar siempre el camino que los caballos habían abierto.

Al cabo de un rato de sigilosa carrera vimos la orilla. Tanto Abu como yo jadeábamos más que el resto y es que durante todo el recorrido nos habíamos turnado para llevar en brazos a Einarr. El pobre tullido sufría más que nosotros, tanto por la deshonra para su orgullo como por el zarandeo que le dábamos, pero en todo el camino no abrió una sola vez la boca para quejarse.

—Aquel es el bote en el que hemos llegado hasta aquí, pero ahora no nos servirá.

Estaba claro que aquel pequeño bote de pesca no podría dar cabida a tanta gente, tal y como decía la liberta. Pero era lo único que teníamos.

—Allí encontraremos una barca más grande —dije señalando la silueta de unos mástiles, que se recortaba a lo lejos.

—Tendremos que cruzar todo el pueblo para llegar —señaló Groa, preocupada. A la valiente mujer le atormentaba tener las manos desnudas. Sin duda echaba de menos su hacha de doble hoja.

—Iremos en el bote —dije tirando de la cuerda que lo sujetaba a un árbol—. Krum y Temujín vendrán conmigo. Los demás esperad aquí escondidos y estad atentos por si aparecen los hombres de Kodran.

Aún desconocía cuáles eran los motivos que habían llevado al mogol a liderar el regreso en nuestra búsqueda y llevándolo conmigo quería recompensarle su lealtad. Eso, y tenerlo cerca por si sus intenciones no eran tan amistosas como parecían.

Cerca de la costa, amparándonos en las sombras que proyectaban los árboles sobre la rompiente, remamos hasta las primeras casas del poblado. Aquello no era más que un camino que descendía en suave pendiente hasta la orilla, flanqueado por unas cuantas cabañas no demasiado bien construidas. A pesar de que no quedaba demasiado para que empezara a asomar el sol, aún se escuchaban risas y cantos que provenían de alguna de aquellas construcciones de paja y barro.

Dentro de la ensenada encontramos cuatro embarcaciones de distinto tamaño. Tres de ellas eran de las utilizadas para la pesca y la cuarta era un *knorr* mercante de buen tamaño. Enseguida descarté la posibilidad de hacernos con aquel barco. Si un *drakkar* nos perseguía, con el *knorr* no teníamos la menor opción de escapar.

No es que las embarcaciones de pesca resultaran mucho más rápidas, pero, siendo más pequeñas y ligeras, eran más maniobrables y discretas. En cualquier caso pasaría más desapercibida su desaparición.

Indiqué a mis compañeros cuál era la nave elegida, la más grande de las tres barcas de pesca y la única que podría con todos nosotros, y remamos hacia ella. Apenas se podía escuchar el ruido de las paladas al entrar en el agua, ya que habíamos envuelto los remos en trapos hechos con nuestras camisas para amortiguarlo.

Una silueta en movimiento sobre la nave nos detuvo en seco. La embarcación no se encontraba vacía, tal y como era de esperar teniendo en cuenta que era noche cerrada. Sin decir nada, Temujín se quitó el largo abrigo con el que se cubría, se tiró por la borda del bote, entrando en el agua como una flecha, sin levantar siquiera un poco de espuma, y braceó sumergido hasta el costado de la embarcación.

Entonces vimos que la silueta no estaba sola, al menos otras dos la acompañaban. Qué podían estar haciendo tres personas en una nave de pesca a esa hora de la noche era algo que podría haber despertado nuestra curiosidad en cualquier momento más oportuno.

Junto con Krum, dejé el bote, nadé hasta su proa y aupé al lapón, que saltó dentro con la suavidad de una pluma. Por el flanco de babor asomó la cabeza rapada de Temujín. Ágil como una culebra, con la larga coleta chorreando agua, se dirigió al primero de aquellos tipos agachados sobre un bulto de tela. Lo agarró por el pelo tirando hacia atrás y con la otra mano le golpeó en la garganta y se la aplastó.

Mientras el hombre se cogía del cuello con ambas manos en un intento tan desesperado como inútil de llenar sus pulmones, Temujín se defendió del contraataque de otro tipo y, con un movimiento de sus piernas, lo lanzó hacia donde me encontraba yo, aún sin poder subir a la barca.

Chorreando agua y con el peso del cuerpo sobre los brazos aferrado a la borda, lo agarré por el pelo, golpeé su cabeza contra el canto del maderamen y lo arrojé al agua. Entonces pude izarme a bordo. No eran tres sino cuatro los hombres que había en el barco, pues a uno, acuclillado junto al mástil, no lo habíamos podido ver desde el agua. Dos aún permanecían en pie dispuestos a luchar. El Bárbaro cogió a uno de ellos retorciéndole el brazo a la espalda y Krum le golpeó varias veces en el pecho hasta que dejó de revolverse.

Todo sucedió tan rápido que ni al último tipo le dio tiempo a socorrer a sus compañeros ni a mí a acercarme donde los míos. Aún sorprendido de nuestra presencia, se puso en pie. Parecía un gigante casi tan grande como el desaparecido Gunnar. A su lado, Temujín y Krum eran dos niños.

Me lancé a por él. Nos aferramos por el cuello tratando de asfixiarnos el uno al otro. Las fuerzas eran parejas, pero su mayor estatura le otorgaba ventaja. Por suerte para mí, Cabeza de Jabalí vino en mi ayuda. El pequeño *sámi* agarró los testículos del gigante, tras pasar una mano por debajo de las piernas de mi contrincante, estrujándolos con tal fuerza que a este no le quedó más remedio que agacharse de dolor y aflojar la presa. Yo aproveché para obligarle a bajar aún más la cabeza y golpearle el rostro con la rodilla. El tipo trastabilló. Sin dejar que se recuperara, lo cogí por el cuello y le reventé la nariz de un cabezazo, antes de tirarlo por la borda.

Junto al mástil dejamos olvidado el bulto que habían estado mirando quienes ahora pertenecían al reino de Aegir y remamos sin hacer ruido, alejándonos de la ensenada hasta el lugar donde esperaban Marta, la Vieja y los demás.

Apiñados en la barca y con los pocos remos que esta portaba, salimos a mar abierto. Ya asomaba en el horizonte el resplandor indicador de que la diosa Sol se disponía a tomar su lugar en el cielo. También era una señal de que Kodran pronto descubriría nuestra desaparición, si es que no lo había hecho ya.

Cuando la costa era poco más que una línea de tierra sobre las aguas, izamos la vela cuadrada y la sujetamos con los tirantes. Era el momento de que el viento hiciese nuestro trabajo, averiguáramos el contenido de aquel extraño bulto y conociéramos todo lo que había sucedido desde que Tres Dedos nos dejara en manos de nuestros carceleros y la llegada a nuestra celda de Zubayda, que al lado del mástil abrazaba feliz a Abu.

Sonsacar al Bárbaro era inútil. Thorstein era algo más locuaz, pero en cualquier caso tardaríamos demasiado en enterarnos de todo lo ocurrido, así que opté por preguntarle a la amante de Abu.

–¿Por qué habéis regresado?

La muchacha, de piel negra como la noche, se separó del Halcón y sin atreverse a mirarme a los ojos dio un suspiro de resignación y comenzó el relato de sus andanzas.

–Cuando os hicieron prisioneros, el gobernador discutió con Kara. Llegué a pensar que también nosotros nos quedaríamos encerrados, pero al final nos expulsó del castillo y nos dio dos días para reparar el barco, completar la tripulación y marcharnos.

»Mientras algunos nos poníamos enseguida a reparar la nave, la muy perra se marchó, con Yngvard, su querida Embla y alguno de los hombres del gobernador, a buscar un timonel y más guerreros. A la mañana siguiente regresaron todos y continuamos con los arreglos.

»Pero los guerreros no querían trabajar y comenzaron los problemas. Kara se impacientaba pensando que no nos daría tiempo, temiendo que, de cumplirse el plazo, Kodran vendría a por ella. Trató de presionar a los hombres, pero estos no estaban dispuestos a dejarse mandar por una mujer. Hacha Sangrienta se encontraba entre dos espadas: la de Kara y la de las burlas de aquellos bestias.

»Por fin terminamos de colocar el nuevo mástil y en la mañana del día en que se cumplía el plazo dado por el gobernador salimos al mar. Esta isla es muy arenosa y con marea baja el barco no puede cruzar los arenales. Yngvard, empujado por Kara, se empeñó en continuar en vez de esperar la subida de la marea, para evitar que llegasen los hombres de Kodran. El barco a punto estuvo de encallar, y cada vez que el fondo estaba demasiado alto teníamos que descender de la nave para aligerarla y, hundidos hasta los tobillos, la empujábamos.

»No avanzamos demasiado aquel día. Por la noche tomamos tierra. Los hombres estaban muy enfadados. Habían tenido que ayudar para sacar el barco del arenal y acusaban a Yngvard de obedecer a Kara.

No necesité que me lo dijera. Era evidente que a esas alturas la pequeña liberta ya se habría arrepentido muchas veces de haberse embarcado por despecho a la postura tomada por Abu. Sentada al lado de este, con la mirada puesta en sus pies y evitando alzar la cabeza, se frotaba las manos como si las tuviese pegajosas. Yo no era capaz de adivinar a quién temía más en ese momento, si a mí o a Salbjörg, que se había colocado a su lado.

—Trataron de animarse con los toneles de cerveza, que habían embarcado contra la voluntad de Kara porque añadían peso muerto a la nave. Pronto estuvieron borrachos y comenzaron a pelearse.

Aquí la antigua esclava se detuvo, frotándose las manos, nerviosa.

—Los hombres empezaron a mirarnos con ojos ávidos. Con la *berserker*, aunque todos la deseaban, nadie se atrevió. Kara, por el momento, estaba fuera de su alcance al ser de Yngvard. Ran tenía a Olaf para defenderla, lo que no era demasiado. Solo quedábamos Embla y yo.

»Viendo lo que estaba por llegar, prefirió escoger ella misma a un enorme guerrero, algo más sobrio que los demás, y pasar la noche en su compañía para asegurarse de que no se la rifaran. Yo opté por alejarme del campamento en cuanto se descuidaron y me tendí a dormir entre unos matorrales, apretando en las manos estos dos cuchillos.

Había visto manejar a la muchacha aquellos largos, curvos y afilados cuchillos, y puedo asegurar que aquel que se le acercase con malas intenciones lo pagaría caro.

—Cuando el campamento se quedó en silencio conseguí dormirme. No fue mucho tiempo. Unas horas después me desperté bruscamente. No se oía nada, ni siquiera el croar de las ranas que no había cesado en toda la noche.

Zubayda rememoraba lo ocurrido sin dejar de balancearse de un lado para otro en su asiento.

—Me incorporé con los cuchillos preparados, pero antes de que me diera tiempo a nada cayó sobre mí, babeante y borracho, el timonel que Kodran nos había dado. Traté de acuchillarlo, aunque con todo su peso encima no podía moverme. Grité cuanto pude mientras él, con los pantalones bajados, conseguía abrirme las piernas.

La muchacha hizo un alto en su relato, como ordenando sus pensamientos.

—En ese momento, mientras aquel perro me cabalgaba, sucedió algo que al principio no pude entender. De repente su cabeza cayó rodando y un chorro de sangre me cegó. Como pude, me quité aquel cuerpo de encima y busqué los cuchillos, pues estaba seguro de que alguien había matado al timonel para ocupar su lugar.

»Cuando conseguí ver de nuevo, el mogol limpiaba su espada en la camisa del hombre, que aún sangraba. Me hizo un gesto para que estuviera callada y me hizo aguardar mientras se marchaba, tan silencioso como había llegado.

A todo esto, Temujín seguía la explicación con su aire ausente, como si nada de aquello tuviera que ver con él.

–Enseguida regresó. Traía un cuerpo sobre los hombros. Se trataba del hombre al que en ese momento le tocaba estar de guardia.

»Corrimos agachados en silencio por entre la espesura –continuó Zubayda–. Yo no tenía ni idea de adónde me quería llevar, pero le seguía tratando de no quedarme atrás. Me extrañó que se metiera en medio del campamento. Pensé que quizá quisiera ajustar cuentas. Los hombres que habían embarcado no habían sido demasiado amables con él. Kara tampoco se fiaba.

»Temujín se detuvo ante uno de los bultos que dormía. No pude ver de quién se trataba porque me lo tapaba con su cuerpo, pero sacó su espada y la puso en el cuello del hombre. Este se despertó de golpe y comprendió que no podía gritar. Entonces es cuando vi que se trataba de Thorstein. Nos miró a los dos un momento y después apartó la espada a un lado y se levantó. Nadie había hablado, pero a partir de ese momento el mogol dio por solucionado el tema y se despreocupó del Pálido.

Sentado en uno de los bancos, el hermano del malogrado Ottar asintió con la cabeza despojada de cabello y con el rostro tatuado. Los motivos por los que el comerciante noruego había decidido renegar de Kara parecían más evidentes que los del Bárbaro. Thorstein, que solo buscaba rescatar a su hermano de sangre, el *jarl* Ikig, se habría dado cuenta de que con Yngvard y Kara jamás lo conseguiría.

–Durante el resto de la noche corrimos hacia el norte. Yo estaba exhausta y el Pálido no iba mucho mejor, pero Temujín no cesaba en su carrera –continuaba contando la pequeña liberta–. Dimos con una aldea de no más de tres casas. En la entrada de una regata que entraba en tierra encontramos un bote, el que habéis visto, y remamos hasta llegar de nuevo a la isla. Entonces esperamos a que anocheciera para ir a por vosotros. El resto ya lo conocéis.

—¿Se encontraba bien mi hermana? —preguntó preocupada y sin poder contenerse la impulsiva Groa.

—Hasta donde yo sé, sí. Por ahora los hombres respetaban a Olaf. Quién sabe durante cuánto tiempo lo seguirán haciendo.

—¿Y qué vamos a hacer ahora?

No recuerdo quién hizo la pregunta, pero podría haber sido cualquiera de nosotros. Kara nos llevaba dos días de ventaja, el *drakkar* era más rápido que la barca en la que nos amontonábamos y su grupo era mucho más fuerte y numeroso que el nuestro.

—¿Hay alguna posibilidad de que los alcancemos? —pregunté dirigiéndome a Einnar.

—Será complicado —contestó el viejo alzando las cejas—. Al menos no creo que nos esperen. Sin timonel no creo que se atrevan a navegar de noche y posiblemente les cueste sacar partido a la vela.

—Tomaremos tierra solo para abastecernos —dije alzando la voz—. Y no acamparemos por la noche. Debemos recuperar el barco.

Nadie dijo nada, resignándose a la incomodidad que supondría pasar tanto tiempo en aquel cascarón. Por de pronto no habíamos comido nada y nada teníamos para comer. En aquellas tierras, prácticamente desiertas por temor a los normandos, nos sería complicado encontrar algo.

Con todo su arte, el tullido manejó la vela para atrapar hasta el último soplo de viento. El resto nos acomodamos como pudimos entre la tablazón y alguno, como el pequeño *sámi*, consiguió dormir. Sigurd, que no se había despegado de mí desde que abandonáramos los calabozos del castillo, fue el primero que se acordó del bulto con el que los anteriores propietarios de la barca habían estado distraídos cuando la abordamos.

—Thorvald, mira —dijo el muchacho sacando algo del interior del saco, pues eso era el bulto, un saco de áspera tela de los usados para embalar mercancía.

Muy contento, nos mostró una cadena de eslabones de plata con un medallón de filigrana. Lo reconocí al momento: era el que llevaba Kodran en el cuello la primera vez que lo había visto en la isla.

Miré dentro del saco. Monedas y pulseras de plata y oro, además de otras joyas que se amontonaban en lo que suponía una pequeña fortuna. Si Tres Dedos ya tenía suficientes razones como para partir en nuestra búsqueda, la posibilidad de que nos creyera culpables del robo de sus joyas aumentaría su decisión y su saña por atraparnos.

Einarr captó enseguida el motivo de mi alteración y se afanó en llenar aún más la tensa tela que llevábamos por vela, pero estaba hecha de retazos y el viento se escapaba por los numerosos rotos.

Cuando hubimos descansado, nos turnamos para coger los remos y acelerar la marcha. Realmente aquella embarcación era poco marinera. Al contrario que los *langskips*, aquella barca luchaba contra las olas y se llenaba continuamente con el agua que estas arrojaban, así que teníamos que estar achicando sin parar. Por suerte, el mar no estaba bravío.

A media tarde, Sigurd, cuya fina vista ya nos había servido en otras ocasiones, dio la voz mientras oteaba el horizonte tratando de encontrar nuestro barco.

–¡Al frente veo una vela! –gritó alborozado. Yo sabía que no aún podía ser el nuestro.

Me acerqué hasta él y miré atentamente, pero no vi nada. Krum, a mi lado, me confirmó la noticia diciendo una sola palabra.

–Sajones.

Aquello podía suponer problemas. Quizá se tratase de un barco de guerra sajón de los que ocupaban las islas de la Britania. También podían ser comerciantes de los pueblos dominados por el rey de los francos.

Si fueran guerreros sajones, darían con nuestra barca en el fondo del mar. En cambio, si fuesen comerciantes de regreso a casa, podían sernos útiles.

–Einarr, ¿los ves?

El tullido escudriñaba el horizonte y por fin habló:

–Creo que se trata de un barco mercante. Viene cargado o hace agua. Se mueve despacio. No creo que puedan perseguirnos.

–¿Podríamos acercarnos sin peligro?

–Tal vez –contestó Einarr sin dejar de examinar el barco–. Pero si se trata de una trampa quizá no tengamos tiempo de escapar.

—Aproxímanos y estate atento por si tenemos que huir. Los demás, coged las armas y estad preparados.

Carecíamos de escudos para defendernos, pues estos estaban en el *drakkar* que nos habían robado. Tendríamos que estar despiertos ante sus maniobras.

Los del barco reaccionaron con nerviosismo a nuestra presencia. Podía tratarse de una añagaza para que nos confiáramos. Ahora que lo veía más cerca comprobé que el tullido tenía razón: aquel barco iba muy hundido. Si no tenían problemas con vías de agua, debían de ir muy cargados, en cuyo caso, si se trataba de guerreros nos dejarían marchar para no arriesgar su probable preciado botín. En caso de ser comerciantes de regreso tal vez tuviesen algo que pudiera servirnos. Algo como víveres. Llevábamos mucho tiempo sin probar bocado y un intercambio nos evitaría tomar tierra.

—¿Quiénes sois? —pregunté a voz en grito en la lengua de los normandos, la única que conozco, cuando nos encontramos suficientemente cerca.

—Mercaderes sajones —contestó una voz en el mismo idioma; trataba de disimular su inquietud—. Os aviso, tenemos escolta y pronto estará aquí.

No le creí. Yo mismo había servido en ocasiones de escolta a navíos como aquel y siempre lo hacía embarcado en la misma nave. Era muy costoso llevar dos barcos y tener cargado uno solo. Sin duda lo decían para librarse de un posible ataque. Aún se estarían frotando los ojos al ver la numerosa y variopinta tripulación que navegaba en una desvencijada barca de pesca.

—No tenemos intención de atacaros —grité—. Pero poneos de costado, queremos hablar y tenemos plata.

Los del barco se giraron de nuevo hacia el que había contestado, que les dijo algo en una lengua extraña. Pensé que tal vez era el único que hablaba en nuestro idioma. Discutieron algo y, por fin, el que parecía el capitán dijo algo que el tipo se apresuró a traducirnos.

—De acuerdo. Pero mostradnos primero la plata.

Alcé por encima de mi cabeza alguna de las joyas que llevábamos en aquel saco. El brillo del metal encendió los ojos de la codicia.

330

—Necesitamos comida y agua —dije al que parecía el capitán.

Tal y como había dicho Einarr, era un pontón torpe y lleno hasta los topes, a pesar de que su escasa tripulación, una decena de hombres, entre ellos algunos esclavos, trataba de ocultarlo a nuestros ojos.

—Podemos daros algo. Y también algún barril de cerveza.

—No —repuso rápidamente Marta—. Dile que solo agua y comida.

Hice como quería la muchacha. Realmente no era el momento de empezar a beber, no al menos mientras siguiéramos en aquella barca en vez de en nuestro *drakkar*.

—Está bien, como deseéis —contestó el tipo, extrañado.

Acordamos el precio y cargamos nuestras provisiones, que no fueron muchas, pues no teníamos espacio para ello y ya la embarcación iba demasiado cargada como para aumentar el peso y el riesgo de zozobrar.

—Creo que os vendría bien una nueva vela —dijo el tipo sin poder quitar la vista de las joyas que asomaban del saco.

—Tienes razón —asentí—. ¿Puedes proporcionarnos una?

—Podemos venderos tela, agujas y estambre para que la fabriquéis y también algo de sebo para que la embadurnéis.

—Necesitamos cuerda —apuntó Einarr examinando minuciosamente la tela.

Mientras yo negociaba con el patrono de aquella embarcación a través de su traductor, que estaba encantado por el negocio que estaba haciendo, Salbjörg distribuyó el trabajo para convertir aquellos rollos en una vela a la que pudiéramos sacar provecho.

Viendo la alegría que mostraba el capitán por la desorbitada ganancia obtenida, no tuve corazón para explicarle de dónde habían salido las joyas, de las que aún nos quedaba un buen montón. Si se les ocurría tomar tierra en Noirmoutier y mostrar las alhajas, no me cabía duda de que aquellos estafadores darían con sus huesos en los calabozos de los que nos habíamos escapado.

—¿Habéis visto un *langskips* en dirección sur no hace mucho? —les pregunté cuando ya estábamos a punto de separarnos.

—¿Es vuestro barco? —inquirió sagazmente el capitán—. Lo hemos visto, os llevan algo menos de un día. Pero creo que podréis acortar la diferencia. Navegan mal, sin coger las corrientes ni los vientos. Gracias a eso hemos podido escapar antes de que siquiera se dieran cuenta.

Tras estas palabras nuestras bordas se separaron y continuamos la travesía. Animados por las palabras de aquellos mercachifles, nos ocupamos en fabricar el nuevo velamen y en remar.

Durante la noche dejamos los remos pero no la vela, a la que solo faltaba embrear para poder izarla. Esta era más grande que la anterior y corríamos el riesgo de que el mayor empuje del viento llegara a partir el mástil, así que, bajo la dirección de Einarr, reforzamos la base y lo afianzamos con las nuevas cuerdas, tensándolas a proa y popa.

En cuanto cogimos el viento, tras tirar por la borda la vela, la embarcación saltó hacia delante como encabritada. Durante el resto de la noche nos deslizamos velozmente sobre las aguas tranquilas. Apenas pudimos dormir, bien por lo incómodo de la postura, bien por el ansia, pensando en el tiempo que estábamos recortando a Yngvard.

Al mediodía siguiente avistamos por fin nuestro *drakkar*. En ese momento, Sigurd manejaba el timón de la barca, dando un descanso al pobre viejo, que llevaba casi un día entero sin cerrar los ojos.

—Allí están —anunció el muchacho con alegría contenida.

En esta ocasión no se equivocaba. Krum me lo confirmó con un solo movimiento de cabeza sin dejar de otear a lo lejos. El resto de la tripulación cesó las conversaciones y los que dormían despertaron. Todos escudriñábamos aquella figura conocida que se agrandaba poco a poco allí donde Sol la alumbraba.

—¿Cómo vamos a recuperar nuestro barco? —preguntó Salbjörg poniendo palabras a los pensamientos de todos.

—Tendremos que hacerlo por sorpresa —contesté—, durante la noche. No podríamos vencer en una lucha abierta.

—Debemos evitar que nos vean —dijo Salbjörg.

—Tenemos a Sol a favor: los ciega. Y nuestra embarcación es más pequeña. Dejaremos la suficiente distancia para que no nos puedan ver.

—Si la distancia es muy grande, cuando anochezca podemos perderlos —dijo Marta.

—Esperemos que tomen tierra antes. No se atreverán a navegar a oscuras. Además, no tienen prisa.

—Ojalá tengas razón —sentenció Salbjörg.

Eso deseaba yo también. En caso de que no fuese así y siguieran navegando, nos veríamos en la necesidad de acercarnos aún más y ponernos al descubierto, rogando a Odín, Thor y el resto de los dioses del Asgardr para que nuestros enemigos no se percataran de nuestra presencia.

Afortunadamente, o quizá gracias a los dioses, que hasta ese momento no parecían haber embarcado con nosotros, el *drakkar* aproó hacia tierra bastante antes de que el sol se ocultará por detrás de las aguas, permitiéndonos situar su campamento y tomar tierra nosotros también sin que aparentemente nos vieran.

Escondimos la barca desmontando el mástil y cubriéndola con unos matojos. Luego, sin encender fuego, cenamos a base de lo que habíamos adquirido de los sajones: cecina, carne seca y bacalao salado, con unas galletas bastante rancias que ya tenían gusanos.

El cielo estaba cubierto y la luna apenas se podía ver a través de las nubes. Casi a tientas, nos acercamos hasta el campamento donde estaban los hombres que nos habían robado el barco.

Éramos la mitad que ellos. Por mucho que consiguiéramos burlar la guardia, sería muy difícil que venciésemos, y, aun así, nuestras bajas serían numerosas. Debíamos hacernos con nuestro corcel de los mares sin luchar.

–¿Qué vamos a hacer? –cuchicheó Sigurd tumbado a mi lado, incapaz de estar quieto.

Le agarré la cabeza y se la planté contra el barro. Era difícil que pudieran llegar a verlo, pero sus esfuerzos por mirar sobre los hierbajos solo podían acarrear problemas.

A mi derecha, Salbjörg y Marta me miraban expectantes. Como una sombra oscura detrás de ella se adivinaba la silueta del enorme negro y su inseparable amante, Zubayda.

–No sabemos dónde están exactamente ni cuántos permanecen de guardia –susurré–. Aventurarnos en el campamento es demasiado arriesgado. Si están durmiendo al raso y desperdigados, nos pueden rodear.

–Además no podemos matarlos a todos –avisó la Vieja–. Necesitamos a los *berserker* y a algunos más para poder continuar.

–Deberíamos juntarlos –señaló Marta.

–¿Cómo?

–Podríamos hacer un fuego un poco más adentro –dijo la liberta señalando la orilla del riachuelo donde estaba atracado nuestro *drakkar*–. Llevamos hasta allí la barca de pesca y montamos un pequeño campamento. Con lo oscura que está la noche, no tardarán en ver el resplandor e irán a mirar.

–¿No les parecerá extraño que alguien haga fuego tan tarde?

–¿Se os ocurre alguna idea mejor? –preguntó en voz baja Marta.

Nadie habló. La idea de la muchacha tenía sus riesgos, pero aquellos bellacos no podían sospechar nada. Enviarían a alguien para reconocer el campamento, aunque solo fuese para prevenir un posible ataque. Cuando se dieran cuenta de que se trataba de una barca de pescadores, seguramente atacarían y ya los tendríamos reunidos y a la vista. Pero ¿cómo llegar con la barca hasta allí?

–¿Pretendes que llevemos a cuestas la barca hasta allí con esta oscuridad sin que nos oigan? –pregunté atónito.

–Si no ven la embarcación, sospecharán. Nos tienen que tomar por unos pescadores que han llegado a tierra para pasar la noche, como están haciendo ellos.

Aquello no tenía réplica. Dando ejemplo, me deslicé hacia atrás y caminé hasta la embarcación. Los demás me rodearon, retiramos los matojos que la camuflaban y todos a una la levantamos.

Solo eran trescientos pasos los que teníamos que avanzar con la barca a cuestas, pero en mitad de la noche y sin ver dónde poníamos los pies fue un duro trabajo. Alguien tropezó varias veces y casi provocó que a los demás les ocurriese otro tanto. A duras penas conseguíamos estabilizar la barca para evitar que se cayera.

Terminamos agotados, aunque por fin la barca estaba donde debía. Le colocamos el mástil y la atamos a la orilla. Montamos tres tiendas de las que utilizábamos para dormir y armamos una pequeña hoguera. Antes de darle fuego repartí el trabajo.

–Krum, ponte en esa loma. Al primer vigía que venga déjale marchar. Cuando vengan en grupo trata de matar a los últimos lo más sigilosamente que puedas. Si puedes, apunta solo a los hombres de Kodram.

Era una noche clara y estrellada sin demasiado viento, magnífica para un buen arquero. Mi compañero fue a ocupar su lugar. Alrededor del fuego, como harían unos pescadores que tras una fatigosa jornada se dispusieran a descansar, se sentaron Einarr, Thorstein, Sigurd, Lorelei y Salbjörg. Las dos mujeres se cubrieron con unos mantos para disimular sus formas, medida innecesaria ya que vistas desde lejos resultaba imposible reconocerlas.

Los demás nos dividimos en dos grupos. Conmigo dejé al enigmático Temujín, a Zubayda, ya que no quería que la muchacha estuviese más pendiente de Abu que del enemigo, y a Groa. En el otro grupo, al frente del cual puse a Marta sin que nadie osara decir nada en contra, estaban Abu, Freyja, Hild *la Hija del Cuervo*, Svava y la pequeña Sif, que había dejado a su ardilla, *Ratatok*, en la barca.

El terreno era bastante llano y despejado, así que no podríamos tenderles una emboscada, pues no era posible saber de antemano por dónde vendrían ni si lo harían agrupados o diseminados. Teniendo en cuenta que ellos habían acampado a la orilla del riachuelo y que nuestro campamento se encontraba en la opuesta, casi cuatrocientos pasos más al interior, lo más probable es que los que llegaran lo hicieran bordeando la corriente, así que podríamos saber cuándo lo vadeaban.

Una vez situados, di la señal con un suave silbido y los que estaban en el campamento prendieron fuego a la hoguera. Al rato las llamas se elevaban en medio de la noche. Quizá demasiado para ser la fogata de unos pescadores.

Largo rato después escuchamos el ulular de un ave nocturna. Era la señal que empleaba mi compañero de armas para indicarnos que alguien se acercaba. Inmóviles en nuestro sitio, oímos un leve ruido, el que hacían unos pies al pisar sobre agua. Solo era uno, posiblemente el que montaba guardia. Lo dejamos acercarse más y pasó sin vernos a la distancia de un escupitajo. No reconocí a aquel hombre. Si había estado con Kodram, yo no lo había visto.

El centinela se acercó aún más y examinó un rato largo el campamento donde Salbjörg y quienes estaban con ella fingían preparar la cena. Cumplida su misión, se volvió por el mismo camino que había utilizado.

Supuse que los que estuvieran por llegar lo harían siguiendo al centinela y este utilizaría la misma ruta, así que mandé a Groa a que fuera donde estaba el grupo de Marta para que se recolocaran en una posición más ventajosa.

Seguramente no atacarían todos, pues pensarían que no éramos más que un pequeño grupo de pescadores fáciles de atrapar por sorpresa. Si diezmábamos a nuestros atacantes, tal vez lograríamos apresarlos. Ya pensaríamos después cómo rodear a los que se habían quedado en su campamento.

De nuevo el ulular de Krum nos indicó que el enemigo se acercaba. Con Groa ya a mi lado, aguardamos pacientemente. Por fin adiviné unas siluetas más oscuras que la negra noche. Avanzaban uno detrás de otro, agachados. Alguna risita suelta, prontamente acallada por el que les comandaba, denotaba que no esperaban ninguna sorpresa desagradable.

La que ocupaba el último lugar de aquellas siluetas se desplomó sobre la hierba en silencio, de repente, sin que sus compañeros, que yo calculaba serían unos quince, se percataran. Instantes después el que iba delante cayó también. El pequeño lapón se lo debía de estar pasando en grande.

Sin darme tiempo a decir nada, Temujín pasó a mi lado ligero como una pluma y se situó a la cola del grupo. El muy temerario no parecía tener miedo a que Cabeza de Jabalí lo tomara por uno de ellos y le lanzara una de sus mortíferas flechas.

El Bárbaro consiguió acabar con tres más antes de que se enteraran de que estaban siendo atacados. Sorprendidos, se giraron hacia aquel mortífero diablo que tenía un único brazo, alargado y afilado, con el que segaba cabezas.

Dos más cayeron asaeteados. A mi señal, atacamos. Cogidos por los flancos, no les dio tiempo a defenderse. La pelea fue corta. Solo quedaron con vida cinco de nuestros enemigos, que se rindieron sin condiciones. Rápidamente los amordazamos para evitar que alertaran a los que se habían quedado en el campamento. Si Zubayda tenía razón, habían embarcado nueve de los nuestros, Temujín, ella y Thorstein, más veinticuatro de los hombres de Kodram, lo que hacía un total de treinta y seis, a los que había que restar los tres desertores. Habíamos matado a once y apresado a cinco más, por lo que en el campamento quedarían algo menos de una veintena.

Cargamos los cadáveres y arrastrando a los prisioneros llegamos hasta la fogata que alimentaban Salbjörg y los demás. Examinamos los rostros de muertos y vivos; solo reconocimos a Hrutr, el desleal liberto que se había embarcado para regresar a su tierra pero sin voluntad de ayudar. Tenía una flecha que le atravesaba el cuello de atrás adelante. Aquel cobarde, una vez más, había tratado de escapar en cuanto se había dado cuenta de que el grupo estaba siendo atacado. Nadie lamentaría su muerte.

–¿Crees que nos podemos fiar de estos? –me preguntó esperanzada Salbjörg, señalando a los hombres de Kodran.

Sin darme tiempo a responder, Marta decidió por mí:

–No. Hay que matarlos.

–¡Pero necesitamos hombres para llegar hasta donde viven los *blamenn*!

–Recuperaremos a nuestros compañeros. Mejor ellos que estos a los que no conocemos –respondió, muy segura, Marta–. Los tres *berserker* vendrán con nosotros. Thorvald se ocupará de Olaf e Yngvard, y Groa lo hará de su hermana. Kara tiene a su marido y a su hijo presos, y Embla, a su prometido Njâl. No tienen elección.

Ahí acabó la discusión y se evidenció el cambio de papeles entre la antigua esclava, a la que le brillaban los ojos, y su antigua ama, la madre del *jarl* de la aldea, la jefa durante el último año.

El Bárbaro me ayudó a deshacernos de aquellos miserables, a los que no dimos tiempo ni para encomendarse a Odín. Con su mortal espada segó el cuello de unos cuantos, moviéndola tan rápido que no se podía ni ver la hoja. Antes de que la primera cabeza rodara por los suelos, el arma ya estaba de nuevo en su vaina y yo acababa con el resto.

Dejamos arder la fogata y nos dirigimos hacia el campamento de nuestros enemigos. No parecía haber movimiento. El fuego mal atendido estaba a punto de apagarse. Alrededor de él, y gracias a los últimos estertores de las llamas, se distinguían con dificultad unos bultos, como si varias personas estuvieran durmiendo tumbadas en el suelo bajo el estrellado *cráneo de Ymir*.

–Hay algo que no me gusta –susurré haciendo detenerse a los demás.

–Demasiada calma –repuso Marta–. Deberían estar pendientes de sus compañeros.

–Sí. Marta, quédate aquí con Abu, Zubayda, Einarr y Krum.

Dos negros, una morena, un cojo y un hombre pequeño como Krum difícilmente podrían ser confundidos como los invasores que habían partido a saquear el campamento de pescadores.

–Los demás entraremos en el campamento como si fuésemos sus compañeros que regresan. Reíd y gritad, pero tened cuidado que las voces no os delaten. Y tened las armas preparadas. Andando.

Me puse en cabeza con el mogol y Thorstein. A mi lado, Sigurd, alborotado ante lo que estaba por llegar, daba voces y se reía a carcajadas. Los demás hacíamos lo mismo aunque no obteníamos ninguna respuesta.

—Estad atentos —susurré—. Si nos atacan, poneos espalda contra espalda y no dejéis de luchar.

Entonces llegó la tormenta. Nos habían rodeado. Estábamos perdidos. Pero la lucha en mitad de aquella oscuridad fue corta y se desarrolló como nadie hubiese podido adivinar.

Cuando comenzaron el ataque, el joven Ivar, sobrino de Salbjörg, nos reconoció. Por un momento se quedó confuso, pero pronto, entre grandes aullidos, arremetió contra los de su, hasta ese instante, propio bando. Skathi, la mujer *berserker*, se giró e hizo otro tanto, enfrentándose a quienes venían detrás. Yggr, viendo en peligro a su compañera, ciego de furia, machacó con un escudo la cabeza de un tipo al que le faltaba una oreja y que trataba de apuñalar a Skathi.

Olaf *la Serpiente*, astuto como siempre, entendió que con los *berserker* en contra no tenían mucho que hacer y se puso de nuestro lado.

No fue tan listo Yngvard, con el que me enfrenté. Su hacha contra mi maza. Aún después de que el resto se rindiera, continuó presentando batalla, pero al final bajó los brazos. Una sorprendente victoria. El barco era nuestro.

—Thorvald, ven —llamó Marta, arrodillada frente al fuego, que había recibido más leña para poder alumbrar aquel caos.

Me acerqué a la pequeña liberta. Sobre sus rodillas sostenía la cabeza de Salbjörg. De la boca de la Vieja brotaba un chorro de sangre.

He visto muchas muertes a lo largo de mi vida, pero pocas me habían afectado como la que estaba a punto de acontecer.

—Thorvald, agáchate —susurró la Vieja a la vez que hacía un gesto para que la liberta nos dejara solos—. Ya ves que tenía razón. El *döppelganger* se me apareció y eso significa una muerte segura.

Era cierto. Me lo había dicho antes de llegar a aquella maldita isla donde gobernaba Kodram *Tres Dedos*. Yo ya lo había olvidado, pero parecía que Freyja, la diosa de la muerte, no.

–Escucha. No me queda mucho. Tienes que prometerme algo.

Evité perder tiempo tratando de consolarla. La herida que le cruzaba el pecho era mortal.

–Júrame que liberarás a mi hijo –logró decir entre boqueadas.

–Te lo juro, Salbjörg.

–Quiero que le digas cuánto lo he amado. Y que me embarqué para ir en su busca sabiendo que nunca regresaría, pues así me lo reveló Hild *la Hija del Cuervo* antes de zarpar.

El esfuerzo la estaba agotando. Las fuerzas se le escapaban por la boca junto con la sangre.

–Escucha, Thorvald –añadió la cada vez más débil mujer–. Esa muchacha, Marta, no debe ser para mi hijo... No la merece. Será una buena esposa... Júrame que te casarás con ella y que la harás feliz.

Conmocionado por sus palabras, no pude sino empeñar la mía.

–Ikig..., hijo mío –balbuceó la Vieja sumiéndose en la oscuridad–, cuánto dolor has causado...

Me quedé con la cabeza de Salbjörg entre las manos sin saber qué hacer. Allí perdía su vida una extraordinaria mujer. Marta se arrodilló a mi lado y con delicadeza tomó la cabeza entre sus manos y la depositó suavemente en el suelo. Unas lágrimas cayeron sobre la boca sanguinolenta y los ojos de aquel cuerpo vacío.

Me retiré sacudido por la emoción y me acerqué a Krum. Salbjörg no había sido la única baja: Kara mecía entre sus brazos el cuerpo de su inseparable Embla. El penacho de una flecha, salida del arco de mi compañero, le entraba en la boca saliéndole por la parte trasera de la cabeza.

De los hombres de Kodram, tan solo uno había escapado a la furia de los *berserker*. Sin ser consciente de lo que hacía, levanté mi maza en el aire y aquel cráneo reventó como lo hace una calabaza.

Fue una noche triste en la que me costó conciliar el sueño. Cuando llegó la mañana, enterramos los cuerpos de Salbjörg y de Embla, aunque separados. En la tumba de la Vieja pusimos sus armas y las de nuestros enemigos. En la de Embla, a su amiga Kara solo le permitimos colocar una flor.

Terminado el entierro improvisamos un *thing*. La primera que tomó la palabra, y nadie se lo discutió, fue Marta.

–Partimos de la aldea con la intención de rescatar a los hombres hechos prisioneros. Aún nos quedan muchos días de duro viaje y ya hemos perdido a varios compañeros muy queridos. Quien suba a ese barco lo ha de hacer con la única idea de llegar hasta Ishbiliya.

»Una vez que hayamos cumplido nuestro propósito, los que participasteis en el motín no regresaréis a las tierras donde nacisteis. Podéis elegir entre quedaros aquí o llegar hasta al-Ándalus y luchar.

Todos permanecieron en silencio sin atreverse a hablar en contra de la muchacha. Ni siquiera Kara tenía nada que objetar y permanecía con la cabeza gacha. Marta *la Negra, Ojos de Fuego*, como sería conocida en adelante, hablaba con autoridad sabiendo que sus palabras serían obedecidas.

Uno a uno les preguntó si daban su palabra hasta el final del viaje, y uno a uno se sometieron a su voluntad. Olaf, Ran, Yngvard. Los *berserker* no dijeron nada. No hacía falta. Todos nos dimos cuenta de que la liberta había ganado la partida.

–Thorvald –dijo mirándome con aquellos ojos en los que ardía el fuego–. Condúcenos hasta el *wadi al-Kabir*, el Gran Río de los que os llamáis *blamenn*.

De esa manera se terminaron las disputas por el resto del viaje. Dejamos atrás a los caídos. Habíamos comenzado la aventura treinta y un tripulantes y quedábamos veintidós. Por el camino se habían ido quedando primero el feroz Gunnar, Ottar *la Morsa*, Helga, la madre de Sigurd, Arnora e Inga. Luego habíamos abandonado, por un crimen más leve del que acabábamos de perdonar, a Habib. Y ahora enterrábamos a dos mujeres y entregábamos a las alimañas al desagradecido liberto. Si la misión parecía imposible cuando partimos de las costas normandas, qué decir ahora.

Continuamos el viaje terminando de recorrer la costa de los francos y adentrándonos en la de los reinos cristianos de la Hispania. Durante largos días y sus noches viajamos sin apenas tomar tierra, durmiendo arrebujados entre el costillar de nuestro corcel de los mares, pues no deseaba yo tener otro desafortunado encuentro que nos diezmara aún más.

Tan solo cuando necesitábamos reponer agua o comida nos acercábamos a la orilla tomando mil y una precauciones mientras los demás aguardábamos a bordo, dispuestos a emprender la huida ante cualquier aprieto. Unos pocos, nunca los impredecibles *berserker* ni los que nos habían traicionado antes, iban a cazar y a buscar agua con que rellenar los vacíos barriles.

Así, escarmentados por lo acontecido en Noirmoutier, pasamos de largo la tierra de los vascones, sin detenernos en el poblado en el que los normandos acostumbramos a descansar y a completar nuestras aguadas y continuamos navegando hacia Jakobusland, donde los hombres adoran a uno de los suyos, ya solo huesos, al que llaman Santiago, una tierra en la que buenas monedas de oro y plata hemos obtenido como botín cuando nuestras naves han remontado los riachuelos que allí abundan.

Era tal mi decisión de no acostar innecesariamente que nos habituamos a recoger el agua que nos enviaba Thor, pues tales tierras son de frecuentes lluvias, y cambiamos la caza por la pesca, que en esos mares abunda.

Lejos de la costa, que a menudo estaba más allá del alcance de nuestra vista, y guiados por Einarr, que con mano serena mantenía la nave proa hacia el sur, cruzamos las aguas del reino de Portugal sin más avistamiento que el de algunos grupos de ballenas que nadaban a nuestro costado peligrosamente.

Pocas noches tomamos tierra en algún pequeño y abandonado islote apenas mayor que nuestro *drakkar*. El resto de los días, para que el viejo tullido pudiera conciliar el sueño Sigurd tomaba el timón, lo que nos obligaba a mantener la línea de la costa a la vista y aumentaba el riesgo de tener un mal encuentro.

Pero los dioses debían de pensar que nuestro infortunio ya duraba demasiado y Odín, como hace con sus protegidos, envió a las valkirias para que nos cubrieran con el manto de invisibilidad que solo ellas poseen.

Al cabo de tres semanas de tan agotadora navegación alcanzamos a cruzar la Puerta de Aníbal, como llamaba Einarr a la punta de tierra donde se mezclan las aguas de los dos mares al sur de al-Ándalus, y pusimos rumbo hacia el este por donde amanece la diosa Sol, donde nos aguardaba la entrada al Gran Río.

Mediaba el verano y ya nos encontrábamos a pocos días de distancia de aquellos a los que habíamos venido a rescatar.

CAPÍTULO 17

–Allí –señaló Einarr manejando el timón.

Miramos hacia donde nos señalaba el viejo. Sobre un terreno ondulado de arcilla se levantaban los tejados de un pueblo. En la orilla, un embarcadero mantenía las barquichuelas de los pescadores. Si mi vista no me engañaba, el pueblo estaba rodeado por algún tipo de muralla. Arriesgarnos a que nos vieran acarrearía graves problemas, aunque sin el mástil ni la vela difícilmente podrían hacerlo. Por si acaso sería conveniente tomar medidas.

–¿Queda lejos de Ishbiliya? –pronuncié con dificultad. Aún se me trababa la lengua con aquel endemoniado idioma que utilizaban los *blamenn*.

Inclinado sobre la borda de la embarcación, metí un cubo en el agua y me la arrojé por la cabeza. Lo hacíamos continuamente. Sol, implacable en lo alto del cielo, nos abrasaba. El aire caliente nos asfixiaba. Desde que entráramos en aquel río no habíamos dejado de sudar y la cabeza nos ardía. Solo Abu, Zubayda y Marta parecían disfrutar.

–Si no recuerdo mal, a una media jornada de marcha a pie. Algo más quizá –respondió el tullido.

–¿Hay alguna otra aldea más próxima?

–La hay.

–Deberíamos dejar aquí el barco –dijo Marta a mi lado con la vista perdida en el horizonte como los demás–. Más cerca podríamos ser descubiertos con facilidad.

Las caras de cansancio reflejaban la dureza de aquel viaje. Había perdido la cuenta de los días pasados desde que abandonáramos las costas normandas. Desde entonces las penalidades habían marcado nuestros rostros. Ahora nos encontrábamos cerca de los hombres que habíamos venido a rescatar y lo único que queríamos era terminar de una vez.

–¿Tiene nombre ese poblado? –pregunté.

–Korah del Río lo llaman –contestó Einarr–. Pero Marta tiene razón. Más adelante corremos el riesgo de que nos descubran.

–Lo sé. Pero ¿dónde escondemos el barco? –dije mirando alrededor. La espesura no era suficiente para ocultar nuestro *drakkar*.

–Deberíamos tomar el poblado –intervino Marta–. No hay otra manera. Además, no creo que esté demasiado protegido.

–¿Qué pretendes? ¿Que entremos y pasemos a cuchillo a toda la población? Si alguien se nos escapa, llegará hasta la ciudad y dará la alarma. Si eso sucede, ya os podéis despedir de vuestros hombres.

–No será necesario –contestó ella–. Si conseguimos hacernos con el pueblo sin montar una batalla, bastará con encerrarlos y dejarlos así hasta que rescatemos a los hombres. Cuando nos marchemos, alguien los liberará a ellos.

–Nos darán una idea de cuántas tropas de los *blamenn* hay en la ciudad –añadió la impulsiva Groa, que ya agarraba su hacha.

–Será mejor entonces que aguardemos a que caiga la noche. Entretanto camuflaremos el *langskips*. Einarr –ordené–, acércate a la orilla. Krum y Sigurd: no perdáis de vista el poblado. Los demás recoged matorrales con los que cubrir la embarcación.

Manejamos los remos con suavidad y el tullido arrimó el barco a la orilla. Bajamos a tierra en silencio y nos pusimos a la tarea. Pronto el barco quedó protegido de miradas indiscretas bajo un manto de hierbas y ramas. Desde el poblado sería fácilmente confundido con una masa de arbustos.

Mientras aguardábamos que el sol se pusiera, nos quedamos al abrigo de unos árboles donde dimos cuenta de las vituallas que llevábamos. Por allí la caza no escasearía, como ya habíamos podido comprobar desde que entrásemos en el Gran Río de los *blamenn*, pero era mejor no arriesgarse a ser descubiertos.

–Thorvald –dijo la pequeña Sif, que se encontraba de guardia–, alguien se acerca al río.

Nos movimos con precaución para que no pudieran descubrirnos y a la vez controlar los movimientos de nuestro visitante. Se trataba de un hombre algo mayor que yo, con la piel oscurecida y ajada de quien se pasa buena parte de su vida a la vista de la diosa Sol. Llevaba la espalda un tanto encorvada y cargaba con una cesta de mimbre vacía.

–Krum, dispón tu arco. En cuanto tengas el tiro seguro, mátalo.

–No –intervino Marta–. Ese hombre habrá venido a buscar algo. Si no regresa pronto, se extrañarán y vendrán a buscarlo. Esperemos a ver qué hace. Si nos descubre, entonces podrás matarlo.

No contesté nada y mi compañero bajó el arco tensado con el que ya apuntaba. Como de costumbre, las palabras de Marta eran mucho más juiciosas que las mías. Yo había nacido para ser un mercenario, no para dirigir a un grupo. Por el contrario, la liberta de los ojos de fuego parecía encontrar de forma natural la manera más lógica de enfrentarnos a las situaciones que se nos presentaban.

El hombre de la cesta llegó hasta el puerto, subió a una de las barcas y empezó a llenar el canasto con algo que cogía del fondo de su embarcación. A mi lado nadie respiraba ni le quitaba ojo. Yo alternaba mi mirada del hombre a Ygrr. No podía saber cómo reaccionaria el *berserker*, en cualquier momento podía salir de donde se ocultaba profiriendo espantosos gritos que serían escuchados desde el poblado y correr hasta aquel pescador para separarle la cabeza del tronco, antes siquiera de que aquel supiese qué estaba sucediendo.

Pero el extraño ser estaba tranquilo sentado al lado de Skathi, la muda hija de *berserker*, que le acariciaba la sucia y enmarañada melena. Sin separarse de ambos, Ivar, cuyo comportamiento se parecía cada vez más al de aquel que había escogido como maestro, aguardaba con mirada indiferente.

–Cuando baje no podrá dejar de vernos –susurré a Marta, cuyo rostro se hallaba incitantemente cerca del mío, tanto que pude oler su aliento en la respuesta.

–Nos vendría bien atraparlo con vida –contestó haciéndose eco de mi temor.

–Yo puedo acercarme sin que se dé cuenta y traerlo –se ofreció Olaf, solícito.

La Serpiente no sabía qué hacer para ganarse de nuevo mi respeto, pero no soy hombre que olvide las traiciones.

–Temujín –llamé en voz baja–. Tráeme con vida a ese hombre.

El mogol, silencioso como el vuelo de un halcón, salió de la espesura agachado con una mano en la empuñadura de su espada. Avanzaba con la agilidad de un gato. La trenza que brotaba de su nuca pelada se movía igual que la cola del animal cuando se acerca a un ratón despistado.

De un brinco subió a la barca, que apenas se movió, y en un abrir y cerrar de ojos el pescador estaba en el suelo sin sentido. Temujín le había tapado la boca con una mano y con la otra apretado en alguna parte del cuello consiguiendo que el cuerpo de aquel pobre hombre se desmadejara, como si repentinamente hubiese perdido todos los huesos del cuerpo y su carne tuviera la consistencia de la mantequilla blanda. Echándoselo sobre los hombros, el mogol me trajo, como le había pedido, el cuerpo desvanecido.

El desgraciado, cuando se recuperó, volvió a perder el sentido nada más ver los terribles rostros que se amontonaban sobre él. Le arrojamos agua para espabilarlo de nuevo, teniendo la precaución de taparle la boca para que no pudiera ponerse a gritar.

Al pescador parecían salírsele los ojos de las órbitas. Tumbado en el suelo, sin poder moverse y con una de mis zarpas cubriéndole la parte inferior de la cara, se agitaba como lo haría uno de sus peces en el extremo del sedal mientras era recuperado.

–¿Cómo te llamas? –pregunté amenazador.

Pero al hombre mi idioma tenía que sonarle tan extraño como a nosotros el suyo. Rodeado de diablos de los que seguramente había oído hablar y tal vez había llegado a ver en otros tiempos, cada palabra que salía de mis labios parecía lacerarlo.

–Déjame a mí –dijo Marta agachándose con su rostro muy cerca del *blamenn*.

Mirándole con esos ojos en los que ardía el fuego le dijo algo en aquel idioma que a mí se me hacía extraño escuchar de sus labios. El hombre, sorprendido sin duda porque una mujer de su propia gente perteneciese a nuestro bando, tenía sus oscuros ojos muy abiertos. Con cada palabra que pronunciaba Marta, la expresión de miedo en aquel rostro era mayor.

El pescador entendió lo que se le decía y asintió moviendo desesperadamente la cabeza. A una señal de Marta, retiré la mano que mantenía sujeto al hombre. Aterrado, el *blamenn* no se atrevió a abrir la boca.

–Pregúntale cuánta gente hay en el pueblo –le dije a la muchacha.

El hombre en un primer momento puso cara de extrañeza, como si no entendiese lo que le decía Marta, pero echando un vistazo a su alrededor enseguida se mostró razonable y comenzó a balbucear como una plañidera.

–Un centenar –tradujo Marta.

–¿Será de fiar? Puede estar tratando de engañarnos.

La muchacha repitió la pregunta y obtuvo una y otra vez la misma respuesta del *blamenn,* al que lágrimas de miedo le corrían por las mejillas.

–¿Cuántos hombres?

El pescador volvió a repetir una jerigonza endiablada.

–Unos cuarenta hombres, otras tantas mujeres y una veintena de niños –dijo Marta.

–Poca gente para un pueblo amurallado.

–Quizá haya más en la ciudad, comerciando.

Dirigiéndose de nuevo al hombre le dijo algo mostrando nuestras armas. El desgraciado creyó por un instante llegada su hora. Moviendo cabeza y manos habló apresuradamente con los ojos desorbitados.

–Asegura que no tienen armas –tradujo Marta–. Bien pudiera ser verdad, son agricultores y pescadores. Lo máximo de que dispondrán será de hoces, guadañas, algunas azuelas, hachas, cuchillos y otros aperos de labranza.

–Ningún pueblo de pescadores y agricultores tiene murallas –dije–. Algo más tienen que esconder. ¿Por qué entonces se iba a preocupar su emir por ellos?

Marta tradujo mis palabras y el hombre hizo gestos de imploración, tratando de coger las manos de la muchacha para besarlas. Ella no se dejó impresionar por aquellos llantos y le estiró de la barba para atraer su atención. Eso no gustó mucho al pobre diablo, pues ello supone una considerable ofensa para un hombre, pero guardó silencio de inmediato. Marta le hizo varias preguntas más que el *blamenn* respondió de manera breve. Pero una de las preguntas tuvo una respuesta algo más larga.

–¡Medio centenar de caballos! –se sorprendió Marta–. Si no he entendido mal, deben de criarlos para luego venderlos. Habrá que tener cuidado para que nadie pueda usarlos y escapar. Nos vendrán bien.

–Antes has dicho que bajaría alguien a buscar a este desde el poblado –dije interrumpiendo sus pensamientos–. ¿Qué vamos a hacer? Aún queda mucha luz.

Mis palabras no debieron de ser escuchadas y la muchacha siguió sonsacando al hombre. Cada vez las preguntas eran más complejas y requerían mayor número de gestos: ¿había tropas en el poblado? ¿Esperaban que llegaran? ¿Al poblado venía gente de fuera? ¿Había vecinos que estuvieran en la ciudad en ese momento y que pudieran regresar?

–Thorvald, viene alguien.

Miré donde señalaba Sigurd. A lo lejos, una figura se iba agrandando según se acercaba. Se trataba de una mujer y traía la cabeza cubierta al uso de las mujeres *blamenn*. Caminaba con cuidado para no mancharse demasiado la ropa y a la vez evitar tropezarse con ella.

–Krum –dijo Marta–, apunta a esa mujer con el arco, pero no dispares.

El *sámi* hizo como se le dijo y el hombre, horrorizado, trató de chillar. Mi mano se lo impidió; tuve que volver a tirarlo al suelo para que se calmara. Marta señaló a la mujer y con tono enérgico le ordenó algo al *blamenn*. Luego señaló la orilla y la barca.

Lo solté y el aterrorizado pescador se puso en pie. Repetía extraños gestos con las manos juntas acercándoselas unas veces al pecho y otras a la cabeza, palma contra palma. A una orden de Marta se encaminó hacia el puerto, donde se balanceaba suavemente la barca acunada por la corriente. Su temor casi le hizo caerse al agua al tratar de embarcar.

A treinta pasos de distancia, la mujer comenzó a hablar a gritos con el hombre, al que, del terror, no le sostenían las piernas. Aquel imbécil iba a lograr que los matásemos a los dos, pero seguía sin contestar a lo que la recién llegada decía y miraba de reojo hacia donde nos encontrábamos.

Marta, furiosa, le hacía gestos para que fuera donde la mujer y la sacara de allí, pero el pescador permanecía inmóvil, como esculpido en aquella arcilla en la que estaba rebozado. Cuando la muchacha hizo un gesto claro a Krum y este tensó aún más su arco, por fin el hombre bajó de la barca apresuradamente y, con una cesta llena de pescado en las manos, fue al encuentro de la mujer.

En su incomprensible idioma le tendió la pesada cesta y después la expulsó del lugar con grandes aspavientos. Yo tenía miedo de que la pusiera sobre aviso de nuestra presencia, pero por fortuna el pescador se dio cuenta del riesgo que corrían si la mujer se alarmaba o miraba hacia donde nos escondíamos.

Para asegurarse, el hombre solo utilizó una palabra repetidamente, y esta no era *madjus*. La mujer, asustada por el aspecto de lunático que presentaba aquel desgraciado lleno de barro, trató de acercarse, pero el hombre le dio una bofetada, la agarró de la mano y la empujó para que se marchara por donde había llegado. Dolida y cargando con la cesta, la mujer se marchó llorando y el pescador regresó hacia donde estábamos.

—¿Qué hacemos con él? —preguntó Abu.

—Átalo —ordenó Marta—. Y dadle de beber. Estará sediento.

Aguardamos pacientemente a que cayera la noche. Cuarenta hombres, aparte de las mujeres y los niños, contra veintidós. No era mal negocio. Los aldeanos serían pescadores y agricultores desarmados, sin idea de luchar, mientras que nosotros, desde el primero hasta el último, estábamos ya muy curtidos.

Por otra parte desconocían nuestra presencia. Cuando les cayéramos encima, sería demasiado tarde para ellos. No podíamos permitirnos más bajas. Después de montar la guardia para prevenirnos en caso de que algún otro pescador tuviera la ocurrencia de bajar a la orilla, me tumbé y antes de poner la cabeza sobre una roca arcillosa ya estaba dormido.

* * *

—Thorvald, despierta.

Era Marta la que, inclinada sobre mí, me agitaba para que saliera de mi sopor.

—¿Sucede algo? —pregunté malhumorado.

—No. Ya es de noche. No hay casi luna. Es hora de subir al pueblo.

Poco a poco, el resto se fue despertando y preparándose para el ataque. Yo me alejé del grupo y alivié mis tripas.

—Son pescadores y agricultores —decía Marta al resto cuando me acerqué—. No es necesaria una carnicería. Estarán dormidos. Los reuniremos a todos en uno de los graneros.

Krum me miró con una disimulada sonrisa. La liberta daba las órdenes con desparpajo, dando por sentado que sería obedecida. Ignoré el sarcasmo de mi compañero y me reuní con el resto.

Marta insistió en que nos armáramos hasta los dientes. En un primer momento no entendía cuál era su propósito. No podían hacer nada contra nosotros. Cargar con los incómodos escudos, las lanzas y hachas, además de cascos y armaduras, solo serviría para entorpecer nuestros movimientos.

–Deben temernos como al diablo –explicó la muchacha a los que se quejaron–. Eso los paralizará. Preparad antorchas, la noche es oscura. Cuando entremos en el poblado, las encenderemos: eso aumentará su temor.

Así pues, como si nos enfrentáramos a un poderoso ejército, ascendimos la cuesta que llevaba hasta el poblado. La muralla no era gran cosa, aunque suficiente para impedirnos la entrada. Según el *blamenn* que arrastrábamos, no había vigilancia.

Los portalones de madera estaban entornados. Algunos perros comenzaron a ladrar, pero por fortuna nadie salió a ver qué sucedía. Nos extendimos por la aldea en silencio y a oscuras. Esperarían mi señal para prender las antorchas. Para ello llevábamos varias mechas, bien cubiertas para que no dejaran escapar nada de luz, con las que prenderíamos las teas cuando llegara el momento.

El escándalo de los perros era cada vez mayor. No tardarían en alarmar a los dormidos aldeanos.

–Ahí –cuchicheó Marta a mi lado.

Nos acompañaba Sigurd. Krum se había alejado con Groa y Svava. Se me estaba olvidando lo que era pelear a su lado.

–Este granero nos servirá –dijo Marta contorneando el chamizo de tablas y ramas–. Da la señal y que los traigan aquí.

Sigurd destapó la mecha que llevaba y sopló suavemente sobre los rescoldos, que comenzaron a crepitar alegremente. Acerqué la llama a la antorcha, que prendió con voracidad. Levanté todo lo que pude el brazo, agitando la tea de un lado a otro, y enseguida empezamos a ver pequeños fuegos a nuestro alrededor. Pronto el poblado estuvo bañado por los resplandores fantasmagóricos de las danzantes antorchas.

Marta había acertado de pleno. En la oscuridad, las sombras de fieros guerreros descubiertos por el fuego, armados e inclementes, era una aparición que difícilmente podrían superar aquellos aldeanos. Para aquella gente, nuestra aparición parecía provenir directamente del infierno o de sus peores sueños.

Los primeros gritos rompieron el silencio de la noche. Arrojados por la fuerza de sus casas, los habitantes corrían descalzos y prácticamente desnudos tratando de escapar al horror, pero no llegaban muy lejos, pues eran rodeados y obligados a formar una hilera que sin demora era conducida hasta el granero elegido por Marta.

Sigurd corrió a hacerse cargo de los caballos, y Krum, siguiendo las instrucciones de Marta, se escondió a la orilla del camino con su arco preparado. Ran y Sif hicieron otro tanto en la parte trasera del poblado, mientras que el paso al puerto era custodiado por los *berserker*, de los que nunca se sabía qué esperar. Si les daba un arrebato, eran capaces de acabar con sus manos con todos aquellos desgraciados.

Dos únicas veces debió silbar el arco del lapón y dos lugareños fueron a reunirse aquella noche con su dios al tratar de escapar en dirección a la ciudad. Otro desharrapado trató de huir gateando hacia una de las embarcaciones del puerto. La aparición de Ygrr con la lengua fuera y los ojos en blanco, como imagino que se le aparecería, hizo que el desgraciado reculara y corriera a apretujarse con sus vecinos.

En lo que tarda un normando en vaciar su simiente dentro de una esclava, los habitantes de aquella aldea estaban apretados en el cobertizo. Trajimos a los dos asaeteados por Krum y los pusimos con los demás para que vieran lo que podía sucederles a ellos también. Junto a estos arrojé el fardo atado del pescador que habíamos atrapado en la orilla. La mujer que había ido a buscarlo salió detrás de los demás y, llorando, lo desató; después se abrazaron arrodillados en el suelo.

Grande fue nuestra sorpresa cuando los vimos a todos juntos iluminados por las antorchas. Algunos de nuestros prisioneros eran altos, rubios, de ojos claros y piel pálida. ¿Qué prodigio era aquel?

–Son aquellos que fueron expulsados por el emir hace quince años.

Yo estaba tan sorprendido como el resto. Einarr era el único que no parecía impresionado. Sobre su única pierna y sujetando una tea en la mano que no sostenía la muleta, mascaba una brizna de paja.

–¿Cómo lo sabes? –le pregunté–. ¿Los conoces?

–No. Pero había oído hablar de ellos. Cuando nos echaron hace tres lustros, algunos de los nuestros consiguieron escapar río abajo. Otros, en cambio, se escondieron tierra adentro, aunque pronto los encontraron. El rey *blamenn* ofreció dejarles con vida si se entregaban. No tenían demasiadas alternativas. Según cuentan, se les permitió establecerse cerca de la ciudad. Nunca pensé que esas historias fuesen ciertas.

–En ese caso, habrá alguno que hable nuestra lengua.

–No sería extraño.

–¿Alguno de vosotros habla mi idioma? –pregunté alzando la voz.

Uno de ellos levantó la mano. Con un brazo rodeaba los hombros de una bonita muchacha de grandes ojos avellanados, que temblaba contra su pecho. Apenas era algo mayor que yo. Sería casi un niño cuando participó en la malograda expedición y fue indultado por el emir

–¿Cómo te llamas?

–Amin –respondió–. En otros tiempos, Asbjorn Thorlakson, hijo de Thorlak *la Liebre*. Einarr viajó, con nosotros.

–¿Me conoces? –preguntó el viejo sorprendido.

–Yo estuve presente cuando te cortaron la pierna. Mi padre había muerto y yo estaba herido. Vi cómo te sujetaban entre varios hombres, te hacían morder una rama y un moro te sajaba con un largo cuchillo. Cuando llegaron hasta el hueso, te separaron la pierna herida con un solo hachazo.

–Sin duda estabas allí. No te recuerdo, en esos momentos tenía otras cosas en las que pensar.

–¿A qué os dedicáis aquí? –pregunté con curiosidad.

–A la cría de caballos. También fabricamos quesos y mantequilla. Apenas embarcamos, no nos está permitido.

Así que Marta tenía razón y en aquel pueblo se criaban aquellas magníficas bestias que luego veríamos. Buenos dineros debían de obtener con la venta. Pero había algo en las palabras del hijo de Thorlak que me había llamado la atención.

–¿Qué quieres decir con que no os está permitido embarcar?

—Uno de los generales del emir Abd al-Rahman, al que llaman Muhammad ibn Rustum, nos capturó cuando escapábamos de Ishbiliya. Como ha dicho Einarr, nos perdonó la vida, pero a cambio debíamos dejar las armas y asentarnos en este pueblo. Nos permitieron tomar esposa, aunque no abandonar estas murallas. Podemos criar caballos y venderlos en la ciudad, sin ir más lejos. Tampoco podemos hacernos a la mar. Las embarcaciones que habéis visto en el puerto pertenecen a los musulmanes que viven en Korah.

Por lo que había contado Einarr, mientras remontábamos el Gran Río, años atrás, en el ataque al que se refería Asbjorn Thorlakson, Korah había depositado una inmerecida fe en su dios y en sus defensas, cometiendo la estupidez de enfrentarse a las hordas invasoras en vez de poner tierra de por medio y escapar a la espera de que los *madjus,* los terribles adoradores del fuego, diablos venidos de las heladas tierras del norte, se aburrieran y se marcharan como lo hacen las pesadillas cuando llega la mañana.

No había quedado una piedra sobre otra. Cuando las huestes normandas abandonaron Korah, nada permanecía con vida. El pueblo había desaparecido como si nunca hubiese existido. «Como los desiertos prados de hielo, en lo más duro del invierno», había dicho Einarr.

—¿Qué pretendéis hacer con nosotros? —preguntó Amin.

—Nada —intervino Marta sin darme tiempo a responder—. Necesitamos escondernos aquí unos pocos días. Entretanto permaneceréis prisioneros. Cuando terminemos lo que hemos venido a hacer, quedaréis en libertad. Nada os pasará si esperáis pacientemente ese día. Si alguno intenta escapar, acabará como estos.

Las últimas palabras las dijo señalando con un gesto a un rincón, donde habíamos dejado a aquellos que, tratando de huir, habían sido alcanzados por el arco del lapón.

—Tú no eres normanda —señaló Amin, que parecía ser el único que sabía o quería hablar.

—No, no lo soy. Cuando tú te quedaste en mi tierra, a mí los tuyos me obligaron a ir con ellos a tu país y trabajar como esclava para ellos.

—No lo entiendo —repuso Amin—. ¿Aun así los ayudas?

—Cada cual tiene sus propios motivos para hacer las cosas que hace —respondió Marta encogiéndose de hombros—. Es importante que les hagas saber lo que he dicho. Tendréis comida y agua, pero estaréis todo el tiempo encerrados. El granero ha sido rodeado con paja y ramas. Quedaos tranquilos aquí y no os sucederá nada. Dad problemas y le prenderemos fuego.

Quedé confundido por la determinación con la que hablaba la muchacha. Ciertamente, en el barco disponíamos de brea, necesaria en caso de tener que taponar alguna vía de agua, y podríamos emplearla para convertir el granero en la forja de un gigante. Pero ¿sería capaz Marta de llevar a cabo su amenaza?

El hijo de Thorlak *la Liebre* debió de verla muy dispuesta, pues, en la lengua de los *blamenn*, habló a sus compañeros y les tradujo lo dicho. Aquellas gentes se horrorizaron abriendo mucho los ojos y apretándose contra sus hijos, esposas y maridos. Gritos, lloros y lamentaciones fueron truncados por las palabras de Asbjorn.

–Tumbaos en el centro y dormid –ordenó la liberta una vez que Amin hubo terminado de explicarse–. Nada más sucederá esta noche.

Abandonamos el cobertizo llevándonos con nosotros las antorchas y dejando a los atemorizados aldeanos a oscuras. Seguro que más de uno no conseguiría cerrar los ojos en toda la noche.

–Buscad cuerdas –dijo Marta una vez que estuvimos fuera–. Atadlas entre sí y rodead el granero. Colgad de ellas algunos cacharros de hierro. Así sabremos si alguno intenta escapar.

–Ya habéis oído –ordené yo–. Y rodead el cobertizo con paja y ramas. Cuando se haga de día pueden tratar de averiguar si era cierta la amenaza. Yo haré la primera guardia con Sigurd y Kara. Krum y Thorstein vigilarán las entradas al poblado.

Continué ordenando las guardias y el resto se dispuso a dormir cerca de nosotros sobre los colchones de paja sacados de las casas.

Me situé en un vértice del granero desde donde podía controlar dos costados de este y ordené a Kara que hiciera lo propio en el vértice opuesto. Sigurd se encargaría de pasearse de uno a otro, así se aseguraría de que permanecíamos atentos en nuestros puestos y podría detectar cualquier cosa extraña que sucediera tanto fuera como dentro del cobertizo.

Instalado cómodamente sobre un saco lleno de grano, me dispuse a pasar mi guardia, dejando que mi agotada mente se evadiera.

Fue grato rememorar los paisajes que nos había sido dado contemplar cuando, tras dejar el mar atrás, nos adentramos en las pantanosas aguas del que los *blamenn* llaman *wadi al-Kabir*, el Gran Río.

A nuestro paso, enormes bandadas de miles de pájaros, algunos conocidos y otros no, remontaban el vuelo tapando a Sol, que en esas tierras quema como el fuego. Algunas volaban tan bajo que rozaban el mástil de nuestro *drakkar*. Había garzas, cigüeñas, cormoranes y toda clase de patos. También avistamos cientos de grandes y extraños pájaros que se sostenían sobre una sola pierna, majestuosas águilas en lo más alto del cielo, carroñeros buitres en busca de comida.

Nos encontramos mares de resecos arenales cubiertos de conchas de diferentes colores y tamaños, y altas colinas de esa misma arena que devoraba árboles ya condenados, en las que lucían apretados arbustos de flores rosas.

Después de los arenales, entramos en una zona de lodos por donde se deslizaba el agua que llegaba de tierra adentro. El río no tenía un curso muy marcado y debíamos permanecer atentos para no embarrancar en aquellas arcillas que manchaban el agua y no permitían ver a qué profundidad estaba el fondo.

Remando para remontar el río, vimos árboles, algunos de los cuales puedo nombrar, como el alcornoque y el pino, cubiertos de pájaros que hacían allí los nidos donde cuidar a sus crías. Debajo y entre retorcidos y espinosos arbustos se escondían a nuestro paso ovejas, vacas, ciervos, jabalíes y unos extraños y grandes gatos que adornaban sus orejas con largos pelos que asemejaban cornamentas.

A lo lejos se escuchaba, entre el desordenado griterío de las aves, la llamada de los lobos que, al atardecer, se aprestaban a comenzar la caza.

Pocos lugares había visto en mis numerosos viajes que pudieran sorprenderme tal y como lo habían hecho aquellos arenales.

La huella de los hombres también se mostró a nuestro paso. Pequeñas cabañas de paja cuyo tejado llegaba hasta el suelo aparecían, por fortuna para nosotros, solitarias y deshabitadas, así como algunas barcas, que sus dueños utilizarían para pescar.

Corriente arriba llegamos hasta una encrucijada donde el río se dividía en dos grandes ramales, dejando en medio una alargada isla en la que encontramos espléndidos caballos. Allí pasamos la primera noche en el *wadi al-Kabir*. Por si acaso no hicimos fuego, para que no nos delatase. Realmente ya no lo echábamos de menos. En aquellas tierras, el aire es cálido incluso de noche, los lobos no se atrevían a aproximarse demasiado y nos habíamos tenido que acostumbrar, para evitar peligros, a comer los alimentos sin cocinar.

Como era costumbre, cada cual pasó la noche con quién y dónde quiso, sin molestarnos en hacer un campamento y con las guardias habituales. Las alianzas y antipatías que antes de alcanzar la ahora lejana isla de Noirmoutier no habían terminado de afianzarse estaban ahora selladas.

La tripulación miraba con malos ojos tanto a Kara, incluso aquellos que habían optado por acompañarla, como a Yngvard. Olaf *la Serpiente* trataba por todos los medios de mostrar su arrepentimiento y su relación con Ran se estrechó aún más, al contrario que la sima abierta entre ella y su hermana Groa. Esta última se había dulcificado un tanto al lado de la bella Svava. Abu había caído por fin en manos de Zubayda, que le perdonó el haber seguido a Marta en vez de a ella en Noirmoutier.

Todo el mundo parecía haber encontrado con quién estar, incluso el viejo Einarr, que se mostraba satisfecho de tener con quién conversar al lado de la viuda Lorelei. El único que permanecía solo era yo, pues Ojos de Fuego no se mostraba cercana a mí.

El resto del viaje hasta Korah, donde nos encontrábamos en ese momento, había sido un apacible y silencioso paseo en el que, como si los dioses se hubiesen confabulado a nuestro favor, no tuvimos que lamentar ningún percance ni encuentro desagradable.

* * *

Cuando terminé mi guardia me acosté en uno de aquellos jergones y dormí profundamente hasta la mañana siguiente.

Por la mañana, tras rapiñar los alimentos que encontramos, nos reunimos en la plaza del poblado para discutir el siguiente paso. A las puertas de la ciudad, destino final tras tan larga travesía, éramos conscientes de que no teníamos ningún plan para llevar a cabo el peligroso rescate.

–Cuanto más tiempo estemos en estas tierras, mayor será el peligro –apuntó Lorelei, que desde la muerte de Salbjörg había ocupado un tanto su lugar.

–Tarde o temprano llegará alguien a esta aldea o se extrañarán de no verlos. No podemos apresar a todos los que se acerquen por aquí –añadió Freyja.

–Es cierto –dije–. Nos hemos descubierto ante los habitantes de esta aldea, hagamos lo que hagamos ya no podemos impedir eso. Aunque los pasáramos a todos a cuchillo, en la ciudad pronto sabrían que algo ha sucedido.

–Bueno, queda claro que cuanto más tardemos, más peligro corremos –intervino Groa impaciente–. ¿Cómo entraremos?

–Eso no será complicado –repuso Lorelei–. Tenemos caballos y mercancías en este poblado como para que algunos de nosotros entren en la ciudad haciéndose pasar por comerciantes. Pero ¿y luego qué?

Habíamos encontrado la forma de traspasar las puertas de la ciudad, pero nadie tenía ningún plan para liberar a los prisioneros, sacarlos de allí y escapar antes de que las tropas del emir lograran darnos caza.

–Será mejor que no entremos todos –aconsejó Marta–. Despertaríamos sospechas. Hay que averiguar primero dónde los mantienen prisioneros y con qué defensas cuenta la ciudad.

–Estoy de acuerdo –dije yo–. Ahora tenemos que decidir quiénes entrarán a la ciudad.

–Podríamos pedir la ayuda del hijo de Thorlak *la Liebre* –propuso Freyja–. Habla su idioma y seguramente conocerá bien el interior de las murallas.

–Me parece peligroso –dije–, ya no es uno de los nuestros. Incluso prefiere el nombre *blamenn* al suyo de verdad. Se ha juntado con una de ellas y tiene el perdón del emir. Incluso se ha convertido a su religión.

–Se le podría obligar –dijo Groa–. Tenemos a su mujer. Si nos traiciona, la matamos.

–Y ellos a nosotros –repuso Marta–. No, Thorvald tiene razón. Ese hombre no tiene ningún motivo para ayudarnos. Suceda lo que suceda, él y los que se convirtieron como él correrán un grave riesgo cuando esto acabe, si es que conseguimos liberarlos.

Serán sospechosos de traición. Para ellos nuestra presencia es una maldición.

La tripulación escuchaba en silencio. Algunos, como Thorstein y Abu, fruncían el ceño meditando sobre lo hablado, pero a nadie parecía ocurrírsele nada.

—¿Qué opinas, viejo? —pregunté volviéndome hacia Einarr, del que respetaba su serena opinión.

—No podemos arriesgarnos a confiar en Thorlaksson. Si nos ayudara, el emir no tendría piedad.

—¿Quiénes irán? —preguntó de nuevo Groa. La muchacha no podía estar quieta.

—Un grupo pequeño que no levante sospechas —contesté.

—¿En quién has pensado?

—Iré yo. Me acompañarán Marta y Abu.

Ya tenía meditada esta respuesta y me quedé mirando al resto por si tenían algo que objetar. De nuevo nadie dijo nada.

—Marta ha nacido aquí y de Abu nadie sospechará. Yo tengo el cabello negro y llamaré menos la atención.

—No creo que nadie te vaya a confundir con un *blamenn* —dijo Sigurd provocando la sonrisa del resto—. Yo también quiero ir.

—No. Tú te quedarás aquí.

No quise exponer los motivos que me llevaban a tal decisión, así que no me importó que el muchacho se molestara. Ya tendría tiempo para hablar con él. Con el rostro enrojecido, Sigurd guardó silencio como los demás, acatando ceñudo mi decisión.

Ciertamente, desde lo ocurrido en Noirmoutier nadie había osado volver a desafiar mi autoridad. Incluso los amotinados se habían esforzado en pagar sus actos. Sin duda confiaban en que, si todo salía bien, su traición sería olvidada y se les permitiría regresar a casa, lo que quizá no fuese demasiado importante para Yngvard y Olaf, pero sí para Kara y Ran, sus mujeres.

Hubiese preferido hacerme acompañar por Krum, el despierto Sigurd, Einarr y Olaf. Pero el tullido, el único que conocía la ciudad por dentro, resultaría un estorbo si las cosas se ponían mal. Además, junto con el muchacho y con mi compañero *sámi*, contaba con él para que controlara los movimientos del resto en nuestra ausencia.

Debo reconocer que la ayuda de la Serpiente hubiese sido de gran valor, sabía moverse como pez en el agua en cualquier lugar y situación, ya lo había demostrado en varias ocasiones. Pero ya no me fiaba de él y tampoco perdonaba su traición. Una vez que aquella expedición terminase, no quería volver a ver a los perros que nos habían abandonado en manos de Kodran *Tres Dedos*.

–Será mejor que nos pongamos en camino –dijo Marta una vez que quedó claro que nadie tenía nada más que decir.

–Llevaremos dos caballos. Mirad qué se puede cargar. Los demás os quedaréis vigilando a estos. Einarr, mientras estemos en la ciudad no te separes del barco. Que te acompañé Temujín. En nuestra ausencia, Krum será el que dé las órdenes.

Mientras Marta y Abu preparaban la mercancía que habríamos de llevar a la ciudad me llevé aparte al mogol. Extraña pareja formábamos un desharrapado normando y aquel hombre con la cabeza rapada y una larga coleta a la espalda de camino hacia el *drakkar*, donde ya se encontraba Einarr faenando sobre su única pierna. Al viejo le costaba quedarse quieto y siempre encontraba algo que hacer en aquella embarcación a la que, no lo dudo, consideraba propia.

–Escúchame, no te apartes del viejo. Tened la nave a punto por si tuviéramos que marcharnos rápidamente. No quiero que nadie más suba a bordo hasta que lo diga Krum, especialmente Kara, Olaf o Yngvard. Cuídate de los *berserker*. Lo que necesitéis confiádselo al niño, sabrá proporcionároslo. Utilizadlo también para comunicaros con el *sámi*.

El Bárbaro caminaba a mi lado sin abrir la boca, mirando a lo lejos. Con los párpados tan cerrados, resultaba imposible saber dónde lo hacía. El rostro, hermético como una máscara, no dejaba adivinar sus pensamientos.

–¿Qué quieres que haga si alguien trata de hacerse con el barco?

No recordaba haberle escuchado una frase tan larga como aquella. Hablaba muy mal nuestra lengua, con un acento indescifrable, pero entendí sobradamente qué se me preguntaba.

–Utiliza tu espada –repuse sin dudar–. El barco tiene que estar esperándonos cuando volvamos, a menos que Krum considere necesario que os marchéis. Pero, créeme, eso no sucederá.

El mogol asintió con la cabeza y me dejó a solas con el viejo, que me aguardaba sentado al lado de su timón.

–¿Ha entendido bien lo que debe hacer? –me preguntó Einarr cuando me hube sentado a su lado.

–Sí.

–Donde hallares maldad con maldad responde. Que paz tu enemigo no tenga –recitó–. Estoy seguro de que lo cumplirá.

–Eso espero.

–La primera vez en mi vida que embarqué lo hice en un *langskips* más grande que este –dijo el tullido masticando un hierbajo–. El *jarl* que lo mandaba era temido por todos, incluso por sus más cercanos. Se llamaba Onund *la Roca*. Pero a su espalda le llamábamos *el Hielo*. Tenía los ojos grises, muy pálidos, tanto que costaba diferenciarlos del resto del ojo. Cuando te miraba con ellos, sentías que tus huesos se derretían.

Imaginaba qué era lo que me quería decir el tullido, pero le dejé seguir hablando. Quizá fuese la última vez que escuchaba su voz.

–Una vez vi cómo Onund arrancaba a un recién nacido de los brazos de su madre, lo tiraba al fuego y con la olla que hervía encima del hogar machacaba a la mujer hasta dejarla irreconocible. Créeme, podrías haber confundido aquel amasijo de carne y huesos con el de una foca o el de un lobo grande. El Hielo no se inmutó. Olvidó el cuerpo y se dedicó a fornicar con una esclava a la que primero había abierto el cráneo. Mientras la montaba, sus sesos se desparramaban con las embestidas.

–Alguna vez he oído hablar de él.

–Te aseguró que solo su presencia helaba la sangre en las venas. Cuando lo mataron, le abrieron la espalda de arriba abajo y sacaron sus pulmones fuera.

–El águila sangrienta –asentí, poniendo nombre a aquella atroz tortura que no había presenciado, pero de la que había oído hablar en más de una ocasión.

–Onund no gritó ni se quejó. No movió un solo músculo de su rostro. Simplemente murió asfixiado. El que lo había asesinado miraba, aterrado, el cuerpo. Nunca más he temido a nadie como a Onund, pero este mogol está hecho del mismo barro.

–Deseo que tengas razón –dije poniendo una mano sobre el hombro del viejo–. No me gustaría nada regresar con prisa y no ver el barco. Pero te juro que si me falla lo mataré con mis propias manos por muy rápido que use su espada.

–Aquí estaremos cuando regreses –me dijo Einarr con una sonrisa y un brillo burlón en los ojos–. ¿Sabes?, quería decirte algo. Te estoy muy agradecido por haberme dado esta oportunidad.

–No me des las gracias –repuse honradamente–. Dáselas a ese pequeño diablo que me impuso la elección del timonel. Debo reconocer que me alegro de que lo hiciera. Lo demás te lo has ganado tú solo.

–Es una mujer extraordinaria –dijo Einarr con una sonrisa amistosa–. En cualquier caso, quiero darte las gracias

–No te preocupes, viejo. Nos volveremos a ver. Tú cuida de que el barco esté preparado cuando lo necesitemos, puede que tengamos prisa. Del resto me ocupo yo.

Me levanté y bajé del *drakkar*, dejando a los dos en el embarcadero. Aún tenía otras conversaciones privadas que mantener.

–¡Sigurd! –llamé alzando la voz en mitad de la plaza. La cabeza del muchacho asomó por el portalón de un establo. Estaba ayudando a cargar la mercancía en los caballos que nos llevaríamos, ayudado por Sif–. Ven, acércate.

Mientras aguardaba a que el testarudo chico obedeciera, se me ocurrió que, últimamente, la despechada Sif parecía pasar todo su tiempo en compañía de Sigurd. Incluso, en ese momento caí en la cuenta, *Ratatok*, la ardilla que había embarcado con nosotros, no correteaba por los hombros de la muchacha. A buen seguro, perdida la atención de su ama, el animal habría preferido buscarse otra compañía en aquellas cálidas tierras.

Al fin, de mala gana, se acercó Sigurd, con cara de pocos amigos. Me lo llevé aparte y le hice sentar sobre unos canastos que los del pueblo debían de usar para llevar el pescado.

Tan solo había pasado un año desde que había conocido a aquel chico y me asombré al darme cuenta de lo que había cambiado. Ya era casi tan alto como yo. Una fina pelusa le crecía en las antes rubicundas mejillas y los rasgos infantiles se le estaban desdibujando definitivamente. Nunca sería un joven guapo, pero su rostro decidido atraería a infinidad de mujeres.

Si no había caído hasta el momento en la cuenta del cambio sufrido por el muchacho, tampoco había sido del todo consciente del afecto que le había tomado.

–¿Estás molesto conmigo, Sigurd?

–No lo sé –repuso huraño–. ¿Debería?

–No. Ya eres un hombre. Has visto y sufrido cosas que muchos nunca llegan a ver ni a sufrir en toda su vida. Como hombre debes darte cuenta de que no siempre se puede hacer lo que uno quiere y que hay que buscar el bien común. Yo soy el jefe y tú tienes que obedecer.

–¿Y no lo hago? –replicó con tozudez.

–Escúchame, no serán las únicas órdenes desagradables que oirás en tu vida. Algún día quizá seas tú el que las dé, y entonces verás que no es fácil mandar. Entretanto, si crees que puedes dejar de estar disgustado conmigo por no llevarte, te diré lo que espero de ti mientras estemos fuera.

Vi como sus ojos se entornaban ante mis palabras.

–Quiero que te quedes en el poblado. No para deshacerme de ti, sino para que me ayudes. Krum estará al mando. En el barco se quedarán Einarr y Temujín. He dado órdenes al Bárbaro para que no abandone el *langskips* y mate a todo aquel que trate de embarcar en mi ausencia. Le he dicho que les proveerás de todo lo que necesiten y llevarás sus mensajes a Krum.

–O sea, que me quedo para hacer de recadero.

Por un instante, la furia encendió mis ánimos y a punto estuve de levantarle la mano. Pero me vino a la cabeza el orgullo y testarudez de cierto muchacho nacido en la tierra de los daneses al que el propio rey buscaba para cobrarse su vida.

–Sé que no es lo que deseas, pero he de marcharme y atrás voy a dejar a algunos que me han traicionado. Debo mantenerlos a raya y para eso necesito amigos, no niños. ¿Eres tú uno de ellos?

Escuchar que lo consideraba adulto y amigo iluminó su rostro como lo hace el sol en la montaña cuando nace cada día.

–¿Qué debo hacer?

–Estate a disposición de Krum como si de mí mismo se tratara. Ten un ojo sobre los prisioneros y otro sobre nuestros compañeros. Nuestras vidas dependerán de que estéis aquí cuando volvamos. Si me das tu palabra, me iré más tranquilo.

–Tienes mi palabra –contestó emocionado el joven poniéndose en pie.

Sin darme cuenta de lo que hacía le di un fuerte abrazo que nos dejó incómodos a los dos. Entonces me di la vuelta y me alejé en busca de Krum.

La conversación con Cabeza de Jabalí fue mucho más corta que las tres anteriores. Llevábamos tanto tiempo juntos que las palabras sobraban. Me limité a recordarle algún detalle, más para calmar mi agitación interior que porque fuese necesario. El lapón me miraba divertido.

–¿Hablarás con ella?

Su pregunta me dejo desconcertado. Busqué una respuesta, pero no hizo falta porque el reservado *sámi* ya reía abiertamente. Entrelazando nuestros brazos por las muñecas, me dio un apretón deseándome suerte. No supe ni le pregunté a qué se refería, si a la arriesgada visita a la ciudad de los *blamenn* o a la conversación que me quedaba por mantener y que había pospuesto demasiado tiempo.

Me encaminé hacia el establo donde Abu y Marta acababan de cargar los caballos con los que llegaríamos a la ciudad. Me fijé en que los dos animales estaban en muy buenas condiciones, eran corceles jóvenes y fogosos aunque ya acostumbrados a ser montados. No eran bestias de carga y podría resultar extraño utilizarlos como tales, pero Abu había tenido la idea de disimularlos echándoles unas raídas mantas por encima y colocando a los lados cestos llenos de pescado.

–Nos vendrán bien si las cosas se complican –dijo el negro–. No creo que los soldados se den cuenta.

Ciertamente, entre los mantos, las cestas y los arreos, los animales aparentaban ser vulgares jamelgos, si no se miraban con atención. Mientras yo ajustaba la cincha de uno de ellos, Abu presintió que deseaba quedarme a solas con la muchacha y se alejó discretamente.

–Bueno. Creo que ya está todo preparado –dijo Marta para romper el silencio.

Fingiendo examinar los correajes de nuestras monturas para no tener que mirarla, yo buscaba las palabras.

–Hay algo que me gustaría decirte.

–Te escucho.

Busqué su mirada, pero la tuve que retirar enseguida. Verdaderamente sus ojos estaban alumbrados por la diosa Sol. En ese momento tenían la virtud de hacerme sentir incómodo, tanto como en otras ocasiones habían resultado un bálsamo.

Me senté sobre un montón de heno y Marta hizo lo mismo sobre un cubo vuelto del revés que colocó delante de mí. No dijo nada, esperaba que yo hablara.

–Queda poco para que todo esto termine –empecé.

–Lo más difícil.

–Tal vez. Pero una vez que hayamos liberado a los hombres solo restará volver.

Que aún no hubiésemos llegado a la ciudad y desconociéramos cómo podríamos entrar, el lugar donde se encontraban encerrados los hombres y cómo conseguiríamos liberarlos eran inconvenientes que, en ese momento, carecían de importancia para mí.

Desde el principio habíamos tenido muy pocas posibilidades de llevar a cabo una proeza que, de conocer buen fin, sería recordada en una gran saga inmortal por los nietos de nuestros nietos. Sin embargo, en aquel instante mi única preocupación era averiguar las intenciones de Marta.

–No estoy segura de que eso sea poco –contestó ella con voz tranquila.

–Quiero decir que dentro de unos días estaremos con los hombres de Ikig –repuse agitado, pues ella no me ayudaba.

–Eso espero, para eso hemos venido hasta aquí.

–Sí, imagino que así es. El *jarl* no sabe la suerte que tiene.

–¿Tú crees? Todo se puede torcer. Ni siquiera sabemos si siguen vivos. Y liberarlos no será fácil.

–A veces preferiría que no lo consiguiéramos.

La liberta sabía a qué me refería y no abrió la boca.

–Si finalmente logramos escapar con ellos, tú te irás con Ikig –dije de sopetón para no echarme atrás.

–Todos nos iremos. Pero entiendo lo que quieres decir. No sé. El hijo de Salbjörg nunca me dijo nada, aunque siempre me ha mirado de una manera especial. Lástima que aquella bruja lo sedujera.

¿Sabía Marta el daño que me estaba haciendo con sus palabras?

–Pero ahora ya no está ella, y tú sí. Además lo habrás salvado.

–¿Eso es tan importante para un hombre? No creo que a alguien tan orgulloso como el *jarl* le guste que una cautiva le libere de su prisión.

–Tendrás todo el viaje de vuelta para convencerlo.

La muchacha se levantó de su improvisado asiento y se acercó a mí tanto que pude oler su cuerpo. Tomó mi cara con sus pequeñas manos y me la levantó para que mirara al interior de aquellos ojos que danzaban como las llamas del infierno.

–Escucha, Thorvald *Brazo de Hierro* –confesó con cálidos susurros–. Hemos venido a librar de los *blamenn* a esos hombres y es lo que haremos. No importa los motivos por los que lo hacemos. Solo pienso en sacarlos de aquí, ¿me comprendes?

Asentí con la cabeza sin poder desprenderme de su embrujo.

–Quiero que pienses únicamente en cumplir tu trabajo –continuó diciendo–. Cuando lo consigamos, abandonaremos estas tierras donde nací y volveremos a tu frío país. Y cuando todo esto haya terminado, nada de lo que pueda pensar o decir Ikig *el Triturador* tendrá importancia. Hasta que regresemos nada más pasa por mi cabeza, pero después mandará mi corazón. Y este te pertenece.

Las últimas palabras las acompañó con un abrasador beso en mis labios, cuya cicatriz aún quema.

Allí quedé, como una barca en medio de un mar agitado, viendo como ella se daba la vuelta y se alejaba sin añadir nada más. Allí me encontró largo rato después mi inseparable Sigurd. Desconcertado, me tuvo que agitar varias veces antes de que lograra prestarle atención.

–¿Estás bien?

–Sí…, creo que sí. ¿Sucede algo?

–No. Bueno, no sé. Me envía Krum a decirte que a las afueras del pueblo hemos visto muchos caballos. El lapón cree que es posible que haya más hombres fuera cuidándolos y que podrían regresar en cualquier momento. Tal vez esperen que alguien les lleve comida o agua y les extrañe que no aparezca nadie.

El muchacho tenía razón. Si mientras nos encontrábamos fuera se daba la alarma, correríamos serio peligro y las posibilidades de liberar a los prisioneros serían nulas. Aún desorientado, me levanté y busqué a mi compañero de armas.

–Krum –le llamé cuando lo encontramos. Oteaba la tierra interior por encima de las murallas–. No podemos dejar que nos descubran. Si alguien se acerca al pueblo, mátalo o cógelo prisionero, pero no permitas que se escape.

El lapón me miró y asintió.

–Quizá no pertenezcan al pueblo –dije– y vayan con los caballos de un lado para otro en busca de pastos. Pero si esperan algo o a alguien, terminarán por sospechar.

Cabeza de Jabalí volvió a asentir.

–Quiera Thor que tal cosa no suceda –añadí–. Si así ocurriera, estaríamos en grave peligro.

–Si así sucede, saldré y los mataré a todos.

El pequeño hombre de ojos rasgados lo dijo sin mostrar ninguna emoción. No me cabía duda de que haría lo necesario para que nuestras vidas no corrieran riesgos innecesarios.

–Te ha dicho que sí –me soltó de golpe.

No era una pregunta y no respondí. Me limité a palmear su hombro a modo de despedida y nos separamos. Ya era hora de que nos pusiéramos en camino.

Abu, Marta y yo abandonamos el pueblo por donde habíamos entrado, es decir, por la puerta que daba al río. No queríamos correr el riesgo de que nos vieran asomar por la que daba al interior.

Dejé mi maza en manos de Sigurd, pues hubiese sido un arma extraña en manos de un comerciante, y en cambio me llevé la bolsa en la que ya mermaba cuanto nos había sido regalado en Noirmoutier cuando robamos aquel barco en el que habíamos perseguido a los amotinados, y la engrosé con cuantas monedas pudimos encontrar en el pueblo.

Con las dos bestias cargadas de cestos y a pie, nos encaminamos hacia la ciudad. Yo había pensado llegar hasta las cercanías montados en otros caballos, de los que abundaban en el pueblo, pero Marta pensó que sería sospechoso ver a unos comerciantes montados en buenos ejemplares.

Así pues, tirando de los reticentes animales, que protestaban por el trabajo con el que se veían sorprendidos, vadeamos la orilla izquierda del río adentrándonos en terreno de nuestros enemigos sin más armas que los cuchillos, comunes entre campesinos y pescadores, y nuestras propias manos.

El más inquieto de los tres, me cuesta confesarlo, era yo. El enorme negro tiraba de las riendas de una de las bestias y caminaba en silencio como si no fuese a hacer nada más peligroso que llevar aquella carga a un mercado. Le seguía Marta, también sin hablar y examinando de vez en cuando la orilla opuesta.

Yo cerraba el grupo con el otro caballo. Era una yegua joven y debía de presentir mi agitación, pues no cesaba de piafar y tirar de la brida, hasta tal punto que en una ocasión la agarré por los ollares y apreté. Por suerte para la bestia, Marta me obligó a soltarla y le acarició la cabeza tranquilizándola. No sé si por temor a mí o por las palabras de la muchacha, pero el resto del camino fue más tranquila.

No cabía perderse siguiendo la sinuosa figura que formaba el camino a la orilla del río. Por todos lados encontrábamos aquellos árboles retorcidos, de madera dura, con los pequeños frutos entre verde y negro que veíamos desde que dejáramos atrás el mar. Probamos algunos, pues eran iguales, aunque de menor tamaño, a los que habíamos comido en el poblado para desayunar, y los tuvimos que tirar. Quizá no estuvieran maduros.

Pudimos ver también algunos molinos movidos por el viento y otros que, en el margen del río, aprovechaban la fuerte marea para moverse. Según avanzábamos hacia la ciudad, cada vez eran más frecuentes las huertas y granjas.

Comenzaba a descender Sol cuando observamos movimiento a lo lejos en el río, al principio alguna embarcación suelta y después cada vez más numerosas. Ante nosotros, el río se dividía en dos ramales de márgenes imprecisos.

–Si Amin no nos ha engañado –habló Marta mirando a lo lejos–, en aquella dirección debe estar Ishbiliya. Tenemos que ir por el ramal de la derecha.

–Para cruzar hay que usar una de aquellas balsas –dijo Abu señalando unos amarraderos donde se apiñaba un grupo de gente con mercancías y animales, a la espera de embarcar sobre una balsa hecha con troncos sin desbastar manejada por un barquero.

Otra de aquellas almadías estaba a punto de llegar a la orilla de enfrente. El trasiego era continuo. Nadie parecía amedrentado y, sin embargo, se me antojó que aquellas construcciones debían de ser inestables y frágiles, lo que no era muy de mi agrado.

Cuando nos tocó el turno subimos a nuestras bestias, que parecían tan agitadas y desconfiadas como yo, a la balsa que aguardaba y me mantuve en silencio mientras Marta llegaba a un acuerdo con el barquero sobre la cantidad de monedas que debíamos abonar por cruzar el río.

El agua se colaba por las juntas y el oleaje a veces cubría los maderos. Nadie, pues no éramos los únicos que ocupábamos la embarcación, mostraba signos de preocupación, tan solo las bestias, a las que había que atar en corto para que no patearan la almadía.

Tratando con poca mano de calmar al caballo que llevaba, no observé la llegada de una embarcación noble que se nos cruzó. Uno de los comerciantes que nos acompañaban dijo algo con voz baja y temerosa, pero a la vez llena de orgullo: *al-ustul.* Luego supimos que es así como los *blamenn* llaman a su poderosa flota, destinada a la defensa de la ciudad.

Realmente el poderío de aquella nave era de envidiar. No muy grande pero maniobrable, tenía un extraño tubo de bronce en la proa que brillaba con el sol por donde los soldados embarcados arrojaban a gran distancia el desconocido y secreto *fuego griego* que hacía arder las naves enemigas como si de leña seca se tratara, sin que nada pudiese apagarlo.

Aproveché la ocasión para examinar la embarcación. Era muy posible que antes de nuestro regreso nos tuviésemos que enfrentar a navíos como aquel. En la boca del broncíneo tubo un hombre se esmeraba en limpiar el metal. Aquel artefacto estaba conectado a unos fuelles que, si no me equivocaba, eran los que impulsaban con la suficiente fuerza el viscoso líquido ardiente hasta el enemigo.

Cuando por fin continuamos la marcha, lo llevaba todo grabado en mi mente. Tras lo que pareció un tiempo interminable, nos encontramos en el otro lado y descendimos de los resbaladizos troncos. Un animal de carga que había viajado con nosotros se puso nervioso y, cargado como estaba, se fue al río al tratar de hacer pie, ante la risa de algunos niños que vagaban por allí y la desesperación del propietario, quien, sin pensárselo, se tiró tras su animal, le rajó los correajes que lo ataban a la carga antes de que se fuese al fondo y lo condujo hasta la orilla. Una vez en ella, y ante la pérdida que suponía la valiosa carga que descansaba bajo las aguas, molió a palos a la bestia.

–Bueno –dijo Marta tras el incidente–. Ya estamos aquí.

Frente a nosotros se levantaba una ciudad amurallada rodeada de marismas, en las que se construían y reparaban enormes barcos, algunos de ellos parecidos al que se nos había cruzado. Fuera de las murallas había un enjambre de destartaladas chozas y gentes que se movían como lo hacen las hormigas.

De una orilla a otra, el río se veía poblado de pequeñas barcas y otras naves mayores. Al menos cuatro de estas iban armadas con aquel tubo brillante de boca negra que tan malos presagios parecía anunciar. A bordo, varios hombres se movían por la cubierta mientras otros no dejaban de otear cuanto los rodeaba. En la embarcación más próxima a la orilla un oscuro *blamenn* examinaba con atención a los que habíamos pisado tierra.

–Habrá que entrar –dije susurrando–. Resultará sospechoso que nos quedemos aquí. Sigamos a los demás.

Con los caballos cogidos por las bridas, seguimos al resto de los que habían embarcado con nosotros en la almadía hasta la puerta más cercana de la muralla. No era la única, como sabíamos gracias a la descripción dada por Leif Bardarsson, el moribundo llegado a la granja Svennsson con la noticia del apresamiento de Ikig *el Triturador* y sus hombres.

Uno de los soldados que vigilaban la entrada hacía parar a todos e inspeccionaba la mercancía. Su celo se relajaba cuando el comerciante sacaba alguna fruta, moneda, pescado o similar de su carga y se lo ofrecía al soldado *blamenn,* que la aceptaba sin ningún disimulo y aligeraba los trámites.

Cuando nos tocó el turno, Marta le dejó enredar un poco entre las cestas antes de ofrecerle un par de monedas, que habíamos robado en el pueblo donde aguardan nuestros compañeros, confiando en que fuesen suficiente. La verdad es que no teníamos la menor idea de su valor, quizá fuese demasiado alto y despertara las sospechas del soldado. Por suerte, el *blamenn* de piel casi azulada fingió mostrarse ofendido, como si el soborno fuese escaso, y nos gritó algo. Marta se apresuró a seguir el camino.

Un año después de ser contratado como mercenario, cruzaba las puertas de aquella ciudad acompañado por la mujer que me había prometido su amor.

CAPÍTULO 18

Traspasar las puertas de la ciudad fue como entrar en otro mundo. En aquel momento pensé que el infierno de Hell, donde aguardarán los muertos caídos con deshonor el día en que sean convocados por los gigantes para luchar en la batalla final contra los dioses, no debía de ser muy distinto a lo que me rodeaba.

Como he dicho, la puerta de acceso a Ishbiliya por la que entramos se hallaba custodiada por los soldados *blamenn*. Constituía una defensa contra un ataque directo, ya que no se trataba de un mero paso, una arcada ornamental o algo parecido. Por supuesto, era suficientemente amplia como para permitir que carros y bestias la traspasaran con cierta holgura, pero el hueco que quedaba no era recto sino quebrado, de modo que los carros debían maniobrar para poderla franquear. Enseguida imaginé que un ataque a galope de un ejército a caballo chocaría con aquel paso y no quedaría más remedio que detener su marcha, con lo que quedaría expuesto a los arqueros y lanceros *blamenn*.

Una vez que conseguimos pasar, llevando de las riendas a nuestras cabalgaduras, muy nerviosas por todo aquel ajetreo, encontramos la primera de las callejas que formaban las casas, bajas, agolpadas y levantadas al arbitrio de sus constructores, sin ningún tipo de orden.

Gentes de todo tipo nos rodearon inmediatamente, hasta el punto de que yo busqué entre mis ropas el cuchillo que escondía y que, de no haber sido por el poderoso brazo de Abu, hubiese esgrimido y a buen seguro utilizado contra aquella multitud. Por fortuna, el enorme negro se había dado cuenta a tiempo de mis intenciones y sin aspavientos me había impedido delatarnos.

El olor era muy fuerte. Al propio de las bestias y sus excrementos se unía el de los *blamenn*, el de los ácidos para encurtir cueros, el de pescado, frutas y carnes putrefactas, el de las especias, el proveniente del mismo río y otros muchos que se juntaban.

También el ruido era ensordecedor. Los adoradores de Alá gritaban al azuzar a sus bestias y al discutir. Chillaban con amplios movimientos de brazos cuando hablaban o reían. Rugían cuando un carro estaba a punto de atropellarlos, o si alguien se sentía estafado en uno de aquellos pequeños pero abundantes puestos de gran colorido donde se vendía de todo.

Marta, que iba delante, se internó por una de las callejas. No supe el motivo de que eligiera aquella, pues para mí resultaban todas iguales. Empujando como hacían los demás, avanzó abriéndose paso entre el gentío.

Su valentía resultaba envidiable. No parecía temer ser pisoteada por el tumulto, que, mágicamente, se abría para dar paso a un carruaje o a un grupo de jinetes, sobre todo si estos pertenecían a la guardia de la ciudad, y se volvía a cerrar al paso de estos como lo hacen las aguas del mar tras la popa de nuestro *drakkar*.

No me atrevía a mirar con demasiada atención a mi alrededor para no despertar sospechas, pero el tamaño y aspecto de Abu y el mío propio provocaban que algunas gentes nos miraran con temor o, como hacían al paso de las bestias, se apretaran contra las paredes para dejarnos sitio.

–¿Dónde vamos? –le pregunté en voz baja a Marta.

A pesar de mis precauciones, una muchacha que en ese momento pasaba por mi lado pegó un brinco y, abriendo mucho sus grandes ojos verdes, se apartó rápidamente de nuestro camino.

–Somos comerciantes –respondió Marta entre susurros–. Tenemos que ir al mercado como el resto, otra cosa sería sospechosa. Empezaremos por allí. Y sería buena idea que permanecieras callado. Con tu vozarrón y tus palabras, nos van a descubrir muy pronto.

Molesto por su reconvención, tuve que ver cómo Abu mostraba sus dientes en una mal disimulada sonrisa. Al negro le hacía gracia que la pequeña esclava pudiera hacer callar a un guerrero del norte.

Tironeé del bocal de mi caballo con brusquedad y este se quejó moviendo nervioso la cabeza a los lados.

–Vamos hacia allí –dijo Marta señalando un edificio más alto que el resto que tenía una pequeña torre destacándose sobre el tejado.

–¿Qué es? –No pude reprimir la pregunta.

–Parece una mezquita. El lugar donde los *blamenn* rezan a su dios.

Inmersos en aquella marea que avanzaba con lentitud, nos acercábamos cada vez más a aquel edificio. Se me estaba acabando mi escasa paciencia, pues no estaba acostumbrado a tal ahogo. Apenas podía moverme y era constantemente empujado por quienes tenían más prisa y no estaban dispuestos a esperar.

Enseguida comenzamos a ver más puestos levantados con tablas y manteles, algunos cubiertos de lonas, otros con la mercadería extendida sobre telas, defendida con largas varas con las que echaban para atrás a quienes se aproximaban en exceso.

El paso, que hasta el momento había sido angosto, se estrechó aún más. Los carros corrían el riesgo de llevarse por delante los puestos y los comerciantes gritaban a los carreteros, entablándose violentas disputas.

El caballo de Abu, a pesar de ir bien sujeto, reculó y por poco tira un puesto de verduras. De inmediato, el vendedor, enfrascado en una reñida negociación con una mujer por el precio de unas para mí desconocidas frutas, se olvidó de esta y comenzó a gritar sin dar muestra de sentirse impresionado por el tamaño del negro. Ante mi estupor, Marta no se quedó atrás y con el rostro rojo se enzarzó en una discusión con el *blamenn* de la que nada entendí pero mucho pude imaginar.

–Es todo una farsa –me dijo Abu sin apenas mover la boca.

–¿Qué? –respondí, absorto por la extraña escena que estaba presenciando.

En mi tierra una disputa no estallaría por tan poca cosa ni tan rápido, y desde luego la única forma que tendría de acabar sería en medio de un reguero de sangre.

–Digo que todo esto es una farsa. No le des importancia. Es como esas representaciones que hacéis en vuestras frías tierras cuando llega la fiesta de Jule, al comenzar el invierno. Cada uno cumple su papel. Se gritarán un rato y después cada uno se irá por su lado agitando mucho los brazos y bufando como un toro, pero nada más sucederá. El hombre volverá a su negocio e incluso aprovechará su fingida indignación para encarecer el precio de lo que esa mujer quiere comprar.

Asombrado, pude comprobar que Abu estaba en lo cierto. El comerciante, haciendo unos gestos obscenos con sus manos, convenientemente respondidos por Marta, se olvidó de nosotros y volvió a lo suyo.

Miré a mi alrededor, pero la gente no parecía haberse dado cuenta de lo sucedido. Daba la impresión de que yo era el único testigo de la discusión. Cuando volví a mirar al vendedor, este sonreía a un ayudante y se embolsaba las monedas que le había pagado la mujer, ajeno a mi mirada. Cada vez más sorprendido, me percaté de que la reacción de Marta era la misma. Su rostro había recobrado el color habitual y continuaba su camino.

Continuamos avanzando entre la densa masa de cuerpos. Tras cada puesto, su propietario competía en gritar más alto con sus vecinos, imagino que alabando su mercancía, que sujetaba con el brazo alargado y ofrecía a todo aquel con cuya mirada se cruzaba.

Según pude ver, los productos eran incontables: pescados de todos los tamaños, formas y colores; sangrantes carnes; frutas y verduras; amarillenta leche; vinos y licores de mil matices; penetrantes inciensos y perfumes; alhajas y ricas joyas de plata y oro; alfombras; olorosas especias traídas desde los confines del mundo; ricas telas; juguetes; sillas de cuero para montar bestias; gallinas, ocas y toda clase de pájaros que revoloteaban enloquecidos dentro de sus jaulas; cueros y pieles; cacharros para guisar; pócimas y bebedizos... La cabeza me daba vueltas ante aquella locura. Gritos, lloros, risas, mugidos, rebuznos, silbidos...

–Tranquilízate –me dijo Marta cogiéndome de la mano–. Trata de no hacer caso de lo que te rodea. Busquemos un lugar donde plantar nuestro puesto, estarás más cómodo.

Como un niño cogido de la mano por su madre, seguí dócilmente a la muchacha, que se desenvolvía entre aquel bullicio como si en vez de haber vivido entre los solitarios y fríos hombres del norte lo hubiese hecho siempre en las tierras que la habían visto nacer.

–Allí. –Señaló de pronto con el mentón, ya que tenía las manos ocupadas. Con una sujetaba las riendas de su montura y con la otra la mía. A saber cuál de las dos bestias que trataba de calmar se encontraba más inquieta.

Corrimos hacia el hueco dejado por unos malabaristas que habían estado entreteniendo a la gente con sus artes, haciendo acrobacias con toda clase de objetos sacados de un cesto colocado en medio, algunos de ellos envueltos en llamas.

–Abu, extiende estas telas en el suelo y pon las cestas en las esquinas para marcar nuestro puesto. Thorvald, ata los caballos a esa columna y trata de que se estén quietos. Dales algo de comer y agua.

Hice como se me había ordenado mientras ella extendía el pescado, que ya comenzaba a oler mal, sobre las telas dispuestas por el negro. Corvinas, lenguados, chocos, que eran parecidos a los pulpos, anguilas, lubinas, esturiones. No sé yo de estas cosas, pero así los llamaba Marta con cierto aire nostálgico.

Enseguida nuestro puesto fue uno más entre tantos otros. Las mujeres miraban y remiraban. Alguna se agachaba y cogía un pescado sopesándolo y olisqueándolo, después decía algo en su incomprensible idioma y lo volvía a dejar. Otras les abrían las agallas con aire entendido.

–Tenemos un problema –dijo Marta dando la espalda a una rolliza mujer cubierta de pies a cabeza por un vestido negro que solo le dejaba al aire unos ojos de párpados pintados y que mostraba impaciente una gruesa anguila–. No tenemos ni idea de cuánto debemos pedir.

–Pregúntale a ver cuánto te ofrece.

–¿Estás loco? Si lo hiciera, sería lo mismo que confesar a gritos que no somos comerciantes. Le pediré un par de monedas a ver qué dice.

Volviéndose, dijo algo en aquel idioma. La mujer se quedó perpleja, pero Marta ya estaba gritando con una hermosa pieza en las manos como si no estuviera dispuesta a seguir discutiendo. Al final la mujer dijo algo, la liberta le contestó y comenzó una discusión por el precio. Tras el intercambio ritual de frases, la mujer cargó con varios ejemplares y se marchó. A pesar de llevar el rostro tapado con un velo, no pude dejar de pensar que nuestra clienta se iba muy contenta y un tanto sorprendida.

–Bueno, espero que no nos traiga problemas. Me parece que hemos vendido muy por debajo de su precio. La mujer me ha gritado y llamado ladrona, pero en realidad ha sido ella la que se ha aprovechado de nuestra ignorancia. ¡Maldita sea!

Yo no entendía dónde estaba el problema, pero dije para animarla:

—No creo que haya sido tan mala venta. La mujer ha protestado mucho.

—Es parte del negocio. Entre los *blamenn* nadie compra nada al precio que sea sin regatear. Lo contrario supondría un insulto y resultaría sospechoso. Si yo no le discuto lo que quiere pagar, puede pensar que la quiero engañar. Si ella compra sin regatear, puedo creer que he vendido demasiado barato y subir los precios.

—En cualquier caso, ¿qué más da? No hemos venido aquí a vender malolientes pescados.

—Pero no podemos llamar la atención. Será mejor que nos movamos y nos demos prisa en encontrar a los prisioneros, antes de que alguien se dé cuenta de que no somos comerciantes.

»Abu. Quédate aquí mientras Thorvald y yo recorremos la ciudad. Tardaremos poco. No hables, finge ser un esclavo mudo. Tapa los cestos para que nadie te pida nada. Quizá les sorprenda que un esclavo esté vendiendo. Vamos, Thorvald.

De nuevo nos adentramos entre la masa humana. Abriéndonos paso como si fuésemos compradores en vez de comerciantes recorrimos los puestos fingiendo mirar las mercaderías.

Al poco nos encontramos a un hombre sentado sobre el tocón de un árbol con las piernas recogidas. Cubierto con una de aquellas túnicas blancas que usaban la mayoría de los *blamenn* y un turbante de tela, hablaba a la gente que atentamente le escuchaba, mientras un curioso animal, parecido a un niño pero mucho más pequeño, muy peludo y con los brazos desproporcionadamente grandes, sujetaba un cofrecillo donde los oyentes echaban algunas monedas de poco valor.

—Esto te va a gustar —dijo en voz baja Marta mirando con una sonrisa al hombre—. Es un narrador de historias. Un *skald* como Einarr. Está relatando cómo llegaron los *madjus* hace muchos años y arrasaron la ciudad.

El hombrecillo, con sus largas y blancas barbas ocultándole los labios, no dejaba de hablar en un tono cuidadosamente modulado y que me atraía a pesar de no estar entendiendo nada.

—Provenientes de sus tierras —tradujo Marta. Se había subido a un escabel para poder ver al narrador sobre el resto de las cabezas y su boca quedaba cerca de mi cuello. Su aliento me rozaba aflojándome las rodillas—, llegaron por el *wadi al-Kabir*, el Gran Río de los *blamenn*, hasta las orillas de Ishbiliya, más de cien barcos de guerra. Cubrieron las aguas con sus extrañas embarcaciones hasta más allá de donde alcanza la vista. Los habitantes, con la angustia y el temor en sus corazones, vieron acercarse las velas de los adoradores del fuego y trataron de escapar de la ciudad por la puerta de Qarmuna, la que da a Qurtuba, donde habitaba el emir Abd al-Rahman ben al-Hakam. Los *madjus* descendieron de sus alargados navíos y gritando, como si llegaran del mismo infierno, entraron a la ciudad por las abandonadas puertas de Bab Sharif, Bab Chabwa y Maqarana. Como el agua del río se esparce en las crecidas, así lo hicieron los malditos por las calles, derribando las puertas de las casas, incendiando almacenes y graneros sin encontrar resistencia.

La gente que escuchaba las palabras del anciano narrador de historias atendía con respeto, aunque posiblemente hubieran escuchado varias veces antes la misma historia. Yo habría podido escuchar también mil veces el relato si el cálido aliento de Ojos de Fuego me hubiera rozado como lo hizo entonces.

—Capturaron a los habitantes que no habían conseguido huir y los rajaron sacándoles las entrañas. A otros los cargaron de cadenas y los llevaron a sus barcos como esclavos. No respetaron nada: los ancianos y niños fueron abiertos y arrojados en mitad de las ensangrentadas calles, por donde el fuego y el fango, rojizo por la sangre, dificultaban el paso. Pronto una pestilencia de carne quemada y excrementos se elevó como las miasmas por toda la ciudad.

»Los infieles corrían de un lugar a otro como poseídos, gritando y blasfemando. Mataban a todo el que se cruzaba por su camino y a las mujeres las violaban allí donde las capturaban, descuartizándolas después o embarcándolas para venderlas como esclavas. Con sus mazas reventaban las cabezas como vasijas de barro y con sus hachas amputaban los miembros, que arrojaban a los numerosos fuegos repartidos por toda Ishbiliya. Para mediodía, el cielo azul estaba cubierto por unas espesas y negras nubes que llevaban en su seno las pavesas ardientes y el hedor de la masacre.

377

La muchacha hizo un alto en su traducción de la historia y, para mi sorpresa, la descubrí con lágrimas en los ojos, lo que me llenó de extrañeza. Es verdad que los horrores de la batalla pueden parecer espantosos a quien no esté acostumbrado o sea de alma tibia. Sin embargo, para los normandos, este terror, que aprendemos de nuestros dioses, no es nada extraño. Y, contra lo que se afirmaba en tierras de francos y *blamenn*, no éramos en modo alguno bestias más sedientas de sangre de lo que lo eran ellos mismos.

–Cuando los *madjus* entraron en la almunia –continuó Marta–, encontraron escondidos a un centenar de niños, eunucos, esclavos y sirvientes aterrorizados. Los sacaron por la fuerza y los condujeron hasta la plaza central, donde los obligaron a tumbarse en el suelo. A una señal del jefe de los adoradores del fuego, los más fuertes fueron conducidos a los barcos mientras los más débiles eran empalados, decapitados o cegados. Se les cortaban los miembros para diversión de aquellas bestias, que reían y se emborrachaban mientras continuaban violando a las mujeres, pasándoselas unos a otros. Cuando terminaron, la montaña de cadáveres tenía la altura de tres hombres. Entonces los paganos prendieron fuego a la pira.

No era yo el único atrapado por la historia del anciano. Niños que corrían tras posibles compradores llevando agua, rodajas de jugosas frutas y abalorios, se detenían y escuchaban con la boca abierta el relato que el hombre, ajeno a todo y con los ojos entornados como si le costara recordar aquellos sucesos o estuviera horrorizado por lo ocurrido, continuaba desgranando.

–Masacrada la población, se dirigieron a la mezquita de Ibn Adabbas, que trataron de forzar. Para ello amontonaron leña y muebles contra sus muros, arrojaron a su tejado flechas incendiarias e intentaron derribar los portones utilizando una palmera a modo de ariete. Pero en ese momento salió de su interior un niño que expulsó él solo a los profanadores del santo lugar y los mantuvo alejados de la mezquita, sin poder evitar que los infieles le partieran al cadí la cabeza en dos con una de sus descomunales hachas.

La historia de un niño desconocido que saliendo de la mezquita defendió él solo la integridad de esta y mantuvo en vilo a todo un ejército normando era sin duda una patraña, pero no llegué a comprender el motivo de esta fantástica mentira.

–Durante siete días, la ciudad de Ishbiliya sufrió el castigo divino y los adoradores del fuego mataron, violaron, saquearon e hicieron esclavos, en una tempestad de desolación como no había conocido hasta entonces la ciudad.

»Por fin, al cabo de este tiempo, llegaron a la ciudad las tropas del llorado emir Abderramán, padre de nuestro bien amado Muhammad Ibn Abd al Rahman, que bajo el mando del general Rastum y el preferido del emir, el eunuco Naser, con la protección de Alá, se enfrentaron a los invasores. Las tropas del emir se establecieron a las afueras de Ishbiliya a la vista de los infieles y a la mañana siguiente tres millares de guerreros *blamenn* se desplegaron rodeando la ciudad para tomarla y que ningún pagano pudiera escapar con vida.

»El ejército de Alá consiguió sitiar a los *madjus* y los masacraron, mientras algunas de sus naves, cargadas de esclavos y botín, escapaban por el Gran Río hacia el mar. La flota del emir cargó contra estas embarcaciones, que se mostraban lentas, tal era la sobrecarga que transportaban, y les arrojó el fuego de Alá que todo lo quema. Destruyeron cuarenta barcos. Sus tripulantes, ardiendo como teas, se arrojaban al agua o se daban muerte a sí mismos con sus propias armas, entre aullidos de agonía. Aquellos que nadaban hasta la orilla eran degollados antes de poder salir del agua, que se volvió roja de tanta sangre derramada.

Aquella masacre había costado la vida por igual a los cautivos que a los vikingos, pero el narrador de la historia prefirió no hacer mención de ese detalle, posiblemente para no restar gloria al ejército de su admirado emir. Entre aquellos barcos que habían logrado burlar el sitio de la flota *blamenn* y el fuego de Alá se encontraba el *drakkar* en el que el *jarl* Rorik *Pie de Piedra*, padre del ahora cautivo Ikig *el Triturador*, había podido escapar de la masacre llevando consigo a Marta y al negro Abu.

El mismo pensamiento debía de estar pasando por la cabeza de la muchacha, que, por un momento, entrecerró los párpados antes de continuar traduciendo:

–Los habitantes de la ciudad que habían podido escapar antes de la llegada de los infieles *madjus* regresaron y recibieron con alborozo a los ejércitos del emir, mientras entraban en la ciudad arrastrando a los paganos que habían apresado. Entre gritos y risas de alegría, los invasores fueron crucificados en las palmeras de la ciudad, tras ser torturados con hierros al rojo, desollados, cortados y cegados. Los soldados del emir los tajaron de tal forma que la sangre manaba de las heridas abiertas atrayendo a miles de moscas y tábanos que se saciaban con la sangre y aumentaban el sufrimiento de los infieles. Cuervos y buitres se hartaron con tanta comida, hasta el punto de no poder alzar el vuelo e ir un lado a otro a saltos como quien está bajo los efectos de la uva fermentada.

»Cuando murieron todos los infieles se cortaron sus cabezas y las colgaron en los ganchos de las carnicerías, en las plazas y en todas las palmeras para que nadie olvidara el poder del grandioso emir Abderramán, ungido con la bendición del omnipotente Alá. Más de un millar de aquellas bestias venidas del frío murieron y cuatro veces cien fueron capturados y masacrados.

Con una invocación a su dios que le hizo juntar las dos manos frente a su rostro e inclinarse hasta la base del tocón sobre el que se encontraba sentado, el hombre dio por terminado el relato y permaneció impasible en la misma postura mientras aguardaba que el extraño animal recolectase entre los asistentes el premio a su arte.

Marta le entregó el producto de la única venta que habíamos hecho, que él guardó con suma habilidad en el cofrecillo que transportaba.

–Ven, sigamos, aún no sabemos dónde pueden estar los prisioneros –me dijo la muchacha tomándome de la mano y arrastrándome tras ella.

Yo me encontraba un tanto incómodo. Me parecía demasiada coincidencia que aquel hombre relatara el ataque normando de tres lustros atrás, justo cuando llegábamos a la ciudad para liberar a los prisioneros, y así se lo dije a Marta.

–No te preocupes –repuso ella sin dar mayor importancia a mis palabras–. A buen seguro la repetirá todos los días al menos una vez. Recuerda que la ciudad fue amurallada para evitar otro de aquellos ataques. Aún os temen. Además, se acerca el tiempo en el que ajusticiarán a los hombres de Ikig si no traemos el oro. Nadie hablará de otra cosa en la ciudad. El viejo conseguirá buenas monedas por contarles cómo su emir derrotó a los diablos *madjus*.

Dimos vueltas por aquel dédalo de callejuelas, a cada cual más estrecha, sin encontrar nada que delatara lo que buscábamos.

Para no perdernos, procurábamos mantener en todo momento a la vista el minarete al que, según dijo Marta, subía el almuecín, su hombre sagrado, para llamar a la oración a los *blamenn*. Conocía parte de esta costumbre por la cual se arrodillan sobre una pequeña estera con la cabeza tocando el suelo y dirigida hacia un punto, siempre el mismo, y oran largo rato.

La ciudad era grande, y con tanto gentío tardamos un buen rato en recorrerla. Pero estábamos como al principio, continuábamos sin saber dónde tenían a los prisioneros. Tan solo pudimos admirar el arte de aquellos hombres oscuros que levantaban impresionantes edificios artísticamente decorados.

Las casas tenían en el centro un patio al que se llegaba a través de unos portalones de madera tachonada con clavos, que, al decir de Marta, solo se cerraban por la noche. Tras estos portalones había un fresco recibidor que daba a unas verjas de hierro forjado con rebuscadas filigranas a través de las que se veía el patio, adornado con una fuente de piedra en el centro y abundancia de árboles y plantas, y unas llamativas flores de color rojizo que se descolgaban de las paredes. Era a través de estos patios por los que se accedía a las moradas de los *blamenn*.

La muralla tenía diversas puertas, todas bien protegidas, y al menos tres de ellas daban al río. Precisamente en la más cercana a la que habíamos usado para entrar en la ciudad se encontraba el *Dar al-imara*, el palacio del gobernador. Cabía la posibilidad de que los prisioneros se encontraran en su interior, pero ¿cómo saberlo?

—Creo que deberíamos volver con Abu —dijo Marta finalmente, rindiéndose a la evidencia de que, si queríamos averiguar algo, no nos quedaría más solución que preguntar.

De regreso, se acercó al puesto de un comerciante que vendía los mismos pescados que nosotros y cogiendo uno le preguntó algo. Cuando el vendedor contestó, ella lo dejó sobre la tabla con un gesto de sorpresa y nos fuimos. Inmediatamente el vendedor le gritó y alzando el pescado lanzó una perorata en aquel galimatías, de la que nada entendí, aunque no me cabía duda de que era uno de aquellos regateos que tanto les gustaban.

Marta negaba con la cabeza y trataba de seguirme, pero el hombre la agarraba por el brazo e insistía. Cuanto más se esforzaba la liberta por soltarse, más apretaba el hombre, hasta que me acerqué por detrás de este y le rodeé el cuello con una de mis manos estrujándole. Al punto, el tipo soltó a Marta y se aferró a mi mano tratando de abrir los dedos que le cortaban la respiración. Si ella no lo hubiese impedido, aquel imbécil habría muerto allí mismo.

–Suéltalo, Thorvald –me ordenó la liberta–. ¡Ahora mismo!

Hice como decía y el comerciante comenzó a boquear a la vez que se quejaba a viva voz. No necesitó más que verme el rostro desfigurado por la cicatriz para dejar de lamentarse y volver a su sitio al lado de su puesto como si nada hubiera ocurrido.

–¿Estás loco? ¿Qué pretendías, que se nos echaran encima los alguaciles?

–No te dejaba marchar –me defendí.

–¡Sé defenderme, no necesito que lo haga nadie por mí!

Me dejó plantado con la respuesta, pero tuve que reaccionar, pues ya ella se perdía entre el gentío dejándome atrás.

–Como imaginaba, aquella mujer que nos ha comprado las anguilas nos ha engañado. Espero que Abu no haya tenido problemas.

Yo no estaba de humor para tratar los precios y me mantuve en silencio hasta que llegamos hasta nuestro puesto. Abu permanecía impasible tras él, custodiando las monturas y la mercadería. Viendo su rostro de pocos amigos y su descomunal tamaño, los compradores preferían pasar de largo por el puesto, así que mucho no le habían molestado.

Justo cuando llegamos, una muchacha requirió la atención de Marta. Era más joven que la liberta, de la misma altura y muy bella. Parecía esconder un bonito cuerpo debajo de la ropa. Pero lo que más me llamó la atención fueron sus ojos, verdes y muy vivos. Precisamente esa viveza me hizo recordar algo. Estaba convencido de que no era la primera vez que los veía, pero era incapaz de recordar dónde los había visto antes.

Las dos mujeres se sumieron en una discusión por el precio de una pieza, que Marta no estaba deseosa de prolongar. Sin embargo, la muchacha insistía una y otra vez… ¡Por fin me di cuenta de dónde había visto antes aquellos ojos!

Era la misma que había pegado un brinco asustándose cuando, al entrar en la ciudad, yo le había preguntado a Marta dónde íbamos.

Receloso por la casualidad, a punto estaba de decírselo a la liberta cuando la muchacha, bajando la voz hasta convertirla en un susurro, dijo en mi propia lengua.

—¿Veis al hombre del turbante rojo? Cuando llegue, dadle cinco dírhams de plata. Cuatro de ellos son para pagar los impuestos por el puesto de venta, y el otro para que os deje en paz y no siga fisgando.

Marta, tras un leve gesto de sorpresa, continuó discutiendo en la lengua de los *blamenn* el precio del pescado hasta que el hombre del turbante rojo llamó su atención. Sin decir nada, tal y como había dicho la muchacha, le tendió la cantidad recomendada y continuó su discusión como lo hubiese hecho cualquier vendedor.

—¿Quién eres? —preguntó en cuanto se hubo marchado el hombre en busca de otro puesto al que extorsionar.

—Me llamo Rebeca —contestó la muchacha en voz baja. Para mi sorpresa lo había hecho en nuestra lengua, si bien es verdad que con un acento atroz difícil de entender—. Ahora no hay tiempo para hablar. Habría sido más sensato haber comprobado el precio del pescado antes de poner el puesto, tal y como lo has hecho hace un momento.

»La mujer a la que le habéis vendido lo ha ido pregonando por ahí. Los demás vendedores se han molestado y han ido a quejarse al cadí del mercado, y ahora, junto a la surta, la guardia de la ciudad, os está buscando. Cuanto antes os marchéis, mejor.

—¿Cómo podríamos agradecértelo? —preguntó Marta mientras comenzábamos a recoger.

—No os dejéis ver demasiado. Por la noche no salgáis de la ciudad, pues podría ser que mañana no os dejaran volver a entrar. Pasarla en la alhóndiga. El *fundu-gayr* es un hombre respetable. Os facilitará esteras y mantas y cuidará de vuestras monturas si le dais unos cuantos dinares. Yo iré a veros en cuanto pueda.

Sin decir nada más, la bella muchacha se perdió entre la muchedumbre, que se abría temerosa al paso de un amenazante grupo.

—Daos prisa, se están acercando —susurró Marta, aunque era innecesario, pues ya estábamos cargando los caballos.

En esos momentos, el griterío aumentó. Unos hombres traían a un muchacho al que agarraban por brazos, piernas y pelo, mientras este luchaba como un loco para escapar. Al darse cuenta de lo que estaba sucediendo, los guardianes agarraron al chico y lo llevaron hasta el juez del mercado. Este era un hombre maduro y gordo, impecablemente vestido con ricas sedas, la cabeza cubierta por un turbante bordado en hilo de oro y los dedos de las manos cubiertos de joyas.

Los hombres que arrastraban al muchacho comenzaron a hablar todos a la vez mientras el cadí se mesaba su negra barba. De pronto alzó la mano hacia el cielo y todos guardaron silencio.

—Un ladrón —informó innecesariamente Marta, pues ya me había percatado de lo que estaba ocurriendo.

A un gesto del juez, un esclavo negro tan grande como Abu y con un ojo tapado con una venda se acercó sosteniendo con una mano un tajo de madera y con la otra el hacha más grande que yo hubiese visto jamás.

El muchacho aullaba desesperado tratando de zafarse y por poco lo consigue. Cuando libró un brazo, me di cuenta de que lo había logrado gracias a que le faltaba la mano. Aquel muchacho era manco.

—Es un ladrón reincidente —apuntó Marta.

La multitud, que acudía al olor de la sangre a punto de ser derramada, abría los ojos para no perderse ningún detalle del espectáculo.

—Ha sido atrapado en alguna otra ocasión robando en el zoco y por eso le cortaron una mano. Ahora el juez va a decidir qué hacer, si cortarle la otra o decapitarlo.

La voz de Marta era de lástima, lo que no podía dejar de sorprenderme. Al fin y al cabo no era la primera vez que la liberta veía ajusticiar a un hombre. Ella misma había dado la orden recientemente. Sin embargo, no dejaba de sufrir por el desconocido ajusticiado, lo que para mí era algo incomprensible.

El negro de un solo ojo dejó el tajo sobre el suelo y cogió el hacha con las dos manos. Los guardianes forcejearon con el ladrón hasta conseguir que la cabeza de este descansase sobre el tocón de árbol, lacerado en multitud de ocasiones por castigos similares al que estábamos a punto de presenciar.

Bajo la indiferente mirada del cadí, dos de los guardianes doblegaron el cuerpo del muchacho mientras un tercero estiraba con fuerza de los cabellos para que el cuello quedase extendido y el verdugo no tuviera dificultades.

Durante un instante, el que fue necesario para que la gigantesca hacha se levantara hasta el cielo y cayese de pronto hasta quedar clavada profundamente en el tajo, no se escuchó ni un suspiro. En el momento en que la cabeza segada de su cuerpo rebotaba por el suelo, donde la sangre se mezclaba rápidamente con los líquidos de las verduras y los humores de las carnes, la gente gritó de alegría y enseguida todo volvió a la normalidad, los vendedores proclamando su género y los compradores seleccionando sus compras, dejando que los esclavos que acompañaban al juez se ocuparan de retirar el cuerpo y la cabeza del infortunado.

–Marchémonos por aquella calleja –urgió Marta tirando de su montura.

De nuevo recorrimos las calles de la ciudad como lo hacen los comerciantes que, cansados de no vender nada, se marchan tratando de encontrar un lugar más ventajoso. Avanzamos penosamente entre alcahuetas, recitadores de *suras*, aguadores, vendedores de todo lo que uno pudiera imaginar, adivinadores, mendigos, tratantes de esclavos…

Allí vi por primera vez en mi vida a un extraño animal que me llamó poderosamente la atención. De mayor tamaño que los caballos, tenía un largo cuello, al igual que las patas, y era del color de la arena. Pero lo más sorprendente eran unos bultos de respetable tamaño que le salían en la espalda. Los había que tenían dos de estos, y otros que tan solo poseían uno, aunque más grande. Debían de ser muy fuertes, porque estaban casi enterrados bajo el peso de una cantidad de mercancía que ningún caballo podría soportar sin doblar las patas. Sin embargo, no parecía afectarles demasiado, pues no dejaban de rumiar con aire indiferente.

Lejos del zoco de la mezquita, Marta preguntó a un hombre dónde se encontraba la alhóndiga de la que nos había hablado la muchacha que decía llamarse Rebeca. Nos encaminamos en la dirección señalada y enseguida llegamos hasta un enorme almacén, alrededor del cual se apremiaban sin descanso todo tipo de gentes, carros y bestias.

Dejamos atrás a Abu con los caballos y nos acercamos hasta la entrada sorteando a cuantos se nos cruzaban por delante. En las puertas del almacén, un fornido y solemne personaje consultaba unas listas, daba órdenes y hacia desaparecer en el interior de un abultado bolsillo las monedas que le eran ofrecidas.

–Buscamos al *fundu-gayr* –dijo Marta dirigiéndose al hombre.

–Soy yo –contestó sorprendido por nuestra ignorancia–. ¿Qué queréis?

–Somos comerciantes. Deseamos pasar la noche aquí para continuar mañana con la venta. Me han dicho que puede darnos alojamiento.

–¿Cuántos sois?

–Nosotros dos y nuestro esclavo, más tres monturas y la mercancía.

–¿Aquel negro es vuestro esclavo? –preguntó el hombre achicando los ojos como si tuviese problemas para ver a lo lejos–. Vaya, poseéis buenos caballos –añadió con tono receloso.

–¿Es posible? –preguntó Marta intranquila.

–Dejadme que consulte –contestó revisando sus hojas, que pasaba con gran revuelo–. Casualmente hoy tengo una gran demanda. Como veréis, estamos ampliando la alhóndiga para dotarla de mayor capacidad, pero los trabajos van lentos por falta de dinero.

–Lo entendemos. ¿Aceptaríais un donativo para las obras? –dijo Marta extendiendo un puñado de monedas, que el hombre se metió en el bolsillo tras calibrar discretamente su peso.

–Vaya, estáis de suerte. Creo que os podré hacer un hueco. Os proporcionaré esteras y mantas. Vuestro esclavo tendrá que dormir con las bestias en el establo, así podrá vigilar vuestra mercancía.

Volvimos hasta Abu y le explicamos la situación. Temía que el Halcón se indignara con la parte que le correspondía, pero no hizo ningún comentario y se limitó a asentir.

Comenzaba a oscurecer. No habíamos comido nada en todo el día y estábamos hambrientos. El alhondiguero solucionó nuestro problema con una buena cena a base de empanadas de cordero, queso y pescado, huevos, unas tortas con miel y un mejunje hecho de arroz empapado en leche y canela que me resultó delicioso y que jamás he vuelto a probar en mi vida.

Cuando estábamos acabando de comer Marta y yo, pues para no despertar sospechas habíamos llevado la cena de Abu al establo, donde este se había preparado un confortable lecho de paja, llegó la muchacha que nos había ayudado en aquel largo día.

–Veo que habéis cenado bien. No, gracias –rechazó el ofrecimiento de Marta–, ya lo he hecho antes de venir. Pero aceptaré beber con vosotros. ¿Os ha gustado el vino? Probad el licor de dátiles.

Mientras la muchacha se sentaba con gran revuelo y sin dejar de hablar, llamaba a uno de los esclavos que servían las mesas para que trajeran una botella de aquel licor.

Sin perder tiempo, se dirigió a Marta y comenzó a hablar con ella. Era de poca envergadura pero generoso pecho, anchas caderas y delgada cintura. Todo en ella derrochaba sensualidad y pasión, como se supone debe de ser entre las cálidas mujeres del sur, tan diferentes a las frías y ausentes normandas. A pesar de su espléndida figura, sus grandes ojos verdes, protegidos por largas pestañas, me seguían pareciendo lo más llamativo en ella.

–Este es Thorvald –escuché que me presentaba Marta en nuestra lengua.

Asentí sin decir nada, sentado tras la mesa y con el vaso de licor en la mano aún sin probar.

–Estamos en deuda contigo –continuó la liberta–. De no ser por ti, el juez del mercado nos hubiese encontrado. Ya hemos visto cómo se las gasta. Delante de nosotros ha ordenado cortar la cabeza a un muchacho.

–Se llamaba Muhammad, como nuestro emir –repuso Rebeca perdiendo por un momento el brillo de sus ojos–. Era amigo mío.

–¿Era un ladrón? –preguntó Marta conociendo de sobra la respuesta.

–Sí. Lo era. No hace tanto tiempo yo también lo era.

–¿Tú eras una ladrona?

–Hasta que me prendieron. La surta me atrapó y el cadí del zoco ordenó que me cortaran la mano, como le sucedió a Muhammad tiempo atrás. Por fortuna para mí, cuando el verdugo estaba a punto de cumplir el castigo pasó por el zoco el gobernador y se encaprichó de mí. Ordenó que me soltaran y me convirtió en su esclava. Desde entonces trabajo en el palacio.

–¿Eres esclava? –preguntó sorprendida Marta.

–Sí. ¿Acaso te molesta? –se enojó Rebeca.

–No. Perdona si te he ofendido. Abu y yo hemos sido esclavos durante muchos años.

–No nací esclava –explicó la muchacha, haciendo un gesto despectivo con la mano–. Mi padre era musulmán y mi madre judía.

Marta abrió mucho los ojos, sin poder contener una expresión de sorpresa.

–Veo que sabes lo que supone eso –continuó Rebeca con una triste sonrisa–. El cadí no tuvo piedad y los ejecutó a los dos. Y lo mismo hubiera hecho conmigo de haberme atrapado. –Se recolocó la falda antes de continuar–. En realidad, me llamo Jalila. Es el nombre que me dio mi padre. Pero me gusta más Rebeca, como me llamaba mi madre.

–¿Cómo es que alguien como tú, con la libertad que pareces gozar, no ha tratado de escapar de la ciudad? –le preguntó entonces Marta.

–Es algo que se me ha ocurrido a veces –respondió Rebeca más tranquila. Le costaba un poco hablar en nuestra lengua, pero yo lo agradecí, pues de ese modo podía seguir la conversación–. Al principio no me permitían dejar el palacio, y durante ese tiempo mi única idea era abandonar estas murallas y alejarme de aquí. Pero cuando conseguí que me permitieran, trajeron a…, bueno, esa historia creo que no os interesa. Decidme, ¿qué estáis haciendo aquí? ¿Preparan los hombres del norte un ataque contra la ciudad al igual que hicieron en el pasado? Si es así, quisiera saberlo. No me gustaría estar presente. He oído en muchas ocasiones lo que cuenta el narrador de historias al que habéis estado escuchando hoy.

–Vaya, veo que has estado un buen rato espiándonos.

–La primera vez que os he visto he oído a Thorvald hablar en vuestra lengua y os he seguido.

–¿Cómo es que hablas la lengua de los normandos?

–Ya os he contado demasiado sobre mí. Y aún no habéis respondido a mi pregunta.

Marta me miró un instante. La muchacha parecía de fiar, pero si nos equivocábamos, correríamos un grave peligro.

–En el ataque normando del que hablabas fueron capturados unos hombres de nuestra aldea y, según creemos, permanecen presos en Ishbiliya.

–¿Habéis traído el rescate? –interrumpió la impulsiva muchacha.

Marta me volvió a mirar antes de responder con cautela.

–No. Hemos venido a liberarlos.

A Rebeca no pareció gustarle la contestación y se echó hacia atrás en su asiento.

–¿Sois muchos? –preguntó un tanto decepcionada.

–No demasiados –respondió evasivamente la liberta.

–El año pasado los normandos se presentaron ante las murallas de Ishbiliya con cien naves llenas de guerreros y no consiguieron entrar. El emir tiene aquí a parte de su ejército y a su armada. No podréis hacer nada contra él.

–No tenemos pensado llevar a cabo un ataque como el del año pasado. Queremos liberarlos sin que se den cuenta.

A la antigua ladrona se le iluminó la sonrisa de nuevo. Pero enseguida abrió mucho los ojos y dijo:

–Entonces deberéis daros prisa. El plazo dado por el emir se acaba. Dentro de dos semanas vendrá desde Qurtuba para asistir a los festejos del *jumaada al-aval*. Si para entonces no ha llegado el rescate, los prisioneros serán sacados a la plaza y se les aplicarán los peores tormentos hasta morir.

–Pareces saber mucho –dijo Marta con recelo.

–Así es –contestó Rebeca jugueteando con un cordoncillo de su vestido mientras se ruborizaba–. Los prisioneros están en el palacio del gobernador. Yo les doy de comer.

–Por eso conoces la lengua de los normandos –repuso Marta con una sonrisa, empezando a comprender.

–Sí, bueno, he aprendido un poco. Durante todo el año les he visto varias veces cada día.

–¿A alguno de ellos en particular?

El rostro de la muchacha se ruborizó aún más mientras torturaba el cordoncillo.

–Puede ser. ¿Qué necesitáis? –dijo para cambiar de tema.

–Nos hace falta saber dónde se encuentran exactamente, qué vigilancia tienen, cómo podemos entrar en el palacio…

–En los sótanos del *Dar al-imara* –volvió a interrumpir Rebeca–. Llegar hasta ellos es difícil y el palacio se encuentra muy vigilado.

–¿Cómo se encuentran?

–Muy débiles. Alguno ha muerto. Ya casi no les dan de comer.

No eran buenas noticias. No podíamos cargar con los prisioneros y escapar. Quienes no tuviesen fuerzas para valerse por sí mismos tendrían que quedarse allí.

–Tenemos que darnos prisa –dije interviniendo por primera vez–, pero ¿cómo lo haremos para que los demás entren en la ciudad? Aquí solo somos tres.

Rebeca se quedó callada un momento, reflexionando sobre lo que acababa de decir. Traspasar las murallas tres personas, una de ellas nativa de la zona, otra un esclavo similar a los que allí trabajaban y un normando solitario, podía no resultar demasiado sospechoso, pero no alcanzaba a imaginar cómo meter al resto sin levantar desconfianza.

–Deberíais hablar con Dja´far al-Azîz *la Urraca.*

–¿Quién es? ¿Es de fiar?

–¿Estás de broma? ¡Claro que no es de fiar! Es el mayor ladrón de la ciudad. Nada se mueve aquí sin que él lo sepa. Recibe su parte de todos los negocios ilegales que se hacen en Ishbiliya, y os aseguro que no son pocos. Es muy poderoso. Tiene comprados a los cadíes y a la surta. El mismo gobernador no se atreve contra él. Si tenéis dinero, os ayudará.

–¿Dónde podemos encontrar a esa *urraca?*

–En los baños. Son sitios oscuros, buenos para hacer negocios que no deben ver la luz del sol. Al-Azîz acude un par de veces por semana, una de ellas los viernes. Mañana es martes. Es muy probable que vaya.

–¿Cómo lo reconoceremos?

–Yo os ayudaré. Suele ir antes del anochecer. Iré con vosotros y os lo señalaré. Después tendrá que entrar Thorvald solo y hablar con él. En el *hamman,* las mujeres no se pueden relacionar con los hombres. Disponen de distintos horarios. Vuestro amigo es negro, no le dejaran entrar. No creerán que sea un hombre libre.

–Hemos visto hombres libres negros como Abu en la ciudad.

–No como él. No es de aquí. Todos los negros que han llegado de lejos son esclavos.

–¡Pero Thorvald no habla vuestra lengua!

–¿Nada? Eso es un problema –dijo la muchacha volviéndose a sumir en sus pensamientos–. Quizá podría ir con Abu. Algunos comerciantes muy ricos que visitan los baños lo hacen acompañados de sus esclavos personales. Dependiendo de quién se trate le permiten entrar.

—De acuerdo. Mañana nos indicarás quién es esa *urraca* y nosotros nos encargaremos de lo demás.

—¿Tenéis dinero?

Marta le mostró el saquito que llevaba oculto y que adelgazaba alarmantemente.

—No es suficiente.

—Es todo lo que tenemos.

—Debéis conseguir más. Esos caballos que traéis son muy valiosos. Despiertan las sospechas de todos por más que los cubráis con alforjas y alfombras de arriba abajo. Mejor sería que los vendierais. Con eso podréis dar una parte a al-Azîz.

—¿Y cómo abandonaremos la ciudad?

—No en caballo —me contestó Marta—. Si los hombres están tan débiles como dice Rebeca, no podrán cabalgar. Tendremos que aproximar nuestro barco. Y tiene razón, no nos han quitado ojo en todo el día por culpa de los caballos.

—Sé quién os daría un buen dinero por ellos. Mañana hablaré con él. Ahora me tengo que marchar. Las puertas de la ciudad se cierran y los esclavos no pueden andar solos por las calles ni siquiera si pertenecen al gobernador.

Cuando la valiente y vivaz muchacha se marchó nos fuimos a acostar. No hablamos. Arrebujada en su manta, Marta cayó dormida antes de que yo pudiera decir nada. Permanecí despierto mirándola hasta que el sueño me venció.

* * *

A la mañana siguiente, tal y como había prometido la noche anterior, la esclava se presentó con un hombre. Insistió mucho en que yo no me dejara ver y acompañó al hombre y a Marta hasta el establo para examinar los caballos. Ella misma llevó la negociación con su imprescindible regateo y al final quedó muy satisfecha con el negocio realizado.

—Le he dicho que debéis marcharos de la ciudad y acepta pagar un buen precio por vuestros caballos a cambio de que le regaléis la mercancía. Es mejor que no os dejéis ver. Decidle al alhondiguero que permaneceréis una noche más aquí. Si le dais algo de oro, no preguntará nada y se olvidará de informar a la surta.

Todo sucedió como la esclava *blamenn* dijo. Le pagamos generosamente al *fundu-gayr* otra noche de estancia. A pesar de ello se mostró un tanto receloso, pero el dinero resultó un buen bálsamo y no expresó ningún interés en saber qué había sido de nuestras monturas.

Durante toda la jornada permanecimos ocultos en la alhóndiga. Al llegar el atardecer, la muchacha volvió a buscarnos. Nos hizo seguirla y, con la cabeza cubierta por una caperuza, nos fue guiando por aquel laberinto de callejones. Estaban oscuros y en algunas ocasiones desiertos. No sé si porque iba con nosotros o porque conocía de maravilla la ciudad, pero el caso es que la muchacha en ningún momento mostró temor por adentrarse en aquellas siniestras callejuelas.

–Estamos cerca –nos dijo en voz baja. Caminaba al lado de Marta. Abu y yo cerrábamos la marcha–. Nos quedaremos aquí para que nadie sospeche de nuestra presencia. Si viene, lo hará por allí –añadió, señalando una calle más amplia por donde aún había tránsito de personas y algún palanquín.

Permanecimos a la espera apoyados en unas columnas, tan grandes como diez hombres uno en hombros de otros y hechas de un solo bloque de piedra. Hubo gente que nos miró con desconfianza, pero en cuanto vieron que no teníamos intención de hacerles nada pasaron de largo.

–Allí viene –dijo de pronto Rebeca, que miraba atentamente la calle por debajo de su caperuza.

Sin poder remediarlo, me di la vuelta y miré en la dirección indicada. Afortunadamente el hombre no pareció caer en la cuenta del interés despertado. No venía solo. Por detrás caminaban dos esclavos negros como el carbón, más incluso que Abu, aunque no tan grandes como este, que parecían servir de matasietes en caso de que alguien quisiera ajustar cuentas con su amo.

–Ya lo habéis visto –dijo Rebeca cuando pasaron sin dedicarnos ni una mirada–. Ahora entrad. Actuad como lo hacen los demás. Cuando salgáis, estaremos aquí esperando. Suerte.

Abu y yo nos metimos en el callejón donde había desaparecido la Urraca con sus hombres. Era este tan estrecho que alargando los brazos conseguía tocar con las palmas de mis manos ambas paredes. En mitad del callejón había una puerta de madera entreabierta. Rebeca nos había dicho que aquella era la entrada al *hamman*.

El interior estaba en penumbra. Esperamos sin saber qué hacer y enseguida apareció un hombre vestido con una rica chilaba ribeteada en oro, el mismo que adornaba sus peludos dedos, en los que además brillaban piedras de varios colores. Revoloteaba como una doncella y nos examinó de una manera que me incomodó mucho.

–¿Qué deseáis, señor?

Abu me tradujo la pregunta sin hacer mención de que el hombre hubiese ignorado por completo su presencia. Quedaba claro, como decía Marta, que nadie tomaría a Abu por un hombre libre.

Según lo acordado, Abu tomó la palabra y habló en mi nombre. El dueño del local no le miró ni una sola vez, como si la voz del negro viniese del aire, y sus ojos atendían a mi rostro serio y desfigurado.

–Dice que sin duda sabrás que no se permite la presencia de esclavos en el *hamman* –tradujo Abu, y con una pequeña sonrisa, que se ocupó de que el tipo no viera, añadió–: Dice que no tienes de qué preocuparte, ya que tienen sirvientes de sobra para que no te falte de nada: jóvenes esclavas, bellos efebos, musculosos jovencitos y hermosas muchachas para que satisfagan todos tus deseos.

Sin retirar la sonrisa de aquellos carnosos labios, más propios de una mujer que de un hombre, y que a gusto hubiese arrancado con el cuchillo que ocultaba bajo los extraños ropajes que vestía, el invertido aceptó las monedas que le di y las hizo desaparecer rápidamente.

–Dile que tú entrarás conmigo.

El Halcón habló en su idioma y tuvo que insistir amenazadoramente antes de que el encargado aceptara.

–Fátima –dijo Abu señalando a una hermosa esclava que permanecía retirada– nos mostrará su humilde casa y estará a tu disposición mientras le honres con tu presencia. Cualquier deseo que tengas, ella se encargará de satisfacerlo.

Abandonamos aquella sala de penetrante olor y seguimos a la silenciosa esclava por oscuros pasillos hasta una habitación. Fátima dijo algo, sin atreverse a mirarme a los ojos. Abu tradujo:

–Debes desnudarte, dejar la ropa aquí y cubrirte con una de estas toallas.

Hice como se me había indicado y pude apreciar la cara de espanto que ponía la joven esclava al contemplar mi cuerpo lleno de retorcidas cicatrices. Un tanto asustada, nos condujo por más pasillos y bajamos unas escaleras.

Según descendíamos, el ambiente se volvía asfixiante. Un olor a hierbas flotaba en una bruma pegajosa que se cerraba a medida que bajábamos las escaleras. El aire cada vez era más tórrido.

En el piso inferior entramos en una sala de techos altos cuya única iluminación provenía de un montón de velas repartidas por un escaño que rodeaba la sala. Unos asientos de piedra adosados a las paredes estaban en parte ocupados por sudorosos cuerpos. Delante tenían unas mesitas cubiertas de tazas y teteras.

Medio ahogado, busqué a la Urraca, pero no estaba en aquella sala, donde el único sonido era el que producía el chorro de una fuente de la que de vez en cuando alguien bebía.

–La esclava pregunta si quieres pasar a los baños –dijo Abu, divertido por cómo lo estaba pasando yo. A él no parecía afectarle aquella bruma sofocante–. Será mejor que le hagamos caso antes de que te explote la cabeza.

Lancé una dura mirada al negro, pero este no pareció sentirse impresionado y con la sonrisa en la boca nos siguió.

–¡Está caliente! –dije alarmado cuando entré en una poza de piedra rodeada de velas con hombres sentados en unos escabeles sumergidos.

–La esclava pregunta si no te parece lo bastante caliente el agua –tradujo Abu. El negro se lo estaba pasando en grande a mi costa–. En la siguiente sala, el agua está más a tu gusto, hombre del norte.

Como decía el negro, pasamos a otra sala donde el agua tenía hielo sin derretir. Allí pude respirar a gusto, ante la sorpresa de la esclava, que no entendía por qué prefería aquellas gélidas aguas a las de la poza ardiente.

Cuando me hube recuperado un poco, la esclava nos llevó a la siguiente sala. Allí el calor era como el de Muspell, la tierra de fuego de donde surgieron los nueve mundos. La bruma impedía ver el interior. No me parecía una buena idea entrar, pero Abu me empujó desde atrás. En cuanto entré, el sudor me cubrió.

—Es aquel —susurró a mi oído Abu.

Desesperado y asfixiado como me encontraba, no me había fijado en que nuestro hombre estaba sentado en uno de los escabeles gozando plácidamente de aquel suplicio. No era el mejor sitio para mí, pero al menos la bruma impediría que nos viesen juntos. Decidido a terminar cuanto antes, me senté yo también en uno de los escabeles, aunque me levanté de un salto. Aquella piedra estaba ardiendo.

Una risa contenida me dio a entender que alguien había sido testigo de mi sorpresa. Traté de no llamar demasiado la atención, pues no estábamos solos, y me volví a sentar. Estaba pensando la mejor forma de dirigirme a la Urraca cuando, para mi sorpresa, fue él quien se dirigió a mí.

—Mucho calor, ¿verdad? Parece que no estáis acostumbrados.

Abu, de pie a mi lado, me tradujo las inesperadas palabras.

—En mi tierra no existen estos baños.

El negro tradujo lo que yo había dicho, aunque no pude saber si había añadido algo de su propia cosecha, pues su discurso fue notablemente más largo que el mío.

—¿Sois comerciante?

—Así es.

—Conozco a muchos comerciantes. En realidad todos los comerciantes de Ishbiliya son amigos míos. Quizás en alguna ocasión pueda ayudaros.

Aquel hombre no perdía ocasión para hacer negocios. Empezaba a entender por qué le llamaban la Urraca. Tenía una mirada dura en esos ojillos protegidos por unos gruesos párpados que calibraban a su presa continuamente.

—Es muy posible. De hecho estoy buscando a alguien que pueda hacerme un pequeño servicio. Al ser extranjero en vuestra ciudad, no sé con quién hablar.

—Sin duda habéis venido al lugar adecuado, señor. El *hamman* es el sitio perfecto para hacer negocios, sobre todo si estos son un tanto nebulosos, como esta neblina que nos envuelve.

Aquel hombre me estaba inquietando. ¿Por qué suponía que el trato que quería proponerle era de tal naturaleza?

—Me gusta poder confiar ciegamente en aquel que negocia conmigo. Por supuesto, el pago es proporcionado a esta confianza.

La Urraca contestó a mis palabras consiguiendo que Abu diera un respingo y se quedara callado observando al hombre, que continuaba sentado plácidamente.

—¿Qué ha dicho? —le interrogué, cada vez más alarmado.

—Ha preguntado con qué haríamos el pago. Dice que nuestros caballos son muy valiosos y que hemos hecho un buen negocio vendiéndolos, pero que no alcanza para según qué servicios.

Me levanté tensando los músculos de los brazos. Aquello era una trampa y habíamos caído en ella. Me preparé para agarrar a aquel ladrón por el cuello y retorcérselo.

—Calma, amigo mío —dijo la Urraca sin mostrar temor—. No hace falta que os alarméis.

A la vez que decía esto, Abu me cogió por un brazo señalándome algo tras aquel hombre. Allí estaban los dos esclavos que habían entrado con él y otros dos más, los cuatro con espadas en la mano.

—Como imagino que os habrá dicho la esclava del gobernador, nada sucede en esta ciudad sin que Dja´far al-Azîz lo sepa. Pero sentaos, por favor. Me fatiga levantar tanto la cabeza. Hablemos. Habéis venido para pedirme ayuda. Veamos que es lo que necesitáis y lo discutiremos.

Me volví a sentar y los esclavos guardaron las espadas.

—¿Nos habéis seguido?

A la Urraca parecieron hacerle mucha gracia mis palabras.

—Tenéis que saber que vuestra presencia en Ishbiliya no ha pasado todo lo inadvertida que os hubiese gustado. Mis oídos oyen el vuelo de los pájaros que se posan sobre nuestras murallas y mis ojos ven al ratón escondido en el más pequeño de los agujeros. Si hoy habéis podido permanecer en la alhóndiga todo el día, ha sido porque yo se lo he pedido al alhondiguero.

—¿Sabéis entonces qué es lo que buscamos?

—Lo sabría si hubiese querido, pero estaba seguro de que vendríais a buscarme, así que ¿para qué perder el tiempo? Ahora que ya estamos de acuerdo, ¿por qué no me explicáis que hace un adorador del fuego acompañado de un esclavo y una hija de Alá escondiéndose en Ishbiliya?

Aquel hombre sabía lo suficiente para que nos apresaran, eso si sus esclavos no nos atravesaban antes con sus espadas, así que de nada servía ocultarle nuestras intenciones. Dejé que fuese Abu quien se explicara y aguardé a que terminase de hablar sin dejar de observar el rostro de la Urraca, que permaneció en silencio.

–Lo que pretendéis es muy peligroso –intervino después de meditar largo rato–. El que os ayude estará cometiendo traición, y nuestro emir no se muestra muy caritativo con los que le traicionan.

–Tenemos oro y plata –dije recordando la saca de joyas, ya bastante vacía, que habían pertenecido al gobernador de Noirmoutier, mi fiel enemigo Tres Dedos.

–Dice que no le interesa –siguió traduciendo Abu–. Es muy arriesgado.

No sabía qué contestar. Necesitábamos ayuda para hacer entrar a nuestra tripulación en la ciudad y para planear el ataque. Podíamos intentar hacerlo solos, pero en ese caso deberíamos matar a aquel ladrón y a sus hombres. Sin embargo, si nuestra presencia había llamado tanto la atención como aseguraba Rebeca y ahora confirmaba aquel maldito, nuestras posibilidades eran muy reducidas.

–Quizá pudiéramos llegar a un acuerdo que nos beneficiara a todos –sugirió después de un rato la Urraca.

No me dejé engañar ni por un instante. Cualquier cosa que nos propusiera la llevaba meditada desde que nos pusiera sus ojillos encima por primera vez.

–Dice que quizá podríamos hacernos un favor mutuo.

–¿Qué quiere?

El tono brusco de mi respuesta provocó un fugaz destello de cólera en la Urraca. La calma aparente de aquel hombre era una fachada, tras aquel cuerpo blando se alojaba una peligrosa alimaña.

–Aunque no lo creas –dijo cambiando el trato como yo lo había hecho–, tengo en la ciudad algunos enemigos. Por ejemplo, el gobernador.

–Quieres que lo matemos.

–¡No, por favor! Un enemigo conocido no es enemigo –recitó moviendo un dedo para recalcar sus palabras–. A él no. Pero sí a uno de sus capitanes.

–¿Cuándo?

–Tranquilo. No te apresures. Necesitas que tu tripulación entre en la ciudad y yo necesito algo de tiempo para prepararlo todo. Esto es lo que haremos: irás a buscar a tus hombres y os esconderé dentro de la ciudad hasta que llegue el momento. Yo elegiré la noche en la que atacaréis, que será cuando el capitán esté de guardia. Además de matarlo a él, deberéis hacer lo mismo con toda la soldadesca, sin excepción, ¿entendido? También tendréis que liberar a otro prisionero que permanece en los calabozos. Lo que hagáis con el resto me trae sin cuidado. ¿Estáis de acuerdo?

Miré a Abu, que me había traducido las palabras de la Urraca, pude ver en su mirada que estaba de acuerdo y así le contestamos.

–Otra cosa. Correréis con todos los gastos, lo que quiere decir que antes de que vuestros hombres entren en la ciudad tendréis que darme el doble de lo que habéis conseguido por los caballos. En dinero, por favor. Naturalmente, queda claro que no lo podréis robar en Ishbiliya. No queremos alarmar al gobernador, ¿verdad?

Estábamos en manos de aquel hijo de perra que se ensañaba con nuestra necesidad. Pensé que quizá, cuando todo hubiera acabado, pudiéramos hacerle algún tipo de *regalo* por su ayuda.

–Para que no creáis que quiero abusar de vuestra gratitud, me contentaré de momento con la muchacha *blamenn* que os acompaña.

Me puse de pie y me abalancé contra él en cuanto Abu me tradujo sus palabras, pero ya el negro, previendo esa respuesta por mi parte, me contuvo, y fue innecesario que intervinieran los guardaespaldas de la Urraca, que ya habían sacado sus espadas.

Para mi sorpresa, el ladrón se reía despreocupadamente.

–Vaya, me preguntaba cuál era el motivo de que una hija del pueblo de Alá que habla la lengua de los *madjus* y que, obviamente, ha sido una esclava de ellos los acompañara por propia voluntad.

La petición de aquel perro había sido hecha para saber qué nos unía a Marta. La Urraca necesitaba saberlo todo. De todos modos me cuidé de explicarle que Marta participaba en aquella expedición para liberar a uno de los prisioneros.

–Bueno, llevamos demasiado tiempo en esta sala y dicen que no es bueno. Además, sin duda otras gentes querrán gozar de las delicias del vapor y no debemos continuar impidiéndoselo, ¿no lo creéis así?

Mientras hablaba se había levantado ciñéndose la toalla alrededor de la cintura. Yo ignoraba a qué se refería con lo de permitir que otros disfrutasen de aquel calvario, hasta que me di cuenta de que en la entrada había otros dos esclavos vestidos y con espadas en el cinto que mantenían la puerta cerrada.

–Volved a la alhóndiga y no habléis con nadie. Decidle a la esclava que no se deje ver por allí. Mañana mis hombres irán a buscaros para llevaros a un escondite seguro.

Dicho esto, abandonó la sala sin mirar atrás. Cuando tratamos de hacer otro tanto, sus hombres nos lo impidieron dejando asomar el filo de sus hojas. Un rato después de que su jefe se hubiese ido se marcharon sin decir nada.

Me vestí en la habitación donde había dejado la ropa y abandonamos pensativos el *hamman*. Fuera aguardaban expectantes las dos muchachas.

CAPÍTULO 19

Nunca los días fueron tan largos ni mi cabeza estuvo tan cerca de caer en la locura como aquellos que permanecí encerrado en uno de los almacenes de la Urraca.

Claro que no era la primera vez que visitaba unos calabozos. Sin ir más lejos, había conocido las mazmorras de la isla de Noirmoutier, donde mi viejo enemigo Kodran me encerró junto con Marta, la malograda Salbjörg, Sigurd y cuantos me habían sido fieles.

Mas en esta ocasión la situación era diferente. Con Kodran como carcelero había sabido a qué atenerme, estaba acompañado y solo temía por mi vida. Ahora en cambio me encontraba a solas con la antigua esclava y dueña de mi corazón, a expensas de un veleidoso ladrón, indigno de fiar.

Sin duda podría pensarse que gozar de tal compañía habría de colmar cualquier esperanza. Sin embargo, temía por ella más de lo que lo hacía por mi propia vida. En otras circunstancias hubiese sido el hombre más dichoso, pero no encerrado allí como un animal. Aún me pregunto cómo llegué a permitir que las cosas se desarrollaran como lo hicieron.

Primero he de transcribir aquí lo que sucedió tras conocer en los baños a la Urraca. Guiados por Rebeca, regresamos hasta la alhóndiga, siguiendo los consejos del que se había comprometido a convertirse en nuestro cómplice. El alhondiguero no puso buena cara al vernos por allí otra vez. No era estúpido y suponía acertadamente que nuestra presencia en la ciudad solo podía traer problemas. Los rumores que se empezaban a extender sobre la presencia en el río de *dragones*, como llamaban a nuestros barcos, agravaban su malestar.

Rebeca nos explicó que el cargo de *fundu-gayr* era concedido por el gobernador y recaía en un hombre de total confianza, un modelo de madurez y honradez. Así, de llegarse a saber que había ofrecido alojamiento durante dos días a unos infieles con malas intenciones le sería retirado el jugosamente remunerado cargo.

Pero nada pudo oponer el alhondiguero. Un hombre de la Urraca que nos había acompañado intercambió con él unas palabras, suficientes para que, a regañadientes, el *fundu-gayr* nos volviese a acoger una noche más sin necesidad de que hiciéramos desembolso alguno.

Cuando la inquieta y curiosa esclava hubo calmado su ansiedad por saber qué habíamos conversado con la Urraca y se marchó al palacio, antes de que alguien se extrañara por su tardanza, Marta, Abu y yo nos quedamos hablando sobre lo que debíamos hacer hasta bien pasada la mitad de la noche. ¿Debíamos confiar en aquel ladrón? Y si no lo hacíamos, ¿cómo podríamos buscar ayuda? Pronto quedó claro que nos habíamos abandonado en manos de aquel siniestro *blamenn*.

–Uno de nosotros deberá ir a Korah para avisar a los demás de que se pongan en camino –dije sentado en un escabel y dibujando distraídamente en el suelo con una ramita–. No podemos ir los tres. Alguien se tiene que quedar aquí para hablar con la Urraca.

Tanto Marta como Abu asintieron en silencio aguardando a que siguiera con mi plan.

–Sería peligroso que se quedara uno solo aquí. Nuestro nuevo aliado podría echarse atrás. No le costaría nada entregar al que se ha quedado y vender al resto al gobernador para ganarse su favor.

–Estoy de acuerdo –dijo Marta–. Lo mejor es que nos quedemos Abu y yo, y tú vayas a Korah.

–No creo que la Urraca acepte –contesté, ya que no me gustaba la idea de dejar allí sola a Marta, a pesar de la intimidatorio compañía de Abu–. Llamaría demasiado la atención de los soldados.

–Pero tú tienes que ir –razonó ella–. Si fuéramos Abu o yo, podría volver a haber problemas. En esta ocasión, la tripulación sabe que tú eres el que manda.

–No. Saben que *tú* eres la que manda –dije haciendo hincapié–. Pero lo mejor sería que fuese Abu. Le harán caso. Krum sabrá que yo lo he mandado y los demás le obedecerán. No creo que Kara o Yngvard vuelvan a dar problemas. Vendrán.

–Estoy de acuerdo –intervino Abu moviendo la cabeza de arriba abajo–. Iré yo. No habrá ningún problema.

Resuelta esta cuestión, discutimos sobre otros aspectos del arriesgado asalto al palacio del gobernador que íbamos a dar. Según la esclava *blamenn* solo quedaban dos semanas para que los prisioneros fueran torturados y ejecutados. En previsión de un ataque de los diablos adoradores del fuego para liberarlos, el gobernador había mandado a buscar refuerzos a Qurtuba.

De esta manera se fueron desgranando las horas hasta que la noche dejó de ser negra y permitió adivinar los contornos de las cosas. En ese momento apareció uno de los hombres de la Urraca, el mismo que el día anterior había susurrado al oído del *fundu-gayr* las palabras que nos permitieran hacer noche en la alhóndiga.

–Vengo a buscaros –dijo en su lengua.

–¿Dónde vamos? –pregunté examinando al *blamenn* con desconfianza, una vez que Marta hubo traducido sus palabras.

–Dice que aquí no estamos seguros y que la Urraca le ha ordenado que nos lleve a otro lugar –repuso la muchacha.

Sin más discusión, le seguimos por las silenciosas callejuelas. Liberados de los caballos y las mercancías, caminábamos ligeros, escurriéndonos entre los más madrugadores.

Al llegar a un nudo de callejones, aquel tipo, del que no conocíamos ni el nombre, se detuvo al abrigo de un pórtico y nos mandó hacer lo mismo.

–¿Qué sucede? –pregunté sin evitar que la desconfianza se reflejara en mi voz.

–Al-Azîz le ha dado órdenes para que a partir de aquí vayamos con los ojos tapados. Le ha ordenado que nos pida que no nos ofendamos. Adonde vamos es un lugar seguro que le pertenece y que mantiene en secreto. Solo sus hombres de mayor confianza conocen su existencia. Allí aguardaremos hasta que llegue nuestra tripulación.

No me gustó nada la idea de taparme los ojos con unos repugnantes trapos que apestaban a pescado podrido, pero no teníamos opción. A mí me parecía una medida innecesaria, pues, o mucho me equivocaba, o el esbirro de la Urraca se había ocupado de desorientarnos dando vueltas y revueltas por la ciudad. Yo al menos era incapaz de saber dónde nos encontrábamos.

Hicimos con desgana lo que se nos pedía. Cuando tuvimos el trapo atado tras la cabeza y ya no podíamos ver nada, llegaron otros dos hombres que nos inquietaron aún más hasta el punto de que intenté quitarme la banda que me cegaba.

–No te alarmes –escuché que me susurraba Marta–. Estos hombres están aquí para que no tropecemos mientras caminamos. Al-Azîz prefiere que no los veamos. Cuanto menos sepamos, más seguro será para él.

–¿Vamos lejos? –pregunté nervioso.

–Dicen que no, no es lejos. Ahora deja que nos guíen y guarda silencio.

Quien no haya andado nunca sin poder ver dónde pone el pie no sabe cuán indefenso queda a merced de quienes le rodean y gozan de este don. Guiados con una mano de uno de los recién llegados sobre nuestro hombro, echamos a andar. Cuando el hombre quería que girara o me detuviese, me presionaba en el hombro sin decir ni una sola palabra.

No estoy seguro, pero tuve la impresión de que no nos alejamos demasiado. Los hombres de la Urraca nos hicieron andar un rato, aunque me dio la sensación de que fueron más revueltas para descolocarnos. Al fin entramos en un edificio donde la escasa y difuminada claridad que atravesaba el paño dejó paso a una negrura total.

–Ya os podéis quitar los pañuelos.

Con alivio, hicimos lo que se nos indicaba. Nos encontrábamos en una enorme estancia cubierta del suelo al alto techo por distintas mercancías. Enormes toneles, llenos de lo que por el penetrante olor debía de ser el omnipresente aceite al que tan aficionados eran los *blammen* y cuyo sabor me producía náuseas, se amontonaban unos sobre otros, ocultos a veces por pesados fardos.

No era el del aceite el único olor que reinaba en la estancia. Realmente el aire se hacía irrespirable. Al zumo viscoso de esos frutos al que llaman aceitunas se unía el picante de las especias de todos los colores y el de las pieles curtidas, algunas de ellas con moho.

–Esperaremos aquí a que todo esté preparado –tradujo Marta las palabras del esbirro, que se había mantenido en silencio mientras estudiábamos el lugar–. No podremos salir de aquí. El almacén está fuertemente vigilado. Si tratamos de escapar, los centinelas tienen órdenes de matarnos.

La muchacha se dejó caer sobre un fardo y, señalándome otro un poco más grande, añadió:

–Será mejor que tengamos paciencia y aguardemos a que llegue el momento.

–¿Cuándo veremos a la Urraca? –pregunté al esbirro, que se había quedado solo, ya que sus dos compañeros habían desaparecido antes de que nos quitáramos las capuchas.

–Dice que posiblemente no lo volvamos a ver. Durante el tiempo que permanezcamos aquí, él será nuestro mensajero y quien nos traiga lo que necesitemos. Cuando todo esté preparado, cumpliremos nuestra parte del trato y nos marcharemos. Ni al-Azîz ni ninguno de sus hombres nos ayudarán cuando llegue nuestra hora. Si faltamos a nuestra palabra, al-Azîz nos hará matar o nos entregará al gobernador.

–Nosotros podríamos decir al gobernador quién nos ha ocultado.

–Nadie nos creerá, Thorvald, salvo quizá el propio gobernador, pero fingirá no hacerlo, pues sabrá qué le conviene. Cálmate. Lo mejor que podemos hacer es esperar aquí tranquilamente, y cuando nos den el aviso, hacer lo que hemos venido a hacer.

–Dile que queremos ver a la esclava –dije recordando al punto a la pequeña Rebeca.

Marta discutió con el *blamenn*, pero este no daba su brazo a torcer. Finalmente la muchacha se impuso.

–Dice que es peligroso, pero que nos la traerán. Al-Azîz le ha ordenado que nos pregunte si tenemos pensado quién será el mensajero que cruce las murallas y viaje a Korah. Le he contestado que irá Abu.

El hombre soltó una larga perorata que Marta me tradujo.

–Harán pasar a Abu por esclavo. Vendrán esta tarde a por él y saldrán de la ciudad. Hasta entonces aguardará aquí con nosotros. Nos traerá una cesta con higos, naranjas, dátiles y otros frutos, además de este pan y esta carne salada que nos deja. En aquellos odres hay agua y vino, pero nos aconseja no abusar de él, por si nos entran ganas de salir de este almacén.

Marta dijo algo en su incomprensible idioma que, si bien no sorprendió en demasía al hombre, le hizo abrir más los ojos.

–Le he pedido papel, cálamos y tinta –me diría más tarde Marta sonriendo, con aquel brillo en los ojos que tanto me fascinaba–. Me parece que tendremos tiempo de sobra para practicar.

Sin otra palabra, el hombre se fue y nos abandonó en aquel almacén clandestino donde el mayor ladrón y contrabandista de Ishbiliya guardaba sus mercancías.

Como siempre, fue Marta la primera que se amoldó a la situación en la que nos encontrábamos. Cogió una hogaza de pan no demasiado duro y con su cuchillo lo cortó en rodajas. Después fue de expedición entre los fardos, cajas, cestas y toneles, hasta dar con un ánfora llena del apestoso aceite. Rompió el precinto y vertió un poco del brillante zumo sobre una de las rodajas de pan. Cogiendo un puñado de dátiles de la cesta se dispuso a desayunar tranquilamente, como si no tuviese nada de qué preocuparse.

Sin dudarlo un instante, Abu la imitó, disfrutando ambos con aquella comida *blamenn* que no habían probado en los últimos tres lustros. Viéndoles sonreír despreocupadamente, quizá recordando alguna ocasión anterior en que la comieran, no me quedó más remedio que hacer otro tanto, aunque rechacé el ánfora desprecintada y rebusqué en la cesta hasta dar con un trozo de carne especiada. Con el tasajo y el pan me acomodé sobre un fardo y me limité a llenar el estómago, tratando de no pensar en la delicada situación en que nos encontrábamos.

–Tendremos que pensar quiénes deben entrar en la ciudad y quiénes han de quedarse fuera –dijo Marta después de terminar el silencioso desayuno, poniendo palabras a mis pensamientos.

–Cierto. Tenemos que hacer tres grupos. Uno deberá quedarse en Korah para evitar que den la alarma.

–Y otro con el barco.

–Sí. El resto cruzará las murallas.

–¿Cuántos crees que serán necesarios en Korah?

–No más de cuatro.

–¿Y en el barco?

–Media docena serán necesarios para poder gobernarlo. Tendrán que remontar el río con los remos.

–¿A quiénes quieres dejar en Korah?

Pensé en las preguntas del negro. Como había demostrado ya en numerosas ocasiones, aquello no era mi fuerte y me costaba establecer los planes.

–Pensemos primero quiénes tienen que entrar en la ciudad –contesté, pues era incapaz de responder a la pregunta que me habían hecho.

–De acuerdo –intervino Marta–. Somos veintidós. Si en Korah y en el barco dejamos a diez, aún quedamos doce. O sea, nosotros tres y nueve más.

En mi cabeza trataba de ordenar furiosamente los números que con tanta facilidad parecían brotar de la boca de la muchacha.

–¿A quién necesitas?

–A Krum, por supuesto, y también a Temujín. Es rápido, silencioso y nunca sé lo que le pasa por la cabeza. Prefiero tenerlo cerca –dije haciendo un gran esfuerzo por pensar–. Olaf nos vendrá bien y también quiero tenerlo cerca para cortarle el cuello si nos vuelve a traicionar, pero no quiero que Ran esté con él. Así se lo pensará antes de jugarnos una mala pasada.

–Te quedan seis más –apuntó Marta. Ella y Abu escuchaban sin entrometerse, confiándome la responsabilidad de elegir a quienes deberían arriesgar su vida a nuestro lado.

–Los tres *berserker* también. No los podemos dejar en Korah, y menos en el barco.

–Solo te quedan tres más.

–Quiero a Svava. La belleza de la muchacha nos vendrá bien. También Zubayda y Sif, a los soldados les gustarán.

Abu no hizo ningún comentario sobre mis palabras.

–Sigurd nos será de ayuda. Necesito alguien de plena confianza que pueda servirme de correo.

–Eso hace un total de trece. Sobra uno.

–Dejaremos en Korah uno menos.

–A Svava no le gustará separarse de Groa.

–Obedecerá.

–¿Quiénes irán en el barco?

–Einarr, claro. También Thorstein. Es un buen hombre, pero no es un guerrero. Los que se queden en Korah tienen que ser capaces de matar a todos sus habitantes a sangre fría y no le veo capaz. Por el mismo motivo deberían ir en él Ran, Lorelei y la curandera.

–Falta uno.

–Lo sé. Estoy pensando. No quiero que Yngvard y Kara estén juntos –repuse mientras me esforzaba aún más para hacer la elección. En otras circunstancias, la presencia de Yngvard a mi lado me hubiese parecido indiscutible. Ahora estaba pensando dónde podría resultar menos peligroso para todos–. Mejor que Yngvard se quede en Korah. Si se tuercen allí las cosas, no dejará títere con cabeza y de paso tendremos a Kara en el barco con Einarr, Lorelei, Thorstein y Hild, que no permitirán que haga ninguna de las suyas.

–Me parece bien –asintió Marta. No pude saber si mi elección había sido la misma que ella hubiera escogido, pero el caso es que no hizo ningún comentario al respecto.

Poco a poco la conversación languideció. Rodeados de moscas, pronto caímos en un apático sopor, adormecidos por el agobiante calor que hacía en aquel almacén, que acentuaba el hedor.

Cuando me desperté, la puerta por la que habíamos entrado se estaba abriendo y apareció sonriente la pequeña esclava que se había convertido en nuestra aliada, seguida por el sicario de la Urraca. No había noticias nuevas. El hombre nos traía más provisión de agua y comida, junto con el papel, la tinta y los cálamos que Marta le había pedido por la mañana.

–Dice que deben irse –tradujo la liberta–. Rebeca no podrá volver a venir hasta que llegue el resto de la tripulación y estemos preparados para atacar. Afirma que es demasiado arriesgado. Si alguien la viera por aquí, podría causar problemas.

El hombre tenía razón, no lo podía discutir, pero era la única persona, además de Marta, que en los próximos días podía contarnos cómo estaban las cosas allá afuera.

Tras dar los últimos consejos al enorme negro, al que ya apreciaba como a un hermano, lo despedí y se marchó acompañando al sicario y a la animosa esclava.

* * *

Diez días. Ese fue el tiempo que Marta y yo permanecimos encerrados en aquel pestilente almacén. Solo los dioses pueden saber cómo fui capaz de permanecer enjaulado tanto tiempo sin tratar de abrirme paso a la fuerza. Como un lobo rabioso, recorrí cientos de veces de un lado a otro el depósito tratando de no volverme loco, llegando a emprenderla a golpes con los sacos y las tinajas allí apilados, por lo que el suelo pronto estuvo resbaladizo y pegajoso, en una mezcolanza de aceite, paja, frutas, especias y verduras.

Mientras yo me desesperaba aullando como una fiera, Marta, sentada encima de un saco, se mantenía serena esperando que me tranquilizara y volviera a sentarme a su lado. Entonces, como si nada hubiese pasado, me contaba algún recuerdo de cuando era niña, de antes de ser raptada. Era sobre todo entonces, al reírse a carcajadas por alguna nadería que le venía a la cabeza, cuando en sus ojos bailaban alegremente unas chispas que iluminaban su rostro adornado con una gran sonrisa.

En tales momentos yo olvidaba que estaba encerrado, que mis compañeros estaban lejos y que pronto habría de librar una desigual batalla contra todo un ejército, embrujado por aquellos enormes ojos castaños capaces de contagiar su alegría, dar calor a un herido, ánimos al desesperado y fuego a sus enemigos. En aquel encierro, su voz resultó el mejor de los bálsamos y, cuando por la noche me movía inquieto entre sueños, sé que ella me serenó con suaves palabras y caricias en mi enmarañado cabello.

No me dejó acostarme con ella como lo hacen un hombre y una mujer, algo a lo que no estaba acostumbrado, pues pocas han sido las que me han contrariado y aún menos a las que he respetado. Sin embargo, no la forcé y, aunque los celos me devoraban al pensar que su amor era para el *jarl* preso, sus cálidos abrazos aliviaron mi sufrimiento.

Con paciencia, Marta continuó enseñándome a manejar con soltura el cálamo, a afilarlo con el bisel necesario, a empaparlo de tinta y dejarlo correr sobre el amarillento papel. Avanzamos, y mucho, pues mucho fue el tiempo del que dispusimos para mi aprendizaje, tarea que había abandonado un tanto en los últimos tiempos.

Así, entre charlas, pesados silencios, brotes de rabia, dormir, comer y clases de escritura y lectura, fueron pasando, lentos, muy lentos, los días, sin que supiéramos nada nuevo ni apareciera Rebeca a contarnos cómo iban las cosas por palacio.

El esbirro venía todos los días por la mañana puntualmente, con más comida y agua, y siempre nos preguntaba si necesitábamos algo, pero nunca nos informaba de nada, pese a que en una de las ocasiones lo llegué a levantar inútilmente por el aire con una sola mano, cerrada la otra en un puño casi tan poderoso como aquella maza que solía utilizar en la batalla.

No tuvimos otra visita aparte de esta. Y tan solo escuchamos una voz más, la de aquel que dirigía los rezos de la comunidad, que con desesperante frecuencia cantaba sus lamentos, consiguiendo que hasta hoy odie aquellas lastimeras letanías.

Si yo me estaba volviendo loco, la preocupación de Marta se reflejaba de otro modo. Con el paso de los días se mostraba más pesarosa y distante. No era capaz de adivinar qué era lo que le preocupaba, hasta que el noveno día de encierro se decidió a confesarse.

—Hay algo que no me gusta en todo esto —dijo—. No conozco a la Urraca, solo a su esbirro. Este parece muy tranquilo, ¿no crees? Nos dijeron que el gobernador había mandado llamar a las tropas del emir, pero aún seguimos esperando. Korah no está a más de un día de marcha. ¿Por qué tardan tanto? Corren el riesgo de ser descubiertos.

—El sicario dice que está resultando difícil hacerles cruzar por las murallas.

—¿Y tú le crees?

—¿Crees que quieren traicionarnos?

—No lo sé. Tiempo han tenido para hacerlo si hubiesen querido.

—Igual están esperando a las tropas de refuerzo —apunté.

—No. No les hacen falta. Desperdigados como estamos, somos una presa fácil.

Estudié el rostro de la muchacha con el entrecejo fruncido mientras trataba de resolver aquel acertijo.

—¿Por qué no nos dejan ver a Rebeca? —preguntó como para sí.

—Dicen que arriesgan si la ven por aquí.

—No lo creo. Quizá resulte peligroso traerla todos los días, pero ¿ni una sola vez?

—¿Piensas que hay algo que no quieren que la esclava pueda contarnos?

—Sí. No se me ocurre otra razón.

—En ese caso, sería algo de una importancia desconocida para ella. Estoy seguro de que habría encontrado la manera de ponerse en contacto con nosotros.

–Yo también. ¿Qué puede ser?

En esos momentos escuchamos un ruido sobre nuestras cabezas. Nos giramos sin ver nada extraño. El techo de madera con vigas cruzadas aparecía desierto. En los días de encierro no era la primera vez que algún gato, ratón o incluso una paloma se atrevía a entrar en el almacén. Pero en ese preciso instante no se veía ningún animal que hubiese podido causar el ruido.

–Creo que nos han estado escuchando –dijo Marta, cuyo rostro, ahora sí, denotaba preocupación.

Casualidad o no, aquella tarde se abrió la puerta del almacén y por ella apareció nuestro carcelero, seguido por la Urraca y cuatro de sus más fuertes hombres armados.

–Alá esté con vosotros –dijo hablando con Marta, pues ni él hablaba mi idioma ni yo comprendía el suyo–. Os traigo buenas noticias. Por fin esta noche podremos hacer pasar a vuestros hombres y el barco llegará hasta las puertas de la ciudad. Lamento el retraso, pero la guardia de la ciudad está alerta por si se presentaran los *dragones madjus*.

»Hay algo que os gustará saber –añadió con gran satisfacción–. El gobernador ha salido de la ciudad. Tal vez tema la llegada de los *dragones*, pero el caso es que con él han partido los sudaneses, su guardia personal.

–¿Cuántos soldados quedarán en palacio? –preguntó Marta.

–Medio centenar. Algo más quizá. Pero deberéis tener cuidado. Si dan la alarma, llegaran más tropas de las torres de guardia y el río se llenará de barcos.

–¿Cómo dan la alarma? –inquirió la muchacha.

–En las almenas del palacio tienen preparados haces de leña untados en brea. Si las prenden, se verán desde lejos. Pero no tenéis por qué preocuparos, no os esperan. La noche de mañana atacaréis el palacio del gobernador y liberaréis a vuestros amigos.

–¿Cómo entraremos?

–He dado aviso a la esclava de palacio. Os esperara en la fachada más próxima al río y os arrojará una cuerda en cuanto crucéis las murallas para que podáis entrar.

–Y de paso matar al capitán de la guardia –añadió Marta con tono duro.

—¡Claro! —repuso la Urraca, pero en su rostro la sonrisa aparecía ya forzada—. Espero que no os olvidéis de vuestra parte del trato.

—¿Estará ese capitán de guardia mañana por la noche?

—Así es.

—¿No tendrá nada que ver esa coincidencia con la tardanza en que aparezcan nuestros hombres?

La Urraca no supo qué responder y miraba nervioso a los lados. Entretanto, Marta tuvo ocasión de explicarme lo que estaba ocurriendo. Por fin conocíamos el motivo por el que el regreso de Abu se había demorado tanto.

—Tenía que asegurarme de que cumpliríais vuestra parte del trato —se defendió inquieto apretando la mandíbula. Aquel tipo era realmente mucho más peligroso de lo que su cínica sonrisa daba a entender.

—Deberías habernos avisado.

—De haber sabido que el gobernador no estaba en la ciudad, no habrías esperado a que el capitán estuviera en la guardia y no hubieseis cumplido vuestra parte del trato.

He de reconocer que los temores del ladrón estaban fundados. Tan pronto como hubiésemos podido, habríamos atacado el palacio, rescatado a nuestros hombres y huido de la ciudad sin preocuparnos por dar muerte al capitán.

—Está bien, dejémoslo —contestó conciliadora Marta, que cambiando de tema dijo, como sin darle importancia—: Nos gustaría hablar con la esclava del gobernador para ver cómo están las cosas en el palacio.

—No es posible —repuso al instante la Urraca—. Ya os dijimos que es sumamente peligroso hacerla venir hasta aquí. Y ahora, si me perdonáis, debo marcharme. Solo quería preveniros. Mañana por la noche atacaréis. Espero que a mediodía vuestra tripulación se reúna con vosotros.

No añadió nada más y, seguido por sus hombres, abandonó el almacén.

—Ya sabemos el motivo por el que han tardado tanto.

—Habla más bajo —susurró la muchacha—. El ruido que hemos escuchado antes ha sido el que ha atraído a al-Azîz a esta guarida, alarmado por lo escuchado.

–¿Cómo podrían habernos entendido? No conocen nuestro idioma.

–No lo sabemos. Quizás alguno de ellos haya aprendido. ¿No lo habla acaso la esclava? –repuso Marta antes de insistir–. ¿No nos permiten hablar con Rebeca porque puede ser peligroso que la vean venir? Tiene que haber algo más. Ese hombre no es de fiar. Habrá que estar muy atentos.

Aquella noche no pude conciliar el sueño. No por miedo. Estaba esperando, casi deseaba, que en cualquier momento se abriera de nuevo la puerta y por ella apareciesen los hombres de la Urraca. Si Marta tenía razón, y desde que la conociera nada invitaba a pensar que no fuese así, aquel perro estaba preparándonos alguna jugarreta. Pero ¿cuáles podrían ser sus intenciones?

Cerca de mí, al alcance de mi mano, estaba Marta, a la que ni siquiera la posible e inminente traición podía quitar el sueño. Arrebujada en una manta, solo asomaba su cabello rizado y negro.

Con el alba, cuando ya me encontraba amodorrado, se abrió, tal y como me temía, la puerta del almacén. De un solo salto me puse en pie y agarré a modo de maza un tablón de madera en cuyo extremo había incrustado y retorcido unos clavos.

–Pero ¿qué haces? –preguntó espantado el joven Sigurd cubriéndose la cabeza con los brazos en un gesto defensivo.

Nunca me había alegrado tanto de ver al muchacho. Lo abracé por la cintura y lo levanté, riéndome a carcajadas como un tonto. Entretanto Abu, Sif, mi fiel Krum, el silencioso Temujín y los demás entraban en el almacén, seguidos por el sicario, mostrando su extrañeza por mi reacción, aunque enseguida se contagiaron de mis risas y todos nos abrazamos.

–Lamento molestar –dijo el sicario a mi espalda, interrumpiendo el jaleo que estábamos provocando–. Mi jefe me manda preguntaros si necesitáis algo.

–¿Dónde están nuestras armas? –le pregunté volviendo a la realidad. Aún no sabíamos qué era lo que nos deparaban aquellos *blamenn*.

–Al-Azîz dice que cuando el sol esté en lo alto os serán entregadas.

–¿No se fía de nuestra palabra?

413

El hombre no quiso responder a mi pregunta y, viendo que no necesitábamos nada más, se marchó seguido por sus compañeros, que habían estado entrando toda clase de manjares para que tuviéramos comida en abundancia.

Nos hizo falta tiempo para dar buena cuenta de todo aquello. Aún recuerdo los exóticos platos con los que el perro *blamenn* quiso comprar nuestra confianza, platos que ninguno de nosotros jamás habíamos catado, pero que fueron igualmente devorados: empanadas de pollo, cordero, pescado y queso. Diversas clases de pescados, pichones rellenos, carne de cordero con diferentes especias, algo que encantaba a los hijos de Alá, guisos de verduras, pasteles de codorniz... Todo ello regado con siropes, leche de cabra y de camella, aquel extraño animal parecido a un caballo con un bulto en la espalda, vinos y licores, y una gigantesca fuente de coloridas frutas: higos, sandías, naranjas, ciruelas...

–Dime, Abu, ¿cómo ha ido todo? ¿Por qué habéis tardado tanto?

El negro, que daba cuenta de un chorreante y hermoso muslo de cordero, dejó de hacer caso a Zubayda, sobre la que se inclinaba, para volverse hacia mí.

–No lo sé. La noche en que vinieron a buscarme abandonamos la ciudad por una puerta alejada del río en la que no había guardia. Acampamos bajo las estrellas hasta que comenzó a amanecer y caminamos hasta Korah. Aquellos hombres no parecían tener demasiada prisa. Al atardecer ya estábamos en las puertas de Korah. Hablé con la tripulación y les puse al corriente de tus intenciones. Pasamos la noche en la ciudad. Pensaba que a la mañana siguiente nos pondríamos en camino, pero los hombres de la Urraca dijeron que hasta que llegara un emisario no regresaríamos, pues los soldados del emir nos estaban buscando y era peligroso dejarnos ver.

–A nosotros nos dijeron algo parecido.

–Al atardecer de ayer llegó por fin el emisario y nos pusimos en marcha –continuó explicando el liberto–. Tal y como dijiste, en el pueblo se han quedado Groa, Freyja e Yngvard. Ninguna de las dos parecía demasiado contenta, pero no dijeron nada.

–No creo que tengan problemas. Sabrán defenderse.

–Einarr y su grupo debían esperar a que la marea fuese propicia, aunque el viejo lo tenía ya todo preparado.

–Está bien. ¿Sabes cuándo llegarán?

–No tardarán demasiado. En cualquier caso deberán esperar a que anochezca para poder acercarse a la ciudad sin ser vistos.

–Necesitamos saber que están en la orilla antes de comenzar el ataque.

–Uno de los hombres de la Urraca nos avisará cuando lleguen.

No me quedé tranquilo con la respuesta del liberto. Según se acercaba el momento de la batalla estaba cada vez más convencido de que aquel perro nos tenía preparada alguna desagradable sorpresa. No me hubiera extrañado que nos mintiese diciéndonos que el barco ya había llegado.

Alejé estos peligrosos pensamientos y cambié de tema:

–¿Protestó Kara?

–Lo intentó –repuso Abu, que parecía prever la pregunta–, pero nadie le hizo caso, ni siquiera Yngvard. Cuando vio que era ignorada, se calló y embarcó con los demás. No creo que vuelva a dar problemas.

–Bien. Ahora solo falta esperar –dije bostezando ruidosamente–. No he dormido en toda la noche. Me acostaré ahora.

–Nosotros también –dijo el negro abrazando a su novia por el talle–. La caminata ha sido larga esta noche.

El resto siguió nuestro ejemplo y se repartió por la amplia estancia. Yo me recosté sobre uno de los sacos de especias que en los diez días pasados se había convertido en mi lecho habitual. Momentos después tuve ocasión de escuchar los gemidos de Zubayda y los embates de Abu, así como retazos de conversación entre Sigurd, Sif y Marta.

El muchacho se reía alegremente con un vozarrón que no recordaba. Volví a sorprenderme del cambio que había sufrido el travieso y tozudo muchacho en poco más de un año. Cuando lo conocí le sacaba más de una cabeza, y ahora nuestros ojos ya se encontraban. En los días que habíamos permanecido separados le había crecido aún más la barba y se había recogido la melena rubia en dos trenzas que le colgaban por encima de los hombros.

No era el único que había sufrido semejante cambio. La pequeña Sif era ya toda una mujer. El busto le había crecido generosamente, lo que no perdía ocasión de demostrar, sobre todo cuando Sigurd se encontraba próximo. Llevaba recogida la melena en una gruesa coleta y su altura era la de mi hombro, aunque la chica era un poco demasiado delgada para mi gusto. Su risa franca era la de una joven confiada y alegre, no la de aquella niña que había conocido. Una buena mujer para cualquier hombre que lo deseara.

Cuando llegamos a la granja Svennsson, antes del otoño anterior, ambos eran amigos de Ivar, al que ahora llamábamos *Dientes de Lobo*, sobrino de la malograda Salbjörg. Recuerdo que al verlo por primera vez me dio la impresión de ser un muchacho extraño y muy reservado. Sin embargo, nadie que lo hubiese tratado en aquella época habría sido capaz de reconocerlo en aquel salvaje *berserker* tumbado en el almacén sobre unas hediondas pieles. Barba y pelo los tenía enredados y sucios, no como los luce un orgulloso normando. Sus ropas estaban muy estropeadas y apestaban. La mirada era la de un loco y resultaba tan peligroso como aparentaba.

No pude dejar de darme cuenta de cómo habían cambiado también la relación entre ellos tres. Antaño, Sif bebía los vientos por Ivar. Ahora en cambio lo ignoraba por completo, y ya no por despecho, sino porque había reservado sus sentimientos para Sigurd. Este, que nunca había mostrado más interés por la muchacha que la simple amistad, ahora parecía corresponder a los requiebros de Sif.

Pensé asombrado en cómo suceden las cosas delante de nuestros ojos sin que nos demos cuenta. Con esta reflexión tan impropia de mí y envidiando a la pareja de libertos que hacían el amor de forma ruidosa, me sumí en un profundo sueño.

* * *

A mediodía, cuando más fuerte apretaba el calor, apareció nuestro carcelero, tal y como había prometido. Otros hombres le seguían con nuestras armas en sus brazos, entre ellas mi añorada maza, cuerdas, unos escudos. También traían más comida.

–¿Sabes algo de nuestro barco? –pregunté examinando la pesada cabeza de mi arma.

–Aún no, pero no te preocupes, no estarán lejos. Nuestros hombres vigilan desde tierra y se ocuparán de que no sean descubiertos.

—Queremos ver a la Urraca —dijo Marta acercándose por mi espalda.

—No creo que sea posible —repuso el hombre sin dirigirle una sola mirada.

—Te ha dicho que queremos ver a tu amo —repetí dando un paso al frente.

Aunque no había podido entender mis palabras, se puso visiblemente nervioso por primera vez.

—¿Para qué? No es bueno que le vean por aquí. Si necesitáis algo, pedídmelo a mí.

—Queremos hablar con él —dijo de nuevo Marta colocándose frente a él.

—No puede ser.

—¿Por qué no?

—No se encuentra en la ciudad —repuso atropelladamente el hombre—. Tenía unos negocios que hacer y ha salido.

—¿Qué negocios puede tener que sean más importantes que este? —le preguntó Marta—. ¿O se ha marchado para no estar en la ciudad cuando empiece la diversión?

—Veréis, su situación es delicada. Si permaneciera en Ishbiliya cuando ataquéis, el gobernador podría pensar que os ha ayudado y tomar represalias. Y ahora os tengo que dejar.

Seguido por sus compañeros, el sicario abandonó precipitadamente el almacén dejándonos de nuevo a solas.

—¿Qué opinas? —le pregunté a Marta en cuanto el sonido de los presurosos pasos que se alejaban dejó de escucharse.

—Que puede ser cierto. Por su propia seguridad, es mejor que permanezca alejado hasta saber cuál es la reacción del gobernador. Pero también puede no ser verdad. Si nos ha vendido, no es mala precaución aguardar lejos de aquí a que nos apresen.

—¿Qué podemos hacer?

—Esperar —contestó ella poniéndome una mano sobre el pecho para tranquilizarme—. No podemos hacer más. No sabemos qué nos aguarda fuera.

El resto de la tarde traté de entretenerme con diversos juegos a los que se entregaban Sigurd y Sif, mientras el resto hacía lo que podía para pasar el tiempo. Temujín, sentado incómodamente sobre sus talones como tenía por costumbre, parecía estar ausente de todo, erguido delante de su espada, que descansaba en el suelo. Marta, Zubayda y Abu conversaban en voz baja en una mezcla de nuestro idioma y el de los *blamenn* como antes solían hacer en la granja Svennsson. Mi compañero Krum no desperdiciaba la ocasión de dormir, y tan solo un par de veces se incorporó del saco sobre el que estaba tendido para orinar en un sumidero y volverse a dormir.

Los *berserker* se habían asentado en una esquina y no dejaban de comer y dormitar. La Serpiente trató dos o tres veces de entablar conversación con Svava, pero aquella belleza silenciosa le esquivó. Dándose por vencido, el mercenario se dedicó a afilar con una muela los cuchillos que escondía por todo el cuerpo, dejando que la hija del herrero soñara despierta, imagino que con su amada Groa.

La luz había bajado cuando volvimos a escuchar pasos tras la puerta. Momentos después, el sicario hacía su entrada en el almacén rodeado por una veintena de sus compinches, fuertemente armados.

—Ha llegado la hora.

—¿Nuestro barco está cerca de la ciudad? —le pregunté con desconfianza a Marta

—Sí, dice que todo va bien. Nuestra tripulación ha escondido el *langskips* en uno de los meandros del río, a este lado de la orilla. Asegura que están preparados. En cuanto salgamos de la ciudad, nos recogerán.

—¿Has hablado con el tullido? —preguntó Abu al hombre.

—Así es. Os desea suerte —contestó este asintiendo con la cabeza—. Ahora escuchad: cuando volváis a oír la voz del almuecín, habrán cambiado la guardia. Ya estará oscuro. Será la señal para que abandonéis el almacén. Ninguno de nosotros se encontrará aquí, así que estaréis solos. Cuando salgáis a la calle, seguidla por la izquierda y llegaréis a una plaza con una fuente en el centro. Tendréis que buscar entre las callejuelas que desembocan en esa plaza que tiene una cruz dentro de un círculo pintado en la pared a un palmo de altura. No podéis perderos. Cada vez que lleguéis a un cruce, buscad el símbolo, os llevará hasta el palacio del gobernador.

—No has visto al tullido —le acusó el negro con su grave voz.

—Te he dicho que sí —repuso nervioso el hombre.

–Si lo hubieses visto, te habría dado mi espada.

–Se le habrá olvidado. Han tenido dificultades para llegar. Si lo que necesitas es una espada, yo te la daré.

–Thorvald, este hombre miente –se limitó a decir el negro.

Al instante los hombres de la Urraca desenvainaron sus armas y se aprestaron al combate. Pero no nos pillaron desprevenidos.

Con una mano agarré a nuestro carcelero por el cuello y lo arrojé sobre uno de los sacos de especias que había tras de mí. Al instante, Marta y Sif le pusieron un cuchillo en el cuello y no se pudo mover.

Entretanto, la espada de Temujín había salido de su vaina y un par de cabezas y tres espadas, con las manos de sus dueños aferrándolas, rodaban por el suelo. Krum y Olaf se habían encargado de unos cuantos, lo mismo que la bella Svava, que empuñaba con destreza la espada curva que le había fabricado su padrastro.

Mientras repartía mandobles con mi maza, haciendo estallar huesos, músculos y cabezas, entraron cerca de diez hombres más, pero no fueron enemigos para la furia de los *berserker*, que se deshicieron de ellos sin tiempo para que pudieran escapar.

–Alto –grité con la sangre de mis enemigos cegándome–. Los necesitamos vivos.

En total, además de nuestro carcelero, quedaron otros siete hombres con vida, sin heridas de importancia. El resto de ellos fueron rematados sin piedad. Yo mismo descargué mi maza sobre ellos, machacándoles primero las articulaciones y luego su masculinidad, para terror de sus compañeros vivos. Temujín terminaba la tarea cortándoles limpiamente la cabeza, que arrojábamos contra las paredes.

–Y ahora vas a contestar a mis preguntas –dije tras terminar la carnicería, limpiándome los brazos con la capa de uno de los muertos–. Debo confesar que tenía ganas de que llegara este momento.

El hombre masculló unas palabras ininteligibles.

–¿Qué ha dicho?

–No sé –respondió Marta sin darle importancia. Entonces le preguntó en su idioma–. ¿Cómo te llamas?

El hombre escupió al suelo y se negó a mirarla. La muchacha, sin decir nada más, me quitó la maza de las manos y levantándola con dificultad la dejó caer con todas sus fuerzas sobre el pie del hombre y se lo destrozó. Como si nada hubiese ocurrido, e ignorando los aullidos de dolor del sicario, volvió a preguntar:

—¿Cómo te llamas?

—Hassan. Hassan Ibn Achim —contestó este entre gritos.

—Bien, Hassan, ahora nos vas a decir cuáles son los planes de tu amo. ¿Nos ha vendido al gobernador?

El *blamenn* no quiso responder y se llevó un pisotón de la liberta en su pie herido que casi le hace perder el sentido.

—Contesta lo que te pregunto, Hassan —dijo ella sin alterar la voz.

—No puedo. Si lo hago, al-Azîz me matará.

Marta susurró algo al oído de Abu, que se alejó buscando algo.

—No debe preocuparte eso ahora, tú ya estás muerto. No te dejaremos con vida pase lo que pase, así que es mejor que nos lo cuentes todo, si no quieres conocer el infierno antes de llegar a él.

Abu empujaba, ayudado por Sigurd y Olaf, una pesada tina de hierro lleno de un líquido lechoso. A una orden de la muchacha, cogieron a uno de los prisioneros y Abu se subió a un escabel con el aterrorizado infeliz colgando de los talones. Olaf de un brazo y Svava del otro impidieron que el miserable se retorciera.

—¿Has visto antes hacer esto? Imagino que sí. Es posible que tú mismo se lo hayas hecho a alguien.

Con un asentimiento, Abu bajó un poco los brazos sumergiendo a su víctima en aquella sopa blanquecina. Durante un buen rato el hombre sufrió unas espantosas sacudidas, hasta que por fin dejó de moverse. Cuando lo sacaron de la tina carecía de rostro y los restos de carne hervían aún con la cal viva. Algunos de sus compañeros no pudieron remediarlo y vomitaron entre grandes arcadas.

—Dime, Hassan, ¿qué tiene previsto hacer con nosotros tu amo?

Marta había hecho la pregunta sin perder la suavidad, como lo haría una madre con un hijo que acaba de cometer una travesura. Su dureza contrastaba con una dulzura que me tenía fascinado.

Hassan estaba bloqueado. No era capaz de mover ni un músculo. Su mirada perdida parecía la de un loco. Tenía el rostro rojo, con las venas del cuello a punto de estallar.

–¿Conoces el tormento del *blothörn*? –le preguntó la liberta–. Lo practican los *madjus*. ¿Quieres ver en qué consiste?

A una señal suya, Abu escogió otro prisionero. El desahuciado trataba de agarrarse, desesperado, a sus compañeros mientras aullaba como un loco.

–En el idioma de los *madjus, blothörn* quiere decir algo así como *águila sangrienta*. Curioso nombre, ¿verdad? ¿Sabes por qué lo llaman así?

Con una mirada de la liberta, Svava, la bella normanda, levantó su espada e hizo dos cortes de arriba abajo en la espalda del desafortunado, que apenas tuvo tiempo de darse cuenta de lo que sucedía.

–Ahora viene lo mejor –dijo Marta agarrando por el pelo a Hassan y obligándolo a mirar.

Olaf retiraba a través de los cortes las costillas del *blamenn*, que no tenía fuerzas ni para gritar. Una vez que terminó, y ayudado por un cuchillo, ensanchó los cortes y sacó por ellos los pulmones, que parecían dos alas hinchadas y enrojecidas de las que goteaba sangre.

–¿Qué te parece? ¿Lo entiendes ahora? *El águila sangrienta*, ¿te das cuenta?

El *blothörn* era un tormento que no se practicaba entre nosotros salvo en ocasiones excepcionales. Y es que no solíamos tener paciencia para tomarnos tanto trabajo.

–Si nos dices lo que queremos saber, te prometo que te mataremos rápido. No tendrás tiempo de enterarte.

Hassan miraba estupefacto a aquel remedo de pájaro que le devolvía la mirada con los ojos saliéndosele de las órbitas y sin poder coger aire, ahogándose él solo.

–¿Qué queréis saber? –preguntó con un hilo de voz, sin poder apartar la mirada de su compañero, que ya se estaba poniendo azul y boqueaba como un pez fuera del agua.

–¿Qué intenciones tiene tu amo?

–Os va a entregar al gobernador. Cuando entréis en palacio, aguardará a que acabéis con la guardia antes de dar la alarma. No saldréis vivos de la ciudad.

Mientras Marta traducía, yo meditaba sobre lo que decía el hombre. No podíamos saber si lo que nos acababa de contar era cierto o nos estaba mintiendo para salvar el pellejo. La Urraca nos había dicho que dentro del palacio habría medio centenar de soldados. Cogidos por sorpresa, no era imposible abrirnos paso hasta los prisioneros y escapar, pero, después, ¿qué nos aguardaba?

–¿Cuántos soldados hay en la ciudad?

–Entre los que guardan las torres de la ciudad y el puerto, al menos dos centenares.

–¿Es verdad que el gobernador ha pedido ayuda al emir?

–Sí… Mañana esperan que lleguen los refuerzos.

–¿Cuántos soldados?

–El gobernador ha pedido que manden un millar de jinetes.

–¿Barcos?

–No lo dudéis. La flota del emir es poderosa… Las aguas del *wadi al-Kabir* se cubrirán con sus velas.

El infeliz se mostraba orgulloso al hablar de la armada del emir, enemigo de su señor.

–¿La Urraca se encuentra en la ciudad? –preguntó Marta.

El *blamenn* volvió a guardar silencio indeciso. Ver alzar mi maza le resolvió las dudas.

–Sí. Os espera cerca de las murallas con sus hombres, por si conseguís eludir a la guardia. Allí acabará con vosotros, pues no puede dejaros vivos.

–¿Con cuántos hombres?

–Unos sesenta. Si advierte que estáis perdidos, irá a mataros al palacio, ganando vuestro silencio y el favor del gobernador. Si conseguís deshaceros de los soldados, os esperarán apostados para no arriesgarse a combatir en campo abierto.

–Lo tiene bien pensado –comentó Marta después de traducir–. En cualquier caso sale ganando. Se venga del capitán, consigue el favor del gobernador, se queda con nuestro barco, con todo lo que pueda encontrar en Korah, que será suyo, y con la generosa recompensa por nuestra captura. Todo ello sin arriesgar nada.

–Si lo cojo, le aplastaré la cabeza con mis manos –dije sin poder contener la furia.

–No, olvídate de él. Hemos venido a buscar a nuestros hombres, eso es lo principal. Estoy segura de que si conseguimos escapar con ellos el gobernador no le tratará mejor de lo que lo harías tú.

–¿Qué hacemos?

–Preparaos. Nos vamos. El almuecín aún no ha llamado a la oración y ese perro espera que salgamos de aquí cuando lo haya hecho, así que llevamos algo de ventaja.

–¿Qué hacemos con los prisioneros?

–Matarlos a todos menos a Hassan. Vendrá con nosotros.

Los cinco hombres de la Urraca que quedaban con vida debieron interpretar correctamente nuestros rostros, pues comenzaron a gritar e implorar desesperadamente. Mi maza y yo nos encargamos de enviar sus almas al infierno. Después limpié en uno de ellos mi arma y me encaminé hacia la puerta. Abu arrastraba a un amordazado y maloliente Hassan, que se había ensuciado encima.

Tras diez espantosos días, por fin abandonaba nuestro encierro y me dirigía a cumplir la tarea para la que había sido contratado.

* * *

Era noche oscura, sin luna, y la única luz era la de las estrellas. Apagados resplandores ocasionales escapaban de alguna ventana. Me situé en cabeza junto a Marta y Abu, que arrastraba a Hassan como un fardo. Me seguían Olaf, con Sigurd, Sif y los tres *berserker,* a los que era conveniente controlar. Cerrando la marcha, Svava, Zubayda, Temujín, y el último, guardando la retaguardia, mi fiel Krum *Cabeza de Jabalí.*

Siguiendo las instrucciones de Hassan, avanzamos por las callejuelas, pegándonos a las paredes al abrigo de las sombras, tratando de no provocar ningún ruido que pudiera delatar tan extraña marcha. Agachados y apresurándonos al llegar a un cruce para buscar de nuevo la oscuridad, recorrimos aquel embrollo de callejuelas sin necesidad de buscar las cruces encerradas en círculos de las que nos había hablado nuestro guía *blamenn.*

Durante un buen rato serpenteamos hasta llegar al último edificio que se interponía entre nosotros y el palacio del gobernador. Sin apartarnos de sus muros, lo rodeamos. Ante nosotros se recortaban las murallas del que llamaban *Dar al-imara.*

–Hay una patrulla de seis hombres alrededor de la muralla, y ahora vienen hacia aquí.

Metí con la mano la cabeza de Sigurd, que se había asomado a la esquina, y susurré a los demás:

–Guardad silencio y no os mováis. De un momento a otro va a pasar por delante de nosotros una patrulla de seis hombres. Esperaremos a que se alejen antes de llegar hasta la muralla. Iremos de dos en dos, agachados y lo más rápido que podamos.

–Ya llegan –murmuró Sigurd.

Como la hiedra, nos pegamos a las paredes del edificio. De pronto, a mi lado hubo un brusco movimiento tan rápido que no pude ni reaccionar. Con horror, vi a Hassan cojeando en dirección a la patrulla, ya fuera de mi alcance. Antes de que nadie pudiera hacer nada, un par de suaves silbidos llegaron a mis oídos.

El primer cuchillo lanzado por la Serpiente alcanzó al maldito perro en mitad de la espalda y, antes de que este tuviese tiempo de lanzar un suspiro, el segundo entró justo por debajo del cuello. Se desplomó cuán largo era. Sin aguardar a que se lo dijeran, Sigurd se escurrió entre nosotros, agarró por los pies al *blamenn* y se volvió a sumir con él entre las sombras.

Todo el ajetreo había durado lo que un hombre tarda en parpadear. La patrulla no había tenido tiempo de darse cuenta de lo que sucedía y ahora pasaba de largo, volviéndose a perder a nuestra derecha.

–Aún respira –me susurró Sigurd cuando pudimos relajarnos.

–Ya no –repuso Abu.

El avergonzado negro, que debía cuidar de Hassan, le había roto el cuello con sus manos y ahora el rostro del *blamenn* miraba directamente a su espalda.

–Estad atentos –les avisé–. Voy con Marta. En cuanto veáis que hemos llegado a la muralla, salid los siguientes. ¡Deprisa!

Corrimos agachados hasta las sombras que nos ofrecían su protección a veinte pasos de donde estábamos escondidos. Enseguida nos siguieron Sigurd y Sif, detrás vinieron Abu y Zubayda, y tras estos los tres *berserker*, que preferían hacerlo juntos.

Por suerte, la patrulla no estaba muy cerca, pues los guerreros de Odín ocasionaron más ruido del necesario.

Durante un rato no observamos más movimiento. ¿Qué estaba pasando? ¿Por qué no venían los demás?

–¿Está volviendo la patrulla? –susurré al oído de Sigurd, que ya había demostrado repetidamente tener la vista mucho más fina que la mía.

–No. ¿Les habrá pasado algo? No los veo.

En ese momento, un suave y largo silbido voló sobre nuestras cabezas y al instante siguiente el cuerpo de un hombre nos llovió desde el cielo. Rápidamente los que faltaban por llegar se unieron a nosotros.

–Un centinela –dijo Krum recolocándose el arco–. Se habrá asomado cuando han llegado los *berserker*. Lo habrán alarmado sus pasos.

–Casi nos cae encima –dijo Sigurd–. Habrá que llevárselo para que no lo encuentren.

–Abu, cógelo. Hay que esconderlo. Esperemos que nadie lo eche en falta. ¡Vamos!

Pegados a la muralla, que aún guardaba el calor del día, corrimos en dirección a las pesadas puertas dobles. Nos detuvimos al pie de estas. El resto me miraba, como preguntándome qué era lo que íbamos a hacer.

–¿Y bien? ¿Cómo entramos?

–No tengo ni idea –repuse a la impertinente pregunta de Zubayda, a la que se veía temerosa.

–Abu, ven aquí –llamó Marta en voz baja.

La muchacha puso a su antiguo compañero de esclavitud contra la esquina que hacía el vano de la muralla con una de las torretas que sobresalían de esta, de forma que cada mano del negro se apoyaba en uno de los muros.

–Thorvald, súbete encima.

Hice como me indicaba, adivinando sus intenciones.

–Ivar –dijo refiriéndose al joven *berserker*–, sube.

Sobre este fueron Olaf y Sigurd.

–Krum, ahora tú. Y lleva contigo tu arco.

Como un gato, el pequeño *sámi* se encaramó a la torre que formábamos encaramándose sin dificultad.

–¿Ves al centinela de la torre desde ahí? –cuchicheó Marta.

De cara a la pared no sabía lo que sucedía y me limitaba a seguir apoyado contra la muralla sosteniendo el peso de Ivar, Olaf, Sigurd y Krum. Peor debía de estar pasándolo Abu, que a todo este peso sumaba el mío.

Aguzando el oído llegué a la conclusión de que Marta le estaba dando algún tipo de orden a Zubayda. La antigua esclava, tan negra como Abu, contestó algo y acto seguido se separó de la pared, alejándose de las protectoras sombras.

Inmediatamente, una voz de alerta se oyó sobre nuestras cabezas, cuando el vigía vio a la muchacha. Zubayda, que no conocía prácticamente el idioma de los *blamenn,* pues era solo una niña cuando fue secuestrada, contestó algo al centinela. Sin perder un instante, Krum, de un certero flechazo, acabó con el tipo.

–Coge esta cuerda –le dijo la muchacha al lapón, a la vez que le arrojaba un rollo que habíamos tomado del almacén.

La soga tenía atada en uno de sus extremos una rama de uno de aquellos olivos que crecían por todos sitios. De madera compacta, serviría para nuestros propósitos. Cabeza de Jabalí hizo girar la cuerda en círculos cada vez más amplios, con la rama atada al final de ella, hasta lanzarla. Se escuchó un golpe y cayó dándole en la cabeza a Abu, que se quejó con un gruñido contenido.

Krum recogió en silencio la cuerda y volvió a hacerla girar, para arrojarla de nuevo hacia lo alto de la muralla. Otra vez se escuchó un golpe parecido al anterior y volvió a caer la cuerda, pero esta vez la rama se había soltado.

Abajo ataron la rama al extremo de la soga que colgaba de la mano del lapón y este empezó otra vez. En esta ocasión, la rama quedó atrapada entre las almenas de la muralla y el cabo se tensó. Cuando estuvo seguro de que aguantaría su peso, el pequeño mercenario subió por la cuerda hasta llegar a lo más alto.

Enseguida, tras atar bien uno de los extremos, tiró el otro, que apenas llegaba hasta el suelo. El primero en subir fue Sigurd, aprovechando que estaba en lo alto de la escala humana, y le siguieron Olaf e Ivar. Abu y yo esperamos a que los demás ascendieran antes de hacerlo nosotros.

El centinela, con la flecha del *sámi* colgando del cuello, aún se debatía ahogándose, aunque con la garganta atravesada difícilmente podría llegar a dar la voz de alarma. Sin embargo, no podíamos dejar atrás enemigos, y Krum, después de tironear para tratar inútilmente de recuperar su flecha, golpeó con su puño el cuello del vigía, liberando al *blamenn* de su agonía.

–Quedaos agachados y aguardad –ordené–. Krum, ata la cuerda y déjala caer por el otro lado. Temujín, Olaf, seguidnos.

Nadie respondió. Tal y como le había dicho, el *sámi* ató la cuerda a una argolla que sobresalía de la piedra y la arrojó muralla abajo al interior de la fortaleza, para descender a continuación como si fuese un gato. Tras él, el siempre sigiloso mogol y Olaf.

–Aguardad aquí hasta que escuchéis dos silbidos –les dije a los demás–. Entonces bajad rápido y corred agachados.

Pasé las piernas por la muralla y, apoyando los pies en la piedra, comencé a descender hasta reunirme con los demás. A nuestro alrededor, se recortaban las siluetas de árboles y arbustos. Me encontraba totalmente perdido. ¿Hacia dónde debíamos ir? Rebeca nos había dicho que los jardines del palacio eran inmensos.

Krum, que se dio cuenta de mi apuro, me cogió de un hombro y poniéndome la otra mano muy cerca de la cara me señaló una dirección. Aprovechando la oscuridad, corrimos a ciegas hasta llegar a una pared. A nuestra derecha, dos puntos de luz bailaban a lo lejos.

–Aquella parece la puerta principal –dijo la Serpiente detrás de mí, señalando las luces–. Este es el muro más cercano al puerto.

En ese momento escuché un ruido a mis pies. Miré en todas direcciones. Una piedra pequeña me acertó en un hombro y cayó al suelo.

–Hay alguien en aquella ventana –dijo Olaf señalando hacia lo alto–. Parece que nos ha visto.

Yo miraba sin lograr ver nada, pero estaba seguro de que se trataba de la pequeña esclava. ¿Quién si no? En cualquier caso, solo podíamos pedirle a Odín que de ella se tratara.

–Está descolgando algo. Parece una cuerda –dijo Olaf.

–Vamos –ordené–, tenemos que subir. Krum, ve a buscar a los demás y tráelos. Deprisa.

Y entonces la voz del almuecín se elevó en la noche. Aquella era la señal, la última llamada a la oración de los *blamenn*. Era el momento en que el maldito ladrón creía que íbamos a abandonar su almacén y comenzar el ataque. Por fortuna llevábamos una buena ventaja sobre sus planes.

Ahogados por los cánticos, los pasos de Krum se perdieron en la oscuridad mientras yo tomaba la cuerda entre mis manos y comenzaba la dura ascensión. No estaba acostumbrado a aquel ejercicio y por tres veces casi pierdo pie y caigo sobre mis compañeros. Sofocado, llegué hasta el último piso, donde aguardaba la esclava.

—Deprisa —cuchicheó Rebeca cuando hube alcanzado la ventana—. No podéis subir todos por aquí. Os descubrirán.

—¿Y cómo entramos?

—Haz que te sigan algunos de tus hombres y te enseñaré una puerta donde la guardia no es tan numerosa.

En ese instante hacía su entrada por la ventana Temujín, quien se encaminó directamente a la puerta de la estancia donde nos encontrábamos y aplicó el oído contra la madera.

—Hola, ¿quién eres? —preguntó con desenfado Olaf en cuanto puso el pie en el suelo.

—¿Y quién eres tú? —respondió la esclava, de mal humor y muy agitada.

—Temujín, sube al tejado. Busca las hogueras que tienen dispuestas y destrúyelas. Mata a cuantos encuentres. Date prisa y vuelve en cuanto hayas terminado, te necesitaremos.

El Bárbaro se alejó con el sigilo que le era propio en la dirección que indicaba la esclava, en busca de la escalera que daba al tejado. Fuera se escucharon un par de silbidos y la cuerda se puso tensa de nuevo.

—¡No! ¡No podéis seguir subiendo! —exclamó Rebeca, alarmada en cuanto se dio cuenta de lo que sucedía.

Por el hueco de la ventana aparecieron primero Marta y después el lapón.

—Los demás esperan abajo, escondidos —dijo Marta tomando aire tras el esfuerzo.

—¿Dónde habéis estado? —le preguntó la esclava, algo más calmada al verla—. Llevo días esperando. Mañana llegarán los soldados del emir y ya no podréis hacer nada. ¿Por qué habéis tardado tanto?

—Ahora no es el momento, Rebeca —repuso Marta tratando de tranquilizar a la muchacha—. Dime, ¿cómo hacemos para meter a los demás?

—Dejad la cuerda ahí y seguidme. No hagáis ruido. Tenemos que bajar una estrecha escalera que da vueltas y cualquier pequeño ruido se hace grande. Abajo están las cocinas y allí hay una puerta. Está vigilada solo por dos soldados, pero junto a la puerta hay un cuarto con el relevo de la guardia, donde habrá otros diez más.

—¿Cuántos hombres hay en el palacio? —pregunté agarrando a la esclava, que, muy agitada, ya se encaminaba a la puerta. La

Urraca nos había asegurado que no habría más de medio centenar, pero debía saber si era cierto.

–No sé –respondió tratando de zafarse–. Cincuenta o sesenta. Pero si dan la alarma vendrán muchos más. Hay que moverse en silencio.

Hicimos como nos indicaba. Con cuidado, abandonamos la estancia donde nos hallábamos, que parecía un almacén, y nos asomamos fuera. La débil luz de unas lamparillas de aceite marcaba el camino hacia la escalera. Esta era realmente estrecha y empinada. Por ella ascendía el sonido de conversaciones y risas. Me situé en último lugar confiando en que mis pisadas, que a mí me parecía que podían despertar al mismísimo Balder, el dios muerto, no alarmaran a los ocupantes del palacio. Conteniendo la respiración, y tras dar muchas vueltas, llegamos al final.

La esclava hizo detener a Krum, situado en cabeza, y mediante gestos le explicó cómo era el lugar. Un recodo nos separaba de la guardia y allí nos apelotonamos todos. El lapón se arrastró hasta la esquina, miró un momento y volvió a meter la cabeza.

Mostró dos dedos para señalar a los centinelas.

Le toqué en un hombro a Olaf y le hice avanzar. El lugar era demasiado estrecho para que Krum pudiera tensar el arco, así que debería ser la Serpiente quien matara en silencio.

Reptando por el suelo, Olaf se asomó, miró y, no podría decir de dónde, sacó dos cuchillos que arrojó con ambas manos a la vez. Yo aferraba la maza con todas mis fuerzas. Aquella no era una forma digna de luchar para un guerrero. ¿Qué estaba sucediendo? Olaf había acertado en sus lanzamientos. ¿Entonces a qué esperaba para continuar? La inquietud me estaba comiendo. Afortunadamente, Marta, que se había dado cuenta de mi estado, me contuvo cogiéndome de un brazo.

Por fin Olaf hizo un gesto para que avanzáramos. En cuanto me asomé, se abrió la puerta del cuarto de guardia, del que salió un soldado negro. Me quedé inmóvil como si fuese una columna, esperando que en cualquier momento el soldado me viera y diese la alarma.

Por suerte, la Serpiente fue más rápido y como un rayo arrojó otro de sus cuchillos. El ruido del cuerpo al caer terminó con las conversaciones que provenían del cuarto. Otro soldado apareció desconcertado, llamando a su compañero: su cuello fue atravesado por una flecha salida del arco de Krum.

Entré en el cuartucho antes de que los desconcertados soldados acertaran a saber qué estaba ocurriendo. Golpeé a un lado y a otro con mi maza sin dejarles reaccionar, y pronto solo yo quedaba en pie en la estancia. Cinco eran los cuerpos allí tendidos, más los dos que introducían Olaf y Krum arrastrados por los pies. Si la esclava no se había equivocado al decirnos que debía de haber diez, más los dos centinelas que vigilaban los pasillos, ¿dónde se encontraban los tres que faltaban?

Se lo pregunté mientras terminábamos de meter los cuerpos sin vida y cerrábamos la puerta, a la que echamos la llave que tenía puesta y que nos llevamos. Si a alguien le daba por bajar, quizá pensara que los soldados estaban dentro durmiendo y tardase un tiempo en dar la alarma.

—Estarán en la cocina —me contestó Rebeca sin atreverse a mirar el sangriento espectáculo.

Krum aplicó el oído al portalón de la estancia que nos señalaba la asustada esclava y escuchó. Su rostro impertérrito tornó en una mueca de asombro y después una imperceptible sonrisa estiró sus labios. Armando el arco, me hizo una seña para que abriera con cuidado la puerta.

En cuanto la hube entornado, supe qué era lo que había provocado aquel poco frecuente gesto en mi amigo. Unos jadeos y exclamaciones se confundían con las risas de unos hombres. Sobre los fogones, un soldado montaba por detrás a una joven, seguramente una sirvienta, mientras su compañero hacía lo mismo con otra, a la que tenía sentada sobre su miembro. El tercero de ellos parecía encontrar más satisfacción en fumar una gorgoteante pipa de cristal como las que había visto usar en otros lugares y a las que llamaban *nargile*.

—No podemos dejar que las mujeres griten —susurré al oído a mi compañero.

El lapón se limitó a asentir y tensó el arco. Más rápido que la vista, la flecha atravesó a un soldado por el espinazo y salió por la espalda de la esclava que se sentaba sobre él. Otra flecha traspasó el cuello del que montaba por detrás, mientras un cuchillo lanzado por Olaf, que se había abierto hueco, se incrustó entre las cejas del que fumaba medio adormilado.

La muchacha que se inclinaba sobre el fogón tardó un momento en darse cuenta de que las embestidas del soldado habían terminado, pero no le dio tiempo a gritar. Un puñal le sobresalía de la parte trasera de la cabeza.

Sin perder un instante, entramos en la cocina y cerramos tras de nosotros.

–Pero ¿qué habéis hecho? –exclamó horrorizada la esclava–. ¡Eran amigas mías!

–Podían haber gritado, y entonces ninguno hubiésemos salido con vida –repuse sin atreverme a mirar a Marta.

–Vamos, no perdamos tiempo –dijo esta sin entonación mirando a las mujeres muertas–. Abrid la puerta y buscad a los demás.

En ese momento, por las escaleras se escucharon unos gritos que pronto se extendieron. Golpes, carreras, voces…

Nos habían descubierto. La batalla había comenzado y ya no era necesario guardar silencio.

CAPÍTULO 20

–¡Atrancad la puerta! –grité a los que llegaban mientras corría hacia la entrada de la cocina.

Era necesario impedir que pudieran llegar refuerzos. Seguido por Krum, Svava y Olaf subí por las escaleras empinadas y retorcidas. No podíamos dejar que nos encerraran en la cocina, pues allí seríamos presa fácil.

Justo cuando llegamos arriba asomó la avanzadilla de los *blamenn*. Gritando como un loco, golpeé con mi maza a izquierda y derecha, notando el impacto en los cuerpos y cabezas de mis enemigos. Mis compañeros no se quedaban atrás y mataban a todo lo que se les ponía por delante.

Enseguida dimos cuenta del primer ataque. Habían sido una decena de adormilados soldados que no tenían claro con quién se estaban enfrentado. Los que los siguieran no serían tan fáciles de frenar.

–No podemos detenernos. Llamad a la esclava para que nos guíe antes de que lleguen los refuerzos. ¿Dónde están los *berserker*?

–No me han seguido –respondió entrecortadamente Olaf, secándose con la bocamanga la sangre, no sabía si suya o de nuestros adversarios–. Cuando he ido a buscarlos se había dado la alarma y los tres se han lanzado contra las puertas principales.

–Igual es mejor así –contesté–. Los *blamenn* no sabrán cuántos somos y se tendrán que dividir. ¡Ah! Rebeca, dinos por dónde tenemos que ir.

Rebeca, aterrada, nos señaló el pasillo que se abría a nuestra izquierda.

–¿Habéis bloqueado las puertas? –pregunté.

–No te preocupes que no podrán abrirlas. Las hemos apuntalado con los fogones en cuanto ha salido Olaf. Por ahí no nos atacarán.

El que hablaba era Abu, que sudaba copiosamente por el esfuerzo realizado. En las manos manejaba una lanza arrancada a algún cadáver.

—Vamos entonces. Krum, tú y Abu colocaos a retaguardia, los demás detrás de mí. Matad todo cuanto se mueva, pero continuad avanzando. No os detengáis a luchar.

Me di la vuelta y corrí por el pasillo que me había dicho la muchacha. En todo el castillo resonaban los gritos y las órdenes.

—¡Vienen detrás!

—No os paréis —grité mientras seguía la dirección que me iba señalando la esclava, mortalmente asustada.

Continuamos corriendo hasta llegar a unas escaleras tan pronunciadas como las anteriores, pero algo más anchas.

—Abajo están los calabozos —decía la muchacha, agitada y sin parar de mover sus pequeñas piernas—. Esta es la única salida que hay. Si nos atrapan abajo, no podremos volver a subir.

—Krum, quédate arriba y no dejes que tomen la escalera. Los demás haced lo que él os diga. Sigurd, tú y Svava conmigo.

Con la esclava detrás, saltamos de dos en dos los irregulares escalones hasta llegar a la boca de los calabozos. Allí nos aguardaba una desagradable sorpresa. Los defensores del castillo habían reforzado la guardia, al menos eran quince los soldados que nos impedían el paso.

Quince soldados *blamenn* contra una muchacha, un joven y un mercenario. Demasiada diferencia. Pero no teníamos tiempo de regresar ni de que nos llegaran refuerzos, pues el enemigo, viendo nuestra situación, había olvidado el temor que le inspirábamos y, gritando para darse ánimos, se arrojaba contra nosotros.

Me lancé a la desesperada hacia delante. Repartí mazazos como si yo mismo fuese un *berserker* y, como estos guerreros de Odín, no sentía en mis carnes las mordeduras de las armas enemigas.

Por todos lados me llovían golpes. Los guardianes, al menos algunos de ellos, estaban armados tan solo con lanzas, y en tan corta distancia no eran buenas armas, así que las habían abandonado y trataban de abrirme la cabeza con unas espadas cortas, colgándose de mi cuello y tratando de inmovilizarme las piernas.

No podía ya mover la maza, cubierto como estaba de cuerpos, algunos de ellos ya cadáveres. Arrojé mi arma, que resbalaba entre mis dedos, tal era la cantidad de sangre que bañaba el mango, y usando mis puños cerrados golpeé, estiré y agarré, logrando abrir un pequeño hueco para poder tomar aire.

En la espalda llevaba colgando al menos a dos centinelas. Con todas mis fuerzas, me eché hacia atrás hasta chocar contra el muro. Repetí dos veces la maniobra y las sanguijuelas se desprendieron de mí. Con los ojos casi cerrados porque la sangre los enturbiaba, vi ante mí otra sombra que me atacaba y preparé de nuevo el puño.

–¡Eh, tranquilo!

Era Svava la que me hablaba. La muchacha sangraba por algunas heridas, aunque no parecían muy profundas. Al menos estaba viva, más de lo que podíamos haber esperado.

–Svava, ¿dónde está Sigurd?

–Está ahí –contestó Rebeca con los ojos fuera de las órbitas. En su mano llevaba una daga cubierta de sangre–. Lo han matado.

Busqué al chico donde la esclava señalaba. Bajo un par de soldados pude ver la cabellera rubia del muchacho.

–¡Sigurd!, me oyes, ¡Sigurd! –grité agitando inútilmente su cuerpo, que se movía como un saco de trigo.

–Está vivo –dijo Svava escuchando su corazón a través de la ropa.

–Rebeca, busca agua –ordené–. ¿Dónde están los prisioneros?

–Al fondo del pasillo, en las dos últimas puertas. Yo me encargo del muchacho. Corred, sacadlos de allí.

Así lo hicimos. Pasamos por delante de más puertas de gruesa madera, por las que salían gritos en idiomas que no podíamos entender, hasta llegar a las celdas que nos había dicho la esclava.

–¡Aquí! –llamaban en nuestra lengua algunas voces desconocidas.

Las puertas tenían enormes cerraduras y carecíamos de llaves. Alguno de los soldados las llevaría encima, pero ¿cuál?

–La maza –dijo Svava corriendo de nuevo por el pasillo a buscar mi arma–. Date prisa. Arriba no deben de estar pasándolo muy bien –me dijo tendiéndomela.

Con dos o tres vigorosos golpes, hice saltar las cerraduras y abrimos las puertas. El hedor que inundaba las celdas resultaba insoportable, pero no era el momento para pararse a pensar en ello.

–¡Rápido! Tenemos que marcharnos.

Delante de mí pasaron unas figuras fantasmales, pálidas, demacradas, llenas de llagas y pústulas, con el cabello lacio caído a mechones. Los más fuertes ayudaban a los demás.

–¿Quién eres? –preguntó el último en salir.

El que había hablado era un hombre que parecía mucho mayor que yo, casi un anciano, tan consumido como el resto. Los huesos de la cara se marcaban por debajo de la rala barba.

–Me llamo Thorvald. Hemos venido a rescataros. ¿Quién eres tú?

–Mi nombre es Ikig. Me llaman el Triturador. Soy el *jarl* de Svennsson.

¡Así que aquel era el hombre por el que Marta *Ojos de Fuego* había organizado toda aquella expedición!

–Vamos –dije dándole la espalda–, no tenemos tiempo para hablar. Debemos irnos.

Regresamos por el pasillo mientras escuchábamos las suplicas de los que se pudrían en el resto de las celdas y se me ocurrió que, tal vez, aquellos infelices podían ayudarnos en nuestra fuga provocando confusión. Volví a descargar mi maza contra las cerraduras haciendo saltar los cerrojos. Hombres de todas las edades y colores abandonaron su encierro, con palabras para mí incomprensibles, que, supongo, serían de agradecimiento.

Al pie de las escaleras donde habíamos mantenido la encarnizada batalla contra los carceleros, cuyos cuerpos se amontonaban entre un mar de sangre, me esperaban los liberados junto a Svava, Rebeca y el recuperado muchacho.

–Me alegro de que estés bien, Sigurd. Nos habías dado un buen susto.

–¿Sigurd? –preguntó uno de los que habíamos rescatado–. ¿El hijo de Sturla *Voz de Trueno*?

–Así se llamaba mi padre –respondió el muchacho tocándose la cabeza allí donde había recibido el golpe que lo había dejado inconsciente.

–¡Por Odín que tienes la misma voz que él!

–¡Moveos! –dije señalando la escalera–. No os quedéis ahí. Debemos irnos cuanto antes.

–Los que podáis coged armas –ordenó Ikig mientras él mismo arrancaba un alfanje de la mano de un cadáver cuya cabeza había estallado como lo haría una calabaza madura.

Debo reconocer que al escuchar al Triturador dar la orden entendí por qué aquel hombre era capaz de arrastrar tras de sí a un hato de pescadores y agricultores en busca de unos lejanos tesoros de los que nunca habían oído hablar antes. Obedientemente, aquel ejército de fantasmas salidos del reino de Hell se armaron con las espadas y lanzas de sus captores y nos siguieron escaleras arriba.

—Tú eres Svava, la hija de Runolf el herrero —dijo por el camino Ikig sin salir de su asombro.

La muchacha, de pocas palabras, no tuvo ocasión de contestar, pues ya llegábamos al final de la escalera. Allí el espectáculo era sombrío. Los nuestros se habían parapetado tras una barricada hecha con puertas y mesas de madera enteramente asaeteadas y aguardaban a que los soldados agotasen sus dardos y se decidieran a atacar, algo que parecían no tener demasiado claro al ver el montón de compañeros que habían perdido en los combates anteriores.

—¿Cómo estáis? —pregunté a Krum agachándome a su lado, mientras el lapón descansaba tranquilamente sentado en el suelo y con la espalda apoyada en la barricada.

—Podría ser peor —repuso lacónico el *sámi*—. No hemos perdido a nadie y ellos han tenido muchas bajas. Por los gritos que se escuchan por el palacio, creo que los *berserker* aún están vivos. Pero tenemos que irnos rápido. Habéis tardado demasiado y se están reagrupando.

—Abajo había más soldados de los esperados —repuse mientras asomaba la cabeza con cuidado por encima de una puerta que alguien había arrancado de sus goznes. Una flecha erró por apenas un palmo—. Están preparando flechas incendiarias. Quieren hacernos salir de aquí.

—Ya lo han intentado antes también y las hemos logrado apagar. Habrán traído pez para que no les vuelva a suceder.

—¿Cómo esperáis salir? —preguntó aquel cadáver andante al que difícilmente se podría llamar Triturador.

—No lo sabemos aún —contesté—. ¿Cuántos de los tuyos pueden luchar?

—No muchos. Lo hemos pasado mal. ¿Cuántos sois vosotros?

—Menos de los que me gustaría —respondí evadiendo la pregunta.

–Thorvald –llamó Marta, agazapada tras una mesa volcada.

Llegué hasta ella a rastras. Había logrado hacer un pequeño hueco en la tabla arrancando uno de los nudos de la madera y desde ahí vigilaba los movimientos del enemigo.

–¿Los habéis liberado a todos?

–Sí, ya están. Ikig está con ellos. Pero tenemos que irnos enseguida.

–¿Cómo está Asvald? –preguntó impaciente Rebeca.

–Bien –mentí. La verdad es que no había tenido tiempo ni ganas de saber quién era el afortunado–. ¿Por dónde saldremos?

–La única salida es la que cierran los soldados, al otro lado del pasillo –señaló la esclava *blamenn*, arrodillada al lado de Marta, en la que parecía confiar ciegamente, más desde luego que en cualquiera de nosotros–. Es mejor subir al piso de arriba y volver a bajar al gran patio, donde están las puertas principales.

Los soldados comenzaron a arrojar flechas con la punta envuelta en trapos empapados en pez, tal y como había dicho Krum. El maderamen de la barricada se pringó del betún ardiendo, que arrojaba una humareda negra imposible de respirar.

–Si permanecemos más rato aquí, moriremos asfixiados.

–Abu, tú y Thorvald coged esta mesa, levantadla y corred hacia el fondo del pasillo usándola como escudo. ¡Los demás, atentos a ir detrás en cuanto se levanten! Gritad cuanto podías y haced chocar vuestras armas. ¡Ahora!

A la vez, el negro y yo nos pusimos en pie y avanzamos tras la llameante mesa, que empezaba a coger fuego por sí sola, aullando como auténticos dementes. Detrás de nosotros, el resto nos seguía haciendo otro tanto, arrojando por encima del improvisado escudo todo lo que encontraban a su paso.

La maniobra tuvo efecto, al menos lo suficiente como para que nos echáramos encima de los soldados del gobernador antes de que pudieran reaccionar. Sin dejar de bramar, lanzamos aquella mesa envuelta en llamas sobre los *blamenn*. Entonces agarré la maza que arrastraba tras de mí la esclava y esgrimiéndola volví a la carga.

Otro tanto hacía Abu, que utilizaba una de las patas de la destrozada mesa a modo de maza, barriendo cuanto había a nuestro alrededor.

–¡Corred! Por aquí.

Rebeca corría escaleras arriba, subiendo los peldaños de dos en dos, parapetada detrás de Abu, de mí y de Ikig, que hacía esfuerzos sobrehumanos para poder mantenerse a nuestro lado a pesar de su debilidad.

Aquel palacio parecía tener más pasillos de los que yo hubiera recorrido en toda mi vida. De cada puerta salían soldados, y por el que acabábamos de abandonar nos perseguían más tropas. Era imposible calcular cuántos eran, pero nuestra buena suerte no podría durar mucho más. A buen seguro, Odín y Thor tendían un manto sobre nosotros, pues hasta el momento no habíamos sufrido baja alguna, mientras que las de nuestros enemigos se contaban por decenas.

Cada vez escuchábamos más próximos los inhumanos gritos que provenían de la planta de abajo. Escapando de nuestros perseguidores, llegamos a una escalera ancha por la que bajamos en tropel, para alcanzar las puertas que daban al gran patio, que apuntalamos en cuanto las hubimos franqueado.

Lo que nos encontramos allí es algo a lo que no daría crédito de no haberlo visto con mis propios ojos.

* * *

He participado en un sinfín de batallas, muchas de las cuales han terminado en carnicerías. También he visto descuartizar a niños y viejos, vaciar las cuencas de los ojos y toda clase de las más espeluznantes torturas, en algunas de las cuales he tomado parte. Mi propia mano ha derramado más sangre de la que pueda recordar. Pero nadie puede estar preparado para contemplar lo que allí vimos. Ante nosotros, parapetados tras una pila de muebles a los que alguien había calado fuego, se escondían una decena de soldados negros aterrorizados, que parecía que no nos habían visto llegar.

Ya nos habían hablado de estos guerreros a los que llamaban sudaneses, que no hablaban nada de la lengua *blamenn*. Eran esclavos, tan negros o más que Abu, fornidos, crueles y fieles hasta la muerte a su señor, muy temidos entre sus propias tropas.

¿Cómo poder relatar lo que vi, si ni yo mismo daba crédito a mis ojos?

Ivar *Dientes de Lobo*, el sobrino de la desaparecida Salbjörg, estaba sentado con las piernas cruzadas sobre la empapada alfombra bañado en sangre, los ojos en blanco, y mordía con saña el brazo de un negro ya muerto. Pude ver cómo de su espalda sobresalían las astas de al menos tres flechas que aún tenía clavadas.

Detrás de él, Ygrr *el Cuervo* y Skathi, también cubiertos de sangre, fornicaban arañándose mutuamente. En el momento en que estaba contemplando aquella aterradora escena, Ygrr aullaba con los ojos vueltos hacia dentro, arrancándose mechones de pelo con una mano, mientras la otra aferraba el vientre de su compañera, a la que montaba de pie desde atrás.

Skathi no parecía darse cuenta de las terribles embestidas que la sacudían y con ambas manos forcejeaba para quitarse una lanza astillada que le atravesaba las tripas.

Sumidos en su locura, ninguno de los tres *berserker* se daba cuenta de que la vida se les escapaba por cualquiera de las cuantiosas heridas que les habían infligido los soldados del gobernador. El espectáculo de cuerpos y miembros amputados, sajados y aplastados resultaba indescriptible. Entre los tres habían acabado al menos con una docena de enemigos antes de perder definitivamente la poca lucidez que aún conservaban.

Uno de los sudaneses, que aún permanecía con vida sobre la alfombra, se desangraba lentamente. En el cuello mostraba las marcas de varias dentelladas por las que se le iba la vida. No parecía sufrir. Los ojos enrojecidos fuera de sus cuencas y unos dientes destrozados de tanto apretar las mandíbulas revelaban que aquella piltrafa ya no pertenecía al mundo de los cuerdos.

Los *berserker* tampoco nos habían visto y nada se podía hacer por ellos. A nuestras espaldas resonaban ya los gritos de los soldados que habían alcanzado las puertas y trataban de derribarlas. No los retendrían mucho más tiempo.

—Vamos —dije para que los demás, absortos en aquella carnicería, se movieran—. Huyamos antes de que lleguen más soldados.

Con mis palabras rompí el encantamiento y corrimos hacia las puertas. Mientras mis compañeros se deshacían de los paralizados guardias negros, yo cogí con una mano a Marta y con la otra a Rebeca, incapaces de dar un solo paso, tan descompuestas estaban, y me abrí paso hasta la salida.

Cruzamos el patio por delante de los guerreros de Odín, que no parecieron darse cuenta de nuestra presencia, y abandonamos el palacio. Aún tuvimos tiempo de atrancar las puertas por fuera para retrasar algo a nuestros perseguidores.

Afuera aguardaba Temujín. Su delgada espada aparecía embebida en la misma sangre que le salpicaba el rostro y las ropas, como nos ocurría a los demás. El Bárbaro había tenido trabajo. Delante del palacio estaban tirados los cuerpos de tres centinelas que habían abandonado su puesto de las murallas para averiguar qué sucedía en palacio. Pensé que otros tantos yacerían en los tejados, donde el mogol los habría matado para que no pudieran dar la alarma.

Hasta el momento los dioses nos sonreían. Varios de nosotros estábamos heridos, pero, aparte de los *berserker*, los demás podíamos continuar. Debíamos abandonar enseguida la ciudad, pues los soldados que aún quedaban en palacio no tardarían en dar la alarma.

Sin perder un momento, corrimos en dirección al río en medio del silencio de la noche. El entrechocar de nuestras armas, las carreras y los resoplidos terminarían por despertar a los moradores de las casas que se interponían entre nosotros y el puerto, pero quizá prefirieran continuar debajo de sus mantas, rezando a su dios para que no hubiese fuego, o una revuelta, o los *dragones* no estuviesen remontando las aguas.

—¿A qué distancia están las murallas? —pregunté a la esclava, tirando aún de ella.

—Frente a nosotros —contestó jadeando—. Cerca.

Fue lo único que consiguió articular la muchacha, aún sobrecogida por lo que acababa de ver. Ni siquiera la atención de su amado Asvald, que se nos había unido, lograba distraerla del horror presenciado.

—Recuerda lo que dijo Hassan —me advirtió Marta. La muchacha hacía esfuerzos por mantener la calma—. Estarán esperándonos.

—¿Tú eres la Negra, la esclava que mi padre capturó precisamente aquí? —preguntó Ikig, que no se separaba de mi lado—. ¿Quién es Hassan? ¿Y quiénes nos están esperando?

—Me llamo Marta y tú lo sabes —respondió ella furiosa—. Y no soy esclava.

Tras decir esto se volvió hacia mí, dejando con la boca abierta al Triturador. Sorprendido y orgulloso por la contestación, no pude evitar una pequeña sonrisa. Pero no disponíamos de tiempo que perder.

—Escuchad —dije levantando la voz lo suficiente para que todos pudieran oírme—. La mitad de nosotros caminarán pegados a las casas de la derecha; y la otra mitad, a las de la izquierda. Id uno tras otro y rápido. Abu, Sigurd y Svava a retaguardia. Temujín, Krum, Olaf y yo iremos delante; el resto, en medio.

—Yo voy contigo —dijo Ikig, molesto.

—No. No estás en condiciones de luchar. El ladrón que nos ha traicionado y sus hombres están emboscados para masacrarnos.

—He dicho que iré contigo.

—Aquí manda Thorvald —intervino Marta con voz helada, sin darme tiempo a que yo contestase—. Todos haremos lo que él diga.

Ikig no salía de su asombro al escuchar cómo le hablaba su antigua esclava, hasta el punto de que me apiadé de él.

—Ayuda en retaguardia. Les serás útil.

Dejé al enfadado *jarl* con el orgullo herido y avancé apresuradamente tras mi compañero de armas, sin separarme de la pared. Detrás de mí venía Marta. En el otro lado iban Olaf y Temujín seguidos por Rebeca y Asvald, que no se separaba de ella.

Un centenar de pasos después, Krum se detuvo repentinamente y alzó una mano para que hiciéramos otro tanto. Me señaló hacia arriba, donde yo no veía ni oía nada. Pero del otro lado de la calle Olaf también había intuido el peligro.

—¿Qué hacemos?

—Hay varios hombres sobre nosotros y creo que se han dado cuenta de que sabemos que nos esperan —repuso en voz baja el lapón—. Quedaos aquí y fingid que no los hemos visto. Querrán que pasemos por debajo de esa balconada para atacar.

Yo no acertaba a ver ninguna balconada. El camino estaba oscuro como la boca de un lobo. Cabeza de Jabalí se esfumó por un hueco que había a mi derecha y, por lo que pude vislumbrar, la Serpiente había hecho otro tanto por su lado.

—¿Qué sucede? —preguntaban desde atrás, inquietos—. ¿Por qué no avanzamos?

De pronto, a mis pies cayó un cuerpo seguido inmediatamente por otro y otro más.

—Por la escalera —dijo Marta.

–¿Qué escalera? –pregunté rabioso.

–La que tienes a tu derecha –contestó ella desde la oscuridad.

Guiándome por su voz, llegué hasta los primeros escalones y subí por donde antes lo había hecho Krum, aullando como si fuese un *berserker*, siguiendo a la antigua esclava, que no se amedrentaba pese a tener delante a los sicarios de la Urraca. Con su pequeña espada se enfrentaba al primero de ellos, que lanzaba terribles cuchilladas defendidas como buenamente podía por la muchacha, muy inferior en fuerza bruta. Los demás hombres no lograban más que contemplar el espectáculo, tan estrecho era el balcón al que nos habíamos encaramado.

Justo a tiempo para evitar que Marta cayera al suelo vencida por el brazo de su oponente, me puse detrás y alcé mi maza. El sicario, viendo llegado el momento de matar a la liberta, no se percató de mi presencia hasta que fue demasiado tarde. La maza le destrozó la mandíbula, que saltó hecha pedazos con un agradable chasquido. Tal era la fuerza que había impulsado el mazazo que el arma desapareció junto al sicario por encima de la balaustrada y cayó a la calle.

Desarmado, cargué hacia delante, agarrando todo cuanto se movía y arrojándolo abajo, lo que fue una medida acertada aunque poco meditada.

Los *blamenn* se daban cuenta de que a oscuras y de uno en uno estaban en inferioridad y no acertaban a hacer otra cosa que lanzar espadazos a diestro y siniestro, confiando en acertar con algún golpe.

Por el ruido que provenía de abajo, deduje que no éramos los únicos que luchábamos. Los hombres de la Urraca, pensando que sus compañeros habían conseguido atraparnos, se precipitaban al salir de sus escondites, cayendo como conejos bajo nuestras espadas.

La confusión se adueñó de nuestros enemigos, que se dejaban matar. Su amo les habría prometido que seríamos presa fácil y que nos cogerían desprevenidos y tomaban el jaleo que oían como una señal de que sucumbíamos.

Una vez limpia la balconada, bajamos corriendo las escaleras. La lucha también había concluido en la calle. Un corro de hombres y mujeres mantenían encerrados a unos diez *blamenn*, que habían arrojado sus armas y aguardaban su suerte, rezando por que sus captores conocieran la clemencia.

–¿Está la Urraca con vosotros? –pregunté.

–Déjalo, Thorvald –dijo Marta–. Es mejor que nos vayamos. No perdamos tiempo. El ejército del emir y su flota no andarán lejos. Debemos coger la mayor ventaja. Ni siquiera sabemos si tenemos barco.

La muchacha tenía razón. Cabía la posibilidad de que Einarr y los que le acompañaban hubieran sido traicionados también y sus cuerpos se estuvieran pudriendo en las aguas del río.

–Matadlos.

Dos de los hombres, que debían de entender algo de nuestra lengua, cayeron de rodillas implorando compasión a gritos. Uno de ellos fue decapitado de rodillas tal y como estaba. Mientras su cabeza rodaba, aún se agitaban sus implorantes manos juntas. El otro, lloriqueando, señaló tras él, balbuceando algo en su idioma. El hecho de que tuviese todos los dientes rotos y la boca llena de sangre no ayudaba a entender qué pretendía decir.

–Este hombre pertenece a la surta, la guardia de la ciudad –dijo Rebeca mascando las palabras–. Fue uno de los que me atraparon y me dieron al gobernador.

No era el único. De entre los cadáveres que se apilaban a nuestro alrededor y entre los que aún respiraban se podían encontrar más de aquellos vigilantes.

De pronto, otro de los que teníamos acorralados trató de escapar, pero fue detenido sin dificultad. Aquello era lo que había querido decir el desdentado, tratando de comprar su vida al delatar a su amo.

–Vaya, qué sorpresa más agradable –dije con una sonrisa torva que asustó al traidor.

–Que venga con nosotros –ordenó Marta–. Luego ajustaremos cuentas con él. Ahora vámonos. En marcha.

Pese a la furia que me embargaba al ver a aquel miserable, me limité a atarlo por el cuello con una cuerda, como se hace con un perro, y, tirando de él, seguí a la muchacha en dirección a las puertas de la ciudad. Una vez más, el mogol, ayudado por Krum, fue el que se encargó de acabar con los implorantes sicarios.

–¡Thorvald! Olaf está herido.

Me giré hacia donde estaba Sigurd, que llevaba a cuestas al mercenario. La Serpiente boqueaba tratando de tomar aire. De su pecho sobresalía una flecha.

–No es el único. Esos hijos de perra han matado a Erik.

El que había hablado era Ikig, que señalaba a uno de sus hombres, tirado en el suelo, al que el asta emplumada de una flecha le salía por uno de los ojos. Luego supe que a Erik lo llamaban *el Feo,* y realmente el nombre le venía bien, sobre todo en aquel momento, macilento, descarnado y con un ojo vaciado.

–Dejadlo aquí –ordené–. A Olaf nos lo llevamos.

–Ese hombre está muy mal y nos retrasará –repuso Ikig, refiriéndose a la Serpiente.

–Si no fuese por vosotros, él no habría venido a que lo hiriesen –dije dando terminada la discusión–. Se viene con nosotros.

El *jarl* guardó silencio. No estaba acostumbrado a que se discutiesen sus órdenes, y ahora era él el que debía obedecerlas, aunque estas vinieran de un vulgar mercenario o incluso de una antigua esclava.

Abu cargó con el cuerpo de la Serpiente y, dejando atrás el cadáver de Erik, confundido entre los de los hombres de la Urraca, corrimos con el traidor a rastras, hasta llegar a las murallas que nos separaban del río.

–Hay una torre de guardia allí –señaló cuchicheando Rebeca– y dos centinelas sobre las puertas.

–¿Los ves? –pregunté a Krum.

–No. Subiré.

Agachados y pegados a la última fila de casas, aguardamos alguna señal durante un tiempo que a mí se me hizo demasiado largo. En cualquier momento veríamos los fuegos de palacio y los barcos se acercarían a la orilla dispuestos a la lucha.

Ya estaba por correr hasta los portones cuando un suave silbido me avisó de que ya no debíamos preocuparnos de los centinelas. Tratando de no hacer ruido para no alertar a los que dormían en la torre de guardia, alcanzamos las puertas, quitamos la tranca que las cerraba y traspasamos las murallas. El halo del cielo estrellado y sin Luna apenas dejaba adivinar el dibujo que el río trazaba en aquel arenal, donde se erguían barcos y barquichuelas de todos los tamaños.

–¿Qué hacemos? –preguntó Marta.

–Creo que sería mejor que nos olvidáramos de Einarr. No sabemos si continúan con vida. Empezar a buscarlo nos llevaría demasiado tiempo. Tenemos que huir.

–Este perro lo sabrá –señaló Ikig.

–No nos lo dirá. Cuanto más tiempo perdamos, mejor para él, pues daremos oportunidad de llegar al ejército *blamenn*.

–¿Entonces?

–Cogeremos uno de sus barcos y remaremos río abajo.

No tardamos en hacernos con una chalana que flotaba atada a la orilla. Tenía remos y serviría para poner distancia entre nosotros y la ciudad, aunque no fuese una embarcación que pudiera devolvernos a nuestras tierras.

Apretujados en ella, comenzamos a bogar. Solo había media docena de remos y la chalana sobrecargada no navegaba demasiado bien. Tan rápido como fue posible nos acercamos al centro del río, donde correríamos menos peligro de ser vistos y de encallar en los arenales.

Dejándonos las fuerzas en ello, poco a poco la silueta de la muralla de Ishbiliya fue achicándose, viramos el bote y lo condujimos aguas abajo, empleándonos a fondo en los remos, mientras mirábamos en dirección a la ciudad esperando ver brillar en cualquier momento las hogueras llamando a las armas.

–¿Qué ha sido eso? –preguntó la esclava *blamenn* al escuchar el ruido de algo rompiendo las negras aguas. Hasta ese momento había estado llorando, agitada por el miedo, entre los brazos acogedores de su amante.

–¡Un barco nos corta el paso! –señaló Sigurd dejando su remo.

De repente, a lo lejos, primero de una forma tímida y enseguida cogiendo fuerza, ardieron los fuegos por encima de la ciudad.

–¡Remad! –ordené sabiendo que todo estaba perdido. No podíamos escapar con una chalana desvencijada que casi se hundía de tanto peso–. Hacia la orilla. Abandonaremos el río.

Con las fuerzas que da la desesperación bogamos tratando de ganar la orilla opuesta a la de la ciudad, que era la que más próxima nos quedaba. De nada servía. Nuestros perseguidores se nos echaban encima.

Una voz en la oscuridad nos detuvo con los remos en el aire:

–¿Pensáis llegar a casa en ese esquife?

—¡Einarr! –gritó Sigurd poniéndose en pie y casi volcando la embarcación.

—¡Vaya, alguien que aún me recuerda! Pensaba que ya nadie quería saber nada más de mí.

—¿Einarr? –repitió Ikig extrañado–. ¿El viejo borracho?

—Nos alegramos de oírte, pero más nos alegraremos de verte –dijo alborozada Marta–. Pon el barco al lado para que podamos subir.

—Si una bella mujer me lo pide, soy incapaz de negarme.

—¡Olaf!, ¡Olaf! –se escuchó una voz de mujer. Se trataba de la hermana de Groa, la que se había enamorado del mercenario que ahora se moría entre nuestros brazos–. ¿Va con vosotros Olaf?

En un instante nos reencontramos con el viejo tullido, Thorstein *el Pálido*, Ran, Lorelei… Creo que incluso me alegré de volver a ver a la retorcida Kara.

Los recién liberados se abrazaban a sus familiares y amigos. Ran recuperó a su hermano Njâl *el Quemado,* al que se abrazó llorosa por el lamentable estado en que se encontraba su amante Olaf. Kara estrechaba entre sus brazos a su hijo Vagn, con una mezcla de alegría y pena, pues su marido, Aslak, no había sobrevivido.

No era el único que había encontrado la muerte en los apestosos calabozos de aquellos perros. Habvar, hijo de Hlennes, y Olaf, un comerciante de otra aldea, no habían conseguido resistir hasta nuestra llegada. En total habíamos liberado con vida a doce hombres de manos de los hijos de Alá.

Mi alegría se esfumó al ver cerca de la proa un bulto arropado, del que asomaba el rostro tatuado de una mujer a la que había llegado a apreciar como compañera y a admirar por su arte con las hierbas.

Hild, la curandera, había despertado al saber de nuestra llegada e insistió tozudamente en que llevaran a su lado al herido Olaf para examinarlo, de lo que se encargaron Marta, Ran y Lorelei. Un emplasto empapado en sangre cubría el vientre a la Hija del Cuervo. A pesar de que su rostro pintado de rojo y negro no dejaba apreciar la lividez, no me costó adivinar que su estado era grave.

Había rostros sonrientes y emocionados en los reencuentros, y algún lamento al conocer la suerte de algunos de los presos que no habían conseguido sobrevivir.

Cuando Ikig *el Triturador* y Thorstein *el Pálido* se vieron, ambos hermanos de sangre se echaron en brazos uno del otro con una intensidad que nunca hubiera supuesto al honesto comerciante.

–Einarr, sácanos de aquí. No hay tiempo que perder. En cualquier momento llegará la flota del emir. Y te aseguro que es de temer.

–Como tú mandes –contestó el tullido manejando los aparejos con su maestría de costumbre.

De inmediato el viejo llenó la vela y nos condujo con rapidez río abajo. Me acerqué hasta la curandera, que, sostenida por Lorelei, se incorporaba sobre el cuerpo sin sentido de la Serpiente.

–¿Cómo está?

–Mal –contestó con un esfuerzo.

–¿Sobrevivirá?

–No lo creo –dijo en un murmullo, por la debilidad y también, imaginé, para que la muchacha que sostenía la cabeza del mercenario sobre su regazo no la escuchara.

–¿Y tú?

–Tampoco.

La falta de emoción con la que me dio la noticia de su próxima muerte me apenó. Pero ella no parecía darle ninguna importancia. Mediante gestos y alguna entrecortada palabra, daba instrucciones sobre cómo debían atender a Olaf. La Hija del Cuervo mandó cortar el asta de la flecha y Marta tiró por el otro extremo con fuerza hasta sacarla. El mercenario se agitó dolorido, pero siguió inconsciente, con el cuerpo empapado de sudor y un silbido desagradable cada vez que hinchaba con dificultad los pulmones. Le pusieron unos pedazos de tela empapados en betún sobre la herida del pecho, por donde había entrado la flecha, y en la de la espalda.

–Si consigue sobrevivir, no lo dejaremos aquí. Vendrá de vuelta con nosotros –le dije a Marta–. Ha luchado como un valiente.

Me acerqué a Svava, que estaba sola en la proa de la nave y trataba de escudriñar en la oscuridad, como si pudiera ver algo solamente por su voluntad. En la mano llevaba una linterna cubierta con un paño negro para no dejar escapar la luz.

–Estará bien –le dije poniendo una mano sobre su hombro.

La muchacha se limitó a asentir y ni siquiera me miró. Cubierta de sangre y con el rubio cabello enredado en una masa informe, aquella mujer era capaz de enamorar a cualquier hombre. Cómo una belleza así, tan delicada, había sido capaz de luchar de la forma en la que lo había hecho era para mí toda una sorpresa. La dejé pensando en su amada y me acerqué a otro de los heridos.

–¿Cómo va todo, Sigurd?

El muchacho estaba siendo atendido con esmero por Sif del golpe en la parte de atrás de la cabeza y de unos cuantos cortes, alguno de ellos bastante profundo. El chico se hacía querer y a ella no parecía importarle demasiado.

–Bien. Solo es un golpe. Lamento haberos abandonado cuando más lo necesitabais.

–No lo lamentes. Peleaste con bravura y estoy seguro de que sin ti no habríamos podido tomar los calabozos. Cualquiera que hubiese recibido este golpe estaría ahora muerto. Tienes la cabeza dura, muchacho. Pero eso es algo que ya sabía.

Me retiré para dejarles solos y volví donde nuestro timonel.

–¿Cómo os ha ido? –pregunté sentándome a su lado–. Creí que no os volvíamos a ver. El perro que tenía que ayudarnos nos traicionó y pensé que había acabado con vosotros.

–¿Es ese que traéis atado como un cerdo? Espero que hayas pensado algo especial para él –dijo el tullido tirando de una cuerda para recolocar la vela–. ¿Los *berserker* no han logrado regresar?

–No, no lo consiguieron. Pero gracias a ellos estamos los demás aquí. No sabes cuánto me alegro de verte, viejo.

–Casi no lo contamos. Sus hombres nos prepararon una celada. Dijeron que debíamos esperar a medio camino, escondidos para no ser vistos, pues habías retrasado un día más el ataque. Aquella misma mañana todo iba según lo previsto y de pronto debíamos esperar. Además se empeñaban en que Thorstein fuese con ellos, asegurando que eran órdenes tuyas.

»Mientras lo discutíamos se fueron inquietando cada vez más. Les dijimos que no, que el Pálido vendría con nosotros y que esconderíamos el barco cerca de la ciudad aprovechando la oscuridad, de modo que pudiéramos veros salir.

»No les gustó, pero no osaron hacer nada a pesar de que eran más de una docena y nosotros cuatro mujeres, un comerciante y un tullido. Uno de ellos, el que parecía ser el jefe, les dio órdenes en su idioma. Ninguno de los que aquí estamos lo podíamos enten-

449

der, pero ellos no lo sabían y hablaron en voz baja muy agitados, lo que nos hizo sospechar. Después el *blamenn* se montó en un caballo y se marchó a galope.

El viejo hizo una pausa mientras volvía a recolocar la vela para cambiar la dirección del *drakkar* al entrar en un meandro. Entonces continuó:

—Algo nos decía que aquel perro iba en busca de más hombres y decidimos no esperarlos, así que les dijimos a los *blamenn* que continuábamos río arriba.

Einarr sonrió al recordarlo, sin dejar en ningún momento de mirar no sé qué señales que le permitían continuar con la navegación en medio de aquella oscuridad.

—Dos de ellos trataron de subir por la fuerza al barco y fueron echados al agua. Sus compañeros sacaron las armas y nos atacaron, pero pudimos defendernos mientras guiaba la embarcación hacia el centro del río. A tiempo anduvimos, pues pronto llegó desde la orilla una lluvia de flechas que afortunadamente se quedaron cortas.

—¿Luchasteis en el barco?

—Eran demasiados para impedir que subieran y cinco lo consiguieron, pero se dieron cuenta de que se quedaban solos.

—¿Qué le pasó a Hild?

El viejo movió pesaroso la cabeza de un lado a otro.

—Uno de los hijos de Alá la atravesó con un alfanje mientras ella se deshacía de otro. Le cortó las tripas. He visto muchas veces esa herida y tú también.

Einarr tenía razón. Aquel corte era mortal. Era cuestión de tiempo que la Hija del Cuervo muriera y entretanto padecería espantosos dolores.

—Ellos tuvieron peor suerte. Acabamos con tres y los otros dos se rindieron.

—¿Qué hicisteis con ellos?

—Sus amigos estaban en la orilla, avanzando a caballo a nuestra altura, esperando que nos acercáramos para acertarnos con los arcos. Atamos a los dos hombres por los pies y los arrojamos al agua, arrastrándolos tras de nosotros. Durante un buen rato movían los brazos como locos tratando de mantenerse a flote. Se chocaban entre ellos y era divertido ver cómo se pegaban el uno al otro.

Imaginé la situación.

–¿Cómo lograsteis libraros de los que iban por la orilla?

–Sospecho que gracias a vosotros. Llegó otro jinete, habló con su jefe y salieron todos disparados como flechas hacia la ciudad. Lo demás te lo puedes suponer. No sabíamos qué nos podíamos encontrar, ni siquiera si seguíais vivos, así que remamos hasta un lugar seguro desde el que pudiéramos llegar a ver las murallas, pero lo suficientemente lejos para no ser vistos y poder disponer de ventaja si teníamos que huir. Ocultamos el barco y esperamos hasta ver qué sucedía.

–Pero ¿cómo has podido encontrarnos? –le pregunté sin creerme todavía la suerte que habíamos tenido. Sin duda los dioses habían tenido que dirigir el barco.

–Desde donde nos encontrábamos alcanzábamos a distinguir la silueta de los barcos fondeados de los *blamenn* y también las murallas. Estábamos esperando. No sabíamos qué estaba ocurriendo, pero sí que, en caso de conseguir escapar, os acercaríais al río. El viento nos daba de frente. Podíamos escuchar los murmullos y crujidos que llegaba de las embarcaciones dormidas. Así hemos escuchado cómo remabais. Ningún pescador echaría al agua su bote en una noche tan oscura ni sería capaz de hacer tanto ruido. Suerte habéis tenido de que los *blamenn* estuviesen anclados más arriba.

–Han dado la alarma –dije señalando los fuegos–. Los barcos se acercarán a la orilla para defender la ciudad y ver qué sucede. Eso nos dará algo de tiempo para alejarnos. Parece que contamos con el favor de los dioses.

–Esperemos que sigan protegiéndonos. Aún falta recoger a Groa, Freyja e Yngvard, y nadie dice que no los hayan tratado de matar como a los demás.

–Pronto lo sabremos, imagino. ¿Cuánto queda para llegar hasta Korah?

–El tiempo suficiente para que duermas un rato. Ya te avisaré.

Dejé al viejo al timón agradeciéndole su empeño con una palmada en la espalda y siguiendo su consejo me tumbé. Mientras me llegaba el sueño no dejé de mirarlo. Como me ocurriera antes con el resto, hasta ese momento no había sido consciente del cambio que había sufrido el tullido desde la primera vez que lo viera, borracho, con el rostro abotargado y demacrado.

Ahora estaba más delgado, pero mucho más nervudo. El cabello, que ya antes blanqueaba, era cano igual que su barba, que llevaba desarreglada como de costumbre. Su rostro, sin embargo, era lo que más había cambiado. Con la piel curtida y estirada de quien vive en el mar, lucía la mirada segura y serena del que ya lo ha visto todo y no espera nada. La de un niño que disfruta con una aventura, aún sabiendo que puede ser la última.

Con esa mirada me dormí, mientras a mí alrededor proseguían las conversaciones entre los reencontrados, que se preguntaban y respondían entre risas y admiraciones. Pero no todas estas eran alegres.

–Thorvald, despierta. Estamos cerca de Korah.

Me parecía haber cerrado un instante antes los ojos cuando las palabras de Sigurd, al que empezaban a llamar *el de la voz de trueno*, me sacaron de mi sopor.

Me puse en pie. Einarr tenía la vela floja, dispuesta a ser hinchada al menor signo de peligro. La tripulación ocupaba sus lugares en los remos y aguardaba expectante. En la proa, Svava descubría la linterna y la tapaba dos veces, esperaba un momento y volvía a repetir la misma operación.

En el barco conteníamos la respiración. Entre la oscuridad buscábamos la respuesta a nuestras señales.

–¿Estás seguro de que nos encontramos frente al pueblo?

Era la retorcida Kara quien preguntaba con ansiedad. Momentos antes había conocido la noticia de la muerte de su marido, Aslak, y ahora se enfrentaba a la posibilidad de perder también a su amante Yngvard *Hacha Sangrienta*.

–Sí –fue la única respuesta que obtuvo del viejo timonel.

Por cuarta vez, Svava repitió la señal.

–No podemos perder mucho más tiempo –me dijo Einarr con voz calmada–. No sabemos dónde están nuestros perseguidores y las señales pueden delatarnos. En el pueblo ya deberían habernos visto.

¿Qué responder? Sabía que el tullido tenía razón. Pero marcharnos era condenar a muerte a los tres que se quedaban, aunque fuese más que probable que hubiesen sido asesinados por los hombres de la Urraca.

–Podríamos desembarcar algunos para que vayan a buscarlos –aventuró Ikig, esta vez sin tratar de imponer sus órdenes.

—No —repuso Marta sin vacilar—. Es muy arriesgado. Esperaremos un poco más. Si no contestan, tendremos que abandonarlos a su suerte.

Nadie respondió, ni siquiera la atormentada Kara, que se mordía los puños tratando de adivinar en aquella negrura un punto luminoso.

—Debemos irnos —volvió a decir con voz suave nuestro timonel al cabo de un rato, después de que Svava repitiera varias veces la señal.

—Sí —asintió Marta—. No podemos seguir más tiempo. Einarr, continuamos la marcha.

Un pesado silencio se instaló en la nave mientras el viejo timonel recolocaba la vela y esta volvía a hincharse haciendo saltar hacia delante el *langskips*. Sentada aún sin moverse y con los remos en el aire, la tripulación miraba inútilmente hacia donde pensaba que podían encontrarse sus compañeros, sin atreverse a mirar a los ojos de los demás.

Fuimos cogiendo velocidad, tratando de encontrar siempre la zona central del río para no sufrir ninguna sorpresa desde las orillas y evitando inoportunos bancos de arena, que abundaban en el río que los *blamenn* llamaban *wadi al-Kabir*.

Respetando el silencio de los demás, fui a sentarme al lado de Marta. Quería demostrarle a la liberta que su decisión era la acertada. Pero esta ni me miró. No le hacía falta nadie para saber que había hecho lo correcto, pero eso no la libraba de una intensa pena.

Con la mirada baja, me vinieron a la mente algunos recuerdos de aquellos a los que abandonábamos tras de nosotros. Por un momento se me ocurrió pensar que aquel duelo no era justo para con el resto de los que no habían podido llegar hasta allí, como ocurría con los salvajes *berserker*, cuya muerte había salvado nuestras vidas. Pero estos habían muerto con nosotros y no abandonados.

Recordé el día que conocí a Yngvard, y también el momento en que sellamos nuestro contrato en aquella taberna. Tampoco pude evitar recordar el momento en que nos abandonó en manos de Kodran *Tres Dedos* en la isla de Noirmoutier.

De Freyja guardaba menos recuerdos. La prima de la alocada Inga había sido una mujer voluntariosa y se había mantenido fiel en todo momento a Marta.

No sucedía igual con Groa. A la memoria me venía el día en que la arisca mujer se había peleado con Kara precisamente por Yngvard, al que desde entonces odiaba. Resultaba curioso pensar que la pelea había sido por un hombre, dadas las inclinaciones de la mujer. No podía evitar pensar en las disimuladas pero cariñosas atenciones que tenía con su actual amante, la dulzura con la que trataba a la bella Svava, que contrastaba con su fiereza en la batalla.

En el barco la perdida de esta era especialmente sentida por dos personas más, además de Svava. Ran, hermana de Groa, de la que se había distanciado pero a la que ahora lloraba, y el recién incorporado Njâl *el Quemado,* tripulante del barco de Ikig, de rostro deformado por una espantosa quemadura.

–¡Esperad! –Se escuchó el grito de Sigurd, que, puesto en pie, señalaba algo a nuestra espalda.

Miramos a donde apuntaba su dedo, pero allí no había nada.

–He visto una luz repitiendo la señal. No estaba dónde la buscábamos.

Sin preguntar, Svava llegó con la linterna hasta Einarr y volvió a descubrirla dos veces. Con el corazón en vilo, esperamos la respuesta, confiando en que no se tratara de un error del muchacho.

Al instante vimos el punto de luz tres veces, la respuesta acordada.

–Rápido, a la orilla –ordené innecesariamente, pues nuestro timonel ya había dispuesto el nuevo rumbo.

–¿Crees que pueda tratarse de una encerrona? –preguntó Marta a mi lado. Ikig estaba detrás de ella y parecía temer lo mismo.

–Han dado la respuesta correcta –contesté–. No creo que nos hayan traicionado.

–Yo tampoco, pero han tardado mucho. Y no se encuentran donde Einarr dice que debían estar.

–Quizás el viejo se ha equivocado –propuso el Triturador.

Marta y yo negamos a la vez. Los dos estábamos convencidos de que el tullido no podía estar errado.

–Prepáralos por si acaso –me dijo Marta.

–Krum, dispón tu arco. Abu, Sigurd, Temujín, Svava, Thorstein, Kara, vuestras armas –ordené cogiendo mi maza–. Los demás a los remos.

454

–Remad –ordenó Einarr haciéndose cargo de la maniobra–. La marea nos arrastra.

–Quiero luchar –pidió a mi espalda Ikig.

–Está bien. A proa con los demás.

Otros dos de los rescatados, Helge y Eyvind, que en ocasiones habían trabajado como mercenarios, también quisieron tomar las armas y los dejé. El resto ayudó en lo que pudo con los remos.

Desde la orilla volvió a llegar la señal. Tres puntos luminosos. Ya nos encontrábamos a menos de una flecha de distancia. Por si acaso, los que estábamos a proa defendíamos la nave con los redondos escudos embrazados, formando una muralla contra las saetas de un posible enemigo.

–Creo que son ellos y están solos –dijo Krum con su arco tensado dispuesto a mandar al infierno a quien se pusiera por delante.

–Date prisa, Einarr –le dije al viejo–. Hay algo que no me gusta. Y estate preparado para sacarnos de aquí.

Los remeros aumentaron la cadencia y nos aproximamos a la orilla lo suficiente para que las tres figuras que allí estaban alcanzasen el *drakkar* vadeando por el agua.

–¡Vámonos, vámonos! –dijo Groa en cuanto llegó al barco.

Con una mano la saqué del agua, mientras Abu hacía lo mismo con Freyja. Yngvard era ayudado por Kara y Thorstein, que tiraban del pesado mercenario. No perdimos tiempo girando la nave. Los remeros cambiaron de posición; Einarr, cojeando, fue a la otra punta del *langskips* y la proa paso a ser popa y viceversa.

La embarcación, forzada a cambiar de sentido tan bruscamente, tembló un instante, el que necesitamos para ocupar nuestros puestos, y comenzó a adentrarnos de nuevo en el río, como haría una de aquellas orcas que cazábamos en nuestras frías tierras cuando, tras acercarse a la orilla para atrapar una foca, regresaban a mar abierto.

En ese momento llegó hasta nosotros una lluvia de flechas en medio de una confusión de aullidos y maldiciones. Por fortuna, la puntería de nuestros atacantes no era demasiado buena y nos dio tiempo a colocarnos los escudos a la espalda, mientras remábamos lo más encogidos que nos era posible. Marta, a su vez, había cubierto con más escudos a los heridos Olaf y Hild, tendidos en el suelo de la nave, el primero de ellos aún sin consciencia.

Bogando con todas mis fuerzas, veía como las flechas enemigas se iban clavando sobre la madera pintada de los escudos de aquellos que remaban delante de mí. Como una bandada de pájaros, silbaban a nuestro alrededor, produciendo un sonido seco cada vez que golpeaban algo.

Poco a poco los contrariados y furiosos gritos de nuestros enemigos se fueron apagando y amainó la lluvia de flechas. Ahora el río era lo suficientemente ancho como para no correr riesgo alguno y pudimos soltar los remos dejando que fuera el viento quien hiciese el trabajo.

–¿Quiénes eran esos? –pregunté.

–Soldados –contestó Groa–. Han llegado un poco antes que vosotros.

–Habéis tenido suerte. Ya pensábamos que estabais perdidos y nos marchábamos.

–Os estábamos esperando –intervino Freyja– cuando escuchamos llegar a un montón de jinetes al pueblo. Nos escondimos y esperamos por si se encontraran de paso. Pero los soldados debían de saber que estábamos allí, pues rodearon el pueblo y entraron con antorchas, preparados para luchar. Eran al menos un centenar, así que no teníamos ninguna posibilidad. Enseguida escucharon los gritos de los prisioneros que manteníamos encerrados dentro del granero y los sacaron.

–Los normandos que vivían allí, como Asbjorn Thorlakson, no se alegraron demasiado de ver a los soldados –dijo, alborozada, Groa, mientras abrazaba a su hermano Njâl *el Quemado* con un brazo y con el otro a su amada Svava. Ran, la hermana pequeña, la abrazaba a ella a su vez–. Pensaban que iban a pagar el estropicio.

–Justo entonces habéis llegado y hemos visto la señal –añadió Freyja saludando a unos y a otros–. Pero los malditos *blamenn* también la han visto y se han puesto muy nerviosos. Creo que sospechaban que era una poderosa flota *madjus*, así que han tomado las armas. Están preparados para luchar. Parecen saber lo que se hacen.

–Lo peor del asunto es que se apostaron muy cerca de donde nos encontrábamos, por eso no pudimos devolver la señal –dijo Groa–. Luego nos dimos cuenta de que, sin ellos saberlo, nos habían rodeado. Fue difícil salir de allí sin que se enteraran.

—En cuanto nos alejamos, encendimos la linterna —continuó Freyja devolviendo los abrazos que le daban—. Estábamos aún demasiado cerca, pero temíamos que ya hubieseis continuado río abajo.

—Por suerte, Sigurd vio vuestra señal.

—Buen chico —dijo Freyja haciéndole un gesto al aludido, que sonreía orgulloso—. Habéis llegado a tiempo.

Les contamos en pocas palabras cómo nos habían ido las cosas a los demás. La traición de la Urraca, que yacía tumbado y bien atado y al que también habíamos protegido con un escudo para que las flechas de los soldados no lo hirieran, ya que aquel perro no merecía una muerte tan dulce. Les expliqué lo sucedido en el palacio y el final de los tres *berserker,* y cómo nos habíamos encontrado con el *drakkar,* al que también le habían tendido una celada.

—Sabemos que el gobernador de Ishbiliya había pedido refuerzos al emir de Córdoba para acabar con nosotros y que estaban a punto de llegar —dije—. Los soldados que os rodearon bien podrían pertenecer a esas tropas, aunque preferiría creer que forman parte de las acantonadas en la ciudad.

—No —intervino Rebeca, que no había abierto la boca desde que embarcara—. El gobernador no habría mandado soldados a Korah si sospechara que estábamos a punto de tomar el palacio. Pertenecerían a una avanzadilla de los jinetes del emir. Si ellos han llegado, su armada no estará lejos. Deben de estar pisándonos los talones.

—Si Marta lleva razón, tenemos problemas —dijo Lorelei, sensata como siempre, no en vano, tras Einarr y la herida Hija del Cuervo, era la más vieja de la tripulación—. Debemos remar.

Cada uno ocupó su puesto sin más dilación y con un ritmo continuo bogamos el resto de la noche.

Cuando el contorno de la orilla ya se podía ver con cierta claridad llegamos a uno de los principales nudos que tenía aquel revirado río que se dividía en dos en la llamada isla de Qabtîl. Tomamos el brazo de estribor y continuamos remando. Según embocamos, Marta me hizo una seña para que me acercara con ella hasta donde Einarr dirigía la maniobra.

—Aún queda mucho para llegar a mar abierto —dijo la muchacha, a la que, como al resto de nosotros, se veía cansada—. No podemos continuar sin descansar.

–Ellos también estarán cansados si se han pasado toda la noche a los remos –argumenté.

–Mira a la tripulación. Llevan demasiado tiempo sin dormir. Han peleado, algunos están heridos y los que hemos rescatado ya no pueden seguir remando. No sabemos qué nos espera más adelante. Quizá los *blamenn* tengan más barcos esperando.

–Creo que Marta tiene razón. Si nos agotamos, seremos presa fácil.

Miré al viejo timonel y a Marta, y pregunté:

–¿Qué proponéis que hagamos?

–Debemos abandonar el río y escondernos antes de que llegue el día y nos puedan ver desde lejos –dijo Ikig, que se había aproximado–. Los *blamenn* se dividirán al llegar a la isla, pues no saben qué curso hemos seguido, y tendremos más posibilidades en caso de que haya que enfrentarse a ellos. Con un poco de suerte, además, pasaran de largo y podremos descansar en la isla.

–Si en el mar hay más barcos y los que nos persiguen llegan hasta ellos, sabrán que los hemos engañado y no podremos escapar.

–Si tal es el caso y continuamos, nos cogerán como lo hace la pinza de un cangrejo cuando lucha. Estaremos agotados y nos masacrarán.

–Ikig tiene razón.

El apoyo al Triturador por parte de Marta me produjo un pinchazo de celos. Pero no podía permitir que aquello pusiera en peligro a la tripulación. Ellos tenían razón. Ikig era un hombre acostumbrado a dirigir y Einarr también estaba de acuerdo.

–Nos esconderemos entonces en la isla de Qabtîl.

–No queda mucho para que amanezca. En cualquier momento quedaremos expuestos. Hay que remar con fuerza.

Cogimos los remos de nuevo e hicimos como decía el tullido, acercándonos hasta la orilla lo más rápido que permitían las exiguas fuerzas que nos restaban. Sin perder un instante, saltamos al agua y tironeamos de la embarcación, a la que habíamos retirado el mástil con la vela, hasta sacarla del agua.

No bastaba con dejarla en la orilla y taparla con vegetación. Los *blamenn* podían verla. Con los pies hundidos en aquellas marismas, teníamos que levantar la nave en vilo y, de la manera que fuese, adentrarnos entre la espesura.

Cada vez que alguien daba un traspiés lo que a cada instante era más frecuente, los demás debían repartir su carga, y eso aumentaba la agonía. Los hombres de Ikig, muy debilitados, poco a poco se fueron quedando atrás.

–Un poco más –dije apretando los dientes–, tras ese montículo.

Con los músculos a punto de estallar y gritando como lo hacía el resto de la tripulación, empujé rabioso, clavándome en el hombro el maderamen de la popa. De algún rincón conseguimos sacar las fuerzas necesarias para levantar aún un poco más el pesado *drakkar* y bajarlo tras el montículo que antes había escogido.

Cuando soltamos la nave, esta se deslizó un poco, atrapando a uno de los hombres de Ikig, que, exhausto, no había sido capaz de retirarse a tiempo. Por fortuna, una pierna rota fue lo único que Ari *el Rojo*, viudo de la desaparecida Inga, tuvo que lamentar.

Mientras, los que aún podíamos mantenernos en pie nos dedicamos a cubrir la embarcación con algunas ramas por si a las embarcaciones *blamenn* se les ocurría acercarse demasiado. Otros se dedicaron a cuidar a los heridos y vigilar a la Urraca, que había tenido que remar y se mostraba tan fatigado como el resto.

Ari *el Rojo*, con una rama en la boca para no morderse la lengua, tuvo que resistir mientras le estiraban la pierna para recolocarle el hueso y era entablillado. Hild y Olaf fueron colocados a su lado bajo un alcornoque cuya sombra sería de agradecer según avanzara el día, que se presentaba tan caluroso como de costumbre.

Entretanto, Einarr y Sigurd no se separaban de la orilla, desde la que, convenientemente escondidos, vigilaban la esperada llegada de los barcos *blamenn*.

No había levantado aún demasiado el sol y apenas habíamos tenido tiempo para descansar cuando el muchacho dijo:

–¡Ahí están!

Reptando para acercarnos hasta ellos, vimos como el río se iba cubriendo de velas. No menos de veinte embarcaciones fuertemente armadas bajaban por el *wadi al-Kabir* con las velas al viento y remando al son de un tambor que marcaba la cadencia. Calculando la velocidad a la que navegaban, y a pesar de ser naves más pesadas y lentas que las nuestras, pronto me quedó claro que no hubiésemos podido escapar de ellas.

–Debo reconocer que tenías razón –dije a Ikig, que se agazapaba a mi lado.

El Triturador dejó pasar el comentario sin darle mayor importancia y continuó examinando aquellas naves con sus extraños y brillantes sifones de bronce que llevaban la muerte en sus bocas.

–Realmente es una flota extraordinaria. Cuando atacamos el año pasado la ciudad, apenas llegué a ver sus barcos. Casi todas tienen esos tubos por los que escupen el fuego griego, que incendia y consume todo lo que toca, incluso bajo el agua. ¿Cuál será su secreto?

–El emir no deja que nadie lo sepa –repuso Rebeca susurrando como si los *blamenn* pudieran llegar a oírla–. Ni siquiera los soldados de *al-ustul*, su flota, pueden conocerlo. Siempre lo mantienen oculto en un gran cobertizo muy vigilado. Pero yo sé que es un líquido espeso y negro como el betún, que huele muy mal.

Cuando la última de aquellas embarcaciones desapareció río abajo y las aguas volvieron a calmarse, estallé en una carcajada irrefrenable. ¡Lo habíamos conseguido! A mi lado Krum sonreía, con sus ojos rasgados más estirados que de costumbre, y Marta se abrazaba a mí riendo. Los demás lo celebraban con palmadas, danzas improvisadas o revolcándose por la tierra.

Habíamos asaltado la ciudad amurallada que Björn *Costilla de Hierro* con un centenar de barcos no había podido tomar, teníamos a Ikig y a sus hombres con nosotros, y continuábamos con vida. Pasara lo que pasase a partir de ese momento, habíamos protagonizado una hazaña de la que se hablaría durante generaciones.

Durante el resto de la mañana apenas nos movimos, cada uno tumbado donde le había cogido el sueño, descansando y levantándonos solo en caso de necesitar echar los duendes, beber agua o atender a los heridos.

Sin embargo, por la tarde, los menos maltrechos fuimos a buscar comida, algo que no fue en exceso difícil, pues aquella tierra era rica. Vacas, jabalíes, toda clase de aves, caballos, cabras, frutas y olivos… y en el lecho del río cangrejos y peces.

Cenamos como no lo habíamos hecho desde hacía mucho tiempo, aunque no pudimos hacer fuego para evitar ser descubiertos. Pero la carne cruda fue igualmente aceptada, sobre todo por los hombres de Ikig, que eran los más hambrientos, aunque enseguida se colmaron, sin duda porque sus estómagos se habían encogido.

* * *

Aquellos festines y momentos de holganza se extendieron durante días. No sabíamos qué esperar. La flota del emir no daba señales de vida y no teníamos idea de si aquello era buena o mala señal. ¿Habrían salido a mar abierto tras lo que creían era nuestra estela? ¿O estaban emboscados entre la marisma esperando a que nos descubriéramos? En cualquier caso, aquellos días fueron un inmejorable bálsamo para casi todos. Digo «casi» todos porque lamentablemente para algunos fueron los últimos que pasaron en Midgardr, la tierra de los hombres.

Sin recuperar la consciencia ni por un momento y consumiéndose entre terribles estertores, Olaf *la Serpiente*, el mercenario que había contratado en la taberna de su tío Olaf *el Peludo*, murió. A pesar de que su traición pudo habernos costado la vida, debo reconocer que lamenté su muerte. Durante el año que habíamos permanecido en el poblado noruego, Olaf había sido un buen maestro para las mujeres. Su increíble facilidad para hacerse con lo que fuese necesario, aunque en ocasiones no fuera con buenas artes, nos había sacado de más de un apuro.

No era yo, como es de suponer, el más afectado por su desaparición. Ran no dejaba de llorar día y noche de pena, sin que Njâl *el Quemado* ni Groa pudieran darle consuelo.

También se marchó, quién sabe si a reunirse con su diosa, Hild, la sanadora. La mujer que llevaba el rostro tatuado de temibles colores, adornado con una lágrima de ámbar entre sus ardientes y oscuros ojos, y a la que nadie, salvo Marta ahora y Salbjörg *la Vieja* anteriormente, se atrevía a acercarse si no era con un buen motivo.

Hild no se había quejado en ningún momento, mientras la vida se le escapaba entre tormentos por la herida infligida a traición. Con el ceño fruncido y los labios cerrados como si fuese una máscara, la sanadora partió, lo que fue recibido con una mezcla de alivio y duelo.

Hicimos dos fosas, una al lado de la otra, y enterramos en ellas los cuerpos. Sobre el de Olaf dejamos sus cuchillos y unas monedas de oro por si podían serle de utilidad en el otro mundo. Encima del de la sanadora dejamos su bolsa de hierbas, con un manojo de estas, de sus pócimas y mixturas, no todas, pues quizá las necesitáramos y ya Marta había aprendido a utilizarlas con cierta soltura.

Allí, bajo un inmenso y poderoso alcornoque, dejamos a nuestros dos compañeros, cuyas almas serían conducidas por los pájaros que poblaban el árbol.

Alguien más inició su último viaje, aunque en este caso deseamos que terminase en el infierno. La Urraca, aquel traidor que nos había entregado al gobernador y por cuya culpa habían muerto Olaf e Hild, fue ajusticiado al segundo día tal y como se merecía.

* * *

Durante aquellos días, la tripulación de Ikig pudo obtener respuestas a sus numerosas preguntas sobre lo acontecido durante el año pasado en los calabozos de Ishbiliya, y también de cómo Leif Bardarsson había llegado marcado a la costa de la aldea y relatado sus penurias y las exigencias de sus carceleros.

Hablando todos a la vez, la tripulación de nuestro *drakkar* contó las diversas aventuras pasadas, convenientemente adornadas, desde el momento en que Leif fue llevado a la aldea por Thorstein hasta el día en que nos habíamos vuelto a reencontrar en el palacio del gobernador.

Sé que Marta habló con el Triturador, pues los vi alejarse entre los árboles, lo que me puso de mal humor. No sé qué es lo que se dijeron, pero a su regreso el *jarl* me miraba de manera más respetuosa y, creo que no me equivoco al decirlo, con un punto de envidia.

Por la liberta supo cómo su madre, la inolvidable Salbjörg, había embarcado en un viaje que sabía habría de costarle la vida, para poder rescatar a su amado hijo, y del papel que había tenido en esa muerte mi viejo enemigo Kodran *Tres Dedos*. Se enteró de la traición de su bella esposa, Sigrid, que no solo lo había abandonado a su suerte, sino que además lo había cambiado por un rico comerciante de la ciudad.

Pudo conocer por fin el motivo por el que Marta mandaba en aquel barco. Cómo ella, con la ayuda de la Vieja, se había encargado de reclutar la tripulación, construir un *langskips*, entrenar a las mujeres para la lucha y recorrer medio mundo en su busca.

No me cabe duda de que también le revelaría las motivaciones que la llevaron a tomar parte en semejante aventura, y me gustaría creer que terminó la historia hablándole de mí y del lugar que ocupaba en su corazón, el mismo que Ikig había ignorado a lo largo de los años habitados bajo el mismo techo.

Otros como Ari *el Rojo*, esposo de la alocada Inga, llamado así por el color de su piel, que contrastaba fuertemente con sus ojos, de un azul casi blanco, y Ragnfastr también conocieron la suerte que habían corrido sus esposas, muertas antes de alcanzar las costas donde los *blamenn* los retenían. Colmillo de Jabalí, que ignoraba que su mujer Arnora estuviese encinta, fue incapaz de articular palabra cuando supo que su mujer se había desprendido del hijo que llevaba en sus entrañas con grave riesgo para su propia vida para poder embarcar y arrancarle de las garras de sus captores.

Distinto fue el caso de Njâl *el Quemado*, que, feliz por reencontrarse con sus hermanas, debía lamentar la pérdida de su amada Embla, la compañera inseparable de Kara, muerta al mismo tiempo que Salbjörg por una flecha.

No se me escapó la mirada envidiosa de Ikig al conocer los detalles de la lealtad que estas mujeres habían mostrado con sus maridos. A pesar de que, estoy seguro, le roía el corazón, el orgulloso *jarl* no mostró sus sentimientos ante la infidelidad de su esposa y lo único que pidió fue ver la tumba de su madre, a dos días de distancia de la fatídica isla de Noirmoutier.

Con estas noticias, buenas para unos y malas para otros, como lo son siempre todas las nuevas, esos hombres que creían haber llegado al final de sus días temiendo una deshonrosa muerte a manos de aquellos a los que habían pretendido saquear, se pusieron al corriente de la situación y supieron del enorme esfuerzo llevado a cabo por aquellos que les querían.

Una semana después, bien descansados y alimentados, incluidos Ikig y los suyos, que en poco tiempo habían recuperado gran parte de sus fuerzas, y sin noticias de la armada del emir, fue Einarr el que nos sacó de aquel encantamiento en que nos encontrábamos sumidos:

–No podemos esperar mucho más. Las mareas vivas están por llegar y no sería aconsejable que nos las encontráramos durante el camino de vuelta.

Nos hallábamos lejos de casa, el verano se terminaba, aunque en aquella calurosa tierra de los *blamenn* eso no pareciera posible, y el enemigo nos rondaba, pese a que no nos hubiera descubierto.

Nos tocaba abandonar aquella isla paradisíaca, en la que la comida caía en la mano, y hacernos al mar para tratar de llegar cuanto antes a nuestras gélidas tierras.

* * *

Los cuatro días siguientes los dedicamos a preparar nuestro *drakkar* para la vuelta a casa. Por suerte, entre los hombres que habíamos liberado había un hábil carpintero. Siguiendo sus indicaciones, logramos recomponer el maderamen, que tras tantas vicisitudes estaba un tanto descoyuntado. Con las fibras de algunas ropas hicimos una especie de estopa y la impregnamos en el sebo derretido de algunos jabalíes, cuya grasa habíamos fundido en un pequeño fuego, encendido a riesgo de ser descubiertos. Preparamos la vela y la untamos con el resto del sebo. También nos aprovisionamos de alimentos y agua, afilamos las armas, fabricamos unos remos para sustituir a los que estaban en mal estado y nos dispusimos a partir.

Llegaba el momento de las despedidas, pues no todos iban a embarcar.

CAPÍTULO 21

Marta *Ojos de Fuego* se obstinó en convocar un *thing* especial antes de subir al barco. Quería que todo el mundo pudiese hablar y dar su opinión sobre cómo debería ser el viaje de vuelta y qué hacer con Kara, Yngvard y Ran, los tres amotinados supervivientes, además de Thorstein, Temujín y Zubayda, que habían regresado para liberarnos.

Como no disponíamos de un recitador de leyes que abriera la asamblea, su función la hizo Einarr, al ser el más anciano. Con el aplomo que había ganado desde que partiera desde Svennsson, el tullido explicó a los presentes las normas que regirían el *thing*. Una vez que terminó la exposición, preguntó quién comenzaría y Marta tomó la palabra:

–Es hora de regresar a casa –dijo adelantándose un paso en el círculo que formábamos–. Einarr dice que es peligroso esperar mucho más, pues podríamos encontrarnos las mareas vivas de esta época. Llevamos una semana aquí y nada sabemos sobre dónde se encuentran nuestros perseguidores ni qué intenciones tienen.

–Si nos están esperando donde se cruzan las aguas del mar con las del río, no podremos escapar –apuntó Lorelei.

–Es verdad. Pero quedarnos aquí tampoco es una solución. Ignoramos si los *blamenn* se han dado cuenta de que los hemos engañado. Quizá nos estén buscando a lo largo del río.

–Tienes razón –dijo Lorelei–, y sabes que no me gusta la idea de esperar aquí. Cuanto más tiempo permanezcamos escondidos en este lugar, más riesgo de ser descubiertos corremos. Pero ¿cómo evitar que nos atrapen si nos están esperando?

–Este río es muy ancho y, según descendemos sus aguas, su contorno desaparece. Cuando lleguen las lluvias, nadie podrá decir dónde termina el río y comienza el mar –intervino Groa–. No pueden cerrarnos el paso en toda la salida. Necesitarían cientos de barcos.

–Los tienen –dijo Rebeca, que seguía la conversación con alguna dificultad, preguntando de vez en cuando a su amado Asvald, que le explicaba como podía el sentido de nuestras palabras–. La flota del emir puede cubrir todo el río desde Ishbiliya hasta el mar.

Quizá la muchacha exagerase, aunque de cualquier modo no era cuestión de averiguarlo.

–Además no os olvidéis de que poseen el fuego griego –añadió la recién liberada esclava–. El año pasado, cuando llegaron los barcos que traían a vuestros hombres, vi lo que les hacían aquellas lenguas rojas.

No sé si lo he dicho antes, pero durante los muchos años que he alquilado mi brazo a poderosos señores he participado en incontables combates en diferentes tierras. Sin embargo, y aunque los guerreros de aquel dios Alá no me eran desconocidos y conocía los efectos de tan mortal arma, nunca había visto funcionar el fuego griego.

Al igual que yo, ninguno de los demás había tenido ocasión de verlo, quitando tal vez el silencioso bárbaro, que permanecía ausente como de costumbre. Ni siquiera Ikig y los suyos, pues cuando fueron atacados por la flota ya se encontraban fuera del río.

–No saldremos por la boca del río –respondió Marta, dejando asombrados a todos.

–¿Y por dónde lo haremos entonces? –preguntó alguien.

–Remolcaremos la nave por tierra para llegar al mar más al oeste. Lo suficiente para que los *blamenn* no nos descubran.

Los tripulantes se miraban los unos a los otros. El esfuerzo que pedía Marta era grande. Ya no se trataba de superar las cascadas de un río o sacar la embarcación del agua para que no fuese descubierta, sino que pretendía recorrer una larga distancia penosamente cargados.

La muchacha ya me había adelantado sus planes, por lo que la aparentemente descabellada idea no me cogió por sorpresa. Pero faltaba por saber cómo reaccionaría nuestra fatigada tripulación ante ella. No tardaron en aparecer las discusiones. Hombres y mujeres protestaron airadamente, sobre todo los compañeros de Ikig, más debilitados.

Aquello suponía una dura prueba para la autoridad de Marta. Si se negaban a obedecer, volveríamos a tener problemas. Pero estaba claro que la antigua esclava estaba tocada por la *haminja*, la suerte favorable que debe acompañar a un cabecilla para que sus hombres le sigan al interior del mismo infierno.

Paulatinamente fueron silenciándose las voces en contra, sustituidas por un resignado silencio.

–Primero debemos decidir qué hacer con los que se amotinaron –dijo Marta cuando todos volvieron a prestarle atención.

–Tú dijiste que se quedarían aquí –saltó de inmediato Freyja.

Miré a Groa, que guardaba silencio. La fogosa mujer estaba dividida. Deseaba vengarse de Kara e Yngvard y quería que fuesen desterrados, pero por otro lado su joven hermana Ran corría el mismo destino. Castigar a unos era castigarla a ella.

–Es cierto que lo dije –contestaba entretanto Marta–. Pero quiero que sea el *thing* quien lo decida. Han pasado cosas desde entonces y merece que lo reconsideremos. Yo por mi parte deseo perdonarlos.

–¡No podemos hacer eso! –respondió escandalizada Freyja–. Nos traicionaron. Yo digo que los dejemos aquí.

–Por su culpa murió Salbjörg –dijo Ikig–. Y nosotros casi también. Si por ellos fuera, aún estaríamos en manos de los *blamenn*.

–No tuvieron piedad de Habib –intervino Abu con su grave voz, refiriéndose al esclavo liberto que habíamos abandonado a su suerte por haberse quedado dormido durante su guardia la noche en que alguien, nunca supimos quién, robó el poco agua que teníamos–. Es justo que no la tengamos nosotros ahora.

Otros se posicionaron en contra del perdón y otros no quisieron o no supieron hacerlo. Yo expresé mi opinión. Merecían el castigo y debían cumplirlo. Pero la opinión que más nos conmovió fue la de Vagn, el hijo de la propia Kara, ahora liberado.

–Estamos hablando de mi madre –dijo el muchacho, pues apenas era un par de años mayor que Sigurd, aunque estaba más hecho que este. Y mirándola a los ojos añadió–: Has deshonrado la memoria de mi padre, Aslak, y de mi hermano, Bue, y me has deshonrado a mí. No te reconozco como madre. Yo digo que deben ser castigados para limpiar el honor de mi familia.

A Vagn no le flaqueó la voz ni desvió la mirada de su madre, que en esos momentos inspiraba lástima y tenía los ojos llenos de lágrimas.

–Esperad –dijo Groa cuando se evidenció que nadie más iba a tomar la palabra–. Aún no he hablado yo.

–Hazlo ahora, Groa –invitó Marta ante el silencio de la mujer.

–Yngvard y Kara son los culpables de la traición y merecen el castigo. Pero no mi hermana. Se equivocó, es cierto, aunque no estaba en sus manos haberlo impedido. Pido clemencia por ella, si de algo ha de valer mi esfuerzo en esta empresa.

–Tu esfuerzo, como el del resto de nosotros –dijo Lorelei con voz calmada–, ha servido para liberar a nuestros hombres, uno de ellos tu hermano. Yo no he conseguido salvar a ninguno de mis hijos ni a mi marido. Entiendo tu postura, pero no sé si se pueden hacer diferencias.

–Si condenáis a mi hermana al destierro, haréis lo mismo conmigo. No permitiré que se quede aquí sola –repuso Groa con determinación.

–En ese caso, yo también me quedaré –intervino el hermano de ambas, Njâl *el Quemado*.

–Y yo –se limitó a decir Svava sin levantarse de donde se encontraba sentada.

Entretanto la asustada Ran miraba a un lado y a otro, como lo haría una liebre atrapada entre una jauría de lobos que van a comérsela.

–¿Cómo solucionaremos esto? –preguntó Lorelei mirando a Marta.

–Por Ran responden tres personas –dijo esta tras reflexionar un momento–. Dos de ellas han peleado y se han mantenido fieles. ¿Alguien responde por Yngvard o por Kara?

Como era de esperar, nadie dijo nada y cada uno miraba a su alrededor para ver qué opinaba su vecino.

–¿Estáis de acuerdo en que se permita volver a Ran y no así a Yngvard y Kara? –preguntó Marta

Uno por uno, todos asintieron. Quizás aquella decisión no fuese justa, pero nadie la protestó, ni siquiera el estruendoso mercenario ni la astuta mujer que no se había repuesto aún del mazazo recibido por la condena de su propio hijo.

–Queda así acordado entonces –dijo Marta–. Yngvard *Hacha Sangrienta* y Kara, viuda de Aslak, os quedaréis aquí por vuestra traición y no podréis regresar jamás a la aldea de Svennsson. Ran, hija de Gardar, quedas bajo la custodia de tu hermana Groa. Si durante el regreso no la obedecieras, o trataras de amotinarte de nuevo, serías abandonada en el mismo lugar donde lo hagas. ¿Tenéis algo que decir?

Ninguno de los tres tomó la palabra. Yngvard no abandonaba su sonrisa provocadora. No sé si el mercenario a lo largo de los días pasados había pensado que el castigo le sería levantado, pero ahora que quedaba claro que debería quedarse en la tierra de los *blamenn* su actitud burlesca fue la de siempre.

No tendría problemas para buscarse la vida. Intrépido, buen luchador, fuerte y con dominio de sus armas, sería contratado rápidamente por cualquier señor.

Diferente era la situación de Kara. En ella todo signo de arrogancia se había esfumado. Creo que pensaba que, una vez que hubiésemos liberado a la tripulación de Ikig, entre ellos a su hijo y a su marido, Aslak, del que pensábamos que seguía con vida, su traición sería perdonada.

No tenía nada que temer de su propio marido porque hubiese frecuentado a Yngvard, pues es sabido que cuando un hombre abandona por una larga temporada su tierra no se privará de gozar de otras mujeres, y otro tanto le ocurre a la esposa que atrás queda. No son los helados parajes normandos lugar para que la cama de una mujer esté fría noche tras noche. Como solemos decir, nuestras mujeres no están muertas.

Jamás sabríamos qué tenía pensado hacer Kara con Hacha Sangrienta si hubiésemos conseguido liberar con vida a Aslak *Caballo*. Sin embargo, ahora que la mujer había zanjado este dilema se había topado con otro aún más doloroso: el orgullo herido de su propio hijo.

La más contenta era Ran, en cuyo rostro se podía ver el alivio que suponía su indulto. Al margen del grupo permanecía la bella Svava, pues no parecía ser bien admitido su amor por Groa. Debo añadir que siempre pensé que esta relación había sido la causa del abismo abierto entre las dos hermanas.

Quedaba por tanto solucionada la cuestión de qué hacer con los amotinados. Tan solo faltaba por saber cuándo partiríamos, algo de lo que ya habíamos hablado con Einarr y que Marta comunicó al resto de la tripulación:

—Partiremos mañana por la mañana en cuanto la marea nos sea favorable. Necesitaremos agua y algo de comida. No podemos cargar demasiado el *drakkar*, pues tendremos que remolcarlo después. Esta tierra es rica y podremos abastecernos allá donde estemos. Todo lo que no sea necesario se quedará aquí.

De esta forma terminó el *thing* y cada uno se fue por su lado para preparar la marcha.

En los rostros, hasta esa mañana tranquilos y confiados, pude apreciar preocupación. Durante un año entero, el objetivo había sido llegar hasta Ishbiliya y liberar a los prisioneros. Una vez rescatados y de nuevo la tripulación entera reunida, durante la semana transcurrida en la isla de Qabtîl nos habíamos relajado, ocupándonos solo de comer, reír, descansar, hablar y volver a reír, como nos gusta hacer a los nórdicos cuando nos encontramos en nuestras tierras, echando de menos tan solo la cerveza y el hidromiel.

Ahora, sin embargo, debíamos enfrentarnos al largo viaje de regreso, peligroso y arduo como ya se había demostrado, comenzando con una travesía con el pesado *drakkar* remolcado por tierras pantanosas pobladas de víboras, lobos y otras amenazas.

Durante el resto de la jornada nos preparamos para la inminente partida: revisamos de nuevo la nave, afilamos nuestras armas, reparamos los escudos y las ropas, recogimos agua y embarcamos algunas frutas, huevos y carne.

Luego, cada uno pasó el resto del día como quiso... Yo lo hice con Marta, que, en un momento dado, me llevó aparte del grupo, tal y como hiciera días atrás con el *jarl* Ikig, lo cual no hizo sino acrecentar mi mal humor. Ella debía de intuir mi ánimo, pero si así fue no hizo nada por calmarlo.

A unos cien pasos del campamento, Marta tomó mi mano y me miró a los ojos. Airado, estaba a punto de preguntar qué ocurría, cuando ella selló mis labios con una de sus pequeñas manos, mientras con la otra me empujaba con suavidad, hasta que los dos acabamos tumbados sobre la hierba.

Todo desapareció a mi alrededor. Atrapado en el abismo de sus ojos, no era capaz de librarme del embrujo. Las manos de la hechicera me desnudaron lentamente y al final mi cuerpo quedó como el de un recién nacido. Y entonces le tocó el turno a ella.

He estado anteriormente con muchas mujeres. A unas las he conquistado, a otras las he pagado y a otras las he forzado. Las hembras no tienen secretos para mí.

O eso pensaba yo.

Mi corazón desbocado cabalgaba como durante la batalla; y, si aquello realmente hubiera sido una batalla, yo hubiera sido derrotado desde el mismo momento en que mi enemigo había clavado su mirada en mí.

Tumbado boca arriba sobre la hierba, Marta me atrajo hacia sí hasta colocarme sobre ella. Yo temía aplastarla, pero ella no parecía notarlo. Con delicadeza, tomó mi miembro, tan enhiesto como el mástil de un *drakkar*, y lo embocó en su húmeda cueva.

Hice lo posible por no dejarme arrastrar por la salvaje lujuria que me devoraba, y traté de penetrarla con suavidad; mas la hechicera, entrecerrando un poco los párpados y con el cuerpo tenso como la cuerda de un arco, no lo permitió. Me clavó las uñas en las nalgas con fiereza y me adentró en su interior.

La embestí como las olas del mar embravecido al acantilado. Una y otra vez. Y otra. Gemí y jadeé; la gocé como nunca antes lo había hecho. Fundimos nuestros cuerpos de tal manera que ni el propio Odín hubiera sido capaz de separarnos. Cuando me vacié dentro de ella, rugí como el trueno, y Marta no se quedó atrás.

Rendidos tras la batalla yacimos sobre la hierba hombro con hombro tratando de recuperar el aliento. No demasiado rato, pues de nuevo comenzamos una nueva escaramuza aún más placentera que la anterior.

Y así fue como averigüé quién habría de ser mi compañera por el resto de mis días. Marta *Ojos de Fuego* había logrado lo que antes otros muchos, más fuertes y con poderosas armas, habían intentado sin éxito. Que Thorvald *Brazo de Hierro*, hijo del *jarl* Stymir *el Viajero*, inclinara la rodilla ante su vencedor.

Era una noche oscura. Luna, hijo de Sol, no aparecía montada en su carro y las estrellas estaban ocultas por las nubes. Para nuestra sorpresa, Einarr, Sigurd y Sif habían levantado una pequeña choza de ramas y hierbajos entretejidos con barro, y dentro habían prendido una hoguera, bien oreada, sobre la que asaban un jabalí.

Desde fuera resultaba imposible ver las llamas y el humo que se escapaba por la techumbre apenas se distinguía con aquella oscuridad. El olor que provenía de la choza, sin embargo, no podía engañarnos y nuestros estómagos rugían mientras esperábamos que terminara de cocinarse el animal.

Por fin sacaron el jabalí del espetón y lo trocearon. Amontonados en torno a la choza para poder aprovecharnos del escaso resplandor que escapaba de los huecos de aireación, dimos cuenta de aquel festín, el primero de carne asada que habíamos comido en quién sabe cuánto tiempo.

Aunque preferimos las carnes y los pescados hervidos sobre los asados, carecíamos de ollas donde cocer un buen potaje. Sin embargo, no creo que nadie las echara de menos. El ambiente volvió a ser tan festivo como lo fuera la víspera, antes del *thing* de la mañana, y creo que solamente Kara no disfrutó de la cena.

Cuando terminamos, apagamos el fuego y nos acostamos. Aquella noche la pasé bajo la misma manta que Marta *Ojos de Fuego*. Desde entonces, pocas han sido las ocasiones en que no lo he hecho así.

* * *

Al amanecer nos levantamos y embarcamos. En cuanto estuvo todo dispuesto, con el mástil tumbado entre las filas de remeros, bogamos para adentrarnos en el río. Buscábamos un lugar seguro y despejado en la orilla del cauce donde poder desembarcar a los que no continuarían con nosotros.

En la orilla izquierda encontramos una zona que nos habría de servir. Einarr condujo la embarcación hacia allí, haciendo que los numerosos pájaros posados en las ramas de los árboles levantaran el vuelo ruidosamente.

Desembarcamos, sin perder de vista los alrededores por si surgía algún peligro y debíamos regresar al río rápidamente. Mientras montábamos guardia se hizo el silencio. Había llegado el momento de las despedidas.

A las ya dichas de Yngvarð y Kara se unieron otras. El mercenario no quiso despedirse de nadie y aguardó alejado, con su sangrienta hacha al hombro, a que Kara lo hiciese de su hijo y le siguiera.

Pero Vagn no mostró ningún interés en saludar por última vez a su proscrita madre, y la traicionera Kara, con los ojos llenos de lágrimas, nos dio la espalda y se alejó tras Hacha Sangrienta perdiéndose entre los árboles.

Fue la última vez que vi a estos dos y, aunque tuve noticias de ellos, no viene al caso referirlas aquí. No puedo dejar de añadir que jamás lamenté perderlos de vista y, si acaso, lo único que me eché en cara fue no haber escuchado a Marta cuando, antes de comenzar el viaje, me sugirió que me desprendiese de él.

—Creo que nosotros también nos quedaremos —dijo Asvald cogido de la mano de la pequeña y vivaz Rebeca cuando se hubieron alejado los amotinados.

El joven hijo de Dalla, la miedosa viuda que había preferido quedarse en la aldea cuidando la granja Svennsson antes que embarcar en nuestra nave, parecía muy decidido.

—¿Quieres que le llevemos algún mensaje a tu madre? —preguntó comprensiva Marta.

—Decidle que me quedo con la mujer que quiero —repuso el joven mirando a su sonriente novia—. Y que me hubiese gustado volverla a ver.

Creo que las últimas palabras de Asvald fueron una censura hacia la actitud de su madre por no haber ido en su búsqueda, pero nada más añadió el hijo de Dalla.

—Te debemos mucho, Rebeca. Toma estas joyas y quédate con nuestro agradecimiento y amistad —le ofreció Marta.

La joven liberta, con los ojos llenos de lágrimas, tan solo acertó a fundirse en un abrazo con Marta. Ver a las dos pequeñas mujeres llorando una en brazos de la otra no era algo que un normando estuviese demasiado acostumbrado a ver.

Por mi parte estreché la mano de Asvald, al igual que hizo Ikig, su *jarl* y antiguo capitán en la expedición en la que el muchacho había tomado parte con ganas de labrarse un nombre y conseguir riquezas, y el resto de la tripulación.

Después me quedé frente a la burlona y recién liberada esclava, en cuyos ojos enrojecidos se reflejaba la alegría de la antigua ladrona.

—Quién hubiese dicho que una pequeña *blamenn* pudiera ayudar tanto a unos fieros guerreros normandos —le dije.

–Quién hubiese dicho que un fiero guerrero normando se apenaría tanto de perder de vista a una pequeña *blamenn* –contestó ella. Sus verdes ojos aún brillaban más.

Nos echamos a reír con ganas y después, para mi sorpresa, Rebeca se colgó de mi cuello y me dio un abrazo con todas sus fuerzas.

–Cuida bien de mi amiga, grandullón.

–No te preocupes, pequeña, que así lo haré.

–Bueno, Zubayda –dijo Marta con una sonrisa pasando la mano por el hombro de la muchacha que siempre la había considerado una rival–. Ha llegado vuestro turno.

La liberta negra había permanecido discretamente apartada, abrazada a Abu. Debo confesar que, aún conociendo sus planes de quedarse en aquella calurosa tierra antes de comenzar el viaje, dado el afecto que había tomado a Abu tenía la esperanza de que regresaran con nosotros. Pero una vez más Marta se me había adelantado, presintiendo las intenciones de la pareja.

–Sí… –contestó la novia del Halcón con la voz entrecortada–. Creo que debería disculparme…

–No. No lo hagas –le cortó amigablemente Marta–. Os deseo la mayor de las suertes. –Y pasando la mano sobre el vientre liso de la muchacha añadió–: A vosotros y al que está por llegar.

–¿Cómo lo sabes? –repuso Zubayda abriendo mucho los ojos, pues no se lo había dicho a nadie, ni siquiera a Abu, que también se mostraba sorprendido por la noticia.

–Lo habré aprendido de Hild, la curandera –contestó sonriente Marta, sin darle más importancia. Y con un guiño anunció–: Será niño. Toma esto. Os vendrá bien –dijo entregándole el resto de las joyas de Kodran *Tres Dedos* que aún nos quedaban.

Las dos muchachas se fundieron en un fraternal abrazo y sus lágrimas también se entremezclaron. Cuando se separaron le llegó el turno a Abu.

–Gracias, hombretón –dijo Marta sin poder evitar las lágrimas, enterrando su diminuta mano entre las enormes zarpas del negro–. Sabía que cumplirías tu palabra. Te echaré de menos.

–Y yo a ti, Marta *Ojos de Fuego* –contestó Abu levantándola en el aire y estrechándola contra su pecho–. Si te equivocas y es una niña, le pondremos tu nombre.

–Gracias, Abu –le dije cuando dejó en el suelo a la mujer que yo seguía viendo como una muchacha.

–Gracias a ti, Thorvald. No creo que nos volvamos a ver, pero recordaré con orgullo haber luchado a tu lado.

La pareja de antiguos esclavos tuvo que despedirse del resto de la tripulación, con la que a lo largo de aquella travesía había hecho gran amistad.

Especialmente emotivas fueron las separaciones del negro y Sigurd, al que había cogido gran cariño, y de Einarr. Breves pero sinceras fueron las palabras que intercambió con mi compañero Krum y Temujín, los otros dos embarcados que no pertenecían, como ellos, a mi raza.

Nos embarcamos sin demora, adentrándonos de nuevo en la corriente que debería acercarnos al mar.

Salvo Krum, ninguno de nosotros volvimos a ver jamás a Abu, Zubayda, Asvald y Rebeca, y apenas tuvimos noticias de ellos. El lapón, en uno de sus arriesgados viajes a sueldo de un nuevo señor, que ya hizo solo, tuvo ocasión años después de volver a poner sus inexpresivos y rasgados ojos sobre el noble negro y, según pude entrever en el breve comentario que me hizo a su regreso, lo celebraron por todo lo alto.

Solo debo añadir aquí, antes de continuar con el relato, que Marta de nuevo tuvo razón y el fruto de la pareja fue un niño al que pusieron por nombre Einarr.

Continuamos el descenso del río hasta que llegó el atardecer. Las marismas se mostraban silenciosas. Con el calor, los pájaros preferían permanecer posados sobre las ramas de los árboles, viendo pasar con indiferencia a aquel extraño ser que ondulaba sobre las aguas, hundiendo en estas sus extremidades.

Pasamos la noche en uno de los islotes que se esparcían por el río para evitar malos encuentros. En medio del cauce podíamos ver llegar el peligro que suponía la presencia de una lejana vela sobre la corriente. Fue una noche incierta en la que no se encendió fuego ni se contaron historias. Después de cenar parte de lo que habíamos traído, montamos la guardia y nos dispusimos a dormir, dejando todo embarcado por si debíamos huir con premura.

Sin embargo, nada perturbó el sueño de los que no debieron turnarse en la vigilia, y al amanecer nos embarcamos de nuevo. Las aguas se veían revueltas y resultaba evidente incluso para quien no conociera la magia de la navegación que el mar no andaba lejos. Einarr tomó un canal a estribor, el que más prometía, y nos adentramos en él confiando en que se alargara durante una buena distancia, haciendo más breve nuestra marcha con el navío a rastras.

Aquella jornada avanzamos muy poco y tuvimos que volver a buscar un lugar donde pasar la noche, que, al igual que la anterior, no fue demasiado animada. Al menos, pensé cuando me disponía a dormir abrazado a Marta, no habíamos tenido que cargar con la embarcación.

Esa suerte se acabó al día siguiente. El carro de la diosa Sol aún no había avanzado demasiado en la bóveda celeste que sujetan los cuatro enanos cuando el famélico cauce desapareció del todo. Durante cuatro penosas jornadas tuvimos que remolcar el *drakkar* por aquellas tierras que pronto comenzaron a ascender, haciendo aún más arduo el trabajo. Sin embargo, no escuché ninguna queja y nadie, incluidos los recuperados hombres de Ikig y este a la cabeza, escatimó esfuerzo alguno para continuar avanzando lentamente con el barco, que, como si de un dragón herido se tratara, se bamboleaba por aquellas marismas.

No pude dejar de maravillarme, a pesar del cansancio que, como a los demás, me postraba, de la actitud de la tripulación. Durante el viaje de ida, y especialmente en las primeras jornadas de navegación, las quejas habían sido numerosas y la diligencia escasa.

Ahora, en cambio, cada uno se esforzaba todo lo que podía y se contentaba con lo que había, que tampoco era demasiado, puesto que, al caer la tarde y cuando parábamos para descansar, nadie estaba sobrado de fuerzas como para salir de caza y nos limitábamos a comer lo que tuviéremos a mano, racionando la escasa agua que aún nos quedaba.

Tan solo Einarr, que con su única pierna no podía ayudar salvo dando ánimos y buscando el mejor camino, y Hader *Barba Gris*, uno de los hombres de Ikig, no tiraron de las cuerdas. Y es que el marido de Signe, que aguardaba en la granja Svennsson, había contraído el mal de los pulmones antes de que llegásemos a rescatarlos y se consumía a ojos vista, escupiendo sangre cada vez que tosía.

No guardo ningún otro recuerdo de aquellos días salvo el agotador trabajo de tirar, levantar y volver a tirar de aquella embarcación a la que llegué a odiar. Realmente hubiese preferido tener que atacar yo solo el palacio del gobernador de los *blamenn* a continuar con aquella tortura.

Por fin llegamos a la última cima de una baja colina, más allá de las marismas, y el camino comenzó a descender de manera suave, lo que supuso un gran alivio. Le pedí a Krum que dejara las cuerdas de las que tiraba y se adelantara para encontrar la mejor ruta. El pequeño lapón, aliviado, se perdió entre los árboles y durante horas no supimos nada de él.

Cuando aquella noche del cuarto día mi hermético compañero regresó, las noticias que traía no pudieron ser mejor acogidas.

–Si seguimos aquella dirección –dijo señalando con el brazo–, la tarde de mañana habremos llegado al cauce de un río.

–¿Es grande? –preguntó esperanzada una de las mujeres.

–Lo suficiente –se limitó a responder el *sámi* antes de tumbarse y quedarse dormido profundamente.

Como había prometido mi compañero, al día siguiente, cuando Sol comenzaba a descender, ante nosotros se esparcían como las venas de una mano tímidos regueros de agua sobre cauces resecos. Animados por el encuentro, tratamos de avivar el paso y esto a punto estuvo de causarnos una desgracia, pues la embarcación se nos escapó y por poco atrapó a Freyja contra un árbol.

Repuestos del sobresalto y con más cuidado, culminamos el descenso y encontramos suficiente profundidad como para echar el *drakkar* al agua y que fuese este quien nos llevara a nosotros en vez de al revés.

–¿Tienes idea de qué río es el que cruzamos? –pregunté a Einarr.

Estábamos ya embarcados, pero por precaución no colocamos el mástil, así que cambiamos las cuerdas por los remos para poder seguir el curso del riachuelo.

–No. Pero las aguas comienzan a estar revueltas. No creo que estemos lejos del mar.

–¿Y suficientemente lejos de la flota del emir?

–Quién sabe –repuso el tullido encogiéndose de hombros–. Nos hemos alejado bastante de la entrada al Gran Río. Si tienen suficientes barcos como para llegar a cerrar la boca de este río, me temo que no podamos hacer nada.

Con estas palabras tan poco tranquilizadoras continuamos moviendo los remos al compás. Sol seguía inmutable su propia travesía por el cielo despejado y ya sus sombras se proyectaban cuando Einarr volvió a hablar.

–Sería mejor hacer noche aquí y esperar a que amanezca.

–¿Estás seguro, viejo? –pregunté–. ¿Por qué no continuamos y aprovechamos la oscuridad para adentrarnos en el mar?

–Estas tierras están llenas de peligros y nos son desconocidas. Si los *blamenn* aguardan fuera, nos encontrarán antes de que nos demos cuenta. Quizás haya algún barco escondido en la boca del río.

–Einarr tiene razón –apoyó Marta las palabras del timonel–, son tierras de los *blamenn* y se las conocen bien. Si están esperándonos, no podremos pasar, y, si no es así, mejor aguardar la luz del día para continuar.

No me opuse y volvimos a tomar tierra, por última vez, lejos del mar. Cuando a la mañana siguiente continuamos el curso, vimos algo que dio la razón al viejo zorro.

–Ahí delante hay algo –señaló Sigurd apuntando con la mano.

Me esforcé en descubrir qué señalaba, pero fue en vano. A mi lado Krum dijo:

–Es una cadena.

Entonces lo vi. A los lados del río y ya sin duda muy cerca del mar había dos torres, una en cada orilla, y entre ellas se tensaba una cadena de gruesos eslabones, que, cada cierta distancia, aguantaba su gran peso sobre troncos flotantes. No era la primera vez que veía aquello. Muchos pueblos cerraban sus pasos con cadenas a lo ancho del río para evitar que los asaltantes entraran a escondidas durante la noche.

Aquella cadena, colocada para evitar que nadie penetrase sin ser descubierto, nos cerraba el paso. Calculé que se levantaba dos palmos por encima de las aguas del río, lo suficientemente baja como para que no pudiésemos atravesarla por debajo y lo suficientemente alta como para que la nave no pudiera pasar por encima.

Por suerte, siguiendo el consejo de Einarr, no habíamos tratado de abandonar el río durante la noche, pues de haberlo intentado la cadena nos habría destrozado y habría hundido nuestro corcel de los mares, lo que posiblemente hubiese ahogado a más de uno.

¿Cómo dejar atrás aquella maldita cadena?

Acercamos la embarcación y tratamos de levantar la cadena lo suficiente como para escurrirnos por debajo, pero aunque no hubiésemos llevado los mascarones de popa y proa, que se elevan casi dos veces la altura de un hombre, el barco no habría podido pasar.

No teníamos demasiadas alternativas. Los eslabones eran demasiado gruesos como para tratar de romperlos con las mazas y se mostraban sólidamente ensamblados. Las tupidas orillas de aquel río no permitían que sacáramos la embarcación del agua y la volviéramos a meter una vez esquivado el obstáculo.

Solo quedaba acercarse a una de aquellas torres que fijaban la cadena y soltarla, aunque sería de esperar que se encontraran vigiladas. Al menos de momento no habían dado la alarma. Estando como estaban las torretas rodeadas de vegetación, era probable que la guardia no se hubiese percatado de nuestra presencia, aunque según avanzase la mañana y los centinelas se despejaran de su sopor correríamos más peligro.

—Tendremos que soltar la cadena —dijo Marta dando voz a mis pensamientos.

—Si nos acercamos a la orilla, corremos peligro —se limitó a apuntar Einarr—. Quizá nos han visto y están esperando que lo hagamos.

—¿Qué otra cosa podemos hacer si no?

—Retroceder por si no nos han descubierto —contestó el tullido—. Alguien tendrá que ir y soltar la cadena.

—Pero acabas de decir que no nos podemos acercar a la orilla.

—Tendrá que llegar a nado.

Einarr lo había dicho con total tranquilidad, pero todos lo miramos sorprendidos. ¿A nado había dicho? La distancia era demasiado larga para cualquiera de nosotros, acostumbrados a no alejarnos cuando nos adentrábamos en las frías aguas, por si Aegir nos reclamaba.

—No puede ir uno solo —dije calculando la distancia. No tenía claro que pudiera llegar hasta la torre, no digamos ya regresar.

—Yo iré —se ofreció convencido Ikig.

Sin pensárselo dos veces, el Triturador se desnudó y se ciñó una cuerda a la cintura, donde sujetó su cuchillo y una maza de mango corto.

—Yo le acompañaré —dijo Sigurd quitándose la ropa.

–Iré con ellos.

La última en hablar había sido la bella y silenciosa Svava, que se desprendió de sus ropas, ató su coleta en torno a la cabeza para que no le molestara y se armó de un largo cuchillo, colocándoselo como había visto hacer al Triturador y a Sigurd.

En cuanto estuvieron en el agua y los encomendamos a Odín y al resto de los dioses, tomamos los remos y remontamos hasta una mancha de vegetación en mitad del río. Allí aguardaríamos hasta que la cadena cayera y entonces remaríamos sin alejarnos del centro y recogeríamos a nuestros compañeros.

Con dificultad podía ver los bultos que eran sus cabezas mientras braceaban acercándose poco a poco a la orilla, tan lentamente que resultaba desesperante.

Habíamos escogido la orilla de la izquierda, pues nos había parecido más tupida su vegetación. En cambio, en la contraria, habíamos vislumbrado algún huerto y un sendero.

El tiempo pasaba y ya Sol comenzaba a calentar con fuerza cuando por fin los vimos salir del agua y acercarse a la torre detrás de la que desaparecieron.

Durante un interminable rato no vimos ni escuchamos nada. ¿Qué estaba sucediendo? ¿Los habían apresado? Sin duda, después de nuestro paso por Ishbiliya todas las guarniciones estarían prevenidas. Quizá los que vigilaban aquellas torres estaban alerta. Incluso podía ser que la cadena la hubiesen tendido para no dejarnos escapar.

¿Habrían sospechado los *blamenn* nuestra treta, apostándose en todas las corrientes por donde pudiera navegar una embarcación? Conteniendo a duras penas los nervios, tuvimos que hacer un gran esfuerzo para no coger los remos y bogar con todas nuestras fuerzas en auxilio de nuestros compañeros.

–¡Mirad, en la base de la torre!

Dos cuerpos se movían de nuevo por el agua acercándose a la cadena mientras un tercer bulto, no sabría decir de quién se trataba, se agachaba al lado de la torreta.

No tardamos en escuchar unos golpes amortiguados que provenían de aquella dirección. Instantes después, dos nuevas siluetas asomaron de la torre y se dirigieron hacia el lugar de donde provenían los golpes.

El bulto agachado se incorporó por detrás de los infortunados centinelas, que cayeron al agua, de donde no volvieron a asomar. Otros dos centinelas salieron de la torre y esta vez parecían ir con más cuidado, pues sus movimientos eran lentos.

De nuevo el bulto los cogió por sorpresa y pudo acabar con uno de los soldados. El otro tuvo tiempo de proferir un chillido, pero fue silenciado rápidamente.

Al poco cayó la cadena al agua y en ese momento azucé a la tripulación, que no necesitaba más, para lanzarnos río abajo con el *drakkar*. Bogando al compás hicimos deslizar la nave sobre las aguas hacia el encuentro de nuestros compañeros, que ya nadaban hacia el centro del cauce.

Según nos acercamos, nos dimos cuenta de que por lo menos uno de los nadadores tenía dificultad y colgando de una rama que le servía de improvisado apoyo era remolcado por los otros dos.

No tardamos en descubrir que se trataba de Ikig. El Triturador se sostenía a duras penas con la cabeza fuera del agua.

–¡Einarr, hacia allí! –ordené, y el viejo giró el timón para acercarnos hacia el grupo, que casi no avanzaba, tratando de que el peso del *jarl* no los arrastrara al fondo.

En cuanto llegamos a su altura, cogí por la melena la cabeza de Ikig y lo saqué del agua, dejando que escupiera toda la que ya había tragado antes de cogerlo como si se tratase de un pez especialmente pesado y dejarlo sobre la embarcación.

Los demás ayudaron a salir del agua a Svava y a Sigurd. La muchacha también había tragado agua y parecía agotada. El hijo de Voz de Trueno, al que los hombres llamaban como su padre, no parecía encontrarse en mejores condiciones, pero no perdía su sonrisa.

–Thorvald, a los remos –dijo Einarr sin darnos tregua–. Tenemos que alejarnos más de la orilla y llegar al mar. Los de la otra torre enseguida se darán cuenta de que la cadena ya no está tensa y comenzarán a perseguirnos.

El viejo tenía razón, pues en cuanto nos pusimos a la faena del otro margen empezamos a escuchar, ya en la lejanía, aullidos de rabia en aquella incomprensible lengua de los *blamenn*. Sobre lo alto de la torre nació una gran fogata, bien alimentada, que lucía dando la alarma.

* * *

Pocas horas después llegábamos donde las aguas dulces de aquel río y las saladas del mar se unían. Celebramos con alborozo el que las olas se hicieran con la embarcación sacudiéndola una y otra vez. Nos felicitábamos, abrazándonos y dándonos sonoras palmadas en las espaldas. Sin saber cómo, acabé abrazado a Ikig, que me devolvía alegre el apretón mientras entre los dos estrujábamos a Marta.

Tras lo que parecía una vida entera, dejábamos atrás las tierras de los *blamenn* y poníamos rumbo hacia el gran mar, a través del que, si nada se oponía, llegaríamos, después de tres semanas de navegación, a la aldea de la que habíamos partido meses atrás.

Por fin alcanzamos a doblar la punta última de la tierra y nos adentramos en las más frías aguas del gran mar. La alegría que nos había embargado al dejar atrás las tierras de los *blamenn* había disminuido un tanto, y es que las aguas por las que nos movíamos también pertenecían a los hijos de Alá.

Sucedió al atardecer del segundo día, cuando avistamos delante de nosotros la vela de una embarcación que navegaba con lentitud, como si sus tripulantes no tuviesen prisa por llegar a ninguna parte.

–¿Qué tipo de barco es ese? –pregunté volviéndome a Einarr.

–No lo sé –respondió este forzando la vista–. Aparenta ser un mercante.

–¿Y por qué navega tan despacio?

–Eso mismo me pregunto yo.

–Quizá tengan algún problema –apuntó Marta.

–Tal vez –contestó Einarr sin demasiada convicción, con los ojos entrecerrados–. De las armas no hay en el campo que alejarse un paso, nunca se sabe por esos caminos cuándo hará falta la lanza.

–Podríamos abordarlos –propuso Ikig, que ya parecía haber olvidado el año de encierro entre aquellos a los que pretendía saquear.

–Quizá fuese mejor dejarlo pasar y rodearlo –dijo Einarr.

–Estoy de acuerdo –apoyé tras meditarlo–. No sabemos de qué se trata. Lo evitaremos.

No puede dejar de notar que Ikig me miraba con mala cara, como quien mira a un cobarde o a un tonto que deja pasar la ocasión. Pero no me dio tiempo a enfadarme, pues el tullido volvió a decir:

—Creo que se disponen a maniobrar.

Volvimos a centrar nuestra atención en la embarcación, de la cual ya podíamos ver su cubierta y reconocer las figuras de su tripulación, que parecía ser escasa.

—Están hinchando la vela. ¿Querrán huir?

—No lo creo —me contestó Einarr con voz cada vez más recelosa—. Al contrario. Yo diría que tratan de acercársenos.

Hasta el Triturador cambio en ese momento su expresión despectiva por otra de incredulidad.

La tripulación de la nave se movía con despreocupación, lo cual no tenía mucho sentido si se trataba de una embarcación mercante a punto de cruzarse con un *drakkar* normando. A menos que no se hubiesen percatado de nuestra presencia, lo que era del todo imposible.

Yo había escuchado hablar de la ferocidad de los piratas que asolaban aquellas aguas y contra las que no podía ninguna flota de ningún gobernante, ya fuese de los musulmanes o de los cristianos.

Pero una embarcación solitaria no se atrevería, por bien que estuviese equipada, contra un *langskips* lleno de gigantes hombres del norte, como nos describían a nosotros, los *madjus*, los adoradores del fuego.

No éramos capaces de identificar qué clase de navío era aquel. No se parecía a los barcos que habíamos podido contemplar en el Gran Río. Era más estrecho, de menor calado, y su palo central soportaba una vela de mayor superficie. Debía de ser bastante veloz.

Y apuntaba su proa hacia nosotros.

—Igual nos ha confundido —insinuó alguien, tratando de ofrecer una explicación que no resultara peligrosa.

—¡No! —gritó Einarr poniéndose en pie sobre su única pierna y sin dejar de sujetar el timón—. Están sacando los remos.

El viejo tenía razón. Como si se tratara de un gusano que de pronto despertara y extendiese sus patas, la nave comenzó a moverse cada vez más rápido y enfilaba a por nosotros.

No nos quedamos mirando: en cuanto el tullido dio el aviso, sacamos nuestros propios remos y comenzamos a bogar para alejarnos. Mientras maniobrábamos para escapar, algo de lo que ningún normando estaría orgulloso, la nave enemiga se fue acercando velozmente. Dos hombres en su proa amarraban algo que nos estaba velado por una tela que lo cubría. Cuando acabaron de fijarlo, retiraron la tela.

Lo que se veía detrás de nosotros era la oscura boca de un tubo de bronce que pude reconocer al instante.

–¡Tienen el fuego griego! –exclamé a voz en grito.

Nuestro peor sueño se había hecho realidad. Aquella aparentemente indefensa embarcación en realidad pertenecía a la flota del emir y gracias a su apariencia había logrado acercarse demasiado a nuestro *drakkar* y ahora nos apuntaba con aquella desconocida y terrible arma que hacía arder los barcos incluso cuando estos, hundidos, descendían hasta el fondo del mar.

–¡Remad! –grité con todas mis fuerzas, aunque no era necesario, pues ya todos se habían dado cuenta del peligro que corríamos y se aprestaban en sus puestos.

No conocíamos el alcance del fuego griego, pues sobre él corrían multitud de rumores, sin duda muchos de ellos muy exagerados. Pero si alguno se acercaba a la realidad, nuestra situación resultaba desesperada.

No tardamos demasiado en ser horrorizados testigos de lo que podía llegar a hacer aquel monstruo. La primera descarga se quedó un tanto corta y no llegó hasta la embarcación, pero el calor desprendido hizo que el pelo de brazos y piernas se chamuscara y la piel ardiese.

La embarcación continuaba acortando distancia. Si nuestro *drakkar* era rápido, nuestros perseguidores no se quedaban atrás y partían con ventaja, pues nuestra maniobra aún no había acabado. Era imposible saber cuánto tiempo tardarían en cargar aquel tubo para un segundo ataque, que en este caso ya sería definitivo. Solo podíamos encomendarnos a nuestros dioses para que lucharan contra el suyo y nos concedieran el tiempo suficiente para poder ganar velocidad.

Entretanto continuábamos remando con las fuerzas que da la desesperación. Concentrados únicamente en el esfuerzo, el silencio era absoluto, la embarcación chirriaba y los cuerpos sudorosos con los músculos a punto de estallar se movían adelante y atrás con la furia de un *berserker*.

Por fin un golpe de viento hizo encabritarse nuestro corcel, que saltó adelante con la maniobra ya terminada. A partir de aquel momento, y si las embarcaciones normandas continuaban siendo las más veloces de los mares, tendríamos alguna opción de escapar. Con un horripilante estruendo, las fauces del monstruo regurgitaron una abrasadora lengua de fuego. Miré hacia atrás sin dejar de remar. De aquella maldita boca aún salía una llamarada. En nuestra estela había unas brasas que los tripulantes de la nave apartaban con largas varas para evitar que se adhirieran a su casco.

En esta ocasión, el fuego había llegado hasta nosotros. La última fila, ocupada por Lorelei, a la que las llamas habían achicharrado la melena, y Vagn, el hijo de Kara, había sufrido sus efectos, aunque ambos seguían en sus puestos. El mascarón de popa estaba negro, pero no ardía, ya que el apestoso líquido no había llegado a tocarlo. Por delante, Einarr continuaba su labor con la atención puesta en la vela, a pesar de haber sido el más expuesto al fuego.

Aquella vez habíamos estado cerca, pensé, pero si los *blamenn* necesitaban el mismo tiempo que antes para recargar su arma quizá pudiéramos escapar. Animado por esta idea, jaleé a los demás para que continuaran su esfuerzo sin desanimarse. Imagino que el resto de la tripulación había llegado a la misma conclusión, pues nadie dejó de bogar e incluso sacaron nuevas fuerzas para hacerlo.

Poco a poco abrimos brecha con nuestros perseguidores, quienes ya se habían percatado de ello y aceleraban los preparativos para mandarnos una nueva descarga, mientras gritaban y aumentaban la cadencia de sus remeros.

En vano. Nuestro *langskips* no tenía rival. Volaba sobre las olas como una gaviota y cada vez la proa perseguidora se encontraba más lejos de nuestra popa. Cuando soltaron su tercera descarga, ya nos encontrábamos a suficiente distancia como para que el calor desprendido por la boca del monstruo nos llegara como una cálida brisa.

Sin bajar la velocidad, pero remando más despacio para tratar de guardar fuerzas, nos alejamos hasta que perdimos de vista a nuestros perseguidores. Dejando los remos, gritamos de alivio y nos felicitamos. Nuestros dioses habían resultado más poderosos que su único dios, lo cual no debería resultar una sorpresa para nadie. Siempre me había parecido que un solo dios no bastaba para tantos hombres y asuntos que atender.

Mientras nos palmeábamos de nuevo las espaldas y nos dábamos abrazos, me di cuenta de que habíamos perdido de vista la costa. La dirección mantenida en la huida había sido hacia mar adentro y Einarr aún no la había corregido ahora que ya nos habíamos librado de nuestros perseguidores.

–Einarr, viejo amigo –le grité alegremente–. Ya puedes cambiar el rumbo. No se ve ni rastro de los malditos *blamenn*.

El tullido no se inmutó por mis palabras y continuó sujeto a la caña del barco, manteniendo la trayectoria de la nave.

–¿No me has oído, viejo? Llévanos a casa.

Lorelei, que estaba situada justo delante de él, fue la primera que se percató de lo que sucedía. Se levantó y se agachó frente al inmutable anciano. Me levanté de mi sitio y fui a mirar qué sucedía.

Nuestro timonel había sido alcanzado por el fuego griego tanto como el mascarón de popa y, al igual que este, su espalda y la parte posterior de la cabeza se encontraban calcinadas. Si no nos habíamos dado cuenta de lo acaecido era porque tenía tensada de tal forma la espalda, casi sin carne y a través de la que se veían los negruzcos huesos del costillar, que se mantenía erguido como lo haría una de aquellas palmeras que habíamos visto en la tierra que dejábamos atrás.

Aunque han pasado muchos años, más de los que jamás hubiese pensado que me podría tocar vivir, aún recuerdo la mirada que Einarr mantenía en aquel momento.

No era la del borracho que había conocido cuando llegara por primera vez a la aldea Svennsson, sino la de un guerrero muerto en combate que ve como las valkirias se dirigen hacia él para llevarlo al Valhalla, donde recuperar su pierna perdida y gozar de comida y bebida sin fin, servida por complacientes y bellas mujeres cada noche, batallando durante el día hasta que llegue el Ragnarök y se enfrente con los dioses a las fuerzas del mal.

Los normandos recibimos con alegría la muerte cuando no es la propia de un viejo. Un guerrero no puede desear nada mejor que morir en combate, y quienes en vida han sido sus amigos deben alegrarse cuando llega este momento.

Sin embargo, he de confesar que sentí pena cuando deposité el cuerpo de Einarr sobre el fondo de la embarcación. De *su* embarcación. Durante un rato, la tripulación permaneció en silencio y Marta, cuyas costumbres no son las nuestras, lloró en silencio la pérdida de aquel hombre en el que había confiado.

—No lo lamentes —le dije a mi mujer, pues ya la consideraba como tal—. No hay mejor destino para un guerrero. Einarr lo hubiese deseado así. No le quedaban ya demasiadas oportunidades para morir en batalla. Ahora será feliz.

Marta siguió llorando sin hacer caso de mis palabras. Y reconozco que yo tampoco pude alegrarme. Einarr había sido, quién lo hubiese dicho antes de comenzar el viaje, un gran compañero.

Ayudado por Sigurd, envolví el cuerpo del viejo en una manta y, tras ponerle sobre el pecho las pocas monedas que aún nos quedaban para que pudiera calmar la avaricia del dios de las profundidades, Aegir, y de su mujer, Ran, lo arrojamos por la borda, lastrado con unas piedras colocadas a sus pies.

Durante unos momentos, mientras las aguas se tragaban al viejo tullido, mantuvimos silencio y observamos la negra superficie.

—¿Quién manejará ahora el barco? —preguntó Ikig volviéndonos a la realidad.

—Lo hará Sigurd —dije señalando al muchacho.

—Yo lo haré —asintió el chico resueltamente.

Este había estudiado junto al tullido los secretos de la navegación durante el viaje de ida y, como sucediera la vez que la tormenta nos desvió y Einarr se desvaneció por un golpe en la cabeza, en algunas ocasiones había cogido el remo que servía de timón. Sin Einarr, Sigurd era el más capacitado de nosotros para manejar el timón.

—¿Estás seguro? —me preguntó Ikig.

—Tranquilo —le contestó el muchacho por mí—. Tuve un buen maestro. No os preocupéis.

Sin perder un instante, el muchacho manipuló las cuerdas de piel de foca que sujetaban la vela y maniobró para invertir el rumbo. Sol se hundía ya por la línea del mar. Por fortuna, la noche se mostraba despejada y las estrellas iluminaban el cráneo del gigante Ymir.

Yo miraba aquellos temblorosos puntos en lo alto sin entender qué era lo que Einarr había podido leer en ellos. Según parecía, Sigurd no tenía el mismo problema que yo, pues no dejaba de mirarlos y cada cierto tiempo movía el timón sin necesidad de escrutar las oscuras aguas, que devolvían el brillo de la luna como lo hace la hoja de una buena espada.

La tripulación se aprestaba a dormir. No parecía que fuésemos a encontrar tierra demasiado pronto y el esfuerzo tras los remos para escapar de aquella condenada nave nos había dejado agotados.

Yo trataba de mantenerme despierto. No podía ayudar al muchacho, pero la responsabilidad era mía, así que me apoyé en el mascarón de proa y dejé que la brisa nocturna me despejara.

–¡Thorvald!

Me giré. Sigurd me hacía gestos para que me acercara.

–¿Qué sucede? –pregunté cuando me aproximé hasta él.

El muchacho me señaló el fondo de la nave. Un charco de agua se iba agrandando a sus pies.

–El fuego griego ha derretido la pez que utilizamos para calafatear la nave y la vía de agua es cada vez es mayor.

La voz del muchacho no reflejaba ningún temor a pesar de que la situación era mala. Si no sellábamos la entrada y el agua seguía entrando, el barco se hundiría de popa y nos arrastraría hacia el fondo o se partiría la quilla. Cualquiera de las dos posibilidades era igual de funesta.

Desperté a Krum y entre los dos embutimos trapos en las juntas, lo que no arreglaba demasiado la situación. Después, con unos cubos, dedicamos la mitad de la noche a achicar agua arrojándola por la borda.

Las vías de entrada no fueron a más y con lo que achicábamos manteníamos controlado el problema. No hablamos. Sigurd, despreocupado, manejaba la nave y nosotros nos limitábamos a arrojar agua al mar, hasta que a mitad de la noche Ikig se nos acercó.

–Dormid un poco –dijo en cuanto se dio cuenta del aprieto mientras zarandeaba a Eyvind, uno de sus hombres–. Nosotros continuaremos el trabajo.

Les entregamos las escudillas y nos tumbamos sobre el incómodo fondo, donde nos dormimos antes siquiera de poder acomodarnos.

Cuando desperté ya nos encontrábamos cerca de la costa y Sigurd sonreía abiertamente. El muchacho no había dormido en toda la noche, pero mantenía el buen humor.

—¿Qué te parece, Thorvald? Estamos otra vez en el buen camino.

Felicité al chico con una buena palmada en la espalda y examiné con atención la costa. Necesitábamos sacar la embarcación del agua para poder solucionar definitivamente el problema de la vía abierta.

—Yo creo que aquel lugar estaría bien —dijo a mi lado Ikig, señalando una playa de piedras donde las olas batían sin demasiada fuerza.

La línea de árboles se encontraba lo bastante distante como para poder ver llegar a cualquier enemigo por tierra. Sin embargo, si alguna nave cruzaba aquellas aguas, no podría dejar de vernos y, por lo que sabíamos, aún permanecíamos en las costas del emir. Quizás alguna embarcación de su flota armada con el fuego griego se encontrara vigilando aquella zona.

No teníamos demasiadas opciones. El que una nave enemiga nos encontrara en la playa era preferible a que lo hiciese en el mar con la vía de agua que teníamos.

—Sigurd, ¿crees que serás capaz de acercarnos hasta esa playa sin destrozar el *drakkar* contra las piedras?

El muchacho se rio por mis palabras y maniobró. Poco a poco nos acercamos a aquel pedregal sin retirar el mascarón para que este ahuyentara a los espíritus protectores del lugar y no tuviésemos ningún mal encuentro.

Nos echamos al agua cerca de donde rompían las olas para disminuir el peso de la nave, y mientras unos permanecíamos vigilando un posible ataque desde el bosque, el resto remolcó el *langskips* hasta sacarlo fuera del agua.

Congregados alrededor de la popa dañada, examinamos la tablazón. Uno de los hombres de Ikig, Ragnfastr, el marido de la desafortunada Arnora, era un hábil carpintero y con un cuchillo rascó la superficie ennegrecida.

—La madera está bien. Aguantará. Pero necesitamos embrearla de nuevo, de otro modo acabarán abriéndose las juntas.

No podíamos suponer otra cosa, pero el problema era dónde encontrar pez para hacerlo. A nuestro alrededor había muchos árboles y obtener su resina no sería difícil, aunque ¿cómo íbamos a encender una pira de madera para obtener la pez sin ser descubiertos desde muy lejos?

–Tendremos que atacar algún puerto para proveernos –dijo Ikig.

–No podremos si hay que estar a la vez cuidando la vía –señalé.

–Habrá que hacerlo desde tierra.

–Puede llevarnos tiempo. No sabemos dónde puede haber uno.

–De todas formas, la madera se tiene que secar –repuso Ragnfastr–. Y tardará unos días.

Durante el tiempo que permaneciéramos en esa tierra desconocida, y más estando la embarcación en mal estado, seríamos muy vulnerables, mas nada había que pudiéramos hacer.

–Krum y yo bordearemos la costa hacia el norte –dije.

–Helge y yo lo haremos hacia el sur –se ofreció el Triturador.

–Los demás acampad aquí, proveeros de comida y estad alerta. Estaremos de vuelta mañana al anochecer.

Con estas palabras, y cargando mi maza al hombro, me dispuse a comenzar la marcha cuando Marta me abrazó colgándose de mi cuello y me dio un cálido beso.

–Vuelve, Thorvald –dijo cuando se separó de mí.

En ese momento me sentí el hombre más feliz del mundo y no se me escapó la mirada de Ikig. No entendí bien su significado, pero parecía una mezcla de envidia y pena.

De nuevo solos los dos, Krum y yo nos adentramos en la espesura y estuvimos andando durante toda la jornada sin detenernos hasta la noche, cuando caímos rendidos al lado de una charca. Con su arco, Krum pescó un par de insípidos peces llenos de espinas que, junto con unos tragos de agua dulce, fueron nuestra cena.

Apenas dormimos unas horas y volvimos a ponernos en marcha. El dios Luna iluminaba el camino y para cuando amaneció ya habíamos avanzado un buen trecho, aunque sin encontrar ningún poblado.

A media mañana volvimos a detenernos. Nos encontrábamos agotados y no habíamos llegado a ningún lado. Según lo acordado debíamos regresar por la noche, por lo que no podíamos alejarnos más. Solo cabía esperar que Ikig y Helge hubiesen tenido más suerte.

Después de descansar un poco, y sin nada que llevarnos a la boca, regresamos a donde nos esperaban con el barco. Por el camino se nos hizo nuevamente de noche y yo temía no encontrar el lugar exacto, pero los ojos rasgados de mi compañero lapón veían con más profundidad que los míos y supo devolvernos al campamento.

Allí se encontraba ya el Triturador. Marta, en cuanto nos vio, corrió a recibirnos y mientras me abrazaba suspiró con alivio.

—¿Habéis encontrado algo? —preguntó Ikig acercándose. En la mano llevaba un trozo de la carne asada que estaba comiendo. En cuanto vio mi mirada me lo entregó generosamente.

—No. Solo hemos hecho dos paradas y casi ni hemos comido ni dormido, pero hasta donde hemos llegado nada hay.

Todo esto lo dije con la boca llena de carne, por lo que no me debieron de entender muy bien. Sin embargo, no hizo falta, ya que el *jarl* había tenido más suerte. Su *haminja* parecía haber regresado después de abandonarlo en el ataque a los *blamenn*.

—No es demasiado lejos —explicaba—. En realidad, ayer, antes del anochecer, ya estábamos de vuelta. Es una pequeña aldea, no más de seis casas. Tienen varias barcas. Son pescadores *blamenn*. Será fácil atacarlos, pues no hemos visto ninguna clase de defensa.

—Iremos por la mañana —dije—. Ahora necesito descansar. No podría dar un paso más ni aunque me fuese la vida en ello.

—Todos no podrán ir —aventuró el Triturador—. Alguien se tiene que quedar a cuidar la embarcación. ¿Qué te parece si voy yo con un grupo de hombres y traemos la pez?

El *jarl* se me quedó mirando con respeto. No era la misma mirada que había visto en sus ojos en otras ocasiones y su pregunta era sincera. Asumía, ya lo había hecho antes, que yo era el jefe y me proponía respetuosamente algo para lo que, sin duda, el *jarl* estaba de sobra capacitado.

—¿A quién quieres llevarte?

—Helge, Thorstein, Ragnfastr, el Bárbaro, Groa, Svava y Eyvind.

Quedaríamos dieciséis para defender el barco, contando a Hader *Barba Gris*, que cada día estaba peor y ya no podía permanecer ni de pie ni sentado si no se le ayudaba. El pobre diablo estaba consumido y no era capaz de retener la comida ni el agua, y cada vez que tosía y esputaba parecía que la vida se le iba por la boca.

Éramos pocos, pero Ikig necesitaría al menos ese número para poder atacar con éxito y traer la pez sin arriesgarse a ser capturado o muerto, lo que sería la perdición del resto.

–Está bien –dije–. Aguardaremos aquí. Si encuentras la pez y consigues traerla, necesitaremos un par de días más para poder calafatear el barco. Si alguien consigue avisar de nuestra presencia, no podremos escapar.

–Nadie escapará –dijo confiado el *jarl*, lo que suponía una condena a muerte para todos los que tuviesen la mala suerte de encontrarse en el poblado cuando lo atacaran.

–Buena suerte.

Sin más, Ikig se adentró entre la espesura y lo perdimos de vista. No recuerdo si pasó algo más aquella noche, pues caí dormido y hasta el día siguiente no desperté.

* * *

Alta estaba Sol cuando fui despertado por unas risas. Antes de abrir los ojos llegó hasta mi nariz el olor a brea hirviendo. Me levanté y me acerqué hasta la fogata, sobre la que en un caldero sujeto con cadenas a un tronco borboteaba un negro y pegajoso contenido.

–Veo que lo habéis conseguido.

–No ha sido difícil. Los pescadores estaban preparándose para ir a pescar y se liaron ellos mismos con los aparejos.

El resto de los hombres se rieron al recordarlo. La tripulación se mostraba exaltada. Teníamos comida, agua, pez para reparar la nave y nadie había resultado herido durante el ataque a aquella miserable aldea. Estaba claro que la suerte nos sonreía. Si se mantenía unas pocas semanas más, lograríamos alcanzar las costas de la granja Svennsson.

Recordé el peligro de que alguien hubiese sido testigo del ataque a la aldea y pregunté:

–¿Habéis tenido algún contratiempo?

Ikig entendió lo que le preguntaba. Si alguien los había visto salir de la aldea con la pez, podríamos tener problemas.

–No te preocupes. No ha quedado nadie para poder encontrarnos.

Me aparté del fuego y me acerqué a la orilla, donde una marmita se calentaba sobre otra hoguera. El olor que despedía era mucho mejor y al punto mis tripas despertaron y comenzaron a quejarse amargamente.

–¿Quieres un poco? –preguntó Sif, que removía el guiso con un palo.

En cuclillas a mi lado y sin perder tiempo ni en saludar estaba Krum, devorando un plato que rebañaba con unos grandes trozos de torta traídos del mismo sitio que la pez.

Enseguida fuimos dos los comensales. El resto ya debía de haber comido y se repartía diferentes tareas. Los que estaban ociosos aprovechaban para dormir. Por la noche serían los encargados de velar el sueño de los demás.

* * *

Dos días más permanecimos en aquella playa pedregosa. Durante ese tiempo aprovisionamos la nave con agua y comida, algo que no pudimos hacer estando en el Gran Río de los *blamenn* al tener que remolcarla a través de las tierras pantanosas. También sellamos las juntas con una mezcla de hierbas secas y pez, y terminamos calafateando el casco hasta donde alcanzó la escasa provisión de brea con la que contábamos.

No tuvimos más sobresalto que la muerte de Hader *Barba Gris*. No queriendo ser una carga para nosotros, y viendo que no tenía ninguna posibilidad de volver a ver algún día la tierra donde naciera, optó por quitarse la vida dignamente y se clavó su propia espada.

Enterramos su cuerpo en la linde del bosque, junto a la espada que lo había matado, y lo cubrimos con un montón de piedras para que las alimañas no lo desenterraran.

Por la mañana del tercer día, ya seca la pez, botamos de nuevo el *drakkar* y tras embarcar nos alejamos de la orilla.

Aquella iba a ser la estancia más larga en tierra en bastantes días.

CAPÍTULO 22

Terminaba el verano y las mareas se enfurecían cuando llegamos a las costas de los francos, diez días más después de zarpar.

Por suerte no debimos enfrentarnos a otras dificultades que las propias de la navegación, cuando las olas encabritaban nuestro corcel de los mares y lo zarandeaban, aupándolo a la altura de un par de hombres subidos uno sobre los hombros del otro.

Era ya la época de reparar la techumbre de las casas, terminar de recoger el heno para las bestias, apilar leña y hacer acopio de comida, cerveza e hidromiel, preparándose para afrontar el largo e inclemente invierno del norte. Las mujeres y también algunos hombres, especialmente Thorstein, que ya faltaba un año al frente de sus negocios, deseaban regresar cuanto antes.

Para evitar sobresaltos que refrenaran nuestro viaje de vuelta, optamos por no atacar ningún poblado para proveernos, tal y como lo habíamos hecho en el viaje de ida. Tuvimos que conformarnos con comer lo que pescábamos, muchas veces crudo, pues por precaución no encendíamos fuego, además de frutos y hierbas que arrancábamos cuando tocábamos tierra por la noche y, ocasionalmente, alguna liebre, pato o similar.

Por supuesto solo teníamos agua para beber, lo que a más de uno le costó soportar. Ikig y alguno de sus hombres protestaron, pero Marta fue implacable y continuamos la marcha.

Fueron días tediosos en los que comenzamos a mostrar nuestra irritación, como sucediera al comienzo del viaje. Durante el día nos aburríamos en aquel cascarón, rodeados de agua y con una delgada línea de tierra en el horizonte, sin más distracción que achicar lo que las olas, cada vez más altas, nos metían en el *drakkar*.

Las noches en tierra, sin una sabrosa cena ni bebida, no contribuían a disminuir la tensión y tuvieron lugar algunas peleas sin que afortunadamente tuviéramos que lamentar más pérdidas de las que ya habíamos sufrido.

Y estas habían sido realmente numerosas. De treinta y una personas que habíamos embarcado un año atrás en las costas escandinavas, ahora, contados los prisioneros que habíamos ido a rescatar, tan solo regresábamos veinte.

Según aumentaba el mal humor por el encierro en el *langskips*, crecían las ganas por llegar, lo cual nos hacía ser cada vez más temerarios. Algunas voces abogaban por continuar viajando de noche, otras por conseguir alcohol atacando algún pueblo o actuar como piratas y abordar alguna de las escasas embarcaciones de pescadores o comerciantes que nos encontramos a nuestro paso.

Cada vez resultaba más difícil establecer las guardias nocturnas y conseguir que los centinelas, despreocupados, hastiados, indiferentes a un posible ataque, no las abandonasen.

El carácter de Ikig se agriaba según pasaban las jornadas. Parecía haber olvidado la situación en la que se encontrara unas semanas atrás.

* * *

Tal era el ánimo de la tripulación cuando nos aproximábamos a las peligrosas aguas que riegan la isla de Noirmoutier, aquel pedazo de tierra gobernado por mi enemigo Kodran *Tres Dedos*, del que tenía pensado vengarme en cuanto terminara aquel viaje.

Marta y yo habíamos decidido dar un amplio rodeo al llegar a la isla a partir de la cual la travesía dejaría a buen seguro de ser tan plácida. Las aguas de los francos que habíamos hendido hasta el momento no resultaban especialmente peligrosas para la navegación, a menos que se tuviese la desgracia de topar con algún barco pirata. Sin embargo, a partir de Noirmoutier, el riesgo de toparnos con barcos de guerra sajones, anglos, francos o daneses no era nada desdeñable.

Llegamos hasta el lugar donde meses atrás habíamos logrado recuperar el barco que los amotinados, dirigidos por la desterrada Kara y su compañero Yngvard *Hacha Sangrienta*, nos habían robado.

Rememoramos en aquellas aguas tales acontecimientos y, por un momento, la alegría volvió a los rostros de las mujeres, sorprendidas al caer en la cuenta de cuánto habían cambiado ellas mismas en aquellos pocos meses desde que abandonaran la protección de su aldea, mientras se recordaban las unas a las otras lo allí sucedido entre grandes risotadas.

Tan solo una persona no hacía gala del buen humor. Ikig se mostraba ceñudo y no participaba en la algarabía. Me acerqué a él para preguntarle qué le ocurría.

–Aquí enterrasteis a mi madre.

–Así es.

–Quiero ver su tumba.

Su pretensión me pareció razonable y en modo alguno arriesgada, así que lo comenté con Marta y con el resto de la tripulación, y, alegres como estaban, nadie tuvo ninguna objeción que hacer.

No tuvimos demasiados problemas para encontrar el bosquecillo donde habíamos dado sepultura a Salbjörg y a Embla, la amiga incondicional de Kara, que también había muerto durante la lucha. No fue igual para dar con el lugar exacto donde descansaba tan excepcional mujer. Pero por fin hallamos la piedra que colocamos en la cabecera de la tumba. Unos largos hierbajos que la envolvían nos la habían ocultado.

Sin decir una palabra, el Triturador arrancó las hierbas hasta descubrir el montículo. Después se acercó a la orilla y acarreó piedras, con las que hizo un túmulo. Una roca más alargada sirvió de lápida y sobre ella grabó con las runas que conocía el símbolo de Thor y una frase que decía «Aquí yace Salbjörg, esposa de Rorik Pie de Piedra».

Después se levantó y, sin echar ni una mirada atrás, se encaminó hacia el *drakkar* seguido de todos nosotros.

Embarcamos y nos dispusimos a rodear la isla que se encontraba frente a nosotros, a un día de navegación. Tenía intención de hacer noche en el barco y de acampar la siguiente, sobrepasada la isla, pero las cosas se desarrollaron de una manera muy diferente. Y es que Ikig aún no había hablado:

–Quiero ir a Noirmoutier –se limitó a decir el *jarl*.

El silencio se hizo en la embarcación. Aquello no era lo mismo que presentar sus respetos sobre la tumba de su querida madre. Ir a Noirmoutier significaba venganza y una terrible batalla contra las huestes de Kodran de la que difícilmente saldríamos victoriosos.

Nos encontrábamos a medio camino de casa y en la cabeza de nadie estaba el detenernos más de lo imprescindible, y menos aún en aquella tierra de malos recuerdos.

–Debemos continuar –dijo terminantemente Marta.

–Yo me quedo –repuso terco el *jarl.*

–Si te quedas, lo harás solo –contestó Marta.

–Si nadie me quiere acompañar, así lo haré.

La tripulación se miró nerviosa. Todos entendíamos los motivos del Triturador para querer quedarse.

–Yo me quedaré con Ikig –anunció Njâl *el Quemado,* el hermano de Groa y Ran. No era un buen guerrero y él lo sabía, pero su lealtad por el *jarl* era inquebrantable.

–No he cruzado el mundo para que ahora te quedes aquí –dijo furiosa Groa.

Pero Njâl no cambió de idea y su hermana tuvo que ir a la otra punta del barco para dar rienda suelta a su mal humor.

–Yo también me quedaré con mi hermano de sangre –anunció escuetamente Thorstein.

El silencioso normando de rostro tatuado, que se había embarcado para traer de nuevo a su tierra al Triturador, no añadió nada más y se limitó a esperar. De nuevo quedaba de manifiesto la amistad indestructible de aquel hombre para con su hermano de sangre, una amistad que, hasta el momento, le había costado la vida al verdadero hermano del Pálido, Ottar *la Morsa.*

–Somos pocos, Ikig –dijo Marta con voz suave tratando de hacer entrar en razón al testarudo *jarl*–. Groa tiene razón. Nos hemos sacrificado demasiado para rescataros como para que ahora entables una disputa que no puedes ganar.

–No le pido a nadie que se quede.

–Tu madre no lo aprobaría. Si lo haces por ella, vuelve con nosotros. Dejó su vida por recuperar la tuya.

Ninguno de estos razonamientos sirvió para que el Triturador cambiase de idea.

–Ese hombre también me ofendió a mí –dije–. Te doy mi palabra de que la ofensa no quedará sin castigo. Cuando volvamos a tu aldea, yo regresaré a esta isla y mataré a ese perro. Puedes acompañarme si así lo deseas.

–No sabes si estará vivo por entonces o se habrá marchado.

–Tampoco lo sabemos ahora. Han pasado meses. No creo que la vida de un gobernador en esta isla dure mucho más tiempo.

–Eso es lo que pretendo averiguar. Si sigue vivo, le arrancaré la cabeza.

Su decisión estaba tomada, no había más que decir. Únicamente Njâl y Thorstein estaban dispuestos a secundar su plan. De los otros que habían compuesto la expedición apresada, Helge y Eyvind solían contratarse como mercenarios cuando el botín era abundante y escaso el peligro, lo que no era el caso. Ragnfastr, Vagn, Aslak *el Danés*, Kiartan y Ari *el Rojo* ya habían tenido suficiente soportando el encierro de los *blamenn* y no estaban dispuestos a dejarse matar ahora que milagrosamente habían escapado de una muerte segura. El resto de la tripulación debía de pensar que ya había cumplido con creces al viajar hasta el otro confín para liberarlos.

A una señal de Marta, Sigurd puso proa a tierra nuevamente; cuando arribamos, el *jarl* desembarcó en silencio acompañado de Njâl y Thorstein. El Quemado marchaba apesadumbrado, pues ninguna de sus dos hermanas había querido despedirse de él, a pesar de saber que sería la última vez que tendrían ocasión de hacerlo.

Los tres hombres se adentraron en el bosque, sin una mirada atrás, y el desaliento se apoderó del barco. Cada uno meditaba para sí y nos rehuíamos la mirada. Traté de consolar a Marta, pero la mujer echaba chispas por los ojos y decidí que sería mejor dejarla sola. El pensamiento se me iba una y otra vez a Ikig. En mi interior sabía que debería haber acompañado al Triturador en su venganza, y la expresión que alcancé a captar en mi compañero Krum así lo indicaba.

Irritado, me senté al lado de Sigurd, que manejaba el timón acompañado como de costumbre por Sif. Sentada sobre un saco, escuchaba las palabras del muchacho. Este rememoraba una vieja historia que habría escuchado de niño junto al fuego del hogar, durante alguna de nuestras interminables noches invernales.

Acunado por la historia que desgranaba el muchacho iba olvidándome de cuanto había ocurrido hacía un momento. Yo no era responsable de la decisión del *jarl*. Si este quería correr hacia la muerte, yo no podía hacer nada por evitarlo, me decía a mí mismo.

Al cabo de un rato me separé de los dos muchachos con intención de acostarme sobre el fondo del *drakkar* y tratar de dormir un rato. No tardó mucho en acompañarme Marta, sentada a mi lado y envuelta con una manta de lana. Se cogía las rodillas con los brazos y apoyaba el mentón sobre estas. Parecía querer decirme algo y no saber cómo, pero no traté de ayudarla.

–Tú piensas que debíamos haberlos seguido –me susurró.

No era una pregunta, así que me abstuve de contestar. En realidad no sabía cómo hacerlo.

–Hicimos un gran sacrificio para liberarlos –dijo Marta–. Las mujeres dejaron sus casas y se embarcaron rumbo a una más que probable muerte. Vendieron todo cuanto tenían para pagaros a ti y tus compañeros, construir el barco y forjar las armas. Aprendieron a luchar durante todo un año, pasamos frío y hambre. Hasta la tierra en la que nací quedaron por el camino casi la mitad de los que embarcaron. ¿Crees que es justo que ahora que hemos conseguido lo que nadie osaba esperar una estúpida venganza nos destruya?

Por la voz deduje que Marta se encontraba al borde de las lágrimas, pero ¿qué podía hacer yo?

–¿Por qué es tan importante? –insistió.

–Un normando no puede aceptar el agravio –contesté en voz baja sabiendo que la respuesta no le agradaría–. Su honor se lo impide.

–¿Aunque sepa que ha de costarle la vida? –repuso irritada, subiendo el tono–. ¿El honor consiste en correr a los brazos de la muerte? ¿Es eso mejor que dejar para otra ocasión la venganza y continuar con vida? ¿De qué le va a valer enfrentarse a Kodran, si estará muerto mucho antes de poner sus ojos sobre él?

Ya no ocultaba su llanto. Para un hombre como yo, aquellas lágrimas eran con mucho más dolorosas que las heridas abiertas por las espadas de mis enemigos. No existe escudo tan pesado, cota de malla tan trabada, justillo de cuero tan espeso ni piel tan gruesa que sea capaz de detener estos puñales que se clavan en lo más hondo de mi corazón.

¿Cómo responder a tales preguntas? ¿Cómo hacer entender a quien no ha nacido entre los blancos hielos que la vida de un hombre no vale lo que su honor, que un normando sin honor es peor que un perro?

–Todo hombre ha de morir. No puede escapar a su destino –dije echando mano de la fatalidad que caracteriza a los hombres del norte–. Tarde o temprano le llega la hora. ¿Para qué tratar de impedirlo?

–¿Y por qué correr tras ella?

–Desde que nace, un hombre sabe que morirá. Evitarlo no está en su mano, aunque sí cómo hacerlo. Un guerrero que muere defendiendo su honor con la espada en la mano será recogido por las valkirias, llevado al Valhalla junto a Odín y cuantos guerreros han entregado antes su vida, y esperará el Ragnarök para luchar una última vez en una batalla que acabará con hombres y dioses. Morir de viejo o de enfermedad es una afrenta para nuestro orgullo.

–En mi país, un hombre que llega a viejo es respetado. Con la edad cobra sabiduría y goza aún más de los placeres. ¿Por qué no podéis contentaros igual?

–¿Los *blamenn* no conocen la venganza?

–La conocen. Pero no son tan estúpidos como para arriesgar inútilmente su vida con tal de llevarla a cabo.

Arrebujándose en la manta añadió:

–Mi padre solía decir: «No es malo inclinarse ante el mono mientras este gobierna».

–¿Y los *blamenn* cumplen eso? –pregunté horrorizado, pensando en aquel pequeño animal, remedo de un hombre, que había visto por primera vez en Ishbiliya–. Yo nunca podría hacer algo así.

–Por eso hay más ancianos *blamenn* que normandos. La vida es suficientemente corta sin necesidad de acortarla aún más.

–Vivir sin honor es peor que estar muerto.

–Tenemos todo el tiempo para estar muertos y poco para no estarlo. Aprovechémoslo.

Me quedé pensativo mirando las estrellas que brillaban sobre nuestra nave y mascando las palabras de la mujer que amaba.

–Thorstein dejó atrás todo para partir en busca de su hermano de sangre –dijo al cabo de un rato Marta en un tono más relajado–. Ha cumplido más de lo que ningún hombre podría exigir. ¿Por qué se ha marchado con Ikig? ¿No se siente liberado de su compromiso?

–Un hermano de sangre es alguien que uno elige para toda la vida. No importa las veces que deba acudir en su ayuda. No se trata de una deuda que deba ser saldada.

–¿Y es correcto que un hombre arrastre consigo a un hermano de sangre sabiendo que lo conduce hacia una muerte segura?

–Thorstein era libre de no haberlo hecho.

–¿Sí? ¿Y que hubiese pasado con su honor?

–Lo habría perdido –confesé apesadumbrado por no ser capaz de hacerle entender la importancia de la palabra de sangre.

En nuestras tierras inclementes, un hombre se enfrenta continuamente a la muerte. El invierno cruel, las fieras salvajes, los numerosos enemigos que tratan de despojarte de tus escasas pertenencias para poder alimentarse ellos en una tierra que no regala nada, avara, a la que hay que arrancar con las manos la subsistencia... En un mundo así, un hombre necesita tener a su lado a alguien que lo ayude, que empuñe el hacha para hacer leña cuando se muere de frío, o la espada cuando llega el invasor. Un hermano que cuide la casa, el ganado y la mujer cuando se embarca para ir de vikingo o a comerciar.

No era capaz de hacer entender esto a Marta. Ella había nacido en unas tierras en las que los árboles se doblan por el peso de los frutos, las bestias engordan solas, el sol calienta los huesos y ahuyenta los hielos. En una tierra así, un hombre puede sentarse solo y esperar que la comida le caiga en las manos, sin necesidad de hacer acopio de leña para no morir congelado cuando llega el eterno y desolador invierno.

–Un hombre como Thorstein jamás podría abandonar a su suerte a un hermano de sangre aunque le costase la vida. El oprobio de la vergüenza sería aún peor.

–¿Thorvald también se avergüenza por no haber seguido al *jarl*? –preguntó Marta sin mirarme.

–Thorvald no es hermano de sangre de nadie, aunque seguiría hasta la muerte a Krum, si fuese necesario –respondí despacio–. Soy un mercenario y tú me contrataste para hacer un trabajo que aún no ha terminado. Mi honor está a salvo, aunque he de confesar que nunca me ha gustado dejar a ningún compañero atrás.

–¿Hablaste en serio cuando dijiste que volverías para vengarte de Kodran?

–Lo hice.

–¿Y si yo te pidiera que no lo hicieses?

–¿Aceptarías vivir con un hombre sin honor?

–Lo preferiría a perderlo si de verdad lo amo.

–Él dejaría de ser el hombre del que te habrías enamorado y sería rechazado como la peste.

Marta calló y se quedó pensativa. Permanecimos así largo rato, dejando que la brisa del mar empapada en agua nos refrescara la cara; después, sin añadir nada, se levantó y me dejó solo. No podía saber qué era lo que pasaba por su cabeza, pero se sentó de nuevo, esta vez al lado de la impetuosa Groa, que afilaba su hacha furiosamente.

Mientras veía como ambas mujeres hablaban en voz baja, fui consciente del cambio que había experimentado la belicosa hermana de Njâl *el Quemado*. Cuando la conocí era una mujer de recio carácter, ya viuda, que se ofendía rápido y a la que sus amantes, siempre hombres por lo que yo sabía, le duraban poco. Tras su aventura con el irreverente Yngvard, la pelea por él con Kara y el comienzo de su relación con la bella Svava, embarcamos. Entonces la fornida mujer vestía como manto la piel de un lobo, cuyo cráneo le cubría su rubia cabeza, y usaba una enorme hacha de doble filo como la que usan los guerreros más fuertes.

No había tardado en darse cuenta de que tanto su arma como su vestimenta no le resultaban prácticos y había dejado la piel de lobo tirada en una de las aldeas que habíamos devastado para aprovisionarnos y había cambiado la pesada hacha de dos filos por una más manejable de un solo filo, como las que utilizan los leñadores para derribar gigantescos árboles, tras pedir a estos su perdón. En contra de lo que pudiera parecer, con esta vieja hacha y sin la piel que la cubría, su aspecto resultaba más amenazador aún que antes y las arrugas que cruzaban su cara, sobre todo cuando fruncía el ceño, algo que acostumbraba a hacer a menudo, acentuaban esa sensación.

No se me había escapado que la relación con su hermana Ran había vuelto a enfriarse. Esta aún no se había recuperado de la pérdida de Olaf. La Serpiente había dejado una profunda huella en la muchacha y, si mi cada vez menos aguda vista no me engañaba, algo más en su vientre.

Ran se había redondeado en las últimas semanas, aunque nadie parecía haberse dado cuenta o, al menos, eso simulaban. La muchacha, que tenía un carácter suave cuando la conocí, incluso demasiado para una mujer nórdica, se mantenía ahora al margen del resto de la tripulación. Se mostraba irritada y confusa. Su hermano, al que tanto amaba y por el que había embarcado, parecía más dispuesto a agradar al alocado Ikig que a agradecer sus esfuerzos por liberarlo, y el único apoyo que había tenido en aquel barco, el padre de lo que llevaba en sus entrañas, había muerto.

También Svava había cambiado. Aunque seguía siendo dueña de una cautivadora belleza, la fría muchacha había endurecido su carácter. Ya no era la lejana y tímida hija del herrero a quien pretendían los hombres de todas las aldeas cercanas y no tan cercanas, inútilmente dadas sus inclinaciones, manifestadas meses atrás. Ahora la hijastra de Runolf mantenía las distancias con su sola presencia. Transmitía una peligrosa seguridad en sí misma que podía hacer temblar a sus enemigos, como había quedado comprobado. Su espada, ahíta de sangre, de la que no se separaba, tenía mucho que ver en semejante cambio.

En realidad, este había sido común a todos nosotros, quizá con la única excepción de los dos inescrutables hombres de ojos rasgados que nos acompañaban. Y es que tanto mi fiel Krum como el bárbaro Temujín parecían no haber sufrido ninguna transformación. Sus rostros no presentaban ninguna arruga nueva, ni su negro cabello ocultaba un solo pelo blanco. La perilla y la densa coleta del mogol se mantenían tan oscuras como el áspero y rebelde pelo que cubría a Cabeza de Jabalí.

No le sucedía otro tanto a Lorelei. Cuando la conocí, se teñía la melena con henna y el contraste con sus ojos azules resultaba llamativo. Su buena figura se veía realzada por dos generosos pechos de los que habían mamado sus tres hijos, muertos por seguir a su padre tras el Triturador.

La juiciosa mujer, embarcada por su amistad con Salbjörg, había encontrado quien le calentase la cama en las gélidas noches del invierno nórdico, pero Ottar *la Morsa*, hermano del tatuado Thorstein, había caído a manos de los piratas del *sueco* Hakan.

Desde entonces, todo lo que había ganado en experiencia y sabiduría había sido restado de su figura. Había adelgazado, su cara poseía nuevas arrugas y sus redondos pechos se habían deshinchado un tanto. Lo que se había salvado de su coqueta melena cuando el fuego griego la alcanzó carecía ya de color y se mostraba ajada y blanquecina. En tan poco tiempo había envejecido ante nuestros ojos, aunque los suyos aún reflejaban el brillo que antaño poseyeran.

Busqué entre la tripulación y vi a Marta hablando con Freyja. La prima de Inga con nombre de diosa había sido una gran ayuda y una formidable guerrera, como podían dar fe sus numerosas víctimas, que muchas veces no eran conscientes de haber caído a manos de una mujer, dado que Freyja solía combatir con un casco de metal dotado de protectores para la nariz y los ojos. El carácter de esta noble y fiel mujer se había dulcificado tanto como se había endurecido el de Marta.

Al cabo de un rato, lo que había comenzado como una conversación grave y seria terminaba con sonrisas y amigables palmadas en la espalda. Si algo había quedado en claro de ella, no iba a tardar en enterarme, pues de nuevo Marta se sentó a mi lado.

Esperé con curiosidad a que se decidiese a hablar, lo que no tardó demasiado en hacer.

–¿Qué posibilidades crees que tenemos de atacar a tu amigo Kodran y salir con vida?

La pregunta salida de boca de la mujer me sorprendió.

–No lo sé. No he pensado en ello.

–Pues hazlo. Vamos a dar la vuelta.

–¿No vas a preguntar al resto de la tripulación?

–No. Groa y Freyja están a favor, aunque la primera no lo quiera admitir, igual que los dos muchachos. Lorelei y Svava no lo ven con malos ojos. Es inútil consultar a los *ojos rasgados* y sé que estás deseando ir. Solo quedan Ran, cuya opinión no cuenta, y los hombres de Ikig. Míralos. Están avergonzados por no haberlo seguido.

–¿Y qué opina Marta *Ojos de Fuego*?

–¿Qué más da? En cualquier caso estaría sola en contra.

–¿Es eso? –pregunté un tanto suspicaz–. ¿O deseas recuperar al Triturador como la viuda quiere hacer con el Pálido?

–Podría ser –contestó con una sonrisa provocativa–. En cualquier caso, el *jarl* tendrá más cabeza y menos celos que Thorvald *Brazo de Hierro*.

Se inclinó sobre mí y me dio un cálido beso en los labios antes de decirme:

–Deja de dar vueltas a la cabeza, danés estúpido, y piensa cómo dar con ellos cuando toquemos tierra y cómo podríamos entrar en el castillo y sacar de allí al dichoso gobernador. Quiero alejarme de allí cuanto antes. No voy a permitir que te vuelvas a marchar cuando lleguemos a la aldea de Svennsson, así que termina tus venganzas pronto y regresemos.

Sin más palabras, me dio unas palmadas en la cabeza y se fue a popa. El sorprendido Sigurd, que continuaba hablando con Sif, abrió mucho los ojos cuando supo las intenciones de Marta.

La primera en darse cuenta de que cambiábamos el rumbo fue Groa. Cuando sintió cómo la brisa le despejaba la frente del cabello revuelto se giró en dirección a la proa, captando la sonrisa cómplice de Marta. La fogosa mujer se la devolvió sin poder ocultar su satisfacción. Dejó el hacha en el fondo de la nave y se acercó a su querida Svava, a la que abrazó por detrás cariñosamente mientras esta, sentada sobre un cofre, miraba distraídamente el mar.

El resto de la tripulación no tardó en percatarse de lo que sucedía. El cambio que se produjo me cogió del todo desprevenido, creo que como a todos los demás, salvando a los imperturbables Krum y Temujín, que no se movieron de sus lugares. No hubo gritos, risas ni cualquier otro gesto de alegría por el regreso a tierra, pero los rostros serios y apagados que momentos antes reflejaban el hastío por la larga ausencia de los hogares, las calamidades sufridas y las perdidas padecidas se habían tornado sonrisas y ojos brillantes.

Aquellas mujeres y hombres se comportaban como niños a los que sus padres les hubiesen regalado sus primeras espadas de madera con las que emular a los mayores. Nadie que los viera pensaría que la aventura en la que se iban a ver mezclados podría costarles su vida, sin tener a cambio perspectivas de cualquier tipo de recompensa.

De esta manera enfilamos de nuevo hacia la costa. Hasta Njord, el dios del viento al que invocábamos en alta mar para que aplacara las tempestades que levantaba Aegir, parecía mostrarse favorable, pues soplaba hacia tierra, hinchando nuestra vela y consiguiendo que el dragón tallado en el mascarón de proa se elevase sobre la espuma desafiante, dispuesto a despejar de espíritus protectores la tierra sobre la que desembarcáramos.

Por fortuna no nos encontrábamos lejos de donde dejáramos a Ikig, Njâl y Thorstein, y gracias al viento que nos hacía volar sobre las olas, antes de darnos cuenta, el *langskips* enfilaba sobre una playa de piedras. Saltamos con rapidez al agua y remontamos la embarcación, a la que sacamos el mástil para que no fuese descubierta, ocultándola de miradas indiscretas, como ya habíamos hecho otras veces. Asegurada la nave, recogimos armas, cascos, escudos y armaduras o justillos de cuero, según lo que vistiera cada uno, y de esta guisa nos adentramos en el bosque.

Tengo que señalar que en aquella ocasión no dejamos a nadie al cuidado del *drakkar* como era lo habitual. De cualquier modo pienso que nadie hubiese estado dispuesto a quedarse atrás, tales eran las ganas que todos mostraban de seguir los pasos del *jarl* y sus dos compañeros.

–¿Cómo encontraremos a Ikig? –me preguntó en un susurro Marta mientras se habría paso a través de los espinosos arbustos–. Quizá ya estén muertos.

–Tal vez –respondí bajando también la voz–. Pero sería mejor que no pensásemos en semejante idea. El Triturador habrá esperado que cayera la noche y que sus hombres se durmieran. Tratará de tomar a la guardia por sorpresa, y aún no ha llegado la hora propicia.

–Espero que no te equivoques.

–Yo también.

Continué despejando el camino de las ramas llenas de pinchos que zaherían las ropas. A pesar de estar Luna crecido, el carro sobre el que viaja el hijo de Sol se ocultaba tras espesas nubes que impedían ver los puntos titilantes que alfombran el interior del cráneo del gigante Ymir.

Horas más tarde, se dibujó en el horizonte la silueta del castillo que albergaba al odiado Kodram. Hasta ese momento no habíamos visto ningún rastro del Triturador y sus seguidores. ¿Habrían atacado ya?

–Parece que está todo tranquilo –le dije al oído al pequeño lapón, que se esforzaba en ver a través de la oscuridad.

–¿Cómo vamos a atacar? –preguntó Marta, inquieta–. ¿Y cómo haremos para encontrarlos?

No tenía respuesta para esa pregunta, y el que me la repitiera de nuevo no ayudaba a diluir mi creciente irritación.

–Quedaos aquí –me dijo Krum–. Temujín y yo los encontraremos.

Sin añadir nada más, ambos se esfumaron como un par de espíritus del bosque, en un silencio tal que podrían haber pasado rozando a Heimdallr, el dios que protege la entrada al mundo de los dioses, sin que este se hubiese dado cuenta.

Consumidos por la incertidumbre, permanecimos agachados esperando el regreso de los *ojos rasgados,* como los llamara Marta, escudriñando la negrura tratando de ver algo que nos delatara alguna presencia, fuera de amigos o de enemigos.

Al rato, y como si no se hubiesen alejado en ningún momento, tal era la sorpresa con la que se materializaron a nuestro lado, escuché decir al *sámi:*

–Los tres están a unos quinientos pasos. Creo que esperan el cambio de guardia. Los centinelas son holgazanes y las guardias serán largas.

–Tenemos que avisarlos de que estamos aquí –apuntó Marta.

–Hay un riachuelo. Si vamos por su cauce, nos podremos acercar a ellos sin que nos oigan. La corriente de agua cubrirá nuestros pasos.

–¿Tienes idea de cuántos guerreros puede haber en el castillo? –pregunté.

–No. Pero no creo que estén de guardia más de diez hombres –contestó el lapón.

–Si conseguimos callarlos, podremos entrar en el castillo sin ser descubiertos.

–¿Y cómo cruzaremos el foso si el puente está levantado?

–Quizás a Ikig se le haya ocurrido cómo hacerlo –dijo Marta.

Uno detrás de otro, caminamos en silencio siguiendo a Krum, que abría la marcha. A duras penas conseguíamos no tropezar, pues las espesas nubes cerraban la noche.

Yo marchaba después del lapón y me detuve cuando él lo hizo; habíamos llegado al riachuelo y debíamos tener aún más cuidado para no caer. El agua llegaba hasta el muslo y era tranquila, así que no nos fue difícil avanzar, y eso hicimos durante rato hasta que mi compañero de armas se volvió a detener. Agachado como un animal al acecho, salió del agua y gateó hasta unos arbustos, desde los que silbó quedamente, tanto que no supe si en realidad lo había escuchado o era producto de mi imaginación.

Seguí la dirección que había tomado el pequeño guerrero,

agachado como le había visto hacer a él y arrastrando conmigo la maza y el gran escudo que habría de protegerme de las flechas que pudieran lanzarnos desde lo alto de las murallas. Tras de mí, uno a uno fueron llegando los demás, arrodillándose o sentándose sobre la hierba según aparecían. Cuando lo hizo el último, miré a Krum para saber cuáles eran sus intenciones.

Sigiloso como un gato, avanzó caminando sobre piernas y brazos, llevando entre los dientes un cuchillo. Yo dejé mi maza y el escudo y, lentamente, para no delatarnos, le seguí. No fueron más de una decena de pasos los que tuve que avanzar de esa forma, pero, poco habituado a tales ejercicios, llegué con la respiración agitada y el mismo Krum se volvió para advertirme con un dedo sobre los labios que no hiciese tanto ruido.

Cuando se detuvo y me uní a él, me señaló un grupo de arbustos que crecía a dos o tres pasos de donde nos encontrábamos y esperó hasta que mi respiración fuese pausada de nuevo antes de volver a gatear.

–¡Ikig! Ikig, soy Thorvald –susurré hablando con el esmirriado arbusto tras el que se escondían.

–¿Thorvald? –escuché responder–. ¿Qué haces aquí? ¿Cómo nos has encontrado?

En ese momento, a través de las ramas, asomó la desconfiada cabeza del *jarl*.

–¿Estás solo?

–Estoy con Krum –expliqué sin dejar de susurrar–. El resto está escondido un poco más atrás.

–¿El resto? –preguntó extrañado–. ¿Quién te acompaña?

–Todos. Hemos venido a ayudaros.

El voluble normando no pudo dejar de emocionarse por la noticia y, aunque estaba demasiado oscuro para que sus pensamientos se reflejaran en su rostro, el silencio que siguió lo delató.

A su lado asomó también la cara tatuada de Thorstein, que no pareció sorprenderse demasiado por nuestra presencia, y la asustada de Njâl. El Quemado parecía haberse llevado un buen susto al escuchar mi voz a través del ramaje.

–¿Cómo tienes pensado entrar ahí? –pregunté señalando el castillo que se levantaba a unos doscientos pasos de donde permanecíamos agachados.

–Lo hemos rodeado cuando las nubes se han abierto. Solo parece haber una entrada, la del puente. Pero está levantado.

–Regresemos hasta donde están los demás, así no tendrás que volverlo a explicar.

De nuevo a gatas y siguiendo a Krum, retornamos a los arbustos tras los que se ocultaban nuestros compañeros, presos de impaciencia y curiosidad.

–Vaya, es cierto. Estáis todos. ¿Por qué habéis regresado? –preguntó maravillado al ver al resto de la tripulación.

–Teníamos una cuenta pendiente con Kodram –repuse al ver que nadie lo hacía.

Marta se mantenía seria y silenciosa. En ese momento me di cuenta de que no era partidaria de haber vuelto. Mis celos no tenían sentido. Ella había regresado siguiendo la voluntad velada del resto de la tripulación, que en su interior se debatía entre regresar por fin al hogar y los deseos de seguir al Triturador.

El silencio de los demás parecía indicar algo parecido. Mientras navegábamos hacia mar abierto, todos se habían mostrado cabizbajos, sabiendo que hacían lo que debían, pero, a la vez, que huían de la batalla y dejaban atrás a osados compañeros.

Ahora hombres y mujeres estaban preparados para la batalla y ninguno se echaría atrás, lo que no significaba que aprobaran el capricho del *jarl*.

Este debió de ser consciente de todo esto, pues se conformó con mi respuesta y no preguntó más, únicamente volvió a contar lo que había visto en torno a las murallas del castillo. Por lo que deduje no se trataba de una fortaleza infranqueable, y sin duda no la más impenetrable que yo hubiese tomado.

Por desgracia nuestras fuerzas eran en exceso reducidas. Al margen de los guerreros que se encontrasen dentro del castillo, en la población vecina, donde en nuestra anterior estancia habíamos robado el barco en el que escapamos, había más hombres. Y estos, una vez dada la alarma, no tardarían en empuñar sus espadas para presentar combate, atenazándonos entre dos frentes, en el caso de que aún permaneciéramos al pie de las montañas.

Las nubes se abrieron en el cielo y a la luz de la luna pudimos vernos unos a otros con mayor claridad. Aproveché para asomarme con cuidado sobre los arbustos y miré a mí alrededor. Sin duda la precaución resultaba innecesaria, pues solo era capaz de advertir los contornos. Un centinela avisado que poseyera la visión de un halcón no sería capaz de descubrirme aunque me hubiese puesto en pie gritando con todas mis fuerzas.

El terreno era llano, como ya sabíamos. Alrededor del castillo solo había vegetación dispersa, arbustos y árboles jóvenes. Las murallas no eran demasiado altas y aprovechaban una pequeña loma para ganar en altura. Recordaba de nuestra visita al castillo que la piedra era sólida. Aquella fortaleza no había sido levantada por vikingos sedientos de riquezas hechos a la mar, sino precisamente por aquellos que trataban de librarse de estos.

Los monjes francos habían llevado a cabo un buen trabajo, pero cualquier estratega sabe que la muralla más alta no es nada sin unos aguerridos defensores, prestos a dejar que su sangre corra por las asediadas almenas para impedir el paso al invasor.

—El castillo está rodeado por un foso de agua —dijo Ikig refrescándonos la memoria—. Solo tiene un paso para cruzarlo, el puente que se encuentra levantado.

—La muralla tiene al menos la altura de diez hombres —señaló la impetuosa Groa—. ¿Cómo vamos a entrar sin bajar el puente?

—Quizá lo bajarían si pensaran que se trata de gente de la aldea —apuntó Lorelei.

—No lo creo —respondió Marta—. Acuérdate de que la vez anterior el puente estaba bajado y gracias a eso pudimos escapar sin necesidad de presentar batalla. Quizá tenga algo que ver con el oro que robaron a Kodram aquellos hombres a los que dejamos sin barco. El gobernador se habrá vuelto más cuidadoso.

—La noche es oscura. Podríamos hacer una torre, subiéndonos unos encima de otros —sugirió Sigurd, aún más impaciente que el resto.

—¿Una escalera de más de diez hombres y sin saber cuál es la profundidad del foso? —preguntó mordaz Ikig, humillando al muchacho.

—Ikig tiene razón —admitió Marta, que volviéndose a este preguntó—: Dinos, ¿cómo teníais pensado acceder al castillo vosotros tres solos?

Todas las miradas se centraron en el *jarl*. La pregunta había sido hecha por Marta como venganza por el trato que había dado el Triturador al voluntarioso Sigurd.

–Habíamos pensado arrancar un árbol, llevarlo hasta el pie de la muralla y trepar por él.

La idea no era mala. Difícilmente los centinelas nos verían llegar, ya que la noche era oscura. Pero un árbol de tal tamaño pesaría mucho y habría que traerlo desde lejos, pues los que crecían alrededor del castillo, muy jóvenes, no eran ni con mucho tan altos. Los anteriores habitantes de la fortaleza no habían sido tan descuidados como los actuales al respecto y se habían ocupado de limpiar los alrededores de la fortaleza.

–Podríamos fabricar una escala –apuntó Freyja.

–Las varas serían demasiado cortas. Habría que atarlas unas a otras y no tardarían en descomponerse.

–No es necesario que aguanten mucho peso –repuso la mujer–. Si subiese Krum, que es más ligero que un pájaro, podría arrojar una cuerda después.

Miré con atención a la mujer, cuyo rostro quedaba oculto por las sombras, y creo que no fui el único. El tono con el que se había expresado no me había pasado desapercibido. O mucho me equivocaba, o la mujer había experimentado esa *ligereza* de la que hablaba en su propio cuerpo.

Así que Freyja era al menos una de las mujeres con las que el pequeño *sámi* había pasado algunas de las noches que se había ausentado de nuestra tienda. No alcanzaba a ver qué era lo que veían en el feo rostro de mi compañero de armas, cuyos rasgos recordaban los del jabalí, pero lo cierto es que este no tenía demasiadas dificultades a la hora de encontrar cobijo bajo las mantas de una ardiente hembra.

–¿Con qué armaremos la escala? –preguntó Lorelei–. No tenemos cuerda. En el barco solo quedaban las de la vela. ¿Qué cuerda esperas que nos lance el lapón?

–Tendrá que buscarla en el castillo –dijo Marta–. No creo que les falte. ¿Qué piensas, Ikig?

Me sacudió otro pinchazo, pero enseguida me di cuenta de la intención de la mujer. No quería que el Triturador volviera a hacer las cosas por su cuenta.

–Me parece bien –contestó agradecido el belicoso *jarl* por el protagonismo que le cedía Marta–. Pero Lorelei tiene razón. ¿Cómo armaremos la escala?

–Podemos despojar los escudos del cuero que los envuelve y cortarlo en tiras.

–Se desarmarán si hacemos eso –repuso Helge, el mercenario, uno de los hombres de Ikig.

–No tenemos más elección. Los reforzaremos como podamos. Esperemos que no nos haga falta hacer demasiado uso de ellos. También habrá que hacer tiras de algunas capas.

–Necesitamos saber cuál es la profundidad del foso –dije, y los demás asintieron. Habría que sumarla a la altura de la escala que debíamos fabricar.

–Yo lo averiguaré –propuso decidido Sigurd, que nadaba como un pez.

El muchacho se proveyó de una vara larga y acompañado de Krum se acercó gateando hacia el castillo, mientras los demás regresábamos al cauce del río donde podríamos estar más seguros de no ser descubiertos y hacernos con el ramaje necesario para nuestra escala. Mientras, otros recogían las ramas que servirían de travesaños y las preparaban, y los demás se dedicaron a desvestir los escudos forrados de cuero. Cuando quedaran desnudos, poca sería la protección que podrían ofrecernos; servirían con las flechas enemigas, pero su madera enseguida se abriría bajo mazas y hachas.

En medio de estas labores aparecieron Krum y Sigurd. El muchacho llegaba empapado y con malas noticias. Se había sumergido con el palo cerca del pie de la muralla sin llegar a tocar el fondo.

–Continuamos sin saber la profundidad del foso –dijo Groa dejando de lado la vara que tallaba con su hacha–. Y al menos es más que dos hombres uno sobre otro. No podemos hacer una escala tan alta.

Era un problema, y esta vez fue Sif la que propuso una solución.

–Podíamos hacer una almadía y poner sobre ella la escala.

–¿Sobre una almadía? –respondió Vagn, el hijo de Kara, que se dedicaba a preparar los travesaños–. No lograremos sujetarla.

–Yo podría hacerlo desde el agua –dijo Sigurd–. Sif me ayudará.

–Yo también puedo –dijo la siempre ausente Svava.

–Pero ¿cómo impediréis que se separe de la pared en cuanto Krum comience a subir por la escala? No tenéis apoyo.

–¿Qué ancho tiene el foso?

–Casi veinte pasos.

–Es demasiado. Necesitaríamos una vara muy larga para apuntalar la almadía desde la orilla.

–¿Y con los cuchillos? –dijo Sigurd–. Podríamos clavarlos entre las juntas de las piedras y sujetarnos a ellos. Ese sería el apoyo. No soportarían demasiado peso.

–¿Sería suficiente?

Marta me miró a mí, yo miré a Ikig y este a Thorstein, que no supo a quién mirar. Nadie tenía idea de si aquella maniobra saldría bien, pero la alternativa era esperar a que amaneciera y bajaran el puente, y esa sí era una mala idea.

–Vamos. Hagamos esa almadía –dijo Marta.

La noche entretanto iba pasando. Krum, que se había quedado de guardia en los arbustos donde encontramos a Ikig y sus compañeros, nos confirmó, cuando nos acercamos a él arrastrando la escala y la balsa, que la guardia había cambiado hacía un rato, por lo que era probable que no tardaran en quedarse adormilados, y el siguiente relevo fuese al amanecer, para el que faltaban aún varias horas.

En el mayor de los silencios fuimos reptando hasta la orilla del foso. Las nubes que nos impedían ver el camino hacían lo mismo con los centinelas. Pronto estuvimos al pie de la mole de piedra y Svava, Sif, Sigurd y Krum se metieron en el agua, llevando consigo los cuchillos, la endeble escala y una destartalada almadía. El resto nos quedamos escondidos en la orilla y pronto se perdieron de vista. Inquietos, aguzábamos el oído, pero la noche estaba silenciosa. Los animales nocturnos parecían haberse quedado en sus madrigueras y ningún sonido, ni el remover del agua que rodeaba las murallas, rompía la quietud.

Lo que ahora cuento me fue dado a conocer después, ya que desde donde me escondía no pude ver nada. Los cuatro nadadores salvaron la distancia hasta la gruesa pared de piedra, colocaron la almadía y, como había sugerido Sigurd *Voz de Trueno*, clavaron sus cuchillos lo más hondo posible en la primera junta que encontraron por encima de las aguas; entonces comprobaron que haciendo fuerza hacia abajo la hoja no se soltaba.

Más difícil resultó levantar la escala. A pesar de su fragilidad, tenía un cierto peso y ya habíamos previsto que podía costar colocarla contra la pared, así que Thorstein, Ikig, Helge y yo nos introdujimos en el agua y con unas varas empujamos hacia arriba la escala, mientras Krum, que se había subido a los cuchillos encastrados en las rocas, estiraba de unas tiras de cuero sujetas a los travesaños, de manera que cuando nuestras varas se quedaron cortas para seguir incorporando la escala el tuvo que terminar de colocarla de pie y apoyarla contra la muralla.

Como había previsto Vagn, la balsa trataba de separarse de la pared empujada por la escala que soportaba y los que estaban en el agua con ella debieron hacer grandes esfuerzos para impedirlo. Enseguida, como lo hacen las cabras en los precipicios, el *sámi* comenzó a ascender apoyando un pie tras otro en los invisibles y flojos escalones. Oímos un chasquido cuando una de las ramas se partió y contuvimos la respiración. Nada sucedió y continuamos esperando mientras Cabeza de Jabalí proseguía la dificultosa escalada.

Los que se encontraban debajo luchando por mantenerse a flote y para que la balsa medio sumergida no se moviera en exceso y no se separase de la pared, lo que provocaría la caída de mi fiel compañero, se vaciaban en su esfuerzo que parecía no acabar nunca. Pero el peso en la balsa delataba que Krum aún colgaba de ella.

Entonces un fuerte ruido rompió el silencio de la noche. La escala cayó al agua, desarmada, ocasionando un estrépito que de ninguna manera podía pasar desapercibido para los centinelas, por mucho que estos estuviesen distraídos. En la orilla nos pegamos contra el suelo, mientras los del agua trataban de recoger la escala. Las nubes seguían ocultando la luna, pero ya se habían abierto en claros. Si elegían ese momento para volver a hacerlo, los dueños de las voces que comenzaban a escucharse en lo alto de la muralla nos descubrirían.

Escondidos entre la alta hierba vimos llegar a Sigurd, que remolcaba tras de sí la escala. El muchacho llegaba medio ahogado y tuvimos que tirar de él para sacarlo del foso; después lo tumbamos para que se recuperara y escupiese el agua que había tragado.

Tratando de no hacer ruido, retiramos también la descompuesta almadía y los restos de la escala. Si los defensores del castillo la vieran en el foso, darían la alarma.

–¿Dónde está Krum? –susurré al oído del muchacho.

–No tengo ni idea –repuso este jadeando como lo haría un caballo tras una larga carrera–. No ha caído. Habrá conseguido sujetarse al muro. No podía quedarle demasiado para llegar arriba.

En ese instante la luna se volvió a abrir paso en el cielo. Agazapados, miramos a lo alto de la muralla. Cuatro brazos por debajo del borde, mi fiel compañero se pegaba a la muralla igual que una araña. El lapón se habría aferrado a los hierbajos que crecían entre las juntas de las piedras. El asunto radicaba en saber cuánto aguantarían aquellas pobres raíces desprovistas de un sustento. Por encima de Krum, asomaron varias figuras provistas de antorchas que examinaban los alrededores mientras se preguntaban unos a otros qué habría podido ocasionar ese estrépito.

Durante lo que nos pareció una eternidad permanecimos con la cara contra el suelo, confiando en que Krum pudiera seguir oculto, igual que Svava y Sif, que, al pie de la muralla, asomaban la nariz por encima del agua.

Desde arriba nos llegaban las voces de los centinelas. No estaban por la labor de abandonar la fortaleza para investigar que había ocasionado tal estruendo y, perezosos, prefirieron pensar que lo había causado algún animal de buen tamaño. Poco a poco se retiraron de lo alto, pero uno de ellos parecía más celoso que el resto y continuó con su antorcha aprovechando el claro abierto en las nubes. Yo sentía su mirada sobre mi cogote y a duras penas conseguía permanecer quieto.

De pronto oímos un alarido y algo golpeó con fuerza el agua. Miré hacia arriba alarmado. Las antorchas regresaban. La figura de Krum había desaparecido de la pared, igual que la del celoso centinela. Después supe que mi compañero, no pudiendo permanecer más rato sujeto a los hierbajos ya casi arrancados, había trepado lo que le quedaba hasta el borde y, ante la sorpresa del centinela, había arrojado a este al foso y pasado al otro lado de la muralla para esconderse entre unos fardos.

No había podido evitar que el vigilante gritara mientras caía y, cuando este entró en el agua, Svava le cortó el cuello; ayudada por Sif, habían hundido el cuerpo para que desde arriba no lo vieran.

Ahora sus compañeros lo llamaban, asomándose peligrosamente sobre el muro, pero por fortuna las nubes volvieron a tapar la luna y la oscuridad se cerró de nuevo.

Svava y Sif nadaron hasta la orilla y se tendieron a nuestro lado. Esperamos a ver qué sucedía, no podíamos hacer nada más. El siguiente movimiento estaba en manos de Krum y de los centinelas, que aún gritaban a la noche inútilmente el nombre de su compañero. Escuché como uno de ellos explicaba, posiblemente a su capitán, cómo el centinela caído se había arriesgado asomándose tanto y cómo él lo había visto desaparecer. Sin duda había perdido pie y no merecía la pena dar la alarma por ello. Si no contestaba, es que estaba muerto y las órdenes del gobernador serían tajantes: nada de bajar el puente hasta que llegara la mañana.

Por fin la vigilancia cedió y los centinelas volvieron a sus puestos; los que no estaban de guardia se marcharon a dormir junto con su capitán. Pronto se restableció el silencio en la noche y aprovechamos para reagruparnos en un lugar más seguro al abrigo de miradas indiscretas. Nadie dijo nada, pero todos éramos conscientes de haber rozado la tragedia. De haber sido descubiertos y haberse dado la alarma, nuestra desventajosa situación y la llegada de más guerreros desde el poblado cerrándonos la retirada probablemente nos hubiesen costado la vida.

—¿Qué estará haciendo Krum? —preguntó impaciente Groa, consiguiendo que todos nos pusiésemos más nerviosos de lo que ya lo estábamos.

—Igual lo han atrapado.

—Habríamos escuchado los gritos de la guardia.

—Pero ahora están alerta. ¿Cómo podrá moverse por el castillo y encontrar una cuerda para lanzarnos?

—Lo hará —respondí confiado.

—¿Y cuánto habremos de esperar? —preguntó Ikig—. Deberíamos preparar otro plan.

—Esperemos. Mi compañero no nos fallará.

El *jarl* no contestó y se removió en su lugar para acomodarse. No podía saber durante cuánto tiempo conseguiría que mis palabras evitaran alguna acción estúpida por su parte y tan solo me quedaba confiar en Cabeza de Jabalí.

Contaré ahora lo que el lapón me relató después.

Tras arrojar al foso al centinela que lo había descubierto, se había escondido tras unos fardos, esperando que la guardia se relajara y volvieran a sus puestos. Cuando se hubo recuperado la calma y las nubes volvieron a cerrarse, abandonó su escondite en busca de la cuerda necesaria.

Sin embargo, los centinelas no estaban del todo tranquilos e iban de aquí para allá. Krum, viendo que en cualquier momento podía ser descubierto, decidió cambiar el plan. Con temeridad, se escurrió hasta los tornos donde se recoge la cadena que hace levantar el puente. Allí, dos centinelas conversaban sobre lo sucedido con su compañero desaparecido.

Una vez que los dos tipos quedaron fuera de combate con el cuello abierto, Krum examinó el par de tornos. Había uno en cada costado del puente y debían ser accionados al mismo tiempo, algo imposible para una sola persona, así que el pequeño *sámi* optó por una solución casi desesperada: retiró los frenos y dejó que la cadena corriera libremente.

El estruendo cuando el puente, en su caída libre, golpeó violentamente el suelo, sin duda, se pudo oír en el poblado. Sin perder tiempo, Ikig se incorporó y, levantando sobre la cabeza su escudo en una mano y una terrible maza en la otra, gritó como un poseído corriendo hacia el abatido portalón sin esperar a nadie.

No tardamos en reaccionar los demás y corrimos tras él aullando como *berserker*. Antes de llegar al puente fuimos recibidos por una lluvia de flechas. Al instante, una llamarada se elevó sobre un torreón, sin duda la señal de alarma para que llegasen refuerzos del poblado, si es que aún no se había despertado alguien con la caída del puente.

Con los debilitados escudos embrazados recibimos los dardos, que se quedaban clavados, y continuamos la carga. Arriba, la guardia trataba de hacerse con los tornos, pero el arrojo del lapón los mantenía a raya. Como los vientos helados del norte en una noche de tempestad, atravesamos el puente y entramos en la fortaleza.

De dos en dos subí los que llevaban a los tornos y cogí por sorpresa a los defensores que atacaban a Krum. Atrapados entre dos fuegos, no tardaron en sucumbir. Rápidamente comenzamos a elevar el puente de nuevo, confiando en que no se hubiese desarmado demasiado con la terrible caída, pues en la lejanía ya se veía una serpiente de fuego: las antorchas de los que hasta el momento dormían en el poblado y acudían a la llamada del castillo. Atrancamos los tornos para que no pudieran ser manipulados y los defendimos contra aquellos que llegaron dispuestos a bajar de nuevo el puente.

Debajo de nosotros, el Triturador descargaba su maza a diestro y siniestro, destrozando cabezas, amputando miembros y organizando una auténtica carnicería. Por lo que pude ver, su cuerpo estaba adornado por varias flechas firmemente clavadas en la carne, de la que manaban regueros de sangre. Sin embargo, el *jarl* no cedía y continuaba repartiendo muerte allá donde su maza golpeaba. Njâl, Thorstein, Groa, Helge y Sivord, su más fiel compañero, compartían su suerte, mientras más allá otro grupo, en el que participaban Svava, Temujín, Marta y Vagn, luchaba también contra un enemigo superior en número.

Los escudos, que hasta ese momento habían cumplido su función al detener los numerosos dardos lanzados por los defensores, caían a pedazos ante las mazas, espadas y hachas, dejando a los nuestros al descubierto.

Me hubiese gustado acudir en auxilio de mi mujer, pero si cedíamos la posición nuestros enemigos bajarían el puente y la derrota sería segura.

Gritos de angustia se mezclaban con otros de muerte y de odio. Poco a poco, el empuje del Triturador hizo retroceder a sus adversarios y nuestra tripulación pudo reagruparse. Pero no había un instante para el descanso. Las fuerzas contrarias se reunían en el patio comandadas por sus capitanes. Al menos nos triplicaban en número y entre ellos había buenos luchadores, aunque nadie poseía la determinación y ansias de venganza de Ikig *el Triturador,* que poseído por una ciega fiereza arremetía contra todo lo que se le ponía por delante, destrozando él solo el muro de escudos que se le enfrentaba.

En nuestra ayuda llegaron Eyvind, Ragnfastr y Freyja, y los dejé en compañía de Krum asegurando los tornos, para arrojarme después sobre quienes luchaban contra el grueso de nuestro ataque. Mi llegada cambió el sino del combate. Aunque se mantenía la proporción de dos guerreros suyos contra uno de los nuestros, la maza de Ikig y la mía fueron abriendo brecha en su muro de escudos y pronto comenzaron a retroceder.

Más allá, nuestros adversarios se arremolinaban en torno al portalón que daba acceso a los aposentos de Kodram. En cuanto

Temujín, acompañado de Svava y el resto, despejó de guerreros la puerta, la hendí con mi maza y al cuarto o quinto golpe se desprendió de los goznes que la sujetaban y cayó en pedazos.

Atravesé el umbral y algunos me siguieron. Corrimos desbocados por los pasillos y mandamos al infierno a cuantos se pusieron delante de nosotros, fueran criados o guerreros. Por fin llegamos al salón principal, donde mi antiguo enemigo había dictado su traidora sentencia contra nosotros y volví a ver a Kodram sentado en su trono. Tres Dedos trataba de aparentar calma, pero mantenía apretados los dientes, que apenas despegó para saludarme.

—Así que has vuelto. ¿Eres tú quien manda esta manada de perros? ¿O sigues obedeciendo a esa zorra de la que te has encelado?

No dije nada, solo lo agarré por el cuello, lo levanté de su trono y le di un violento cabezazo en el rostro antes de que pudiera reaccionar. Cayó como un fardo a mis pies con la nariz y los labios rotos, sangrando como un cerdo en la matanza. Quería matarlo allí mismo, pero sabía que pertenecía a Ikig.

Para mi sorpresa, el Triturador no era uno de los que me habían seguido. Posiblemente permanecería aún en el exterior acabando con los que aún resistían, que cada vez debían de ser menos, pues los gritos iban decreciendo y muchos eran de dolor y de rendición incondicional.

Agarré por el cabello al desvanecido gobernador y lo arrastré hasta el patio, donde esperaba encontrar a los demás. Allí, un puñado de hombres arrojaban sus armas a nuestros pies y pedían clemencia. En la oscuridad, que poco a poco iba remitiendo, pues se acercaba la hora en que Sol ocuparía el lugar de Luna, aún era difícil distinguir claramente los rostros, pero encontré al *jarl*. Permanecía en pie, apoyado sobre el mango de su maza. Tenía al menos seis o siete dardos profundamente clavados por todo su cuerpo y había perdido mucha sangre. Algún arma enemiga le había alcanzado en la cabeza, pues tenía una oreja y el costado hecho pulpa, sanguinolento y con el pelo rubio empapado en sangre.

Con un esfuerzo supremo, levantó la cabeza al verme llegar y preguntó:

—¿Es este Kodram?

Yo asentí. Alguien trajo un cubo de agua y lo arrojó al rostro de mi prisionero, que se espabiló de inmediato.

–¿Tú eres Kodram *Tres Dedos?* –preguntó el *jarl* con dificultad.

–Sí. ¿Quién eres tú?

–Me llamo Ikig Roriksson y me conocen como *el Triturador*. Osaste encerrar a mi madre y ahora vas a morir.

Estas pocas frases las había dicho con toda la dignidad de un verdadero *jarl*, pero era evidente que la vida se le escapaba a chorros con ellas.

Obligué a incorporarse a mi antiguo enemigo y compañero de la infancia. En un arranque de fuerza póstumo, Ikig levantó por última vez en este mundo la maza y hendió con ella la cabeza de Kodram, cuyo cuerpo dejé caer desmembrado.

Sobre él cayó el Triturador, muerto. Junto al *jarl*, siguiéndolo hasta el final, Njâl yacía a su lado con la cabeza separada del tronco.

El silencio se hizo en el patio y lo único que lo turbaba eran los gritos que provenían de fuera del castillo, donde los refuerzos nos injuriaban y maldecían sin causarnos mayor daño.

Colocamos en el suelo a Ikig y a su compañero en una postura más decorosa, y junto a ellos a Sivord, el marido de Alfdis, a quien remetimos las entrañas antes de taparlo con la capa del propio Kodram. Tres muertos habíamos tenido nosotros, entre ellos el *jarl*, y más de treinta nuestros enemigos, siendo el de más categoría aquel traidor al que Temujín rebanó el cuello. Yo ensarté su cabeza en una pica, para mostrarla a los que aguardaban, belicosos, fuera de las murallas.

–¡Hemos matado a vuestro gobernador! –grité mostrando la pica a los que se apretujaban en la orilla y que al menos llegaban al centenar.

–¡Ahora moriréis vosotros! –me respondieron con rabia.

–Kodram ha muerto y nuestro *jarl* también –dije–. Tres Dedos encarceló sin motivos a la madre de nuestro *jarl* y este ha tomado cumplida venganza, una venganza que le ha costado la vida. No tenemos nada contra vosotros ni deberíais tener nada en nuestra contra.

Los gritos que llegaban del otro lado ponían de manifiesto su desacuerdo.

–No podéis entrar. Aquí tenemos armas, agua y comida. Habéis visto que sabemos luchar. También tenemos a más de veinte de vuestros compañeros como rehenes.

–¿Qué queréis? –preguntaron tras discutir entre ellos mis palabras.

–Que nos dejéis marchar en paz. Si lo hacéis, el castillo será vuestro y el oro que esconde también.

Aquellos hombres eran vikingos sedientos de plata. Una vez librados de su jefe, pelearían por ocupar su trono y empezaban a entenderlo así. Nosotros no éramos enemigos para ellos y atacarnos los debilitaría. ¿Para qué tomarse venganza y exponerse a morir, cuando en realidad les habíamos hecho un favor al librarlos de aquel tirano?

La codicia empezó a extenderse. Aparecieron las primeras voces enfrentadas para ocupar el puesto que dejaba vacante Tres Dedos. No eran más que piratas y la lealtad a su jefe había muerto con este.

Uno de ellos, de notable altura y bien acompañado por partidarios fuertemente armados, tomó la palabra y dijo:

–¿Abriréis el puente y me permitiréis entrar?

Sus palabras fueron mal acogidas por otros aspirantes al trono desocupado. Un par de cabezas fueron rápidamente separadas de sus hombros y enseguida el orden fue restablecido. Al menos por el momento, aquel gigante mandaría sobre el resto. Durante cuánto tiempo dependería de su habilidad para deshacer las tramas en su contra y acabar con sus oponentes.

–¿Lo harás en paz?

–Así lo haré. Ahí tienes mi espada.

Aquello no quería decir nada, simplemente era un gesto. Le dije que se alejara el resto de sus secuaces, lo suficiente para que no tuvieran tiempo de tomar el puente en cuanto lo bajáramos, y así hicieron.

Una mirada mía al lapón bastó para que este, ayudado por Helge, hiciera descender el puente girando los tornos. El vikingo entró sin más compañía que uno de sus hombres y volvimos a subir el puente.

–Me llamo Hott *Pies Grandes.*

–Yo soy Thorvald *Brazo de Hierro,* hijo del *jarl* Stymir *el Viajero* –contesté levantando la mirada.

Aquel hombre era tan alto como el malogrado Gunnar, el *berserker,* el más formidable luchador que yo haya conocido, y con él iniciamos las negociaciones.

No nos llevaron demasiado tiempo. Antes de que el sol estuviese alto ya habíamos llegado a un acuerdo. Como yo imaginaba, Hott no tenía ningún interés en vengarse por la muerte del anterior gobernador y solo esperaba ocupar su lugar y establecerse en el castillo, para enriquecerse con la piratería y los impuestos a los barcos comerciantes que anclaban allí, que le procurarían pingues beneficios.

Volvimos a bajar el puente y abandonamos aquellas murallas, llevando con nosotros los cuerpos de nuestros caídos, las armas de sus enemigos, una decena de rehenes entre los que escogimos a los que nos parecían de mayor calidad y, en el mismo papel, al lugarteniente de Hott.

Nadie nos molestó hasta llegar a nuestro *drakkar*, en el que embarcamos. Enseguida navegamos surcando las aguas, rodeando la isla rumbo norte. Cuando estuvimos suficientemente lejos, y tal como habíamos pactado con Hott, desembarcamos a los rehenes en el norte de la isla.

Más ligeros sin esta carga, continuamos nuestra travesía. Aún debíamos escoger un lugar donde dar sepultura al fallecido *jarl* y a su compañero, y era necesario que lo hiciésemos antes de llegar al estrecho brazo de mar que separa la tierra de los anglos de la de los francos.

Pero esto lo dejaré para otro día, pues mi mano ya está fatigada de sujetar el cálamo. A su lado, mi poderosa maza es mucho más liviana.

CAPÍTULO 23

Al día siguiente rodeamos en Armórica, el país frente al mar, la punta de costa que los francos llaman Finisterre, pues creen que es el final de la tierra, y que, por el contrario, los bretones llaman *Penn ar Bed*, el comienzo del mundo. No era el mejor lugar para detenernos, pues las costas estaban tenazmente guarnecidas por poblaciones fortificadas y dispuestas a defenderse con ferocidad, mas no debíamos continuar por más tiempo sin cumplir con nuestro deber. El cuerpo del *jarl* no podía ser arrojado al mar, como habíamos hecho antes con el de Einarr y con algún otro. Además carecíamos de comida, nos quedaba poco agua y debíamos descansar.

Encontramos un lugar tranquilo cuyas playas eran batidas por las olas. Con cautela, pues nunca se puede descartar una trampa para incautos, tomamos tierra y aseguramos la embarcación sin sacarla del agua, para no perder tiempo en caso de que tuviéramos que abandonar aquel lugar con prisas.

Ordené que Sigurd, Temujín, Sif y Krum se quedaran en el *drakkar* vigilándolo. Los cuatro gozaban de muy buena vista y podrían descubrir la presencia de cualquier vela en el mar o movimientos extraños en tierra, dando la alarma a tiempo para poder escapar.

Después levantamos los cuerpos de Ikig, Njâl y Sivord, cubiertos con decoro con sus capas, y los trasladamos en unas angarillas hechas para la ocasión con la madera que el mar arrojaba a la orilla.

En lo alto de una loma, mirando al mar azul, encontramos un lugar adecuado. En un claro de tierra entre las aguas y un frondoso bosque de robles, cavamos dos tumbas. Primero enterramos a Njâl *el Quemado*. Sus hermanas fueron las encargadas de bajar el cuerpo, cruzarle las manos sobre el pecho y depositar a sus pies la espada con la que había combatido, que no era la perteneciente a su familia, pues esta había sido confiscada por los *blamenn*.

Groa se mantuvo pensativa, con el ceño apretado. Creo que culpaba a su hermano fallecido de la testarudez que lo había llevado a la tumba por seguir a su idolatrado *jarl* en tan estúpida empresa. Todo el esfuerzo gastado en el último año, penurias, hambre, frío y privaciones, tenían como premio una gris tumba en una tierra extraña, lejos de los suyos.

La pequeña Ran, en cambio, mantenía una mirada ausente. La muchacha había cambiado mucho desde que la había conocido. Su alegría y sonrisa perenne se habían fugado de su rostro, que ahora parecía una máscara tallada. El apresamiento de su querido hermano, el tormentoso viaje, la muerte de su nuevo amante, padre de la criatura que llevaba en su seno, y ahora la desaparición de Njâl, una vez liberado contra toda esperanza, había sido demasiado para la frágil muchacha. Las extremas condiciones que habían endurecido, aún más, el carácter de las sufridas mujeres embarcadas habían privado de la cordura a Ran.

Entretanto, Marta, Freyja, Helge y Vagn habían enterrado a Sivord. En el mejor momento de su vida se había visto, como tantos otros, deslumbrado por el brillo de la plata. Su esposa, Alfdis, aguardaba su regreso en la aldea, aunque, si la memoria no me fallaba, sin demasiadas esperanzas.

Una tumba más amplia fue cavada por Thorstein, Eyvind, Kiartan y Ragnfastr, mientras la envejecida Lorelei y la bella Svava vigilaba nuestras espaldas por si alguna amenaza surgía del denso follaje. Thorstein, su hermano de sangre, y por tanto el más cercano en vida al *jarl*, retiró la capa para que pudiéramos ver por última vez aquel rostro embadurnado de sangre reseca. Resultaba difícil reconocer en este al orgulloso guerrero.

En pie en torno al *jarl*, miré de reojo a Marta. Aquel hombre del que la antigua esclava se había enamorado no podía ser más diferente a mí. Más alto y esbelto, rubio, de ojos azules, ahora cerrados para siempre, con un rostro y un cuerpo bien proporcionados, contrastaban con mi pelo y barba negras, mi rostro duro y desfigurado por la cicatriz que me atravesaba medio costado y mi torso más ancho que alto.

Marta lo miraba con el respeto que merecía, pero no pude encontrar en su expresión el reflejo de un dolor que justificara los celos que yo sentía.

Thorstein cargó en ese momento con el cuerpo y descendió con él al fondo de la tumba, donde lo depositó con cuidado. Después colocamos en su mano la maza con la que había muerto y a sus pies las armas de los numerosos enemigos caídos frente al Triturador.

El Pálido cubrió de nuevo la cara de Ikig con la capa y echamos tierra encima hasta cubrir la fosa. Terminada esta labor, recogimos cuantas piedras de buen tamaño encontramos por las cercanías y con ellas, clavadas en la tierra alrededor de la tumba, simulamos el barco en el que debería haber sido enterrado.

Si estas páginas llegan a ser leídas por quien no conoce nuestras costumbres, ha de saber que la categoría de un rey normando, y de un *jarl* también, le permite gozar de unos funerales así de ceremoniosos. Ikig habría sido enterrado, de haber fallecido en su aldea, dentro de un barco, con comida, armas, plata y tal vez alguna esclava que se ofreciera a acompañarlo para servirlo en el Asgardr.

Sin embargo, ahora no teníamos ningún barco donde hacerlo, ni plata, ni siquiera comida para los que aún permanecíamos vivos. Respecto a la esclava, en caso de que la hubiésemos tenido, no creo que Marta hubiera permitido matarla para dejarla junto al cuerpo del *jarl.*

De esa manera, las piedras simularían el barco y le servirían al hijo de Rorik Svennsson en su viaje al más allá. Y hablarían, a quien visitase aquel túmulo, de la categoría de quien se hallaba enterrado debajo.

«Aquí yace Ikig Roriksson *el Triturador,* quien nos condujo a la perdición». Así rezó lo que grabamos en la piedra más alta, puesta a la cabecera de la embarcación simulada, y Thorstein no tuvo nada que objetar.

En pie ante el túmulo, no pude dejar de pensar en los otros hombres que habían encontrado la muerte. Y no habrían de ser los últimos.

Terminados los ritos funerarios, no nos demoramos más y volvimos a la embarcación. Cuando llegamos nos aguardaba una sorpresa. Nuestros centinelas, descuidando la guardia, se habían aprovisionado de algunos alimentos, como almejas, algunos cangrejos, pescado e incluso un par de hermosos patos que habían pagado su curiosidad con la vida.

Krum los había cocinado utilizando leña que la marea había arrojado a la orilla tiempo atrás y que, de tan seca como estaba, no ocasionaba humo alguno. Dimos buena cuenta de todo ello y olvidé el descuido en la guardia por parte de quienes nos daban de comer, pues tuvo un efecto beneficioso en todos nosotros. Ya alimentados y cumplida la tarea de dar sepultura a los caídos, estábamos preparados para continuar la última etapa de aquella agitada expedición.

Nos hicimos de nuevo a la mar y Sigurd cuidó de no alejarse demasiado de la costa. A partir de aquel momento deberíamos extremar las precauciones. Nos acercábamos al brazo de mar donde medraban anglos, sajones, francos y otros belicosos pueblos, hundiendo cuantas embarcaciones osaran situarse frente a sus proas. El reino de Aegir debía de tener su fondo alfombrado de tales embarcaciones.

Si en el viaje hacia el sur nos habíamos librado de terminar bajo las aguas, todos deseábamos que no hubiera combate alguno en nuestro regreso, pues nuestra diezmada dotación estaba consumida y muy fatigada. Un mal encuentro acabaría con nosotros.

Aún faltaban horas para que el carro de Luna ocupara el espacio dejado por Sol, pero debía pensar cómo pasaríamos la noche. De haber contado con Einarr, no lo hubiese dudado y habríamos dormido acomodados sobre el costillaje de la embarcación. Pero el viejo tullido ya no estaba y su joven aprendiz era demasiado bisoño. Un mal cálculo podía hacernos encallar en cualquiera de las dos costas que habrían de flanquearnos, siempre con trágicos resultados. La única salida era buscar un lugar tranquilo en la costa y esperar hasta la mañana siguiente para cruzar el angosto paso, pidiendo a Odín que nos cubriera con su manto y nos hiciese invisibles a los ojos de nuestros enemigos.

Consulté mis dudas con Marta y con Krum para no alarmar al resto y ambos fueron de la opinión de que deberíamos ponernos en manos de Sigurd. El muchacho, por su parte, estaba convencido de poder encontrar el paso sin acercarse peligrosamente a la costa.

Tomada la decisión, no quedó más que dejar pasar el tiempo mientras el viento, que no soplaba con la fuerza que yo deseaba, nos empujara sobre las aguas, rompiendo las olas y cabeceando rítmicamente.

Aquella noche se triplicó la guardia. Sigurd estuvo acompañado primero por Sif y luego por Marta para evitar que se durmiera. El fiel muchacho, que no había descansado en todo el día, debería permanecer de vigilia la noche entera, y quién sabía si, con el despuntar de las primeras luces, podría descabezar un necesario sueño, siempre que no hubiera enemigos a la vista o que la niebla no se hubiese cerrado sobre nosotros.

Además de Sigurd y de quien le acompañaba, Temujín y Krum, los que poseían una vista más afilada de todos nosotros, se relevaron en la guardia durante toda la noche, junto a otro de nosotros.

Fue una noche clara iluminada por Luna y las estrellas, que, desde lo alto del cráneo de Ymir, provocaban reflejos sobre el agua, como lo hace la luz de la fragua sobre las hojas de las espadas que el herrero forja.

Durante mi guardia me esforcé en escudriñar entre la oscuridad que nos envolvía y solo de vez en cuando conseguí distinguir a estribor la costa donde dormían los francos, ajenos a nuestro paso. El encuentro con una nave de guerreros por la noche era muy difícil, así que nuestra única preocupación era no acercarnos demasiado a ninguna orilla y no desviarnos de nuestro rumbo. Si todo iba bien y el viento soplaba con la misma intensidad, cruzaríamos la parte más estrecha del brazo de mar antes de que Luna terminara su travesía.

Pocos fueron los que consiguieron dormir aquella noche, aún no encontrándose de guardia. Por dos ocasiones me senté al lado del muchacho, que no dejaba de mirar el cielo, como si allí alguien, quizás el propio Einarr, le estuviese indicando las correcciones que debía hacer con el timón o cómo recolocar la vela para aprovechar el viento y que la nave siguiera su curso.

Sigurd hablaba quedamente, como en un trance, contando alguna historia que había escuchado de boca del viejo o alguna de las aventuras disfrutadas en una niñez que le había sido arrebatada antes de tiempo.

Cuando me acerqué la segunda vez, Sigurd le hablaba a Sif de alguna trastada cometida por él mismo y por su inseparable amigo Ivar. Sif debía de conocer la historia, pero no dejaba de reírse y de sorprenderse cuando descubría algún detalle que hasta entonces había permanecido oculto. Las risas despreocupadas de los dos jóvenes me hicieron sentir mejor. Con el ánimo más ligero, me aproximé a Krum, que se encontraba en la otra punta de la nave, al pie del mascarón de proa, forzando la vista al frente para dejarlos solos.

Durante horas, como no lo habíamos hecho en todo el viaje, el lapón y yo estuvimos conversando. Sí, he dicho bien. El pequeño guerrero habló más de lo que nunca antes había tenido la oportunidad de escucharle.

Recordamos a viejos compañeros, algunos de ellos ya muertos, y a enconados adversarios con los que nos habíamos enfrentado, y creo no mentir al decir que a todos los rememoramos con nostalgia. Mencionamos los diversos lugares que habíamos conocido y a los señores para los que habíamos batallado por unos puñados de plata que luego gastábamos rápidamente.

Me parece que en aquel momento no fui consciente de la trascendencia de la conversación que mantuvimos. Algo en mi interior, algo que no se atrevía a asomar, me advertía de que aquella expedición tan poco lucrativa en la que nos habíamos embarcado un año atrás iba a ser la última en la que acompañara a mi fiel compañero de armas, y estoy seguro de que Krum, más sagaz, tenía la certeza de que así sería.

Cuando llegó la hora del relevo de la guardia me acosté a la vez que el *sámi*, dejando en la proa al silencioso Temujín junto a la no menos callada Svava. Ambos formaban una extraña pareja, pensé no por primera vez mientras el sueño llegaba.

Desde que el mogol hiciera uso de su extraña espada al llegar a la aldea, la muchacha se había sentido fascinada por ella, al punto de que su padrastro, el herrero Runolf, fabricara una igual para ella. Durante los meses que permanecimos entrenando, el Bárbaro había tomado bajo su responsabilidad la enseñanza del uso de tal arma a la muchacha. No obstante, jamás los había visto hablar entre ellos, aunque ella, de cuando en cuando, buscaba la silenciosa compañía del mogol, quizá sabiendo que a su lado podría obtener paz, algo tan raro en un grupo de alborotados normandos.

Ahora, de nuevo juntos, se dedicaron a examinar la extensión de agua que se abría ante nosotros, al margen uno del otro, como si cada cual estuviese solo. Reflexionando sobre esto encontré el sueño y, cuando me desperté, ya asomaba Sol por el horizonte en su brillante carruaje. Habíamos cruzado sin problemas el paso que separaba a los anglos de los francos. La tripulación que permanecía aún dormida fue poco a poco despertándose y, al enterarse de la buena noticia, expresó su alegría y alivio.

Estábamos hambrientos de nuevo, pues no habíamos probado bocado desde la mañana anterior, pero aquellas costas podían resultar peligrosas, como habíamos podido comprobar durante el viaje de ida, y habría que encontrar un lugar recóndito para poder tomar tierra.

Y si aquellas tierras no eran las apropiadas para echar el ancla, la cosa no iba a mejorar en los próximos días. En dos o tres jornadas costearíamos las orillas del país danés donde yo había nacido y reinaba Svenn *el Cruel,* a cuyo hijo había matado. No podía ignorar que quizás hubiese llegado a oídos de Svenn el motivo de nuestra expedición. De estar al tanto, tal vez aguardase a que cruzáramos sus aguas en las próximas semanas.

Hacia el mediodía llegamos a una tranquila cala, donde hicimos un alto en nuestra marcha. Desde la mañana, Lorelei se había hecho con el remo que servía de timón para que Sigurd pudiera descansar un poco y, aunque habíamos disminuido la velocidad, la mujer había sabido el viento en la vela.

Desmontamos el mástil y sacamos la embarcación del mar, cubriéndola con vegetación. Necesitábamos un descanso y aquella apartada cala era un lugar tan bueno como cualquier otro. Tendríamos caza, frutos y una fina arena donde dormir por la noche. Continuaríamos el viaje de regreso al día siguiente.

Cada cual aprovechó la tarde como quiso. Mi advertencia de que no se alejaran demasiado no fue obedecida, pero Marta me convenció de que no los reprendiera. El riesgo que corríamos de ser descubiertos era preferible al estado de ánimo que se había instalado entre nosotros.

Y es que desde la mañana anterior se había abatido sobre la tripulación una apatía y cansancio extremos, agravados por aquella tensa noche que, quien más quien menos, había pasado en vela.

Hice caso de lo que decía Marta y disfruté de su compañía durante toda la tarde. Quién sabe si fue en aquella playa donde concebimos a Björn, el que sería nuestro primer hijo.

Mientras unos dormíamos y descansábamos, otros como Krum aprovecharon para cazar nuestra cena, y así el lapón se presentó con un jabato que pronto fue despellejado, destripado y ensartado en un espetón sobre el fuego. El manjar fue acompañado por cangrejos, algún pescado asado en el mismo espetón y hierbas, de las que nunca he sido capaz de retener sus nombres. Cuando terminamos, apagamos el fuego antes de que cayera la oscuridad y nos pudiese delatar y nos preparamos para dormir sin designar ninguna guardia.

La noche transcurrió sin incidentes, y si consiguió aliviar nuestros cuerpos del extremo cansancio no ocurrió lo mismo con las pesadas almas. Mirase donde mirase, solo encontraba caras largas y desprovistas de brillo en las que las sonrisas se habían escapado, quizá para siempre. La tripulación se movía como los espectros que habitan los bosques, carentes de voluntad. Nadie cuestionaba mis órdenes, aunque estas eran obedecidas sin cuidado, desganadamente. Aquella molicie podía resultar muy peligrosa, sobre todo cuando nos adentráramos en las aguas que envolvían las tierras de Svenn *el Cruel*, pero no había manera de acabar con ella.

De esta manera continuamos rumbo al norte. Yo calculaba, y Krum estaba de acuerdo conmigo, que si no sufríamos ningún encuentro desafortunado, el mar se mantenía como hasta el momento y el viento no nos abandonaba, al cabo de diez días veríamos la orilla de la aldea Svennsson. Mas en un viaje por mar abierto, estos cálculos son cualquier cosa menos reales.

Dos noches después de haber descansado en aquella playa llegamos a las aguas del odiado rey danés. El riesgo de encontrarnos con un barco lleno de guerreros de Svenn era pequeño, y ligeros como íbamos podríamos escapar en cuanto vislumbráramos su vela.

Tampoco era preocupante la posibilidad de que fuésemos avistados desde tierra. A la distancia a la que costeábamos apenas distinguirían un *drakkar* como tantos otros volviendo hacia casa después de un verano de saqueo. En el caso de que decidieran atacarnos, estaríamos lejos para cuando consiguieran hacerse a la mar.

No, en el mar estábamos relativamente seguros. El problema era otro. En el tiempo que tardásemos en costear aquellas tierras no podríamos acercarnos a ellas. Esto quería decir que tendríamos que dormir incómodos prácticamente durante el resto del viaje y contentarnos con comer lo que nos quisiera ofrecer el mar, sin cocinarlo.

En estas condiciones, las tripulaciones más experimentadas sufren las consecuencias del aislamiento. Es como estar encerrado en un calabozo. Una nave pequeña, sin espacio para moverse, con el agua que cae de las nubes para beber y con poca comida. Un suelo duro y curvado que muele la espalda con sus costillas de madera.

Suele ser normal que en tales casos estallen disputas, peleas, incluso motines. Sin embargo, aquellos hombres y mujeres parecían encontrarse en un estado en el que no sentían ni padecían. Cada uno hacía lo que le correspondía: las guardias, achique del agua, usar las cañas para proveernos de alimento y poco más. El resto del tiempo, casi todos permanecían durmiendo, ya fuese de día o de noche.

Así transcurrieron las jornadas en alta mar, con el deseo unánime de llegar por fin. Pero el viaje no había terminado y aún nos deparaba una última desgracia.

* * *

Sucedió un día, cuando Sol comenzaba a descender de lo alto. No podían quedarnos más de cuatro jornadas y hasta el momento todo había transcurrido en calma, lo que en la situación en la que estábamos era de agradecer.

El mar se había encrespado al amanecer y movía a su voluntad el *drakkar*, pero nada como para alarmarse. El viento soplaba con fuerza y ya podíamos oler en él que nuestras tierras no podían quedar lejos, lo que supuso un acicate para el desolado ánimo reinante.

Mientras cabalgábamos sobre las espumosas olas, arriba y abajo, fuimos sorprendidos por una tormenta que llegó de repente, sin darnos tiempo a prepararnos. Njord, el dios del viento, enloqueció y su hálito amenazaba con arrancar el palo, así que tuvimos que recoger la vela antes de que nos fuese arrebatada. El mar se encabritó, como si los esposos Aegir y Ran mantuvieran una enconada disputa, y las aguas se convirtieron en oscuras montañas y tenebrosos valles por los que nuestro *langskips* trepaba y caía. Nos pusimos a los remos para ayudar en la maniobra y que ninguna de las gigantescas olas desatadas nos golpeara por el costado y nos hundiera.

Nadie se mostró demasiado preocupado. En el viaje de ida habíamos padecido peores tormentas, aunque bien es cierto que en aquellas el habilidoso Einarr se encontraba entre nosotros y sabía de sobra cómo afrontarlas, sentado en popa, sujeto por una cuerda para no salir despedido por la borda.

Ahora en cambio era Sigurd el que daba las órdenes desde su puesto, aferrado al timón. Permanecía en pie, pues a él no le faltaba ninguna pierna como al viejo, y con su vozarrón nos indicaba sin dudar qué debíamos hacer.

Permanecimos horas así y nos alejamos de la costa hasta perderla de vista. Sigurd nos había demostrado que era capaz de encontrar de nuevo el rumbo sin tener a la vista tierra, así que por el momento no nos preocupamos y continuamos ofreciendo la proa a las enormes olas.

De pronto, tal como había llegado, la tormenta se marchó y el mar se calmó, cambiando el color negro con brillos metálicos por otro más azul. Izamos la vela y nuestro joven timonel puso proa hacia tierra. No sabría decir cómo sabía dónde se encontraba esta. La habíamos perdido de vista hacía poco, pero la embarcación había dado desde entonces varias vueltas sobre sí misma. Si para mí supuso un misterio su habilidad, no importa. Pronto pudimos ver por delante del mascarón la fina línea de la costa.

Asombrado, me acerqué al muchacho para felicitarle, mientras el resto continuaba descansando después de las horas pasadas empuñando los remos. En popa, ahora sentado pero sin perder de vista los aparejos y las aguas, Sigurd le narraba a su incondicional Sif la historia que ambos habían escuchado de boca del viejo Einarr en una de las largas noches pasadas mientras nuestro destino era el sur.

Contaba cómo el dios Thor había perdido su martillo, *Mjöllnir*, el Triturador, de donde habían dado nombre al *jarl* Ikig. Un gigante llamado Thrymir se lo había robado mientras el dios dormía y este había tenido que disfrazarse de mujer para que el gigante pensase que se trataba de la diosa Freya, de la que estaba enamorado, y poder arrebatárselo.

La historia había terminado, como ocurría con todas las que tenían por protagonistas al belicoso dios del trueno y a sus odiados adversarios los gigantes, con la cabeza de Thrymir, y la de todos sus familiares, hendida por el poderoso *Mjöllnir.*

Sif, que ya se sabía de memoria todas estas historias porque las había aprendido a la vez que Sigurd, parecía no cansarse de ellas y pidió al muchacho que le contase otra.

–¿Recuerdas la historia de cómo Odín consiguió su anillo?

La muchacha asintió y se acomodó para escucharla de nuevo. Yo hice otro tanto, pues me apetecía oír la voz del muchacho.

–Loki es mitad dios, mitad gigante, y el más malvado de cuantos habitan Asgardr. A pesar de ser medio gigante, su tamaño es pequeño y algunos dicen que posee el don de transformarse en otros seres.

La muchacha puso la cara de horror que se esperaba de ella, aun cuando conocía de sobra la historia.

–Una noche, Loki hizo una de las suyas y entró donde dormía Sif, la bella esposa de Thor, que se llamaba como tú, y le cortó el largo cabello, del que la diosa se sentía muy orgullosa, sin que ella se diese cuenta.

Arrullado por aquella grave voz, no me di cuenta de que Marta se acercaba hasta que se sentó entre mis piernas y apoyó su espalda contra mi pecho, abrazándose ella misma con mis brazos.

–Cuando Thor se enteró de lo sucedido, se enfureció terriblemente. La cólera del pelirrojo matagigantes era temida por todos los dioses, que temblaban ante sus accesos de furia, pues en tales momentos acostumbraba a golpear a quien se cruzase en su camino.

»Así que el dios del trueno y de las tormentas montó en su carro tirado por dos machos cabríos y fue en busca de Loki. Tras mucho rebuscar, pues el cobarde se había escondido, Thor logró encontrarlo.

–Y Loki le dijo que no sabía nada de lo sucedido –intervino Sif abriendo mucho los ojos como si no supiese lo que estaba por ocurrir.

–Cierto, pero Thor encontró algunos de los cabellos de su mujer enredados en el cinturón del malvado semidiós y, levantándolo en el aire, le amenazó con romperle la cabeza.

–¿Y qué hizo Loki?

–Pataleó y lloró pidiendo perdón. Le prometió al furioso Thor que, si le soltaba, le llevaría una cabellera nueva, de oro, tan bonita como la tuya.

La muchacha se ruborizó por el cumplido.

–Thor –continuó el relato Sigurd–, que amaba mucho a su esposa y sabía lo triste que estaba por la pérdida de su precioso pelo, detuvo el brazo con el que pensaba machacar el cráneo del miserable y le preguntó cómo conseguiría una cabellera como la descrita.

»Loki, aliviado, le respondió que visitaría a unos enanos, los mejores orfebres, y estos le fabricarían tal cabello.

–¿Lo hicieron?

–Sí. Loki tuvo que viajar muy lejos, pues los enanos vivían bajo tierra, pero al fin consiguió encontrarlos. En sus cuevas, los aduló por su pericia hasta conseguir que estos, inflamado su orgullo, accedieran a construir los cabellos de oro más finos que jamás se hubiesen fabricado, capaces de crecer como lo hacen los de verdad.

»No solo lo consiguieron, sino que con el oro sobrante fabricaron una lanza mágica para Odín, llamada *Gugnir*, y que, una vez lanzada, no deja escapar a su enemigo, aunque este se esconda en el reino de Hell. También fabricaron un *drakkar* para la esposa de Odín, un *langskips* capaz de cambiar de tamaño a voluntad.

Mecidos por las olas, que aún no habían recuperado del todo la calma, me estaba sumiendo en un necesario sueño. En mi regazo, Marta respiraba suavemente desde hacía rato. La brisa en la que se había convertido la enfurecida tormenta me agitaba el pelo trayendo el olor de los mares del norte. Era una sensación que había disfrutado muchas veces a lo largo de los años, pero que, por algún motivo, me resultaba nueva y placentera, y la disfrutaba como si no me quedasen demasiadas oportunidades de hacerlo.

La embarcación estaba en calma y no creo que quedasen muchos despiertos. En proa, como acostumbraba, se hallaba Temujín mirando al frente. Poco a poco, la línea que revelaba la costa iba ganando altura. Con tal serenidad después de una fuerte tormenta, nadie hubiese supuesto que algo terrible estaba a punto de tomar forma.

Entretanto Sigurd continuaba con el relato.

—Pero Loki no tenía con qué pagar a los enanos, así que apostó con ellos a que no eran capaces de superarse y construir tres objetos más preciosos. Si él ganaba, no debería pagarles nada, y si perdía, ellos se quedarían con su cabeza.

—Y ellos aceptaron.

—Así es. Volvieron a dar calor a la fragua y fundieron más oro. Loki, temeroso de perder la apuesta que le podía costar la cabeza, se convirtió en un tábano y, mientras uno de los enanos se esforzaba en dar aire con el fuelle para aumentar la temperatura, le picó con fuerza.

»A pesar del picotazo, el enano no dejó la tarea y poco después sacaron de la fragua el primero de los objetos…

—Un jabalí de oro.

—Así es. Pero aún quedaban otros dos y volvieron a verter más oro para fundirlo. Loki volvió a la carga y lanzó otro tremendo picotazo al enano que alimentaba el fuego, todavía más terrible que el anterior.

»El enano lloró del dolor, pero no dejó de manejar el fuelle y, ante el terror de Loki, sacaron de la fragua un precioso anillo. Ya solo quedaba uno. Pero se les había terminado el oro del que disponían.

—Y usaron hierro.

—Cierto. Los enanos vertieron un montón de hierro. Loki se preguntaba qué podrían conseguir con ese metal que superase a los anteriores regalos, pero por si acaso reunió todas sus fuerzas y volvió a picar en la cabeza al martirizado enano, consiguiendo que, durante un momento, dejase de manejar el fuelle.

Sigurd calló un momento para variar la disposición de la vela, que manejaba con las cuerdas de piel de foca. El viento había cambiado de dirección y parecía querer alejarnos de tierra. Tras los ajustes retomó la historia.

—El tercer objeto precioso iba a ser un martillo mágico.

—*Mjöllnir.*

—Sí, pero por culpa de Loki no salió perfecto. Su mango era demasiado corto.

–Y Loki pensó que había ganado la apuesta.

–Claro, pero los enanos quisieron que fuesen los dioses quienes decidieran quién había ganado y allí fueron todos con los objetos.

»Loki entregó la lanza a Odín; a la esposa de este, Frigga, el *drakkar*, y a Sif, la deslumbrante cabellera. A ella se le saltaban las lágrimas cuando se la puso, tal era la belleza con la que los enanos la habían fabricado.

»Luego los enanos les mostraron los otros tres objetos. El fabuloso anillo se lo regalaron a Odín. Como te he dicho, era un anillo mágico. Cada nueve días creaba otros nueve anillos iguales a él. El jabalí fue para Frigga, y también era mágico, pues era capaz de correr sin fatigarse por encima de la tierra o del mar, e incluso a través del viento. A su paso dejaba una estela dorada para que quien lo siguiera no pudiera perderse.

–Y el martillo se lo regalaron a Thor.

–Que lo recibió con gran alegría, sobre todo cuando los enanos le dijeron que era irrompible y que volvería a su mano después de *triturar* aquello contra lo que lo hubiese lanzado.

»Thor quiso probarlo y lo lanzó contra una montaña. *Mjöllnir* la reventó y después regresó a manos del dios, que se mostró muy feliz por el regalo y no dio importancia al hecho de que el mango fuese demasiado corto.

–Los enanos ganaron la apuesta.

–Sí, los dioses decidieron que el mejor de todos los regalos era *Mjöllnir*, porque con él podrían combatir a los gigantes.

–Y Loki perdió la cabeza.

–Así debería haber sucedido, pero el cobarde semidiós prefirió escapar. Thor fue tras el… .

Un terrible golpe en el fondo de la nave que la sacó fuera del agua nos despertó a todos de golpe. Alarmados, nos aferramos a los maderos. ¿Habríamos chocado contra un arrecife?

Pero si así hubiera sido habría cortado la embarcación como si fuese una afilada espada y ya estaríamos hundidos. Sin embargo, aparte del crujido espantoso por el gemido del maderamen que daba forma al *langskips*, nada más había sucedido.

Los que se encontraban profundamente dormidos durante el impacto preguntaban a gritos qué había ocurrido, pero nadie sabía qué contestar.

–¿Una ballena? –pregunté a Krum, que hasta ese momento había permanecido dormido en el centro de la nave, donde el golpe había sido más terrible.

Buscamos a través de la borda, pero no veíamos nada. Las olas seguían balanceando la nave como si nada hubiese ocurrido. No éramos capaces de descubrir contra qué habíamos chocado.

Aunque las ballenas viajan en manada, era posible que una, demasiado vieja o enferma, se hubiese separado del grupo y nos hubiera tomado por una de ellas. Con un poco de suerte ya se habría percatado de su error y perdería interés por nosotros.

También podía ser otro tipo de ballena, una orca de tripa blanca y boca armada con afilados dientes con los que atacaba a sus congéneres. En tal caso más nos valdría que se diese cuenta, y pronto, de que no éramos un manjar al que cazar. De no ser así, terminaríamos todos en el fondo del mar, en brazos de Aegir.

Durante un rato nada sucedió y nos fuimos calmando, a pesar de que nos venían a la cabeza las historias de terribles monstruos marinos, como algunas de las que nos había contado Einarr en las noches en tierra frente al fuego.

Un pesado silencio se posó sobre la nave. Sigurd no contó el desenlace de la historia que narraba y cada uno regresó al sitio que ocupaba tratando de volver a coger el sueño, pero nadie se volvió a dormir. Cada vez que una ola cruzada golpeaba el costado, alguien se alarmaba y se incorporaba de golpe.

Temujín ocupó de nuevo su lugar en proa. Por primera vez desde que lo conociera había visto el temor reflejado en su rostro. Podría decir que incluso llegué a ver el color de sus ojos, o lo habría visto de haber estado más cerca, hasta tal punto los abrió.

Yo miraba por el costado de babor mientras Sigurd lo hacía por el suyo, el de estribor, aunque nada veíamos.

Afortunadamente, el ataque se había producido cuando faltaban muchas horas para el anochecer, lo que siempre ayuda a espantar los fantasmas. Mientras esto pensaba me fui calmando viendo cómo nuestra proa abría el mar, que, furioso por la violación, se cerraba a nuestro paso.

Un nuevo golpe nos lanzó por el aire otra vez. Entre gritos y el quejido de la madera, caímos ligeramente de costado, lo que hizo perder el equilibrio a algunos, que escudos y armas cayeran por la borda y que la embarcación se llenara de agua.

Con dificultad, el vapuleado *drakkar* se recuperó. El agua nos llegaba hasta la pantorrilla y la nave apenas avanzaba. De haber sido la tripulación más numerosa, nos habríamos ido al fondo. Sin embargo, por suerte navegábamos ligeros de peso y aguantó. Con rapidez comenzamos a arrojar agua por la borda, ayudados de los escudos que aún teníamos, algún cubo y cuanto pudiera servir. Achicamos hasta vaciar la nave, tratando de no separarnos demasiado de su centro por si volvíamos a ser atacados.

–La nave se hunde –gritó asustada Ran.

La muchacha tenía razón. Debido a los golpes, el maderamen se había abierto ligeramente y dejaba pasar hilos de agua. No era preocupante si no ocurría nada más.

El siguiente golpe provino de popa y nos impulsó hacia delante unos cuantos pasos. Eyvind, que achicaba cerca del palo, salió impulsado contra este y se golpeó en la frente, abriéndose una ceja que empezó a manar abundantemente tiñendo de rojo el agua que se arremolinaba a sus pies.

Sigurd también había caído, al igual que otros, y el timón desapareció entre las olas. La vela, sin rumbo, no tardó en deshincharse y frenó la marcha mientras tratábamos de recuperarnos. En esa ocasión, sin embargo, la nave no sufrió desperfectos.

Pero algo nos estaba atacando. Llevaba tres golpes, cualquiera de los cuales podría haber destrozado la nave, y aún no sabíamos qué era lo que trataba de hundirnos. El no saber causa más temor que la certeza. Un peligro conocido al menos alivia un poco la angustia.

Mas no aquel. Rompiendo la superficie del mar, se alzaron una especie de mástiles de unas embarcaciones que parecían despertar de un agitado sueño en lo más profundo del lecho marino. Unos monstruosos tentáculos.

–¡El *Kraken*!

No sé quién gritó poniendo nombre al terror que, desde el primer golpe, nadie se había atrevido a sugerir. Y es que, de todos los monstruos marinos que pueblan el reino de Aegir, aquel al que los hombres del norte más temen es al terrible *Kraken*, una bestia tan grande que puede ser confundida con un islote, todo cabeza, armada de unos largos, flexibles, inmundos e implacables brazos dotados de unos círculos en su parte interna capaces de agarrar cualquier cosa y arrastrarla hasta su asquerosa boca.

En todos los años que llevaba recorriendo los mares del mundo, jamás me había sido dado ver una sola vez aquel espantoso engendro y no había conocido quien lo hubiese hecho, aunque las historias sobre ellos abundaban allí donde se reunían los viejos marineros, muchas veces inventadas o exageradas para atraer más la atención de quienes escuchaban.

Pero aquello que surgía del mar no era inventado. El ojo que nos miraba, y esto tampoco es una exageración, tenía el tamaño de un escudo y sobresalía de aquella sucia y pestilente cabeza. Un instante antes de que el monstruo se volviera a sumergir nuestras miradas coincidieron, si es que aquellos ojos inmóviles eran capaces de ver como lo hacen los nuestros.

Durante un buen rato, nada más ocurrió. Aún no nos atrevíamos a pensar que la bestia se hubiese olvidado de nosotros y permanecíamos alerta, sujetos cada uno donde podía.

Sentado en medio de la embarcación, allí donde el ahora desvanecido Eyvind se golpeara la cabeza, achicaba yo con un cubo el agua que se filtraba a través de la tablazón. Entretanto Freyja y Krum habían atado al desvanecido guerrero con una soga en torno al cuerpo rodeando el palo.

Continuamos la marcha. Era inútil tratar de hacer alguna maniobra destinada a perder de vista al *Kraken*. En cualquier caso no le sería demasiado difícil perseguirnos, así que nuestra idea era acercarnos a la costa, confiando en que al gigantesco monstruo no le gustasen las aguas poco profundas.

Durante un buen rato navegamos sin sobresaltos. En silencio, como si cualquier ruido que hiciésemos pudiese provocar a la bestia, esperamos el paso del tiempo. La tregua ofrecida estaba siendo más duradera que las anteriores. ¿Se habría cansado de nosotros?

Súbitamente, el monstruo emergió en la proa y chocamos contra su inmensa cabeza con la roda, donde se alzaba orgulloso el dragón tallado. Aquel ser no pareció sentir el terrible impacto, que nos lanzó al suelo unos encima de otros en caótica confusión de brazos y piernas. Estaba jugando con nosotros igual que lo hace un gato con un ratón antes de darle muerte. No teníamos ninguna opción de salir con ventura de todo aquello. La rabia me dominaba. Tras tan accidentada travesía íbamos a sucumbir bajo los tentáculos de una infame abominación.

El monstruo levantó sus sinuosos brazos, que se movían como lo hacen las serpientes marinas, y abrazó el *langskips,* que a duras penas permanecía a flote, resistiéndose a partirse por la mitad tras el demoledor choque.

–¡Las armas! ¡Empuñadlas! –rugí aferrando mi pesada maza, que milagrosamente no había caído por la borda.

Con ella golpeé uno de los tentáculos que se aferraba a los costados. Pero, aunque lo hice con todas mis fuerzas, la maza rebotó sin causar daño aparente a la bestia. El hachazo propinado por Freyja tuvo más éxito y el monstruo perdió un trozo del tentáculo.

Lacerado, el engendro recogió sus brazos y se volvió a sumergir. No era prudente pensar que el dolor lo hiciese abandonar su presa, así que, tras arrojar aquel serpenteante y asqueroso trozo de carne por la borda, nos preparamos para la siguiente embestida.

Cambié mi maza por una espada que arranqué de manos de Ran, paralizada de terror, y me afiancé en el centro de la nave aguardando.

La costa estaba cada vez estaba más cercana. Ninguna historia de las que yo hubiese escuchado hablaba de la presencia de un *Kraken* tan próximo a tierra. Pero aquel tenía motivos sobrados para volver, aunque con mucha suerte, y si lo que se contaba de su capacidad para reemplazar los tentáculos perdidos era cierto, cabía la posibilidad de que nos dejara en paz.

Teníamos ya la orilla a tiro de arco cuando llegó el siguiente ataque. En esta ocasión no hubo golpe. El monstruo debía de estar bajo el casco de la nave, pues al igual que un bosque mágico cuyos árboles crecieran ante nuestros ojos, sus tentáculos se levantaban en torno al *drakkar.*

–¡Quiere hundirnos! –grité–. ¡Hay que acabar con él!

Me mostraba incapaz de contar cuántos tentáculos poseía aquella bestia, pero parecían innumerables, pues se alzaban por todos lados. A semejanza de las tenazas que maneja un herrero para trabajar sus hierros al rojo, la bestia se cerró sobre nosotros haciendo crujir el maderamen de la castigada embarcación. Ciego de ira, descargué un espadazo tan hondo que no podía recobrar el arma.

Pero la bestia no cedía. Un nuevo golpe desde el otro lado por parte de Sif terminó lo que mi espada había comenzado y otra punta de aquel blando apéndice se separó del resto.

Los demás hacían otro tanto apuñalando, cortando, sajando con cuantas armas tenían a mano, pero no era suficiente, pues los costados sufrían el terrible abrazo de aquel monstruo.

Sus tentáculos carecían ya de puntas y estas culebreaban por el fondo de nuestra embarcación como si poseyeran vida propia y trataran de unirse de nuevo a las terminaciones de las que habían sido arrancadas. Nos deshacíamos de ellas a patadas arrojándolas por la borda mientras nos inclinábamos peligrosamente, perdida toda cautela, para golpear aquellos inmundos brazos más abajo.

Luchábamos frenéticamente, dominados por la furia de los *berserker*, y al igual que estos por la boca escupíamos espuma mientras nos chirriaban los dientes, tal era la fuerza con la que apretábamos las mandíbulas. Ante tal inesperada defensa, la bestia nos soltó y desapareció una vez más bajo las aguas. Colérico, maldecía con todas mis fuerzas a aquel ser, retándolo a asomar su asquerosa cabeza.

No era yo el único que gritaba, pues la desesperación nos abrumaba a todos. El agua se colaba por diversas grietas y, si no achicábamos, el monstruo no necesitaría volver a atacar para arrastrarnos con él.

Así pues, comenzamos a arrojar agua por la borda. Ahora ya no eran unos pocos regueros los que manaban, sino chorros que nos exigían el mayor esfuerzo. Cuando conseguimos controlar las entradas, embutimos trozos de tela que nos arrancamos de la ropa, tratando de reducir la cantidad que continuaba irrumpiendo.

Ya estábamos cerca de la costa y las aguas no podían ser suficientemente profundas como para que aquel engendro del infierno nos siguiese.

Pero la bestia no estaba dispuesta a perder la batalla y de nuevo nos arrojó por los aires. En esta ocasión caímos de proa, aunque milagrosamente esta aguantó y apenas se hundió. Los trapos colocados en las grietas saltaron y volvimos a hacer agua.

Nos multiplicamos en el achique confiando en acercarnos un poco más a la orilla, al menos lo suficiente como para nadar hasta ella si el maltrecho *drakkar* no conseguía mantenerse a flote. Quienes no tenían con qué achicar, remaban tratando de que la nave ganase velocidad, y con la esperanza de que el ruido y las paletadas asustasen al monstruo.

No dio resultado. Quizá aquella abominación sabía que pronto estaríamos fuera de su alcance y volvió a emerger a popa. Agarré uno de los remos y, mientras nos volvía a sujetar impidiéndonos escapar, le golpeé con todas mis fuerzas en una de aquellas impávidas ventanas a través de las que nos examinaba.

El golpe fue certero y no pareció agradar a la bestia, pues por un instante nos soltó. Pero no fue por mucho tiempo, porque enseguida nos atrapó otra vez y la torturada embarcación volvió a crujir con el despiadado abrazo.

Hachas, lanzas, flechas, cuchillos, espadas… Cuantas armas quedaban en el *drakkar* fueron utilizadas para zafarnos de aquellos formidables tentáculos, muchos de ellos mutilados. Pero la bestia reaccionaba a cada embestida, recogía sus brazos y de nuevo los extendía para aferrar el casco por otro sitio.

Ya no avanzábamos. Al contrario, nos alejábamos poco a poco de la costa, empujados por aquella infamia que con sus ventosas adheridas al maderamen nos absorbía tratando de conducirnos a aguas más profundas, donde arrastrarnos hasta el fondo.

El *drakkar,* como si el dragón tallado en el mascarón adquiriera vida, se retorcía salvajemente tratando de escapar del mortal abrazo. Sus quejidos en forma de crujidos se entremezclaban con los gritos de angustia y las maldiciones que lanzábamos.

Nuestro fin estaba próximo. El monstruo de las profundidades mantenía a buen recaudo sus zonas más delicadas, que, por lo visto, eran aquellos ojos saltones. A la vez jugaba con nosotros cambiando constantemente de asidero. No podíamos hacer nada para evitar ser arrastrados.

De pronto, con un grito salvaje, Temujín, que permanecía en la proa y que con su espada repartía mandobles por debajo de la proa, cruzó corriendo la nave y, ligero como una pluma, saltó por el codaste, haciendo un último apoyo sobre la borda de popa para volar por el aire con su arma empuñada a doble mano por encima de la cabeza.

Para nuestra estupefacción, y creo que la de la propia bestia, aunque sería imposible asegurarlo, el demonio mogol se abatió sobre aquella gelatinosa cabeza, cambiando en la caída la posición de la espada, que recolocó bajo su cuerpo como el aguijón de una avispa.

Instantes después, la espada desaparecía hasta la empuñadura, mientras el bárbaro quedaba arrodillado sobre la testuz sin soltarla. Mucho tuvo que retorcer el silencioso guerrero su arma para poder liberarla de la prisión que la encerraba mientras se esforzaba por mantener el equilibrio, ya que la bestia, herida de muerte, había enloquecido de dolor.

Cuando extrajo la alargada y curva espada, con un amplio y elegante movimiento, la volvió a hundir en el otro ojo del monstruo. La bestia, en su agonía, agitaba frenéticamente los tentáculos, golpeándose inútilmente la cabeza, como queriendo desprenderse del suplicio atroz que la atormentaba y obligando al guerrero a esquivar los mortales brazos.

Krum arrojó el cabo de una cuerda hacia Temujín, pero se quedó un tanto corto. Todos gritábamos para que el mogol se fijara en la cuerda y, por fin, se arrojó de cabeza al agua y aferró la cuerda con las dos manos: en una de ellas sujetaba aún su amada espada.

Tiramos con fuerza recobrando la cuerda, mientras el mar se agitaba como en la peor de las tormentas, sacudido por los espasmos de la bestia. Los tentáculos, al golpear sobre la superficie, levantaban espantosas olas y nos arrojaban encima una lluvia torrencial.

El mogol se encontraba aún a veinte pasos de la nave y se deslizaba rápido, tal era la fuerza con la que recogíamos la cuerda. Diez pasos y seguíamos tirando con fuerza para recobrar al intrépido guerrero. El monstruo se había hundido y solo asomaban sus serpenteantes brazos cercenados sobre la superficie.

Cinco pasos y el mogol resbalaba de la cuerda, agotado por el esfuerzo pero sin decidirse a soltar el arma, que en aquellas circunstancias suponía un lastre. A mi lado, Marta gritaba angustiada para que Temujín se librara de ella, pero, o el mercenario no podía escucharla, o prefería morir antes que desprenderse de su arma.

Un paso y nos quedamos con la cuerda en la mano. Se había escurrido de las del mogol, del que aún asomaba la cabeza por encima de las aguas.

Inclinándome temerariamente sobre la borda, conseguí asir la larga coleta del bárbaro y tiré con fuerza hacia arriba, consiguiendo sacarlo del agua hasta el pecho. Con su mano libre se aferró a mi chaleco, moviendo peligrosamente con la otra su afilada arma, a la vez que escupía el agua tragada. Entretanto algunos habían sacado los remos para tratar de ayudar al guerrero.

Yo colgaba con medio cuerpo fuera. Con una mano aferraba la coleta y con la otra me sujetaba a la borda. Poco más podía hacer, viendo como los remos intentaban enganchar el cuerpo del mar.

Thorstein asomó por la borda y, en equilibrio como yo, cogió la mano que empuñaba la espada y tiró. Nuestros compañeros tiraron asimismo de nosotros hasta meternos dentro del barco. Llevábamos a remolque a Temujín, al que ya ayudaban a subir al *drakkar*.

En ese momento, un monstruoso y solitario tentáculo rompió la superficie del mar y descargó un latigazo tan rápido como un rayo arrojado por Thor. El golpe apenas nos rozó, pero la ola que levantó casi nos hizo caer.

Yo miraba pasmado mi mano. Momentos antes sujetaba al valeroso guerrero mogol por la coleta y un instante después solo quedaba esta balanceándose, arrancada de la cabeza de Temujín.

Fue la última vez que lo vimos. Nos quedamos paralizados, como tallados en los eternos bloques de hielo que alfombran nuestras tierras.

Permanecimos así, mirando la desgarrada coleta negra un buen rato, hasta que la bella Svava me la quitó con suavidad de la mano y asomada al mar la arrojó a las aguas, que ya se habían calmado, terminada la batalla contra el monstruo.

Tan solo quedaba como recuerdo su magnífica y extraña espada que nunca perdía el filo, como si un conjuro milagroso actuara dotándola de tan extraordinario don. Pensé que quizá sería conveniente arrojarla al mar, para que el mogol pudiera utilizarla en su próxima vida, pero ninguno quisimos deshacernos de ella.

–Hacemos agua –dijo Lorelei cortando el silencio y sacándonos de nuestro estupor.

Tenía razón. El barco estaba semihundido y parecía un torpe pontón que apenas se mantenía a flote. Aquello nos sirvió para reaccionar. La costa quedaba alejada, pues el monstruo nos había sacado a mar abierto, y si nos hundíamos no podríamos llegar a nado hasta la orilla.

Sacando de debajo del agua los escudos, nos afanamos en achicar, conscientes de la suerte que estábamos a punto de sufrir. Fue una tarea sobrehumana en la que nadie desfalleció. Con las manos, con los escudos, con cubos... Cualquier cosa valía para arrancar el destrozado *drakkar* del lecho que le habían preparado las aguas.

Por espacio de horas estuvimos pendientes de un hilo. Odín y Ran se disputaban nuestra embarcación y por momentos parecía que la diosa de los mares conseguiría su propósito de arrastrarnos hasta los confines de su reino, donde aguardaba Temujín.

Para aumentar nuestros males, la noche se echaba encima. Ya no éramos capaces de distinguir la costa, a la que gracias a las buenas artes de Sigurd habíamos vuelto a acercarnos. Densas nubes surcaban el cielo. Los *sesos de Ymir* ocultaban a Luna.

La borda apenas asoma por encima de la superficie un par de dedos, sin que nuestros esfuerzos frenéticos por vaciar la nave sirviesen de nada, cuando escuché a Sigurd decir:

–¡No avanzamos! Nos hundimos. Es mejor que saltemos. La orilla está cerca. No puede cubrir mucho. Quizá con menos peso reflote y podamos remolcar el *drakkar*.

–¡Todos fuera! –ordené dando ejemplo.

Aún no tocaba fondo, pero mi confianza en el muchacho era total. Braceé un poco y pronto las puntas de mis pies alcanzaron el blando lecho. Regresé entonces hasta la sombra que era la nave, donde los demás se aferraban, incapaces de soltarse.

–Sigurd tiene razón. La orilla está ahí mismo.

–El barco vuelve a moverse –decía la voz del muchacho desde la nave–. Agarrad estas cuerdas y tirad.

A tientas conseguimos hacernos con las cuerdas que nos había arrojado. Eran demasiado cortas como para llegar a donde podríamos tocar tierra. Tendríamos que remolcar a nado, un titánico esfuerzo ahora que nos encontrábamos agotados.

Sin perder un instante, y mientras unos remolcábamos como podíamos, el resto empujaba desde atrás la embarcación.

Tras lo que se nos antojaron horas, escuché como Thorstein decía aliviado.

–¡Toco suelo!

A partir de aquel momento resultó más fácil sacar del agua el maltratado *drakkar*. Tiramos de las cuerdas y pronto la quilla de la nave rozaba el arenoso lecho.

Atamos la embarcación a una piedra de buen tamaño y nos arrojamos a la arena. Empapados, molidos y con el frío aire del norte sobre nuestros cuerpos no tardamos en quedar ateridos.

—Tenemos que encender fuego —dijo Marta, a la que los dientes le castañeaban salvajemente.

—No tenemos con qué —repuse desesperado, tratando de calentarla con mi propio cuerpo.

Mientras yo hablaba, Krum había reunido unas hojas secas y chascaba el filo de una espada con una piedra. Todos mirábamos anhelantes las minúsculas chispas que brotaban con cada golpe. El lapón, arrodillado en la arena, soplaba suavemente con cada chisporroteo.

Por fin unas hebras de hierba prendieron. Ninguno osábamos respirar por miedo a acabar con esa precaria llamita que Cabeza de Jabalí alimentaba con mimo. Perezosamente, como si despertara de un agradable sueño del que hubiese sido despertado, el fuego comenzó a devorar la hojarasca.

Sobre las llamas pusimos ramitas y cuando estas también comenzaron a arder con alegría colocamos unas ramas más grandes. Entonces se desató nuestra alegría.

Empezábamos a comprender de qué muerte acabábamos de librarnos y se desataron las pasiones. Unos lloraban sin avergonzarse, mientras otros bailaban o reían dándose golpes en la espalda unos a otros. Yo me abrazaba a Marta y a cuantos querían sumarse al montón que formábamos.

Groa, boca abajo sobre la arena, daba puñetazos en el suelo gritando como una poseída, pero sus alaridos no llegaban muy lejos absorbidos por la tierra. Helge, Vagn y Freyja saltaban y se revolcaban rebozándose en arena. Cada uno se libraba de la angustia sufrida como mejor podía y durante largo rato dejamos que nos poseyera la locura.

Cuando recobramos la cordura, nos deshicimos de nuestras ropas, que colocamos frente al fuego, puestas a secar como se hace con los pescados que se ahúman para el largo invierno, y nos sentamos en círculo en torno a la hoguera.

Las llamas iluminaban nuestros rostros. No sé qué reflejaba el mío, pero en el de los demás pude ver que no quedaba asomo de la apatía que se había abatido sobre la tripulación durante los últimos días. Ver la muerte tan cerca y vencerla es algo que cambia al hombre más templado o temerario.

En silencio, cada uno rememoraba lo sucedido aquel día. Las expresiones cambiaban con rapidez, como lo había sido el ataque de aquella bestia: asco; tristeza, sin duda por la desaparición del Bárbaro; alegría; miedo; satisfacción...

Poco a poco fuimos cayendo dormidos sobre la arena, al abrigo del calor del fuego, que ya había templado nuestros cuerpos. Antes de descender al mundo de los sueños, un pensamiento que se deslizaba con lentitud, como si se moviese a través de la miel, se abrió paso en mi cabeza.

Aquella era la primera vez en muchos años que pisaba tierra danesa, la tierra que me había visto nacer.

* * *

Cuando despertamos, Sol estaba alto, aunque tapado por las nubes. El fuego se había consumido.

Me levanté y observé al resto. Sus cuerpos desnudos y demacrados se extendían alrededor de las ascuas, que aún humeaban, como los pétalos de una flor.

Me vestí. No eran las mismas prendas con las que había partido cuando comenzara la expedición. Ninguno de nosotros las conservaba. Todavía guardaban algo de humedad, pero me sentí bien. Bien y muy hambriento.

–Krum, despierta. Despierta, maldito lapón.

Mis puntapiés consiguieron que mi compañero de armas se incorporara.

–Necesitamos comida. Y tenemos que partir cuanto antes. Sabes que nos ocurrirá si nos encuentran aquí, ¿verdad?

Sin contestar nada, Krum se levantó y se puso sus ropas. Ambos miramos lo que nos rodeaba. Por un lado, el bravo mar, y por otro, altos árboles por detrás de la playa. En ellos debía de esconderse comida en abundancia y quién sabe qué más peligros.

El pequeño mercenario se sujetó en el cinto un par de cuchillos y una espada. Cogió una de las cuerdas que habíamos utilizado para remolcar la nave y se alejó en busca de comida.

Desperté a Ragnfastr. Al carpintero le aguardaba un largo trabajo para conseguir que aquel pontón pudiera hacerse de nuevo al mar. Los demás fueron despertando y, mientras unos ayudaban al marido de la desaparecida Arnora a restaurar el barco, apretando la tablazón, sellando grietas y fijando lo mejor posible aquellas tablas que se hubiesen partido, los demás fueron a recoger huevos de los nidos que cuidaban las gaviotas en un montículo cercano.

Yo entretanto me dispuse a montar guardia. Poco podríamos hacer si éramos descubiertos, pero más valía estar avisados. Cuando Krum apareció por el lindero del bosque arrastrando una cría de ciervo y armado con un improvisado arco, bajé con él hasta donde se encontraba la nave. Ragnfastr embutía hierbas entre la madera.

–¿Cómo está el barco? –le pregunté–. ¿Podremos llegar?

–No lo sé –contestó el carpintero rascándose la cabeza, pensativo–. Nunca había visto un *drakkar* en tan mal estado. Hemos hecho todo lo posible, pero si flota será gracias a Odín.

–A él nos encomendaremos. En cuanto comamos lo botaremos al mar. Aquí corremos un grave peligro.

Tal y como había dicho, a media tarde empujamos el cascarón en el que se había convertido nuestro orgulloso *langskips*. Con el agua hasta la cintura, dejamos que Ragnfastr subiera a bordo el primero y examinara su estado.

–¿Qué te parece?

–Que mucha suerte tendremos si conseguimos mantenernos a flote. Habrá que achicar constantemente y no sé qué velocidad podremos alcanzar. Si nos encontramos piratas, no podremos escapar.

–No te preocupes, Hakan *el Sueco* ya no está en este mundo –dije confiado.

–Imagino que no querrás volver a tocar tierra.

–Así es –contesté mientras embarcaba el último–. Mantén el *drakkar* a flote y Sigurd nos llevará a casa.

Le revolví cariñosamente el cabello al orgulloso muchacho y lo dejé meditando sobre cómo llevar a cabo la hazaña que le había encargado.

Dispusimos el trabajo en grupos. A partir de ese momento nos relevaríamos para que tres de nosotros estuviesen permanentemente achicando el agua que se filtraba.

En los rostros se veía una nueva determinación. Era cierto que estábamos extenuados, pero todos nos mostrábamos decididos a llegar a la aldea. Después de tantas penurias, nada podía interponerse. Arribaríamos a las costas noruegas, no importaba cuál fuese el precio.

* * *

Tres días después de dejar atrás la playa anclada en territorio del rey Svenn *el Cruel*, con las juntas de la tablazón desencuadernadas cada vez más abiertas, agua hasta la pantorrilla que achicábamos todos sin descanso y rebasados los acantilados de la costa noruega, una silueta conocida fue tomando forma ante nosotros.

Encerrada entre las altas y nevadas cumbres, la entrada al fiordo era una pequeña hendidura hacia la que Sigurd condujo con dificultad la desahuciada embarcación, mientras el resto, sin dejar de achicar, miraba incrédulo la costa.

Entramos por la bocana y tomamos el primer recodo hacia la izquierda rodeados ya por las familiares y protectoras montañas escarpadas. Frente a nosotros vimos la ladera donde se asentaba la herrería de Runolf, el padrastro de Svava.

El silencio dentro del *langskips* solo era roto por el ruido del agua achicada al caer al mar. Cada vez eran más los que se incorporaban, dejando la tarea y mirando como fantasmas alrededor.

Rodeamos la pendiente girando en el segundo recodo hacia la derecha y entonces sí, por fin, el fiordo se abrió por delante de la nave y, a estribor, el poblado con las casas esparcidas. Y en el centro, dominando sobre las demás, la granja Svennsson. A babor, con su sempiterno estruendo, la cascada que bajaba de las cumbres, en la que destacaba la choza de Hild, *la Hija del Cuervo*, que nunca más volvería a ser habitada.

Las lágrimas calladas asomaron, humedeciendo los rostros, y no solo los de aquellos que habían pasado el último año en los calabozos de los *blamenn* convencidos de no volver a ver sus hogares.

No era para menos. Por fin llegábamos a una costa, la nuestra, con el mascarón del dragón retirado. Era la primera vez que podíamos prescindir de su protección desde que partiéramos meses atrás. Meses que se antojaban años.

Ayudé a Ragnfastr a desmontar la talla para que no espantara a los *landvaettir*, los espíritus protectores de la tierra, y dejamos que el viento nos acercara hasta la orilla, sin preocuparnos del agua que se iba acumulando en el fondo.

Con un brazo sobre los hombros de Marta, que lloraba silenciosamente abrazada a mí con una enorme sonrisa, me regocijaba e intercambiaba orgullosas miradas con mi fiel compañero de armas, al que Helge palmeaba agradecido.

De las casas fueron asomando los rostros asustados de quienes se habían quedado en la aldea. Se acercaban con temor a la orilla, sin osar creer lo que sus ojos veían.

Poco a poco se rompía el hechizo y la tripulación lograba reaccionar. Primero fueron largos suspiros y pequeñas risas celebrándolo en solitario. Después abrazos con quien se encontrara más próximo, y finalmente las emociones se desbordaron y dejaron vía libre al júbilo.

Aullamos como lobos, riendo y abrazándonos entre nosotros sin importarnos que la embarcación se hundiese, a pesar de que allí las aguas eran muy profundas, llamando a gritos a los que saludaban desde la orilla.

El orgullo y el alivio por el éxito se respiraban en esa camaradería, algo imposible de entender para quien no hubiera participado en la expedición. Habíamos embarcado treinta y un hombres y mujeres, y después de liberar a los prisioneros de los *blamenn* regresábamos tan solo dieciocho. Casi la mitad.

Al orillar, fuimos desembarcando desordenadamente y el maltrecho *drakkar* continuó deslizándose hasta quedar varado en las piedras de la playa, al costado del muelle.

Desarbolado y medio sumergido, fue olvidado por la tripulación, que se arrodillaba en tierra agradeciendo, cada cual a sus dioses favoritos, el haber retornado con vida, mientras éramos rodeados por los que aguardaban nuestro regreso, más allá de cualquier esperanza.

* * *

Debo confesar que me emocioné como nunca antes lo había hecho. Durante días se celebraron fiestas para recibirnos y pronto se extendió por todo el país la noticia de nuestro regreso. De todas las aldeas y pueblos llegaron gentes a saludarnos y brindar por nosotros, con carretas llenas de manjares.

Se sacrificaron terneros, caballos y toda clase de aves. La cerveza y el hidromiel corrieron en abundancia. Creo que permanecí ebrio al menos una semana, de la que no guardo ningún recuerdo. Pero, como ocurre con todo en esta vida, la euforia se fue apagando y poco a poco los llegados de lejos se marcharon, la calma retornó y la vida reanudó su curso.

Recobrada la tranquilidad, nos fuimos enterando de las noticias y pequeñas tragedias que tapizan la existencia de cualquiera aldea. Pero incluso las peores nos resultaban lejanas tras lo que habíamos sufrido y aceptamos de buen grado la muerte de unos y el nacimiento de otros. Solo una de aquellas muertes, la de una mujer que ya no era joven, tuvo alguna consecuencia.

Antes de que el viaje en busca de plata y honor de Ikig diese comienzo, las hermanas Groa y Ran vivían con Arnkatla, su madre, y con Njâl *el Quemado*. Sin embargo, ahora la casa estaba vacía, pues en nuestra ausencia había fallecido Arnkatla y a Njâl lo habíamos enterrado muy lejos de allí.

Groa y Svava habían decidido irse a vivir juntas a lo alto del acantilado, allá donde la bella mujer creciera en compañía del herrero, así que la cada vez más perturbada Ran se quedó sola en la casa de su familia.

Esta soledad de la hermana pequeña, cada día más gruesa por la criatura que llevaba en sus entrañas, terminó de enloquecerla. Una mañana encontramos la puerta de su casa abierta y no la volvimos a ver, aunque sí tuvimos noticias de ella tiempo después.

Por lo demás no hubo grandes cambios.

Sigurd y Sif regresaron a la granja Svennsson, en la que me alojé yo también. Junto con Marta ocupé la habitación principal, la misma que había acogido a Ikig y Sigrid, y antes que ellos a Salbjörg y Rorik, y nadie tuvo nada que decir. También vino a vivir con nosotros Lorelei, a la que jamás escuché un lamento por la pérdida de su marido y sus tres hijos.

La fogosa Freyja, de la que nunca llegué a saber con certeza si había sido amante del pequeño diablo lapón, también se quedó con nosotros en la granja durante un tiempo, antes de volver a su propia aldea. Krum prefirió vagar a su aire y nadie era capaz de saber de antemano dónde pasaría la noche.

* * *

Se aproximaba la llegada del duro invierno y este no perdona a quien no siendo previsor haya holgazaneado. Quedaba trabajo por hacer, pues los que se habían quedado en la aldea eran pocos y viejos. Recogimos forraje para el ganado, al que encerramos en los establos, dentro de las casas, como es costumbre, para aprovechar su calor. Arreglamos los tejados, secamos el pescado, cortamos leña y fuimos de caza para aprovisionarnos, y de nuevo Krum demostró su pericia con el arco.

El cielo fue cambiando de color, cargadas como estaban las nubes, y el frío arreció. Pero antes de que los caminos resultaran impracticables por la nieve y el hielo hubo una despedida más, pues además de la de Ran otras se habían producido. Helge, Eyvind y Thorstein, que no vivían en la aldea, se fueron a reunir con sus familias nada más concluir las celebraciones.

Un día, antes de la festividad de Jule, Krum me preguntó si quería salir a pescar en una barquichuela. Sabiendo que lo que en realidad el pequeño *sámi* deseaba era hablar, y temiendo adivinar lo que me iba a decir, tomé los remos y nos separamos de la orilla.

Cabeza de Jabalí había aceptado, sin consultarme, embarcar en un *knorr,* una nave mercante. Me lo comentó despreocupadamente, como se comenta el nacimiento de un potrillo. Se trataba de una expedición por los ríos de los *rus* en la que se embolsaría una buena cantidad de monedas de plata.

No me preguntó si quería acompañarlo. Conocía la respuesta. Mi fiel compañero solo quería decírmelo y pasar sus últimas horas en la aldea en mi compañía.

Aliviado, pues no habría sabido cómo decirle que mi lugar estaba ahora en esa granja al lado de la mujer que amaba, algo que él ya había intuido, estuve horas hablando con mi compañero de armas de las pequeñas cosas de la vida y de los muchos recuerdos, no solo de aquella increíble y última aventura compartida.

A la mañana siguiente nos despedimos y se marchó en un caballo, que las mujeres de la aldea insistieron en que se llevase. Esa fue la única paga que el lapón aceptó por el duro trabajo hecho.

De este modo partió el único mercenario, aparte de mí, que había regresado con vida de la tierra donde habitan los *blamenn*.

EPÍLOGO

Y eso es todo.

Así terminó la increíble aventura a la que me vi arrastrado por el amor de aquella pequeña esclava morena. La que llegaría a ser conocida como *La saga de Marta Ojos de Fuego* se ha contado innumerables veces a lo largo de estos años y, cuando yo muera, seguirá siendo una de las favoritas alrededor del hogar, cuando el viento arrecia y la nieve impide abandonar la casa.

Tal fue la fama que alcanzó que el mismo rey sintió curiosidad por conocer a la extraordinaria mujer capaz de llevar a cabo tal viaje y arrancar de las manos de los *blamenn* una tripulación cautiva.

Cuando Snorri *el Ciervo* llegó a la aldea por primera vez, seguido de su numeroso séquito, no pudo ocultar su sorpresa al conocer a Marta. Sin dar crédito a lo que veía, saludó a aquella mujer morena de pelo negro y rizado a la que doblaba en tamaño y que cargaba con un montón de leña.

Sin embargo, el rey Snorri no se dejó engañar por aquella poca impresionante presencia, pues regresó varias veces hasta su muerte, y después de él su hijo Ragnar *el Oso* hizo otro tanto, siempre en busca de consejo.

Así fue durante años. Cuando se derretían las nieves no resultaba extraño ver llegar por el camino al séquito real, mientras preparábamos las tierras para sembrar y sacábamos a las bestias a pastar, tras permanecer encerradas todo el invierno.

Si el rey emprendía viaje durante la temporada en que los *langskips* pueden hacerse a la mar, era extraño que a su regreso no pasara por nuestra aldea.

Fue en una de estas visitas que honraban mi granja cuando el rey me llamó a su lado, tras la espléndida cena bien regada con la mejor cerveza y el hidromiel. Terminado el verano se habían celebrado unos esponsales que Ragnar había llegado a tiempo de presidir y los estábamos celebrando como la ocasión merecía.

Juntos salimos de la granja escapando del griterío y la música. No me di cuenta de que nos seguía el sanador de Ragnar. Era este un esclavo franco muy apreciado por nuestro rey gracias a su saber, ya que tenía fama de conocer cuantas plantas, pociones y ungüentos fuesen capaces de aliviar el sufrimiento. En diversas ocasiones, mi esposa y él habían compartido recetas de extrañas maceraciones y tisanas.

–Mi sanador quiere hablarte –me dijo el rey, al que de pronto parecían no afectar los largos tragos bebidos.

Un tanto extrañado, esperé a que el esclavo se acercara hasta nosotros y se explicase.

–Tu mujer está enferma –me dijo sin mirarme a los ojos, como atemorizado por la reacción que sus palabras pudieran obrar en mí.

A la puerta de mi casa, acompañado por el rey Ragnar, oí hablar por primera vez de la peste blanca. Supe que la causa de que mi esposa se despertara en las últimas semanas empapada en sudor no se debía al grosor de la nueva piel de oso que le habían regalado por curar al hijo de un rico comerciante venido de lejos. Descubrí que el paño con el que Marta se tapaba la boca para encubrir una tos cavernosa se humedecía con la sangre de sus esputos.

El mal que crecía en sus pulmones también era el culpable de la lividez que su antaño moreno y brillante rostro mostraba y de que sus carnes hubiesen mermado.

Ragnar puso su brazo sobre mis hombros cuando el sanador me explicó que derrotar a este mal estaba más allá de su saber. Mi esposa no llegaría a ver otro deshielo. Quizá no llegase a celebrar otra vez la festividad de Jule. El renacimiento del sol llegaría con el ocaso de mi amada esposa.

Al día siguiente, el rey partió con su séquito tras darme un gran abrazo. Estreché la mano del sanador, pues ser heraldo de desgracias no es plato de buen gusto. Tal y como habíamos convenido, no le confesaría a Marta que conocía su secreto.

Con ellos partió Krum, mi viejo amigo, con el que la noche anterior me había desahogado. En sus indescifrables ojos rasgados había podido ver reflejada mi propia aflicción.

Allí quedé, solo con el enorme peso de mi desdicha. Fingiendo ante mi mujer y mis hijos no conocer el infortunio que acechaba...

* * *

Pero no quiero adelantarme, así que contaré las cosas según fueron ocurriendo a lo largo de los años, antes de que mi vista nublada y mi torpe mano me impidan continuar transcribiendo cuantos recuerdos logro evocar.

Terminado el verano de nuestro regreso, a las puertas de las primeras nieves, tomé a Marta por esposa en una fiesta que duró una semana y a la que asistieron todos los que con nosotros habían regresado, sus familias y amigos y muchos otros deseosos de conocer a Ojos de Fuego. Al acabar aquella semana no fueron pocos los que se instalaron entre nosotros, desbrozaron la linde del bosque y levantaron sus casas.

Aquel invierno no fue peor que otros y, con mi maza ociosa, dejé que se me llenase la tripa y se aflojaran mis brazos. Jamás había pasado tanto tiempo con un techo sobre mi cabeza y, aunque en ocasiones añoraba la presencia de mi compañero Krum, la maza en la mano, la brisa del mar en el rostro, el olor de la sangre y el cielo estrellado en lo alto, en ningún momento me arrepentí de mi decisión.

Con el verano siguiente llegó Björn, el primero de nuestros hijos, un muchacho tan feo como yo y al que, ya adulto, llamaron *el Rojo*, pues su rostro se ponía de tal color cuando se enfurecía, algo por lo demás frecuente.

A Björn le seguirían Thorgeir *el de la Espesa Cabellera,* Had *el Negro,* Sólveig *la Negra,* idéntica a su madre, y Salbjörg *la Bella.*

Entretanto mi fiel Krum vino y volvió a marcharse muchas veces siguiendo el consejo de Odín: «Si tienes amigo en el cual confías, vete a menudo en su busca. De zarzas se cubre y de altas hierbas la senda que nadie pisa».

En ocasiones se quedaba largas temporadas y, cuando ya me hacía ilusiones de que se asentara en aquellas tierras, volvía a aceptar algún encargo y partía otra vez.

Por entonces pensaba que mi querido Sigurd y Sif llegarían a casarse, y cerca estuvieron de hacerlo. Pero un buen día decidieron separarse, aunque jamás les escuché una sola discusión. Simplemente prefirieron continuar cada uno su camino.

Sif se marchó de la aldea y pocas veces más, hasta los funerales de Marta, la volvimos a ver. Se casó con un granjero y tuvo muchos hijos. Yo me alegré por ella.

Sigurd también tomó esposa, una simpática muchacha llegada al pueblo con una de las muchas familias que deseaban asentarse cerca de la granja Svensson, atraídos por la *haminja* que se le suponía a mi esposa. Tuvieron cuatro hijos y me sentí muy orgulloso cuando al primero de ellos lo llamaron Thorvald.

Del resto de cuantos formaron parte de mi tripulación esto es cuanto puedo decir.

Groa y Svava vivieron un tanto alejadas del resto. Vendieron la casa de la familia de Groa y sé que fueron felices en lo alto del acantilado, en la herrería que construyera Runolf.

Y recibieron un inesperado regalo.

Un día, cinco o seis inviernos después de regresar de nuestro viaje, se presentó en el pueblo, que entretanto había crecido mucho, un hombre a caballo con un mocoso y descendió de su montura delante de la puerta de la granja Svensson, como seguía siendo conocida aunque fuese de Marta y mía.

El hombre preguntó por Groa y le señalamos la casa que se recortaba contra el cielo en lo alto del acantilado, de la que en ese momento salía una espiral de humo.

Allí fue el hombre con su caballo y el pequeño a horcajadas. De cuáles eran sus intenciones nadie tuvo la menor duda. El niño no podía ser otro que el hijo de Ran. Su parecido con Olaf *la Serpiente* me había provocado un escalofrío en la espalda cuando lo viera aparecer, como si el astuto y desenfadado mercenario hubiese regresado de la muerte.

Después supimos que Ran se había refugiado en casa de unos parientes, lejos de la aldea, para tener allí al niño, al que había puesto el nombre de su desaparecido y amado hermano.

Njâl Olafsson había crecido entre aquellos familiares como uno más hasta la muerte de Ran, que apareció ahogada un día en la orilla. Pocos recuerdos guardaba el niño de su desquiciada madre y, desde el día que el hombre lo trajo a la aldea, nunca habló de ella. Formó una familia junto a Groa y Svava, y para ellas fue el hijo que nunca pudieron tener.

Cuando Njâl Olafsson se hizo mayor, su desagradable carácter le llevó a embarcarse como vikingo en el mismo *drakkar* en el que lo hicieran mis amados hijos, y junto a ellos encontró la muerte lejos de nuestra orilla.

Thorstein *el Pálido* tuvo cuatro hijos más, y su silenciosa amistad, a pesar de las largas temporadas que pasábamos sin vernos, fue para mí un gran regalo. Ver su rostro tatuado cuando me acercaba a la ciudad, o cuando él decidía visitarnos, me hacía sentir más joven.

También Freyja solía venir a visitarnos, y juraría que, con cada visita, traía una nueva criatura entre los brazos. Cuando se marchaba, tras pasar unos días en la granja, en sus ojos y en los de mi amada Marta había lágrimas. Por supuesto, al igual que el Pálido, no ha faltado a los funerales por la antigua esclava.

* * *

Vagn, el hijo de Kara, se casó con otra de las muchachas llegadas al pueblo y fundó su propia familia, y vivió en la casa que había comprado a Lorelei.

Esta vivió muchos años con nosotros hasta que le llegó la muerte, y fue una bendición para Marta, pues se convirtieron en grandes amigas. Cuidó de nuestros hijos como una abuela y sin duda fue feliz. Cuando la enterramos, mi mujer lloró un día entero.

Sobre la madre de Vagn, Kara, y el guerrero Yngvard, diversas noticias llegaron al pueblo y no todas iguales. Creo que finalmente se separaron y Hacha Sangrienta volvió a contratarse como mercenario. Dicen que murió lejos, en alguna de aquellas múltiples batallas a las que durante toda su vida se entregó. Estoy seguro de que cayó riéndose burlón y desafiante, como había hecho siempre.

Oí decir que Kara se casó después con un granjero en alguna parte de Dinamarca, aún en tiempos de Svenn *el Cruel,* pero desconozco si fue así en realidad.

* * *

En ocasiones, cuando nuestros hijos nos pedían que les contáramos algunos pasajes de la saga, en las interminables noches de invierno, Marta y yo recordábamos a Abu, Zubayda, Asvald y Rebeca, y nos preguntábamos qué sería de ellos.

De los dos últimos no supimos nunca nada más y siempre que los traje a mi memoria deseé lo mejor para ellos, sobre todo a la pequeña y desvergonzada esclava que tanto nos ayudó, y que arriesgó su vida por liberar al hombre del que se había enamorado.

De Abu y Zubayda poco hemos sabido hasta días atrás. Para mí ha sido una sorpresa y un honor ver llegar por el camino un caballo sobre el que se erguía un enorme negro. No era Abu, pero su porte y tamaño no me han engañado.

Es Einarr, el primer hijo de la pareja de antiguos esclavos, que ha venido en representación de sus padres para honrar la memoria de mi mujer.

Ante mi sorpresa porque la noticia hubiese volado sobre los mares hasta tierras tan lejanas, el hijo de nuestros amigos nos ha confesado que ha sido mi antiguo compañero de armas lapón quien ha recorrido tan largo camino para llevar las malas nuevas.

No voy a hablar aquí de los peligros afrontados por mi fiel Krum y el hijo de Abu al cruzar el brazo de mar en pleno invierno y recorrer tantas tierras enemigas durante aquellos largos meses. Semejante hazaña nos llena de orgullo a mi esposa y a mí.

En el lecho de la cada vez más debilitada Marta, Einarr nos ha hablado de sus padres, ya mayores como nosotros, felices en una casita cerca de las murallas de Qurtuba, donde concibieron y criaron a sus siete hijos.

Nos ha contado con una sonrisa que ahora se dedican a cuidar a los innumerables nietos y nos hemos reído al imaginarnos al enorme y serio Abu con un montón de críos correteándole por encima.

Einarr se ha quedado a los funerales.

Bueno, creo que no me olvido de nadie. Helge y Eyvind, dos de aquellos que conseguimos liberar de los *blamenn*, regresaron a sus casas y creo que volvieron a embarcar en alguna ocasión para ir de vikingo.

Ragnfastr, el marido de Arnora, aquella valiente mujer que se sacó el hijo de sus entrañas para ir en busca de su esposo, no quiso permanecer en el pueblo. Partió lejos, trabajó como carpintero y no le ha ido mal. Nunca se casó de nuevo. Quizá no haya encontrado a nadie que pueda ocupar el lugar de Arnora, no lo sé. También él ha venido por el funeral para presentar sus respetos a Marta.

De Ari *el Rojo*, marido de Inga, la prima de Freyja, no he vuelto a saber nada.

Aslak *el Danés* continuó en el pueblo con su mujer hasta su muerte, lo mismo que Kiartan. Los dos eran ya bastante mayores cuando los rescatamos.

Creo que debo apuntar un último detalle sobre uno de los protagonistas de aquella aventura, aunque nunca fue demasiado relevante.

Sigrid, la bellísima mujer de Ikig, de la que el *jarl* estaba locamente enamorado y que lo abandonó al conocer su apresamiento para marcharse a Sciringesheal y ofrecer sus encantos a un rico comerciante, dejó a este y se marchó con otro aún más rico. No fue ese tampoco el último hombre que pasó por su tálamo y vivió como una reina. Por lo menos hasta que su seductora belleza se marchitó. Después fue abandonada y terminó sus días sola, pobre y desdichada.

La vida no siempre es justa, aunque aquí lo fue.

* * *

Sobre la mía durante estos años en compañía de Marta no hay mucho que contar. Los habitantes de la aldea insistieron en que mi mujer fuese el nuevo *jarl,* en tanto la estimaban y respetaban. Sin embargo, ella no aceptó.

Marta deseaba dedicarse al arte que había aprendido de Hild, la extraña curandera del rostro tatuado, y, como ella, convertirse en una *Hija del Cuervo*. Fue muy respetada por su saber, pues de todos los lugares llegaba gente a consultarle y para que les diera remedios para sus males, los de sus familiares e incluso para el ganado.

En el *thing* convocado en la siguiente primavera a nuestra llegada, en el que hombres y mujeres participaron con los mismos derechos, y viendo que Marta se mantenía firme en su negativa, me ofrecieron a mí el cargo.

Aquello significaba admitir que mis días como mercenario blandiendo la maza para quien pudiera pagarme se habían terminado. Con cierto vértigo, animado por mi mujer, acepté el ofrecimiento y hoy creo que nadie se ha arrepentido de habérmelo propuesto.

El pueblo creció hasta duplicar su población. Lo mismo sucedió con la granja Svennsson. Solo la habitación de los anteriores *jarls*, que pasó a ser de Marta y mía, quedó tal y como estaba.

Debo decir que nuestro pueblo fue el primero de todos los que conozco en abandonar la esclavitud. Quienes nos visitaban o venían para quedarse se sorprendieron, pero la voluntad de mi mujer era firme: no más esclavos. Aquello supuso más trabajo para los hombres y mujeres libres, aunque nadie se quejó. O al menos a nadie escuché hacerlo.

Entre los que llegaron hubo un nuevo herrero, que se instaló cerca del cobertizo donde dormía el *drakkar* abandonado al que hoy hemos prendido fuego, un tonelero y un carpintero, además de granjeros, cazadores y agricultores.

Hubo años buenos y otros no tan buenos, con heladas que no acababan, noches eternas, fiebres en el ganado que lo diezmaron, hambre y muertes de amigos. También hubo nacimientos, fiestas, visitas y otras alegrías. Tanto lo bueno como lo menos bueno fue aceptado en aquella granja con serenidad.

Durante ese tiempo perfeccioné mi lectura y la escritura. El resultado son estas hojas de áspero papel que he emborronado a lo largo de años, traídas desde extrañas tierras por mi fiel compañero Krum *Cabeza de Jabalí* y que ahora termino de apurar. Me pregunto si algún día serán leídas por alguien.

* * *

No he dormido en toda la noche, terminando de escribir todo lo que recuerdo en torno al Gran Viaje. He anotado pequeñas correcciones y algunas cosas que escribí, y que hoy ya no recuerdo, las he dejado como estaban registradas, pues es fácil que mi flaca memoria me haya hecho olvidarlas. ¿Realmente fue así el ataque del *Kraken*? ¿Nos persiguió Hakan *el Sueco* atacándonos con sus piratas al comienzo de nuestra travesía o fue una infeliz coincidencia? ¿Llegamos a pasar una noche en tierra de mi fiero enemigo Svenn *el Cruel*? ¿Fue Kara quien...? ¿Llegamos a tal sitio en tales fechas...? Estoy cansado. Lo escrito escrito está.

Fuera, las figuras borrosas deben de estar comenzando a perfilarse, aunque aún esté oscuro. Dentro de la granja todos duermen, o así lo creo, pues no se escucha ruido alguno. La vela de sebo se apaga y otras más ya lo han hecho antes. Dejo el cálamo sobre el tintero y miro con ojos cansados los trazos temblorosos que mi mano ha dibujado con dificultad sobre el papel, como si una araña se hubiese paseado por encima.

Me froto los ojos y estiro la espalda, que cruje. Noto una presencia en mi cuarto y miro hacia la puerta. Al principio no reconozco de quién se trata. Es un hombre joven, no demasiado alto, de ancha espalda y poderosos brazos. Va vestido con un chaleco de cuero y unos pantalones recosidos, también de cuero, que me resultan familiares. Lleva el pelo desordenado y una maza terrible sobre uno de los hombros. El rostro hosco está cruzado por una cicatriz que le deforma un costado desde la frente a la barbilla.

Y me mira.

Y yo le miro a él.

Y él, cuando se da cuenta de que por fin lo he reconocido, me saluda y abandona la estancia sin abrir la puerta.

Muchos son los relatos sobre el *döppelganger*. Siempre me había preguntado cómo sería encontrarte con tu propio doble cuando se aparecía para anunciarte tu muerte. Ahora ya lo sé.

Creo que me acostaré a descansar.

Mi tiempo ha terminado y en verdad que no lo lamento.

Me levanto del taburete sobre el que he estado sentado toda la noche. Tengo las piernas agarrotadas y me recorren por ellas los calambres.

Presiento la llegada del alba y mi lecho se me antoja tentador.

Se me ocurre que, de morir en él, las valkirias no vendrán a buscarme para llevarme al Valhalla. Un buen normando muere con el arma en la mano en el campo de batalla, empapado en la sangre de sus enemigos, donde su honor y el de su familia brillan como el oro y permanece en los cantos de los suyos.

Mas no rechazo la muerte si me ha de reunir con Marta *Ojos de Fuego*.

DRAMATIS PERSONAE

Mujeres

Arnora: Su marido está preso y ella, en el momento de conocer la noticia, está embarazada de tres meses. Decidida y estoica, no dudará en aprender a usar el arco y la espada.

Embla: Mujer de poco carácter, muy amiga de Kara, que la domina, y novia de Njâl *el Quemado*, hermano de Groa y Ran. Se ve empujada a participar en la expedición.

Freyja: Prima de Inga, a la que insiste en acompañar en esta empresa a pesar de vivir lejos y no conocer a los hombres presos. De fuerte carácter, no entiende que se le otorgue a Marta tanto poder. Aprenderá a usar un hacha de doble hoja.

Groa: Su hermano Njâl *el Quemado* es uno de los presos en al-Ándalus y no dudará en tomar las armas para acudir en su rescate. Tiene un carácter vivo, es leal y se enfada rápido, y es capaz de enfrentarse con cualquiera, no importa quién sea. Suele taparse la cabeza con la piel de un lobo al que mató con sus propias manos. Es hermana de Ran.

Helga: Viuda y madre de Sigurd, el más joven de cuantos participan en la expedición. El motivo por el que se embarca no es la liberación de los hombres de la aldea, si no por proteger a su hijo, al que considera aún un niño.

Hild *Hija del Cuervo*: Sanadora, medio bruja. Los vikingos llamaban a estas mujeres «hijas del Cuervo». Vive sola en una cabaña a las afueras de la aldea. Su poder para curar, su aislamiento y su cara tatuada despiertan el temor entre los habitantes de la aldea, salvo en su gran amiga Salbjörg *la Vieja*.

Inga: Su marido es uno de los presos en los calabozos de al-Ándalus y partirá para liberarlo. Es bastante inconsciente y no percibe la gravedad de la aventura en la que se ha de embarcar.

Kara: Tiene a su marido y a un hijo presos. Es partidaria de pagar el rescate que piden los musulmanes. De carácter orgulloso y rebelde, no está de acuerdo con que una esclava sea la que organice la expedición bajo la protección de Salbjörg. Aprenderá a usar la lanza.

Lorelei: Su marido y sus tres hijos han muerto a manos de los árabes, que han hundido su barco en la misma expedición conjunta que acaba con los hombres de Ikig en los calabozos. Por amistad con Salbjörg, se embarcará, y elegirá como arma una antigua espada.

Marta *la Negra* (o *la de los Ojos de Fuego*): Protagonista principal, fue hecha esclava en al-Ándalus por Rorik *Pie de piedra*, padre de Ikig, el actual jefe de la aldea vikinga. De pequeño tamaño, valiente y decidida. A pesar de todo, logra ganarse el respeto de Salbörj, madre de Ikig y matriarca de la aldea. Suyo será el plan para rescatar a los vikingos apresados

Rebeca: Antigua ladrona a la que conmutan su ejecución por la esclavitud en el palacio del gobernador *blamenn*. Enamorada de Asvald, arriesgará su vida por amor, siendo un personaje de vital importancia para la expedición de rescate.

Ran: No se parece nada a su hermana Groa, con la que comparte un hermano preso en al-Ándalus. De complexión delgada y ánimo apacible, es la única capaz de hacer entrar en razón a Groa cuando esta se ofusca. Aprenderá a utilizar el arco y el cuchillo.

Salbjörg *la Vieja*: Viuda de Rorik y madre del jefe Ikig, dirige con sabiduría la aldea en ausencia de su hijo. Recia, decidida y de genio vivo, no desfallece ante la adversidad. Su apoyo le resultará vital a Marta cuando esta ponga en marcha sus planes.

Skathi: Mujer extraña y solitaria, de gran corpulencia, como si fuera un *berserker*, se mantendrá apartada del resto, aunque cuando llegue la hora de luchar será implacable.

Sif: Entre las mujeres, la más joven; casi una niña. Amiga de Sigurd e Ivar, no tiene padres y vive en la granja de Ikig con Salbjörg y una ardilla que le acompañará en el viaje. A pesar de su escasa corpulencia es muy decidida y aprenderá a usar el arco con pericia.

Sigrid: Esposa de Ikig, de la que este se muestra perdidamente enamorado. De gran belleza, fría y calculadora, su avaricia hace embarcar a su marido en pos de nuevas riquezas.

Svava: Vive con el herrero Runolf, que la adoptó, en su taller, cerca de la aldea. De gran belleza y sumamente distante, posee un halo misterioso que inquieta a sus vecinos y enamora a cuantos hombres posan la mirada en ella. Como arma, el herrero le forjará una espada curva como la que utiliza Temujín.

Zubayda: Joven y bella esclava negra. Está enamorada de Abu, el enorme esclavo negro. Comparte el destino de su amado a pesar de no entender que este pretenda luchar para liberar a quienes los mantienen esclavo. Como arma adoptará dos cuchillos que aprenderá a manejar con ambas manos.

Hombres

Thorvald *Brazo de Hierro*: Mercenario danés, jefe de la expedición y narrador. Su cabeza tiene precio. No muy alto, pero de anchas espaldas y poderosos brazos. Un fiero guerrero. Su arma favorita es la maza con la que tritura los cráneos de sus enemigos.

Krum *Cabeza de Jabalí*: Mercenario lapón de ojos rasgados. De escasa corpulencia pero fibroso, ágil, fuerte e indomable. Poco hablador. Fiel compañero de Thorvald durante años, es poco agraciado, de ahí su sobrenombre. El arco es su arma, aunque también maneja con soltura el cuchillo y la espada corta.

Temujín *el Bárbaro*: Mercenario de origen mongol. No es muy alto. Se rasura toda la cabeza, menos una larga y apretada coleta negra en lo alto de la coronilla y una perilla larga. No conoce la piedad. Brutal, silencioso y solitario. Sus armas: una espada curvada, más ligera de lo normal que maneja con endiablada velocidad, y un largo cuchillo.

Yngvard *Hacha Sangrienta* (Blódöx): Mercenario noruego, temible guerrero con su hacha de doble hoja. Aunque algunas voces no querían que participara en la expedición, Thorvald lo recluta por su experiencia y compañerismo.

Ygrr *el Cuervo*: Mercenario noruego. Es un *berserker* al que se considera protegido de Odín por su increíble suerte. Utiliza la espada y dos cuchillos, aunque cuando se transforma pelea desnudo, con las manos, sin armas, ni escudo.

Gunnar *el Oso* (Björn): Es un gigante *berserker* de origen incierto que en ocasiones se emplea como mercenario. No va armado, sus brazos son suficientes. Su larga cabellera negra, sucia y enredada, así como la espesa barba, ocultan un rostro aterrador.

Olaf *la Serpiente* (Ormr): Mercenario normando poco corpulento. Astuto, veloz y sigiloso es letal con los cuchillos de los que lleva varios repartidos por su cuerpo y que arroja con mortal eficacia. Thorvald ha trabajado ya antes con él y sabe que es de fiar, aparte de ser un buen espía y de ser capaz de conseguir lo que se le pida.

Abu *el Halcón* (Falki): Esclavo negro de inmenso tamaño y gran fortaleza. Hecho esclavo en África y vendido en al-Ándalus, pasa a manos de los vikingos cuando estos asolan esas tierras, junto con Marta con la que le une una gran amistad. Accede a participar en la expedición con la condición de que después será liberado. Sabe hacer daño con la maza aunque sus brazos son más que suficientes.

Habib: esclavo árabe, pequeño al lado de los vikingos. Leal hasta la muerte, pero no es un guerrero. Amigo de Marta.

Hrutr (carnero): Otro esclavo de la aldea de Ikig. El nombre se lo ha dado este en alguna borrachera por lo que le guarda rencor. Ve la expedición como una forma de volver a ser libre. Tampoco es un guerrero.

Einarr *el Viejo*: Antiguo timonel, hace años que no embarca por faltarle la pierna izquierda, perdida en el campo de batalla. Ahora, todo el día borracho y amargado por que no se le dejase morir con honor, privándole de conocer el Walhalla, mendiga su sustento. Marta le ofrecerá una nueva oportunidad.

Thorstein *el Pálido* (Bleiki): Hermano jurado de Iki, se embarcará para liberar a este. Es agricultor y vikingo cuando se tercia. Brusco en el trato, se toma las cosas con total seriedad. Luce la cabeza rapada, una densa barba y tiene todo el rostro tatuado con dibujos geométricos, lo que le da una inquietante apariencia.

Ottar: Hermano del anterior. Acaba de perder a su mujer y no tiene hijos, así que acompañará a Thorstein *el Pálido*.

Ivar *Dientes de Lobo*: Vive en la aldea del jefe Ikig. Demasiado joven cuando este partió en la malograda expedición, podrá embarcarse ahora bajo el mando de Thorvald.

Sigurd *el de la Voz de Trueno*: Amigo del anterior y dos años más joven que él. A pesar de ser casi un niño conseguirá que le permitan viajar haciéndose inseparable de Thorvald durante la expedición, aprendiendo a ser un vikingo.

Hakan: Mercenario normando. Thorvald no se fía de él y no lo embarcará.

Ikig *el Triturador* (Mjöllnir): Jefe del clan próximo a Sciringesheal (Kaupang), donde se encuentra la aldea. Alto y muy apuesto, de genio vivo como su madre. Está cegado por la belleza de su mujer, Sigrid *la Hermosa,* que lo manipula a su antojo. Es precisamente para calmar el apetito por el oro de Sigrid por lo que se embarca, junto con los hombres de su aldea, en una malograda expedición que acaba con todos ellos en los calabozos de la ciudad de Sevilla.

AGRADECIMIENTOS

Dicen que los escritores no deben basar sus protagonistas en personas reales. Yo no lo sé hacer de otra manera. En esta novela, como en otras anteriores, me he servido de gente que he ido conociendo para prestar su personalidad a mis protagonistas.

En especial tres de estos protagonistas comparten, a mis ojos al menos, la personalidad de tres mujeres que en tiempos tormentosos de mi singladura me han guiado a buen puerto. Marta, la guía espiritual de la expedición vikinga; Rebeca, la esclava en tierras hispalenses que lo arriesga todo por amor, y Salbjörg, madre coraje que hace frente con valentía a cuantas vicisitudes se le presentan.

Las dos primeras comparten nombre con sus *alter ego*, no así la tercera, que es mi madre. A todas ellas, gracias por cuanto me han enseñado y por no dejarme perder en la niebla.

Quiero dar las gracias también a quienes de alguna forma han contribuido a que esta aventura haya llegado a buen fin. Son muchos, pero en especial mi hermano Pablo, Evaristo, el historiador Carlos Rilova y la doctora Rebeca Gómez.

Por su asesoría legal y su apoyo, mi agradecimiento a Marian De Celis, y por ser las primeras que creyeron en mí, a Montse Yáñez y Elena Ramírez.

Y por supuesto a mi editora, Penélope Acero, que ha conseguido levar las anclas de esta novela. Buen viento nos acompañe.

Esta edición de *Valkirias*,
de I. Biggil,
se terminó de imprimir en Liberdúplex,
el 27 de marzo de 2018